KB183819

大河역사소설 고국

古國

7권

百家濟海

金夷吾 지음

좋은땅

제7권 목차

1부 분노하는 고구려

1. 중원의 新삼국시대
2. 전연의 몰락
3. 고국원제의 전사
4. 여구왕의 대마 원정

1. 중원의 新삼국시대

고구려를 쳐서 기대 이상의 엄청난 대성공을 거둔 모용황이 344년, 다음 차례로 단부段部의 서북쪽에 위치해 있던 〈우문국宇文國〉(외찰합이外察哈爾) 원정에 나섰다. 자신감에 가득 찬 연왕燕王이 모용한翰을 부장으로 삼고 자신이 원정군을 직접 지휘해 느닷없이 남라성南羅城으로 쇄도해 들어갔다. 우문부의 성주인 섭야간涉夜干이 이를 막아 내려다 전사하고 말았다. 모용황은 이후 더욱 승승장구하면서 우문의 도성인 자몽천紫蒙川(阿巴哈納爾)까지 빼앗는 데 성공했고, 끝내 싸움에 패한 우문씨의 지도자 일두귀逸頭皈는 외몽골 막북漠北으로 죽기 살기로 도망쳤다.

그런데 그 와중에 모용한이 전투 중 흐르는 화살에 맞아 치료를 하느라, 한동안 군중에 모습을 보이지 않았다. 늘 모용한을 경계해 오던 황皝이 이를 핑계로 가혹한 명령을 내렸다.

"翰에게 사약을 내리노라!"

모든 상황을 비관한 翰이 덜컥 이를 들이켜고 말았다. 이로써 전쟁마다 허를 찌르는 현란한 전술로 고구려를 괴롭혀 오던 모용선비의 맹장 모용한이 홀연히 사라져 갔다. 흉노를 벌벌 떨게 했으나, 漢무제의 시기로 스스로의 목을 찔러야 했던 비장군 이광李廣을 떠오르게 하는 죽음이었다.

그렇게 사실상 〈우문국〉을 괴멸시킨 모용황은 이때의 원정으로 천리에 달하는 영토를 확장할 수 있었고, 그 땅의 무수히 많은 가축과 재화를 살뜰하게 챙겼다. 모용황이 우문씨의 5천여 부락에 흩어져 살던 백성들을 처리하는 문제로 고심하던 끝에 또 다른 명을 내렸다.

"우문의 백성들을 그대로 살게 할 수는 없는 일이다. 그러니 다소 수고

스럽더라도 지금부터 그 백성들을 창려군으로 강제 이주시켜 살게 하라."

전연의 병사들이 우문의 백성들을 천여 리나 떨어진 북경 서북쪽 창려군昌黎郡(창평 추정)의 외진 벽지로 이주시키느라, 산과 들로 끝도 없는 행렬이 길게 이어졌다. 모용황은 남라성(경붕經棚)의 이름도 위덕성威德城으로 바꿔, 우문씨의 흔적조차 없애 버리려 애썼다.

〈전연〉의 모용황은 〈단선비〉에 이어 〈고구려〉와 〈우문선비〉에 이르기까지 자신들을 공격했던 〈3연합국〉을 차례대로 격파하는 데 성공했고, 이로써 20년에 걸친 응징을 마무리 지었다. 〈전연〉은 이제 고구려를 능가하는 하북의 최강자로 우뚝 서게 되었고, 자신들이 뜻하던 계획을 착착 진행시키는 모습이었다.

이듬해인 345년 10월, 〈전연〉의 모용각恪이 재차 고구려 남소성南蘇城으로 쳐들어왔다. 남소성은 직전 해에 태수 조문祖文이 사망해 고희高喜가 태수직을 맡고 있었다. 그런데 전연의 군대가 들어오자 남소의 소수小守 직책에 있던 승융勝戎이란 자가 돌연 나라를 배반하고, 연군燕軍에 투항하는 사태가 벌어졌다. 모용각이 승융을 앞세워 남소성을 협공해 오자 성안의 장수들이 분노했다.

"승융, 이 간사한 놈이 나라와 민족을 배반하고 선비의 앞잡이가 되었답니다. 절대 용서해선 아니 될 것입니다!"

이에 남소의 패자沛者 빈조賓兆와 사마 우매牛買 등이 앞장서서 용감하게 연燕군에 맞서 싸웠다. 그러나 안타깝게도 燕軍의 기세에 밀려 패하는 바람에 이들 모두가 전사하고 말았다.

그런데 이듬해 346년이 되자, 모용황이 이번에는 그 북쪽의 〈서부여〉를 겨냥했다. 그 무렵 서부여는 북쪽 의라왕에 대해 노선투쟁을 벌이다 끝내 갈라섰던 대방 세력이 대륙을 떠나 한반도로 향한 지 오래였다. 가뜩이나 더욱 쪼그라들게 된 의라왕의 서부여 세력 또한 서자몽 깊숙이 쫓겨나 있었다. 그 뒤 세월이 흘러 이제 겨우 반쪽만 남은 〈서부여〉에서는 의라왕이 죽고, 그 뒤를 이어 여현餘玄왕이 다스리고 있었다.

서부여는 초기에 백랑산 인근의 녹산鹿山에 자리를 잡았다가, 남쪽 대방 세력의 공세에 이은 고구려의 압박에 밀려, 부락이 여기저기 흩어져야 했다. 그러한 터에 하필이면 모용씨의 〈전연〉이 단부段部를 제압하면서, 어느새 바짝 옆으로 다가와 있었다. 마침내 모용황이 세자인 준儁에게 명령을 내렸다.

"부여가 아직 망하지 않은 채 명맥을 유지하고 있다니 참으로 끈질긴 족속들이다. 하필이면 우리 옆에 경계를 이루고 있으니, 이참에 반드시 그 질긴 숨통을 확실히 끊어 놓아야겠다. 세자는 1만 7천의 정예기병을 줄 테니 반드시 부여를 토멸하고 오라!"

그리고는 모용군, 모용각, 모여근 등 3명의 장수로 하여금 세자를 보좌케 하여 〈서부여〉 원정에 나서게 했다. 이때 모용준은 中軍을 맡아 중앙에서 전체 부대를 총괄 지휘하고, 나머지 군사 업무는 아우인 각恪에게 일임했다. 한편 서부여의 현玄왕은 나라의 인구나 군세가 크지 못해, 〈전연〉의 공세를 두려워하면서도 이렇다 할 대비를 미처 하지 못했다.

마침내 전연의 군대들이 파죽지세로 달려들어 서부여의 도성으로 몰려드니, 〈서부여〉는 제대로 저항도 못 해 본 채 맥없이 무너져 내리고 말았다. 모용준은 현왕을 비롯한 5만여 부락민들을 포로로 붙잡아 용성으로 끌고 갔다. 4년 전 고구려 침공 시 환도성의 5만 백성들을 끌고 간 것과 유사한 상황이 또다시 재현된 셈이었다.

연왕 모용황은 세자 모용준의 승전보에 크게 기뻐했고, 서부여 백성들을 달래고자 현왕을 진동鎭東장군에 임명하는 한편, 현왕의 딸을 자신의 처로 삼았다. 이로써 120년경 위구태왕에 의해 건국된 〈서부여〉가 2백여 년의 역사를 유지해 오다 끝내 모용씨의 〈전연〉에 멸망 당하고 말았다.

사실 모용선비의 조상은 자몽부를 이루었고, 서부여는 비록 비리卑離(불이, 부여)의 후예들이었으나, 피차간에 서로 많이 뒤섞여 있었다. 이들 모두는 동명제 고두막한이 다스리던 〈북부여〉의 번국으로 古조선의 다 같은 후예들이었던 것이다. 모용황의 조상 또한 원래는 섭涉씨였으나 모용을 앞에 둔 것뿐이었고, 〈비리국〉의 왕가 또한 섭씨 성이었으니 필시 이들은 같은 뿌리의 조상을 둔 것이 틀림없었다.

그렇다고 이것으로 〈서부여〉가 완전히 망해 버린 것도 아니었다. 비록 내부적으로 친고구려와 친중원(위진魏晉) 세력의 노선 갈등이 심화되면서 남북으로 〈녹산〉과 〈대방〉의 양대 세력으로 분열되긴 했지만, 서부여는 말 그대로 〈부여夫餘〉를 잇는 나라였다. 그중 대방의 백가제해 세력이 한 세대 먼저 한반도로 건너가 〈(부여)백제〉를 일으켰고, 여현왕과 여울 부자 또한 전연에 부역하면서 귀족으로 살아남아 명맥을 유지할 수 있었다. 다만, 이로써 서부여의 역사는 대륙의 요동에서 한반도로 무대를 바꾸는 동시에, 대방 세력이 주도하는 〈백제百濟〉라는 이름으로 새롭게 그 맥을 이어 가게 되었던 것이다.

그 와중에 반도 한성의 〈백제〉에서도 커다란 사변이 있었다. 346년 가을이 되니, 새로 왕위에 오른 지 얼마 되지도 않은 계왕契王이 죽어, 근초고왕近肖古王이 뒤를 이었던 것이다. 이듬해 정월이 되자, 한성백제의 근초고왕이 단을 쌓아 천지에 제사 지내고 즉위 사실을 고했다. 이때 진정眞淨이란 인물을 조정좌평朝廷佐平으로 내세웠는데, 이후 백제의 정치체제가 크게 바뀌게 되었다. 근초고왕의 처족으로 알려진 진정은 어질지 못한 데다, 권세를 믿고 가혹하게 정사를 펼친 것으로 악명이 자자했다.

고구려의 고국원제가 그런 소문을 듣고 한마디 했다.

"초고가 감히 천자 시늉을 낸다 하고, 진정이란 자의 행실이 이러하다니 벌해야 되는 것이 아니겠소?"

그러자 좌보인 비류공沸流公 상도尙道가 아뢰었다.

"백제는 비록 임금이 죽었어도 새로운 이가 그 자리를 채워 대신하고 있고, 초고왕이 식견이 있어 신神을 숭상할 줄 안다고 합니다. 진정은 비록 인망을 얻지는 못했어도 재간이 있다 하니, 갑작스레 그런 백제를 토벌하기가 쉬운 일은 아닐 것입니다."

태왕이 이 말에 수긍해 백제 원정을 포기했다. 상도는 원래 신선神仙에 빠져 있던 인물로 벼슬과는 멀었으나, 태보 부승芙昇의 추천으로 해현解玄에게 우보로 발탁된 인물이었다. 우보의 자리에 오른 상도는 보답이라도 하듯, 자신의 딸과 진보珍寶를 기꺼이 해현에게 바쳤다. 겉으로는 반듯한 듯했으나 속으로는 간교하여 권력자인 부승과 해현에 빌붙어 한자리 차지한 것이었는데, 이듬해 죽어 아들 상현尙玄이 대신했다.

고국원제의 주변이 이런 인물들투성이로 말만 번지르르했지, 강성한 기운을 가진 이가 드물었다. 당시만 해도 태왕 자신이 백제 원정의 뜻을 강하게 품은 것도 아니었고 그럴 명분도 없었겠지만, 후일 이처럼 소극적으로 일관했던 대가 또한 가혹하기 짝이 없는 것으로 돌아오고 말았다.

2월이 되니, 고구려 신성新城태수 우성牛成이 죽어 고국원제가 면강免江으로 하여금 그 자리를 대신하게 했다. 3월에는 용산에서 사슴제를 올리고, 외조부 해현解玄을 국부國父 겸 태왕으로 한껏 올려 주었다. 가을에는 北山의 〈웅왕전熊王殿〉이 완성되었는데, 지극히 사치스럽게 지어졌다고 했다. 그런데 그 무렵 총선總船장군 마발馬發로부터 신성태수로

간 면강에 대한 밀고가 들어왔다. 면강은 모용황의 〈환도 원정〉 때 水軍을 이끌었던 영웅이었으나, 사실 20년간이나 주선主船을 맡아 일하면서 많은 조세를 거두어 축재를 한 인물이었다.

그 와중에 청하青河의 대상大商 환리桓利의 처를 빼앗았고, 자신의 파당에 속한 무리들을 12패읍沛邑에 두루 배치해 놓았다. 그들 또한 남의 처를 빼앗는 등 패악질을 일삼다 보니, 백성들의 원망이 자자했다. 마발의 보고로 이 사실을 알게 된 태왕이 노해 즉시 명을 내렸다.

"신성태수 면강을 즉시 자리에서 끌어내리고, 그 패거리라는 12명의 패자沛者들도 모조리 내치도록 하라!"

결국 면강 일파들이 이때 모두 축출당하고 말았는데, 고국원제는 태자 무武를 새로운 신성태수로 삼고 소수小守 2인과 3명의 장군을 딸려 보내 보좌케 했다. 고국원제가 모처럼 지방 관료들의 부패를 과감하게 척결한 셈이었다. 그렇다고 측근에 포진해 있던 중앙관료들을 당장 어쩌지는 못했는데, 이들은 나라의 중신인 데다 대부분 자신의 종척들이었으니, 예나 지금이나 개혁이란 그만큼 어려운 일이었다.

그런데 그해 9월이 되자 〈전연〉으로부터 놀랄 만한 급보가 날아들었다.

"태왕폐하, 연왕 모용황이 사냥을 나갔다가 귀신을 만나 비명횡사했다고 합니다. 지금 아들 준儁이 왕위를 이었다고 합니다."

"무엇이라? 황이 죽었다는 그 말이 정녕 사실이더냐?"

태왕이 숙적 모용황의 사망 소식에 크게 놀랐으나, 한편으로 반갑기 그지없는 소식이라 가슴을 쓸어내렸을 것이다. 그래도 문상을 위해 서둘러 아우 민玟을 〈전연〉으로 보냈더니, 민이 돌아와 기이한 이야기를 전했다.

즉, 모용황이 요수遼隧로 나가 온천을 하던 중에 여러 마리의 짐승들이 보여서 활을 쏘았더니, 붉은 옷에 백마를 탄 사람이 나타나 여기는 사냥터가 아니라며 황皝을 꾸짖었다고 한다. 황이 누군데 감히 자신이 사냥하는 것을 말리느냐며 대꾸하고는, 이내 말을 몰아 물을 건너 사냥을 계속했다. 그 와중에 흰 토끼 한 마리에 이끌려 돌투성이인 계곡으로 따라 들어갔는데, 그만 말에서 떨어져 크게 다쳤고, 이후 오래지 않아 사망했다는 이야기였다.

그 말을 듣던 사람들 모두가 난리 중에 파헤쳐진 미천릉을 떠올렸을 테지만, 정작 전연에서는 황에게 살해당한 왕의 아우 인仁의 이름이 나돌았다. 어쨌든 부친 모용외만큼이나 용의주도하면서도 과감했던 燕왕 모용황이 52세의 나이로 허망하게 죽자, 그의 장자인 29세의 모용준이 뒤를 이었다. 황이 죽기 직전, 장자인 모용준儁을 불러 일렀다.

"아직 중원이 평정되지 않았으니, 현명하고 걸출한 인재를 거두어 세상을 다스려야 할 것이다. 네 동생 각恪은 지혜와 용기 모두를 갖추었다. 너는 아우를 중용해 내 뜻을 완성토록 하라. 또 양무陽騖가 선비로서 고결하고 충성스러우니, 그에게 큰일을 맡길 만할 것이다."

모용준은 부친의 유지대로 아우 모용각을 좌현왕으로 삼고, 양무를 낭중령으로 중용했다.

그런데 그해 4월이 되니 이번에는 〈후조後趙〉의 황제 석호石虎가 죽었다는 소식이 들려왔다. 잔악한 공포정치로 악명 높던 석호가 죽자, 황위 계승을 둘러싸고 그 자식들 간에 한바탕 피비린내 나는 싸움이 이어졌는데, 1년도 안 되어 3명의 황제가 차례대로 쓰러져 갔다. 마지막에는 석호의 양손養孫이라는 염민冉閔이 황제 자리를 차지했는데, 漢族 출신이었던 그는 나라 이름을 즉시 〈위魏〉로 바꾸어 버렸다.

이로써 갈족의 영웅 석륵이 건국했던 〈후조〉 또한 고작 30년 만에 역사 속으로 사라져 버렸다. 석호의 아들 13명 중에 8명은 형제간 싸움으로 죽었고, 나머지 5명은 염민에게 피살되었다. 뿐만 아니라 38명이나 달했던 석호의 손자 모두가 이때 살해당했으니, 무서운 역사의 인과응보가 아닐 수 없었다. 석호의 통치 시절 그는 민족감정을 고조시켜, 흉노와 선비 등의 기마민족을 야만인 취급하던 漢族들을 닥치는 대로 죽이는 등 이민족 말살책을 거리낌 없이 펼쳤던 것이다.

이에 환멸을 느껴 왔던 염민은 반대로 흉노 갈족羯族에 대한 보복에 나섰는데, 그에 앞서 업성鄴城의 성문을 활짝 열게 하고는 다음의 포고를 했다.

"나와 함께할 자는 성에 남고, 반대하는 자는 좋은 곳으로 떠나라."

불안한 낌새를 알아차린 갈족들이 다투어 성문을 빠져나갔고, 반대로 漢族들이 성안으로 쏟아져 들어왔다. 얼마 후 염민이 갈족을 대상으로 무자비한 학살을 자행했는데, 불과 수일 동안 20만 명이 넘는 무고한 백성들이 살해되었다. 그때 죽은 시체들이 산을 이루었다고 했으니, 염민의 무도한 악행 또한 그의 통치력을 크게 약화시켰을 것이다. 잔인하기 그지없는 시절이었다.

모용황이 귀신에 홀려 죽었다던 그 이듬해 349년 정월, 고국원제는 환도의 대가大加로 내보냈던 면강을 동해東海태수로 보냈다. 그사이 면강이 중앙의 핵심 관료들에게 손을 쓴 모양새였다. 그런데 가을이 되자 낙랑왕 고희高喜가 전격적으로 고구려 서남의 대방帶方(요동)으로 진격해 들어가 5개 城을 점거해버렸다. 〈전연〉이 염민의 난으로 혼란에 빠진 〈후조〉를 겨냥하고 있어, 동쪽에 신경을 쓰지 못할 것으로 판단한 것이 틀림없었다.

고국원제 즉위 초기인 333년 태왕이 대방을 공격해 6개 성을 공취했으나, 이후 모용외를 비롯한 선비족들의 남진으로 차례대로 빼앗겼던 것을 다시 수복한 모습이었다. 모용씨의 철저한 방어에도 불구하고 이루어진 모처럼의 성과에 고국원제가 이를 크게 반겼다.

"색구索句를 신지新地태수로, 휴절休折을 점선占蟬태수로 삼을 것이다. 나머지 공이 있는 장수들에게도 후하게 포상토록 하라!"

고국원제는 이외에도 남楠을 후위後衛장군으로 삼아 대방 일대를 철저하게 수비토록 했다. 그러자 이듬해인 350년, 새로이 燕왕에 오른 모용준이 반응하기 시작했는데, 〈전연〉이 용성龍城(容城)을 나오더니 슬그머니 도읍을 서북쪽 인근의 〈계薊〉(역현)로 옮기는 천도를 단행한 것이었다.

그리고는 뜻밖에도 이때 고구려를 상대로 상호충돌을 방지하기 위한 물밑교섭에 나선 것으로 보였다. 전연의 왕위교체를 계기로 변경을 도발한 뒤였기에 잔뜩 긴장해 있던 고구려 조정에서도 전연이 유화책을 펼쳐 오자 이를 수용한 것으로 보였는데, 주태후가 여전히 전연의 인질로 남아 있기 때문이었을 것이다.

자세한 내용은 알 수 없으나 양쪽이 이때 필시 상호불가침 맹약 등을 주고받은 것으로 보였는데, 이후로 각자의 행동반경이 서로 반대쪽을 향했기 때문이었다. 얼마 후 전연이 대대적인 남진을 개시한 데 이어, 고구려는 동쪽의 한반도 대방을 향해 진격했던 것이다.

당시 〈동진〉의 환온이 북벌을 추진하고 있었고, 저氐족의 포홍과 강羌족의 요익중도 내란으로 혼란에 빠진 〈후조〉의 땅을 노리고 있었다. 특히 요동의 〈전연〉은 가장 적극적으로 이미 남진을 위한 준비를 실행에 옮기고 있었는데, 349년 〈동진〉의 목제穆帝가 모용준에게 내린 작위는 〈사지절使持節시중대도독侍中大都督하북제군사河北諸軍事유기병평4주목幽冀幷平四州牧대장군대선우연왕燕王〉으로, 동북의 4개 州를 관장하는 직위였다.

350년 마침내 모용준이 세자인 모용엽에게 도성을 맡기고는, 삼로군을 편성해 남진을 개시했다. 〈전연〉의 본격적인 남진에 놀란 〈후조〉의 태수들이 달아나거나 투항해 왔고, 모용준이 이때 광녕廣寧과 상곡上谷(하북회래) 일대를 장악했다. 마침 그 무렵에 죽은 석호의 또 다른 아들 석지石祗가 포홍(부홍)과 요익중의 지지에 힘입어 염민에 반기를 들었다.

그러자 이듬해인 351년, 염민이 석지의 근거지인 양국襄國(하북형태)을 포위한 채 백 일이 넘도록 총공세를 퍼부었고, 다급해진 석지가 이웃한 〈전연〉에 지원을 요청했다. 모용준은 기다렸다는 듯이 장수 열관悅綰에게 3만의 병사를 주어 석지를 지원하게 했고, 염민은 끝내 후조를 지원하는 연합군의 공세에 밀려 물러나야 했다.

모용선비 〈전연〉이 승승장구하던 그 무렵, 섬서와 감숙 등 장안長安의 서북쪽에서는 또 다른 북방민족이자 5胡의 하나인 〈저족氐族〉이 일어나 있었다. 4세기 중엽, 진안秦安 인근의 백마저白馬氐라는 부족의 족장 포홍蒲洪이 일어나 저족의 무리를 통합했다. 포홍은 이후 부족들을 이끌고 석륵石勒의 〈후조〉에 편입되었다.

333년경, 석륵이 60세의 나이로 죽자 황태자인 석홍石弘이 후조의 제위를 이었다. 그러나 모든 실권은 석륵의 아우로 승상의 자리에 오른 석호石虎에게 있었다. 급기야 석호를 의심하던 사람들이 그에게 반기를 들기 시작했고, 궁정 안팎으로 내란이 이어졌는데, 특히 관동과 낙양을 지키던 실력자들의 규모가 가장 컸다. 사태수습에 나선 석호는 아들 석수石邃에게 도성인 양국을 맡긴 채, 직접 7만의 기병을 이끌고 출병해 반란세력을 진압해 버렸다.

이듬해, 두려움에 떨던 석홍이 옥새와 인수(끈)를 석호에게 바치며 선양의 뜻을 밝혔다. 결국 석호가 20세 황제 석홍을 폐위시키는 동시에, 석륵의 다른 아들들과 태후까지 모두 제거해 버렸다. 석호는 황제의 자리를 거부하는 대신, 자신을 〈조趙〉나라의 섭정왕으로 부르게 했다.

석호는 대사면령을 내리고 여러 부족들을 포용하려 애썼는데, 이때 스스로 투항해 온 저氐족의 포홍에게는 용양장군을, 또 다른 강羌족의 수장 요익중姚弋仲에게도 분무장군의 칭호를 내려 주었다. 요익중은 창업자인 석륵의 친구로 석호보다 15살이나 연장자인 데다 강직한 성품을 지녀, 석호에게 거침없이 쓴소리를 해대도 이를 용인할 정도로 석호가 예우하던 인물이었다.

조趙왕 석지石祗는 전연 등의 지원에 힘입어 양국을 무사히 지켜 낸데 크게 고무되었다. 석지가 업성으로 밀려난 염민을 끝장내기 위해 7만의 병력을 유현劉顯에게 주고 대대적인 역공에 나서게 했다. 그러나 유현이 전투를 서두르다 오히려 염민에게 대패했고, 양국으로 돌아온 유현이 오히려 석지를 살해하면서 〈후조〉 석石씨 일가의 왕통을 끊어 놓고 말았다.

사태가 이 지경에 이르자, 이듬해인 351년 저氐족의 수장 부건苻健 또한 장안에서 〈전진前秦〉을 건국하고, 동쪽으로 낙양洛陽을 압박했다. 석지를 배반한 유현은 양국에서 스스로 황제에 올랐으나, 이듬해 염민의 공격을 받고 사로잡혀 끝내 자신도 처형당하는 신세가 되고 말았다. 바로 그 무렵에 燕왕 모용준이 새로이 3로군을 편성해, 본격적으로 업성의 〈염위冉魏〉(후조) 공략에 나섰던 것이다. 모용준이 장수들에게 명을 내렸다.

"아우 각恪은 중산을, 낙이 상산(항산)을 각각 공격하라!"

이어 숙부인 모용평으로 하여금 노구魯口의 왕오를 치게 했고, 만만치 않은 서쪽 〈代〉 땅에는 아우 수垂를 보내 그곳에 머물며 인심을 다독이고 견제하게 했다. 전연이 남진을 하는 동안 代가 뒤를 때릴 것을 의식했던 것이다.

그렇게 하북의 중북부를 단단히 눌러 놓은 모용준은 비로소 〈후조〉를 대신한 〈염위冉魏〉의 업성(한단)을 향해 남진했다. 〈전연〉의 대대적인 침공에 맞서기 위해 위나라에서도 황제 염민冉閔이 나서서 도성 외곽의 수비에 나섰다. 그러나 염민의 군대는 대부분 보병 중심이라 기병 위주의 燕軍이 나타나자 모두 산으로 들어가 맞섰고, 결국 쉽사리 승부가 나지 않았다. 시간이 없는 모용준이 수하 장수들에게 명을 내렸다.

"위군을 평지로 유인해 내야겠으니, 일단 포위를 풀고 퇴각하는 척하라!"

이처럼 유인에 의한 매복전은 북방민족이 자주 쓰는 전형적인 전술이었음에도, 염민의 군대는 전연의 군대가 물러나는 줄 알고 이내 숲속에서 나오기 시작했다. 그 순간 전연의 군대가 사방에서 나타나 염민의 위군을 일망타진해 버렸고, 동시에 모용평은 염민의 아들 염지가 지키는 업성으로 내달려 성을 포위해 버렸다. 수세에 몰려 달아나던 염민은 정현에서 붙잡혀 계성으로 압송되었고, 끝내 그곳에서 목이 베이고 말았다. 업성의 염지 또한 그 수하가 성문을 열고 투항하는 바람에 체포되어 모두 참살당하고 말았다. 이로써 〈염민의 난〉과 함께 하북 일대를 요동치게 했던 〈염위冉魏〉 또한 고작, 2년 만에 역사 속으로 사라져 갔다.

〈전연〉의 대군이 업성으로 몰려들자 〈후조〉에 속했던 많은 장수들이 속속 투항해 왔다. 모용준은 이들을 종전과 같은 직위로 우대해 주겠다며 포용책을 꺼내 들었고, 그사이 일부 반기를 들고 일어났던 저항 세력들도 시차를 두고 모두 평정되었다. 모용준이 그렇게 〈염위〉로 이어지던 〈후조〉의 잔당 세력들을 완전하게 제압하는 데 성공하면서, 〈전연〉

은 이제 황하 이북의 최강국으로 우뚝 서게 되었다.

인내심을 갖고 사전에 준비한 치밀한 작전에 과감하고 발 빠른 기동력이 더해진 데다, 군신들이 일치단결해 일사분란하게 움직인 결과 얻어 낸 멋진 승리였다. 이는 또 북방 선비족들이 중원을 상대로 일구어 낸 사실상 최초의 성과이기도 했다. 그해 11월이 되니, 후조를 평정한 모용준慕容儁이 수하들의 성화에 칭제하기 시작했다. 오랜 세월 〈고구려〉에 눌려, 그야말로 천덕꾸러기 신세나 다름없던 모용선비 〈전연〉의 찬란한 전성시대가 도래한 셈이었다.

그 직전인 350년 2월, 〈고구려〉에서는 태보 부승이 80세의 나이로 사망해 부평芙平이 그 뒤를 이었다. 9월이 되어서는 태왕의 아우 왕자 석錫이 〈전연〉에서 돌아왔는데, 진법훈련을 그림으로 그린 〈습진도習陣圖〉를 가져와 바쳤다. 그런데 그해 10월이 되자 고국원제가 한반도와 관련된 명을 하나 내렸다.

"반도의 대방에 속한 신지新地 땅을 이제부터 평나平那로 바꾸어 부르게 하라!"

바로 이 평나를 후일 발음 그대로 평양平壤으로도 불렀으니, 한반도 북한의 평양을 말하는 것이었다. 고구려가 난하 동편 갈석산 인근의 동황성(창려평양)을 도성으로 삼다 보니, 오늘날 북한의 평양을 고구려의 도성으로 해석하고 있으나 그 거리만 해도 2천 리나 차이가 나는 데다, 고구려는 단 한 번도 반도의 평양을 도성으로 삼은 적이 없었다. 후대에 韓민족의 역사가 한반도 안으로 축소, 왜곡되면서 의도적으로 꾸며 낸 오류였다. 그뿐 아니라 북한의 평양은 1945년 일제日帝로부터 독립하기까지, 韓민족의 전 역사를 통틀어 단 한 번도 수도로서의 기능을 한 적이 없었다.

당시 〈고구려〉가 한반도를 돌아보기 시작한 것은 요서 남쪽의 〈전연〉에만 신경 쓰는 틈을 타, 〈백제〉가 한강을 넘어 대방(황해) 지역으로 넘어오기 시작하면서부터였다. 그 무렵 용성을 나와 계성으로 천도한 〈전연〉이 〈고구려〉와의 불가침 맹약을 통해 양측 사이에 변경에 대한 모종의 합의가 이루어진 것으로 보였다. 뒤쪽의 고구려를 단단히 묶어 놓은 〈전연〉은 이후로 곧장 하북 일대의 공략에 나섰던 것이다.

이 무렵 고국원제가 〈염위〉를 무너뜨린 전연 모용준의 성과에 자극을 받았는지, 서둘러 반대쪽으로 눈을 돌려 한반도의 대방 세력, 즉 〈백제〉를 견제하기 위한 선제 조치에 나섰다. 이를 위해 장차 평나平那를 한반도 서북부의 전진기지로 삼고자 했던 것이다. 이후로 한반도 대방을 잔뜩 벼르던 고국원제가 2년 뒤인 352년 2월, 마침내 전격적으로 한반도 원정에 나섰다.

"해발解發을 정남征南대장군으로 삼을 것이다. 장군은 즉시 병사들을 이끌고 반도의 대방 세력을 토벌하도록 하라!"

당시 한반도의 중서부는 기존의 〈한성백제漢城百濟〉가 있어 근초고왕이 다스리고 있었고, 그 아래 충남 거발성(공주)을 중심으로 하는 〈부여백제夫餘百濟〉가 있었다. 부여백제는 대륙 요동 지역 〈서부여〉의 일파였던 비류왕을 따라 함께 반도로 이주해 온 소위 백가제해百家濟海 세력이 탄생시킨 신흥정권이었다.

얼마 후 부여백제 세력이 북진해 한성백제를 누르고, 한강과 임진강을 넘어 북쪽의 황해도 일대까지 장악하다 보니, 고구려에서는 요수遼水 하류 지역의 대방과 같은 계통으로 간주하여 이들을 〈대방帶方〉이라고도 불렀다. 이것이 대륙과 반도의 〈대방〉을 혼동하게 하는 원인이 된 데다, 남북의 두 백제 세력이 복잡한 내력으로 뒤섞이다 보니, 오늘날까지도 그 해석을 놓고 이론이 분분하다.

다만, 황해의 대방은 300년경 사로국 유례왕이 북변을 순행할 때, 우두주까지 찾아와 공물을 바쳤다는 것으로 미루어, 백가제해 세력의 본격적인 반도 이주에 앞서 요동(대방)의 전란을 피해 대방인들의 이주가 먼저 시작된 것이 틀림없었다. 이런 배경하에 웅진으로 이주해 온 서부여 세력이 한강 북쪽의 대방세력과 빠르게 연결되었을 가능성이 컸고, 부여백제의 북진을 유발한 듯했다. 자세히는 알 수 없지만, 당초 호시탐탐 기회를 노리던 비류 세력이 어느 시기에 황해 쪽의 대방 세력과 연합해 한성백제를 제압하고, 비류왕이 직접 한성백제를 다스렸던 것이다. 그 과정에서 누군지는 알 수 없지만 고이왕의 뒤를 이은 한성백제의 왕이 희생된 것은 물론, 후일 백제의 왕력에서도 누락된 것이 틀림없었다.

그 후 비류왕이 죽자 이번에는 보과부인이 나서서 분서왕의 아들인 계契를 옹립했다. 그러나 그 무렵 남쪽 거발성(충남공주)을 지키던 부여백제 세력이 계契왕의 통치에 불만을 품어 한성백제 출신의 진眞씨 등 일부 호족들과 내통했고, 이들이 근초고왕을 내세워 친위쿠데타를 일으켰다. 이미 40대 중년의 나이였던 계왕은 드높은 기상에 강직하고 용감한 데다 기사에도 뛰어났다니, 결코 만만치 않은 군주였겠지만 내부의 반란으로 뜻을 펼치지 못했던 것이다.

특이한 점은 이때 부여 세력이 비류왕 때처럼 직접 한성백제의 왕위에 오른 것이 아니라는 점이었다. 기존 온조계열의 해解씨 왕족 중 고이왕의 직계 왕통 대신에, 그 주변에 머물던 혈족 중에 자신들의 뜻에 따르기로 맹약한 인물들을 내세워 나라를 간접적으로 통치하는 방식을 택한 것이었다. 이는 사실상 부여백제의 괴뢰정권을 세우는 것으로, 실제로 근초고왕을 그 대리 역으로 삼아 전과 같이 왕통을 이어 가게 했던 것이다.

그 속내는 무엇보다 우선 토착민들의 저항을 완화하는 데 주된 목적이 있었을 것이다. 제아무리 승자의 입장이라고는 해도 여전히 자신들은 요동에서 막 흘러들어 온 신흥세력으로, 인구나 병력 면에서 한성백제의 그것을 능가하기가 결코 쉽지 않았던 것이다. 그 밖에도 한성백제가 북쪽으로 대륙의 강자 고구려와 국경을 이루고 있다 보니, 부여 세력은 자신들과 고구려 사이에 위치한 한성백제를 그대로 유지시켜 현실적으로 고구려와의 완충지대 겸 최전방지대로 삼으려 했을 수도 있었다.

그렇더라도 현지 토착민 출신의 왕이 나라를 다스릴 경우 언제든지 반란과 독립으로 이어질 수 있는 가능성이 있었다. 실제로도 〈우복의 난〉이 일어나기도 했으니, 괴뢰정권의 수립은 다분히 위험성risk이 큰 모험이었을 것이다. 그 대신 상국인 부여백제는 한성백제의 왕위는 물론, 조정대신의 임명 등 정치에 깊숙이 간여했으며, 무엇보다도 장수들과 병력을 대거 파견해 주둔군을 운용하는 형태로 한성 쪽을 강력하게 통제했다. 게다가 틀림없이 한성의 왕들로부터 태자 등 거부할 수 없는 인질을 요구하는 등, 여러 수단을 동원했을 것이다.

당시 모용선비 〈전연〉에 시달리던 〈고구려〉가 느닷없이 반대방향 동쪽의 이역만리 한반도 원정을 시작한 이유는 분명했다. 한성백제의 배후에서 한강 너머 북쪽 황해도 일대로의 진출을 주도하던 세력이, 다름 아닌 한반도로 쫓겨 간 〈서부여〉의 잔당들이기 때문이었다. 골수 반고구려 성향으로 얼마 전까지도 요동의 대방에서 서로 전쟁을 치르던 사이였기에, 이들은 당시 고구려가 모용선비 전연 등과 첨예하게 대치하고 있다는 사실을 누구보다 잘 알고 있었을 터였다.

고구려가 서쪽의 요동에 묶여 있을 수밖에 없다고 판단한 이들이 이때를 기회 삼아 한성백제 세력과 힘을 합해, 부지런히 한강과 임진강을 넘어 황해도(반도 대방)로 쇄도해 들어갔던 것이다. 게다가 기왕에 황해대방 지역으로 이주해 온 서부여 세력까지도, 이미 소왕이 다스릴 정도의 세력으로 성장해 있었던 것이다. 그러나 서부여계 백제의 대방(황해) 진출은 이내 고구려 조정을 자극한 끝에, 오히려 고구려의 대규모 한반도 원정을 촉발하고 말았다.

그 결과 고구려의 정남장군 해발이 이때 방식方式과 우신于莘, 동리佟利 등의 장수들과 함께 우선 한반도의 대방(황해)軍에 대해 기습공격을 가했다.

"으앗, 구려군의 깃발이다. 구려 정예군의 기습이닷!"

당시 대방군에는 부여와 한성백제의 일부 지원군이 포함되었을 가능성이 높았으나, 대규모 고구려군의 갑작스러운 기습을 예상하지 못한데다 전투력에 있어서도 강성한 고구려의 정규군을 당해 내기란 쉽지 않았을 것이다. 결국 고구려군이 이때 대방軍을 단숨에 무너뜨리고 대방왕 장보張保를 사로잡았다.

문제는 이때 해발의 원정이 대방군과의 전투만으로 끝난 것이 아니라는 점이었다. 곧바로 근초고왕이 이끄는 한성백제군이 한강 하구로 추정되는 관미령關彌嶺에 모습을 드러냈는데, 대방을 지원하거나 수복하기 위함이었다. 결국 양측에서 대군이 맞붙어 한바탕 전투를 벌인 결과, 또다시 고구려군이 백제군을 대파시켰다.

2차 〈관미령전투〉에서도 승리한 고구려군이 이때 생포한 대방과 한성백제 두 나라의 포로들은 물론, 일반 백성 남녀 1만여 명을 끌고 갔는데, 필시 그 속에는 부여백제의 지원군도 포함되었을 것이다. 이후로 고구려는 임진강의 중서부로 추정되는 대방의 주변 지역에 3개의 城을 쌓아 수비를 단단히 했다.

아쉽게도 더 이상의 자세한 기록이 없어 당시 전투의 규모와 전황 등을 정확히 알 수는 없으나, 황해의 대방 세력을 비롯해 남북으로 나뉘어 있던 두 백제의 연합군까지 고구려와의 전투에 대거 참전한 것이 틀림없었다. 결과적으로 1만 명 이상의 포로납치가 이루어진 것으로 보아, 그해 상반기 내내 양측에서 상당한 규모의 전투를 치렀던 것이다.

또 하나 당시 서부여 왕가는 한반도의 백가제해 세력과 분리되던 시점에서 국호인 〈부여夫餘〉 자체를 자신들의 성씨로 바꾼 것으로 보였는데, 나라의 정체성을 지키기 위한 개혁조치의 하나였을 것이다. 다만, 실제로는 앞의 '부夫'를 떼어내고 뒤의 '여餘'만을 성씨로 택했으니, 부여백제 왕족의 성姓 또한 같은 여餘씨였다.

그해 7월, 마침내 한반도 백제와의 전투에서 승전보가 날아들자 고구려 조정에서는 고국원제와 신료들이 크게 기뻐하면서, 전투에 참전한 장수들에게 포상을 내리고 격려했다.

"해발을 진남鎭男대장군으로 삼고, 우진을 진서鎭西대장군으로 올려주도록 하라. 아울러 이들에게 각기 4만씩 총 8만 명의 병력을 주어 거느리게 하고, 용백龍白을 진북鎭北대장군으로 삼아 3만 군을 주되, 해발, 우진 두 대장군을 도와 서로 호응하도록 하라."

이로써 한반도 서북부 일원에 도합 11만 명에 달하는 대규모의 고구려軍이 주둔하게 되었으니, 고구려가 한반도에 전에 없이 비상한 관심을 갖게 된 시점이 바로 이때부터라고 할만했다. 고국원제가 이때 진남과 진서대장군을 두는 외에, 이들을 후방에서 지원하고자 진북대장군 용백의 군대를 추가한 것으로 보아, 당시 고구려가 이 지역에 상당히 공을 들였음을 알 수 있었다.

10년 전 〈전연〉의 침공으로 환도성이 불타고, 인질로 끌려간 모후가 여전히 귀국하지 못한 상황이었으니, 고국원제로서는 동쪽 반도에서만큼은 반드시 서부여의 잔당들을 누르고 말겠다는 의지가 강력했을 것이다. 특별히 태왕의 장수들 가운데 동리佟利는 전연에서 귀부한 동수佟壽의 아들로 보였는데, 그렇다면 동리가 부친의 묘를 호화롭게 꾸며 안악 3호분을 조성한 인물일 수도 있었다. 그런데 그해 12월이 되자, 고국원제가 다소 놀라운 발표를 추가했다.

"대방왕 장보를 대방태수로 임명한다!"

고구려가 1차 황해대방과의 전투에서 생포한 장보를 태수로 임명했다는 것은 실제 여부를 떠나, 반도 백제를 상대로 펼쳤던 고도의 심리전일 가능성이 높았다. 당시의 전투가 주로 한강 이북에서 치러진 데다 고구려가 한강 이남으로 진출한 흔적이 없고, 무엇보다 이후 5년 뒤에 양측이 다시금 맹렬하게 전쟁에 돌입했기 때문이었다. 고구려가 대규모 병력을 한반도에 주둔시킨 사실 자체가, 오히려 한강 이남의 백제가 고구려에 완강하게 맞서고 있었음을 강력하게 시사해 주는 것이기도 했다.

한편, 고구려가 한반도 백제 세력과의 싸움에 치중하는 동안 서쪽의 〈전연〉은 〈후조〉를 계승한 〈염위〉를 멸망시키고, 난하 서쪽의 하북 전체를 평정하면서 사실상 중원의 맹주나 다름없는 지위에 당당하게 올라섰다. 이듬해가 되니 자신감으로 충만한 모용준은 그 위상에 걸맞게 황제를 칭하기 시작했고, 이제 동북에 연연해하기보다는 드넓은 중원을 다스리는 일에 몰두하려 했다.

353년 정월 해가 바뀌자마자, 고국원제는 청발青發을 〈전연〉의 도성으로 보내 모용준의 황제 즉위를 축하하고, 정성스레 마련한 토산물을 바쳤다. 이제 전연과 고구려의 관계는 사실상 상하의 관계나 다름없어 보였다. 청발이 이때 모용준에게 한반도 백제의 도발로 인해 야기된 양측의 전투 결과 및 대방태수의 일을 소상히 설명해 주었다. 그러나 모용준은 그사이 옛 〈서진〉의 땅을 차지하고 중원의 황제에 오른 셈이라, 고구려의 소소한 다툼에 관심이 없는 척하며 내내 너그럽고 여유 있는 태도로 대했다.

"동방의 일은 그대들에게 맡길 터이니 잘 처리하시오. 짐은 장차 그대의 나라를 내 아들의 나라처럼 여길 것이오."

모용준의 이 말로 미루어 보아 〈전연〉은 본격적인 남진을 개시하기 전에, 〈고구려〉로부터 불가침 맹약을 확실하게 받아둔 것이 틀림없어 보였다. 태후가 여전히 송환되지 못한 데다, 이미 전연을 두려워하고 있던 고구려의 군신들은 마침 반도로 넘어간 대방 세력 백제가 도발을 해온다는 소식에, 서둘러 시선을 반대쪽 한반도로 돌리기 시작했던 것이다. 일견 서쪽에서 뺨 맞고 동쪽에다 화를 내는 모습과 다를 게 없어 보였다.

그러나 서부여 대방 세력의 한반도 이주와 백제연합의 대방진출은 요동에서 휘몰아치던 전쟁의 바람을 비로소 한반도까지 끌어들이게 된 역사적 사건이었다. 온조대왕의 후예인 한성백제는 그간 350여 년이 흐르도록 대륙의 고구려와는 서로가 형제의 나라로 인식한 듯 크게 다툰 적이 없었다. 그러나 이때의 〈관미령전투〉를 계기로 한성백제마저 고구려와 적대관계로 돌아서고 말았으니, 서부여 세력인 부여백제의 강압이 아니고서는 그 이유를 설명할 길이 없는 것이었다.

그뿐이 아니었다. 반도의 백제연합에 대한 고국원제의 우월감은 후일 더 큰 화를 자초하고 말았다. 이로써 고구려와의 전쟁이 걷잡을 수 없이 확대되면서, 대체로 평화로웠던 한반도 전역이 전쟁의 소용돌이에 휘말리게 된 것이었다. 그 와중에 동남쪽의 신라 및 가야권까지 예외가 될 수 없었고, 50년이 지난 뒤에는 부여백제의 세력이 일본열도로 이주하는 엄청난 정치적 격변마저 야기되었기 때문이다.

이로써 한반도 전체가 살육이 난무하는 전쟁터로 서서히 변하게 되었지만, 한편으로는 이런 과정을 통해 대륙의 선진문명이 한반도는 물론, 궁극적으로는 멀리 일본열도까지 전해지는 또 다른 계기가 되었다. 이처럼 기본적인 힘의 이동에 의해 빚어지는 정치적 변화들이야말로, 바로 인류가 오늘날까지 반복해서 만들어 온 역사의 전형 그 자체였을 것이다.

그 무렵 〈전연〉의 모용준이 13살 먹은 자신의 딸 호인好仁공주를 고구려 태왕의 처로 내주면서 고국원제를 일방적으로 〈부마도위駙馬都尉현도군왕玄菟郡王〉에 봉했다. 다분히 모욕으로 느껴졌을 소식임에도 불구하고, 고구려 태왕에 대한 모용준의 배려가 틀림없었기에 고국원제가 별수 없이 서하西河까지 나가 공주를 맞이해 온탕으로 들어갔다. 또 공주를 따라온 신하들을 위해 용산龍山행궁에서 연회를 베풀어 주었으니, 모후인 주周태후가 전연에 인질로 머무는 한, 고국원제는 〈전연〉 황제의 뜻에 따를 뿐이었다.

이듬해 354년, 고구려의 낙랑왕 부평芙平이 죽어서 태왕이 창번倉樊으로 하여금 대신하게 했다. 전연의 모용준은 이때 무려 20여 명에 이르는 자신의 여러 아우들을 곳곳의 王이나 公으로 봉해 주고 다스리게 하면서, 자신의 입지를 더욱 탄탄하게 다져 나갔다. 얼마 후 모용준이 현도玄菟태수 을일乙逸을 보내와 태왕을 다시금 〈부마도위양맥대왕梁貊大王〉으로 바꾸어 봉했다. 일견 郡王에서 大王으로 올려 주는 모양새를 취한 듯했으나, 사실 부질없는 일이었다.

고국원제 25년 되던 355년 정월, 태왕은 구부丘夫태자를 정윤으로 삼은 다음, 동궁을 관할하고 태자를 보필할 관리 45명을 내려 주었다. 아울러 해현의 딸 연燕씨를 동궁비로 삼게 했다. 특별히 이때 경총부瓊叢府를 두어 황실의 종척과 외척을 관리하게 하되, 태왕의 아우 인仁을 경총대부大夫로 임명했다.

그해 9월, 고국원제는 여전히 전연에 인질로 있던 모후의 송환을 위해 아우 민玟을 다시금 〈연〉나라로 보내 협상을 진행하게 했다. 놀랍게도 이때 전연의 황제 모용준이 周태후의 귀국을 허락했는데, 이제는 하북의 맹주가 된 전연에 대해 고구려가 더 이상 도발하지 못할 것으로 판단한 듯했다. 모용준이 이때 특별히 주태후와 고구려를 배려하라는 명까지 내려 주었다.

"전중殿中장군 도감刀龕은 주태후를 안전하게 고구려까지 호위하도록 하라!"

동시에 모용준은 고국원제에게 〈정동征東대장군영주營州자사낙랑군공樂浪郡公〉이라는 긴 이름의 관작官爵을 내려 주고, 기왕에 내려준 〈현도대왕〉도 그대로 쓰게 했다. 대신 황제 자신의 연호인 '영화永和'라는 연호를 쓰지 말 것과 사사로이 王을 봉하지 말 것을 주문했다. 이는 황제국이 번국의 왕에게 내리는 조치 그대로였으니, 그야말로 고구려의 굴욕 그 자체였다. 이를 참지 못한 고국원제가 퉁명스럽게 쏘아붙였다.

"내 나라 또한 연호가 따로 있거늘 무엇 하러 영화永和를 쓰겠느냐? 또 종척을 봉왕封王함은 시조 때부터 해 오던 일로 하루아침에 그만둘 수는 없는 일이다. 다만, 그 뜻은 천천히 따를 것이다."

마지막 인질이었던 모후가 귀국하는 마당에 더 이상 〈전연〉의 눈치를 볼 일이 없게 되었던 것이다.

이듬해 356년 정월, 13년의 오랜 인질 생활을 마치고 60대 후반의 나이가 되어 귀국한 周태후가 무거운 분위기 속에서 신료들의 조례를 받았다. 태왕과 해후解后가 좌우로 시립侍立한 가운데 군신들이 정중하게 인사를 올렸다.

"태후마마를 뵈옵니다. 만수무강하옵소서!"

"……."

고개를 끄덕이면서도 주태후가 한참 동안 말없이 단 아래를 내려다보니, 다들 좌불안석이었다. 이윽고 주태후가 입을 열기 시작했는데 〈연〉에서 당한 고초를 구절구절 늘어놓기 시작하니, 결국 태왕 부부를 비롯한 군신들 모두가 눈물을 흘리지 않을 수 없었다. 주태후는 총명하고 지략을 지녀 큰 정사에도 곧잘 간여했고, 신선도神仙道를 좋아했다. 그런 태후였던 지라 燕에서도 모용황의 비위를 잘 맞추었다고 했고, 사실 전연에서 지내는 동안 주태후의 생활 자체도 예사롭지 않은 것이었다.

바로 태후가 〈연〉나라에서 식武이라는 이름의 아들을 하나 낳았다는데, 모용준의 아우이자 북해왕北海王인 모용납納의 아들이라는 소문이 나돌았다. 주태후가 燕으로 끌려가던 무렵에 이미 오십이 넘은 나이였으니 믿기도 어려운 얘기였으나, 전연으로서는 보물보다 더한 존재인 주태후에 대해 인질기간 내내 최상의 예우로 대했을 것이다. 그 대신 철저한 감시를 통해 한순간도 홀로 지낼 수가 없었을 것이므로, 주태후는 온갖 굴욕을 감수해야 했던 것으로 보인다. 고구려 또한 그런 그녀를 위해 무려 13년간이나 값비싼 대가를 치러야 했으니 이래저래 참담한 역사가 아닐 수 없었다.

주태후는 귀국하는 길에 燕장군의 호위가 따라붙었음에도 불구하고, 왕자 민玟과 함께 석 달 동안이나 燕나라의 명산과 대원大園을 두루 유람하고 12월이 되어서야 귀국했다. 그녀의 배포가 워낙 큰 때문이었는지는 모르지만, 오매불망 자신을 기다리고 있을 조정의 군신들을 생각할 때 다분히 의도적인 행동이었을 것이다. 그토록 오랜 세월을 방치한 군신들에 대한 원망이 사무쳤거나, 아니면 자신을 위해 치른 대가가 너무 컸던 데 대해 구차한 삶을 이어 온 미안함 때문이었을지도 모르겠다.

어쨌거나 고구려는 그녀가 인질로 있는 동안 〈전연〉의 신하국으로 추락했고, 전통의 북방 종주국으로서의 국격과 자존심에 커다란 상처를 입고 말았다. 주태후는 3년을 더 살다 영욕으로 뒤엉킨 삶을 마감했는데, 69세의 춘추였으니 자기 수명을 다 살다 간 셈이었다.

〈염민의 난〉으로 〈후조〉가 한창 어지럽던 350년경, 후조는 권역별로 분리되어 염민이 장악하고 있는 업성 외에, 양국襄國(형태)의 석지, 하북의 요익중과 하남의 포홍 등 여러 군웅이 할거하게 되었다. 그 틈을 타고 석지의 부하 장수 두홍杜洪이라는 인물이 장안을 점거해 버렸다. 그가 돌연 〈東晋〉의 옹주雍州자사를 자칭하며 세력을 이루고 있었지만, 그의 뒤에서는 포홍의 아들 부건符健이 그를 노리고 있었다.

유서 깊은 도시 장안長安은 흉노 유연의 〈漢〉나라 즉, 〈전조前趙〉의 도성이었으나, 20년 전 석륵의 〈후조後趙〉에 멸망 당한 이래 도성의 기능을 잃고 있었다. 후조가 석호의 사후 후계문제로 내란에 휘말렸을 때, 석민(염민)이 석호의 아들 석준石遵에게 건의했다.

"관중을 지키는 포홍은 언젠가는 나라에 위협이 될 인물입니다. 그러니 그쪽을 다른 사람에게 맡기도록 하시지요."

이에 석준이 저氐족의 수장인 포홍蒲洪을 옹진도독 직에서 파면조치해 버렸다. 창업자인 석륵 이래 오래도록 후조에 충성하며 의리를 지킨 자신을 내친 데 대해 분노한 포홍은 이내 〈동진〉으로 투항해 버렸다. 그러나 공교롭게도 그 무렵 포홍이 덜컥 사망하고 말았는데, 죽기 전에 성을 비슷한 발음의 부符로 표기하는 바람에 이후 그의 자손들은 모두 부씨 성을 갖게 되었다.

마침 부(포)홍의 뒤를 이어 그의 아들 부건이 관중을 장악하고 있었는데, 그해 11월이 되자 마침내 거병해 두홍杜洪의 세력을 내쫓고 장안 입성에 성공했다. 그러나 장안의 민심이 여전히 〈동진〉을 향하고 있었기에, 부건은 처음에는 사자를 건강建康(남경)으로 보내 장안을 바치는 모양새를 취했다. 그러나 이듬해인 351년 해가 바뀌자마자, 부건은 장안에서 대진大秦이라는 나라의 건국을 만방에 선포하고, 스스로 천왕의 자리에 올랐다. 이로써 저氐족의 나라인 〈전진前秦〉이 새로이 탄생했던 것이다.

그 무렵 염민은 석지石祗가 장악하고 있던 양국(형태)을 포위한 채, 백여 일이 지나도록 총공세를 퍼부었다. 다급해진 석지가 이때 황제의 칭호를 버리고, 동쪽 〈전연〉의 모용준에게 전국새를 보내 주면서 구원을 요청하는 한편, 하북 조강에 머물던 요익중에게도 또다시 손을 내밀었다. 요익중이 아들인 요양姚襄에게 2만 8천의 정예기병을 내주면서 강하게 주문했다.

"네 재주가 염민의 열 배다. 그러니 그놈을 붙잡아 효수하지 못한다면 날 볼 생각조차 말아라!"

요익중이 그렇게 〈후조〉를 돕는 한편, 〈전연〉의 모용준에게도 서신을 보내 함께 조趙왕 석지를 지원할 것을 설득했다. 소식을 들은 염민이 급히 전연에 사신을 보냈으나, 모용준은 석 石씨를 배반한 염씨를 극렬히 비난하면서 사신을 가두는 대신, 장수 열관에게 3만의 병력을 내주고 후조로 진격하게 했다. 양국을 포위하고 있던 염민은 결국 성 외곽에서 후조를 지원하러 달려온 요양, 여음왕 석곤, 전연의 열관 등이 지휘하는 지원병력을 상대로 치열한 전투를 치러야 했다.

그러나 수십만에 달하는 조왕 석지, 요익중, 전연의 연합군을 앞뒤로 당해 내기는 역부족이었다. 얼마 지나지 않아 결국 염민이 전투에서 참패당하고 말았는데, 그는 불과 십여 명의 기병만을 데리고 업성으로 달아나야 했다. 이때 10만에 달하는 염민의 군사들이 후조의 연합군에 포로가 되었는데, 석지는 이들 모두를 처형해 버렸다. 요익중은 전쟁을 승리로 마치고 돌아온 아들 요양에 대해 염민을 생포해 오지 못한 죄를 물어 곤장 100대를 치게 했다.

그런데 조왕趙王 석지石祗는 전연 등 주변의 지원에 힘입어 양국을 무난하게 지켜 냈음에도, 전쟁을 서두르다 끝내는 부하에게 시해당한 채 나라를 멸망에 빠뜨리고 말았다. 이로써 319년 갈羯족의 영웅 석륵이 나라를 건국한 이래 32년 만에 〈후조〉 또한 자신들이 멸망시켰던 〈전조〉처럼, 영원히 역사의 뒤안길로 사라지고 말았다. 漢족 출신 염민도 같은 해 재개된 전연 모용각의 공세에 패하면서, 〈염위冉魏〉 또한 단 2년 만에 끝나고 말았다. 결과적으로 〈염민의 난〉은 후조後趙의 황실을 무너뜨림으로써, 동으로 모용씨의 〈전연〉과 西로 저氐족 부씨의 〈전진〉이 부상하는 결정적 계기를 마련해 준 셈이 되었다.

강羌족의 수장 요익중은 마지막까지 〈후조〉에 충성과 의리를 지켰으나 끝내 나라를 잃게 되자, 결국 〈동진〉의 효종에게 사신을 보내 투항 의사를 타진했다. 동진 조정에서는 반색을 하고, 요익중에게 대선우는 물론 여러 개의 최고 작위를 내리는 한편, 그의 아들 요양에게도 여러 직책을 내려 우대했다. 그러나 요익중은 이미 72세의 고령으로 노환에 시달리고 있었다. 352년, 죽음을 앞둔 그가 42명이나 되는 아들을 불러 모아 엄숙하게 유지를 밝혔다.

"석씨가 나를 후대해 준 덕에 평생 그들을 위하려 애썼으나, 지금 석씨가 사라지고 없으니 중원에 주인이 사라진 셈이 되었다. 내가 죽거든 너희들은 서둘러 (동)진晉으로 가서 마땅히 신하의 절개를 지키며 살되, 옳지 않은 일을 도모하지 말라!”

요익중은 그토록 강직하면서도 지조를 갖춘 인물로 난세에 보기 드문 영웅임이 틀림없었다. 그러나 북방 흉노 계열의 강족 출신인 그가 구태여 이민족인 漢족의 나라 〈동진〉에 기운 이유는 알 수 없는 일이었다. 노련한 군주였던 그가 보기에 자신의 아들들을 포함해 강羌족만으로는 독립된 나라를 다스리기에 여러 가지로 부족하다고 판단한 듯했다. 어차피 그럴 바에는 우후죽순처럼 생겼다가 명멸해 나가는 북방 기마민족들보다는, 중원 漢족의 뿌리와 전통을 잇고 있는 동진 정권이 더 오래 지속될 것으로 판단했던 것이다.

요익중이 자식들에게 경거망동하지 말라는 유지를 남기고 죽자, 그의 아들 요양姚襄은 부친의 죽음을 숨긴 채, 6만여 호를 인솔해 곧바로 남쪽으로 향했다. 그리고는 이때 하북의 원성과 산동 일대를 장악하고 확오(산동사평)에 머물렀다. 그때쯤에 전년도에 장안에서 창업한 〈전진前秦〉의 부건과 전투를 벌였으나, 크게 패하고 말았다. 요양은 서둘러 남쪽 형양으로 옮겨야 했고, 그때서야 비로소 부친(요익중)의 사망 사실을 밝히고 장례를 치렀다. 전열을 가다듬은 요양은 이후 다시금 전진의 낙양洛陽을 공격했으나 또다시 실패했고, 그제야 동생 다섯을 〈동진〉 조정에 인질로 보내면서 정식으로 귀부했다.

당시 〈동진〉 조정은 북진정책을 주창하던 은호殷浩가 주도하고 있었다. 그에 따라 352년, 동진으로 귀순한 요양은 수춘에 주둔해 있던 동진 장수 사상謝尙과 함께 〈전진〉의 허창을 공격하게 되었다. 소식을 들은 부건이 아우들을 급히 보내 허창을 지키던 장수를 지원하게 했다. 이제 〈후조〉가 사라진 중원의 동쪽은 신흥국 〈전연〉과 사마씨의 〈동진〉이 패권을 놓고 다투게 되었다. 당대 최고의 서예가인 동진의 왕희지王羲之가 은호에게 편지를 보내 전쟁을 말리려 들었으나 소용없었다. 결국 양쪽은 〈수춘전투〉에서 승리와 패배를 한 차례씩 주고받은 끝에 한동안 대치 국면을 지속하게 되었다.

이후 역양에 주둔하고 있던 요양은 〈동진〉의 북쪽에 있는 두 나라, 즉 〈전연〉과 〈전진〉 모두 세력이 너무 강해 당분간 북벌의 시기가 아니라 여기고, 군대를 동원해 농사일과 훈련에 주력하며 지냈다. 은호는 그런 요양의 태도가 맘에 들지 않아 자객을 보내거나 특수부대를 보내 습격했으나, 번번이 실패했다. 은호와 요양의 갈등이 일시적으로 소강상태를 보이던 353년경, 〈전진〉의 장우가 부건의 처우에 불만을 품고 있다가 장안에서 반란을 일으켰다.

수춘에 머물던 〈동진〉의 은호가 이러한 때야말로 다시금 북벌계획을 실행에 옮길 때라 여겨, 요양에게 선봉을 맡을 것을 주문했다. 장안으로 향하던 요양은 은호의 동진군이 자신의 뒤를 따르고 있음을 알아차린 뒤, 급히 장수들을 불러 명령을 내렸다.

"지금부터 신속하게 병사들을 숲속에 매복시키도록 하라. 나는 이제부터 우리 병사들이 진秦 원정을 피해 속속 달아나고 있다고 거짓 소문을 퍼뜨려 은호의 군대를 유인할 작정이다. 속히 움직여라!"

요양의 군사들이 달아난다는 소문을 들은 은호가 급한 마음에 이를 저지하려 서둘러 뒤쫓아 왔으나, 이내 요양군의 매복에 걸려들고 말았다. 결국 은호의 북벌군은 1만 이상의 사상자를 내면서 대패했고, 요양은 수많은 전쟁 물자를 거두었다. 그 뒤 요양은 형인 요익에게 산상(안휘몽성)을 지키게 하고, 자신은 초성譙城(안휘박현)까지 물러나 주둔했다. 비록 요양이 동진군을 물리치고 자립하는 모양새를 갖추기는 했으나, 의지할 곳을 찾지 못해 헤매는 모습이 안쓰러울 지경이었다.

건강(남경)의 〈동진〉 조정에서는 은호의 북벌군이 요양에게 대패하고, 산상 지역마저 빼앗겼다는 소식에 크게 동요했다. 장수 사상을 건강으로 불러들여 도성의 수비를 강화하는 등 법석을 떨었으나, 정작 요양은 부친의 유지 때문이었는지 영토 확장에 뜻이 없어 보였다. 동진 조정은 결국 은호에게 북진 실패의 책임을 물어 서인으로 강등시키고 말았다. 이를 주도한 것은 황제의 사위로 동진의 권세가이자 은호의 경쟁자인 환온桓溫이었는데, 두 사람은 어릴 적부터 죽마를 함께 타던 죽마고우竹馬故友였다. 마침 환온의 대항마로 중용되었던 은호가 귀양지에서 사망하자, 이로써 환온이 동진의 절대 실력자로 부상했다.

354년경, 요양이 중대한 결심을 내리고 주위에 말했다.

"은호에 이어 환온마저 우리에게 나쁜 감정을 갖고 있는 한, 晉에서 희망을 찾을 수는 없을 것이다."

요양은 〈전연〉의 모용준에게 사자를 보내 투항 의사를 밝히는 한편, 아예 서쪽의 허창許昌으로 근거지를 옮겨갔다. 이곳은 약 160년 전, 조조曹操가 낙양에서 헌제를 모시고 천도했다가 후일 〈위魏〉를 일으킨 곳으로, 낙양의 동남쪽 가까운 곳이었으니, 요양이 재차 낙양을 겨냥하고 있었던 셈이다.

이듬해인 355년이 되자 과연 요양의 진격 명령이 떨어졌고, 강족羌族 군대가 출격해 낙양성을 포위한 채 집중 공격을 퍼부었으나, 견고한 성이 좀처럼 떨어지지 않았다. 그 무렵 환온은 2년 전 〈전진〉에게 당한 〈남전藍田전투〉의 패배를 설욕코자, 강릉에서 4만의 수륙군을 동원해 장안을 향해 북진해 오고 있었다. 해가 바뀌어 356년이 되자 마침내 동진군이 한수漢水를 타고 낙양 인근까지 북상했다는 소식이 들려왔다. 졸지에 앞뒤에서 〈전진〉과 〈동진〉의 협공에 노출되게 된 요양이 별수 없이 철수 명령을 내렸다.

"아니 되겠다. 이제부턴 환온의 晉군을 막아야 하니 서둘러 낙양의 포위를 풀고 철수토록 하라!"

결국 요양과 환온의 군대가 낙양의 남쪽을 흐르는 이수伊水를 두고 대혈전을 벌였으나, 끝내 요양이 대패하고 말았다. 〈동진〉의 숙원이었던 낙양을 되찾은 환온은 진서鎭西장군 사상으로 하여금 낙양을 지키게 하고, 강릉으로 돌아갔다. 싸움에 패한 요양이 황하 북쪽의 평양(산서임분)으로 달아났는데, 이때 〈전진〉의 병주자사 윤적이 투항해 오자, 근거지를 북쪽의 병주幷州(산서태원)로 옮겨 주둔했다. 아슬아슬한 피난길의 연속이었다.

357년경, 기운을 차린 요양이 병주에서 내려와 황락(섬서동천)을 차지하자, 〈전진〉의 부생符生이 1만 5천의 병력으로 맞섰다. 요양이 이때 성안에서 농성하고 싸움에 응하질 않자, 전진의 등강이라는 영리한 장수가 거듭된 요양의 패배를 들먹이며 자존심을 건드렸다. 화가 난 요양이 성문을 박차고 뛰쳐나오자 등강이 쫓기는 척 삼원까지 유인한 다음, 매복으로 요양의 군대를 덮쳐 버렸다. 이때 요양의 애마 여미과가 쓰러지는 바람에 요양이 사로잡혔고, 강족의 영웅이 덧없이 처형당하고 말았다. 부친인 요익중이 〈동진〉에 기대 경거망동하지 말라고 한 뜻은 마치 이런 상황을 예견했기 때문이었을까? 요양이 죽자 그의 아우 요장姚萇이 무리를 수습해 이내 부생에게 투항해 버렸다.

부생은符生은 2년 전인 355년, 그의 부친인 부건이 39살의 나이에 병으로 일찍 죽어 제위에 오른 인물이었다. 21세의 혈기 넘치는 나이에 황제에 오른 부생은 애꾸눈에 난폭한 성격으로, 금세 주변의 신망을 잃고 말았다. 그런 부생의 폭정 속에 그의 사촌 동생 부견符堅 또한 황제의 견제로 목숨이 위태로운 지경에 이르렀다. 357년, 부견이 부득이 난을 일으켜 혼군 부생을 제거하고 권력을 차지했다. 그는 황제의 칭호를 버리고 대신 천왕天王이라 부르게 했다.

생각이 깊은 데다 두루 식견을 갖추고 있던 부견은 백성들을 아끼면서, 여러 민족들이 서로 어울려 살게 해야 한다는 포용책을 내세웠다. 그에 따라 출신에 대한 차별 없이 두루 인재를 등용했고, 대표적으로 한족漢族 출신 왕맹王猛을 중용했는데 늘 이렇게 말했다.

"내게 있어 왕맹은 유비 곁의 공명과 같은 존재요."

산동 출신 왕맹은 학문과 병서에 통달한 정치 군사의 전문가이자, 비범한 재능과 용기를 지닌 인물로 부견의 고문으로 추대되었다. 그는 엄격한 법질서를 내세워 저족氐族 호족들의 횡포를 막고 부정부패를 일소하는 데 앞장섰다. 또 농업을 장려하고 여러 개혁조치를 통해, 부견의 나라 〈전진〉이 중원의 서쪽을 대표하는 부국강병의 나라로 일어서는데 결정적인 기여를 했다.

그 후 부견은 〈동진〉의 도발에도 불구하고, 자신의 배후나 다름없는 서북방 지역의 평정을 우선시했고, 이때 왕맹과 요장이 크게 활약했다. 나라 안을 확실하게 장악한 부견은 다음의 목표로 동쪽에 이웃한 〈전연前燕〉을 겨냥했다.

한편, 요동에서 기회를 엿보던 〈전연〉의 모용준은 〈전진〉과 〈동진〉, 〈강羌족〉이 낙양을 놓고 충돌하는 사이, 재빨리 염민을 제거하고 사실상 〈후조〉를 대신해 하북의 맹주 자리에 오르는 데 성공할 수 있었다. 기민하고도 과감한 결단에 치밀하게 사전계획을 수립한 결과였으니, 〈전연〉은 모용외, 모용황에 이어 모용준까지 드물게 3대에 걸쳐 유능한 군주를 연이어 배출한 셈이었다.

이로써 〈전연〉은 옛 후조의 하북과 산동 땅 대부분을 차지하면서 황하를 사이에 두고 〈동진〉과 경계를 나누게 되었다. 이제 모용준은 더 이상 동진의 번국으로 남아 눈치를 볼 이유가 없었다. 352년 부하들의 한결같은 성화에 힘입어, 모용준이 스스로 〈전연〉의 황제에 올랐고, 상국 봉혁封弈을 태위로, 양무를 상서령으로 삼는 등 인사를 단행했다. 내몽골 중남부의 한 귀퉁이에서 일어났던 모용선비가 대륙의 한복판에서 비상하고 있었던 것이다.

강羌족의 수장 요양이 생전에 동진의 실권자 은호에 이은 환온에 쫓기던 때의 일이었다. 354년경 허창에 주둔해 있던 요양이 끝내 북쪽의 전연에 사자를 보내 투항 의사를 밝혔다. 당시 〈전연〉에서는 모용수垂가 산동의 서부 지역을 장악하고 있었는데, 요양이 회남 땅의 일부를 들고 새로이 귀부해 오니 일순간에 그 강역이 광대해져 〈동진〉을 상대할 정도로 강국의 면모를 갖추게 되었다. 마침 산동의 광고(청주) 지역을 동진의 진북장군 단감段龕이 지키고 있었는데, 그는 모용준의 어머니인 단씨의 조카로 황제 준儁의 외사촌이었다. 단감이 서신을 보내 모용준의 칭제를 참람한 행동이라며 비난하자, 분노한 모용준이 아우 각恪과 양무를 보내 단감을 치게 했다.

이듬해 〈전연〉의 군대가 황하를 건너 광고 지역으로 치고 들어오자 단감이 3만의 대군을 이끌고 맞대응에 나섰고, 치수 인근에서 양쪽 군대가 치열한 전투를 벌였다. 결국 모용각이 대승을 거두었고, 단감은 광고성으로 달아나 장기 농성으로 임했으나 그해 연말 식량부족으로 투항하고 말았다. 그러나 모용준은 무자비한 명령으로 대응했다.

"漢족의 나라 晉에 기운 자들에게 자비란 없다. 단감을 포함해 진의 포로 모두를 가차 없이 처단하고, 나라의 위엄을 세우도록 하라!"

결국 단감을 포함한 3천여 동진 포로들이 모두 처형되고 말았다. 공교롭게도 그 무렵 황태자인 모용엽이 돌연 사망하는 바람에, 모용준이 겨우 7살에 불과한 모용위暐로 하여금 그 뒤를 잇게 했다.

357년 10월, 〈전연〉의 영토가 동쪽과 남쪽으로 크게 확대되자, 모용준은 이제 본격적으로 중원을 경영하기 위해 동북으로 치우쳐 있는 계성薊城을 떠나 후조의 도성이었던 업鄴(하북한단)으로 천도를 단행했다. 제2의 극성棘城을 임시 도성으로 삼은 이래로 용성龍城과 계薊를 거쳐 업鄴으로 옮겼으니, 4번째 천도였고 마침내 대망의 중원 진출을 완성한 셈이었다.

모용준은 업성으로 입성하자마자 〈동작대銅雀臺〉를 다시 세우게 했는데, 이는 모용선비의 존재를 대내외에 알리는 상징물 같은 것이었다. 업성으로의 천도 이후 〈전연〉은 남쪽을 제외한 세 방면 모두로 영토를 확장해, 중원에서 가장 강한 선비의 나라로 우뚝 서게 되었으니 모용선비의 최전성기였다.

그 와중에 강족의 수장 요양姚襄은 낙양을 놓고 환온과 다툰 끝에 패하면서, 임분, 병주(태원) 등지를 전전하며 떠돌았다. 끝내는 병주를 떠나 남쪽의 관중을 노렸으나, 〈전진〉의 부생이 보낸 군대에 패하면서 고단한 삶을 마감했고, 한계를 느낀 그의 아우 요장姚萇이 〈전진〉에 투항했던 것이다. 얼마 후 부견이 쿠데타를 일으켜 폭군이었던 부생을 제거하고 전진의 천왕에 올랐다.

이로써 이제 중원은 업성을 중심으로 황하 이북의 동북부 대부분을 장악하게 된 〈전연〉과 서쪽의 장안長安을 중심으로 하는 부견의 〈전진〉, 그리고 장강 아래 건강을 근거지로 하는 사마씨의 〈동진〉 3강强이 대립하는 구도로 변하고 말았다. 백여 년 전 위, 촉, 오의 〈三國시대〉에 이어 또 다른 新삼국시대가 도래한 셈이었다. 모용준은 이후에도 하북의 태원과 하남의 고창, 산동의 태산까지 끊임없이 강역을 넓혀 나갔다.

2. 전연의 몰락

그런데 모용준의 여러 이복동생 가운데 넷째 아우인 모용수는 단말배의 딸과 혼인하여 모용보 등을 낳았다. 모용수의 어머니 또한 단段씨였는데, 당시 단씨는 선비의 영웅 단석괴의 후예들로 여러 선비 중에서도 가장 높은 혈통을 자랑하는 가문이었다. 따라서 단씨들은 〈전연〉의 황후인 가족혼可足渾씨 일가를 가벼이 여기는 경향이 있었다. 게다가 모용준보다 7살 아래인 모용수垂는 선왕인 모용황이 그 재주와 용맹함을 아껴 자신의 후계로 점찍었을 정도로, 황제인 모용준과는 일찍부터 경쟁하던 관계였다.

그즈음 중상시 열호가 모용수의 아내 단씨와 그의 측근 고필을 엮어 무고했다. 단씨는 혹독한 심문을 견디다 못해 옥중에서 죽었고, 모용수는 겨우 화를 면한 채 평주자사로 강등되어 북쪽 요동 지역으로 내쳐졌다. 졸지에 날벼락을 맞은 모용수의 형에 대한 원망이 쌓여만 갔을 것이다. 그 와중에 〈전연〉은 또 한 차례 〈동진〉으로부터의 침공을 무난히 막아 내고, 영천과 허창, 박주 및 서주 등 하남과 안휘, 강소에 이르기까지 영역을 확장하면서 동진을 더욱 압박했다.

그러던 359년 무렵이 되자, 이제 40의 나이에 들어선 모용준이 갑자기 병으로 몸져눕게 되었다. 모용준이 바로 아래 동생 대사마 모용각을 불러 떠보았다.

"(전)진秦과 (동)진晉 두 나라 모두를 평정하지 못했는데, 태자(모용위)는 아직도 어리기만 하구나. 나라에 어려움이 많으니 네게 양위하려는데 어떠하냐?"

모용각이 펄쩍 뛰며 고사하자, 병상의 모용준이 형제 사이에 흉금을 터놓고 얘기도 못 하냐며 화를 냈다. 그러자 모용각이 말했다.

"신에게 천하를 짊어질 능력이 있다면, 어린 조카 또한 군주로 보필할 수 있을 것 아니겠습니까?"

그제야 모용준이 기뻐하면서 말했다.

"네가 능히 주공周公이 될 수 있을 테니 내가 무슨 걱정을 하겠느냐. 이적이 청렴하고 충성스러운 사람이니 네가 그를 잘 대우해 주어라."

당시 10살 철부지에 불과한 태자 모용위를 부탁한다는 유지였는데, 일찍 가 버린 태자 엽의 존재를 몹시 아쉬워했을 것이다. 모용준은 그해가 가기 전에 비로소 요동으로 사람을 보내 또 다른 아우 수垂를 업으로 들어오게 했다. 이듬해 새해 벽두부터 병든 모용준이 느닷없이 〈동진〉을 치겠다며 대군을 징집하게 하는 등 법석을 떨었다. 그리고는 실제로 대규모 열병식까지 거행하면서 동진 원정에 대한 강한 의지를 드러냈다.

대사마 모용각과 양무가 전군의 지휘를 맡아 〈동진〉 침공을 개시하려던 무렵에 모용준이 무리를 했는지 병세가 급속히 악화되었다. 모용준이 모용각, 양무, 모용평 등의 측근을 불러 유지를 남기고는 그다음 날 이내 세상을 뜨고 말았다. 그의 부친인 모용황이 경쟁 선비족과 강력한 고구려를 꺾고 하북의 동북과 요동을 차지하면서 기반을 굳혀 놓았다면, 그는 과감하게 중원으로 눈을 돌려 〈후조〉를 멸망시키고, 〈동진〉의 그늘에서 벗어나 〈전연〉을 중원의 중심국이자 황제국의 반열에 올려

놓았다.

고구려는 주周태후가 풀려난 이후에도, 황제국으로 급성장한 〈전연〉에 대해 이렇다 할 공세를 취하지 못한 채, 멀리 떨어진 한반도의 한강 유역을 놓고 백제와 다투기에 바빴다. 그러나 그토록 강성했던 모용준이 한창인 사십의 나이에 단명하는 바람에, 그의 뒤를 이어 이제 11살의 나이인 모용위가 〈전연〉의 2대 황제로 등극했다. 후계 문제는 나라의 명운을 좌우하는 중대사인 만큼, 모용씨의 앞날에 어두운 그림자가 드리워진 셈이었다.

모용준의 갑작스러운 죽음으로 그의 처 가족혼씨는 태후의 자리에 올랐고, 황제의 숙부인 태원왕 모용각이 태재가 되어 나라의 정치를 총괄하게 되었다. 모용위의 조부 격인 모용평이 태부, 양무가 태보에 올랐고, 숙부인 모용수는 연주목 형주자사가 되어 여대(하남상구)를 지키게 했다. 모용준이 아꼈던 이적은 어린 황제 모용위로부터 죽은 태자 모용엽에 비교하면서 자신을 힘들게 했다는 이유로 미움을 사, 장무태수(하북대성)로 강등되어 내쳐졌다가 이내 병사하고 말았다. 모용각은 예의를 갖추고, 부지런하게 정사를 펼치며 조카인 어린 황제를 성심껏 보필했다.

이후 〈전연〉은 〈동진〉과 낙양을 놓고 여러 차례 부딪쳤으나 끝내 함락을 시키지는 못했다. 365년경 〈전연〉의 군대가 낙양을 돌아 하남 공략에 주력한 나머지 팽성(강소서주)까지 진출하면서, 동진의 대사마 환온을 쩔쩔매게 했다. 다급해진 환온이 직접 군사를 이끌고 합비(안휘서주)까지 나와 주둔하는 사이, 전연軍은 더욱 적극적으로 동진의 서쪽을 파고들어 허창, 여남, 진군 등 회하 이북의 하남 땅을 점령해 버렸다. 이로써 동진이 반격할 여지는 크게 줄어든 대신, 동진의 서쪽으로 멀리 떨어진 낙양은 고립무원의 신세로 전락하고 말았다.

황하를 끼고 있는 낙양은 고대 주周나라 및 漢나라의 고도로서, 서쪽의 장안과 더불어 화하족의 융성과 도약을 이끌어 온 중원의 상징이자 화하족들이 마음의 고향처럼 여기는 존재였다. 〈동진〉의 환온은 그런 낙양을 사수하고자 천도까지 주창할 정도였다. 그러나 낙양이 사방으로 전연군에 포위된 채로 고립되자, 낙양태수 진우를 포함한 여러 장수들이 낙양을 빠져나가기 시작했다. 마침 동진의 황제 애제가 25세의 나이로 요절하는 바람에 그의 아우 사마혁이 제위를 잇는 등, 동진 조정이 내우외환에 시달렸다.

365년 3월, 〈전연〉의 태재 모용각과 오왕 모용수가 함께 낙양에 대해 대대적인 공세를 펼치기 시작했다. 이제 낙양성에는 심경이라는 장수만이 남아 성을 굳게 사수했으나, 강력한 전연 군대의 공격에 끝내 성이 함락되었고 심경은 사로잡혀 처단되고 말았다. 모용각은 후환을 생각해 마지못해 심경을 죽였지만, 이를 매우 안타깝고 부끄럽게 여겼다고 한다.

그 무렵 서쪽 장안의 부견은 동쪽의 신흥강국 〈전연〉이 낙양을 점령하는 모습에 바짝 긴장하지 않을 수 없었다.

'흐음, 모용선비가 낙양까지 차지하다니 제법이로구나……. 이대로 구경만 하고 있다가는 자칫 우리 쪽 장안으로 넘어올지도 모르니 더는 좌시할 수 없게 되었다.'

결국 전진왕 부견이 직접 군사를 거느리고 낙양과 장안의 중간 지점인 섬성(하남삼문협) 일대에 주둔하면서, 전연이 함부로 국경을 넘지 못하도록 적극적인 견제에 나섰다. 전연의 남서쪽 강역은 이제 태원에서 낙양까지 남북으로 이어지는 선을 경계로 전진과 국경을 맞댄 채 서로 대치하는 형국이 되었다.

해가 바뀌어 전연의 어린 황제 모용위가 이제 17세의 나이가 되자 황제의 친정을 위해, 태재 모용각과 종조부 모용평이 정치에서 물러나 사저로 돌아가겠다고 간청했으나 모용위가 이를 허락하지 않았다. 다시 1년이 지난 367년, 모용각이 어느 날 황제에게 말했다.

"오왕 모용수의 재주는 신보다 열 배나 되지만, 선황께서 장유의 원칙을 내세워 저를 먼저 세우셨습니다. 신이 죽거든 부디 오왕을 가까이 두고 그 의견을 듣도록 하십시오."

얼마 지나지 않아 과연 모용각이 숨을 거두고 말았는데, 그 역시 40대 전반의 나이였다. 수많은 전쟁터를 누비고 다니면서 극심한 심리적 부담과 압박에 시달리던 모용씨 형제들이 단명하는 사례가 이어진 듯했다. 그는 형인 모용준의 유지를 받들어 어린 조카를 잘 보필하고 나라를 더욱 강하게 키워 냈으니, 성왕을 키워 낸 주공周公이 되어 달라는 형과의 약속을 끝까지 지켜 낸 지조 있는 인물이었다.

이에 반해 황제 모용위는 오왕 모용수를 중용하라는 모용각의 충고를 따르지 않는 대신, 모용황의 아우이자 작은 할아버지인 모용평平에 기대 그를 태부로 삼았다. 모용평은 황제의 아우로 나이 어린 모용충沖을 대사마에 임명하고, 모용수에게는 시중 거기장군을 내려 주었다. 그런데 그 무렵 〈전진〉에서도 죽은 부생符生의 여러 아우들이 부견符堅에 맞서 번갈아 가며 내란을 일으켰다. 마지막에는 부수가 난을 일으켜 장안으로 진격했고, 부견이 정부군을 보내 삼문협 일대에서 부수의 반란군을 깨뜨렸다. 다급해진 부수가 이때 동쪽의 〈전연〉에 사신을 보내 지원을 요청했다.

이때 모용수의 아우인 범양왕 모용덕이 부생 형제들의 반란으로 혼란을 겪는 전진을 공략할 절호의 기회라며 원정을 주장했다.

“부씨들이 골육상쟁으로 나라가 다섯으로 나뉘고, 지극정성으로 우리에게 구원을 요청하고 있으니 이는 하늘이 진秦을 우리에게 던져주는 것입니다. 하늘이 내려 주는 것을 받지 않으면 천하가 재앙을 내릴 것이니, 오월吳越의 경우가 그러했습니다.”

그러나 태부 모용평이 이때 그릇이 작은 모습을 드러냈다.

“진秦은 대국이라 쉽게 도모할 수 있는 대상이 아니니, 닫아걸고 국경을 보호하는 것으로도 충분하다. 대체 秦을 평정하는 것이 어찌 내 소관이란 말이더냐?”

나라의 실권을 쥐고 있는 현재 상황에 만족해하던 모용평이었으니, 구태여 긁어 부스럼이 될 수도 있는 모험을 피하려 든 것이었다. 초조해진 부수가 이번에는 오왕 모용수에게 서신을 보내 지원을 촉구했다.

“지금의 호기를 잃게 된다면 장차 〈용동甬東의 한恨〉이 될까 걱정됩니다.”

이는 춘추시대 오吳왕 부차가 월越왕 구천을 살려 주었다가, 나중에 패하여 용동에서 자결하게 된 고사를 환기시킨 것이었다. 모용수가 가까운 황보진에게 넋두리를 했다.

“주군(모용위)은 어리고, 태부(모용평)는 용렬하기 그지없으니 어찌 부견과 왕맹을 당해 낼 수 있겠소이까?”

모용평이 주도하는 〈전연〉은 그렇게 〈전진〉을 공략할 기회를 날려 보내고 말았으나, 그 2년 뒤에 부견의 대대적인 공격이 시작되면서 결국 부수가 경고했던 대로 환란에 빠지는 운명을 맞이해야 했다. 한 나라의 지도자라면 이처럼 순간에 다가오는 주변 상황의 변화를 포착해 낼 수 있는 예리한 정치 감각을 지녀야 하는 법이다. 그렇지 못해서 나라 전체가 위험에 빠지는 경우를 역사는 수없이 보여 주고 있기 때문이다.

겉보기에 비록 강대국의 지위에 오르기는 했지만, 사실 〈전연〉은 내부적으로 많은 행정적, 재정적 문제점을 갖고 있었다. 대부분의 땅과 가호家戶가 국가가 아닌 황실 귀족들의 개인에 속한 가호 및 그 소유로 되어 있다 보니, 나라 전체의 가구 수가 개인 가호보다 적게 나타났고, 결국 국가의 세수입이 황실귀족들의 세수보다 적었다. 나라의 곳간이 텅 비어 있는 대신, 공경 귀족들의 재산은 갈수록 엄청난 규모로 부풀어 있었다. 상서尙書의 좌복야 열관悅綰이 이를 문제 삼고 나섰다.

"지금 호족과 귀족들이 방자하게 전횡을 하여 민호가 모두 없어질 지경입니다. 나라의 세수가 부족해 관리들에게 줄 봉록도 사라지고 있습니다. 병사들이 먹을 식량도 떨어져 가고, 관리들도 스스로 음식과 옷을 마련해야 합니다. 늦기 전에 개인 소유의 민호를 서둘러 국가로 돌려놓으셔야 합니다."

황제가 그 말에 놀라 열관에게 이를 해결하도록 권한을 주자, 열관이 나서서 숨겨진 민호들을 찾아내고 들춰냈는데, 이때 무려 20만 호가 늘어나게 되었다. 열관은 공경들의 원망 속에서도 묵묵히 맡은 직분을 수행하다가 그해 겨울 지병으로 죽었다고 하니, 또 다른 모용선비의 충신이었다.

그러던 369년경, 〈전진〉과 〈전연〉에 대한 북벌을 오래도록 계획해 오던 〈동진〉의 환온桓溫이 마침내 본격적인 원정에 나서기 시작했다. 환온이 5만의 병력으로 안휘의 당도를 출발해 물길을 따라 산동을 향해 진격했다. 〈전연〉에서는 이에 맞서 먼저 영동장군 모용충忠이 분전했으나, 전투에 패해 사로잡히고 말았다. 모용위가 다시금 모용여輿를 대도독으로 삼고 5만의 병력으로 나서게 했는데, 황하 바로 아래(하남개봉)에서 또다시 동진군에게 대패하고 말았다.

이후에도 업성으로는 전연의 장수들이 연전연패했다는 소식만 들려왔다. 모용위가 낙안왕 모용장萇에게 전군을 통괄할 권한을 부여한 채 최후로 동진군에 대항하게 했으나, 그마저 환온에게 속절없이 격파당하고 말았다. 과거 승승장구했던 전연의 군세가 어느새 크게 약화되어 있었던 것이다. 회하 이북에서 황하의 아래쪽 땅이 순식간에 날아가 버리자, 나라의 기둥인 황제 모용위와 태부 모용평은 일찌감치 옛 수도인 북쪽의 용성으로 달아날 궁리를 하기 시작했다. 그때 吳왕 모용수垂가 나섰다.

"청컨대 신이 이들을 칠 수 있도록 허락해 주십시오!"

모용위가 모용수에게 남토대도독의 지위를 내리고 모용덕의 5만 병력으로 동진 군대를 막게 하자, 이번에는 과연 환온의 진격을 막아 내는 데 성공했다. 불안에 떨던 모용위가 이때 〈전진〉의 부견에게 사신을 보내 지원을 요청했는데, 나중에 호뢰관(하남형양)의 땅을 내줄 것을 약속하고 말았다.

그때 〈전진〉의 수도 장안에서는 〈전연〉에 대한 지원 문제를 놓고 조정이 연일 시끄러웠으나, 대부분 반대하는 편이었다. 15년 전 환온이 전진을 공략해 벌어진 〈남전전투〉 때 전연이 지원요청을 거절한 전력이 있는 데다, 이후 칭번을 해 오지 않았다는 이유였다. 오직 왕맹만이 다른 의견을 냈다.

"전연의 실권자 모용평은 환온의 적수가 되지 못하니, 동진의 승리가 분명합니다. 그리되면 환온은 우선 낙양을 취할 것입니다. 이어서 유주와 기주, 병주, 예주의 병사들을 모아 우리 전진의 동쪽 국경을 넘보려 할 텐데, 그때는 폐하의 대업에 커다란 지장을 초래하게 될 것입니다. 그러니 지금 전연과 힘을 합쳐 우선 환온을 물리친 다음, 이어 허약해진 전연을 차례로 덮친다면 우리가 대세를 좌우할 수 있을 것입니다."

전진의 황제 부견이 왕맹의 탁견을 따르기로 하고 2만의 군사를 파병해 낙양을 지나 영천(하남우현)에 진을 치게 했다.

그 무렵 〈동진〉의 환온도 새로운 문제에 직면해 있었다. 선봉 부대가 전연軍의 결사 항전에 점차 밀리기 시작하는 한편, 너무 깊숙이 적진 안으로 들어온 터라 수시로 보급이 끊어졌다. 게다가 〈전진〉의 황제가 파병한 지원군이 동진해 오고 있다는 소문에 병사들이 술렁이기 시작했다. 뿐만 아니라 건강의 조정에서마저 환온의 무리한 북벌을 성토하는 분위기가 갈수록 커지고 있어 환온이 고심에 빠졌다.

'전진까지 전쟁에 가세했는데 후방의 조정에선 도와주지는 못할망정 연일 비판에만 열을 올리고 있다니, 이래서는 전쟁에 이길 수 없다……'

결국 환온이 철군하기로 결정을 내렸다. 동진군대의 철군 소식을 들은 전연의 선봉장 모용수는 부하 장수들의 성화에도 불구하고 추격을 서두르지 않았다. 환온이 전연의 추격을 예상해 동진의 최정예 부대를 후미에 배치할 것으로 짐작했기 때문이었다. 과연 환온은 한참이 지나도록 전연의 추격군이 나타나질 않자, 방심을 하고는 퇴각의 속도를 높이게 했고, 그러자 부대의 전열이 길게 늘어져 버렸다. 그 틈을 타 모용수가 빠르게 내달려 철군하는 동진 군대에 급습을 가했고, 혼란에 빠진 환온의 부대가 무너지면서 5만 병력 중 3만이 희생되는 완패를 당하고 말았다.

뒤늦게 출전한 모용수의 혁혁한 활약으로 〈전연〉은 위기에서 벗어났고, 환온의 동진군은 만신창이가 된 채로 퇴각해야 했다. 모용수가 도성인 업으로 개선하자, 조정에서 승전에 대한 포상을 논하게 되었다. 그런데 태부 모용평은 날로 위엄과 명성을 떨치는 조카 모용수를 경계한 나머지, 오래전부터 시동생 모용수를 싫어했던 태후 가족혼씨와 결탁해 모용수를 제거할 음모를 진행시켰다. 이를 알게 된 모용수의 장인 난건이 암살계획을 귀띔해 주며 말했다.

"먼저 일어나야 이긴다. 모용평과 모용장(황제의 서형)만 제거하면 나머지는 순탄할 것이다."

그러나 모용수는 고개를 가로저었다.

"피붙이 간의 다툼이야말로 망국의 근원입니다."

모용수는 일단 자리를 피하고 보는 것이 상책이라 판단하고 모용씨의 근거지였던 용성으로 급히 달아나려 했다. 그러나 모용수가 북으로 탈출한 지 하루도 지나지 않아, 자신의 아들 모용린이 부친의 탈출 사실을 밀고하는 바람에 계획이 틀어지게 되었다. 고심하던 모용수를 보고 그의 또 다른 아들 모용령이 최후의 안을 내놓았다.

"아버님, 어쩔 수 없는 일이지만 이쯤 되면 차라리 진秦으로 가서 투항하는 편이 낫지 않겠습니까?"

"……."

결국 모용수, 모용령 부자와 죽은 모용각의 아들 모용해가 서쪽 장안을 향해 내달렸다. 과연 〈전진〉의 황제 부견은 명장 모용수 일행을 크게 환영해 주는 한편, 장군의 직위를 내려 우대했다. 이들이 전연의 내부 정세에 누구보다 훤하기도 했지만, 뛰어난 인재로 소문이 자자한 모용수를 자기 사람으로 두려는 욕심이 컸기 때문이었다. 그러나 부견의 책사인 왕맹은 모용수의 출현을 결코 반기지 않았다.

"모용수 부자는 용과 범 같은 존재입니다. 지금 당장 제거하는 편이 옳습니다."

부견이 고개를 저으며 말했다.

"영웅호걸들을 두루 거두어 사해를 평정하는 것이 군자의 소망인 법이오. 필부도 허튼 말을 피하는 법이거늘, 이미 서로 정성스러운 말을 나눈 마당에 만승인 내가 어찌 약속을 저버리고 저들을 죽일 수 있겠소?"

이처럼 〈전연〉 최고의 장수이자 전쟁영웅인 모용수가 극적으로 〈전진〉에 귀부했음에도, 전연의 황제 모용위와 모용평은 이 문제를 그리 심각하게 받아들이지 않았다. 전진과의 외교관계는 전과 같이 우호적인 분위기였고, 신하들 간의 교류도 지속되었다. 전연의 태위 황보진이 이를 걱정하며 간했다.

"자칫 오원의 화를 당할까 걱정스럽습니다. 낙양과 태원, 호관 등지에 병력을 증강시키고, 장차 진秦의 침입에 대비하셔야 합니다."

〈오원지화伍員之禍〉란, 춘추시대 초楚나라 오원(오자서)의 부친 오사가 비무기의 무고로 처형된 데 대해, 오원이 오왕吳王 합려에게 귀부해 부친의 원수인 초나라를 멸망시킨 고사를 말하는 것이었다. 경쟁국인 전진의 부견에게 달아난 모용수를 경계해야 한다는 충고였으나, 모용평은 오히려 전진을 자극할 수도 있다며, 이를 묵살해 버렸다.

아울러 〈전진〉에서 사신들이 오면, 강력한 병기와 잘 훈련된 군사들의 힘을 드러내는 무력시위보다는, 풍요롭게 사는 백성들의 모습만을 보여 줌으로써 양국 간의 군사력 경쟁으로 인한 긴장을 애써 피하고자 했다. 그사이 전연의 조정은 태후인 가족혼씨 일가가 쥐고 흔들었다. 태부인 모용평 또한 편협한 데다 탐욕스러워 조정의 자리가 주로 뇌물로 거래되다 보니, 전연 조정의 기강이 갈수록 문란해져만 갔다.

당초 전연은 동진의 맹공으로 위기에 처했을 때 전진에 지원군 파병을 요청하면서, 장차 동진을 물리치고 나면 호뢰관의 땅을 내주기로 약속했었다. 그런데 〈동진〉이 물러났음에도 불구하고 〈전연〉 조정에서는 호뢰관 서쪽의 땅을 내놓지 않았다. 이를 핑계 삼아 〈전진〉의 황제 부견이 마침내 행동에 나섰다.

"연燕나라가 언제 아쉬운 소리를 했냐는 듯이 약속을 저버린 채 우리의 호의를 무시하고 있다. 이는 절대 좌시할 수 없는 일이니, 즉시 연나라 토벌에 나설 것이다."

369년 12월, 부견이 장수 양성과 등강에게 3만 병력을 내주고 낙양을 공격하게 했다. 낙양을 지키던 전연의 장수는 항복을 권유하는 부견의 편지를 받아 보고는 즉각 투항해 버렸다. 그런데 그 무렵 낙양 진공에 앞서 왕맹이 모용수를 찾아 부탁을 하나 했다.

"이제 곧 전쟁이 시작될 터라, 장군께 기념이 될 만한 신표 하나를 얻고자 해서 왔습니다."

이에 모용수는 별생각 없이 자신이 지니던 작은 패도佩刀 하나를 내주었다. 당시 모용수의 아들 모용령 또한 향도가 되어 선봉에서 활약하고 있었다. 그 후 낙양을 점령한 다음, 왕맹은 모용수와 가까운 금희라는 인물을 불러 다음의 지시를 내렸다.

"모용령을 찾아 이 패도를 보여 주고 그 부친의 말이라며 이렇게 전하시오. 즉 지금 왕맹이 자신을 지나치게 견제하는 데다 부견마저 자신을 진정으로 신뢰하는지 의심스럽다. 해서 먼저 다급하게 진晉으로 떠나면서 금희에게 이 칼을 건네 망명 사실을 알리는 것이니, 너도 즉각 晉으로 출발하도록 해라!"

금희가 모용령을 만나 모용수의 패도를 신표로 보여 주며 부친이 동진으로 망명했다고 전했으나, 모용령은 그 말을 믿지 못해 혼란에 빠졌다.

'무언가 이상하다. 아버님이 그런 내색을 한 번도 하신 적이 없거늘 무슨 일이 일어난 게 틀림없다. 그렇다면 차라리 燕으로 다시 돌아가는 것이 옳은 일일 것이다……'

모용령은 사냥을 나간다는 핑계를 대고, 그 길로 〈전연〉으로 넘어가 사촌형인 낙안왕 모용장에게 피했다. 모용령이 달아났다는 소식을 들은 왕맹은 그 즉시 모용령이 반란을 획책했다는 표문을 장안의 부견에게 올렸다. 아들이 반란죄로 수배령이 떨어졌다는 기막힌 소식에 모용수가 황급히 달아났으나, 이내 남전에서 사로잡히고 말았다. 장안으로 끌려온 모용수를 보자 부견이 말했다.

"경의 아들이 아무래도 고향이 그리워 돌아간 것 같으니, 이를 가지고 흠허물을 잡으려 들지는 않겠소. 다만 장차 燕이 망하고 말 텐데, 그저 애석할 뿐이오."

왕맹의 계략에 걸려 자칫 죽을 수도 있는 상황이었지만 부견이 대수롭지 않은 일인 듯이 대해 주자, 모용수는 부견의 대범함과 사려 깊은 마음에 그야말로 뼛속까지 감동하고 말았다.

〈전진〉의 원정군을 이끌던 왕맹은 낙양을 등강에게 맡긴 채, 동진을 지속하여 형양 부근까지 진출했다. 부견이 왕맹과 양안에게 6만의 군사를 내주고 명하길, 호뢰관을 깨뜨리고 상당과 업鄴을 신속하게 접수하라 일렀다. 아울러 황제 본인이 친히 수륙 1만의 군사를 이끌고 뒤따를 것이니, 후미를 신경 쓰지 말고 앞만 보고 진군하라며 호기롭게 주문했다. 왕맹이 답을 보냈다.

"부디 폐하의 수레가 먼지로 뒤덮이는 수고로움을 겪지 마시고, 장차 선비족을 어디에 묻을 지만을 걱정하시기 바랍니다."

370년, 〈전연〉의 수도 업성에서는 황제 모용위가 30만의 대군을 집결시켜 놓은 채, 〈전진〉의 대공세에 맞서고자 했다. 전진의 왕맹이 호뢰관을 정벌하는 사이에, 양안의 부대 또한 북쪽으로 올라가 상당을 접수한 데 이어 진양(산서태원)을 함락시켰다. 당시 전연의 군대는 이미 전의를 상실한 탓에 전진의 병사들이 도착했다 하면 무너지기 일쑤여서, 전쟁이랄 것도 없을 지경이었다. 곳곳에서 패전 소식이 날아들자 업성의 전연 조정이 크게 술렁이기 시작했다.

한편, 양안의 북로군은 진양을 접수하자마자 곧장 남동진해 왕맹의 군사와 다시 합류했다. 이때 모용평이 이끄는 전연의 30만 대군이 낙양과 업성의 중간 지점에 있는 로원潞原(산서여성)에 진을 치고 있었는데, 전진의 부대가 이들을 향해 거침없이 진격을 개시했다. 당시 전연은 무능한 황제 모용위를 넘어서 가족혼태후가 정치를 농단한 나머지, 나라의 기강이 흐트러진 지 오래였다. 대사마 모용평이 군권을 장악하긴 했으나, 용맹하지 못한 그는 허풍만을 떨어댈 뿐 전진 군사의 5배나 되는 압도적인 병력을 거느리고도 방어에만 주력했다.

왕맹이 등강에게 사례교위의 직을 내려 주고 선제공격을 당부하자, 등강이 즉각 군대를 이끌고 전연의 군영을 향해 질풍처럼 내달렸다. 결국 용맹한 등강의 부대가 전연의 대군을 격파한 끝에 5만에 이르는 전연 병사들의 수급을 베고, 10만에 달하는 병사들의 투항을 이끌어 냈다. 〈로원전투〉에서 참패한 모용평은 그 길로 도성인 업성으로 달아나 버렸다.

사기가 충천한 〈전진〉의 원정군은 이내 노천 동쪽으로 1백여 km쯤 떨어져 있던 업성으로 진격해 성을 포위해 버렸다. 낭보를 접한 부견이 기뻐하며 명을 내렸다.

"하하하, 업을 무사히 포위했다니 잘됐도다. 지금 속히 출발할 테니 짐이 도착할 때까지 함락을 미루라고 전해라!"

그해 11월이 되자, 무려 10만에 이르는 전진의 대군이 업을 둘러싸고 있었다. 전연의 황제 모용위를 포함한 모용평, 모용장 등 전연의 최고

지도부는 이미 업성을 빠져나가 달아난 뒤였다.

이때 업성을 지키던 산기시랑散騎侍郎 여울이 발 빠르게 움직였다. 당시 상당군에 부여와 고구려의 포로들이 많이 잡혀 와 있었는데, 여울이 이들 5백여 명을 이끌고 업성의 북문을 과감하게 열어젖혔다.

"성문이 열렸다. 모두 성안으로 들어가라, 진격하라! 와아와아!"

그 바람에 성 밖을 포위하고 있던 진군秦軍이 물밀듯이 성안으로 쇄도해 들어가니, 업성이 순식간에 전진의 수중으로 떨어지고 말았다. 이처럼 〈전진〉 대군의 입성을 도운 여울餘蔚은 바로 25년 전에 전연에 망한 〈서부여〉 왕 여현餘玄의 아들로, 당시 5만의 포로와 함께 전연으로 끌려온 서부여의 왕자였다. 전연에 대한 복수를 벼르던 그가 놀랍게도 전진의 군대와 사전에 내통하고 있었으니, 무서운 인과응보인 셈이었다. 그 덕분에 전진 황제 부견은 업성으로 수월하게 입성할 수 있었고, 성안에 남아 있던 전연의 공경대부들은 모두 무릎을 꿇고 투항했다.

그러나 정작 〈전연〉의 황제가 달아나 버린 사실을 뒤늦게 알게 되었고, 그러자 부견이 급히 명을 내렸다.

"유격대장 곽경은 즉시 말을 몰아 모용위 일당에 대한 추격에 나서도록 하라!"

결국 도성을 버리고 달아나던 황제 모용위가 북경 아래 고양高陽 인근에서 곽경의 추격군에 체포되어 업성으로 압송되었고, 다른 여러 관원들과 함께 〈전진〉의 황제 부견의 앞에서 무릎을 꿇은 채 항복했다. 이로써 동부선비 모용씨들이 일구어냈던 〈전연〉(307~370년)이 70년도 채 지속되지 못한 채 〈전진〉에 멸망당하고 말았다. 모용준이 황제국임을 선포하고, 업성으로 천도하면서 중원으로 본격 진출한 이래, 고작 10년 만에 전연이 전격적으로 해체되고 말았으니, 그야말로 한 치 앞도 알 수 없는 격변의 시대였다.

사실 모용외는 물론, 모용황과 그 아들들 모두 걸출한 선비의 영웅들이었고, 전연의 황실에는 훌륭한 인재들이 다른 어느 나라 보다 넘쳤었다. 그런 기세로 동부의 경쟁 선비족을 차례로 굴복시켰고, 전통의 강자 〈고구려〉와 〈서부여〉를 꺾은 데 이어 급기야 하북의 맹주 격인 〈후조〉(염위)까지 멸망시키면서, 빠른 기간 내에 하북의 최강국으로 발돋움했다. 이로써 〈전연〉은 서쪽의 〈전진〉 및 장강 아래 〈동진〉과 함께 중원의 3강强으로 끝 모를 전성시대를 맞이하는 듯했으나, 황실 내 형제들이 분열되면서 가장 빠른 속도로 망하고 말았다.

그렇게 되기까지는 모후에 이끌려 모용수를 비롯한 황실의 인재를 배척한 황제 모용위의 무능 외에도, 모용평을 위시해 사리를 탐하기 바빴던 전연의 지도층에 엄중한 책임이 있었다. 전진의 황제 부견은 157개 郡에 달하는 〈전연〉의 광대한 강역을 새로이 자국에 편입시킴과 동시에, 246만 호에 총 1천만에 달하는 전연의 백성들 또한 전진의 백성으로 삼게 했다. 〈전진前秦〉은 이제 독보적인 중원의 최강자로 거듭나게 되었고, 이는 장강 아래 〈동진〉을 떨게 만들기에 충분한 것이었다.

대범하기 그지없던 부견은 황제인 모용위에게 신홍후侯라는 작위를 내리고, 전연의 관료들을 후하게 중용하는 등 포용책을 펼치려 애썼다. 곽경의 추격으로 용성까지 달아났던 모용평은, 황제를 버린 채 뜻밖에도 〈고구려〉로 들어가 투항해 버렸다. 그러나 전연에게 치욕을 당했던 고국원제가 모용씨의 큰어른 격인 평平을 반겨 줄 리 없었다. 태왕이 그의 죄상을 일일이 열거하며 대체 무슨 낯으로 찾아왔냐고 꾸짖자 평이 답했다.

"나는 태왕과 힘을 합해 장차 燕을 일으키고 싶소……"

"무어라, 하늘도 너의 악행에 넌더리를 치겠거늘……. 여봐라, 저런 뻰뻰하기 그지없는 놈의 목을 당장 쳐 버려라!"

분기탱천한 태왕이 즉각 참형을 명했다.

"아니, 그게 아니라……. 아이구, 태왕폐하 신을 용서하소서. 제 말은 다름 아니라……"

상황을 파악한 모용평이 그제야 신하와 첩이 되어서라도 태왕을 모시겠노라며 늙은 목숨을 애써 구걸했다. 옆에서 이 모습을 지켜보던 좌보 인仁이 재빨리 나서서 고하였다.

"태왕폐하, 고정하소서. 평을 부견에게 보내 진秦과 화친을 이루는 것이 우리가 요동을 취한 것만큼이나 더 큰 실속을 챙기는 일이 아니겠습니까?"

끝내 고국원제는 새롭게 등장한 중원의 절대강자 〈전진〉의 눈치를 보느라, 차마 모용평을 죽이지 못하고 업성으로 보내버렸다. 놀랍게도 부견은 그런 모용평에게도 급사중의 직책을 내리면서 죽이지 않았다.

이제 하북의 맹주 전연을 제압한 부견은 스스로 천하제일의 황제라는 칭송을 듣고 싶어 한 것이 틀림없었다. 부견이 바다와 같은 포용력으로 전연의 군신들을 감싸안겠다며 이들 대다수를 살려 준 것은 물론, 벼슬까지 내주며 우대했으니 그 후로도 황제 모용위는 부견의 우대 속에서 15년을 더 살았다. 그러나 끝내는 동생인 모용충의 반란에 연루되었다는 혐의로 385년 처형당하고 말았다. 살다 보면 지나치게 많거나 앞선 생각들이 탈이 될 때도 있으니, 이때 고구려가 속 시원히 복수 한 번 제대로 못 하고 모용평을 살려 보낸 것이야말로 참으로 부질없는 짓이었다.

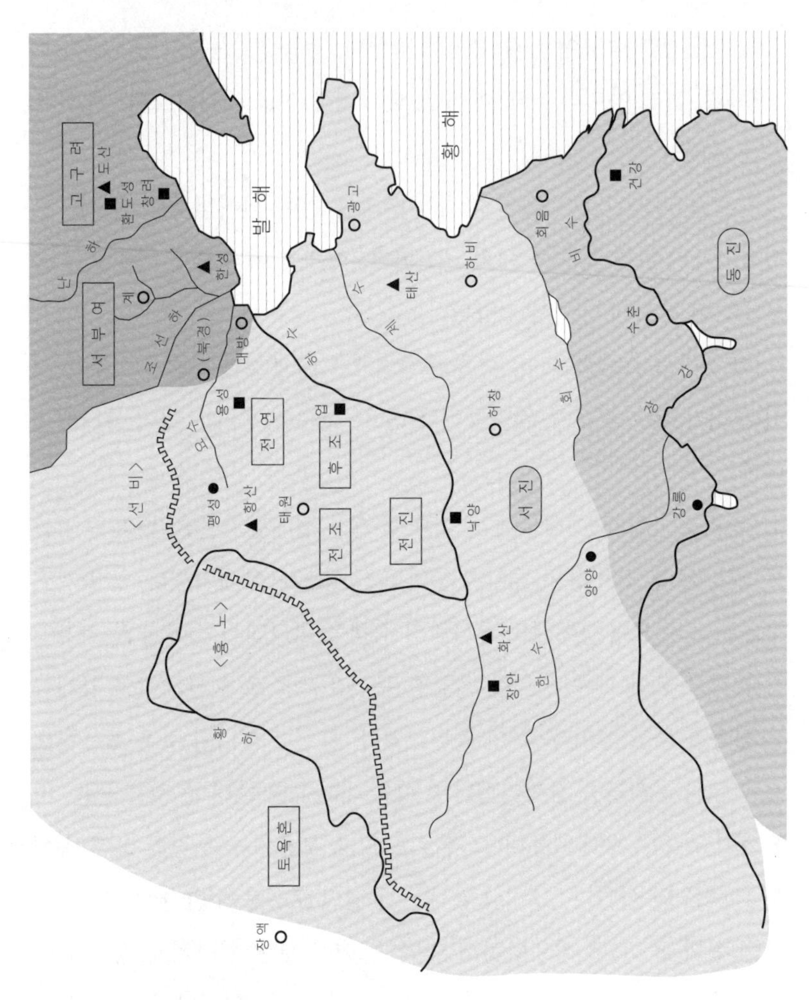

4세기 전후 5호 16국 형세도1

3. 고국원제의 전사

4세기 초반, 선비를 비롯한 북방민족들이 벌떼처럼 일어나 광활한 중원대륙을 뒤흔드는 동안, 멀리 한반도 〈신라〉에서는 325년경 흘해왕의 뒤를 이어 내물奈勿부군이 17대 이사금의 지위에 올랐다. 내물왕은 김씨 미추선제의 딸인 휴례공주가 김구도의 손자 말구각간과의 사이에서 낳은 아들이었으므로, 신라의 왕통이 온전하게 다시 金씨로 돌아온 셈이었다.

내물왕의 탄생에는 상서로운 꿈 이야기가 전해졌는데, 어느 날 화림花林에서 50대의 말구각간이 황룡 꿈을, 10대의 화림묘주 휴례가 봉황 꿈을 제각각 꾸고는 서로 상통해서 낳은 아들이었다는 것이다. 그런 내물이 어려서부터 총명하고 용맹한 기상이 있다 하여, 미추왕이나 광명신후로부터 각별한 관심과 기대를 받고 자랐다. 내물이 9살이 되어 미추선제가 이제 각간에게 검을 배우라고 명하니, 말구각간이 이렇게 가르쳤다.

"성인聖人은 광명光明(빛)을 쓰며, 훌륭한 장수(양장良將)는 위엄을 쓰고, 범부는 단지 칼날을 쓰는 법이다. 네가 장차 광명을 쓸 수 있다면, 가히 만민萬民을 다스릴 수 있을 것이다."

이는 아들에게 장차 제왕이 될 꿈을 꾸라는 말이나 다름없었다. 공교롭게도 그해 말구각간이 병이 들어 끝내 사망하고 말았으니, 이때 어린 내물에게 장차 김씨 왕조를 다시 일으키라는 유지를 남긴 셈이었다.

그 후 내물이 장성해서는 광명후光明后의 두 딸인 도류와 보반의 지아비가 되었다. 그렇게 광명후의 지원 아래 승승장구하던 내물이 부군副君에 올랐다가, 흘해왕의 선양으로 마침내 이사금에 올랐던 것이다. 그러나 내물이 왕위에 오르기까지의 여정이 그리 호락호락한 것은 아니었다. 그의 외조부인 미추선제가 金씨였음에도, 왕위가 곧바로 석昔씨 유례왕으로 돌아가 버렸고 이어 기림, 흘해 모두가 석씨 왕통이었던 것이다. 결국 내물왕 대에 이르러 비로소 부모의 혈통이 모두 김씨 성을 가진 완전한 金씨 이사금의 시대가 열린 셈이었고, 이후로 신라는 끝까지 김씨 왕통을 이어 가게 되었다.

내물왕 5년째 되던 329년경, 그해에 신라는 〈왜倭〉와 화친을 맺고 호시互市를 열었다. 동시에 얼마 지나지 않아서 倭의 왕실가족과 상호 혼인을 맺기까지 했는데, 사람들이 이 왜국을 〈야野〉라고도 불렀다. 그런데 신라가 이때 倭(野)라고 불렀던 이들은 일본열도의 왜가 아니라 바로 거발성에 터 잡고 있던 대왜大倭, 소위 〈부여백제〉 세력을 지칭하는 것이었다. 당시 같은 백가제해 세력인 비류왕이 북쪽의 〈한성백제〉 조정을 전복시키고 왕위에 올라 있었고, 남쪽의 부여백제는 후방에서 비류왕을 지원하던 세력으로 또 다른 소왕인 여구餘句라는 인물이 다스린 듯했다.

후일 신라의 사가들이 이들을 〈대왜〉라 부르며 (한성)백제와 구분하려 했으나, 이들이 처음부터 열도의 倭가 될 수는 없는 노릇이었다. 따라서 대왜란 명칭은 후일 이들이 일본열도로 이주해 감에 따라 사후적으로 붙여진 것으로 보이며, 시대를 혼동해 당시의 부여백제를 대왜로 기록한 데서 비롯된 일이었다. 그런 점에서 〈대왜〉란 명칭은 후일 부여백제 세력의 일본열도 이주 사실을 입증할 또 하나의 단서가 되는 중요한 기록이었다.

처음 대륙에서 이주해 온 세력이 전통의 〈한성백제〉를 일거에 제압해 버렸다는 소식은 신라 조정에 적지 않은 충격을 주었을 것이다. 그럼에도 종전 한성백제와 화친의 관계였던 사실을 구실로, 신라는 일단 (부여)백제의 요청을 그대로 수용한 듯했다. 그러나 실제로는 한성백제의 부흥 운동이나 다름없는 〈우복의 난〉이 쉽게 진압되지 않았기에, 비류 세력이 배후의 신라에 대해 부득이 신경을 쓴 것으로 보였다. 비류왕이 북쪽에서 한성백제를 다스리는 일을 맡았다면, 남쪽의 부여백제는 동쪽의 가야와 신라 및 남쪽 영산강 유역에 산재한 옛 마한의 소국들을 상대하는 등 역할을 나눈 것으로 보였다. 뒤늦게 한반도로 들어온 서부여 세력의 활동이 점점 확대되고 있었던 것이다.

신라 경도에서는 그해 8월부터 〈가배〉에 이어 9월에 〈대장〉, 10월에는 〈월가회〉가 연달아 행해졌다. 고구려가 선비와 연합으로 모용씨에 대해 〈극성진공〉을 벌이는 등 요동과 중원 전체가 전쟁의 소용돌이에 휘말려 있었지만, 멀리 반도 동남단에 있던 〈신라〉는 그야말로 이와는 별세계인 태평성세를 누리고 있었다. 농사도 대풍이라 환호성이 들판에 이어졌는데, 내물왕이 영슈을 하나 내리게 했다.

"풍년일 때 검약을 지켜 내 흉년에 대비토록 하고, 함부로 보리를 내버려 후일 기아로 고생하는 일이 없도록 하라!"

2년 전 보리가 대풍이었을 때 3년 치의 곡식을 한 해에 수확할 정도가 되자, 사람들이 보리를 거두지 않은 채로 들판에 버려두곤 했다. 조정에서 이를 보고는 들판에 방치된 보리를 관청 창고에 거두어들이도록 한 것이니, 백성들이 조정의 사려 깊은 조치를 칭송했다.

바로 그 무렵에 갑자기 서쪽의 〈백제〉로부터 장수들이 망명을 신청해 왔다는 보고가 들어왔다.

"아뢰오, 부여에서 열복이란 장수가 숱한 수하 병사들을 이끌고 귀순을 요청해 왔습니다!"

한성백제 세력이 북방 출신 비류왕에 저항해 북한성을 근거지로 일으켰던 〈우복의 난〉이 3년 만에 실패로 끝나는 바람에, 우복의 아들인 열복悅福 등이 추종하던 무리를 이끌고 신라로 망명해 온 것이었다. 논란 끝에 내물왕이 이들을 받아들였으나, 이로 인해 바로 얼마 전에 맺은 〈백제〉와의 화친에 금이 가고 말았고, 백제와는 또다시 적대관계로 돌아서게 되었다.

결국 이듬해 331년 10월경, 백제군이 신라의 강역으로 들어와 괴곡성槐谷城(충북괴산)을 포위했다. 신라로 망명한 백제 병사들의 귀국을 종용하기 위한 조처였다. 내물왕이 급하게 해찬海湌 정원正源을 불렀다.

"부여의 비류가 열복 일행을 내놓으라 다그치는구나. 이미 귀순을 허용했거늘 어찌 돌려보낼 수 있겠느냐, 장군이 괴곡으로 가서 부여군을 반드시 내쫓아 버려야 할 것이다!"

이에 정원이 군대를 이끌고 급히 괴곡으로 출정했다. 그러자 백제군이 신라의 구원병들이 몰려온다는 소식을 듣고는 포위를 풀고 퇴각하는 척하면서, 신라군을 유인하려 들었다. 그럼에도 정원이 이에 말려들지 않고 뒤쫓지 않으니, 백제군이 제풀에 그대로 물러가고 말았다.

백제의 신라침공이 이것으로 마무리되는가 했더니, 그것이 결코 아니었다. 다시 5년쯤 지난 336년 9월이 되자 결국 백제가 다시금 신라의 변경으로 침범해 들어오더니, 10월에는 재차 괴곡성을 포위했다. 소식을 들은 내물왕이 크게 격앙된 채 단호하게 명했다.

"부여가 5년 전 그렇게 물러난 줄 알았더니 끝난 게 아니었던 게로구나. 그렇다면 이번에야말로 부여를 끝장내서, 수시로 침공해 오는 버릇을 버리게 해야 할 것이다. 일길찬 양질은 정예기병을 이끌고 가서 부여군을 격퇴하라!"

이에 양질良質이 신라의 정예기병을 거느리고 출격해 백제군의 진영을 향해 질풍처럼 내달렸다. 백제군은 신라 기마군단의 출현에 혼비백산했다. 양질이 백제군을 크게 깨뜨렸는데, 이때 백제의 장수 사문沙文을 생포하기까지 했다. 비류왕에 저항했던 〈우복의 난〉을 계기로 2차례에 걸쳐 신라와 백제 간에 벌어진 〈괴곡성전투〉는 이렇게 신라군의 승리로 끝났고, 신라는 그 전투력이 결코 만만치 않음을 주위에 과시할 수 있었다.

서부여 이주 세력인 비류왕의 백제 정권으로서는 비록 기존 한성백제를 제압하긴 했지만, 아직은 이주 초기의 정권이라 신라를 압도하기엔 군사력이 미치지 못함을 확인한 전쟁이었을 것이다. 그렇다고 백제의 침공을 막아낸 신라 조정 또한 마냥 안도하는 분위기에 젖어 있을 수만도 없었을 것이다. 그간 석씨 왕조를 거치면서 오래도록 평화를 누려왔지만, 새로이 백제를 장악한 대륙 세력의 호전적 성향을 파악한 뒤로는 국방력을 끌어올리기에 급급했을 것이다. 그런 비상상황이 되자 광명신후 사후로 여인들의 목소리가 잦아드는 대신, 비로소 무장들을 위시한 남성들의 역할이 강조되기 시작했다. 그 와중에 金씨 내물왕계와 종전 昔씨계의 알력이 불거지면서 불안한 정국이 이어졌을 가능성이 농후했던 것이다.

백제와 신라의 1차 〈괴곡성전투〉가 있던 그 무렵, 고구려에서는 미천제가 사망해 아들인 고국원제가 태왕에 올랐다. 그런데 그보다 3년 전인 328년경, 〈후조〉의 황제 석륵이 유요가 지키던 낙양성을 함락시키고 〈전조〉를 멸망시켰다. 이듬해 329년이 되자 석륵이 석호를 시켜 배후에 있는 서쪽 감숙 일대의 토벌에 나서게 했다. 이때 석호의 군대가 의거를 거쳐 진秦과 롱隴 땅까지 평정했는데, 인근의 저氐족왕 포홍과 강羌족 수장 요익중까지도 석호에게 무릎을 꿇고 투항해 왔다.

그러나 〈전조前趙〉(漢)의 주축을 이루었던 흉노족들만은 갈羯족 석石씨에 굽히지 않은 채, 곧장 동쪽의 선비 땅으로 향했다. 일찍이 285년경 모용외가 선비왕에 올랐을 때, 그의 서형庶兄 모용토욕혼이 서쪽의 감숙 땅으로 떠나 선주 세력인 흉노와 함께 〈토욕혼〉을 세웠다. 그러나 이들은 토욕혼 사후로 이웃인 강족과 저족에게 내몰리다가, 흉노 유연이 〈漢〉(전조)을 세우자 전조前趙로 편입되어 있었다.

이후 다시 전조가 망하니, 이들 중 일부가 자신들과 뒤섞여 있던 모용씨의 후예들을 따라 자연스럽게 선비 나라로 향한 듯했다. 그런데 이때 무려 10여만 락落(호戶)에 해당하는 흉노인들이 모용선비로 귀부했다고 하니, 초원길을 따라 대규모의 민족이동이 이루어진 것이었다. 모용외가 이를 크게 반기고 흉노의 지도자급에게 자신들의 성씨를 하사해 주었으니, 모용선비의 세력이 하루아침에 급격히 팽창하게 되었다. 330년 9월경 〈후조〉의 석륵이 〈고구려〉 미천제에게 함께 모용씨를 토벌할 것을 제안했던 이유도, 흉노의 모용선비 귀부와 결코 무관치 않았던 것이다.

10년 전 〈극성진공〉에서 모용외에 완패당했던 미천제가 상능 등을 석륵에게 보내 선비토벌을 논의케 했는데, 그때 석륵이 한 말이 있었다.

"동방은 고구려가 맡도록 하시오, 서방은 우리가 맡겠소!"

그러나 이듬해인 331년, 미천제가 모용씨와 다투지 말라는 유지를 남긴 채 세상을 떠나면서 양측의 약속이 흐지부지되었고, 333년에는 모용외에 이어 후조의 석륵까지 모두 사망하면서 선비토벌이 없던 일이 되고 말았다.

이후 석호와 모용황이 〈후조〉와 〈전연〉의 왕에 올랐지만, 단부段部선비를 사이에 두고 이내 서로 다투기 시작했다. 급기야 338년에는 후조에서 30만 석의 식량까지 제공해 오면서 고구려에 전연에 대한 협공을 요청했다. 결국 고국원제가 3만의 병력을 안평으로 보내 싸우는 시늉만 하고 돌아왔으나, 이후 모용황은 극성을 침공해 온 후조를 격파하는 데 성공했고, 이듬해부터 고구려에 대한 보복에 나섰다. 장차 후조를 꺾고 중원으로의 진출을 노리던 모용황으로서도 이래저래 배후의 고구려를 사전에 제압해 놓으려 했던 것이다. 그 와중에 342년 모용황의 2차 침공으로 고구려의 환도성이 불타고, 주태후마저 용성으로 끌려가는 치욕을 당하고 말았다.

그런데 바로 이 전쟁에서 모용황이 흉노선비의 전사무리를 버리는 패인 왕우의 북로군에 소속시켰고, 그러자 눈치 빠른 흉노선비의 일부가 크게 동요했다.

"우리가 십여 년 전 죽을 고생을 하면서도 초원을 떠나올 때는, 이처럼 덧없이 연燕의 희생양이나 되려고 온 것이 아니었다. 여기서 이렇게 개죽음을 당하느니, 차라리 과감하게 이곳을 떠나 새로운 삶을 찾아야 한다!"

처음부터 이들은 동족인 〈전조〉의 흉노 유劉씨들에게 충성하던 자들로, 모용씨에 대한 의리가 상대적으로 덜했을 터였고, 결국 궁리 끝에 이들이 내린 결론은 놀랍게도 전선을 이탈해 한반도의 신라를 향해 떠난다는 것이었다.

그런 우여곡절 끝에 〈전연〉의 북로군에서 이탈해 머나먼 한반도행을 택한 이들 흉노선비 무리들은 수천 리나 되는 험난하고 고된 여정을 시작했다. 기마부대였던 이들은 당연히 바다가 아닌 육로를 경유해야 했겠지만, 마침 고구려가 전연의 침공으로 쑥대밭이 된 채 전쟁에 여념이 없던 때였다. 또 현 요하의 동쪽인 만주나 한반도 북쪽으로는 그다지 인구가 조밀하지 않던 시대라, 딱히 이들의 이동을 저지할 만한 세력도 없었을 것이다. 비록 패잔병의 멍에를 쓰고 있기는 했어도, 이들은 강인하기 그지없는 북방선비 출신의 무장 세력이었기에 온갖 고난을 극복하고 마침내 신라 도성의 북쪽 변두리까지 도착하는 데 성공했다.

금성으로의 진입을 개시하기로 한 그날 새벽, 어슴푸레 왕궁인 월성이 내려다보이는 관문 위에서 무리를 이끄는 수장이 부하들을 향해 말했다.

"마침내 금성에 도착했다. 과연 저 아래가 그토록 평화롭고 번화하다는 금성이로구나……. 어차피 목숨을 건 모험의 연속이었으니, 이제 와서 따로 두려워할 것이 무엇이겠느냐? 마지막으로 저 월성에 진입하기만 한다면 아름다운 신라 여인들과 수많은 금은보화를 우리도 차지할 수 있을 것이니, 오직 그것만을 생각하기로 하자. 그러니 눈앞에 저것들을 두고 우리가 어찌 눈을 감을 수 있겠느냐? 모두들 죽지 마라! 어떻게든 살아서 저 영화를 누리려면, 이제부터 정신을 똑바로 차리고 전광석화처럼 내달리는 것이다. 저들이 잠에서 깨기 전에 가장 빠른 속도로 월성을 장악해 버리는 것에 성패가 달려 있다. 자, 모두들 나를 따르라!"

"우두두두!"

흉노선비 무리들이 새벽의 어둠을 이용해 거침없이 금성金城(경주)으로 치고 들어가니, 외부의 기습을 전혀 예상하지 못했던 도성의 수비병들이 허망하게 무너져 내리고 말았다. 곧장 궐 안으로 진입한 선비병들은 신속하게 신라의 궁궐 일부를 장악한 다음, 신라 조정에 귀부 의사를 타진하고 협상을 시작한 것으로 보였다. 이는 곧 이들이 무장을 해제하고 신라 조정에 일방적으로 머리를 조아리고 들어간 것이 아니라, 당당한 일군의 무장 세력으로서 자신들의 지분을 인정해 줄 것을 요청하면서 버티기에 들어갔다는 뜻이었다.

그렇게 하루아침에 신라 궁궐에 외부 흉노선비 세력이 손쉽게 진입해 들어오면서, 신라 조정에 비상한 시국이 전개되기 시작했다. 그러나 사실 이들 흉노선비 무리가 당시 어느 정도의 규모였고 지도자가 누구였는지, 또 금성으로 안착하기까지의 과정이 어떠했는지 일체 알려지지 않았다. 그만큼 빠르게 이들이 신라 사회에 녹아들었다는 의미였는데, 이는 그보다 약 일백 년 전 관구검의 위군魏軍에서 이탈해 반도로 이주해 온 오환족의 경우와도 유사했던 것이다.

그러나 실제로는 이들이 후일 최종적으로 신라 김씨 내물왕의 정권을 전복시키고 권력을 장악하는 데 성공함으로써, 대륙에서 이주해 온 자신들의 역사를 철저하게 은폐한 데 더 큰 원인이 있었을 것이다. 대체로 흉노선비가 금성에 안착한 시기는 모용황의 환도 침공이 있던 342년에서 344년경의 일로 보였다. 다만 그 무렵인 344년 4월경에 금성에 폭풍이 몰아치더니, 궁궐의 남쪽에 있던 큰 나무가 뿌리째 뽑혔다고 했다. 필시 이 시기에 신라 조정을 이끌던 중추적 인물이 흉노선비 세력의 손에 인질로 잡혔거나, 상해 또는 실각을 당했다는 암시였던 것이다.

그렇더라도 이들 선비무리들이 당장에 신라 왕실을 전복시키기에는 무리가 있었을 것이다. 따라서 인질 등을 무기로 삼는 등 신라 조정과의 협상을 통해 신라 사회로의 점진적인 정착을 착실하게 추진해 나간 듯했다. 그 결과 초기에는 〈괴곡성전투〉 이래로 현실적으로 군사력 강화를 필요로 하던 내물왕이 전쟁을 통해 이들을 진압하는 대신, 이들 무리의 요구를 수용해 주거나 오환족의 사례처럼 일정한 지분을 인정해 주었을 가능성도 있었다. 그사이 환도성이 불타 버린 요동의 고구려는 엄청난 전쟁보상금을 지불하고도 인질로 잡혀간 주태후를 빼내는 데 실패함으로써, 과거 번국이나 다름없던 모용선비 〈전연〉의 속국 신세로 전락하고 말았다.

한편, 단段선비에 이어 북방의 종주국 고구려를 꺾은 〈전연〉은 다음으로 우문선비를 겨냥했다. 결국 전연이 곧바로 우문선비를 공격해 괴멸시킴으로써 미천제 시절 〈극성전투〉에 참가했던 3연합, 즉 〈고구려〉와 〈단〉, 〈우문〉 선비 모두를 차례대로 꺾으면서 그야말로 피의 복수를 완성했다. 그런데 전연의 기세는 좀처럼 그칠 줄을 몰랐다. 고구려를 침공하기 직전에 모용황은 전쟁으로 파괴된 극성을 떠나 용성으로의 천도를 단행했었다.

이어서 고구려를 침공해 환도성을 불태우고 끝내 고구려를 굴복시킨 전연이, 4년 뒤인 346년경에는 자신들의 북쪽 인근에 있던 〈서부여〉로 진격해 들어갔다. 현玄왕과 왕자 여울餘蔚 등을 포함한 5만여 서부여 백성들이 용성으로 끌려갔고, 이로써 요동 서북부의 한 축이 되어 4백 년을 이어 오던 비리 〈서부여〉가 비로소 멸망하고 말았던 것이다. 천만다행으로 반세기 앞서 서부여를 떠나 한반도로 이주해 온 백가제해 세력이 반도의 백제를 장악하고 있었기에, 서부여의 질긴 역사는 한반도에서 전혀 새로운 모습으로 이어질 수 있었다.

이후로 3년 뒤인 349년경에는 황皝의 뒤를 이어받은 모용준이 하북의 맹주 〈후조後趙〉마저 멸망시킴으로써, 마침내 〈전연〉이 중원의 절대강자로 군림하게 되었다. 그야말로 모용선비의 전성기였다. 무엇보다 선비가 준동하면서 일으킨 대륙의 광풍이 마침내 바다 건너 한반도까지 불어와 엄청난 파장을 불러일으키게 되었으니, 여인들이 득세할 수 있었던 신라의 태평시절이 빠르게 끝나가고 있었다.

그런 와중에 해가 바뀌어 346년이 되자, 열도의 〈왜국〉에서 사신이 입조해 자기 나라의 왕자를 위한 청혼을 해 왔다. 그런데 내물왕이 딸이 없다는 이유로 이를 거절해 버리고 말았다. 30여 년 전 왜왕에게 시집갔던 이찬 급리急利의 딸이 이미 그 나라의 비妃가 되어 있었던 것이다. 따라서 뒤늦게 내물왕의 딸이 그보다 아래인 왕자비로 가는 것에 대해 탐탁지 않게 여긴 듯했다. 그동안 친金씨왕조 성향을 보였던 왜왕이 크게 실망했는지, 반감을 드러내기 시작했고 양쪽의 화친관계가 급속도로 악화되었다. 급기야 이듬해 2월이 되자, 왜왕이 신라와의 절교를 통보해오기에 이르렀다.

그 뒤로 겨우 2달이 지나자마자, 왜병들이 제주로 추정되는 풍도風島에 나타나서 약탈을 자행한 다음, 다시 뱃길을 돌려 신라의 도성으로 향했다. 얼마 후 왜병들이 파죽지세로 몰려오기 시작하더니, 순식간에 신라의 금성金城이 포위되는 지경에 이르고 말았다.

내물왕이 나아가 왜병들과 전투를 벌이려 하자, 이벌찬 강세康世가 만류했다.

"비록 적병이 멀리서 오기는 했으나, 지금 그 예봉이 사뭇 날카로워 우리 군이 당해 내기가 어렵습니다. 그러니 공격 시기를 다소 늦추어 적들이 피로에 지칠 때를 기다리는 것이 나을 것입니다."

왕이 옳다고 여겨 성문을 굳게 닫고 대적하지 않았다. 과연 얼마 지나지 않아 왜병들이 식량이 떨어지자 퇴각하려는 움직임을 보였다. 강세가 때를 기다렸다는 듯 내물왕에게 간했다.

"적들이 퇴각할 조짐을 보이니, 바로 지금이 철군하는 적들의 후미를 칠 적기입니다. 즉시 출정명령을 내려 주옵소서!"

왕의 출격명령이 떨어지기 무섭게, 강세가 신라의 기병들을 거느린 채 성문을 박차고 나갔다. 결국 신라군이 질풍같이 내달려 퇴각하는 왜군의 후미를 때리니, 왜병들이 혼비백산해 달아나기 바빴고, 그렇게 적들을 격퇴하는 데 성공했다.

그 무렵 한성백제에서는 아래쪽 거발성의 부여백제 세력이 주도한 친위쿠데타로, 계왕이 고작 2년 만에 왕위에서 끌려내려 왔다. 부여백제가 새롭게 내세운 괴뢰정권의 왕은 기존 온조 계열인 해解씨 근초고왕이었는데, 한성백제 백성들의 반감을 무마하기 위한 것이었다. 이처럼 비류왕 사후 왕위 승계 문제로 야기된 복잡한 혼란 속에서도, 백제의 근초고왕이 동쪽의 신라에 공물을 바치면서 화친을 제의해 왔다.

그런데 공교롭게도 그즈음 신라의 금성에서 갑자기 궁중의 우물물이 넘치더니, 궁궐 여인들 여럿이 중독되어 한꺼번에 사망하는 사태가 벌어졌다. 좀처럼 보기 드문 불길한 사건에 성안의 인심이 흉흉하던 차에 또 다른 보고가 들어왔다.

"아뢰오, 지난번 우물물에 중독된 사람들에 대한 치료를 돕겠다며, 고구려 태왕이 보냈다는 태의太医 우각태牛角太 일행이 금성에 도착했다고 합니다!"

"무어라, 구려왕이 태의를 보내왔다고?"

당시 고구려와 백제가 한강 너머 (황해도)대방을 사이에 두고 대치하던 상황이었기에, 백제의 남동 후미에 있는 〈신라〉를 서로 자기 편으로 끌어들이려 한 것이었다. 고구려가 태의를 신라에 파견한 것도 치료를 핑계 삼아 금성에 안착한 흉노선비의 동정과 함께 신라 조정의 분위기라든가, 백제와의 화친에 대한 정보 등을 두루 파악하기 위한 것임이 틀림없었다. 그러나 사실 신라와의 화친이 더욱 절실한 것은 대륙 고구려의 힘에 밀려 한반도로 들어와야 했던 백제 쪽이었다.

고구려와의 전쟁이 아직은 사활을 건 모험이라고 판단한 〈부여백제〉는 근초고왕을 강하게 압박해 신라와의 화친을 강요했다. 이듬해 고심하던 백제의 근초고왕이 신라와의 혼인동맹 카드를 꺼내 들기로 하고, 태자인 구수仇首(길수吉須)를 직접 금성으로 보냈다.

"백제국 태자 구수가 신라국의 대왕을 뵈옵니다. 이번에 신의 부왕께서 신에게 명하기를 양국의 화친을 더욱 강화하는 뜻에서 대왕께 신라국 왕녀와의 혼인을 청하라고 하셨습니다. 부디 양국의 성스러운 동맹을 원하는 백제왕과 신의 성의를 헤아리시어 혼인을 성사시켜 주시기를 바라옵니다!"

신라 조정에서는 비류왕 사후 기존 해씨계 백제왕의 등장이라 논란이 분분했다. 그러나 끝내는 백제가 제안한 혼인동맹에 동조하기로 하고, 백발白發의 딸 아이阿尒를 구수태자의 처로 삼아 포사鮑祠에서 혼인을 맺게 해 주었다. 그로부터 2년이 지나자 백제로부터 다시 사신이 들어와 공물을 바치며 반가운 소식을 전했다.

"경하드립니다. 백제 구수태자의 부인 아이비妃께서 마침내 아들 침류枕流왕자를 생산하셨습니다!"

이때 신라 조정에서는 양부良夫의 제자로 요리에 능한 건통乾通을 시켜 백제의 사신들에게 수어秀魚(숭어)를 쪄서 대접하게 했다. 백제의 사신들이 그 맛에 반하여 감탄을 연발했다.

"허어, 찐 수어로 어찌 이런 맛을 낼 수가 있는지요. 혹시 요리 방법이라도 얻어 갈 수는 없겠는지요?"

그러자 건통이 호기롭게 답했다.

"서해바다의 젓갈 열 동이를 얻을 수 있다면, 가능도 한 일이지요!"

당시 백제의 젓갈이 음식의 맛을 돋우는 데 탁월한 조미재료로 이름이 높았기 때문이었는데, 결국 건통이 사신 일행에게 조리법을 가르쳐 주었다고 한다.

그 무렵에 반도의 백제가 대방(황해)까지 치고 들어오자 고구려는 이를 더 이상 좌시할 수 없다고 판단, 백제를 손보기로 하고 잔뜩 벼르던 중이었다. 마침 새로이 전연왕이 된 모용준이 〈후조〉를 꺾은 지 3년 만에 칭제를 하는 등, 하북을 경영하는 데 더욱 신경을 쓰고 있었다. 건통이 백제사신들 앞에서 마음껏 조리 실력을 뽐냈던 이듬해 352년이 되니, 급기야 고구려가 전격적으로 〈한반도 원정〉을 개시했다. 고국원제가 해발解發을 정남征南대장군으로 삼아 대방에 주둔해 있던 백제군에 대해 대대적인 공세를 가한 것이었다.

그 결과 대방왕이라 불리던 장보張保를 사로잡았고, 대방의 구원에 나섰던 한성백제의 근초고왕을 〈관미령전투〉에서 연이어 대파시켰다. 이로써, 대방(황해) 지역에서 백제를 한강 아래로 내쫓아 버린 것은 물론, 고구려가 힘의 우위에 있음을 분명하게 입증시켰다. 고국원제가 이때 반도의 평나平那(평양)를 한반도 서부권의 전진기지로 구축하면서, 3軍에 총 11만이라는 대군大軍을 주둔시킴으로써 백제의 북진을 차단하는 데 주력했던 것이다.

〈신라〉의 내물왕은 〈관미령전투〉에서 근초고왕이 대패했다는 소식에도 아무런 지원을 하지 못했다. 워낙 전격적으로 이루어진 전투라 그럴 시간적 여유가 없었겠지만, 처음부터 여제麗濟전쟁에 끼어들 의사가 없었던 것으로 보였다. 그 후로도 백제와 고구려가 크고 작은 분쟁과 전투를 지속했음에도, 딱히 신라가 백제 편에 서지 않고 중립을 지켰기 때문이었다. 대륙의 고구려를 상대로 전쟁을 벌인다는 것이 두려운 일이거니와, 중천제와 옥모 시절 이래로 고구려가 신라에 많은 후원을 해 오는 등 오래도록 이어져 온 화친의 관계가 여전히 영향을 미치고 있었던 것이다.

그사이에 백제가 적극 끼어들어 신라와 혼인동맹을 성사시켰음에도 그 효과가 나타나지 않다 보니, 양국이 그렇게 서먹하게 시간을 흘려보냈을 것이다. 어쨌든 신라는 대륙의 강자 고구려를 상대로 여전히 실리적인 외교 노선을 견지하고 있었으니, 외교란 이토록 냉혹한 것이었다. 그러던 357년경에도 이제는 진남鎭南대장군이 된 고구려의 해발이 백제의 변경을 쳐서 두 개의 성을 빼앗고 2백여 포로를 잡는 성과를 올렸다.

그런 상황에서 이번에는 고구려 도성에 갑작스레 〈신라〉의 사신이 등장했다. 신라의 내물왕이 이들 사신을 통해 공물을 바쳐온 것이었다. 신라의 사신들이 이때 고국원제 앞에서 내물왕의 행적을 자랑하듯 늘어놓았다.

“소신의 나라 내물임금께서는 4궁을 진휼함은 물론, 효성과 우애가 깊고 행실이 남다른 자들을 적극 등용하고 계십니다.”

4궁窮(환鰥, 과寡, 고孤, 독獨)이란, 늙은 홀아비나 과부, 고아, 자식 없는 노인들처럼 어렵고 외로운 처지에 사는 백성들을 일컫는 말이었다. 신라에는 오래전부터 이들을 보호하는 전통이 있었는데, 고국원제가 느끼는 바가 있어 좌우의 대신들에게 조용히 명을 내렸다.

“참으로 좋은 정책이 아니겠소? 다들 받아 적어야 할 것들이오.”

당시 하북의 맹주로 거듭나 황제를 칭하던 〈전연〉의 모용준은 자신의 13살 어린 딸 호인好仁을 고국원제에게 시집보내면서, 이제 동방의 일은 고구려가 알아서 하라고 자신감을 피력한 터였다. 이어 15년 동안이나 인질로 붙잡아 두었던 주태후를 돌려보내 주었으므로, 고구려는 이제 더 이상 〈전연〉에 끌려다닐 입장이 아니었다. 내물왕은 그런 고구려 조정의 분위기를 파악할 필요가 있었을 것이다. 그런데 문제는 이때 신라의 사신이 언급한 내물왕의 실체가 의혹투성이라는 점이었다.

그보다 5년쯤 전인 350년 3월경이 되니, 신라 금성의 안팎으로 흉흉한 소문이 나돌았는데 황새가 월성 모퉁이에 집을 지었다는 이야기였다. 이어 다음 달이 되자 큰비가 열흘이 넘도록 내리더니, 평지에도 물이 3, 4척이나 고여 관사의 가옥이 떠내려가고 30여 개의 산이 무너져 내렸다. 이처럼 금성에 커다란 재해가 일어나고 민심이 어지러운 틈을 타, 그동안 내물왕에게 충성하는 듯하던 흉노선비 무리가 전격적으로 일을 저지른 것으로 보였다. 자세한 내용은 알 수 없지만, 그 무렵에 조용히 기회를 노리던 선비무리에 의해 내물왕이 전격적으로 권좌에서 끌려 내려온 것이 틀림없었던 것이다.

그렇다고 이들 흉노선비 세력이 무력만을 앞세워, 막무가내로 자신들 멋대로 정사를 주무른 것도 아닌 듯했다. 이들은 신라 전체의 혼란을 최소화하기 위해 상당 기간의 적응기를 거친 다음, 끝내 그 수장이 신라의 왕위에 오르는 신중하고 노련한 모습을 견지했던 것이다. 아마도 한동안 왕좌를 비워 놓은 상태에서 과도기적으로 신라의 권력층과 함께 일종의 집단지도체제를 유지했을 가능성도 다분했다.

그뿐이 아니었다. 후일 이들은 자신들의 선비족 성씨인 모용을 버리고 신라 金씨로 성을 세탁한 다음, 그대로 내물왕을 대신해 권력을 장악하고 나라를 다스린 것이 틀림없었다. 그럴 정도로 이들은 나라를 통치하는 방법을 터득하고 있었고, 지적으로도 매우 뛰어난 집단이었던 것이다. 이런 이유로 후대의 역사기록에서 내물왕 축출 이후의 과도기 역사를 기존 내물왕의 치세로 일치시켜 버리는 오류를 저지른 것이 틀림없었다. 이로 인해 내물왕을 포함해 전반기 인물들이 그대로 등장하거나, 생물학적 나이를 뛰어넘는 경우가 많아 역사해석에 커다란 혼란을 야기했던 것이다.

결론적으로 기존 내물왕과 〈신라〉의 정권을 빼앗은 흉노선비 세력은 무리하게 새로운 나라를 세우지 않는 대신, 기존 국호와 金씨 왕통을 그대로 계승하는 방식을 택했다. 다만, 후대의 어느 시기에 그 역사를 하나로 통합하는 과정에서 불가피하게 기존 내물왕 치세의 인물들을 편의상 일시적으로 차용했을 가능성이 농후했다. 그럼에도 이들이 기존 金씨 왕조를 바꿔치기한 흉노 출신 모용선비 세력이라는 증거는 각종 유물이나, 중국 등 또 다른 역사기록 곳곳에 남아 있어 이 놀라운 사실을 뒷받침해 주고 있다.

또 하나 주목할 점은 이들 선비무리들은 자신들의 우두머리이자 수장을 마립간麻立干 또는 매금寐錦이라는 독특한 호칭으로 불렀다는 점이었다. 말뚝 또는 머리頭의 뜻을 지닌 마립은 정상top의 자리를 의미하며, 고구려의 최고 관직인 막리지莫離支와도 통하는 말이었으니 왕이나 임금을 일컫는 말이었다. 매금의 경우는 모용씨에서 앞의 모慕자만을 떼어낸 '모씨이사금'을 줄인 말로 특별히 모慕씨王을 지칭하는 말이라고도 했다. 주로 고구려에서 이들 모씨 왕들을 부를 때 사용했고, 다소 하대의 의미가 담긴 듯했다. 어쨌든 당시 황새가 월성의 모퉁이에 집을 지었다는 의미는 이 무렵을 전후해, 흉노선비가 금성에 완전히 정착하는 데 성공했음을 시사하는 것이었다.

그 후로 10년이 지난 357경, 이번에는 반대로 고국원제 앞에 〈신라〉의 사신 일행이 나타났으니, 이들이야말로 흉노선비 출신의 마립간이 보낸 사신단이 틀림없었다. 이들이 금성의 새로운 마립간을 소개하면서 사궁四窮을 구휼하고 백성을 아낀다는 자랑을 늘어놓았던 것인데, 당시 마립간을 비롯한 북방 선비 출신의 신흥세력들이 신라 백성들의 환심을 얻기 위해 다양한 노력을 펼쳤음을 알게 해 주는 대목이었다. 그리고 이때쯤엔 사실상 이들의 지도자가 기존 내물왕을 대신해 신라를 다스리고 있었던 것이다.

게다가 후일 이들 흉노선비 출신이자 가짜 내물왕의 신분이 중국의 기록에 모루한慕樓寒이라는 이름으로 등장했는데, 모慕씨 성에 루한이라는 이름을 가졌다니 모용慕容씨에서 '慕'씨 만을 성으로 택한 셈이었다. 어쩌면 이는 마립간의 또 다른 중국식 표기일 수도 있었다. 다만, 그의 사망연대로 미루어 그가 처음부터 흉노선비들을 이끌고 내려온 수장이라기보다는 그의 2세쯤으로 보였는데, 정확히는 알 수 없었다. 그저 모루한 또는 그 선대先代가 자신의 사신단을 고구려로 보내기 1, 2년 전쯤에, 신라 조정을 장악한 채 사실상 신라를 대표하는 마립간의 지위에 오른 것으로 추정될 뿐이었다.

바로 이 마립간 즉, 모루한이 이끄는 흉노선비에 의해 기존 金씨 내물왕을 포함해 이들에게 저항했던 신라 왕실의 핵심인물 상당수가 어떤 형태로든 축출된 것으로 보였으니, 이주 후 한 세대가 지난 후에야 비로소 외부세력에 의한 정권교체regime change가 마무리된 셈이었다. 이로써 기존 한반도 안에 있던 〈한성백제〉와 〈신라〉 두 나라 왕실 모두가, 비슷한 시기인 AD 4세기경 대륙 요동에서 이주해 온 북방의 무리들에 의해 제압당하는 실로 놀라운 역사가 펼쳐졌던 것이다.

신라 왕실을 그대로 계승하기로 한 새로운 내물마립간(모루한)은 과감하게 민심 수습에 나섰고, 조정이 안정되는 대로 서둘러 〈고구려〉로 사신을 보냈다. 따라서 당시 이들의 고구려 방문 목적은 주태후의 귀국으로 비로소 〈전연〉으로부터 자유로워진 고구려의 정세를 파악하거나, 〈관미령전투〉를 계기로 향후 〈백제〉를 상대함에 있어 고구려의 입장을 지지하는 등 새로운 관계를 모색하려는 데 있었을 것이다. 내물마립간과 그의 추종 세력들이 상당히 노련하고 치밀한 정치적 행보를 이어 갔던 것이다.

그런 와중에 이듬해인 358년 정월이 되자, 고구려의 진남대장군 해발이 도성에 들어와 고국원제를 알현하면서 반도의 남쪽을 공략할 방안을 제시했다.

"대방의 수곡성水谷城은 한산漢山과 평나 양쪽 땅으로 곧장 내 닿는 길목에 놓인 요충지인 만큼, 기회가 되는 대로 반드시 성을 탈취할 필요가 있습니다."

해발이 그것도 모자라 손바닥에 지도를 그리듯 설명해 올리자, 태왕이 명쾌한 설명이라고 기뻐하며 준마와 보도를 하사했다. 결국 그해 6월, 해극解克이 수곡성을 공략해 고구려의 수중에 넣어 버렸고, 2백여 명의 남녀 포로들을 잡아 왔다.

해가 바뀌어 정월이 되니, 고구려의 주周태후가 69세의 춘추로 파란만장한 삶을 마감했다. 고구려의 지속적인 공세에 갈수록 수세에 몰리던 근초고왕이 고구려의 눈치를 보던 중에 이 소식을 접했다.

"옳거니, 주태후가 죽었다니 조문을 핑계로 구려와의 화친을 모색할 때다."

이에 근초고왕 또한 고구려 도성으로 조문사절을 보냈는데, 이때 5명의 미녀를 태왕에게 바치는 외에 백마 한 쌍과 맑고 아름다운 명주明珠 10과顆, 기타 대방으로 탈출해 온 고구려의 포로들까지 송환해 주면서 슬그머니 화친을 청했다.

그야말로 〈고구려〉, 〈백제〉, 〈신라〉 삼국 간의 외교전이 치열하게 전개되기 시작한 것이었다. 그런 근초고왕의 성의가 통했던지, 과연 고구려는 한동안 백제에 대한 공세를 멈추었다. 공교롭게도 그 이듬해인 360년이 되자 〈전연〉의 황제 모용준이 42세 한창의 나이에 병사함으로써, 다시금 하북 땅 전체가 요동치기 시작했다. 고구려로서는 다시금 반도에서 눈을 돌린 채, 서남쪽 중원의 변화에 잔뜩 신경을 곤두세워야 했다.

이보다 수년 전인 356년 무렵, 신라 금성에서는 북방에서 이주해 온 흉노선비 무리들이 야기한 정변으로 그들의 수장인 내물마립간이 실권을 장악하고 있었다. 그로부터 2년 뒤 정초에 시조묘에 제를 올리는데, 묘 위로 상서로운 기운이 가득하더니 그 앞뜰에 신묘한 새들이 모여들었다. 다시 세월이 흘러 362년이 되자 이번에는 시조묘의 뜰 앞에 있던 서로 다른 나무들끼리 가지가 붙어 하나가 되는 일이 발생했다. 내물마립간이 이끄는 흉노선비 무리들이 기존 신라 사회에 잘 녹아 들어가 성공적으로 안착했다는 암시가 틀림없었다.

그러던 364년경, 근초고왕이 다스리던 한성백제 조정에 새로운 보고가 올라왔다.

"아뢰오, 멀리 금성에서 신라왕이 보낸 사신들이 막 도착했습니다!"

내물마립간이 이때가 되어 비로소 공태公兌와 홀명忽明을 사신으로 보내, 백제 조정의 근황을 두루 알아보게 했던 것이다. 그러나 얼마 후 백제에서 돌아온 사신들의 보고는 그다지 반갑지 않은 내용인 듯했다. 아무래도 신라의 신흥정권을 대하는 한성의 분위기가 전과 같지 않았고, 특히 실질적으로 백제의 정책을 좌우하는 부여백제 세력이, 같은 북방세력인 흉노선비의 부상을 잔뜩 경계하는 분위기였던 것이다. 사신들의 귀국보고가 끝나기 무섭게 그해 4월이 되자, 신라 조정에 벼락같은 급보가 날아들었다.

"속보요! 갑자기 도성에 왜병들이 떼를 지어 나타났다고 합니다!"

"무어라? 왜병들의 기습이란 말이냐?"

화들짝 놀란 내물마립간이 대신들과 함께 성루에 올라 보니, 과연 왜병들이 도성 한복판을 이리저리 몰려다니고 있었다. 적의 군세가 만만치 않다고 여긴 마립간이 이때 급히 명을 내려, 토함산 아래에 허수아비 수천 개를 만들어 세우게 하니, 먼발치에서 보면 마치 병사들이 늘어선 모습처럼 보였다. 마립간이 이어서 또 다른 명을 내렸다.

"지금 당장 1천의 병사들을 부현斧峴의 동원東原에 매복시킨 다음, 왜병을 기다리도록 하라!"

과연 왜병들이 토함산을 향해 달려가다가, 신라 군사들의 매복에 걸려들어 대패하고 말았다. 내친김에 신라군들이 왜병들을 추격하기 시작했고, 끝내 달아나던 왜병들 대다수를 사로잡아 일망타진하는 데 성공했다.

그런데 사실 이때 금성으로 진입했던 이들은 바다 건너 열도의 왜병이 아니라, 반도 내 〈대왜大倭〉(부여백제)의 군사들이었다. 거발성의 여구왕이 이때 비로소 처음으로 〈신라〉를 침공했으나 그 규모가 크지 않았던 것으로 미루어, 신라의 전력을 알아보고자 일종의 탐색전을 펼친 것으로 보였다. 구태여 이들을 왜병倭兵이라 기록한 것은 후일 부여백제(대왜) 세력이 일본열도(왜국)로 진출한 데 기인한 것이었다.

신라는 선비 출신 내물마립간의 기지로 왜병(대왜)의 침입을 무사히 막아 내긴 했지만, 조정 대신들은 물론 마립간 자신도 부여왕의 호전적인 태도에 크게 놀라고 말았다. 내물마립간이 주위에 말했다.

"사신을 통해 우리가 먼저 공물을 보냈는데도 이렇게 기습으로 답을 해 오다니, 부여왕이 실로 보통 인물이 아닌 게로구나……"

백제와의 사이에 갑작스레 전운이 감돌게 된 데다, 그간 오랜 평화가 이어진 탓에 신라의 국방이나 병무에 관한 상황이 형편없이 소홀하다고 느낀 마립간이 주위에 지엄한 명을 내렸다.

"다음 달에 북천에서 대대적인 사열을 거행할 테니 한 치의 착오가 없도록 만전을 기하라!"

결국 5월이 되자, 내물마립간이 북천에서 궁마弓馬를 크게 사열함으로써 국방 상황 일체를 점검하는 한편, 대내외에 무력을 과시했다. 이어 병사兵事와 관련된 인사를 대대적으로 단행했다.

"미사품末斯品을 행군두상行軍頭上에, 삼생三生을 호군護軍두상에, 마아馬兒를 행군주부主簿로 삼을 것이니, 각자의 업무에 충실하도록 하라!"

이로써 이들 신진 3인방이 새롭게 신라 군권의 중심으로 떠오르게 되었다. 이듬해에도 백성 중에 무예가 출중하고 남들과 잘 협조하는 자, 혹은 특이한 기술을 가졌거나 숙련된 기술자들을 선발해 병관兵官에 소속시켰다. 이 과정에 이들을 천거하거나 알려준 자에 대해서도 상을 내리는 등, 인재 발굴에 박차를 가했다. 또 새로이 〈토무土武〉를 설치해서 포로나 죄수들의 집단거주 지역인 부곡部曲이나 여러 주군州郡에 흩어져 있던 무사들을 별도로 관리하게 했다. 선비 출신 마립간이 장차 다가올 전쟁에 대비해 병력을 증강하고 전투력을 끌어올리는 데 주력하기 시작했던 것이다.

이처럼 북방의 이주 세력들이 정권을 장악한 백제와 신라 양측에서 새로이 긴장이 조성되는 가운데, 이듬해 365년 정월이 되자 느닷없이 〈고구려〉가 장군 선극仙克을 보내 다시금 백제에 공격을 가해 왔다. 결국 백제가 이진성伊珍城을 빼앗겼는데, 근초고왕이 고구려에 주태후를 위한 조문사절을 보내 화친을 요청한 지 6년 만의 일이었다. 틀림없이 전년에 있었던 〈부여백제〉의 신라침공과 무관하지 않은 것으로 보였다.

이듬해 3월이 되자 이번에는 〈백제〉의 근초고왕이 뜻밖에도 〈신라〉의 내물마립간에게 사신을 보내 조공을 바쳐왔다. 고구려의 공격이 예사롭지 않다고 판단한 백제가 다시금 신라와의 화친을 복원시키려 한 것이었다. 그럼에도 불구하고, 그해 8월이 되니 고구려가 재차 백제에 대해 공세를 퍼붓기 시작했다.

그 무렵 선극이 백제군을 추격해 복수달령福水達嶺이라는 곳에 이르렀는데 날이 어두워지고 있었다. 고구려군이 발걸음을 서두르고 있는 그때, 누군가 난데없이 길 한복판에 나타나 병사들의 진로를 가로막고 나섰다. 선극이 어두운 가운데서도 자세히 살펴보니 얼핏 어디선가 본 듯한 당산대왕棠山大王의 모습이었다. 화들짝 놀란 선극이 집히는 것이 있어서 병사들을 향해 소릴 질렀다.

"필시 앞쪽에 복병들이 매복하고 있는 게 틀림없다. 더 이상 나아갈 것이 아니라 여기서 일단 물러나라!"

그리하여 선극이 이끄는 추격군이 인근에 있는 복수천福水川 근처로 퇴각했다. 그러자 얼마 지나지 않아, 과연 백제군들이 오히려 고구려군을 찾아 고개를 넘어오는 것이 보였다. 선극이 즉시 명령을 내렸다.

"적들이 나타났다. 일제히 고함을 지르고 달려 나가 남김없이 베도록 하라, 공격하랏! 와아!"

어둠 속에서 갑자기 천둥 같은 고성과 함께 고구려군이 달려드니, 당황한 백제군이 오히려 크게 패하고 말았다. 백제군 2천여 명과 함께 장수인 진벽眞璧과 사리沙利를 포로로 잡았을 뿐 아니라, 수많은 병장기와 마필을 노획했다. 어둠 속의 매복을 침착하게 역으로 이용한 고구려군의 대승이었다. 임진강 상류가 흐르는 경기연천의 군자산을 당산이라 불렀다고도 하는데, 옛날부터 삼신할멈이 살았다며 신성한 곳으로 여겨 제를 올리던 산이었다.

그때까지 고구려와 백제의 전투가 서쪽 황해바다 인근의 한강 하류 지역에서 주로 벌어졌으나, 〈복수천전투〉를 전후로 이때쯤엔 임진강의 동쪽 중상류 지역으로까지 전선이 확대되면서, 갈수록 치열해지는 양상을 보이기 시작했다. 요동에서 다투던 〈고구려〉와 〈서부여〉 대방 세력의 싸움이 한반도에까지 넘어와 다시금 활활 불타오르는 모양새였던 것이다.

이듬해 고국원제 즉위 37년째 8월이 되니, 고구려 조정에서 노비의 인권에 관한 주목할 만한 법령을 내놓았는데 〈노비팔등례奴婢八等例〉라는 것이었다. 이는 매년 노비를 관할하는 관리가 노비들의 공功을 심사해 8등급으로 나눈 다음, 등급에 맞게 개개인을 대우한다는 내용이었다. 1등급의 경우에는 자유롭게 풀어주어 정착할 수 있도록 해 주고 매년 감당할 만큼의 공물을 주되, 공이 있으면 면천하여 양민으로 환량還良시킬 수 있었다.

노비를 생산할 수 있는 산産노비 중 충직하고 재주 있는 자는 2등에서 6등급까지, 또 전쟁포로 출신의 부俘노비는 3등에서 6등급, 범죄를 저지른 형刑노비의 경우에는 4등에서 최하 8등급에 해당되었다. 이처럼 새로운 법령을 통해 노비들이 자신의 등급에 맞게 배치되어 일하는 곳까지 비교적 상세하게 분류해 관리하기로 한 것이었다.

고구려에서는 그보다 5년 전에 창조리의 아들인 창번倉樊이 〈新율령 20조〉를 상주했는데, 주로 〈전연〉의 그것을 많이 참조했다고 한다. 율령을 〈병兵, 재財, 민民, 형刑, 신神〉의 오제五制로 분류해 이를 주관하는 대신들을 따로 두게 했고, 이와는 별도로 율령을 관리하는 율령소律令所와 이를 가르치는 율학소律學所 및 기타 제사에 쓰일 술을 빚어내는 제주소祭酒所를 두어 운영했다.

종전 창번이 만든 〈노비령奴婢令〉에는 산노産奴, 부노俘奴, 형노刑奴만을 분류했고, 관노官奴는 관리가, 사노私奴는 그 주인이 노비들의 생사여탈권을 쥐고 있었다. 그러나 이때 〈노비팔등례〉를 새로이 정비해 공이 있는 노비라면 누구든 양민이 될 수 있는 길을 터 준 셈이라, 천한 사람들이 크게 기뻐했다고 한다. 고대에는 주로 전쟁에 의해 수많은 포로들이 노비 신세로 전락했는데, 스스로 종군을 희망하는 자는 2~4등급에 한해 군대에 보충, 편입케 함으로써 군의 병력자원을 크게 확충시키려 했던 것이다. 그럼에도 이 법령은 사람의 생명과 인권이라는 측면에서도 크게 진일보한 제도임이 틀림없었다.

다음 해인 368년 봄, 고국원제가 구부丘夫태자의 妃로 천원공天原公 림琳의 딸 천강天罡을 공주에 봉한 다음 동궁비로 삼았다. 이때 홀본으로 가서 혼례를 올렸는데, 그 행렬이 자못 성대하여 수 리里나 뻗쳤다. 구도舊都인 홀본에서 모처럼 열린 황실 혼례라 지역민들의 관심이 지대했던 모양이다. 4월이 되자 고국원제가 모처럼 순행을 시작했는데, 반도 평나인근의 낙랑樂浪에 이르렀다. 오래도록 멀고 먼 반도의 변방에서 고생하던 병사들을 위무하기 위함이었다.

태왕이 병부경兵部卿 방식方式을 대동하고 정남군征南軍의 군사들을 만난 자리에서 이렇게 말했다.

"그대들이 오랜 세월 국경을 지키며 창을 베게 삼아 잔 것은 필시 나라에 공을 세우고자 하는 마음 때문이었을 것이다. 오늘 그간 공이 있는데도 충분히 보답을 받지 못했다고 생각하는 자는 나서서 말을 해 보라!"

이로 미루어 고국원제는 말단 병사들과의 소통에도 꽤나 공을 들인 성실한 군주가 틀림없었다. 그렇다고 병사들의 소원을 들어주는 등 인심만을 쓴 것도 아니어서, 장수 양주陽疇를 향해서는 이렇게 따져 물었다.

"장군은 지난번엔 공을 세웠다 들었는데, 이번에는 어찌해서 멀찌감치 떨어져 있기만 하고 진격하려 들지 않았소?"

그러자 양주가 조금도 동요하지 않고 차분하게 아뢰었다.

"이곳은 깊은 산속에 둘러싸여 범虎이 수시로 출몰하는 데다 기습 또한 쉽지 않을 정도로 지난번과 형세가 많이 달랐습니다. 무엇보다 이곳이 적에게도 매우 중요한 철관鐵關이다 보니, 서두르면 오히려 패하기 십상일 것입니다. 해서 시간을 오래 끌어 적의 위세를 소멸시키는 방식으로 안전을 도모하려던 계책이었을 뿐입니다. 만일 한 개라도 골문이 열리는 날엔 그 나머지는 파죽이었을 것입니다."

"흐음, 그것이 맞는 계책이로다……"

태왕이 그렇게 한반도의 변방에 대한 순회를 두루 마치고 귀경했는데, 중원이 혼란스러운 틈에 변방의 군기와 동향을 점검하고 병사들을 위로하려 했던 것이다. 그해 백제의 근초고왕은 또다시 신라의 내물마립간에게 사신을 보내 좋은 말 2필을 선사한 반면, 이제는 완전히 적대적 관계로 돌아선 고구려로는 일체 사신을 보내지 않았다.

그런 와중에 이듬해 369년이 되자, 정초부터 반도의 〈백제〉와 접한 국경 쪽에서 전쟁이 터졌다는 보고가 속속 들어왔다.

"태왕폐하, 백제가 기어이 이진성伊珍城을 빼앗아 되찾아갔는데, 이 전투에서 아군 병사들이 많이 상해서 피해가 컸다는 보고입니다."

그뿐이 아니었다. 당시 최체最彘태수 우눌于訥을 上장군으로 삼았는데, 그가 장수 선극仙克을 제대로 부리지 못하고 실기하는 바람에 패했다는 보고에 태왕의 분노가 기어코 폭발하고 말았다.

"에잇, 당장 우눌을 불러들이고, 그 자리를 람풍藍豊이 맡도록 하라!"

당시 백제의 승리를 이끈 장수는 막고해莫古解라는 인물이었는데, 그는 용병에도 능한 데다 병사들의 신뢰 또한 두터웠다. 이에 반해 고구려군은 병력을 부리는 데 허술함이 있고, 적극적으로 전투에 임하려는 의지도 부족했다. 연전연승에 잔뜩 고무된 백제군은 인근 고개에 병력을 증강시키고는 당장이라도 수곡성까지 탈환할 기세였다.

5월이 되자, 백제군에게 기어이 수곡성(황해신계)을 내주고 말았다는 속보가 들어왔다. 당시 백제군은 태자인 구수仇首가 직접 선봉에 서서 병력을 이끌고 있었기에, 백제의 장수들이 수하 병사들을 더욱 매섭게 독려했다.

"태자께서 항상 저렇게 솔선을 하시니, 우리는 어찌해야 하겠느냐? 죽기 살기로 싸워야 할 게 아니겠느냐?"

그렇게 백제군이 의기 충만하여 전투에 임하니, 고구려군이 전략적 요충지인 수곡성을 내줄 수밖에 없었던 것이다. 전황을 보고받던 고국원제가 한심하다는 듯 혀를 찼다. 이어 한참을 고심하던 태왕이 좌우를 향해 놀랄 만한 선언을 했다.

"아무래도 아니 되겠다. 내가 직접 나서서 백제의 상황을 신속하게 정리하고 돌아올 것이다!"

화들짝 놀란 태보 우신于莘이 나서서 이를 적극 말리려 들었다.

"폐하, 지금 서쪽 선비들의 상황이 녹록지 않은데, 태왕께서 멀리 동쪽 변경까지 친히 출정하실 일은 아닌 듯합니다. 부디 고정하소서!"

사실, 그 무렵에 중원은 〈동진〉의 환온이 〈전연〉에 대해 맹공을 가하며 북벌에 나섬으로써, 전연 전체가 온통 전란에 휩싸여 있었다. 전연의 조정은 충신 모용각과 열복이 사망한 뒤로는, 어리고 무능한 황제 모용위가 나라를 다스리다 보니 부패가 만연하는 것을 막지 못했다. 그 결과 온 나라가 위태로운 지경에 처했고, 이를 파악한 환온이 북벌을 단행한 것이었다. 환온은 이때의 북벌을 위해 산동까지 3백 리에 달하는 공격로에 수로를 파게 하는 등, 치밀하게 준비하면서 전쟁을 별러온 터였다. 전연에서 이런 환온의 5만 군대에 대적해 모용충에 이어 모용여가 번갈아 가며 맞섰으나 줄줄이 연패를 당했고, 오직 명장 모용수만이 동진의 군대를 격파할 수 있었다.

〈백제〉의 근초고왕이 그해 정초부터 이진성을 빼앗는 등 고구려에 맹공을 퍼붓고 대대적인 공세를 가한 이유가 바로 여기에 있었다. 즉, 중원 전체가 다시금 전란에 휩싸인 만큼, 고구려가 멀고 먼 반도의 동쪽까지 제대로 신경 쓰지 못할 것이라 짐작했던 것이다. 그러나 일단 출정을 결심한 고국원제는 누구의 말도 들으려 하지 않았다. 기어코 태왕이 친히 나서서 도성을 지키던 4위군衛軍 가운데서 2만의 정병을 추려낸 다음, 이들을 거느리고 한반도로 향했다. 이윽고 반도로 들어와 전황을 보고받은 고국원제가 이때 대암산大岩山을 전진 거점으로 삼았다. 그리고는 이내 치양성雉壤城(황해배천)으로 나아가 진영을 꾸리게 했다.

그 시간에 〈백제〉 한성의 근초고왕에게도 이러한 전황을 알리는 급보가 속속 날아들었다.

"속보요! 구려왕이 친히 보, 기병 2만의 병력을 이끌고 치양에 와서 주둔하고 있는데, 수시로 군사를 내보내 우리 민가를 노략질하고 있습니다!"

"무어라? 사유斯由가 2만 병력을 데리고 예까지 직접 나타났다고? 흐음……"

깜짝 놀란 백제 조정에서 논의 끝에, 다시금 태자 구수仇首를 내보내 반걸양半乞壤에서 고구려군을 상대로 일전을 벌이기로 했다. 바로 그 무렵에 사기斯紀라는 고구려 병사 한 명이 병영을 이탈해 백제군 진영으로 도망쳐 왔다. 그는 원래 백제인이었는데, 나라에서 기르게 한 말의 발굽을 상하게 한 죄로 처벌을 두려워하다 고구려로 달아난 자였다. 그가 구수태자를 찾아 고했다.

"비록 구려 군사가 많은 듯이 보이지만, 모두 숫자만 채운 가짜에 불과합니다. 그중에서 제일 날래고 용감한 부대는 붉은 깃발(적기赤旗)을 한 부대일 뿐이니, 오직 그 부대를 집중 공략해 쳐부수기만 한다면 나머지 부대는 절로 무너질 것입니다."

태자가 사기의 말이 믿을 만하다며 크게 반겼다. 이윽고 구수태자가 백제군을 이끌고 나가 고구려의 군영을 훑어보니 과연 적기赤旗부대가 한눈에 들어왔는데, 군사들의 움직임이 유독 일사불란하고 군기가 엄정해 보였다. 이에 태자가 확신에 가득 찬 목소리로 주위에 명했다.

"됐다. 저 아래 적기가 나부끼는 곳이 태왕의 정예부대가 틀림없다. 이제부터 적진을 공격하되, 저 적기부대를 중심으로 집중 공격해야 한다. 자, 모두 두려워 말고 구려의 도적들을 향해 총진군하라!"

"진격하라! 둥둥둥!"

백제군의 선봉이 진격을 알리는 요란한 북소리에 맞춰 용맹하게 말을 달려 공격해 들어가니, 크게 당황한 고구려군의 진영이 일그러지기 시작했다. 백제군이 태자의 명에 따라 곧장 붉은 깃발의 부대를 상대로 집중 공격을 해대니, 이들까지도 조금씩 밀려나기 시작했다. 그러더니 어느 순간부터 고구려 군영 전체가 무너지기 시작했는데, 삽시간에 병사들이 앞다퉈 달아나기 바빴다. 결국 승기를 잡은 백제군이 고구려군을 밀어붙이고 추격을 지속한 끝에, 어느덧 수곡성의 서북쪽까지 이르렀다. 그때 장수 막고해가 구수태자를 말리고 나섰다.

"옛날 도가道家의 말에 족할 줄 알면 욕을 당할 일이 없고, 그칠 줄을 알면 위태롭지 않다고 했습니다. 지금까지 얻은 것도 많으니, 무얼 더 바라겠습니까?"

"그렇소이까?"

순간 구수태자가 막고해의 말에 내키지 않는다는 표정을 지었으나, 이내 순순히 그의 말을 받아들여 추격을 중지하라는 명을 내렸다. 그리고는 전선을 뒤로 물려 서서히 퇴각하기 시작했다. 구수태자가 이때 회군에 앞서 그곳에 돌을 쌓게 한 뒤 표식으로 삼게 했는데, 사람들이 후일 말발굽처럼 움푹 파인 그곳의 바위를 지칭해 '마적馬迹'이라 불렀다.

그때 수곡성까지 밀려났던 고구려 군영에서는 갑자기 백제군이 추격을 멈추고 퇴각을 하고 있다는 보고에, 겨우 한시름을 놓게 되었다. 태왕이 장수들을 크게 질타해 재빨리 군영을 가다듬게 하고는, 반대로 퇴각하는 백제군을 뒤쫓게 했다. 기습에 가까운 백제군의 과감한 공격에 놀라 일시적으로 수세에 몰리기는 했으나, 사실 백제군이 동원했던 병력의 숫자가 미미해 보였던 것이다.

결국 백제군을 멀리 내쫓은 고구려군이 이때 처음 주둔했던 치양성으로 들어와 진영을 다시 꾸렸다. 그리고는 태왕이 이내 군사를 내보내 북한산北漢山(황해재령)을 포위해 버렸다. 그런데 이때도 백제군이 순순히 성을 비우고 물러나는 모습을 보였는데, 아무래도 태왕이 지휘하는 고구려군을 상대하기에는 병력 면에서 크게 열세인 것이 주된 원인으로 보였다.

그 후로는 오히려 고구려 군대가 승승장구하면서 멀리 떨어져 있던 이진천伊珍川까지 이르렀다. 그러나 계절이 이미 한여름에 접어들어 날은 무덥고, 산속에는 사나운 범과 표범이 날뛰는 것은 물론, 사람을 무는 각종 곤충들과 독사로 가득했다. 그 와중에 위생 상태까지 좋지 않다 보니, 양쪽 진영 모두에 돌림병마저 돌기 시작했다. 결국 고심하던 태왕이 퇴각 명령을 내렸다.

"무더운 날씨에 돌림병까지 나도니 어쩔 수가 없다. 일단 치양성으로 돌아가 찬바람이 불기만을 기다려야겠다. 모두에게 퇴각 명령을 전하도록 하라!"

그리하여 고구려군이 다시 강을 건너 북쪽의 치양성으로 돌아갔고,

그렇게 여름 내내 양쪽이 대치하는 가운데 소강 국면이 이어졌다.

이윽고 9월이 되어 더위가 한풀 꺾이고 시원한 바람이 불기 시작하자, 백제군이 먼저 움직였다. 놀랍게도 이때 백제의 대규모 지원군이 황해의 바닷길을 이용해, 치양성 인근의 해변에 전격적으로 상륙한 것이었다. 백제의 정예군은 기존 구수태자의 부대와 신속히 합류한 다음, 이내 고구려군이 지키던 치양성을 향해 발 빠르게 움직였다. 그 무렵 치양성 안의 고구려 진영은 오랜 주둔 생활로 피로에 지친 병사들이 연달아 죽어 나갔고, 시도 때도 없이 달려드는 범으로 인한 피해도 적지 않았다. 구수태자가 좌우의 병사들에게 독전의 말을 했다.

"그간 오랫동안 기다려 왔다. 구려 놈들이 지칠 대로 지쳤으니, 지금이야말로 적들을 섬멸할 절호의 기회다!"

새로운 병력이 증원되어 사기가 오른 백제군들이 불시에 고구려군에 맹공을 퍼붓자, 제아무리 태왕이 이끄는 군대임에도 불구하고 피로에 지친 고구려군이 금세 수세에 몰리고 말았다. 태왕을 지키는 호위무사가 달려와 태왕에게 다급히 보고했다.

"폐하, 지금 적군이 성벽을 넘어오기 시작했습니다. 일단 성 밖으로 몸을 피하셔야만 합니다!"

"무어라? 에잇……"

결국은 〈치양전투〉에서 고구려군이 성을 지켜 내는 데 실패하면서 퇴각해야 했고, 군사들이 사방으로 흩어지게 되었다. 고국원제 또한 별 수 없이 호위부대만을 대동한 채 급히 무산撫山 일대로 달아나 몸을 피해야 했다. 마침 궂은 날씨에 비가 그치질 않았는데, 한겨울처럼 춥다 보니 크게 몸을 상한 병사들이 속출했다. 태왕이 좌우에 넋두리처럼 말했다.

"내가 태보의 말을 듣지 않고 고집을 부린 탓에 이런 수모를 겪는구나……"

그리고는 비로소 군사를 돌리라는 명을 내렸다. 10월에는 치양에 남아 성을 지키던 낙랑공 주영周榮이 끝까지 종군하다가, 병들어 죽었다는 소식이 들려왔다. 그렇게 고국원제의 1차 백제 원정은 〈치양전투〉에서의 굴욕적인 패배로 마무리되었다. 결국 고구려는 그해 총 3번에 걸쳐 치른 백제와의 전투에서 전패하는 사상 최악의 전과를 기록하고 말았다. 정월의 1차 〈이진성전투〉에 이은 5월의 〈수곡성전투〉, 그리고 고국원제가 친정에 나섰던 10월의 마지막 3차 〈치양전투〉에서마저 모두 패하고 만 것이었다.

반면 구수태자가 이끄는 백제군은 〈치양전투〉에서 태왕이 이끄는 고구려군을 상대로 대승을 거두고 5천여 포로를 잡는 빛나는 전과를 올렸다. 태자가 이때 군의 사기진작을 위해 노획한 물품들을 병사들에게 모두 아낌없이 나누어주게 했다. 그해 11월 백제군이 한수 남쪽에 집결해 대규모의 사열을 거행했는데, 이때 모든 부대가 황색 깃발을 사용했다. 이처럼 전쟁이 마무리된 후에 사열을 거행하는 것은 매우 이례적인 일로, 그 이면에는 또 다른 내막이 숨겨져 있었다.

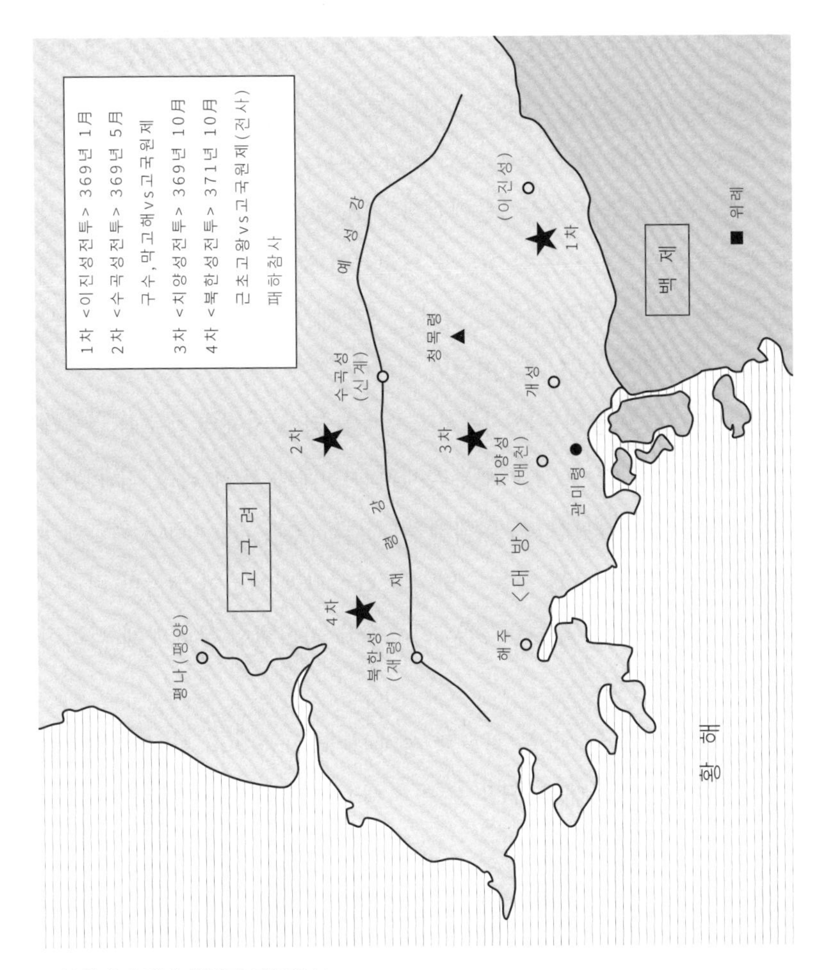

고국원제의 백제 원정과 패하참사

당시 구수태자를 도와 백제군의 연승을 이끈 장수 막고해는 병사들의 마음을 다룰 줄 아는 데다, 도가道家를 운운할 정도로 병법에도 능하고 지략이 뛰어난 장수였다. 그런데 사실 그는 구수태자의 수하 장수가 아니라 바로 서부여 출신 〈부여백제〉 여구왕의 장수였다. 구수태자가 수곡성에서 추격을 멈추고 회군을 결정했던 것도, 또 전쟁이 끝난 후 군의 사기를 위해 노획한 물품을 병사들에게 전부 나누어 주게 한 것도 모두 막고해의 뜻에 따른 결정이었던 것이다.

마찬가지로 치양전투를 지원하고자 배를 타고 서해의 해로를 경유해 전격적으로 황해도에 상륙했던 백제의 지원부대 또한 남쪽 거발성(웅진)의 여구왕이 급파한 〈부여백제〉의 병력이었다. 그해 고구려군에게 3연패라는 굴욕을 안긴 것은 거발성과 한성의 백제군이 연합한 결과였으며, 연합군 전체를 주도한 것은 막고해가 지휘했던 부여백제 세력이었다.

전통적으로 고구려군은 붉은색 적기赤旗를 사용했고, 한성백제는 황색 깃발을 사용했는데, 사열은 보통 전쟁 이전에 군기를 점검하기 위해 이루어지는 법이었다. 그런데도 백제군이 전쟁이 종료된 이후에 한수에서 대대적으로 사열식을 치른 것은, 승전 이후에도 한성백제군이 황색깃발을 휘날리며 부여백제 여구왕에 대해 충성을 다짐했던 엄숙한 의례였던 것이다.

그 무렵 중원에서는 11월에 〈동진〉의 환온을 막아 냈던 〈전연〉의 맹장 모용수가 그를 시기하던 태보 모용평의 무고에, 급기야 〈전진〉으로 달아나 황제 부견에게 귀의했다. 그 한 달 뒤인 12월에는 부견이 마침내 〈전연〉에 속해 있던 낙양을 점령하면서, 전연을 향해 대대적인 공세를 펼치기 시작했다. 그 와중에 이듬해 370년 정초부터, 〈전연〉의 사신 을 육乙育이라는 자가 고구려를 찾아와 태왕에게 입조했다.

"아시다시피 지금 臣의 나라가 개국 이래 최대의 위기에 봉착했습니다. 지난해 장강 아래 진晋이 쳐들어와 큰 혼란을 겪고 난 뒤 겨우 퇴치했습니다. 그러자 내내 서쪽을 노리던 저족왕 부견이 곧바로 낙양을 탈취해 갔습니다. 올해도 저족은 틀림없이 2차 침공을 가해 올 것이 분명합니다. 1년 내내 사방의 적들과 전쟁을 치르다 보니 국력을 회복하는데 시간이 걸리는 만큼, 신의 나라와 영원한 형제국이자 혈맹인 고구려의 지원이 있다면 천군만마의 힘이 될 것입니다. 하해 같은 마음으로 아국을 도와주소서, 태왕폐하!"

그러자 고국원제가 안타깝다는 표정을 지으며 답했다.

"귀국이 환란으로 크게 어지럽다는 것을 잘 알고 있소이다. 그런데 실은 우리도 동쪽 멀리 부여와 전쟁을 치러야 했소. 가볍게 보고 출정했으나, 그들 역시 이곳 대방 출신들이라 싸움에 능해 부끄럽게도 우리가 치양전투에서 오히려 밀리고 말았소. 조만간 그들과의 결전이 예상되는 만큼, 우리도 총력을 기울여야 하니, 귀국을 도울 형편은 아닌 듯하오. 안됐소만 그대가 귀국의 황제에게 잘 설명해 주길 바랄 뿐이오."

고국원제가 전연 황제의 지원요청을 정중히 거절하고는, 미안한 마음에 청목궁青木宮에서 사신을 위로하는 피로연을 베풀어 주었다. 그런데 알고 보니 을육은 조상 때부터 원래 고구려 출신이었다. 술자리에서 그가 접대를 맡아 옆자리에 앉아 있던 고구려 대신에게 은밀하게 귓속말을 건넸다.

"실은 우리 연燕이 그리 오래가지 못할 듯싶소이다. 그래서 하는 말인데 내가 귀국으로 귀순할 마음도 있소만 귀국에서 어떻게 받아들일지 몰라서……"

그러나 을육은 결정적으로 태왕의 신뢰를 얻어 내지 못했고, 결국 빈

손으로 돌아가야만 했다.

예상과 달리 그해 〈고구려〉와 〈백제〉는 전면전을 펼치지 않았다. 전연에 대한 전진의 맹공이 이어지는 가운데, 고구려로서도 중원의 사태에 눈을 돌릴 수 없었던 것이다. 덕분에 고구려와 백제는 반도에서 서로간에 숨 고르기를 하는 모양새였다. 그사이 고구려 조정에서는 〈창번율 20조〉를 좀 더 다듬어 새로운 령令을 발표했고, 8월경엔 〈백양궁白陽宮〉이 완성되어 신궁新宮이 오래갈 것을 기원하는 제祭를 올렸다. 가을에는 태왕이 직접 마산馬山으로 거동해 백성들과 함께 나라의 최대 축제인 〈동맹제東盟祭〉를 치르고 귀경했다.

그에 반해 요동의 서남쪽 중원에서는 〈전연〉과 〈전진〉 두 나라가 마침내 대규모로 충돌하고 말았다. 그해 가을 전연의 태부 모용평이 이끄는 30만 대군이 부견의 책사 왕맹王猛이 이끄는 전진의 6만 원정군에 〈로원전투〉에서 참패했다. 황제인 모용위가 성을 버리고 달아난 사이, 서부여 왕자 여울이 업성의 북문을 활짝 열어젖혔고, 끝내 전연이 멸망하고 말았다. 소식을 들은 고국원제가 기다렸다는 듯 좌우에 출정명령을 내렸다.

"기어코 모용 놈들이 망하고 말았구나. 드디어 출격할 때가 왔도다. 전광석화처럼 신속하게 움직여라!"

태왕이 이때 남楠, 민玟 등에게 명을 내려 북경 인근 평곽과 안평을 쳐서 차지하게 했고, 방식方式 등에게는 현토와 남소를 빼앗아 지키게 했다. 비로소 전연으로부터 미천제 때 도로 내주었던 낙랑과 요동의 땅들을 모두 수복했던 것이다. 그야말로 어려움을 참고 인내하며, 때를 기다린 결과였다.

이듬해 371년 정월, 고국원제가 우신于莘을 정서征西장군으로 삼았는데, 그에게 10만 대군을 이끌게 함으로써 장차 〈전연〉의 땅을 차지하겠노라는 원대한 포부를 밝힌 것이나 다름없었다. 이어 송松을 대방공에, 인仁을 태보로 삼는 등 대대적인 인사개편을 단행했다. 5월에는 고국원제가 친히 북경 아래 신성新城까지 들러서 군사들을 위로하는 한편, 선비들이 드나들던 서남쪽 변경의 수비상황을 점검하고 돌아왔다. 고국원제가 이제 전연이 무너져 내린 중원을 겨냥하고 있었던 것이다.

그런데 10월이 되자, 느닷없이 반도의 〈백제〉가 2년 만에 또다시 침공을 재개하면서 먼저 도발을 해 왔다. 고구려 측에서 전연을 노리고 서쪽 변경에 잔뜩 병력을 집결시킨 채 설욕을 벼르고 있다는 소문에, 백제가 그 틈을 이용하려 든 것이었다. 이때 한성과 부여백제의 연합군으로 이루어진 대방(황해) 세력의 대규모 공세에 맞서 고구려군이 분전했으나 전투에 패했고, 장수 양주陽疇가 장렬하게 전사하고 말았다. 그는 3년 전 고국원제가 정남군征南軍을 순시했을 때 백제군과 싸울 때의 전략을 차분히 설명했던 바로 그 장수였다.

두 번째 전투는 또다시 북한성北漢城(황해재령)을 두고 벌어졌다. 먼저 백제의 태자 구수仇首가 북한성을 치고 들어왔으나, 이번만큼은 고구려군이 한수漢水(예성강)에 미리 복병을 깔아놓았다가 백제군을 덮쳐 크게 무찔렀다. 고구려의 첫 승리가 눈앞으로 다가온 바로 그즈음에, 근초고왕이 친히 이끄는 백제의 3만 정예 지원군이 불현듯 나타났다. 이에 고무되어 백제군의 사기가 크게 오르게 되었고, 양쪽이 다시금 혼전을 벌이면서 대치하는 사이에 고국원제에게 달갑지 않은 전황이 보고되었다.

"속보요! 아뢰옵니다. 북한성을 지키는 아군이 백제의 대방과 구수태자의 2군을 상대하던 와중에, 백제왕이 3만 지원 병력을 추가로 데리고 나타나 혼전을 벌이고 있습니다. 그러나 백제의 3군을 한꺼번에 상대해야 하니, 아군이 병력 면에서 크게 밀리면서 고전하고 있습니다."

그런데 사태가 이 지경에 이르기까지는 당시 고국원제가 서쪽 정벌에 나설 요량으로, 고구려의 정예 병력을 주로 요동에 집결시켜 놓아 야기된 측면이 없지 않았다. 그러한 터에 백제의 근초고왕까지 친히 출정해 지원에 나섰다는 말이, 그간의 치욕을 씻어야겠다는 고국원제의 복수심을 자극하고 말았다. 우람한 풍채에 무예와 용병에 능했던 고국원제가 이번에도 앞장서서 북한성 지원에 나서겠노라며 좌우에 말했다.

"굳이 요동의 정병精兵을 빼낼 필요까지는 없을 것이다. 내가 도성을 지키는 4위군衛軍을 이끌고 가서, 이번에야말로 비리(백제)와의 상황을 확실하게 정리하고 신속하게 돌아오려 한다. 대신들은 서쪽에서 있을지 모를 만일의 사태에 철저히 대비토록 하고, 필요시 즉시 원정에 나서도록 하라!"

그리하여 태왕이 친히 앞장서서 장수와 병사들을 독려하면서 반도를 향해 진격을 서두르니, 상하가 잘 따르고 일사불란하게 움직였다. 결국 고구려의 지원군이 북한성(황해재령)에 도착해 그 서쪽 산에서 백제군과 일대 혈전을 벌이게 되었다. 그런데 안타깝게도 태왕이 이때 전투 중에 흐르는 화살 2대를 맞고 말았다. 하나는 어깨 쪽이었으나, 다른 한 개는 치명적인 가슴 부위에 맞고 말았다.

"에잇, 이까짓 화살쯤이야……"

고국원제가 이때 스스로 힘껏 화살을 뽑아내니, 가슴에서 붉은 피가 솟구쳤다. 태왕은 이에 아랑곳하지 않고 다시금 출전하겠다고 나섰다.

"폐하, 아니 되옵니다. 부상이 심하니 부디 고정하소서!"

좌우의 장수들이 죽기로 달려들어 태왕을 겨우 말렸으나, 태왕의 상처는 이미 심각한 지경이었다. 장군 해명解明이 이 상황을 숨긴 채, 급히 주요 장수들을 막사로 불러들였다.

"전투가 혼전이니 정신들 바짝 차리고 각자 맡은 진지를 끝까지 사수해야 한다. 선극仙克장군과 람풍藍豊장군은 앞장서서 좀 더 분발해 주시오!"

해명이 단단하게 전투를 독려한 다음, 신속하게 태왕을 보호해 평나(반도평양) 일원으로 보이는 고상령高相嶺으로 물러났다. 그러나 고국원제가 이때부터 말로 표현할 수 없을 정도의 지독한 고통으로 괴로워하다가 끝내 숨을 거두고 말았다.

"폐하, 태왕폐하. 아니 되옵니다. 아아!"

고국원제는 극심한 고통 속에서도 죽기 직전까지 해후解后와 동궁비인 천강天罡의 이름을 끝없이 불렀다고 한다. 좌우를 지키던 장수들이 모두 눈물을 흘리는 가운데서도 병졸들에게 일체의 비밀로 하기 위해 발상도 하지 못했다. 파발이 급히 말을 몰아 왕천王川으로 가서 국부인 해현解玄을 찾아 국상을 당한 사실을 알렸다. 그제야 해현이 딸인 해후와 함께 고국원제를 모시고자 전쟁터까지 찾아왔고, 가없는 슬픔과 비탄 속에서 태왕의 시신을 도성으로 모시고 와서 발상까지 끝마치게 되었다.

동궁인 구부丘夫가 천룡궁天龍宮에서 서둘러 태왕의 제위에 오르니, 고구려의 18대 소수림대제小獸林大帝였다. 해후를 태후로, 이련伊連을 태제太弟로 삼았다. 소수림제가 즉위를 마치자마자 떨치고 일어나 주위에 명했다.

"내가 이러고 있을 때가 아니다. 당장 출정하여 부황父皇의 원수를 갚을 것이다!"

"태왕께선 진정하고 분을 참아내셔야 합니다. 지금 서쪽의 일이 더욱 위중하니 태왕께서 또다시 도성을 비우시는 일이 있어선 절대 아니 될 것입니다!"

조왕祖王에 오른 해현과 태후가 새로운 태왕을 겨우 말려야 했다.

고국원제는 어질고 효성이 깊은 데다 형제들 간의 우애도 좋았다. 아랫사람한테도 늘 공손하게 대했고 검약할 뿐 아니라, 누구보다 부지런했다. 국치를 씻고자 전쟁터에서 늘 앞에 서는 모습을 보이니 병사들이 존경과 신뢰로 받들었다. 음주가 잦지 않았고, 정사를 펼침에 종척이나 공경대신들과 협의했다. 선무仙巫와 잡기를 좋아하지 않는 대신, 유학하는 인사들을 중용했고, 백성들에게 책을 읽게 하여 예의를 중시하게 했다. 여러 동생들에게는 늘 유총劉聰과 석호石虎의 행실을 경계해야 한다며, 골육상쟁을 악행의 제일로 쳤다. 정치의 기틀이 되는 율령을 수시로 정비했고, 언제나《삼대경》을 가까이 두고 읽어서 정사政事의 거울로 삼으려 했다.

생전에 무덤을 만드는 수릉壽陵 쌓는 일도 백성들에게 폐해가 될 뿐이라며 한사코 마다했기에, 우선 빈궁嬪宮에 시신을 안치한 다음 서둘러 능을 조성해야만 했다. 이듬해 2월 태왕이 생전에 즐겨 찾았던 고국원故國原의 산천에 장사 지냈는데, 태후가 유생들의 반대를 무릅쓰고 옥관玉棺과 금곽金槨을 사용하게 했다. 41년간 비교적 긴 세월 나라를 다스렸고, 춘추 61세로 고구려 태왕 중 전쟁터에서 전사한 유일한 태왕으로 남게 되었다.

고국원제는 환도성, 평양성, 동황성을 복구, 증축했고, 장차 서진西進을 위해 국북신성을 쌓았으며, 장안궁을 신축해 환도성으로의 재再천도를 단행했다. 그러나 그의 뜻과는 달리, 강성한 〈전연〉의 모용선비 3代 모두를 상대해야 했다. 특히 342년 모용황의 2차 침공으로 환도성이 다시 불타고, 부황인 미천제의 능이 파헤쳐진 데다, 주周태후를 비롯한 황실 가족과 5만여 백성들이 포로로 끌려가는 최악의 국치를 감수해야 했다.

애당초 고국원제가 미천제로부터 물려받은 조정은 모용씨에게 완패한 이래로, 도통 중원을 상대하려 들지 않은 채 깊은 패배주의에 젖어 있었을 뿐이었다. 그러나 그의 시대는 하필이면 선비 등 북방 기마민족의 굴기가 시작되면서 〈5호 16국〉 시대의 서막이 열리던 때였다. 숙적 모용씨의 〈전연〉은 물론, 〈전조〉와 〈후조〉에 이어 〈전진〉, 양자강 아래로 〈동진〉에 이르기까지 내로라하는 북방과 漢족 출신의 영웅들이 중원을 놓고 거칠게 충돌하던 사상 최대의 격변기였던 것이다.

게다가 한반도의 〈백제〉 또한 강인한 대륙의 〈서부여〉 출신들이 가세하면서 임진강 너머 대방(황해)을 넘보는 등 만만치 않은 기세로 도전해 왔다. 고국원제는 동서로 수천 리나 되는 원거리를 오가며 나라를 지켜 내야 했으니, 건국 초기와 동부여 시대를 제외하고는 고구려가 동서남북 사방으로부터의 공격에 노출되기는 사실상 처음이었던 것이다.

그 와중에 모용황에게 패해 온갖 수모를 겪어야 했으나, 인고의 세월을 견디다 보니 그토록 떵떵거리던 〈전연〉이 전진의 공격에 먼저 나가떨어졌고, 그 틈을 타 미천제 때 상실한 요동을 단번에 수복할 수 있었다. 그러나 이후 대망의 중원 진출을 목전에 둔 시점에 뜻하지 않게, 백제와의 〈북한성전투〉에서 장렬하게 삶을 마감해야 했다. 후일 고구려에서는 이때의 치욕을 〈패하참사〉라 불렀는데, 여기서 패하浿河는 곧 황해도 예성강의 하류인 재령강을 말하는 것이었다. 비록 고국원제는 전사했지만, 반도 대방을 지켜 내려던 그의 노력으로 고구려는 그 어느 왕 때보다 한반도 역사에 깊숙이 발을 들여놓게 되었다.

대륙의 힘이 요동치던 격동의 시대에 고국원제는 오랜 세월 동안 누구보다 성실하고 부지런하게 나라를 다스린 군주였다. 게다가 죽음을 앞둔 마지막 순간까지 태왕으로서의 책임을 다하려 했으니, 마치 동천제의 안타까운 모습을 다시 보는 듯했다. 고국원제는 이때까지 4백 년에 이르는 고구려 역사상 가장 큰 국난의 시대를 맞이해, 온몸을 던져 나라와 겨레를 지켜 낸 성군이었던 것이다.

4. 여구왕의 대마 원정

고구려 태왕의 전사라는 미증유의 역사적 사건은 2년 전인 369년경 백제의 대방 침공으로부터 비롯된 것이었다. 북쪽으로의 진출은 황해도의 대방과 사실상 속국의 관계나 다름없는 한성백제를 통해, 비류왕 시절부터 진행시켜 오던 중대한 과업이었다. 이와는 별개로 그 무렵 〈부여백제〉(대왜)의 여구왕은 한성백제와 화친의 관계에 있던 동쪽의 〈신라〉에 대해서, 전혀 다른 셈법으로 바라보고 있었다.

당시 거발성(충남공주)의 동쪽과 남쪽 아래로는 토착 세력으로 보이는 가야의 소국들이 곳곳에 산재해 있었다. 우선 동쪽으로는 황산강(낙동강) 하류에 대가야의 후신으로 보이는 고령가야를 비롯해, 남쪽으로 몇몇 가야의 소국들이 있었고, 동남쪽 바다 인근에도 금관(임나)가야의 연맹으로 인식되던 여러 소국들이 있었다. 이들은 얼핏 〈신라〉의 속국으로 보였으나, 사실 신라와는 조공을 하는 느슨한 연맹 정도의 관계로, 비교적 독자적인 소국의 형태를 유지하고 있었다.

또, 거발성의 남쪽으로도 2세기 초 (한성)백제伯濟에 의해 밀려난 옛

(반도)마한馬韓의 잔류세력으로 추정되는 소국들이 전라남도 영산강 일원을 중심으로 여기저기 흩어져 있었다. 중원의 일부 나라와 열도에서는 이들을 〈신미제국新彌諸國〉 또는 〈침미다례忱彌多禮〉라고 불렀다고 했으나, 정작 韓민족의 역사기록에 나타나지 않는 내용인 데다, 용어 자체도 이질적이라 후대에 열도에서 만들어 낸 듯했다. 다만, 당시 20여 개에 이르는 이들 소국들이 영산강 유역의 너른 곡창지대에 산재해 있던 것이 틀림없었고, 나름 안정된 경제력을 확보하고 있었다. 특히 280년경에는 중원의 〈서진西晉〉에 사신과 함께 공물을 보내 통교를 한 흔적도 있었다.

이런 상황에서 여구왕은 강성한 고구려에 맞서 북쪽으로 진출하기에는 한계가 있다고 느끼기 시작했다. 더구나 비류왕 시절부터 북쪽은 한성백제가, 그 아래쪽 일은 부여백제가 분담을 해 오던 터라, 여구왕이 언제부턴가 한반도 남단은 물론, 바다 건너 거대한 왜열도라는 미지의 세계에 많은 관심을 가진 듯했다. 단, 동쪽의 신라에 대해서는 5년쯤 전에 이미 그 도성까지 병력을 들여보냈다가, 매복에 패한 적이 있어서 아직은 경계하는 입장이었을 것이다. 마침 〈전연〉에서도 태재인 모용각이 병사하면서 나라가 망하기 직전이어서, 고구려가 서쪽 중원에 촉각을 곤두세우느라 반도에 눈을 돌리기 어려운 때였다.

여구왕은 이처럼 고구려가 서쪽에 한눈을 파는 이때를 틈타, 바로 아래 영산강 일대 옛 마한의 소국들을 제압할 기회를 노린 듯했다. 그러나 무엇보다 이 시기에 바다 건너 열도로 진출하는 것을 진지하게 고려한 듯한데, 필시 머지않아 재개될 고구려와의 전쟁 시, 최악의 경우를 위한 비상구로 열도만 한 곳이 없다고 판단했을 가능성도 충분했다. 어느 날 여구왕이 열도로 가는 방법을 묻자, 열도를 잘 아는 대신이 답했다.

"반도 동남단에 있는 금관가야(김해)에서 바닷길로 1천여 리를 내려가면 대마도對馬島(쓰시마, 임나)라는 큰 섬이 있습니다. 다시 남쪽으로 1천 리를 더 가면 작은 섬 일기도壹岐島(이끼시마)가 나오고, 다시 천 리를 더 가면 말로국末盧國(카라츠)이 있습니다. 거기서 동남쪽 육지로 5백여 리를 가면 이도국伊都國(후쿠오카)이 있는데, 그 남쪽 아래에 야마대국倻馬臺國이 있습니다."

"흐음, 대단히 복잡한 것이 그냥 열도가 아닌 게로구나……"

그러던 와중에 369년 정초부터 여구왕이 막고해를 시켜 한성백제와의 연합군을 이끌고, 대방으로 진격해 들어가 이진성을 빼앗게 했던 것이다. 예상대로 이진성이 손쉽게 떨어지자, 고구려가 과연 반도 대방에 신경을 쓰지 못한다고 확신한 여구왕은 대범하게 이들 한반도 남단의 소국들에 대한 원정에 착수했다. 그해 3월경, 여구왕이 좌우에 명했다.

"황전별荒田別과 녹아별鹿我別은 들으라! 너희들은 이제부터 구저久氐 등과 더불어 군사들을 이끌고 동남쪽의 가야 소국들을 치되, 탁순군卓淳國 방면으로 진격하도록 하라!"

앞의 두 장수는 여구왕의 왕자들로 추정되고, 구저는 한성백제를 오가며 양쪽의 정책을 전달하는 사자와 같은 역할을 하던 인물로 근초고왕의 신하였다. 여구왕이 두 백제의 군병들을 원정에 동원한 셈이었는데, 그 규모를 알 수는 없었으나 신속하게 바닷길을 이용하고자 수군을 출정시킨 것이 틀림없었다.

그런데 여기서 동남의 가야 소국들이란, 반도 동남단 금관가야연맹의 소국들이 아니라, 그 남쪽 바다의 대마도 내에 있는 소국들을 의미하는 것이었다. 여구왕이 열도로 가는 중간기착지인 대마도의 전략적 가치를 크게 보고, 우선 대마도부터 확보하려 했던 것이다. 단지 그 경로는 반도 남해안을 따라 동쪽으로 이동하다가, 대마도 서북쪽에 위치한 것으로 보이는 탁순을 진격목표로 삼으라는 것이었다.

그런데 고대로부터 대마도는 반도에 가까이 있었기에 가야인들이 드나들며 살던 땅이었다. 당시 김해 지역의 가야(구야국)가 금관가야로 확대되는 과정에 황산강 동쪽 지역까지 장악하게 되면서, 강 동쪽의 땅을 맡긴 땅이라는 뜻의 임나任那가야라 불렀고, 그 중심지가 바로 대마도였던 것이다. 이후 〈포상8국 전쟁〉 때 신라가 금관가야를 구원한 것을 계기로 금관을 사실상 속국처럼 대하게 되었으니, 임나인 대마도 역시 신라의 영향력 아래 있었던 것이 틀림없었다. 더구나 대마도는 대륙의 반도와 열도를 잇는 가교역할뿐 아니라, 금관가야의 대표 산출 품목인 철鐵을 열도의 왜국들로 수출함에 있어서 일종의 중개역할을 담당했던 주요 관심 지역이었다.

당시 반도의 동남단 해안가 일부와 대마도를 비롯한 큐슈 북부 및 그 일대의 큰 섬에 금관가야 또는 신라의 지배를 받는 소위 '임나연맹의 가야 소국'들이 도처에 산재해 있었던 것으로 보였다. 따라서 여구왕은 우선적으로 열도로 가는 전략적 요충지인 대마도를 신라로부터 빼앗고, 그곳에 부여백제의 전진 기지를 삼으려는 것을 원정의 주된 목표로 삼은 것이었다.

비록 고구려가 중원에 한눈을 팔기 바빴다고는 해도, 정초부터 대방의 이진성을 빼앗고는 곧바로 임나(대마도) 원정에 착수해 동시다발적으로 위아래로 전선을 확장한 것으로 보아, 여구왕은 실로 노련하면서도 무모해 보일 정도로 대범한 인물임이 틀림없었다. 실제로 백제는 그해 5월경엔 2차로 수곡성을 깨뜨림으로써 고구려를 크게 자극했고, 급기야 9월경엔 고국원제로 하여금 친정에 나서게 하면서 3차 〈치양성전투〉까지 치렀다. 다행히 고국원제가 패배해 퇴각했으나, 막고해와 구수태자가 이끄는 백제군은 고구려군을 상대로 1년 내내 전쟁을 치른 셈이었다.

한편, 부여백제의 두 왕자가 수군을 이끌고 막상 탁순에 이르고 보니, 경계가 엄하고 군세가 여의치 않아 쉽사리 공격해 들어가지 못했다. 그때 수하 가운데 누군가가 고했다.

"군사가 이렇게 적어서는 결코 신라를 깨뜨릴 수 없습니다. 그러니 대왕께 사백沙白과 개로盖盧를 보내 군병을 증원해 줄 것을 요청하셔야 합니다!"

이에 전황을 보고받은 여구왕이 수하의 목라근자木羅斤資와 사사노궤沙沙奴跪라는 두 장수에게 명을 내려 정병들을 이끌고 해상으로 임나 원정에 가세하게 했다. 결국 앞의 두 왕자가 이끄는 원정군에 뒤의 두 장수의 지원군이 합세해 탁순을 포함한 임나가야의 소국들을 공격해 들어갔다. 그리고 이들 〈부여백제〉 원정군의 발굽 아래 탁순, 비자발比自炑 등 대마의 7개 소국들이 무릎을 꿇고 한꺼번에 평정되고 말았다.

다만, 이때 백제가 대마 전체를 장악한 것이 아니라 대마 남부 중심의 7개 소국을 정벌한 것으로, 대마의 북부 쪽에는 여전히 신라계열의 임나 소국들이 산재해 있었다. 그럼에도 백제원정군은 여기서 대마 토벌을 그치고는, 방향을 되돌려 또 다른 원정을 서둘렀다. 원정군의 사령관 격인 목라근자가 병사들을 향해 전혀 새로운 명령을 내렸다.

"임나에서 7개 소국을 평정하는 데 성공했으니 이만하면 되었다. 이 모두가 그대들이 용맹하게 싸워 준 덕분이다. 그러나 위대하신 부여대왕의 군사로서 우리가 여기서 머물 일은 절대 아니다. 이제부터는 뱃머리를 반대로 돌려 서쪽으로 진격해 들어갈 것이다. 자, 전군은 나를 따르라!"

그리하여 1차 대마(임나) 원정에 성공한 부여백제의 원정군은 이때 반대쪽인 서쪽의 반도 서남단 영산강 쪽으로 방향을 돌려, 소위 옛 마한의 소국들에 대한 〈2차 원정〉에 나서게 되었다. 그 결과 전남 영산강 유역에 흩어져 있던 이들 소국들을 차례대로 격파해 나갔고, 고해진古奚津(강진)에 이르러서야 비로소 원정을 마무리했다. 주로 목라근자의 공이 컸던 것으로 보였으나, 이때 부여백제는 마한의 소국들에 대해서는 가혹할 정도의 살육을 서슴지 않았다. 그만큼 토착민들의 저항이 강력했던 것이다.

그 와중에 거발성 바로 아래 전북 지역에 산재해 있던 여러 소국들 즉, 비리比利, 벽중辟中, 포미布彌, 지반支半, 고사古四 등이 부여백제군에 스스로 항복을 해 왔다. 아래쪽으로부터 옛 마한의 소국들이 무자비하게 제압당했다는 소식에, 지레 겁을 먹고 저항을 포기한 것으로 보였다. 이로써 그해 부여백제의 여구왕은 북으로는 대방을 쳐서 이진성을 빼앗고 치양성까지 확보한 데 이어, 남으로는 호남 일대를 평정했으며 바다 건너 대마도로 들어가 임나의 7개 소국을 제압하고 전진기지를 구축하는 쾌거를 이루었다. 이 모든 것들이 같은 해에 이루어졌다고 보기 어려울 정도였으니, 어쩌면 기록상 또는 해석상의 착오가 아닌지 의심스러울 정도였다.

그런데 이때 여구왕이 주도했던 백제의 원정은 남북으로 영토전쟁을 벌이는 동시에, 동남쪽 바다 한가운데 대마도에 비상탈출구를 확보하려 했다는 점에서 다분히 이중적인 성격을 내포하고 있었다. 강력한 고구려의 존재를 의식한 나머지, 필시 여구왕은 반도 안에서의 영구적인 정권 유지를 낙관하지 못한 것으로 보였다. 더구나 이때 부여백제의 대마 및 호남원정은 한반도 삼한三韓의 역사에서 철저하게 배제된 채, 후일 멀리 〈야마토〉(大倭)의 역사로만 어수선하게 기록되었을 뿐이었다. 신라입장에서 아무래도 부여백제에 패배한 흑역사인 데다, 후일 그 승전국이었던 부여백제(대왜)가 왜열도로 이주해 가다 보니 구태여 이를 기록으로 남기려 들지 않은 것으로 보였다.

그러나 그해 369년 여구왕의 원정은 장차 고구려의 피비린내 나는 복수를 야기한 데 이어, 이로 말미암아 끝내는 대규모 이주를 통해 韓민족이 본격적으로 열도로 진출하는 역사적 사건의 계기가 되고 말았다. 그뿐 아니라 동쪽의 신라로부터도 대마도의 일부 임나 소국들을 탈취함으로써, 〈포상8국 전쟁〉 이래 150년 만에 신라를 다시금 적으로 돌아서게 만들었으니, 이는 머지않아 한반도 전역이 전쟁의 소용돌이에 휘말리게 될 것을 예고하는 역사적 분기점이 틀림없었다.

이듬해인 370년에는 〈전진〉과 〈전연〉이 전격 충돌한 끝에 전연이 망하고, 모용평이 고구려로 투항해 오는 등 하북에 정치적 격변이 일어났다. 덕분에 한반도에서는 모처럼 조용한 한 해를 보낼 수 있었으나, 그것은 또 다른 행동을 위한 숨 고르기에 다름 아니었다. 이듬해인 371년 다시금 한반도 대방에서 백제연합과 고구려의 전투가 본격적으로 재개되었고, 그 와중에 고구려의 고국원제가 전사하는 초유의 사건이 벌어지고 말았던 것이다.

그해 10월경, 〈북한성전투〉에서 강력한 태왕이 이끄는 고구려군을 물리친 백제군은 사기가 충천해 있었다. 그런데 얼마 지나지 않아 더욱 놀라운 소식이 한성백제의 궁성으로 날아들었다.

"아뢰오, 구려왕 사유가 지난번 북한성전투에서 아군의 화살에 맞아 전사했고, 이에 그의 아들 구부丘夫가 새로이 태왕에 올랐다고 합니다!"

"와아! 어라하 만세, 大백제 만세!"

순간 좌우의 대소 신료들이 만세를 부르며 크게 환호했다.

"무엇이라, 정녕 사유가 죽었단 말이더냐? 허어……"

근초고왕이 크게 놀라 새삼 진위 여부를 확인하려 들었으나, 이내 주위의 환호성과 들뜬 분위기에 파묻혀 신료들과 함께 웃고 크게 기뻐했다. 그러나 기쁨도 잠시, 얼마 지나지 않아 근초고왕이 다급하게 지엄한 명령을 내렸다.

"구려왕 사유가 죽었다니, 구려가 당분간 이곳을 노리지는 못할 것이다. 그러니 지금이야말로 천도를 단행할 절호의 기회다. 이제부터 도성을 강 넘어 한산으로 옮길 것이니라. 서두르도록 하라!"

"……."

사실 근초고왕은 그 2년 전인 369년 고구려와의 전쟁에서 승리했음에도 불구하고, 그간 이십여 년이 넘도록 지속된 부여백제의 오랜 정치적 간섭에서 벗어날 궁리를 하고 있었다. 강력한 고구려를 상대로 해야 하는 잦은 전쟁으로 한성백제는 그야말로 뼛골이 다 빠질 지경이었을 것이고, 그만큼 백성들의 불만이 고조되어 있었던 것이다. 그 자신이 비록 거발성의 선택으로 왕위에 오르긴 했지만, 웅진의 간섭과 통제에 군왕으로서 제대로 목소리를 내지 못했으니 그 회한 또한 뼈에 사무쳤을 법했다.

게다가 두 백제의 왕들 모두 재위 기간이 길어 이제는 나이가 든 상태였다. 근초고왕은 구수태자에게는 어떻게든 거발성으로부터의 간섭에서 벗어나 좀 더 자유롭게 다스릴 수 있는 나라를 넘겨주고 싶었을 것이다. 그런 상황에서 여구왕이 열도로 들어가는 관문이나 다름없는 임나를 치고 대마도 내에 전진기지를 구축했다는 소식은, 그로 하여금 여구왕의 이중적 속내를 읽어 낼 수 있게 해 준 사건임이 틀림없었다.

〈백제〉는 시조인 온조대왕이 일으켰던 대륙 中마한의 땅을 버리고 2대 다루왕 때인 1세기 중반에 한반도로 이주해 들어왔다. 다루왕이 이때 북한산 아래 한강이 내려다보이는 한성漢城(위례성)에 도읍을 이루고 지내 온 지, 어언 3백여 년의 세월이 흘렀다. 그런데 근초고왕이 이때 전격적으로 한강 북쪽의 한산漢山(북한산)으로 천도하겠다는 명령을 내린 것이었다.

그럼에도 불구하고 근초고왕의 대신들은 크게 놀라지도 않았거니와 달리 이의를 다는 이도 없었다. 우선 궁궐을 강남에서 강북으로 옮기는 것이라 천도랄 것도 없는 짧은 거리인 데다, 임시로 거처를 이전하는 이궁移宮에 가깝기 때문이었다. 그래도 천도 자체가 대단히 성가신 일인 데다, 무엇보다 남쪽의 부여백제 여구왕의 뜻을 거스르는 일이라 대신들이 일순간 술렁거리는 분위기였다. 대부분은 침통한 표정으로 고개를 떨궜고, 개중에는 눈물을 훔치는 자까지 있었다. 그 모습을 본 근초고왕이 대신들을 향해 일갈했다.

"자, 모두들 고개를 들라! 그렇게 한가한 시간이 없음을 다들 알 것이 아니냐? 남쪽의 거발성을 생각한다면, 지금 이러고 있을 여유가 없을 것이다!"

〈한성백제〉 출신인 근초고왕이 마침내 자신들을 옥죄고 있던 대륙 출신 〈부여백제〉 세력으로부터 이탈할 조짐을 보이기 시작했던 것이다. 그러나 이것은 부여백제에 대한 거리두기이자 여구왕에 대한 소극적 저항이었을 뿐으로, 장차 전쟁도 불사하겠다는 결사 항전의 의지를 지닌 차원은 결코 아니었다. 당시 여구왕의 신하인 천웅장언千熊長彦과 근초고왕의 신하 구저가 함께 거발성으로 향해 천도의 당위성에 대해 설득을 한 것으로 보였기 때문이다. 어쨌든 그렇게 해서 한성백제는 3

백 년 도읍이었던 한성(위례)을 버리고, 한강 북쪽 너머 북한산으로의 천도를 단행했다.

뒤늦게 신라 조정에서도 내물마립간에게 한성백제의 천도 소식이 전해졌다.

"아뢰옵니다. 부여왕이 한성을 버리고 한수 북쪽의 북한산으로 도성을 옮겼다고 합니다. 구려의 사유를 죽이고 나니 감히 교오驕傲(건방짐)한 뜻이 생겨서가 아니겠습니까?"

"흐음, 오히려 한수를 넘어 강북으로 올라갔다고……. 아래쪽 여구와 거리를 두겠다는 심산이로구나……"

보고를 받은 내물마립간이 적잖이 놀랐는지 한참을 생각하더니, 주위에 명령을 내렸다.

"산공山公에게 일러 西路의 순찰을 강화하고, 변방의 경계를 더욱 단단히 하라고 전하라!"

당시 한성백제의 근초고왕이 즉위 초기부터 신라에 대해 적극적인 외교 구애를 펼친 끝에, 구수태자가 신라 백발의 딸과 혼인하는 등 양국은 화친의 관계를 지속해 오고 있었다. 그러나 아래쪽 부여백제(대왜)는 7년 전 금성을 치고 들어온 적도 있고, 2년 전에도 〈대마 원정〉을 통해 섬 안의 임나 소국들을 차지한 터라 사실상 신라와는 적대관계를 유지해 온 터였다. 이처럼 원래 왕조 자체의 뿌리부터 이질적이었던 남북의 두 백제가 서로 다른 형태로 신라를 대해 왔으니, 신라로서도 그간 꽤나 머리가 복잡했을 것이다.

그런 상황에서 한성백제가 오히려 강북으로 천도했다는 소식을 들은 내물마립간은 여차하면 남북의 두 백제가 서로 충돌할지도 모른다는 계산을 한 듯했다. 그럴 경우 기왕에 화친의 관계였던 한성백제를 도와 부여백제를 협공할 기회가 될 수도 있다는 판단에 미리 서변의 경계 강화를 지시했던 것이다. 이처럼 〈한성백제〉가 북한산으로 천도하기까지는 〈부여백제〉의 어구왕이 일으킨 정복전쟁을 계기로, 서로 간의 이해관계가 사뭇 복잡하게 얽혀 있던 상황에서 비롯된 일이었다. 신라 조정에서 근초고왕의 북한산 천도 소식에 교오한 뜻이 있을 거라는 해석이 나온 이유가 바로 여기에 있었던 것이다.

〈한성백제〉가 한강 이북의 북한산으로 천도했다고는 해도 당장 〈부여백제〉와의 종속관계를 부인하고 도전한 것이 아니어서, 양측에서 불미스러운 일이 발생한 것은 아니었다. 그렇다 해도 한산漢山 천도는 어디까지나 〈부여백제〉와의 거리를 보다 멀리함으로써 유사시에 대비하기 위한 국면 전환용 시도임이 틀림없었다. 따라서 두 백제 세력 간에 새로운 긴장이 조성된 것은 물론, 상대의 움직임을 간파하기 위한 정보전이 치열하게 전개되었을 것이다. 그런 상황이 지속되는 가운데 거발성의 〈부여백제〉 조정에서는 시간이 흐를수록 또다시 북쪽 〈고구려〉에 대한 우려의 목소리가 높아지기 시작했다. 이에 여구왕이 좌우에 명하였다.

"구려에 대한 승리는 실로 다행이다만, 그 태왕을 죽였으니 장차 적들이 가만히 있을 리가 없을 것이다. 반드시 보복을 하려 들 테니, 변방의 경계 태세를 점검하고, 만일의 사태에 철저하게 대비토록 하라!"

그러자 대신 중의 한 명이 새로운 방안을 제시했다.

"지당하신 말씀입니다. 하온데 하북 위쪽의 모용선비 연燕이 하루아침에 무너져 내렸기에, 이제 광대한 중원이 진왕秦王 부견의 세상이 되고 말았습니다. 듣자니 진왕 부견이 오히려 구려에 사절단을 보내 서로 화친을 맺으려 했다고 합니다. 그렇다면 우리는 이참에 그 아래쪽에 있는 사마씨 진晉에 사신단을 보내 진秦과 구려의 연합을 견제하고, 이로써 장차 구려가 이 땅에서 설쳐대는 것을 미연에 방지하도록 힘을 써야 할 것입니다."

"흐음, 晉이라……. 당장 눈앞의 적만을 보려 하지 말고 그 너머를 보자는 뜻이니, 그 또한 훌륭한 생각이로다!"

이듬해 372년 6월, 〈부여백제〉의 여구왕餘句王이 〈고구려〉에 질세라 〈동진東晉〉의 건강建康(남경)으로 사신과 함께 푸짐한 공물을 보내 통교를 시도했다. 동진 조정에서는 여구왕을 〈서부여〉의 시조인 위구태의 후손으로 인정해 〈진동장군령낙랑태수鎭東將軍領樂浪太守〉라는 명칭도 긴 관작官爵을 보내왔다.

얼핏 보면 여구왕을 동진의 속령인 낙랑태수 겸 2품 군호軍號에 해당하는 진동장군으로 인정한다는 내용이었다. 그러나 이는 어디까지나 백제가 국제적으로 인정받기 위해 필요로 했던 것으로, 당시 널리 행해지던 외교관례상의 형식적 행위에 불과한 것이었다. 실제로 백제가 동진의 속령이라는 뜻은 아니었던 것이다.

다만, 주목되는 것은 낙랑樂浪이라는 지명이었으니, 이는 요동의 옛 中마한이자 낙랑을 지칭한 것이었다. 다시 말해 여구왕과 그의 선조가 한때 요동의 낙랑 지역을 다스렸던 〈서부여〉의 주인이었음을 분명하게 인정해 주는 조치였던 셈이다. 그해 〈백제〉의 서남 땅에서는 지진이 일어났고, 이웃한 〈신라〉에서는 가뭄으로 백성들이 굶주림에 시달렸는데, 변방의 많은 사람들이 북쪽 〈고구려〉로 넘어가 귀부하기도 했다.

그러던 그해 가을 9월이 되자 한산漢山으로부터 구저久氐가 천웅장언을 따라 거발성에 들어와, 근초고왕이 여구왕에게 보내는 귀중한 보물들을 바쳤다. 여구왕이 동진으로부터 관작을 받은 것을 계기로 이를 축하하는 한편, 한산 천도에 대한 부여백제의 오해를 풀어 보려는 속셈으로 보였다. 그런데 그 보물 중에는 〈칠지도七支刀〉라는 검과 〈칠자경七子鏡〉이라는 구리거울이 한 개씩 포함되어 있었다. 칠지도는 7개의 가지가 뻗은 모양을 한 칼로, 그 앞면에는 이렇게 쓰여 있었다.

"경사스러운 날을 골라 한낮에 백 번이나 단련된 철로 만들어 모든 병해兵害를 물리칠 수 있으니 후왕侯王에게 내려 주기에 알맞다."

또 뒷면에는 이렇게 범상치 않은 뜻을 새겨 넣었다.

"선세先世 이래 이제껏 이런 칼이 없었거늘, 백제 왕세자가 뜻밖에 성음聖音을 얻은 까닭에 왜왕倭王을 위해 정교하게 만들었으니 후세에 전해 보이시라."

짧은 문장이지만 이 명문에는 근초고왕의 소망이 곳곳에 배어 있어, 당대 한반도 내의 정치적 상황을 가늠할 수 있게 해 주는 중요한 내용들이었다.

우선 여기서 왜(부여)왕이란, 곧 상국인 부여백제의 여구왕을 뜻하는 것이었으니, 칠지도를 제작한 목적은 분명 근초고왕이 여구왕에게 바치는 일종의 신표信標임에 틀림없었다. 또 칼을 제작하기 시작한 때가 369년 5월경이었다니, 이는 2년 전 여구왕이 대마의 〈임나 7국〉 원정에 성공한 때와 같은 것으로, 여구왕의 승전을 축하하기 위한 것임을 알게 해 주는 것이었다. 따라서 칠지도의 일곱 가지는 필시 당시 여구왕이 정복했다는 대마도의 7개 임나 소국을 뜻하는 것이 틀림없었다.

게다가 명문을 통해 이런 신검神劍을 따로 제작해 장차 이들 후왕侯王(소국왕)들에게 내려 주면 좋을 것이라는 제언까지 하고 있으니, 근초고왕의 세심한 배려가 놀라울 지경이었다. 칼을 제작하게 된 계기를 구태여 왕세자가 하늘의 계시聖音를 듣고 시작했다고 적시함으로써, 대를 이어 부여백제에 의리를 지키겠다는 충정을 밝히는 동시에, 넌지시 자신의 사후 차세대 즉 구수에 대한 배려를 부탁하는 의미를 담고 있었다. 자식을 아끼는 아비의 마음이 눈물겨울 정도였던 것이다.

그러나 보다 중요한 속뜻은 이렇듯 정성을 다해 만든 칠지도를 여구왕에게 바쳐 충정을 드러냄으로써, 한산 천도에 대한 오해를 불식시키려는 의도였을 것이다. 또 다른 뜻은 칠지도를 통해 여구왕이 새롭게 정복한 임나의 7국을 환기시키려 했다는 점이었다. 한마디로 이제부터 북쪽의 한성백제에 대해서는 신경을 끄고 부디 임나 7국을 다스리는 데 더욱 전념해 주십사 하는 소망과 함께, 어쩌면 장차 왜열도로의 진출을 부추기는 뜻이 담겨 있을 수도 있었다.

제왕을 상징하는 만월 모양의 청동거울인 칠자경에도 배면에 7개의 반구형 돌기 장식을 붙여, 마치 7개의 작은 거울이 중앙의 큰 거울(끈잡이)을 둘러싼 것처럼 만들었으니 이 또한 임나 7국을 가리키는 것이 분명했다.

재위 기간 내내 여구왕의 통제를 받아 오던 근초고왕이 이즈음에 북한산 천도를 계기로 부여백제와 거리를 두면서, 자주권 회복을 위한 기회를 엿보고 있었던 것이다. 비록 근초고왕이 여구왕에게 최상의 보물인 칠지도와 칠자경을 제작해 바치는 형식을 취했지만, 그 속엔 한마디로 한성백제에 대한 자주적 통치를 바라는 근초고왕의 염원이 담겨 있었던 것이다. 이는 소위 근초고왕의 천도와 관련해 교오한 뜻이 있다고 한 해석과 맥을 같이하는 것이었다.

이와는 별개로 무기의 제작기술 면에서도 칠지도는 또 다른 의미를 지니고 있었다. 고대로부터 검을 제작하는 기술은 백제가 빼어나기로 이름 높았다. 193년경 백제 초고왕이 〈부곡대첩〉에서 사로(신라)국을 꺾자, 대가야의 미리신여왕이 초고왕에게 용주龍舟 등 공물을 바치며 화친을 제의했었다. 그때 미리신여왕이 백제의 창과 칼 등 무기를 요청했고, 이에 초고왕이 대도大刀 7자루와 창 50개를 선물로 줄 정도로 백제는 검과 무기류를 만드는 기술이 뛰어났던 것이다. 특히 칼의 손잡이 부분에 용봉 문양의 부조를 새긴 용봉문대도龍鳳紋大刀는 명검으로 유명해 후일 삼국은 물론 일본으로까지 널리 전파되었다.

근초고왕은 이처럼 빼어난 자신들의 검(무기) 제작기술을 칠지도를 통해 뽐내면서, 한성백제 또한 결코 만만치 않은 세력임을 은근히 내비치고 있었던 것이다. 게다가 당시 거발성을 오가던 구저仇氐가 여구왕에게 올린 글에는 이런 내용까지도 들어 있었다.

"우리나라 서쪽에 시내가 있는데, 그 근원은 곡나철산으로부터 나옵니다. 그 물을 마시다가 문득 그 산의 철을 얻었으니, 성스러운 조정에 길이 바치고자 합니다."

이는 충북 충주 일원(달천)으로 추정되는 곡나谷那가 당시 질 좋은 철鐵이 양산되는 곳이었음을 알려 주는 기록이기도 했다. 남한강이 휘돌아 흘러내리는 이곳은 한수漢水까지 뱃길로 이어지는 교통의 요지인 동시에, 가야의 김해지구와 더불어 반도 내륙에서는 가장 이름난 철의 생산지로 유명한 곳이었다. 후일 중원경中原京이라는 이름으로 불렸는데, 반도의 3국이 이 땅을 차지하려고 치열한 각축전을 벌였고, 실제로 광개토대왕 때에 세운 〈중원고구려비〉가 발견된 곳이었다.

칠지도는 그런 곡나(충주)의 철을 구해다 만들었을 뿐 아니라 검을 제작한 백제의 명장明匠 이름까지 새겨 넣었을 정도니, 근초고왕이 칠지도를 제작하는 데 그만큼 지극정성을 다했음을 강조한 것이었다. 과연 근초고왕의 그런 소망이 하늘에 닿았는지 칠지도는 오늘날까지 무사히 전해져 일본의 국보로 남게 되었다. 그 후 10년쯤 지나 여구왕 사후 부여백제의 여餘씨 왕조가 일본열도로 이주해 갔는데, 그때 한성백제가 충성의 징표로 바쳤던 칠지도를 소중히 가져갔던 것이다.

그러나 〈칠지도〉는 후대에 고구려 〈광개토대왕비〉와 함께 여씨 왕조의 역사를 일본 내에서 자생한 것으로 꾸미는 과정에서, 열도의 왜왕이 반도의 백제왕에게 내려준 하사품이라는 제일의 증거로 변질되고 말았다. 이에 따라 본래의 의미가 크게 왜곡된 것은 물론, 불행히도 오늘날까지 한일韓日 역사논쟁의 중심에 서 있다.

역사해석이란 것이 이처럼 그릇된 민족감정을 부추기거나, 정치에 악용되기 쉬운 속성을 지니고 있음을 단적으로 보여 주는 사례였다. 그러나 현대와 같은 문명의 시대에 실로 중요한 것은, 역사를 있는 사실facts 그대로 해석하려는 자세와 노력일 뿐이다. 그것이야말로 불필요한 민족적 우월주의나 패권주의에서 벗어나, 이웃 나라 사이에 상호평화를 추구하려는 진정성에 대한 판단의 증거이기 때문이다. 오늘날 어느 나라가 전제 군주시대의 제왕들처럼 자국의 역사를 속이거나 날조하려 든다면, 여전히 음흉한 속내를 품고 있음이 분명한 만큼 철저히 경계해야 할 대상일 것이다.

이듬해인 373년, 〈백제〉가 청목령靑木嶺(황해개성)에 성을 쌓았는데, 그때 〈한성백제〉의 독산성주禿山城主 포룡布隆이 3백여 명을 이끌고 〈신라〉로 넘어가 망명하는 사건이 발생했다. 내물마립간이 이들을 받아들이고 6부에 나누어 살게 했더니, 소식을 들은 백제에서 사신이 찾아와 의리를 따지며 백성들의 송환을 요청했다.

"양국이 화친하여 형제국이 되기로 약속했건만, 지금 임금께서 우리의 도망간 백성들을 받아들였다니, 이것이 정녕 서로 간에 잘 지내자는 도리라 할 수 있겠습니까? 청컨대 우리 백성들을 되돌려 보내 주소서!"

그러자 백제 사신의 추궁에 맘이 상한 내물마립간이 퉁명스럽게 답했다.

"지금 그대의 나라는 백성들이 스스로 나라를 떠난 연유를 찾으려 들지는 않고, 오로지 남의 탓만 하려는구나!"

내물마립간이 백제 사신의 요구를 들어주지 않으니, 사신단이 크게 실망한 채로 돌아가야 했다. 사실 부여백제로부터 임나를 침탈당한 신라로서는 그마저 매우 점잖게 대응한 셈이었으니, 이때부터 한성백제와 신라 사이에도 서서히 균열이 가기 시작했다.

375년 7월이 되자, 〈고구려〉가 마침내 〈백제〉의 북변 수곡성(임강진臨江鎭)을 공격해 들어왔는데, 백제군이 이를 막지 못해 다시금 성을 내주고 말았다. 근초고왕이 즉각 병사를 일으켜 성을 탈환하고자 했으나, 마침 나라에 흉년이 들어 실행으로 옮기지는 못했다. 그런데 그해 11월에 백제의 근초고왕이 갑자기 세상을 떠나고 말았다. 비록 대륙 부여백제의 하수정권으로 시작해 즉위 후 초반부 십여 년이나 허수아비 왕으로 지냈으나, 그래도 이후로는 무너져 가는 한성백제를 일으키고자 갖은 노력을 다한 인물이었다.

강성한 부여백제가 사주한 전쟁이었지만, 결과적으로 대륙의 강자 고구려의 남진을 저지하는 데 성공할 수 있었다. 이를 위해 동쪽 신라와의 화친을 위한 외교적 노력을 아끼지 않았고, 동시에 부여백제로부터의 정치적 독립을 모색하면서 한산 천도를 강행했다. 근초고왕은 또 태사太史 고흥高興으로 하여금 사서 편찬을 담당하는 은솔恩率로 삼아《서기書記》 50권과 《장경將鏡》 12권을 편찬하게 했는데, 안타깝게도 그 내용이 온전히 전해지지 않았다.

《서기》는 주로 〈한성백제〉의 역사를 다룬 것으로 극히 일부 내용만이 알려졌고, 《장경》은 장수들의 이야기를 담은 병서류로 보였다. 이 모두는 부여백제 세력으로부터의 자주권 수복을 염원하던 근초고왕의 의지가 반영된 것이었을 것이다. 무엇보다 그의 시대는 한반도는 물론 중원대륙 전역이 전쟁의 회오리에 휩싸인 채 거대한 힘이 이동하던 대전환기였다. 근초고왕이 물려받은 백제는 4백 년을 이어 오던 오랜 왕조였으나, 하필이면 그런 위기의 시대를 맞이해 대륙 출신의 이주민 세력인 부여(비리)백제에 무릎을 꿇어야 했던 것이다.

근초고왕은 상국인 부여백제로부터의 수모를 감내하고, 온갖 요구를 수용하는 유연함으로 국난의 시기를 버텨 냈다. 당연히 그 역시 동시대의 다른 군주들처럼 숱한 전쟁터를 누비는 등 고단한 삶을 살아야 했다. 어쩌면 그에게 중요한 것은 포기하지 말고 어떻게든 버티고 살아남아 왕조를 유지하는 것이었을 것이다. 그러다 보면 언젠가는 국면이 전환되어 재기할 수도 있기 때문이었다. 그런 점에서 근초고왕은 위기의 시기에 백제 왕조를 꿋꿋하게 지켜 냈던 한성백제의 어라하이자 또 다른 의미에서의 영웅이 틀림없었다.

근초고왕이 30년 재위 기간을 마치고 세상을 떠나자, 그의 아들이자 태자였던 구수가 〈한성백제〉 어라하의 자리에 올랐으니, 근구수왕近仇首王이었다. 두 사람의 왕호가 이전 조상들의 왕호 앞에 '근近'을 더한 것으로 미루어, 이들은 분명 초고왕과 구수왕의 뒤를 이은 〈한성백제〉 온조 계열의 군주임이 틀림없었다. 그때 〈신라〉의 내물마립간이 근초고왕의 부고를 듣고는 발해發亥를 사신으로 보내 조문했다. 그의 딸이 구수왕의 왕후인 아이후阿尒后였고, 그녀의 아들이 태자인 침류枕流였던 것이다.

근구수왕 2년 되던 376년, 왕이 진고도眞高道를 내신좌평으로 삼아 정사를 일임하게 했다. 왕의 또 다른 장인이던 진고도는 야심이 가득한 인물로 그 역시 이후의 정사를 함부로 다루었다고 한다. 필시 친부여백제 성향의 진고도가 사위인 근구수왕을 견제했을 가능성이 높았던 것이다.

한편, 대륙 요동의 고구려에서는 한반도 〈북한성전투〉에서 전사한 고국원제의 뒤를 이어, 해解태후의 아들인 소수림제小獸林帝가 18대 태왕에 올랐다. 해극解克을 중외대부 겸 집정執政으로 삼고 3보輔가 그를 보좌하게 함으로써, 해씨들이 권력의 중심에 서게 되었고, 천강天罡이 황후가 되었다. 그런데 그 이듬해인 372년 6월이 되자, 뜻밖에도 〈전진〉왕 부견이 보낸 불교승려 순도順道가 고구려에 들어왔다. 태왕이 직접 교외로 나가 그를 맞이한 것은 물론, 객사까지 따로 마련해 주는 등 정성으로 예우했다. 순도가 말했다.

"진秦(전진)은 불도佛道를 믿어 흥했으나, 연燕(전연)은 선도仙道로 인해 망한 것입니다. 폐하께서는 불법을 받들고 계시니 천하를 다스리는 왕이 되실 것입니다."

순도가 마치 소수림제가 이미 불법을 숭상하고 있다는 듯이 말했으나, 태왕은 다소 다른 의미로 답을 했다.

"신선神仙은 이미 조종祖宗들께서 오래도록 받드셨던 것이오. 불력佛力 또한 넓고 크다 하니 섬길 만할 것이오."

불도 이전부터 고구려에 선도가 있음을 분명히 강조한 것이었다. 소수림제가 이때 순도를 왕사王師로 삼고, 종실宗室의 자녀들에게 불경佛經을 받아들일 것을 권했다. 후대에 바로 이때의 일을 가리켜 韓민족이 공식적으로 불교를 받아들인 시초라고 했다.

그러나 당시 韓민족 계열의 여러 나라에 널리 퍼진 신앙은 우주와 자연의 섭리를 깨닫고, 건강한 몸과 마음을 유지해 신선의 경지에 오르는 것을 제일로 삼는 仙道사상이었다. 이를 위해 스스로의 욕심을 제어하고 끊임없이 신체를 단련하는 다양한 수련과 섭생이 중시되었으며, 仙人이라는 전문가 그룹이 선도의 사상과 수련법을 널리 가르치고 보급하는 외에, 여러 선도 조직이 경쟁적으로 활동하던 시절이었다.

이러한 仙道사상이야말로 韓민족의 민족신앙과도 같은 것으로 그 기원이 가장 오래된 것이었고, 따라서 이후의 여러 다양한 사상과 종교 등에 오히려 광범위한 영향을 끼친 것이 틀림없었다. 특히 자연과 무위無爲를 중시하는 노장老莊사상이나, 세상 만물이 서로 연결된 채로 생멸生滅을 반복한다는 윤회輪回를 강조하는 불교와도 깊은 연관이 있어 보였다. 또한 신체를 연마하는 다양한 수련법은 고대 동양의 각종 무술이나 요가 등의 탄생에도 적지 않은 영향을 준 것이 틀림없었다.

다만, 이러한 수련을 통해 인간의 경지와 한계를 넘어서는 불노장생이나 신선神仙의 경지를 추구했다는 점에서, 일정 부분 허황된 요소가 내포되어 있었다. 이렇게 기복祈福을 바라는 원시신앙의 흔적이 남다 보니 길흉을 따지는 각종 점占이나 별자리 및 풍수지리風水地理의 해석 등을 통해 무리하게 미래를 예측하려는 무속巫俗의 특징이 가미되었다. 이러한 믿음들이 고래로부터 이어져 온 단군의 삼신三神사상과 소도(부도) 신앙까지 뒤섞여 한데 어우러졌던 것이다.

게다가 개중에는 어리석은 대중을 상대로 혹세무민하는 타락한 선인들이 출현해, 선도仙徒들을 갈취하고 성적 일탈을 일삼는 무리들이 존재해 사회를 좀먹는 병폐가 되기도 했다. 후일 이런 부정적 요인들로 인해 선도를 허황된 미신으로 간주하거나, 문란하다는 인식이 특히 유학자들을 통해 널리 퍼진 듯했다. 이러한 배경 아래 삶의 본질과 인간의 정신,

사회적 현상 등을 좀 더 정교하게 분석하고, 보다 현실적인 가치를 추구하는 진일보한 종교들이 나타나면서 仙道사상이 점점 밀려나기 시작한 것으로 보였다.

특히 동양을 대표하는 유교나 불교는 공자나 석가와 같은 구체적 영웅들의 가르침에 대해 후대 현인들의 끝없는 해석이 중첩되면서, 더욱 탄탄한 이론과 체계적인 교육 체제를 갖추게 된 반면, 기존의 주술적 성격에서 탈피하지 못한 원시신앙들은 시간이 지날수록 점차 소멸되는 위기에 직면하게 되었다. 물론 선도에도 당연히 유·불교에 못지않은 다양한 경전이 존재했고, 이를 가르치는 전문 지도자와 조직, 교육기관이 있었다.

그러나 선도가 원시신앙으로서의 태생적 한계를 지니다 보니, 후대에 불교를 국교로 삼았던 고려조에 이어 특히 교조적 유교 성리학이 극에 달했던 조선왕조의 정부와 지식인들에 의해 말살에 가까운 탄압을 받고 말았다. 그 과정에서 고래로부터의 각종 경전은 물론, 선도와 민족사상에 기초해 상고사를 기록했던 수많은 고기古記들마저 소장 자체가 허용되지 않는 금서禁書 취급을 받게 되면서, 끝내는 대거 멸실되는 불운을 당하고 말았던 것이다.

그럼에도 불구하고, 소수림제 당시는 여전히 선도사상이 압도적으로 널리 유행했을 터였다. 특히 불교 신앙은 선도와 맥이 닿는 부분이 많다 보니, 많은 사람들이 오히려 선도의 진일보한 형태로 인식했고, 따라서 도입 초기의 거부반응이 상대적으로 덜했을 가능성이 매우 커 보였다. 오늘날 선도仙道의 다양한 사상들이 특히 근대화를 전후로 동서양의 신흥 외래종교에 밀리면서 사라지다 보니, 그 모습을 제대로 가늠할 수 없는 것이 안타까울 뿐이다.

그런데, 당시 부견이 고구려에 순도를 보낸 배경에는 또 다른 목적이 있었다. 즉, 중원의 여러 나라들 사이에 고구려에 미인이 많다는 소문이 널리 퍼져 있었는지, 부견이 특히 불상과 불경 등을 보내 주면서 청혼을 해 온 것이었다. 이에 태왕이 특별히 해명解明을 빈부대형賓部大兄으로 삼고 〈전진前秦〉으로 보내 사례했다. 그해 9월 순도가 태왕에게 아뢰었다.

"폐하의 나라를 돌아보았는데, 사람들이 武를 숭상하고 귀신을 좋아하는 편이었습니다. 또 일반 하층민들은 어리석고 대부大夫들은 황음을 즐기는 모습이었습니다. 하오니, 백성들에게 문자와 예의를 가르칠 대학大學(태학太學)을 세우실 것을 권하고자 합니다."

"흐음……"

순도는 성격이 곧은 사람이었는지, 태왕이 듣기 매우 거북스러운 이야기를 서슴지 않고 했다. 아무래도 떠오르는 태양처럼 부상하던 전진왕 부견을 든든한 뒷배로 두었기 때문이었을 것이다. 태왕이 이에 대해 태후와 상의했으나, 대다수 종척들은 이를 불편한 시선으로 바라보았다. 그러나 소수림왕은 이 모두가 부견이 보내온 것들임을 감안해, 시범적으로 이를 시행해 보기로 했다.

이듬해 373년이 되자, 고구려에서는 주원공周原公 고무高武가 60의 나이에 사망했다. 고국원제의 아우로 30년 전 모용황의 2차 〈환도침공〉 때 북로군을 상대로 5만의 대군을 이끌고 전투를 벌인 맹장이었다. 지략이 탁월하지는 않았으나, 용맹한 데다 자신을 낮추고 병사들의 마음을 얻을 줄 알아 여러 차례 공을 세웠다. 그 무렵에 고구려 조정에서는 기존의 국법을 다듬어 새로이 율령을 반포했다. 그간 여러 태왕을 거치면서도 법령이 엄해 중죄인의 경우 사형을 면할 길이 없었다. 소수림제가 이때 해명을 불러 명하였다.

"나라의 율법이 지나치게 엄한 것이 탈이오. 그러니 진秦과 진晉을 직접 방문해 이들 나라들이 어떤 식으로 형벌 제도를 운용하는지 두루 살펴보고 오시오."

이에 해명이 전진前秦과 동진東晉 두 나라를 모두 돌아본 다음 귀국해, 본격적인 율령 정비작업에 착수했다. 아울러 이때 사형, 유배, 장형杖刑, 노비형 등 3백여 가지에 이르는 율령을 세밀하게 정비했다. 이로써 함부로 노비로 삼거나 그 어미를 탐하거나 남의 처를 넘보지 못하게 했다. 곤장 30대를 넘는 죄는 관청에서 다스리게 해 함부로 매를 치는 폐단을 없애게 하니, 백성들이 좋아했다. 또 이들 죄목을 심사하던 평인評人이라는 관리로 하여금 율령을 널리 교육시키도록 했다.

그해 소수림제는 당초 사형에 해당되던 중죄인 7백여 명을 구제해 남쪽 시골로 옮겨 살게 했다. 이듬해인 374년에는 태왕이 태제 이련伊連을 불러 또 다른 명을 내렸다.

"아우가 나라 안을 순행해 보고 새롭게 만든 법령이 백성들에게 편하게 제대로 사용되는지를 살펴보고 와야겠다."

그해 11월, 황후인 천강이 열두 달이나 걸려 아들을 낳았는데 다행히 용모가 듬직했다. 마침 동진으로부터 아도阿道가 귀국해 태왕에게 고했다.

"천자는 덕德을 말할 뿐, 사리私利를 언급하지 않습니다. 덕을 말할 때 복福이 절로 내려지는 법입니다."

태왕이 그 말이 옳다고 반기며, 아이의 이름을 담덕談德이라 지었다.

소수림제 5년째인 375년이 되자, 고구려 조정에서는 〈시부施部〉라는 관청을 두고 가난한 이들에게 먹을 것을 주거나 병을 치료해 주는 구휼을 담당케 했다. 아울러 〈적원籍院〉을 설치해 선적仙籍, 군적軍籍, 향적鄕籍의 3적籍을 관리하게 했는데, 남녀 모두 15세가 되면 적을 받게 했다.

그 이전까지도 우태于台가 이 일을 관장하는 직책이었는데, 많은 서민들을 호족으로 꾸며놓는 바람에 정작 서민들이 상해를 입고도 제대로 구휼을 받기가 힘들었다. 태제인 이련이 순행을 마치고 돌아와 이런 상황을 보고해, 시부와 적원을 두게 했던 것이다.

그 밖에 당시 仙道의 지도자격인 일부 왕사王師들이 후궁을 음란하게 어지럽힌 일이 있었다. 태왕이 이에 대규모 학원을 세워 밖에서 들어온 불법으로 청정함을 모범으로 삼고, 선인들을 깨우치고자 했다. 그 결과 〈상원象院〉을 〈초문사肖門寺〉로 바꾸어 순도順道가 설법을 펴게 하고, 〈침태蔵胎〉를 〈이불란사伊弗蘭寺〉로 삼아 아도阿道에게 설법을 맡게 했는데, 비로소 이것이 불교 사찰의 시초가 된 것으로 보였다.

그해 4월 태후의 부친인 해현解玄이 73세의 나이로 죽어, 당대 최고 수준인 조황祖皇의 예로 장사 지냈다. 선인仙人 출신이었던 그는 출중한 외모 덕에 미천제 때인 321년, 황후 등 주로 내실의 일을 보는 내리대형內裏大兄의 일을 보다가 주周황후의 폐신이 되어 궁실의 재무와 출납을 총괄하는 전주부殿主簿에 올랐다. 당시는 고구려가 3국 연합으로 모용씨의 〈극성진공〉을 펼쳤다가 실패한 직후였는데, 미천제가 그 실망과 충격 때문이었는지 정사를 소홀히 하던 때였다. 이때 주황후와 함께 국정을 농단해 많은 비난을 받고, 궁 밖으로 내쳐지기도 했다.

그러나 2년 뒤에 고희高喜로부터 딸을 얻었는데, 후일의 해解태후였다. 바로 이 해후가 339년 고국원제의 아들인 구부丘夫(소수림제)를 낳았고, 3년 뒤 정월에는 이련伊連(고국양제)을 낳으면서 小后에 올랐는데, 당시 황후는 주선곽周仙槨의 딸 周씨였다. 그러나 그해 가을에 모용황의 〈환도침공〉으로 도성이 쑥대밭이 되었고, 周태후를 비롯하여 周황후와 해후 등 황실 가족들 대부분이 〈전연〉의 용성龍城으로 끌려가야 했다. 이듬해 모용황은 주태후만을 남긴 채 고구려 황실의 포로와 인질 모두를 돌려보내 주었다.

그 후 347년 해현이 국부國父의 자리에 올랐으니, 딸인 해소후가 아들을 둘이나 낳아 고국원제의 총애를 받은 덕이었다. 이후 해현이 권력의 실세로 떠오르면서, 355년에는 마침내 그의 외손자인 구부가 정윤에 오르게 되었다. 당시 고국원제는 동궁비였던 우于씨 전腆황후로터 34세의 장자 완完을 두고 있었음에도 解소후의 아들인 구부를 정윤으로 올린 것이었다.

359년 모용황에게 15년 인질로 살다 귀국했던 주태후가 69세의 춘추로 사망하자, 해현이 마침내 태보太輔에 올랐다. 371년 〈북한성전투〉에서 고국원제가 전사하고 나서 구부태자가 태왕이 되었으니, 해현의 외손자인 소수림제였다. 해현은 딸인 해태후 덕에 일생을 더없이 높은 지위에 오르고, 해解씨 일가를 주周씨 및 부芙씨 일가에 버금가는 호족 가문으로 키워냈다. 특히 고국원제 사후에도 고구려가 백제에 보복을 가하거나, 중원으로의 진출을 시도하지 못한 데에는 전쟁을 반대하고 온건 정책으로 일관했던 해현의 입김이 크게 작용했을 터였다. 그러나 실제로 그는 주태후의 폐신이었던 이유 등으로 사람들로부터 손가락질을 받았다. 그럼에도 그의 사후 10년 뒤에 해태후의 또 다른 아들인 이련까지도 태왕에 올랐으니, 그는 후손들에게만큼은 더없이 복을 내린 조상이었다.

그해 여름 소수림제는 즉위 후 처음으로 한반도 대방 지역의 수곡성을 백제로부터 되찾는 데 성공했다. 온건파 해현이 사라지자 마음속 깊이 별러두었던 백제를 응징하는 일에 당장 나섰던 것으로 보였다. 〈부여백제〉와의 거리를 두기 위해 한강 북쪽으로 천도했던 〈한성백제〉의 근초고왕으로서는 여간 당혹스런 일이 아니었을 것이다. 그가 다시 병사를 일으켜 성을 탈환하고자 했으나, 이번에는 대신들이 극구 이를 말렸다.

"어라하, 아무래도 흉년이 깊이 들어 구려와의 전쟁 수행이 불가하오니, 다음 기회로 미루심이 옳을 것입니다. 부디 통촉하소서!"

결국 전쟁에 나서지 못했는데, 11월이 되자 온갖 분노와 심리적 압박 때문이었는지 근초고왕이 더럭 사망하는 바람에, 그의 아들 근구수왕이 어라하에 올랐던 것이다. 한성백제의 군주가 교체되었다는 소식에 고구려는 이듬해 11월, 또다시 백제의 북쪽 변경을 공격했으나, 그때는 백제가 이를 막아 냈다.

다시 1년이 지난 377년 10월, 눈이 내리고 돌림병이 도는 가운데서도 근구수왕이 3만의 병력을 동원해 북진을 명했다.

"지금 북풍이 불기 시작했지만, 바로 이 때문에 구부는 우리의 북진을 전혀 가늠치 못할 것이다. 그러니 북진을 서둘러 일거에 수곡성을 되찾고, 내친김에 반드시 평양까지 차지해야 할 것이다!"

결국 3만의 대규모 백제군이 일제히 임진강을 넘어 북진을 개시했고, 평양(반도평나)까지 침공해 들어갔으나, 끝내 성공하지 못하고 철수해야 했는데 한겨울의 추위에다 고구려의 반격이 만만치 않았기 때문으로 보였다. 오히려 고구려가 추격을 가한 끝에 백제 땅까지 들어왔다가 돌아간 것으로 보였으니, 동원된 병력의 규모로 보아 한겨울임에도 양측에서 상당한 규모의 전투를 벌인 것이 틀림없었다.

고구려에서는 이듬해에도 가뭄이 들어 이삭이 여물지 않았는데, 그때 북쪽으로부터 반갑지 않은 소식이 들려왔다.

"태왕폐하, 갑작스레 거란(계단契丹)이 쳐들어와 양맥곡의 여덟 부락을 노략질하고 달아났다고 합니다."

"무엇이라? 가뜩이나 백성들이 굶주림에 시달리는 터에……. 허긴 그들도 먹을 것이 없다 보니 그리했을 것이다. 변방의 경계를 더욱 강화하라 일러라!"

〈거란〉이 이 무렵부터 등장하게 되었는데, 명칭으로 보아 모용씨의 〈전연〉에 몰락했던 계성薊城 〈단段〉선비의 잔존 세력으로 보였다. 선비대왕 단석괴의 후예인 단선비는 선비의 종주격으로 그리 호락호락한 세력이 아니어서, 이때쯤 북쪽 내몽골의 산악지대로 숨어 들어가 재기를 도모한 듯했다. 후일 거란의 후예들이 〈발해渤海〉(대진大震)와 중원의 〈송宋〉나라를 꺾고 〈요遼〉나라의 주인공이 되어 황하 이북을 다스렸다.

그해 전진왕 부견이 명마로 유명한 대완마大宛馬 두 필을 고구려로 보내왔는데, 조정에서 이 말들을 용산龍山에서 길러 씨를 퍼뜨리게 했다. 그러나 이후로 부견은 383년 소위 백만 대군으로 〈동진東晉〉 원정에 나섰다가 〈비수대전〉에서 사현에게 참패를 당하고, 쇠락 일로의 길로 접어들게 되었다.

소수림제 14년째 되던 384년 4월, 고구려 조정에 놀랄 만한 소식이 날아들었다.

"아뢰오, 백제의 구수왕이 죽어, 그 아들(침류)이 들어섰다고 합니다."

사실 근구수왕은 377년 〈평양전투〉의 실패 이후로 이렇다 할 활약을 보여 주지는 못했다. 필시 전쟁의 후유증으로 조정 안팎으로부터 많은 시련을 겪은 것이 틀림없어 보였다. 그 무렵에 왕의 장인인 진고도眞高道가 내신좌평에 올라 국정을 좌우했기 때문이었다. 그렇더라도 근구수왕의 갑작스러운 사망은 여러 궁금증을 자아내기에 충분한 것이었다. 당시 근구수왕의 왕후였던 아이후阿爾后가 〈동진〉으로부터 마라난타摩羅難陀라는 호승胡僧(북방 출신 승려)을 불러들여 불법을 펼치던 때였고, 이에 대해 수군대는 소문이 적지 않았던 것이다.

그런데 그해 11월이 되자 〈고구려〉에서 더욱 놀라운 사태가 발생하고 말았다. 태왕이 수림獸林으로 사냥을 나갔다가, 갑자기 몸이 좋지 않아 온탕을 찾았는데, 그 길로 세상을 떠나고 만 것이었다. 당시 고구려는 이미 4백 년을 이어 온 나라로서, 너른 중원을 통틀어서도 가장 오랜 전통을 자랑했던 만큼, 보수적인 분위기 일색이었을 가능성이 컸다. 즉, 황실을 둘러싼 여러 호족 가문들이 대를 이어 가며 높은 지위를 차지하고, 부富와 물질적 풍요를 누렸던 것이다.

이들을 중심으로 고급의상이나 값비싼 귀금속과 사치품이 유행했는데, 특히 이 시기에 맛있는 음식과 수준 높은 요리에 관한 관심이 지대했다. 그중에서도 우유즙(낙酪), 술(주酒), 죽(전饘), 떡(병餠), 고기(육肉), 야채(채菜), 과일(과果), 차(명茗)의 8가지 음식에 대한 요리법이 널리 유행했는데, 많은 호족 가문들이 멀리 중원의 〈진晉〉나라에까지 자식들을 보내 음식을 삶고 지지는 법을 배워 오게 해서 자기들만의 도장에서 가르치곤 했다.

한 마디로 그 시대에 이미 고급요리사chef 양성을 위해 자제들을 중원으로 유학을 보내는 것이 유행했던 것이다. 이러한 풍토는 아마도 생활이 점점 풍요로워지고 해외교류가 늘어나면서, 이국의 새로운 문화와 요리들이 빠르게 유입된 결과였을 것이다. 신분이 높은 귀족들끼리 어울릴 때, 보다 맛있고 세련된 음식을 요리해 내놓게 되면 사교나 접대에 커다란 효과가 있었을 터였으므로, 경쟁적으로 소질이 있는 자식을 유학까지 시키곤 했던 것이다.

흥미로운 것은 이들 중 큰 집안의 요리사들은 매우 거만하게 굴었다는데, 많은 이들이 당시 최고 호족가문인 주周씨와 부芙씨의 후예들이어서, 공경들과도 혼인으로 두루 얽혀 있었기 때문이었다. 이들 귀족 요리사들은 언제부터인가 자신들의 생업이 된 전문분야 자체를 스스로의 성씨로 삼기 시작했고, 그리해서 예의 8가지 음식을 성으로 삼은 8姓까지 출현하게 되었다.

그런데 이들 중 대부분이 중외선인中畏仙人에 예속되어 있다 보니, 특히 당시 빠르게 번지던 불교의 유입에 대한 불만이 상당히 고조된 듯했다. 태왕이 이때 갑작스레 몸 상태가 악화된 것이 이들과 모종의 연관이 있었고, 누군가 앙심을 품은 자가 몸을 상할 만큼의 음식을 태왕에게 제공했다는 의혹이 파다했던 것이다. 조정에서 이를 알아내기 위해 태왕의 사망에 연루된 여러 가문을 조사했으나, 서로가 잘못을 떠넘기며 누구도 책임지려 하지 않았다. 오히려 태왕을 가까이에서 모시던 힘없는 조의皂衣들이 대거 문책을 받았고, 이때 멀리 유배를 당한 자가 30여 명이 넘었다고 한다.

소수림제는 〈북한성전투〉에서 전사한 고국원제의 뒤를 이은 태왕이었다. 이 때문에 당시 고구려 조정에서는 나라의 중심인 태왕의 전쟁 참여를 극도로 꺼리고, 아예 원천적으로 전쟁을 피하려는 분위기 일색이었을 가능성이 컸다. 특히 모후인 해태후 및 국부인 해현 일족을 중심으로 태왕을 이중삼중으로 싸고돌았을 법했다. 즉위 초기 고구려가 백제에 대한 보복을 위해 신라에 사신을 보내 협조를 구하고, 특히 변방의 장수들에게 은밀하게 소와 술, 미녀들을 보내곤 했으나, 내물마립간이 이를 일체 받지 말라는 명을 내렸다고 했다.

그랬음에도 소수림제는 당장 〈백제〉에 대한 보복을 펼치지 못했으며, 당시 〈전연〉의 몰락에 대비해 주둔시켰던 대규모 병력도 흐지부지 해산시킨 것이 틀림없었다. 오히려 소수림제 시절에 불교가 유입되기 시작했는데, 그 내용은 개인적 해탈과 함께 유독 살생을 멀리할 것과 평화를 강조하는 것들이었다. 정복 전쟁이 다반사로 일어나던 고대에 현실과 동떨어진 평화, 즉 전쟁 반대를 기치로 내건 이상적 교리를 받아들일 군주는 매우 드물었을 것이다.

그런 마당에 전진왕 부견이 평화를 내세우던 불교의 지도자 순도를 고구려로 보냈으니, 한편에서는 많은 지식인들이 부견의 의뭉스러운 속내를 읽어 냈을 것이다. 〈전연〉이 몰락하던 시점에 고국원제가 재빨리 요동을 차지한 데 이어 10만 정병을 서부 변경에 배치했다는 소식에, 부견은 장차 하북의 너른 땅을 놓고 고구려와의 경쟁을 예상했을 것이다. 그때 뜻밖의 낭보가 날아들었다.

"구려의 사유가 부여와의 전투 중에 화살 2대를 맞아 현장에서 절명했고, 이에 그의 아들 구부가 태왕에 올랐다고 합니다."

"무엇이라, 그게 사실이더냐? 허어……"

부견은 고국원제가 전사했다는 소식을 크게 반기는 한편, 재빨리 다음의 전략을 생각해 냈는데 그것이 바로 불교라는 비장의 카드로 보였다. 부견이 호의라도 베푸는 양 먼저 고구려에 손을 내밀면서 슬그머니 불교 지도자를 고구려로 보냈는데, 필시 그는 순도가 고구려에 평화의 바람을 불어넣어 장차 고구려 내에 전쟁을 기피하는 분위기가 확산되기를 기대했을 것이다.

그러나 소수림제의 사망 직전인 383년, 부견 스스로는 동진 원정을 위해 백만 대군을 동원했고, 〈비수대전〉의 참패로 수많은 병사들을 물귀신으로 만들어 버린 장본인이 되었다. 어찌 됐든 소수림제 치하에서 고구려는 서쪽 중원으로의 진출을 포기한 채 〈전진〉과의 충돌을 피했으니, 대략 부견의 전략이 먹혀들었다 해도 과언이 아니었던 셈이다. 대신 고구려 조정은 하층민들의 인권을 보호하는 등 대대적으로 율령을 정비하고 국력을 쌓는 등, 내치에 주력할 수 있었다. 당시 해解씨 외척을 포함한 고구려의 보수 귀족층들이 고비용의 전쟁을 택하기보다는, 안온한 평화를 선호했던 것이다.

그렇더라도 고구려를 둘러싼 주변 환경은 시시각각 만만치 않게 변해 갔고, 이상적 평화주의만으로는 나라를 온전히 보전하기 힘들었을 것이다. 그러한 터에 불교가 확장되는 모습에 仙人들을 중심으로 우려의 목소리가 커졌고, 이처럼 대외정책 노선과 종교적 갈등으로 인한 내부 불만이 축적된 끝에 소수림제가 희생된 것으로 보였다. 실제로 1년 뒤인 385년에 부견이 48세의 나이에 요장姚萇에게 피살되자, 종척 중에 많은 이들이 주청하고 나섰다.

"당장 그간의 절들을 폐지하고, 승려들도 내치셔야 합니다."

소수림제의 뒤는 解태후의 같은 아들이자 태제인 이련伊連이 이어받아 태왕에 올랐으니 20대 고국양제故國襄帝였다. 소수림제는 그가 사냥을 즐겨 했던 수림獸林에 안장되었다.

2부

부여백제의 열도행

5. 비수전투와 전진의 멸망
6. 중원 삼강의 몰락
7. 내물왕 모루한
8. 왜왕이 된 여휘
9. 광개토대왕

5. 비수전투와 전진의 멸망

〈고구려〉가 고국원제의 전사로 주춤하는 사이, 〈전진前秦〉의 황제 부견은 재빠르게 〈전연前燕〉을 멸망시키고 새로이 확보한 강역에 서주徐州와 청주青州, 동주東州, 예주豫州, 연주兗州, 형주荊州의 6개 州를 설치했다. 부견은 왕맹의 고사에도 불구하고 그에게 여섯 州 모두의 통치를 맡기는 대범한 조치를 했는데, 그만큼 왕맹의 군사 및 행정능력과 충성을 신뢰하고 있었다. 왕맹王猛은 나이가 들어서도 그렇게 부견에 충성을 다하다 375년경 사망했는데, 죽기 전 자신의 주군인 부견에게 장차 〈동진〉을 겨냥하지 말라는 유언을 남겼다.

"비록 晉나라가 중원에서 멀리 떨어져 장강 남쪽에 있으나, 촉한 이래로 정통 제위帝位를 계승했고 군신들이 서로 질서를 존중하고 있습니다. 그러니 신이 죽은 뒤라도 폐하께서 진을 토벌할 생각을 마옵소서!"

그리고는 오히려 북방민족인 선비족과 강羌족이야말로 전진의 숙적임을 환기시켰다. 죽음을 목전에 둔 그가 漢족 출신으로서, 더 이상 자신의 종족과 싸우지 말라는 뜻을 일부러 남기려 한 모습이었고, 나아가 사나운 북방민족이나 제압하고 그것으로 만족하며 살라는 의미로도 보였다.

그러나 이제 〈전연〉을 병합한 〈전진〉의 국력은 종전 〈동진〉의 그것과는 비교도 되지 않는 압도적인 것이었다. 진秦시황이나 한漢고조 유방처럼 중원을 다시 통일하겠다는 야망을 품은 부견에게 통할 조언은 결코 아니었던 것이다. 마침 그 무렵인 372년에 〈동진〉 조정은 간문제簡文帝가 즉위 후 1년 만에 사망함으로써, 실권자인 환온桓溫이 황제에 버금가는 권력을 행사하고 있었고 이로 인한 내부 반발과 혼란이 이어지고 있었다. 게다가 공교롭게도 이듬해에 환온이 선양을 받아 내려던 꿈을 이루지 못한 채 62세의 나이로 숨을 거두니, 동진의 정국은 더욱 파란의 연속이었다.

이제 장강 이북의 대부분을 평정하고 사실상 중원 절대강자의 지위에 오른 부견은 漢족의 나라 〈東晉〉을 본격적으로 겨냥하고 있었다. 부견은 직접 동진의 건강(남경)을 때리기 전에, 우선 서쪽의 익주益州(사천)와 양주涼州(섬서)를 공략해 뒤를 단단히 다지려 했다. 〈전량前涼〉의 장천석은 그동안 〈전진〉에 칭번을 번복하면서 부견을 자극해 왔다. 부견이 사신을 보내 장안으로 입조하라는 통첩을 보내자, 고심하던 장천석이 결단을 내렸다.

"짐의 계책이 막 결정되었다. 이제부터 항복을 운운하는 자는 즉시 그 목을 벨 것이다."

장천석이 사뭇 결의를 다지면서 전진의 사신들을 활로 쏴서 죽여 버렸다. 부견의 13만 대군이 즉각 황하를 건너 서쪽으로 진격해 들어갔다. 장천석은 몇 차례 전투를 벌이며 저항했으나 끝내는 투항을 해야 했다. 상대의 힘을 가늠할 줄 모르고, 무모하게 덤볐으니 당연한 귀결이었을 것이다. 〈전량〉을 멸망시키고 나자 눈치 없는 조정 대신들이 내친김에 서쪽 변경의 갈羯족과 강羌족마저 토벌하자는 등, 의견이 분분했다. 동진에 온통 마음이 가 있던 부견이 토벌이 능사가 아니라며 점잖게 교화를 강조했다.

"유목민들은 본성이 하나로 통일되기 어려운 종족이라 큰 염려가 되지 못한다. 잘 어루만지고 타일러 조세를 거두되, 명령을 따르지 않을 때에만 군사로 다스릴 것이다!"

부견의 이런 포용 정책이 먹혀들어, 갈족과 강족에서 8만 3천이나 되는 부락이 공물을 바쳐 왔다. 당시 〈전진〉은 동으로 창해滄海(발해), 서쪽으로는 구자, 남으로 양양, 북으로 대막大漠에 이르는 거대한 강역을 차지하게 되었다. 이처럼 전진이 중원의 절대강자가 되어 맹위를 떨치자, 동북의 숙신肅愼(말갈), 서부의 우전, 대완, 강거, 천축 등 무려 62개국이 전신에 사자를 보내 공물을 바쳤다고 했다. 377년 봄부터는 〈고구려〉를 비롯해 한반도의 〈신라〉까지도 멀리 〈전진〉까지 사신을 보낼 정도였던 것이다.

그러던 378년 2월, 〈東晉〉 조정이 어수선한 틈을 이용해 부견이 전격적으로 〈동진 원정〉에 나섰다. 1차 공격 목표는 한수漢水의 중심지이자 요충지인 호북湖北의 양양襄陽으로 삼았는데, 그곳에서 뱃길을 이용하면 무한武漢을 거쳐 동진의 도성 건강(남경)까지 직행할 수 있기 때문이었다. 총 16만에 이르는 대규모 군단으로 이루어진 전진의 원정군은 三路軍으로 구성되었다. 먼저 7만 병력의 中軍 선봉에는 아들 정남대장군 부비符丕가 섰고, 장군 구장과 모용위가 따랐다. 모용수와 요장이 이끄는 5만 규모의 東軍은 남향(하남석천)에서 양양으로 남진했다. 4만의 西軍은 구지 등이 지휘해 장강을 낀 채로 무당(호북단강구)에서 양양으로 진격했다.

이에 맞서 〈동진〉에서는 환충桓沖이 이끄는 7만의 병력이 송자에 주둔해 있었고, 그 외 1만의 군사가 시평을 지킬 뿐이어서 수적으로 확연한 열세에 있었다. 그럼에도 전진의 부비는 구장의 권유에 따라 싸움을 서두르지 않고 장기전을 치를 심산이었고, 겁에 질린 동진의 환충도 아예 움직일 생각조차 않았다. 그렇게 전쟁이 지연되자 전진 조정에서는 대군을 거느리고도 부비가 시간을 끈다며 탄핵하라는 소리가 터져 나왔다. 부견이 사람을 보내 강한 어조로 전투를 독려했다.

"봄까지 함락시키지 못할 것이라면, 아예 목숨을 끊고 나타나지 말거라!"

황제의 힐난에 당황한 부비가 즉각 양양 공격을 개시했다. 아들이 미덥지 못했는지 부견이 직접 출정하겠다며 법석을 떨었지만, 대신들의 만류에 생각을 접었다. 다행히 부비가 무난히 양양을 함락시키는 데 성공했으나, 이후 동진과는 상당 기간 대치국면을 이어 가게 되었다. 그사이 전진 내부에서도 작은 반란과 소요가 이어졌기 때문이다.

382년 10월이 되자, 마침내 부견이 동진에 대한 〈2차 원정〉의 뜻을 내비쳤다.

"내가 30여 년의 왕업을 이어받고도 여전히 저 동남쪽 귀퉁이를 교화하지 못했다. 어림잡아 따져 보아도 전국에서 대략 97만의 군사를 동원할 수 있을 듯하다. 내가 친히 이 대군을 이끌고 출정하려 하는데 경들은 어찌 생각하는가?"

그러자 대신들이 찬성과 반대를 주고받으며 열띤 논란이 이어졌는데, 東晉 남정을 반대하는 분위기가 다소 우세했다. 부견의 처인 장부인을 포함해 황제가 존경하던 도안道安스님조차도 토벌을 만류했고, 황태자 부굉符宏도 반대했다.

"晉은 천운을 타고난 나라로 지리적으로 유리해 우리 군사가 험난한 장강(양자강)을 넘기는 무리일 것입니다."

그런 소리에 부견이 부아가 치밀어 질타했다.

"하늘이 내려 준 기회를 천도天道라 한다지만, 누구도 알 수 없는 것이니 차라리 괘념할 일이 아니다. 장강이 험난하다고 하지만 결국 吳나라도 망하지 않았더냐? 우리가 말채찍을 장강에 내리친다면, 장강의 거센 물결도 멈추고 말 것을 동진의 요새 따위가 무슨 대수란 말이냐?"

논의를 마친 후 부견이 동생인 부융符融을 따로 불러 조용히 의논했다. 부융은 뛰어난 전술가에 두루 문무文武를 겸비하여, 죽은 왕맹과 함께 부견의 양팔로 인정받던 인물이었다. 그러나 부융 또한 가까이 있는 강족, 갈족, 선비를 제압하는 것이 우선이라며 뻔한 장광설을 늘어놓은 다음 죽은 왕맹까지 들먹였다.

"부니 재상 왕맹의 유언을 잊지 마옵소서, 폐하!"

실망한 부견이 낯빛을 바꾸며 혼잣말처럼 중얼댔다.

"우리에겐 백만 대군이 있고, 자금과 무기 등이 충분하다. 그런데도 조정 안팎이 모두 晉 토벌을 반대하고 있고, 아우마저 그런다니……. 휴우!"

그런데 후대 중국의 漢족 출신 사가史家들이 당시 부견의 동진 원정에 대한 반대의견을 이처럼 과할 정도로 세세하게 기록해 놓았다는 점이 오히려 눈에 거슬린다. 흡사 중원의 나라를 건드렸을 때 그 종말이 어떠했는지를 은근히 강조하려는 숨은 의도가 엿보이기 때문이었다.

병법에 능하고 싸움에 신중했던 부견이 대신들의 반대에 막혀 전전긍긍하고 있을 때, 경조윤 모용수가 입조해 간했다.

"강자가 약자를 병탄하는 것이 세상의 이치이거늘, 이런 기회를 살리지 않는다는 것은 말이 되지 않습니다. 폐하께서 마음을 다해 내리신 결정이라면 그것으로 끝나는 일이니, 두루 의견을 구할 필요가 있겠습니까? 晉무제 사마염이 吳나라를 멸망시킬 때도 오직 장화와 두예 두 사람만 찬성했었습니다. 조정 중신들의 의견을 모두 들으려 하시다가는 아무 일도 할 수 없을 것입니다."

부견이 기분이 좋아져 껄껄 웃었다.

"과연 나와 더불어 세상을 도모할 사람은 오직 경뿐이구려, 핫핫핫!"

383년 해가 바뀌자마자 마침내 〈전진〉의 효기장군 여광이 병력을 이끌고 장안을 출발해, 황하를 끼고 동쪽으로 진격해 내려갔다. 5월이 되자, 〈동진〉에서도 이에 맞서 거기장군 환충桓沖이 10만의 대군으로 호북湖北 송자에서 출발해 북쪽으로 향했는데, 4년 전에 빼앗긴 양양을 탈환하겠다는 의도였다. 사실 여광의 출병은 동진의 반응을 떠보려는 탐색전의 성격을 지닌 것이었다. 그럼에도 오히려 동진이 즉각 반응을 보이며 대군을 출정시켜 양양에 역습을 가해 옴으로써, 부견의 작은 도발에 덜컥 걸려든 셈이 되고 말았다.

8월이 되자 전쟁의 명분이 충분해진 만큼, 부견이 본격적인 〈東晉 원정〉에 착수했다. 부견이 부융과 부굉에게 무려 25만의 대군을 나누어 원정군의 선봉에 서게 했다. 강羌족의 수장 요양에게도 용양장군의 직을 내리며 말했다.

"예전에 내가 용양장군으로 대업을 이루었소. 그간 남에게 내린 적이 없는 직위니 분발해 주시오!"

부견은 정남장군 부예와 모용수에게 보기병 5만을 내준 채 양양 방면으로 북상해 오고 있는 환충의 동진군을 막게 하는 한편, 요장에게는 사천성 방면을 수비하라 지시했다. 그와 동시에 전국에 동원령을 발표하게 했는데, 전국의 동네마다 장정 10명에 1명을 강제로 차출하게 했다.

8월 8일, 〈전진〉 황제 부견이 무려 60만의 보병과 27만의 기병이라는 사상 유례가 없는 대군단大軍團을 이끌고 친히 장안長安을 출발했다. 전진 각 지역에서도 추가로 차출된 수십만의 병사들이 동진을 향해 동으로 또는 남으로 향했다. 장강 이북의 중국 전역이 꼬리에 꼬리를 물고 이어지는 장병들의 행렬로 가득했고, 하늘 높이 나부끼는 깃발이 태양을 가릴 정도였다.

일백만의 대군이 몰려온다는 충격적 소식을 접한 〈동진〉의 조정에서는 불안과 공포로 가득했다. 10년 전 환온이 사라진 후 동진은 재상 사안謝安이 권력의 중심에 있었으나, 〈전진〉의 대규모 침공이라는 사상 최대 위기에 직면하고 말았다. 고심하던 사안은 우선 전국에 동원령을 내리게 했다. 곧이어 자신의 아우 사석謝石을 토벌대장군인 대도독으로 삼고, 조카 사현謝玄을 선봉으로 하는 한편, 아들인 보국장군 사담도 참전케 했다. 동진 조정의 핵심 지도층으로서 사謝씨 온 일가가 총출동해 죽음으로 나라를 지키기로 한 것이나 다름없었다.

그러나 동진의 군사는 고작 8만에 불과해 전진의 1/10 수준이다 보니, 장수들이나 병사들 모두 너나 할 것 없이 불안에 떨고 있었다. 선봉을 맡은 사현이 사안에게 조심스레 전략을 묻자, 사안은 대수롭지 않다는 듯 답했다.

"문제없다. 이미 내 마음속에 작전이 다 들어 있다."

당시 동진의 군대는 크게 사謝씨 중심의 북부군과 환桓씨들이 이끄는 서부군의 2軍으로 구성되어 있었다. 그중 북부군은 사현이 장강 하류의 5개 州 즉 양주揚州, 예주, 서주, 연주, 청주의 군사권을 갖고 훈련시킨 정예부대였다. 이들 가운데 특별히 북부병北府兵이라 일컫던 부대원들은 주로 북방 출신의 전투 경험이 많은 강군强軍들로 조직되었는데, 유뢰지劉牢之 등의 맹장이 이끌고 있었다.

9월이 되자 마침내 30만에 달하는 부융의 선봉군이 제일 먼저 영구潁口(안휘영산)에 도착했다. 부융이 이내 수양壽陽(안휘수현)을 선제공격해 함락시키고 서전을 승리로 이끌자, 모용수는 운성隕城(호북안륙)을 점령했다. 이때 수현의 서쪽까지 올라갔던 동진군의 일부가 본대에 다음의 내용을 보고하려 했다.

"적군 사기충천. 아군 군량 부족. 본대 합류 위태."

그런데 동진군의 전령이 중간에서 전진의 군대에 사로잡히는 바람에 보고문이 부융의 수중으로 들어가고 말았다. 부융이 이를 즉시 항성에 주둔해 있던 황제에게 알리니, 부견이 곧바로 8천의 기병을 대동한 채 친히 수양까지 달려와 비밀리에 전략회의를 가졌다.

"晉의 군영을 잘 아는 장군 주서를 晉軍의 대도독에게 보내, 일단 항복을 권유해 보도록 하자!"

부견은 내심으로 일단 적군의 총사령관을 흔들어 보는 심리전을 펼칠 셈이었던 것이다. 그런데 주서朱序는 원래 동진 출신으로 4년 전 〈양양襄陽전투〉 때 끝까지 항거하다가 부비符丕에게 포로가 된 장수였다. 부견이 그의 지조를 높이 사서 탁지상서의 직을 내려 주었는데, 부견의 신임으로 이번 원정 때 황제를 수행하고 있었다. 이제는 전진의 사자 신분이 된 주서가 마침내 조국인 〈동진〉 군영에 당도했다. 주서가 이때 동진군의 대도독 사석을 만나 순순히 항복할 것을 종용하는 서한을 전달했다.

사석이 난감한 표정을 짓는 사이, 놀랍게도 주서가 오히려 전진을 공략할 계책이 될지도 모른다며 정보 하나를 귀띔해 주는 것이었다.

"진秦의 대군이 일백만이라지만, 아직 모두 집결한 것이 아닙니다. 그러니 지금의 기회를 놓치지 마시고, 적군의 선봉대를 두들겨서 그 사기를 꺾어 놓는다면 승산이 있을 것입니다."

어디까지나 동진의 장수였던 주서는 변함없이 조국에 대한 사랑으로 가득했고, 오히려 이때 적진에서 나라를 도울 궁리를 하고 있었던 것이다. 사실 전진의 군대가 백만이라고는 해도 중국 전역에서 급하게 불러 모은 병력이라 軍조직에 체계가 엄정하질 못했고, 일부 포로들까지 동원되다 보니 충성도가 의심스러운 부대가 허다했다. 주서는 사석에게 장차 전진군의 내부에서 동진군에 호응해 싸우겠다는 약속까지 하고 돌아갔다. 아무것도 모르는 부견이 동진의 반응을 기다려 보았으나 싸늘한 반응뿐이었다.

그러던 11월이 되자, 동진의 선봉장 사현이 맹장 유뢰지가 이끄는 북부군의 정예병 5천을 내보내, 부융의 오른쪽 배후인 낙간落澗을 기습공격하게 했다. 당시 낙간에는 전진의 병사들이 5만 명이나 집결해 있었는데, 갑작스러운 동진 기병대의 맹렬한 기습에 놀라 우왕좌왕하다가 한꺼번에 날아나려 앞을 다투어 강물로 뛰어들었다. 대혼란 속에 전진의 군사 1만 5천이 물에 빠져 죽는 참사가 일어났고, 장수 양성의 목이 날아갔으며 자사 왕현이 사로잡혔다. 동진군이 올린 첫 전과치고는 기대 이상의 놀라운 승리였다.

〈낙간전투〉의 승리는 절망에 빠져 있던 동진군의 사령부에 가능성과 함께 희망을 갖게 하는 전기가 되었다. 사기가 오른 동진의 본대가 이후 본격적인 진격에 나서 수양에서 멀리 바라보이는 비수淝水의 동쪽 언덕까지 육박해 들어갔다. 안휘安徽를 흘러내리는 회하淮河의 지류 비수는 수현의 오른쪽을 끼고 도는 강이었다. 이제 그 강의 동쪽으로는 〈동진〉군이, 반대편인 서쪽으로는 〈전진〉의 백만 대군이 각각 진을 치고 서로 대치하게 되었다. 그때 동진의 군대가 비수까지 도달했다는 보고에 놀란 부견이 아우 부융과 함께 수양성에 올라 동진의 진영을 바라보았다.

백만 대군을 두려워하기는커녕 겁도 없이 다가온 동진 군대의 대오가 정숙하여 한 치의 틈도 없고, 군기 또한 엄정해 보였다. 부견이 눈을 돌려 팔공산을 바라보니 바람에 흔들리는 수풀 또한 동진의 진영을 보는 듯한 착각을 일으킬 정도였다. 부견이 어두운 표정이 되어 말했다.

"대체 누가 동진군이 약하다고 했더냐? 강적이로다……"

그렇게 전진은 후속부대가 마저 도착하기를 기다리고 있었고, 동진은 전진의 후속부대가 모두 도착하기 전에 선제공세로 타격을 주고자 틈을 노리고 있었다. 그때 동진의 선봉장인 사현으로부터 전진의 부융에게 던지는 도전장이 날아들었다.

"양측 모두 지구전이 아니라 한 판 붙을 작정이라면, 우리 동진군이 먼저 강을 건너 도착할 수 있도록 전진의 군대를 약간 뒤로 물려주시오. 그리해 준다면 즉시 강을 건너 사생결단을 벌여 승패를 결정짓도록 하겠소이다."

전진의 장수들은 이에 반대했다.

"수적으로 절대적 열세에 놓인 동진군이 먼저 싸움을 걸어오겠다는 것은 죽음으로 뛰어들겠다는 것이나 다름없으니, 무언가 꿍꿍이가 있는 것이 틀림없습니다. 들어주면 아니 됩니다."

이때 황제 부견이 고개를 저으며 다른 의견을 말했다.

"아니다. 우리가 약간 물러나 주는 척하다가 동진군이 반쯤 강을 건넜을 무렵에 강력한 우리 기병대를 돌진시켜 적군을 포위하고 반격을 가한다면 승리할 수 있을 것이다."

부융도 황제의 의견이 탁견이라며 찬동했다. 결국 전진 군영 전체에 조금씩 뒤로 물러나라는 명령이 하달되었다. 그런데 마냥 평범해 보이는 이 명령에 치명적 결함이 있었다. 당시 한꺼번에 너무도 많은 군대가 집결된 탓에 대규모 병사들과 군마, 병장기와 무기들을 뒤로 후퇴시키는 것이 여간 고역스러운 일이 아니었던 것이다.

"무슨 일이야, 후퇴야 뭐야? 갑자기 왜 뒤로 물러나래?"

"안 돼, 뒤쪽으로 병사들이 너무 많아 꼼짝할 수가 없는데 어떻게 뒤로 빠지라는 거야?"

한순간에 전진 군영 전체가 술렁이며 커다란 소란에 휩싸이고 말았다. 건너편에서 이 모습을 바라보던 동진의 군영에 마침내 도강 명령이 떨어졌다.

"자, 지금이다. 전원 도강하라! 적의 대오가 흔들리는 것이 눈앞에 보이질 않느냐? 저렇게 쉽사리 동요하는 적진을 더 세게 흔들어 댈 때가 바로 지금이닷. 두려워 말고 일제히 강을 건너라! 둥둥둥!"

마침내 강물로 뛰어든 동진의 선봉대가 재빠르게 강을 넘어오기 시작했다. 그사이에 혼란에 빠진 전진의 군영에선 이를 막아 낼 여유가 없었다. 이윽고 강기슭에 도착한 동진군이 맹렬하게 진격해 오자, 전열에서 이 모습을 목도한 전진의 군사들이 멈칫하여 뒤로 물러나려 애쓰는 가운데, 갑자기 한꺼번에 군영이 와르르 무너지고 말았다. 동시에 공포심으로 가득한 병사들끼리 앞다투어 먼저 달아나려다 보니 서로 밟고 넘어지면서, 전진 군영이 순식간에 거대한 아수라장으로 돌변해 버렸다.

부견은 눈앞에서 벌어지는 예기치 못한 사태에 자기 눈을 의심할 정도로 아연실색해 버렸다. 도중에 반격을 가한다는 작전을 군사기밀에 부친 터라 일반병사들은 자세한 내막을 알 리가 없었고, 어디선가 날카롭게 들려오는 '후퇴'라는 소리에 모두들 공포심에 사로잡혔던 것이다. 이를 놓치지 않고 동진 군대의 매서운 공격이 가해지니 전진의 병사들은 변변히 반격할 겨를도 없이 속수무책으로 쓰러져 나갔다. 그 와중에 날카로운 고함 소리가 혼란스러운 전쟁터 여기저기를 가로질렀다.

"졌다! 우리가 졌다! 살려면 어서 도망쳐라!"

주서가 심복들을 시켜 후퇴 중인 병사들 속에서 고함을 지르며 선동에 나서게 한 것이었다. 이런 외마디 소리가 병사들로 하여금 전쟁에 패한 줄로 믿게 만들었고, 전의를 상실한 전진의 병사들이 필사적으로 달아나려 애썼다. 이들이 영문도 모른 채 비수를 향해 속속 다가오던 전진의 후속부대를 향해 소리쳤다.

"패전이다! 패전, 모두 달아나라!"

그 소리에 패퇴하던 병사들과 후속부대의 병사들이 한데 뒤엉켜 곳곳에서 또다시 아수라판이 재현되고 말았다. 그 와중에 수많은 전진의 병사들이 아군들끼리 혹은 군마 등에 뒤엉켜 밟혀 죽었다. 살아남은 병사들도 밤낮으로 패주하던 중에 동진군에 잡혀 죽거나, 대부분은 굶주림과 추위로 희생되었는데 열에 일곱, 여덟의 군사들이 제대로 싸움도 못 해 본 채 전사하고 말았다.

그뿐이 아니었다. 원정군의 총사령관 격이었던 부융도 전투 중에 전사해 버렸고, 황제인 부견조차 흐르는 화살에 맞아 부상을 입고 말았다. 간신히 목숨을 건진 황제 일행이 회수 이북을 전전하다, 주민들로부터 더운물에 말은 밥을 겨우 얻어먹을 수 있었다. 황제가 고마움의 표시로 비단 10필과 솜 10근을 주려 했으나, 노인이 사양하면서 말했다.

"폐하께서는 안락함이 싫증 나서 전쟁을 일으키셨겠지만, 우리는 그런 폐하를 아버지처럼 모시고 살아야 한답니다. 아들이 아버지께 밥을 드리는데 무슨 보상이 필요하겠습니까?"

노인이 황제의 뇌를 때리는 말을 내던지고는 뒤도 돌아보지 않고 가 버렸다고 한다. 부견은 모용수를 비롯해 후방에 주둔하고 있던 부대와 패잔병들을 모아 일단 가까운 낙양으로 들어갔다. 그 후 상황이 진정된 것을 확인하고는 비로소 도성인 장안으로 향했는데, 도성에서는 그가 총애하는 장부인이 기다리고 있었다. 만신창이가 되어 겨우 長安으로 돌아온 부견이 장부인을 부여잡고 통한의 눈물을 흘렸다.

"내가 장차 무슨 면목으로 천하를 다스릴 수 있단 말이오, 흑흑!"

석 달 전 원정길에 나설 때만 해도 백만 대군을 거느리며 위풍당당했던 부견이었지만, 장안까지 그를 따라 돌아온 병사들은 고작 10만에 불과할 뿐이었다.

중원의 절대강자 〈전진〉이 백만 대군을 동원하고도 그 1/10도 안 되던 〈동진〉에게 무참하게 패한 전투, 그때까지 인류 역사상 최대 규모로 치러졌을 기상천외奇想天外의 이 전쟁을 두고 사람들은 〈비수대전淝水大戰〉이라 불렀다. 비수대전은 직접적으로는 〈전진前秦〉과 〈동진東晉〉의 전쟁이기도 했지만, 크게 보면 〈북방민족〉과 화하 〈漢족〉 간의 대결이라는 성격을 내포하고 있었다.

전쟁의 결과가 워낙 커서 당장 중원의 판도를 뒤바꾸는 계기가 되었지만, 길게 보아도 비수대전 이후로는 중원의 역사에서 북방민족이 장강을 넘어간 사례가 드물 정도였으니, 그 후유증trauma이 얼마나 지대한 것이었는지 짐작할 수 있다. 거대하게 휘몰아치던 북방민족의 강력한 힘 앞에 굴하지 않고, 죽기를 각오하고 맞섰던 동진의 지도부, 특히 사謝씨 일가의 분전은 동진이라는 자신들의 조국은 물론, 한족漢族 전체를 구하고 그들의 자존심을 한껏 드높이는 전기轉機를 마련해 주었던 것이다.

반면, 〈비수대전〉의 씻을 수 없는 참패와 그 후유증으로 전진前秦의 국운은 날로 쇠퇴해질 수밖에 없었다. 그동안 부견의 발아래 머리를 조아렸던 소수민족의 수장들이 총총히 부견의 곁을 떠나고 말았다. 그런데 모용수의 3만 군대는 당시 후방의 운성을 지키느라 비수에서의 전투에 참가하지 않아 온전한 상태였다. 얼마 후 부상을 당한 부견이 패잔병들을 잔뜩 이끌고 나타나자, 모용수의 아들 모용보가 아버지에게 말했다.

"진秦의 주군이 우리에게 몸을 의탁했으니, 이것이 하늘이 우리 연燕에게 주는 기회가 아니고 무엇이겠습니까? 결정적인 순간을 노리셔야 합니다……"

그러나 모용수는 아들의 말에도 머뭇거렸다.

"옳은 말이다. 그러나 秦의 주군은 우리에게 큰 은혜를 베풀지 않았더냐? 그가 위태로움에 빠진 이때 어찌 그를 해치겠느냐?"

아들은 물론 그의 측근 부하장수들 대부분이 전진의 황제 부견을 이 기회에 처치해 버리자며 재촉했지만, 모용수는 부견에게 입은 은혜를 저버릴 수 없다며, 휘하의 3만 병사를 모두 부견에게 돌리고 황제를 따라 장안으로 향했다. 부견 일행이 함곡관을 목전에 둔 민지에 이르렀을 때 모용수가 부견에게 청을 넣었다.

"북방의 여러 부족들이 이번 패전을 빌미로 동요하고 있으니, 삼가 조서를 받들어 유주 일대의 흉흉한 민심을 달래고자 합니다."

그러자 부견의 측근들이 그 와중에 모용수를 그의 고향으로 보내 주는 것은 우리 안의 매를 풀어주는 격이라며 반대하고 나섰다. 그러나 부견이 머리를 가로저었다.

"필부도 말을 뒤집지 않거늘, 이미 허락한 일이니 할 수 없다. 천명에 따라 흥하고 망하는 일이라면 내 뜻과도 상관없는 일이 아니겠느냐?"

그러자 상서좌복야 권익權翼이 따끔한 말을 남겼다.

"폐하께서는 사소한 신용은 중히 여기시고, 정작 사직을 가벼이 여기고 계십니다. 이번에 모용수가 떠나면 그는 다시는 돌아오지 않을 것입니다. 관동의 혼란이 바로 그로부터 시작될 것입니다."

권익은 부견의 남정南征을 강력하게 반대한 인물이었다. 그럼에도 부견은 이번에도 권익의 말을 귀담아 두지 않고, 모용수에게 3천의 군사를 내주고 그를 떠나게 해 주었다.

그렇게 모용수垂 일행이 안양(하남)에 도착하자, 부견의 아들 장락공 부비符丕가 이들을 맞이했다. 상황을 잘 알고 있던 부비가 이때 모용수를 제거하려다 차마 죽이지 못하고, 일단 업성 부근에 유폐시켜 놓았다.

그때 적빈翟斌이라는 흉노의 잔당이 반란을 일으켜 낙양을 공격하는 일이 발생했다. 장안의 부견이 즉시 모용수에게 사람을 보내 낙양의 적빈 무리를 토벌할 것을 명했다.

부비는 어차피 오랑캐들끼리의 싸움이라 생각하고, 병든 2천의 병사와 낡은 갑옷을 내주고 모용수를 낙양으로 내려보냈다. 위기를 모면한 모용수는 낙양으로 가는 도중에 부지런히 자원 병력을 거두기 시작했는데 열흘간 8천의 병사가 모여들었고, 황하를 건널 무렵에는 무려 3만의 군사를 거느리게 되었다.

해가 바뀐 384년 정월, 모용수의 군대가 마침내 낙양에 당도했다. 그런데 낙양을 공격하던 적빈의 무리 속에는 옛 전연 출신의 장수들이 뒤섞여 있었다. 이들이 적빈을 설득한 끝에 오히려 다 같이 모용수의 휘하로 합류해 버리는 뜻밖의 사태가 벌어지고 말았다. 모용수가 낙양에 입성하려 들자, 낙양을 지키던 부휘가 모용수를 의심해 성문을 굳게 닫고 열어 주지 않았다. 모두들 낙양성을 공격하자고 성화였으나, 모용수의 생각은 달랐다.

"낙양의 지세가 사방으로 탁 트인 곳이라 함락에 성공하더라도 지켜내기가 어려운 곳이오."

이제 겨우 자신의 군대를 결성한 모용수로서는 어차피 지켜 내지도 못할 城이라면, 공연한 전투로 모처럼 어렵게 모은 병력을 손상시키고 싶지 않았던 것이다. 결국 모용수와 적빈의 군대가 말머리를 돌려 동북쪽의 업으로 향했는데, 이때 형양滎陽태수 여울餘蔚과 창려(창평) 출신 선비 위구衛駒 등이 무리를 거느리고 항복해 왔다.

〈서부여〉의 왕자였던 여울은 십여 년 전 부견이 〈전연〉을 멸망시킬 때 업성의 북문을 열어준 죄가 있었으니, 제일 먼저 투항할 수밖에 없었을 것이다. 다행히 모용수는 당시의 상황을 잘 알고 있던 데다, 한 사람의 장수라도 아쉬운 때였기에 여울을 전과 같이 형양태수로 삼고 중용했다. 이처럼 모용수는 감정을 앞세우기보다는 냉철한 이성으로 현실적 판단을 할 줄 아는 지도자였던 것이다.

이들이 형양에 도착해서는 모두가 한목소리가 되어 모용수를 대장군 대도독 연왕燕王으로 추대했다. 이로써 370년경 모용씨의 나라 옛 〈전연前燕〉이 망한 뒤로 14년 만에 그 후신인 〈후연後燕〉이 새롭게 건국된 셈이었다. 아울러 동생인 모용덕을 범양왕에, 조카 해楷를 태원왕에, 적빈을 하남왕에 책봉했다. 여울 또한 정동征東장군 통부統府좌사마에 올라 부여왕扶餘王에 책봉되었으니 그는 이제 〈후연〉의 개국공신이나 다름없었고, 이로써 서부여 왕족들이 모용선비와 어울려 그 주축 세력의 하나로 자리 잡는 모양새가 되고 말았다.

이후 모용수의 아들과 동생 등 혈족들이 오환과 흉노, 정령 등 북방 출신 병사들을 모아 군세를 더욱 키워 나가니, 모용수의 휘하에 이들 혼합군의 규모가 어느덧 20만에 이르렀다. 이윽고 연왕에 오른 모용수가 주위에 명을 내렸다.

"이제 때가 되었으니, 업성으로 가서 진秦을 깨부수고 10여 년 전의 한을 풀어야 할 것이다!"

모용수가 위풍도 당당하게 후연의 대군을 이끌고 석문石門에서 황하를 건너 업鄴으로 향했다. 그러나 난공불락의 업성(하북 형태邢台)을 공략하는 일은 결코 쉬운 일이 아니었다. 燕軍이 이후로 〈전진〉의 부비가 지키는 업성을 포위한 채 지리한 공방전을 펼쳤으나 끝내 성을 함락시키는 데 실패하고 말았다. 결국 북쪽으로 물러난 모용수는 부득이 나라의 도읍을 중산中山(하북정현)으로 정해야 했다.

모용수가 우여곡절 끝에 〈후연〉을 건국하기는 했지만, 아직은 〈전연〉의 옛 강역 전체에 그 영향력이 미치지 못한 상태에서 〈전진〉의 잔당 세력과 치열하게 다투기 바빴다. 그 틈을 노리고 385년 7월, 후연의 건절建節장군 부여암扶餘巖이 중산 서쪽의 무읍武邑에서 4천여 군사를 이끌고 모용수에게 반기를 드는 뜻밖의 사태가 벌어졌다.

〈서부여〉 출신으로 보이는 부여암이 곧바로 북쪽 유주幽州로 이동해 재빨리 〈전연〉의 수도였던 계薊(역현)를 점령하고는, 수천 호의 민호들을 포로로 삼았던 것이다. 얼마 후 그는 계성의 바로 아래쪽 영지성令支城(신성진新城鎭 일대)으로 이동해 웅거했는데, 서부여 멸망 후 40년 만에 서부여의 부흥운동이 개시된 모습이었다.

당시 부여왕이 된 여울이 모용수의 최측근이었던 만큼 여암과는 무관한 일로 보였으며, 실제로도 여울은 390년 좌복야에 올라 최상의 권력을 누린 후 396년경 세상을 떠났다. 오히려 이듬해인 386년 부여백제 여구왕의 뒤를 이은 여휘餘暉왕이 〈동진〉으로부터 '진동장군백제왕'의 관작을 받아낸 것으로 보아, 부여암은 반도로 이주한 대방계 부여백제와 연관이 높을 가능성도 있어 보였다.

그즈음 난하 바로 동쪽의 〈고구려〉는 고국양제 즉위 2년째였다. 그해 385년 6월에 〈전진〉의 황제 부견이 요장姚萇에게 피살되었다는 소식이 들어왔는데, 곧이어 〈후연〉의 부여암이 반기를 들고, 요서 지역의 계성과 영지성을 차지했다는 보고가 들어왔다. 그런데 생전의 부견이 업을 장악한 이후로는, 동진 원정에 매달리느라 요수遼水 일대에 신경을 쓰지 못했다. 동쪽의 고구려 역시도 전진과 국경을 마주하고 있는 형편이라 사태를 지켜보고만 있던 사이에, 〈거란〉이 슬며시 요동으로 내려와 너른 지역을 차지하고 있었다.

고구려 조정에서는 당시 부견이 죽었다는 소식에 잔뜩 고무된 터였기에, 거란이 깔고 앉은 요동 땅을 더 이상 내버려 둘 이유가 없었다. 더구나 모용수가 전년도에 〈후연〉을 다시 일으킨 채 〈전진〉의 잔당 세력과 다투고 있었기에, 모용수가 북상하기 전에 요수 일대를 선점할 필요가 있었다. 결국 다급해진 고국양제가 아우인 붕련에게 요동 서쪽으로의 출정을 명했는데, 사실상 소수림제 이후 처음 있는 일이었다.

"부여암이 영지를 차지했으니, 그 북쪽에 들어선 거란을 이대로 놔둘 수가 없다. 주병대가 붕련은 용궐龍厥, 해언解彦 등과 함께 4만의 정병을 이끌고 토성兎城과 장무章武 두 성을 반드시 빼앗도록 하라!"

붕련이 이에 고구려의 대군을 거느리고 서쪽을 향해 진격하니, 모처럼의 출정에 사기가 오른 고구려군이 요동과 현도군에 속해 있던 두 城을 손쉽게 점령할 수 있었다. 그런데 붕련이 이때 주위 장수들에게 단호하게 명하였다.

"기왕 여기까지 내려온 김에 아예 모용 놈들의 본거지였던 용성龍城까지 치고 나갈 것이다. 작은 승리에 자만하지 말고 각오들을 단단히 하도록 하라!"

그리하여 고구려군이 북경 아래 〈전연〉의 수도였던 용성까지 진격해 들어가 파죽지세로 공격을 가했다. 소식을 들은 모용수가 대방왕 모용좌佐를 시켜 용성을 지키게 했으나, 고구려군의 맹렬한 공격에 끝내 성이 무너지고 말았다. 이때의 〈용성전투〉에서 학경郝景을 포함한 열 명의 후연 장수들이 전사하는 낭패를 당했다. 고구려군이 그동안의 설욕에 대해 분풀이라도 하듯 마음껏 노략질을 하고, 남녀 1만여 명을 포로로 붙잡아 개선했는데, 이때 무수히 많은 진보珍寶와 값진 노리개들을 노획해 왔다. 실로 오랜만의 쾌거였다.

뒤늦게 고구려 수중에 용성이 떨어졌다는 소식에 〈후연〉의 모용수가 대노했다. 그가 즉시 열옹에 머물던 아들 모용농農을 불러들여 후방을 평정할 것을 명했다.

"뒤쪽이 어수선해서는 아무 일도 할 수 없다. 병력을 줄 테니 너는 즉시 북으로 진격하되, 범성凡城을 거쳐 용성으로 진입하도록 해라. 이때 군사들을 가능한 신속하게 움직이게 해서 구려군이 전혀 눈치채지 못하도록 하는 것이 중요하다!"

그해 8월, 마침내 〈후연〉의 모용농이 보기병 3만을 이끌고 은밀하게 북진해 왔다. 모용농이 이때 범성을 거쳐 신속하게 용성으로 향했는데, 3만 정병을 사방으로 흩어지게 한 다음 마치 분묘를 손보는 시늉을 하면서 병사들을 몰래 잠입시키는 데 성공했다. 성안으로 들어온 모용농의 군사들이 신속하게 한 곳에 모여 궐기하는 바람에, 고구려군이 허망하게 용성을 내주고 말았다. 11월이 되어서도 이들은 전혀 싸울 뜻이 없는 척 돌아다니다가 돌연 장무성章武城으로 한꺼번에 몰려들어 성을 공격해 대기 시작했다.

"적들이다. 선비 놈들의 기습이다! 둥둥둥!"

화들짝 놀란 고구려 장수 뉴비가 이들을 저지하려 맞섰으나, 갑작스러운 기습을 막지 못해 전투에서 패배했고, 안타깝게 목숨까지 잃고 말았다. 장무성 탈환에 성공한 모용농이 급히 군대를 동북쪽으로 돌려 이번에는 토성菟城(홍륭 일원)으로 쳐들어왔다. 성을 지키던 장수 용궐龍厥이 병사들에게 주눅들 필요 없다며 독전을 외쳤다.

"모두들 잘 들어라! 저놈들이 누구더냐? 40년 전 우리 토성을 불태우고 태후마마 및 동포들을 끌고 가 온갖 굴욕을 안긴 선비 놈들이다. 지난번 우리에게 패했던 놈들과 하나도 다를 바 없다. 용감하게 맞서 성을 사수하자!"

현토성의 고구려 병사들이 맹렬히 맞서 싸운 결과, 이번에는 모용농의 군대가 성을 넘지 못하고 퇴각해야 했다. 모용씨 형제들은 옛날부터 이처럼 간교하기 짝이 없는 위계를 자주 사용했는데, 죽음이 난무하는 전쟁터에서는 그저 속는 측이 어리석을 뿐이었다.

그 무렵 고구려의 때아닌 원정에 놀란 부여암은 사방으로부터 고립된 채로 영지성(신성진 일대)을 굳게 지키고 농성을 지속하고 있었다. 그해 11월 어느 날, 초병이 달려와 급한 보고를 했다.

"아뢰오, 지금 성 밖에 대군이 나타났는데 구려군이 아니라, 연燕나라 군사들의 깃발이 나부끼고 있습니다."

"무엇이라, 燕의 깃발이라고?"

부여암이 놀라서 다급히 성루로 뛰어 올라가 보니, 과연 〈후연〉의 군사들이 성 밖에 가득했다. 용성과 장무성을 탈환한 모용농의 군대가 남하해 어느덧 영지성까지 다다른 것이었다. 그러자 후연 진압군의 위세에 놀란 여암의 병졸들이 두려움에 휩싸인 나머지, 하나둘씩 성을 넘어 속속 후연 진영으로 들어가 투항하기 시작하니 여암 형제가 고심에 빠졌다.

"병졸들이 싸움을 포기한 채 달아나니 큰일이다. 적들이 성벽에 대한 공격을 개시하면, 필시 중과부적으로 오래 견디지 못할 것이다……"

燕軍에 포위된 채 별 뾰족한 방법을 찾지 못한 부여암이 결국 제대로 싸워 보지도 못한 채, 끝내 성을 내주고 말았다. 모용농은 부여암 형제를 가차 없이 참살해 버렸다. '서부여의 부활'을 꿈꾸던 부여암이 위기의 순간에도 차마 고구려에 손을 벌리지 못한 채, 장렬한 최후를 맞이하고 만 것이었다. 모용농은 이후로 요동遼東태수를 칭했는데, 동쪽의 고구려와 대치하면서 서둘러 그 서쪽의 방어에 나섰다. 모용수는 전진 황제 부견이 죽고 난 뒤 이듬해인 386년 정월, 61세의 나이에 비로소 〈후연〉의 황제를 칭하기 시작했다.

그 직전인 384년경, 숙부인 모용수가 업鄴으로 달아났다는 소식에 모용준의 아들 북지장사北地長史 모용홍泓은 반대 방향인 관중 쪽으로 달아나 수천 명의 이민족을 규합했다. 그런 다음 장안 동쪽 인근의 섬서 화음華陰에 진을 치고, 스스로 제북왕齊北王을 칭했다. 부견이 부예符睿와 요장 등에게 5만 군사를 내어 모용홍을 토벌하게 했는데, 이때 부예가 요장의 충고를 무시한 채 싸움을 서두르다 모용홍에게 패해 전사하고 말았다. 요장이 부견에게 부예의 죽음을 보고하자, 대노한 부견이 요장이 보낸 전령들을 모조리 죽여 버렸다.

소식을 듣고 고심하던 요장이 마침내 부견과 헤어질 결심을 했다.

"아무래도 부견이 판단력을 잃은 듯하니 더는 아니 되겠다. 이제부터 우리 부족들이 모여 있는 서쪽으로 향할 것이다!"

요장이 그 길로 강羌족의 고장인 천수天水(감숙)로 피했는데, 아니나 다를까 그 일대에 살던 강족 백성들이 동족의 수장인 요장姚萇을 열렬히 환영해 주었다. 요장이 그렇게 강족들을 규합하니 한순간에 5만여 호가 그의 휘하로 들어왔다. 결국 요장이 스스로 대장군 대선우라 칭하면서, 천수에서 새로이 강羌족의 나라를 세우고 말았다.

〈전진〉의 토벌군을 격파한 모용홍은 내친 김에 전진의 도성인 장안을 향해 진격하는 과감한 행보를 보였다. 그러나 그사이 뜻하지 않은 사태가 발생하고 말았다. 평소에 모용홍이 부하들에게 지나치게 가혹하게 굴다 보니 그가 덕망과 지략에 있어 아우인 모용충沖에 미치지 못한다며, 홍泓의 부하들이 그를 살해하고 모용충을 황태제로 옹립했던 것이다.

그 무렵 〈전진〉 황제 부견은 천수로 달아난 요장姚萇이 강족을 규합해 새로운 나라를 건국했다는 말에 크게 분노했다.

"강족 놈이 끝내 나를 배반하다니……. 비수전투에서 졌다고 이젠 나를 대놓고 무시하려 드는구나. 내 결코 용서치 않을 것이니라!"

부견이 친히 군대를 이끌고 요장 토벌에 나서자, 요장은 멀리 북지로 달아나 대치했다. 동시에 요장은 아들 요숭을 부견에게 인질로 보내 싸울 뜻이 없다며, 계속해서 화의를 요청했다. 그런 와중에 부견에게 또다시 날벼락 같은 보고가 들어왔다.

"속보요, 제북의 모용충이 지금 대군을 이끌고 장안으로 진격 중이라 하옵니다!"

"허어, 이것 참 점입가경이로다……"

참담한 소식에 장탄식을 하던 부견이 별수 없이 북지에서 군대를 되돌려 부리나케 장안으로 돌아가야 했다.

부견은 이내 부방을 보내 여산(섬서임동)을 지키게 하고, 부휘에게 5만 군사를 주어 장안을 사수하게 했다. 그러나 부휘의 방어군은 정서 인근에서 벌어진 전투에서 모용충의 군대에 패배해, 장안으로 쫓겨 들어오고 말았다. 부견이 어린 아들 부림에게 추가로 3만 군사와 장수를 딸려 보내 모용충을 막도록 했으나, 이들 역시 패하고 말았다. 384년 7월, 마침내 모용충이 장안의 아방궁으로 입성했다. 모용충은 어릴 적부터 뽀얗고 하얀 피부에 예쁘장한 외모를 지녀, 부견이 일찍이 자신의 남색 대상으로 삼았던 인물이었다. 소식을 들은 부견이 땅을 치면서 통곡했다.

"아아, 내가 일찍이 왕맹의 말을 듣지 않고 저 하얀 선비놈을 살려 두었다가 이 수모를 당하게 되었구나. 꺼이꺼이!"

부견은 황망한 중에도 부득이 일족들을 거느리고 장안성을 나와, 북쪽으로 피해야 했다. 이제 부견에게서는 백만 대군을 호령하던 〈전진〉 황제의 당당한 위용을 더 이상 찾아볼 수 없었다. 모용충이 장안을 공략하는 동안, 강족의 대신들도 요장에게 서둘러 장안을 치자고 입을 모았다.

"대선우께서 먼저 장안을 빼앗고 기본을 갖춘 다음, 사방을 경영하셔야 합니다."

그러나 요장의 생각은 부하들과는 달랐다.

"燕의 무리들은 언제든 고향 땅으로 돌아갈 궁리만을 하는 법이다. 그러니 설령 관중을 차지하더라도 그리 오래가진 않을 것이다. 그사이 나는 영북(섬서예천)에 머물러 장차 秦이 망하고 燕의 무리가 장안을 떠날 때를 기다리면서 물자를 쌓으면 될 것이다."

385년 7월 무렵, 끝내 모용충에게 쫓겨 장안을 탈출한 부견이 오장산五將山까지 도망쳐 왔다. 이때 끝까지 그를 따라온 호위병이 고작 10여 기騎에 불과했다니, 영락없이 한신에게 쫓기던 초패왕 항우를 다시 보는 듯했다. 이때 요장이 부장 오충吳忠을 보내 오장산을 포위한 끝에, 전진의 황제를 생포하는 데 성공했다. 포박된 채로 요장의 눈앞에 나타난 부견을 향해 요장이 전국새를 넘기라고 요구하면서, 그리하면 은혜를 베풀 수도 있다고 회유했다. 그러자 부견이 두 눈을 부릅뜬 채 요장에게 사납게 욕설을 퍼부었다.

"어린 강족 놈이 감히 천자를 핍박하는 게냐? 옥새는 일찌감치 진晉으로 보내 버려서 지금 내게는 아무것도 없느니라!"

그럼에도 요장은 인내심을 갖고 부견이 갇혀 있는 감옥으로 수하를 보내, 전진의 황위를 양위할 것을 설득하게 했다. 부견이 이를 비웃으며 말했다.

"선양이라? 그것은 성현의 일이거늘, 내 어찌 요장 같은 반란의 도적

놈에게 선양을 하겠느냔 말이다."

사실 부견은 강족의 수장인 요양에 이어 그 아들인 요장을 아끼고 후대한 까닭에, 더욱 자신의 처사에 화가 치밀었던 것이다. 요장은 이때 부견을 신평현의 한 절로 옮기고 한동안 유폐시켜 놓았다. 이후 고심을 거듭하던 요장이 끝내는 수하를 보내 부견의 목을 졸라 살해하고 말았다. 이로써 〈전진〉 황제 부견은 한때 자신에게 충성하던 옛 부하의 손에 덧없이 죽고 말았다. 그는 죽기 전에 자신의 손으로 두 딸을 죽였고, 자신이 가장 총애했던 장부인과 태자 부선에게도 자살을 명했는데, 48세의 나이였다.

부견은 처음부터 중원 여러 민족의 융합을 표방했던 인물이었다. 이를 위해 그는 한때 자신의 동족인 저氐족 백성들을 동쪽으로 이주시키고, 선비족들을 서쪽으로 보내는 무리수를 두었는데, 그로 인해 장안 주변에는 선비족들의 수가 훨씬 많게 되었다. 〈비수대전〉의 참패를 안고 장안으로 돌아온 그에게 제일 먼저 등을 돌린 사람들이 하필이면, 그가 관중으로 이주시켰던 선비 모용씨였다. 부견이 이때 비로소 반란의 중심인 〈전연前燕〉의 폐제 모용위暐를 죽였으나, 그의 아우 모용충이 끝내 선비족을 규합해 장안을 빼앗고, 나라를 세운 다음 칭황을 했던 것이다.

부견은 늘 덕德으로 세상을 다스리고 천하의 인재를 두루 구한다는 명분으로, 병합 대상의 군신들을 중용하고 후하게 대하려 애썼다. 그러나 그의 이런 대범한 태도는 상식을 벗어난 비현실적인 행보에 불과한 것이었다. 결국엔 그가 끌어안으려 했던 많은 사람들이 자신의 영달이나 조국의 이름을 내세워 줄줄이 그를 배신했기 때문이었다.

원래 부견은 사촌형이던 부생符生을 두려워할 정도로 신중한 성격이었으나, 〈전연〉을 함락시키고 화북을 통일한 이후로 급격히 변화된 모습을 보였다. 이때부터 그는 실로 秦시황이나 漢의 유방처럼 통일 중국의 황제를 꿈꾸기 시작했고, 지독한 휴브리스hubris의 덫에 빠진 이상주의자로 변해 있었던 것이다. 요장은 스스로 부견의 나라를 계승한다는 의미에서 자신이 세운 나라의 이름을 그대로 秦이라 부르게 했는데, 사람들은 부견의 〈전진前秦〉과 구별하기 위해 〈후진後秦〉이라 불렀다.

〈전진〉의 황제 부견이 죽었으나, 업성에는 여전히 그의 아들 부비符丕가 있어 황위를 이어받았다. 이듬해인 386년이 되자 부비는 전국에 격문을 돌려 모용수의 〈후연〉과 요장의 〈후진〉을 토벌하고자 맹동(섬서 대현)으로 집결하라는 명을 내리는 한편, 멀리 남안(감숙농서)에 주둔해 있던 사촌동생 부등과의 연대를 모색했다.

그 무렵 장안에서도 사달이 났다. 장안을 차지했던 모용충 또한 부하들에게 피살되면서 수차례 내란이 반복되고, 그때마다 주인이 바뀌었다. 그 와중에 40여 만에 이르는 선비족들이 장안을 버리고, 동북의 고향을 향해 이주하기 시작했다. 그러나 〈후연〉의 모용수가 황제에 올랐다는 소식에 이동을 멈추었고, 마지막으로 모용영永이 옹립되었는데, 그는 모용수에게 사신을 보내 〈후연〉에 복속하겠다는 뜻을 밝혔다. 아울러 〈전진〉의 부비에게도 사람을 보내 청을 하나 넣었다.

"우리가 연의 고향 땅으로 돌아가고자 하니, 황제께서 잠시 길을 열어 주었으면 합니다!"

그렇지 않아도 부비는 자신의 나라를 배반하고 새로 생긴 동쪽의 〈후연〉과 서쪽의 〈후진〉을 잔뜩 노리고 있던 터였다. 모용영의 청을 들어준다면 모용수의 세력이 더욱 커질 것이 뻔한 일이었기에 부비는 일언지하에 거절해 버렸다. 결국 모용영과 부비의 군대가 양릉(산서임분) 근처에서 일전을 벌였는데, 전진이 대패하고 말았다. 부비가 수천의 기병을 이끌고 남쪽의 삼문협 부근으로 달아났으나, 이번에는 〈동진〉의 양위장군 풍해가 그를 기다리고 있었다. 풍해와의 전투에서 부비는 끝내 전사하고 말았다.

상황이 이쯤 되니 부비를 물리친 모용영은 모용수에게 복속하겠다는 당초의 생각을 바꾸었다. 모용영은 병주并州 남부 일대에서 전진의 잔당을 몰아내고, 장자長子(산서장치)를 도읍으로 삼아 아예 스스로 황위에 올랐다. 이를 〈서연西燕〉이라 불렀는데, 서연은 393년 여름 〈후연〉 모용수의 공격으로 끝내 단명하는 바람에 16國에 포함되지도 못하는 처지가 되고 말았다.

386년, 이제 〈전진〉의 유일한 잔존세력으로 남게 된 남안왕 부등이 기회를 엿보던 중 〈후진〉의 천수 일대를 습격했다. 후진의 황제 요장이 친히 나와 지원했으나, 황제 자신이 전투 중 부상을 당하는 등 2만여 군사들이 희생되면서 후진이 참패를 당하고 말았다. 부등이 후진의 대군을 격파하자, 부비의 아들 발해왕 부의 등 부符씨 일가 및 전진의 관료들이 부등에게 모여들었다. 그해 11월 주변의 권고로 죽은 부비에 이어 부등이 전진의 황제에 올랐다.

이제 〈전진〉의 황제가 된 부등이 5만의 군사로 후진을 공격하고 다녔는데, 엄격한 군율과 효율적인 방진법으로 연전연승을 하면서 마침내 장안으로 입성하는 데 성공했다. 이로써 〈전진〉의 부등은 부상을 입은 채 천수 일대로 물러난 〈후진〉 요장과의 싸움이 더욱 불가피해졌다. 부등은 그 자신이 훌륭한 역량을 갖춘 인물인 데다, 전진 자체가 정통성에서 앞서는 큰 대국이었기에 여러 맹장들을 거느릴 수 있었다. 부등은 장안 일대를 빠르게 장악함은 물론, 후진과의 전투에서도 곳곳에서 승리할 수 있었다.

그러던 387년경, 전진의 내부에서도 드디어 반란이 터져 나왔고, 그 바람에 요장의 후진에게 다시금 장안을 내주고 말았다. 391년 말, 요장은 안정을 공격해 온 부등을 격파하면서 5년 전 천수에서의 패배를 설욕하는 데 성공했다. 그러나 강족의 또 다른 영웅 요장의 시대는 거기까지였다. 2년 뒤인 393년 요장이 64세의 나이로 병사하는 바람에, 그의 맏아들 요흥姚興이 황위에 오른 것이었다.

전진의 부등이 숙적 요장의 죽음에 크게 기뻐했다.

"요흥은 아직 어린애에 불과하다. 내가 이제 곧 나뭇가지로 그의 볼기를 칠 것이니 다들 두고 보아라, 껄껄껄!"

당시 요흥의 나이 27세, 부등이 쉰의 나이였는데, 자식 같은 나이의 젊은 요흥을 가벼이 여기고 큰소리부터 쳤다. 부등이 이내 동쪽으로 군사를 몰고 내려와 위수渭水를 사이에 두고 후진의 군대와 일전을 벌였는데, 전투를 서두른 나머지 오히려 크게 패하고 말았다. 부등이 황망하게 잔당을 이끌고 영하자치구의 고원으로 숨어들었다가, 하남왕 걸복건귀에게 아들을 인질로 바치고 구원을 청했다.

결국 부등은 하남왕이 지원해 준 1만의 병력과 연합해 안정(감숙진원) 일대에서 후진의 요흥과 마지막 결전을 펼쳤다. 그러나 이 전투에서도 부등이 다시 패해 사로잡혔고, 끝내 요흥의 손에 처형되고 말았다. 석 달 뒤인 394년 10월, 부등의 아들 부숭마저 하남왕과의 전투에서 전사함으로써 〈전진前秦〉의 황통이 완전히 끊기고 말았다. 351년 저氐족의 부苻씨들이 나라를 건국한 이래 40여 년 만에, 화려한 명성을 뒤로 한 채 영원히 몰락하고 만 것이었다.

중원의 절대강자 〈전진〉이 덧없이 사라지고 나자, 이제 모용수의 〈후연〉과 강족 요흥의 〈후진〉이 동서東西로 대치하면서 중원의 새로운 강자로 떠오르기 시작했다. 그러나 당시 전진의 부재를 틈타 일어난 나라는 이 두 나라뿐이 아니었다. 〈서진西秦〉과 〈후량後涼〉, 〈남량南涼〉에 이어, 〈서량西涼〉과 〈하夏〉 등 사방 곳곳에서 여러 나라가 할거했고, 모용선비의 〈후연〉 또한 또다시 〈남연南燕〉과 〈북연北燕〉으로 갈라서고 말았다. 이로써 〈비수대전〉 이전에 부견에 의해 통일되었던 중원의 강역이 이후 10개의 나라로 분열된 셈이었다.

이 열 개의 나라에 비수대전 이전에 이미 소멸해버린 나라들, 즉 이특李特의 〈성한成漢〉, 유연의 〈漢〉(전조前趙), 장궤의 〈전량前涼〉, 석륵의 〈후조後趙〉, 모용황의 〈전연前燕〉, 부건의 〈전진前秦〉을 합해 모두 16개 나라가 되는데, 이를 〈5胡 16國〉이라 불렀던 것이다. 물론 이들 16국 외에도 〈염위冉魏〉, 〈代〉, 〈서연西燕〉, 〈구지仇池〉 등 빠르게 소멸해 버린 나라들까지 치면 20개국이 넘었고, 장강 아래로 漢족의 나라인 〈동진東晉〉이 따로 있었다. 이처럼 4세기의 중원대륙은 강성한 북방민족이 사방에서 우후죽순처럼 일어나면서, 걷잡을 수 없는 혼란의 한복판으로 빠져들던 시기였다.

그 무렵 〈전연〉과 〈전진〉 등의 북방 강국들이 차례대로 몰락하면서, 북쪽 내몽골 대동代同 일대에서는 후발 주자나 다름없는 탁발拓跋씨가 서서히 일어나 나라를 세웠다. 中部선비를 대표하던 이들은 과거 315년경 탁발의로猗盧가 사마씨의 〈서진西晉〉에 복속되어 〈대代〉나라를 이루었으나, 376년경 탁발십익건什翼健이 후계 승계에 실패해 서자에게 피살당하면서 멸망했었다.

이때 십익건의 어린 손자 탁발규珪를 데리고 그의 모친인 하란賀蘭씨가 친정인 하란부部로 달아나, 그곳에 의지하여 용케 명맥을 유지해 왔다. 그 후 탁발규가 장성하자 옛 〈代〉나라의 족장들이 그 수장의 혈손인

규珪의 밑으로 속속 모여들었다. 우여곡절 끝에 용맹한 탁발규가 십 대의 나이에도 불구하고 代가 멸망한 지 10년 만인 386년경, 선비鮮卑연맹을 성사시키면서 용케 나라를 재건하는 데 성공했다.

탁발규는 이후 三國시대의 맹주국이었던 조趙씨 위魏나라를 계승한다는 의미에서 나라 이름을 〈북위北魏〉라 고쳐 부르고 중원으로의 진출을 노리고 있었다. 이를 위해 그는 중원 출신의 지식인들을 대거 수용해 제도와 예의범절을 정비하는 한편, 궁전과 종묘를 지어 나라의 기틀을 바로 세우려 했다. 또 도량형을 통일하고 관직의 품계 및 행정구역과 군사제도를 손보았으며, 각종 법령을 정비했다.

이 밖에도 지역 상황에 따라 조세나 부역에 차등을 두는 등 합리적으로 나라를 다스리니, 위魏의 경제가 빠르게 호전되고 백성들의 생활과 함께 나라의 재정이 안정되게 되었다. 〈전진〉의 부견이나 〈후진〉의 요장, 〈전연〉의 모용황이 그랬던 것처럼, 그 역시 중원의 제도를 적극 도입하면서 선군善君의 자질을 유감없이 발휘했던 것이다.

그즈음에 〈북위〉의 남쪽으로 요흥姚興이 다스리는 〈후진〉이 다가오니, 두 나라가 자연스럽게 영토분쟁을 벌이며 충돌하기 시작했다. 그해에 요흥이 북위의 배후에 있는 모용수와의 연대를 시도한 끝에, 후연後燕을 끌어들이는 데 성공했다. 후연의 경우에도 그 직전에 〈서연西燕〉을 통합하고 팽창을 지속하던 중이라, 〈북위〉와의 충돌이 불가피한 측면이 있었기에 일종의 원교근공遠交近攻을 성사시킨 셈이었다. 〈후진〉의 젊은 황제 요흥의 행보가 이처럼 범상치 않은 것이었다.

395년, 먼저 〈북위〉 쪽에서 변방의 여러 부를 공격하며 싸움을 걸어왔는데, 그해 5월이 되자 〈후연〉의 모용수가 국력을 총동원해 북위에 대한 대대적인 반격에 나섰다. 당초 모용수는 탁발규가 일어나기까지 커다란 도움을 주었으나, 그 무렵 모용수가 북위를 경계하던 끝에 인질로 있던 규珪의 아우 고庫를 살해하면서 양쪽의 관계가 급속하게 악화되고 말았다.

모용수가 이때 8만의 대군을 출정시켜 오원五原으로 향하게 했는데, 선봉에는 아들 모용보寶를 내세웠다. 이어 모용덕德이 이끄는 후발대도 1만 8천의 병력으로 뒤를 따랐다. 탁발규가 이끄는 〈북위〉 또한 이 전쟁이 향후 중원 진출의 성패를 가름하는 분기점이 될 것으로 여기고 총력전으로 맞섰다.

그해 8월, 탁발규가 대군을 동원해 황하의 남쪽에서 군사를 훈련시킨 다음, 9월에 황하黃河가 흐르는 포두 인근까지 접근했다. 탁발건의 5만 기병은 황하의 동쪽을 막고, 탁발준의 7만 군대가 남쪽을 막기로 했다. 그리하여 양쪽의 大軍이 강을 사이에 두고 진을 친 가운데, 먼저 후연이 도강을 시도했으나 풍랑에 수십 척의 배를 잃게 되면서 대치 국면이 이어졌다.

탁발규가 이때 후연의 황제 모용수가 중병에 걸렸음을 알아내고는 후연의 진영에 황제의 사망설을 퍼뜨렸다. 모용보로 하여금 철군을 고민하게 하는 심리전을 펼쳤던 것이다. 이 때문에 결전을 앞둔 후연後燕 진영이 동요하면서 불안 심리가 확산되었고, 일부 장수들까지 철군을 권유하기도 했다.

"황제께서 지금 와병 중이라니, 일단은 물러나셔서 다음을 도모하시는 것이 좋겠습니다."

그 와중에 급기야 모용씨 형제들끼리 작은 내란이 발생하는 등 어수선한 분위기가 이어졌다. 결국 철군을 결심한 모용보가 도하용 배를 불태우게 하고는 포두 동쪽의 참합피參合陂(산서양고)로 이동하기 시작했다. 그런데 11월에 들어서자 갑작스레 폭풍 설한이 날아들고 기온이 급격하게 떨어지면서, 황하가 얼어붙고 말았다. 탁발규가 정예기병 2만을 추려 즉시 황하를 건너게 한 다음 빠르게 추격을 시작했다.

그 무렵 〈후연〉의 군대는 참합피 동쪽의 반양산 남쪽 강변에 도착해 군영을 설치했다. 그러나 병사들이 극심한 추위에 몸이 얼어붙어, 전투도 치러 보지 못한 채 동상으로 죽어 나가기 시작했다. 그사이 〈북위〉의 추격군은 배나 빠른 속도로 따라붙어 반양산의 뒤쪽에 도착했는데, 이때 탁발규가 지엄한 명을 내렸다.

"이제부터 한밤중의 어둠을 이용해 산 위로 올라갈 것이다. 모든 말에게 재갈을 물리게 하고, 병사들도 전원 나무를 물게 해 은밀하게 이동해야 한다!"

다음 날 아침에 날이 밝기 무섭게 반양산에서 북위의 기병대가 질풍처럼 쏟아져 내려와 후연 군영을 초토화시키기 시작했다.

"으앗, 위군의 기습이다. 경고북을 쳐라! 둥둥둥!"

잠결에 소스라치게 놀란 후연의 군사들이 달아나다가 병사들끼리 넘어지거나 군마에 짓밟혀 사망자가 속출했고, 강물로 뛰어들었다가 물에 빠져 죽는 등 1만여 명이 한꺼번에 목숨을 잃었다. 그 후 탁발준이 이끄는 북위의 군대는 사방으로 흩어져 달아나던 후연의 병사 4만, 5만 명을 사로잡았다. 후연의 나머지 병사들도 대부분 전투 중에 희생되거나, 추위와 굶주림 등으로 사망했다.

후연의 태자 모용보가 단기로 겨우 빠져나왔으나, 고작 수천의 병사들만이 살아남았을 정도로 거의 전멸에 가까운 참패를 당하고 말았다. 〈참합피전투〉에서 후연이 참혹하게 완패했다는 소식을 들은 모용수가 병상에서도 이를 갈며 다짐했다.

"두고 보자, 내년에는 더 큰 병력으로 반드시 보복을 가하겠노라! 끄응……"

그러나 무리하게 출병을 재촉하던 그가 396년 71세의 고령으로 병사하고 말았다. 패장이 된 모용보가 그의 뒤를 이어 황제에 올랐지만, 이때부터 〈후연〉이 수세에 몰리기 시작한 반면, 〈북위〉의 세력은 남쪽의 중원을 향해 빠르게 뻗어 나가기 시작했다.

6. 중원 삼강의 몰락

〈비수대전〉에서 미증유의 대역전으로 승리를 쟁취한 〈동진〉은 여세를 몰아 북진을 지속할 수도 있었을 것이다. 그랬다면 옛 〈서진〉의 땅을 되찾는 것이 가능했을지도 모를 일이었다. 그러나 동진 조정은 뜻밖의 대승을 올리고도 그렇게 하질 못했는데, 그동안에 쌓여 있던 내부 갈등, 즉 황제와 권신, 호족들과 농민들 간의 이해 상충이 표출되면서 더 이상 북벌을 진행시킬 여력이 없었던 것이다. 더구나 전쟁이 끝나고 2년 후, 동진을 구한 漢族의 영웅이자 재상인 사안謝安이 덜컥 사망하고 말았다.

곧바로 황제인 무제의 아우 사마도자司馬道子가 실권을 장악했으나, 이내 정치가 문란해졌고, 무제는 정치를 멀리한 채 주색과 유흥에 빠져 지냈다. 게다가 불교를 신봉한 나머지, 막대한 자금을 들여 곳곳에 사원을 건립하고 승려들을 가까이하더니, 〈구품관인법〉이 무색할 정도로 관료 등용의 질서마저 무너뜨리고 말았다. 끝내는 자신이 총애하던 귀인에게 이불에 덮인 채 질식사하는 어처구니없는 일까지 당하고 말았다. 무제의 15세 장남이 황위를 이었으나, 그는 정신박약이라 조정의 실권은 여전히 황숙인 도자가 주물렀다.

그러는 와중에 비수대전 승리의 주역인 북부군의 총수 자리는 무제의 처남으로 연주자사였던 낭야 왕씨 왕공王恭이 맡고 있었다. 398년경, 그가 혼탁한 정치를 바로잡겠다는 각오로 북부군을 동원해, 조정에 정치개혁의 압력을 가했다. 그러나 북부군의 실질적 수뇌는 낙간전투를 승리로 이끌었던 맹장 유뢰지劉牢之였다. 사마도자의 아들 원현元顯이 조정을 협박하던 왕공의 토벌에 나섰는데, 사람을 보내 유뢰지에게 자신의 뜻을 전하게 했다.

"왕공을 제거한다면 왕공이 지닌 직권 모두를 장군에게 넘길 것이오."

결국 유뢰지의 아들 경선敬宣이 왕공을 공격해 그를 체포한 다음, 건강으로 압송했고, 왕공이 이내 처형되고 말았다. 이로써 북부군에서는 유뢰지가 내부 출신 중 처음으로 군단장에 올랐고, 조정의 실권은 사마원현에게 옮겨가게 되었다.

그런데 사마원현은 유능하긴 했으나, 과격한 성격에 부하들을 가혹하게 대한 탓에 인심을 크게 잃은 듯했다. 이듬해 손은孫恩이란 장수가 반기를 들고 난을 일으켰는데, 불과 열흘 만에 수십만의 군사가 그를 따랐다. 당시 거듭된 전쟁에다 정치가 혼탁해지니 민초들의 삶이 피폐해지면서, 절강과 강소 일대에는 후한 말에 시작된 〈오두미교五斗米教〉가 크게 번졌다. 노자老子의 사상과 《도덕경道德經》을 믿음의 근간으로 삼던 이들 무리는 자신들끼리 신정神政일치의 집단생활을 추구했는데, 이때 손은을 지지했던 것이다.

이들의 세력이 점차 건강을 위협하는 수준이다 보니, 사마원현이 이를 토벌하고자 북부군을 출동시켰고, 이에 북부군이 장강을 따라 내려가 손은의 반란군을 공격해 해상으로 내쫓아 버렸다. 그 무렵 북부군北部軍이 도성을 압박하고 있다는 소식에, 환현이 이끄는 서부군西部軍도 형주를 출발해 동쪽의 도성을 향해 내려가기 시작했다. 환현桓玄은 동진의 정권을 찬탈하려 했던 환온의 아들이자 사마원현의 실질적 정적으로, 당시 조정의 무능을 크게 비판해 온 인물이었다. 환현마저 장강을 따라 도성으로 내려오고 있다는 소식에 사마원현은 그가 틀림없이 난을 일으킬 것이라며 크게 우려했다.

"무어라, 환현까지 내려오는 중이라고? 이거야말로 점입가경이로구나……"

갑자기 장강 일대에 무거운 전운이 감돌았고 〈동진〉 조정이 크게 술렁였다. 그러나 북부군이 손은의 반란군을 먼저 제압함으로써 서부군이 도성으로 들어올 명분이 사라지고 말았다. 다행히 고심하던 환현이 뱃머리를 돌려 무창으로 되돌아감으로써, 동진은 북부군과 서부군의 충돌로 인한 내란을 면할 수 있게 되었다.

그러나 환현 또한 그의 부친으로부터 황제가 되겠다는 야망을 물려받은 인물이었다. 환현이 사람을 보내 북부군을 장악하고 있는 유뢰지를 움직이기로 하고, 그의 친척을 보내 유뢰지와 내통했다.

"장군이 움직이지 않는 한, 사마원현은 허수아비나 다름없소. 그러니 환현이 일어나더라도 장군은 모른 척하시오. 그리하면 환현이 장군을 크게 우대할 것이라 약속했소."

결국 환현이 서부군을 이끌고 전격적으로 도성에 입성하니, 누구도 저항하지 못했다. 환현이 사마도자와 원현 부자를 일거에 제압한 다음, 그 일당 모두를 숙청해 버리고 드디어 조정의 권력을 장악했다. 이어서

음으로 자신을 도와준 북부군 총수 유뢰지를 회계내사會稽內史로 임명했다. 그러나 이는 사실상 유뢰지를 북부군으로부터 떼어내는 조치로, 군사적 실권을 빼앗으려는 의도였다. 분개한 유뢰지가 자기 수하들을 모아 강북에 웅거한 채로, 환현을 토벌할 기회를 노렸다. 그런데 이때 뜻밖의 일이 벌어졌는데, 유뢰지의 부하들이 수군거리며 하나둘씩 달아나기 시작했던 것이다.

"왕공에 이어 사마원현을 배반하고, 이번에 또다시 환현에게 등을 돌리려 하니, 세 번씩이나 배신을 밥 먹듯 하는 사람이 어찌 성공할 수 있겠소?"

결국 그의 수하들이 하나둘씩 그를 떠나 버리는 바람에, 천하의 유뢰지도 별수 없이 북쪽으로 달아나야 했다. 그러나 자괴감에 빠진 나머지 유뢰지는 도중에 스스로 자결을 택하고 말았다.

유뢰지가 사라지자 환현은 지금껏 자신에게 위협이 되어 온 문제의 북부군을 대대적으로 손보기로 작심했다. 그 결과 북부군에 속해 있던 고위급 장수들을 모두 참수해 버리고, 중간 이하의 간부들도 각지로 분산시켜 버렸다. 이어 자신의 사촌인 환수桓修를 총수로 기용해 〈북부군〉 전체를 장악하고자 했다. 그 와중에 해도에서 반란을 주도했던 손은도 자결을 택하고 말았다.

이처럼 환현이 북부군을 거의 해체 수준으로 와해시킨 다음, 이를 재조직하여 자신의 휘하에 두려 했으나, 북부군에 속해 있던 병사들은 그의 과격한 처사에 크게 반발해 증오심을 키우고 있었다. 사태가 모두 마무리되었다고 판단한 환현의 행보는 이후 거칠 것이 없었다. 순식간에 그는 태위, 대장군, 상국을 거친 다음 초왕楚王의 자리에 올랐다. 이듬해인 403년, 결국 환현이 마침내 정신박약인 안제安帝를 폐위시키고, 스스로 황제에 올랐는데 국호를 〈초楚〉로 고쳐 부르게 했다.

환현이 황제에 올랐으나 그는 말단 관료를 직접 뽑을 정도로 자잘한 일까지 간여했고, 그러다 보니 늘 신경질적인 데다 정서적으로 불안한 모습을 보였다. 문서의 글자가 틀렸다고 해서 좌승상 이하 관련된 관료들 전원을 파면시킨 적도 있었다. 그 무렵 북부군 출신의 유유劉裕라는 인물이 새롭게 등장했다. 그는 과거 유뢰지의 부장으로 〈오두미교의 난〉을 진압할 때 커다란 공적을 올려 널리 이름을 알렸는데, 하비(안휘 서주)태수를 맡고 있어서 유하비라고도 불렸다.

비록 미천한 신분이었으나, 야심을 품고 있던 유유가 환현의 일방적인 처사에 불만을 품고 있던 북부군 출신들을 규합하기 시작했다. 404년 2월, 유유가 환현에 대한 토벌을 기치로 반란을 일으켜, 경구성京口城을 빼앗고 북부군의 총수로 임명된 환수의 목을 베어 버렸다. 유유의 결사대가 곧바로 도성인 건강으로 진격했음에도, 환현은 적극적으로 진압에 나서지 못했다. 반란군의 기세가 두려운 나머지 일단 도성을 떠난 다음 장차 지구전을 택하겠다고 하자, 수하 장수들이 불만을 표출했다.

"제대로 싸워 보지도 않고 도망부터 가시려 하는데, 어디 갈 곳이라도 있는 것입니까?"

환현은 일가들을 챙겨 조상 대대로의 근거지인 강릉으로 몸을 피해 재기를 도모하려 했다. 건강으로 입성한 유유가 도성에 남아 있던 환씨 일족을 모두 제거한 다음, 이내 군사를 풀어 장강을 따라 환현을 추격하게 했다. 다급해진 환현이 다시 익주로 달아났는데, 도중에 그의 수하 장수가 황제를 살해해 버렸다. 〈초楚〉나라를 세웠던 36세 환현의 꿈은 고작 3개월이라는 초단명으로 허무하게 끝나고 말았다. 사태를 수습한 유유는 심양潯陽에 유폐되어 있던 안제를 건강으로 데려와 복위시켰으나, 무능력자인 그는 허수아비나 다름없었다.

그 후 유유는 오래도록 〈동진〉의 실권자로 행세하면서 인내했다. 그러던 418년, 유유가 마침내 안제를 시해한 뒤, 동진의 마지막 황제 공제恭帝를 내세웠다. 그나마 2년 후인 420년에는 공제마저 협박해 선양을 받아 내고 말았다. 유유가 이때 새로이 〈송宋〉나라를 세우고, 황제에 올랐으니 이때부터 비로소 〈남조南朝〉 시대가 시작된 셈이었다.

이로써 317년 〈서진〉의 황족 사마예가 강남으로 달아나 세웠던 〈동진〉이 11명의 황제를 거친 끝에 백 년 만에 멸망해 버렸다. 동진은 선비와 흉노 등 북방민족이 무섭게 일어나던 당시 유일하게 漢족의 나라라는 지위를 누렸으나, 이제 송宋왕조로 교체되면서 북방민족으로부터의 또 다른 도전에 직면해야 했다.

한편, 강북에서는 〈후진〉과 〈후연〉이 연합한 가운데, 395년 후연이 〈북위〉와의 〈참합피전투〉에서 참패하면서, 모용수의 아들 모용보가 제위를 계승했다. 그러나 보의 지도력은 패장이라는 멍에로 인해 처음부터 크게 흔들리기 시작했고, 결국 후연 조정이 후계 문제로 인한 심각한 내홍과 함께 이내 혼란에 휩싸이고 말았다. 후연을 격파하고 사기충천한 〈북위〉는 이후 무서운 기세로 동남진하기 시작했다. 얼마 지나지 않아 북위의 공격에 〈후연〉의 도성이자 지지기반이던 중산中山(산서정주)이 끝내 함락되었고, 모용씨의 황실 가족들은 사방으로 흩어지기 바빴다. 이제 북위가 공략할 후연의 다음 차례는 남쪽 장강 아래에 위치한 〈동진〉이었다.

397년경, 〈후진〉의 요흥姚興이 군대를 이끌고 동쪽으로 진격해 〈동진〉의 호성(하남영보)으로 향하자, 일대의 성주들이 싸우지도 않고 투항해 왔다. 요흥은 인재를 두루 등용하고, 신하들의 간언을 적극 수용하는 모습을 보였다. 399년 무렵, 후진에 극심한 자연재해가 거듭되더니 백성들의 삶이 피폐해지고, 민심이 동요했다. 요흥이 위기상황을 극복하고 민심을 수습하고자 적절한 조치를 취했다.

"작금의 극심한 자연재해는 하늘이 내리는 준엄한 경고임이 틀림없다. 겸허한 마음으로 이를 받아들이고 주위를 돌아보아야 할 것이다. 이를 위해 나부터 황제의 칭호를 버리고 왕의 자리로 내려가고자 한다. 이와 함께 여러 대신들의 작위도 모두 한 등급씩 내릴 것이다. 전국에 大사면령을 내릴 것이니, 죄수들을 방면해 생업에 전념하게 하고, 동시에 모든 정사를 더욱 간소하게 다루도록 하라!"

요흥이 악화된 나라의 재정을 고려해, 살림살이를 줄이고 낭비 요인을 제거하는 개혁에 나서는 한편, 지방에서 횡포를 부리던 흉악한 관리들을 주살하는 등 내치를 강화했다.

당시 〈동진〉은 정신이 박약한 안제를 대신해 그의 아우 사마도자가 실권을 행사하고 있었다. 그러나 조정이 무능한 데다 타락해, 이미 전국에서 여러 군벌들이 할거하던 때였다. 그 결과 수도인 건강 지역만 황실의 통제범위에 들었을 뿐, 강주의 환현을 비롯하여 진강의 유뢰지 등 여러 군벌들이 거점별로 별도의 세력을 형성하고 있었다. 그 무렵 〈후진〉이 옹주의 중심 지역이던 고도 낙양洛陽을 끈질기게 공략했다.

궁지에 몰린 옹주자사 양전기가 다급한 나머지 동진 조정이 아닌, 〈북위〉의 탁발규에게 구원을 요청했다. 탁발규가 발 빠르게 대응하고 나섰다.

"옹주자사가 구원을 요청해 왔으니 낙양을 공략할 더없이 좋은 기회로다. 산기시랑 장제는 즉시 상산왕 탁발준에게 가서 진秦이 먼저 낙양을 차지하지 못하도록 진晉을 도와주도록 하라!"

그리고는 부랴부랴 6만의 대군을 편성해 목숭에게 내주고 〈동진〉

을 향해 진격토록 했다. 그러나 북위의 군대가 도착하기도 전에 후진의 군대가 낙양을 점령하고 말았다. 그러자 회수와 한수 이북의 곳곳에서 〈동진〉을 버린 채 〈후진〉에 투항하는 사태가 이어졌다.

〈전진〉이 사라지고 난 뒤인 400년경, 장안의 서쪽인 감숙 일대는 대략 4개의 소국이 난립해 있었다. 바로 난주를 중심으로 〈서진西秦〉과, 고장姑臧의 〈남량南涼〉, 장액張掖의 〈북량北涼〉과 그보다 더 서쪽인 주천酒泉의 〈서량西涼〉 등을 일컫는 것이었다. 〈후진〉의 요흥이 제일 먼저 농서隴西 지역으로 진출해 〈西秦〉의 걸복건귀乞伏乾歸를 꺾고 투항을 받아 냈다. 후진은 다음 해까지 무위武威까지 진격해 〈서량〉에 이어 〈북량〉과 〈남량〉으로부터 차례대로 항복을 받아냄으로써, 하서주랑의 비단길silk road에 흩어져 있던 농서의 서쪽 지역을 평정하고 통일하는 데 성공했다.

이로써 이제 황하의 북쪽으로는 요흥의 〈후진〉과 탁발규의 〈북위〉 두 나라만이 남아 서로 대치하게 되었다. 402년경, 북위의 탁발규가 먼저 요흥에게 사절을 보내 화친의 의사를 타진했다.

"후진의 황제를 뵈옵니다. 우리 위魏나라 황제께서는 양국의 평화를 위해 장차 배필로 삼을 만한 딸을 한 분 보내 주실 것을 폐하께 정중히 요청하라 하셨습니다. 이를 위한 성의로 우선 말 1천 필을 가져왔으니, 부디 우리 황제의 뜻을 저버리지 마시기를 바라옵니다."

그러나 요흥은 2년 전에 탁발규가 후연 모용보의 딸을 이미 황후로 삼은 것을 알고 있었기에, 이내 사신을 가두어 버렸다.

"요흥이 우리를 이런 식으로 무시하는구나……. 오냐, 두고 보자!"

자존심이 상한 탁발규가 이때부터 평양(산서임분)을 거점으로 군사들을 집결시키고 군량을 비축하는 등 대대적인 남침 준비에 나섰다. 북위와의 일전을 예상한 요흥도 만일을 위해, 14살 나약한 아들 요홍姚泓을 서둘러 태자로 책봉하고, 전국에 사면령을 내리는 등 각오를 단단히 했다.

그해 예상대로 〈북위〉가 〈후진〉에 대해 선제공격을 가하기 시작했다. 먼저 북위의 상산왕 탁발준이 서쪽의 고평(영하고원) 쪽으로 치고 들어갔다. 탁발준의 기습에 지역을 수비하던 몰혁간과 유발발 등은 진주(감숙천수)로 후퇴해야 했다. 북위는 이와 동시에 반대쪽 후진의 동쪽인 하동(산서하현)에 대해서도 공격을 가했다. 북위가 후진의 東西 방면을 한꺼번에 때리자, 후진 또한 병사를 동원하고, 군량미를 모으는 등 대응을 서둘렀다.

〈북위〉와 〈후진〉 사이에 전초전이 시작되던 그해 봄, 마침내 모든 준비를 마친 요흥이 공격 명령을 내렸다.

"의양공 요평, 상서좌복야 적백지는 4만의 보기병을 이끌고 즉시 출병해, 반드시 북위를 토벌하도록 하라!"

물론 요흥 자신도 군사를 거느린 채, 선봉장의 뒤를 따랐고, 태자 요홍과 상서령 요황이 도성인 장안을 지키게 했다. 요흥이 출정했다는 소식에 북위도 본격적으로 군대를 일으켰다. 선봉으로 비릉왕 탁발순과 예주자사 장손비가 6만의 기병을 거느리고 출정했고, 황제인 탁발규 역시 그보다 많은 대군을 이끌고 탁발순의 후방을 따랐다. 그렇게 양쪽의 황제가 모두 출병하여 한 치의 양보도 없는 정면승부를 펼치게 되었다.

그즈음 후진의 선봉장 요평이 시벽(산서임분)에 웅거하고 있었는데, 그해 8월 탁발규가 재빠르게 움직여 시벽柴壁을 포위해 버렸다. 요흥이 요평의 소식을 듣고는 즉시 4만 7천의 군사를 시벽으로 보냈는데, 먼저 임분의 동쪽 천도를 장악한 다음, 곧바로 시벽을 포위한 북위군의 배후를 치겠다는 전략이었다. 그러나 현지의 지형을 철저히 파악하고 있던 북위군은 요흥의 후진군이 어디로 올지를 정확히 예측하고 있었다.

마침내 탁발규가 3만 기병을 직접 이끌고 좁은 협곡을 통해 천천히 북상 중이던 후진 군대에 기습을 가했다. 그곳의 지형이 양쪽으로 길게 협곡을 이루고 있다 보니 매복에 유리한 지형이었다. 결국 후진군이 몽갱(산서양분) 남쪽에서 북위군의 매복에 걸려 거의 전멸하다시피 했다. 후방을 따르던 황제 요흥은 즉시 후퇴했으나, 시벽에 있던 요평의 군대는 꼼짝없이 성안에 갇히게 되었다.

요평의 후진군은 두 달이 지나도록 용케 버텼으나, 어느새 양식과 화살이 다 떨어지고 말았다. 요평이 뒤늦게 필사적인 탈출을 시도했으나, 포위망을 뚫는 데 실패했다. 마침내 북위군이 성안으로 들이닥치자, 후진의 장수들 대다수가 분수汾水에 뛰어들어 자살을 택하고 말았다. 후진군이 〈시벽전투〉에서 참패하면서, 2만여 명이 포로로 잡히고 말았다. 뒤늦게 요흥이 탁발규에게 화친을 요청했으나, 일언지하에 거절당하고 말았다. 그런데 그때 탁발규에게 놀라운 보고가 날아들었다.

"아뢰오, 〈유연柔然〉이 우리의 배후를 공격하려 한다는 첩보입니다."

"무엇이라, 유연이?"

고심하던 탁발규가 부득이 군사를 수습해 철군을 서두르기 시작했다. 후진으로서는 천만다행으로 한숨을 돌릴 수 있게 된 순간이었다.

그사이 동진에서는 환현이 반란을 일으켜 〈환초桓楚〉를 건국했으나, 그에 반기를 든 북부군 출신 유유에게 일거에 제거되고 말았다. 405년경이 되니, 이제 중원이 다시금 삼분三分되어 3강强이 겨루는 형국으로 돌아가 있었다. 황하 동쪽으로 탁발규가 다스리는 〈북위〉가 있었고, 그 서쪽으로 요흥의 〈후진〉, 그리고 장강 유역에 유유가 장악하고 있던 〈동진〉이 그것이었다. 여타 다른 소국들도 있었으나, 이들 대부분은 강대국에게 머리를 조아리고 복속하는 상황이었다.

동진의 유유는 환桓씨 일족들을 제거한 뒤 나라를 수습하기 바빴으므로, 북위와 후진 중 어느 한쪽과 화친을 맺고 나머지 나라를 견제하고자 했다. 고심하던 유유가 결국 그래도 과거 동진 조정을 모셨던 요姚씨 일가를 택하기로 하고, 후진으로 사람을 보내 화친을 제의했다. 대신 화친의 조건이라며 오히려 후진에게 12개 지역의 땅을 내달라는 파격적인 요구를 내걸었다. 요흥의 대신들이 펄쩍 뛰며 반대했으나, 놀랍게도 요흥의 생각은 달랐다.

"유유가 악랄하던 환현 일가를 토멸하고 동진 조정을 일으켜 세웠다. 그가 안으로 정치를 바로잡고 혼란한 정국을 안정시키려 하겠다는데, 내 어찌 땅 몇 쪼가리를 아까워하겠느냐?"

일찍이 요흥의 조부 요익중은 동진의 정통성을 인정해 후손들에게 장차 동진 조정을 따르라는 유지를 남겼다. 그래서였는지 요흥이 동진에게 관대하게 대한 듯했지만, 이는 어디까지나 듣기 좋은 말을 남긴 것에 불과할 뿐이었다. 당시는 천하가 온통 전쟁에 휘말려 하루가 다르게 국경이 변하고 엊그제 생긴 나라가 오늘 사라지는 판국이었다.

무엇보다 후진은 〈시벽전투〉에서 북위에 참패한 뒤라 계속해서 전쟁을 수행할 여력이 없었다. 이런 상황을 파악하고 있던 동진의 유유가 노련하게 땅까지 요구하는 거래의 기술을 십분 발휘했던 것이다. 요흥은 당장 전쟁을 피하고 동진과의 화친으로 북위를 견제하는 것이 유리하다고 판단했기에, 부득이 이를 수용하기로 했다.

그러나 요흥의 유연한 대응에도 불구하고, 북위에 참패를 당한 데다 동진에 땅까지 내주며 화친을 맺게 된 〈후진〉의 권위는 날로 추락하기 시작했다. 그 후로도 요흥은 5년 전 〈북위〉와의 적대관계를 청산하고 어떻게든 우호적인 관계를 회복하려 애를 썼다. 그러자 북위에 내몰려 후진으로 흘러들어 왔던 유발발劉勃勃이 이에 반발하기 시작했다. 남흉노의 후손이자 탁발선비와의 혼혈 철불부鐵弗部 수장 유위진劉衛辰의 아들이었던 그는 391년 북위 탁발규의 공격으로 일족들이 몰살당했으나, 11살 어린 나이에 용케 선비 부족에게 달아나 살아났다.

장성해서는 오르도스 고평 지역의 다란부多蘭部 수장 몰혁간沒奕干의 사위가 되었고, 이후 커다란 체격과 수려한 말솜씨로 요흥의 총애를 받으면서 삭방朔方을 책임지고 있었다. 407년, 유발발이 마침내 요흥과 결별해 스스로 독립을 선언하고, 고평 일대에서 〈하夏〉나라(북하北夏)를 건국했다. 그러나 자신이 세운 나라가 〈후진〉의 국력에 절대 미치지 못함을 알고 있던 유발발은 뜻밖의 전략을 내세웠다.

"나의 대업이 막 시작되었기에 아직은 우리 힘이 (후)진에 미치기 어렵고, 요흥은 시대의 영웅이라 많은 이들이 그에게 충성을 다하고 있소. 따라서 우리는 어느 한곳에만 머물지 않을 것이오. 바람처럼 떠돌면서 저들이 예상치 못한 지역을 습격해 차지하는 것이 최선일 것이오. 요흥의 아들 요홍은 어리석고 나약하니, 그렇게 10년만 버티다 보면 요흥도 죽을 것이고, 그리되면 장안이 나에게 굴러들어 오지 않겠소?"

유목민의 후손답게 유발발은 이렇듯 유연한 자세로 일관하면서, 후진의 변경을 조금씩 파고들기 시작했다. 408년경, 유발발이 〈남량南涼〉의 독발녹단禿髮傉檀에게 혼인을 맺자고 제안했으나 거절당했다. 분노한 유발발이 2만의 기병을 동원해 지양支陽(감숙영등)을 침공해 들어가 1만을 죽이고 약탈해 갔다. 독발녹단이 이내 유발발의 뒤를 좇아 추격전을 펼쳤으나, 유발발의 작전에 말려들어 또다시 크게 패했다. 두려움에 휩싸인 독발녹단이 도성의 반경 3백 리 안에 사는 백성들 모두를 강제로 도성 안으로 이주시키고, 장기 농성에 들어갔다.

이 소식을 접한 후진의 요홍이 〈남량〉과 함께 〈하夏〉를 토벌할 계기로 삼으려 했다. 408년 요홍이 아들 요필과 염성 등에게 3만 군사를 내주고 독발녹단의 남량으로 향하게 하는 한편, 동시에 좌복야 제난에게도 2만의 기병을 내주어 남량의 유발발을 공격하게 했다. 이부상서 윤소가 요홍을 막아서며 말했다.

"차라리 북량北凉의 저거몽손沮渠蒙遜과 서량西凉의 이고李暠에게 명을 내려 남량의 배후를 공격하는 편이 더 나을 것입니다."

그러나 요홍은 이를 받아들이지 않았고, 서역 원정을 진행시켰다. 먼저 요필의 군대가 무위로 들어갔으나 독발녹단의 군대에 이내 패했고, 이에 요현에게 2만의 지원병을 주고 추가로 보냈으나 역시 줄줄이 참패를 당하고 말았다. 무리한 도발에 실패한 요홍이 독발녹단과 서로 사과를 주고받은 끝에 화친을 했으나, 409년 독발녹단은 공식적으로 〈남량南凉〉의 독립을 선언하고 말았다.

남량 공략에 실패한 요홍은 어쨌든 동진 및 남량과 화친을 맺어 놓았기에, 본격적으로 북쪽의 유발발 토벌에 전념하기로 했다. 요홍이 요충 등에게 4만의 기병을 내주고 유발발을 공략하게 했는데, 도중에 요충이 마음을 바꿔 반란을 일으키는 바람에 이 또한 실패로 끝나고 말았다. 오히려 〈하夏〉의 유발발이 2만의 기병을 동원해 먼저 후진의 평양 등을 공격하니, 후진의 군대가 대패하여 장안으로 후퇴하는 지경에 이르고 말았다.

마침 〈동진〉의 유유가 모용초慕容超가 다스리던 〈남연南燕〉을 공격했기에, 요홍이 한범 등을 보내 지원하게 했으나 이들 역시 유유에게 패하고 말았다. 요홍의 〈후진〉이 동과 서, 북쪽에서 연이어 패하면서 위기에 처하게 되었고, 끝까지 저항했던 〈남연〉은 이듬해인 410년, 끝내 동진에 멸망 당하고 말았다. 그 후에도 후진의 군대는 기병으로 이루어진 유발발의 치고 빠지는 전술에 번번이 당하고 말았다. 412년에도 구지(감숙서화)의 양성이 요홍에게 반기를 드는 등 후진의 권위에 도전해 오는 세력이 줄어들지 않았다.

그러는 사이 414년이 되자 48세의 요흥이 정신적 압박stress 때문이었는지 병에 걸려 눕고 말았다. 당시 요홍姚泓이 태자로 있었지만, 나약한 탓이었는지 요필을 비롯한 다른 형제들의 도전은 물론 자기들끼리의 분쟁이 이어졌다. 416년 후진의 황제 요흥姚興이 병든 몸을 이끌고 자식들끼리의 내란을 막으려 애쓰던 중 끝내 숨지고 말았다. 요홍이 사태를 수습하고 황위에 올랐으나, 상황은 더욱 악화일로를 향해 치달았다.

요흥의 사망 소식이 사방으로 퍼져 나가자, 〈후진〉은 이내 안팎으로 커다란 도전에 직면하게 되었다. 제일 먼저 저왕氐王 양성이 기산(감숙예현)을 함락시킨 데 이어, 진주(천수)를 향해 진격해 내려왔다. 요홍이 요평, 요숭 등을 내보내 양성을 공격하게 했으나, 〈하夏〉의 혁련발발赫連勃勃(유발발)이 4만 기병을 동원해 침공을 가해 오는 바람에 후진의 장수들이 모두 패해 도망쳐 왔다.

그뿐이 아니었다. 급기야 〈동진〉의 유유마저 〈후진〉의 변경을 침공해 들어오기 시작했다. 후진의 장수들이 변변히 저항도 못 하고 동진의 군대에 투항했고, 이제 후진의 국경은 회수에서 크게 벗어나 황하 인근까지 밀리는 지경에 처하고 말았다. 416년경, 동진의 북벌군이 진격을 계속해 양성, 형양 등을 함락시킨 다음, 끝내 낙양을 접수하는 데 성공했다. 그 와중에 요홍의 아우 요의와 정북장군 요회 등의 반란이 이어졌고, 이를 진압하느라 〈후진〉 조정은 그야말로 콩가루 집안이 되고 말았다.

417년 유유의 〈동진〉 군대가 회수와 사수를 넘어 〈후진〉의 역내로 진격해 들어오면서 〈북위〉에게 갈 길을 빌려 달라 요청했다. 후진의 요홍도 동시에 처남인 북위의 황제 탁발사에게 사자를 보내 다급하게 지원군을 요청했다. 탁발사가 이 문제를 회의에 붙이자, 대부분의 신하들이 반대했는데 유독 최호가 나서서 유유의 요청을 들어주어야 한다고 주장했다.

"우선 유유의 목적이 관중을 되찾는 데 있다 했으니, 그의 요구를 들어주지 않을 경우 황하를 올라와 우리 위魏나라를 치려들 것입니다. 지금 북쪽 유연柔然의 노략질도 감당하기 어려운 지경에 유유와 다시 대적한다면 위아래로부터 협공을 당하는 꼴이 되어 더욱 위태로운 지경이 될 것입니다."

그러나 탁발사는 10만 대군을 동원해 황하 북쪽의 하안에 주둔시키고, 유유의 침공에 대비토록 했다. 그해 7월, 〈동진〉의 군대가 삼문협과 남전까지 도달했다. 병력 수에서 훨씬 많은 〈후진〉의 군대가 동진의 남군과 일전을 벌였으나, 패배해 장안으로 달아나야 했다. 이에 동진의 장수 왕진악이 수군으로 장안에 총공세를 펼쳤고, 끝내 요홍의 항복을 받아내는 데 성공했다.

9월 동진의 태위 유유가 장안에 입성했고, 곧이어 후진 황족들의 대대적인 숙청이 이어졌다. 요홍 또한 동진의 건강까지 압송되었다가 이내 주살되고 말았다. 이로써 384년 강羌족 수장 요익중의 아들 요장姚萇이 〈전진前秦〉의 부견을 제거하고 세웠던 〈후진後秦〉 또한 짧은 영광을 뒤로하고, 3대 30여 년 만에 역사 속으로 사라져 버렸다. 요홍의 사후 아들 형제들 간의 내부분열과 함께, 〈하夏〉와 〈남량南凉〉 등의 이반에 이어 〈북위〉와 〈동진〉 등 주변국들의 거센 압박을 견디지 못했던 것이다. 결국 〈후연〉에 이어 〈동진〉과 〈후진〉이 모두 차례대로 멸망하면서, 탁발선비 〈북위〉의 독주 시대가 펼쳐지게 되었다.

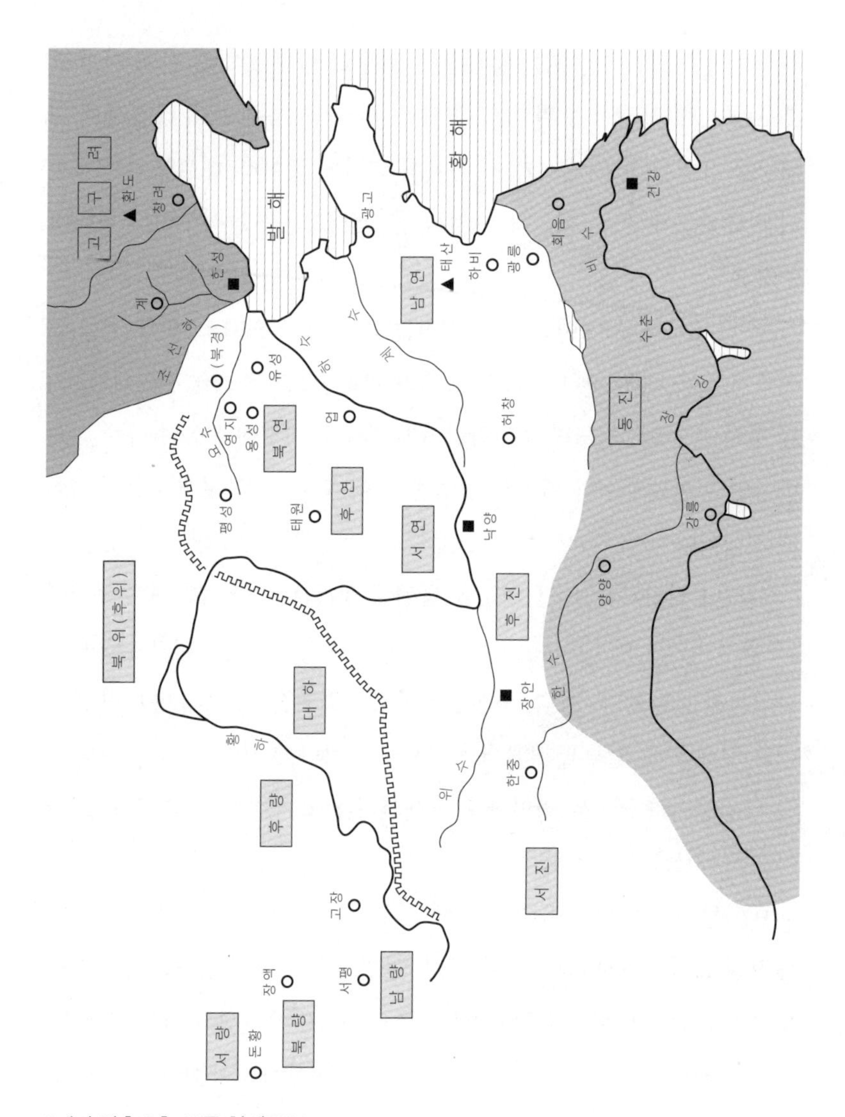

5세기 전후 5호 16국 형세도2

7. 내물왕 모루한

375년경 한성백제의 온전한 자립을 염원하던 근초고왕이 서거해 아들 구수가 왕위를 이었다. 새로이 왕이 된 근구수왕의 왕후가 신라의 귀족 백발白發의 딸 아이阿尒였기에, 신라에서는 발해發亥를 한산으로 보내 조문하게 했다. 그러던 와중에 어느 날 신라 조정에 뜻밖의 보고가 날아들었다.

"아뢰오, 진秦나라 사람 부량符良 등 일곱 사람이 바다에서 표류하다가 우리 땅으로 들어왔다고 합니다."

놀랍게도 이들은 대륙 중원의 〈전진前秦〉 사람들이었다. 갑작스레 등장한 이들을 통해 신라 조정에서는 급변하는 중원의 정세를 소상히 들을 수 있었을 것이다. 무엇보다 모용씨의 〈전연〉을 누르고 황하 이북에서 가장 막강한 패자의 위치에 오른 전진왕 부견이, 이제 장강 아래쪽의 〈동진〉을 노리고 있다는 사실을 새삼 확인할 수 있었을 것이다. 그런데 그 와중에 이들 전진에서 들어온 사람들의 신분이 밝혀졌다.

그보다 8년쯤 전이던 367년 10월경, 전진왕 부견의 종제從弟 부류符柳라는 인물이 내란을 일으켰으나 실패했다. 부류는 결국 1년 뒤에 처자와 함께 참수당했으나, 그의 아들 부량은 용케 전진을 탈출해 동진에서 오래도록 머물렀다. 부량은 바로 부견왕을 배반한 부류의 자식으로 역적의 신분이었고, 따라서 동진에서 생활하면서도 불안을 느낀 모양이었다. 그 와중에 한반도의 〈신라〉에 대한 소문을 듣고 망명해 온 것이었으니, 신라 조정에서는 부량의 처우 문제를 놓고 고민하지 않을 수 없었을 것이다.

마침 그 무렵 한반도에서도 머나먼 중원의 나라들과 통교하면서, 서로 간에 상대를 견제하려는 외교전이 전에 없이 활발히 전개되던 때였다. 이미 고구려에서는 10년 전 고국원제 전사 후 소수림제가 즉위하자마자 오히려 전진에서 조문 사절을 보내와 통교를 시작했고, 순도라는 승려가 들어와 불법을 펼치고 있었다. 그에 맞서 백제 또한 그 이듬해 동진에 사신을 보내 통교하고 관작을 받아 오기도 했다. 신라 조정에서도 중원과의 외교를 고려해 오던 터에 뜻밖에 부량 등이 등장한 것이었다. 어느 날 내물마립간이 위두衛頭를 불러 말했다.

"중원에선 진秦왕 부견이 절대강자로 군림한다 들었다. 그런데 지난번 망명해 온 부량 일행이 부견왕의 역적들이라니 마침 잘된 일이다. 그들 모두를 잡아다 직접 秦나라까지 호송해 되돌려준다면 이참에 秦과 통교할 수 있는 좋은 구실이 될 수 있지 않겠느냐? 그러니 그대가 직접 저들을 호송해 장안으로 들어가 부견을 만나 보고, 전진과의 통교를 시도해 보도록 하라!"

그리하여 381년, 마침내 위두를 포함한 7명의 신라사절단이 꾸려졌는데, 부량 등 7인의 전진 역적을 장안長安까지 압송하기 위함이었다. 위두가 이때 부견에게 바칠 공물과 함께 특별히 자신의 딸까지 데리고 장안으로 떠났다. 신라의 사절단이 장거리 여행 끝에 長安에 입성했고, 부량 등의 전진 포로들을 넘겨주었다. 이어 전진의 왕을 알현하고는 공물을 바치니, 부견이 호기심에 가득 찬 눈으로 물었다.

"그대의 나라는 원래 계림鷄林이라 불렀거늘, 어찌하여 신라新羅가 되었느냐?"

당시 위두 일행은 처음 대하는 장안성의 위용에 압도되어 크게 주눅이 들었을 테지만, 위두는 침착하고 당당하게 답했다.

"시대가 변했고 그에 따라 명호名號를 개량할 필요가 있었으니 어찌 옛날과 같이 부르겠습니까? 닭의 상서로움이 있어 계림鷄林이라 했으나, 이제 망라網羅(사방)의 새로움이 있어 신라新羅라 하는 것입니다."

그러자 부견이 의심쩍다는 표정을 지으며 이어서 물었다.

"듣자니 그대의 나라 임금이 바뀌었다던데 어찌 된 것이냐?"

놀랍게도 이때 나눈 대화가 기록으로 전해졌는데, 신라 임금의 이름이 바로 '루한樓寒'이라고 했다는 것이다. 후일 그 자손의 성씨가 모慕씨로 밝혀졌으니, 내물마립간의 이름이 바로 慕루한이었던 것이다. 부견이 신라의 임금이 김金씨 내물왕에서 이름이 바뀌었다는 것을 듣고 이를 확인하려 든 것이었다. 어쨌든 이에 굴하지 않고 위두가 침착하게 왕이 바뀐 이유를 설명했다.

"아국은 어진 이를 택해 임금으로 세우는 전통을 지금껏 이어왔는데, 어찌 변한 것이 있겠습니까? 비록 계림과 신라가 글자는 서로 달라도 실상은 같은 말입니다."

다소 억지스러운 답변에 부견이 납득하기 어렵다는 듯 고개를 좌우로 흔들더니, 빈정대듯 다시 물었다.

"너희 나라 여주女主는 젊은 남편을 좋아해 자주 바꾸고 여러 남편을 두었다던데, 가히 짝이 될 만한 영웅이 없어서인가?"

"와아, 하하하!"

신라의 독특한 성모聖母 이야기가 이곳 이역만리 전진에까지 전해진 모양이었다. 조롱 섞인 부견의 농담에 대신들의 비웃는 소리가 한꺼번에 터져 나왔으나, 위두가 꿋꿋하게 답했다.

"아국은 신神을 숭상하면서 오히려 현군賢君을 택하려는 것이지, 신후神后께서 젊은 남편을 좋아해서가 결코 아니옵니다."

"흐음, 그러한가……"

그제야 부견이 수긍이 간다는 듯 위두의 말을 선하게 여겨 후하게 예우하고, 귀국길에는 특별히 신후와 왕을 위한 보물까지 챙겨 주었다. 위두가 부견에게 자신의 딸까지 바치는 성의를 다한 데 대한 답례였을 것이다. 위두가 그렇게 중원 최강의 전진왕을 알현하고 무사히 귀국해 내물마립간에게 보고를 했는데, 이때 부견이 보내 준 금인金人과 옥마玉馬 등의 보기寶器를 바쳤다. 이에 크게 만족한 신후가 부견의 상象을 조각하라 일렀다는데, 금인은 틀림없이 대륙에서 널리 유행하던 불상으로 보였다.

일설에는 당시 신라의 위두 일행이 전진과 통교하던 고구려를 경유하여 부견을 찾았다고도 한다. 다만 그 후로 2년 뒤에 부견은 〈비수대전〉에서 참패했고, 얼마 후 파란만장한 삶을 마감했으니 신라의 외교 노력도 빛을 잃고 말았다. 그러나 위두의 행적을 통해 내물마립간의 실재와 그가 흉노선비 모용씨의 후예들이라는 사실이 어렴풋이 밝혀지게 되었다.

그 무렵인 384년 4월, 한성백제에서는 근구수왕이 재위 10년 만에 급사해, 아들인 침류왕枕流王이 어라하가 되었다. 그런데 침류왕의 모후인 아이阿尒태후는 신라의 왕녀 출신이었다. 그해 7월에 한성백제가 〈동진〉에 사신을 보내 조공을 했는데, 2달 뒤에 동진에서 승려 마라난타가 들어왔다. 침류왕이 그를 예우해 궁내에 기거하면서 불경을 설법하게 했는데, 특히 아이태후가 그를 가까이하면서 한성백제에 불법이 널리 퍼지기 시작했다.

이듬해 2월 한성백제에서는 침류왕의 명으로 도성인 한산漢山에 사찰 공사를 시작한 끝에, 10월에 마무리해 불사佛寺를 창건했다. 사찰의 이름은 전해지지 않았으나 백제 최초이자, 한반도 내에 최초의 불교식 사찰이 탄생한 셈이었다. 침류왕이 명하였다.

"새로운 불사가 창건되었으니, 앞으로 열 명의 승려를 배출할 것을 허락하겠노라!"

그러나 당시 한산漢山에 무슨 일이 있었는지, 불과 한 달 뒤인 11월에 침류왕 또한 석연치 않게 세상을 떠나고 말았다. 10년 만에 연속해서 3명의 왕이 사망한 셈이었으니, 결코 예사롭지 못한 일이었다. 자세한 내용이 전해지지 않았으나, 정황으로 보아 필시 아래쪽 부여백제와 연관되어 왕이 수시로 교체된 듯했다.

아무튼 침류왕이 갑작스레 사망하고 나자 태자인 아신阿莘의 나이가 아직 어리다는 이유로 왕의 아우인 진사왕辰斯王이 어라하에 올랐다. 그는 용감하고 지략을 갖춘 인물로 알려졌는데, 일설에는 그가 이때 왕실 쿠데타를 일으켜 침류왕을 끌어내리고, 스스로 왕위에 올랐다는 소문도 있었다. 필시 이번에도 〈부여백제〉가 진사왕을 지원했을 가능성이 매우 높았으니, 또 다른 친위쿠데타가 있었던 것으로 보였다.

마침 침류왕의 왕후 진가리眞佳利가 어린 아들을 생각해서였는지 이때 진사왕과 손을 잡고 기꺼이 새로운 어라하의 왕후가 되었다. 가리는 매우 영리한 여인으로 곧바로 침류왕의 아들인 아신阿莘을 미리 후사後嗣로 정해 두는 데 성공했을 뿐 아니라, 이후 한성백제의 정사에도 깊이 간여했다.

그런데 근구수왕이 죽기 2달쯤 앞선 384년 2월경, 백제에서는 세 겹의 해무리가 중첩된 채 태양을 둘러싸는 드문 현상이 일어난 데 이어, 궁중의 큰 나무가 저절로 뿌리째 뽑히는 일이 있었다고 했다. 정확한 기록은 없지만, 아마도 이즈음에 〈부여백제〉(대왜大倭)의 거발성에서 여구왕이 나이가 들어 세상을 떠난 것으로 보였다. 그가 언제부터 왕위에 올랐는지는 알려지지 않았지만, 대략 40년 가까이 부여백제를 다스려온 것으로 추정되었다.

대륙 대방의 〈서부여〉 출신인 여구왕은 비류왕 사후를 전후해 거발성을 장악하고 〈부여백제〉의 왕위에 오른 인물이었다. 그는 계왕契王이 다스리던 한성백제에 대해 친위혁명을 일으켜 기존의 한성백제계인 근초고왕을 내세우고, 간접적으로 한성을 다스린 노련한 군주였다. 이어서 〈고구려〉가 선비 등 북방민족이 세운 나라들과 번갈아 가며 충돌과 대치를 반복하는 틈을 타, 북쪽으로 한강을 넘어 (황해)대방으로의 진출을 시도했다.

또 〈신라〉의 영향력 아래에 있던 〈대마 원정〉을 통해 대마 남부 일원의 7개 임나任那 소국들을 정벌함은 물론, 거발성 아래 호남 일대에 산재해 있던 古마한의 토착 세력들마저 제압했다. 이로써 그의 치세에 동쪽으로 신라와 가야권을 제외한 중부 한반도의 서쪽 대부분을 장악하면서 한반도 내 최강의 입지를 굳혔으니, 그때까지 한반도 역사에서 처음 있는 일이었다.

이처럼 압도적 위세를 떨쳤던 여구왕이 사망하는 바람에, 왕세자였던 어린 여휘餘暉가 그의 뒤를 이어 새로이 부여백제의 왕위에 올랐다. 일찍이 그 15년쯤 전에 단행된 〈대마 원정〉 때, 목라근자木羅斤資가 기장(부산) 출신 군장의 딸을 데려와 여구왕에게 바쳤다고 했다. 얼마 후 이 기장氣長부인이 여구왕의 妃가 되어 낳은 아들이 바로 여휘餘暉였다는 것이다. 그렇다면 여휘왕은 즉위 시에 15세 안쪽의 어린 나이였을 것이고, 모후인 기장태후가 사실상 섭정을 맡아 정치를 주도했을 가능성이 농후했다.

아울러 이런 정황이 북쪽으로 한성백제는 물론, 멀리 고구려에까지 전해지면서 이후로 발생했던 일련의 정치적 사건들과 연결된 것이 틀림없었다. 즉 한성백제의 침류왕이 이듬해인 385년 갑작스레 사망함에 따라 그의 아우 진사왕이 즉위했는데, 그가 바로 친親부여계로 보이는 인물이었던 것이다. 즉, 여구왕의 죽음을 계기로 침류왕이 부여백제에 반하는 정치적 행보를 취하다가, 끝내는 부여백제 세력에 제거되었을 가능성이 컸던 것이다.

여구왕 사후 2년 뒤인 386년경에는 〈부여백제〉가 〈동진〉에 사신을 보내 조공과 함께 여휘왕의 즉위 사실을 알렸다. 이에 호응해 동진의 무제武帝가 왕세자인 여휘에게 〈사지절도독진동장군백제왕使持節都督鎭東將軍百濟王〉이라는 관작을 내려 줌으로써, 백제왕으로서 여구왕의 뒤를 잇게 된 여휘왕의 승계를 인정해 주었다. 그럼에도 불구하고 여구왕은 후일 백제의 역사기록에서 철저하게 배제되는 불운한 군주가 되고 말았다.

바로 여휘왕의 시대에 〈부여백제〉(대왜)가 일본日本열도로 진출하면서, 후대에 한반도 내 백제의 역사기록에서 제외되었기 때문이다. 일본열도로 넘어간 부여백세 세력 역시 그 후 나라奈良 일대의 토착 정권을 제압하고, 이를 계승해 〈야마토〉(왜)정권을 세우게 되었다. 후대에 이 야마토정권이 일본열도 최대의 세력으로 부상하면서, 자신들의 조상을 열도에서 자생한 토착 세력인 양 꾸미려는 정치적 필요성이 크게 대두되었다.

끝내는 뒤늦게 야마토 왕실의 역사에서 한반도의 흔적을 철저하게 지우는 작업과 함께, 여휘왕의 모후인 기장왕후를 신공神功왕후라 부르면서 신격화하는 역사 조작이 진행되었다. 특히 근세 이후로는 이런 기운이 더욱 고조되어 고대에 야마토정권이 한반도 남부를 다스렸다는 소위 〈임나일본부任那日本府〉설에 이은 〈정한론征韓論〉으로까지 비화되고 말았다. 그 결과 16세기의 〈임진壬辰왜란〉에 이어, 결정적으로 19세기 말에 자행된 일본제국주의의 〈한일 강제합병〉의 빌미로 악용되기까지

했다. 불행히도 문제의 〈임나일본부설〉이 오늘날까지도 韓日 역사논쟁의 핵심 쟁점이 되어 있다. 전제군주시대의 역사기록이야 그런저런 태생적 한계를 지니고 있다손 치더라도, 오늘날처럼 학문적 자유가 보장되는 문명의 시대를 감안한다면 올바른 역사팩트를 찾는 데 주력하는 길만이 해답일 것이다.

한편, 한반도에서도 부여백제의 정통이 반도를 떠나 일본열도로 이주해 가면서 서서히 그 영향력이 소멸되기에 이르렀고, 끝내는 구태여 부여백제의 역사를 기록할 필요성이 사라지고 말았다. 그 와중에 불행히도 반도 내에서 최강 〈부여백제〉(대왜)의 입지를 구축했던 여구왕이 왕력에서 제외되었던 것이다. 이에 따라 사실상 야마토정권의 선조나 다름없는 위대한 여구왕의 존재와 그가 이룩했던 역사적 성과가, 한일 양쪽 모두의 역사에서 함께 사라져 버리고 말았다. 일찍이 고구려의 신명대제가 그랬고 백제의 덕좌왕과 구지왕, 신라의 사벌왕이 비슷한 이유로 왕력에서 제외되고 말았으니, 고대사를 해석함에 있어 단순히 역사기록에만 의존할 수 없음을 보여 주는 사례였던 것이다.

그 무렵인 384년 11월, 고구려에서도 소수림제가 사냥 후 변을 당해 아우인 고국양제가 태왕의 자리에 올랐다. 소수림제의 뒤를 이어 그의 동복아우이자 해解태후의 아들인 이련伊連이 태왕에 올랐으니 고국양제였다. 이련이 태어나던 342년에는 불행히도 모용황의 2차 침공으로 환도성이 불타고, 해후 또한 주태후 등과 함께 용성으로 끌려갔는데, 갓난 아이인 이련 또한 강보에 싸인 채 모후와 함께 동행해야 했다. 특이하게도 그 후 모용황이 자주 해후의 궁에 들렀는데, 그때마다 이런 말을 했다고 한다.

"그대는 이 아이로 인해 귀하게 될 것이오……"

또 주위의 신하들이 어린 이련을 해치워 버릴 것을 건의했을 때도 황皝이 이를 듣지 않은 채 말했다.

"천명은 어찌할 수 있는 게 아니거늘, 억지로 하려다가 도리어 재앙을 맞는 법이다!"

어린 이련이 그렇게 〈연燕〉나라에서 모질게 연명한 끝에, 이듬해 해후와 함께 고구려로 무사히 송환되었으니, 모용황의 말대로 그의 운명이 천명이라 해도 과언이 아닌 셈이었다. 장성해서는 형인 소수림제를 우애로 잘 보필하고, 解태후에게 효도했다. 생전의 소수림제가 자신의 분신이라며 정사를 맡겼고, 이에 사람들이 진작부터 '버금황제'라고 부를 정도였다. 죽음을 앞둔 소수림제가 그런 아우에게 보검과 옥새를 넘겨주면서 유지를 남겼다.

"중원의 나라들은 요란한데 오직 동방만큼은 더욱 조용하니, 조상님들의 음덕일 게다. 자네가 잘 지켜서 담덕談德에게 물려주시게……"

이련이 소리 없이 눈물을 흘리며, 옥새를 받았다고 했다. 그 후 해태후의 명으로 고국양제가 서도 란궁에서 즉위식을 가졌는데, 43세의 나이였다. 이어 소수림제의 유지에 따라 형수인 천강天罡을 그대로 황후로 삼았다. 해극解克을 태보로, 아우인 붕련朋連을 우보 겸 주병主兵대가로 삼아 병권을 맡겼다. 장인인 천원공 림琳을 태상황太上皇에, 황후의 오빠 연도淵韜를 중외中畏대부로, 주덕周德을 대주부 겸 우림羽林장군으로 삼았다.

이듬해 6월, 하늘 아래 제일의 황제인 양 떵떵거리던 〈전진〉의 부견이 허망하게 피살되었다는 소식이 고구려 조정에 날아들었다. 그러자 종척들이 대거 일어나 불교사찰과 승려들을 없애버리자고 주청했으나, 고국양제는 이를 단호하게 뿌리쳤다.

"선제께서 승려들로 하여금 청정, 고행하는 것을 법으로 삼게 하셨소. 그들이 보여 준 청정함이 지금껏 선도仙徒들이 저질렀던 음란, 추악함과는 비교도 되지 않을 정도니, 두 절寺과 고승들의 존폐를 더는 거론하지 마시오!"

이처럼 불교가 고구려에 유입되던 초창기만 해도, 기존의 민족 신앙이나 다름없는 선도仙道에 밀려 크게 고전하는 모습이었다. 이로 미루어 당시 고구려의 태왕들이 불교에 기대한 것이 있었으니, 그 하나는 선도와 그에 연결된 호족들을 견제하고, 선진불교문화를 통해 선도의 세계를 좀 더 깨끗하게 정화시키려 했을 수 있었다.

그런 분위기 속에서 당시 부견이 〈전연〉의 업鄴을 무너뜨린 이후로도 고구려는 〈전진〉과 마주한 채로 요동 땅을 지키기만 했을 뿐, 군병을 일으킨 적이 없었다. 그러다가 〈거란〉이 요동의 서쪽을 파고들어 눌러앉는 것까지 허용하고 말았다. 게다가 그 무렵 부견의 사망과 함께 모용수가 후연을 건국하게 되자, 〈서부여〉 출신 부여암扶餘巖이 〈후연〉에 반기를 들고, 계성에 이어 영지를 차지한 채 서부여 부흥을 시도하는 사건까지 발생했다.

결국 그해 고국양제가 아우인 주병대가 붕련에게 4만의 정병을 내주고 요동 서쪽으로의 출정을 명하면서 후연과의 충돌이 개시되었고, 요동의 패권을 놓고 서로 한 차례씩 승패를 주고받았다. 그 와중에 후연의 모용농에 의해 영지에서 웅거하고 있던 〈여암의 난〉이 싱겁게 진압되었던 것이다.

모용농이 이때 방연龐淵으로 하여금 장무성을 지키게 하고, 스스로는 요동태수를 칭하면서 유주幽州와 기주冀州 일대에서 고구려로 투항해 왔던 백성들의 귀환을 종용했다. 그러나 그의 기대와 달리 많은 사람들이 고구려에 머문 채 〈후연〉으로 돌아가지 않았다. 고구려와 모용선비 〈후연〉 사이에 요동을 놓고 다시금 팽팽한 전운이 감도는 가운데 한 해가 저물고 말았다.

이듬해 고국양제 3년인 386년 정월이 되자, 고국양제가 13세의 어린 조카 담덕을 정윤으로 삼고 동궁관료들을 붙여 주었다. 소수림제의 유지를 따른 것이었으나, 그 바람에 해현의 딸로 구부태자(소수림제)의 동궁비였던 연燕씨 소생의 강岡은 선제先帝의 장자였음에도 정윤의 경쟁에서 밀려나고 말았다. 평양平陽공주와 쌍둥이 남매사이였던 그 또한 현명하다는 평이 있었으나, 스스로 입산해 선종仙宗의 길을 택했다. 담덕태자는 어린 나이에도 불구하고, 가마솥을 들어 올릴 정도로 힘이 장사인 데다 활쏘기에도 능했고, 무리를 능숙하게 이끌었다고 한다.

중산의 후연왕 모용수垂 또한 정초부터 황제를 칭하면서 모용선비의 부활을 사방에 알리느라 애쓰고 있었다. 그렇게 〈후연〉과의 대치 국면이 지속되는 가운데서도 그해 8월, 고국양제가 요동의 토성을 지켜 냈던 용궐을 시켜, 이번에는 동쪽 반대편 한반도로 말을 몰게 해 〈백제〉의 관미성關彌城을 치게 했다. 거발성의 여구왕에 이어 한산에서도 근구수왕과 침류왕이 연이어 사망하고 진사왕이 새로 즉위한 만큼, 백제의 방어력을 떠보려 한 듯했다.

게다가 공격 한 달 전부터 7월 한여름인데도 한강 일대에 서리가 내려 작물을 크게 상하게 했는데, 이 역시 공격의 빌미가 된 듯했다. 그럼에도 한강 하구에 위치한 관미성이 바다와 강이 맞닿는 천혜의 요지라서, 고구려군이 城을 빼앗는 데 실패하고 말았다. 고구려의 공세에 놀란 〈한성백제〉에서도 진사왕이 서둘러 병력을 증강하라는 명을 내렸다.

"구려 놈들의 공격이 다시 개시되었으니 이대로 있을 순 없다. 백성들 중에 15세 이상의 장정들을 모두 징집해 병력을 보강하고, 즉시 관방을 설치토록 하라!"

그리하여 한성백제는 토성의 성격을 지닌 〈관방關防〉을 청목령에서부터 시작해 북으로 팔곤성八坤城까지 쌓게 했고, 서쪽으로도 바다(황해)에까지 이르게 하는 등 고구려의 공격에 대비했다.

이듬해인 387년이 되자, 진사왕은 진가모眞嘉謨를 달솔達率로, 두지豆知를 은솔恩率로 삼고 조정의 인사를 정비했다. 고구려를 의식해 전투에 능한 강경파 무인들을 중용한 것으로 보였는데, 가모는 왕후인 가리佳利의 오빠였다. 그해 가을이 되자, 고국양제가 좌장군 해성解猩을 시켜 또 다시 백제의 관미성을 때리게 했다.

특별히 이때부터 고구려가 백제와의 전쟁에 주로 말갈병을 동원하기 시작했는데, 〈후연〉과의 대치로 인해 서쪽의 병력을 한반도의 동쪽 전선으로 이동시킬 수 없다 보니 취해진 조치로 보였다. 필시 이때쯤에는 옛 〈동예東濊〉 지역이 진즉에 고구려에 편입된 터라, 현지 출신인 말갈 병사들이 본격적으로 전쟁에 투입되었던 것이다.

그때 〈백제〉에서는 고구려의 침공에 맞서 진가모와 두지가 병력을 이끌고 성 밖의 고갯마루까지 나와 고구려군을 기다리고 있었다. 해성이 공격 명령을 내렸다.

"지난번 전투에서 백제 놈들을 깨뜨리지 못했다. 이번엔 무슨 수를 써서라도 성을 넘어뜨려야 한다. 두려워 말고 총공격하라! 둥둥둥!"

결국 양쪽 군대가 어우러져 일전이 벌어진 결과 백제군이 밀려나기에 이르렀고, 그러자 성안으로 퇴각해서는 이내 농성에 들어간 채 일체 성 밖으로 나오질 않았다. 고구려군이 한동안을 대치하다가 한겨울 추위가 닥치자 끝내 철수하고 말았다.

그 무렵 중원의 서북쪽 代 땅에서는 마침내 탁발규拓拔珪가 일어나 새로운 나라를 건국했으니, 바로 탁발선비의 〈북위北魏〉가 탄생한 것이었다. 서쪽 감숙의 천수天水에서도 〈후연〉이 일어나던 같은 해에, 강족羌族의 대선우 요장姚萇이 〈후진後秦〉을 건국했기에, 중원은 이제 황하 북으로는 새로이 강족의 〈후진〉과 탁발선비의 〈북위〉, 모용선비의 〈후연〉 3강이 세력다툼을 벌이게 되었고, 그 아래 사마씨의 〈동진〉이 있었다.

389년에는 한반도에 자연재해가 심했다. 〈신라〉에는 역병이 크게 돌았고, 2월에는 흙이 비처럼 내려 작물에 심각한 타격을 주었다. 여름이 되니 그마저도 황충이 일어나 좀처럼 곡식이 영글지 않았고, 이러한 피해는 〈백제〉 또한 마찬가지였다. 고구려 측에서는 이보다 상황이 더욱 심각하다는 보고가 조정으로 날아들었다.

“아뢰옵니다. 반도에서 기근으로 사람들이 서로를 잡아먹을 지경이라는 소식이옵니다.”

고국양제가 속히 창름을 열어 구제에 나서게 했으나, 역부족이었다. 이처럼 고구려 쪽의 백성들이 굶주림에 더 크게 시달린다는 소문에, 오히려 〈백제〉가 먼저 대방의 남쪽에 대한 진공을 재개했다.

먼저 백제의 달솔 진가모가 북진을 개시했으나, 고구려에서는 용능龍能이 이를 막아 내고 패퇴시켜서 백제군이 물러나게 했다. 가을이 되자 두지豆知가 다시 아단성阿旦城을 공격해 왔으나, 이 역시 크게 깨뜨려 패퇴시켰다. 이후에도 비슷한 수준으로 백제의 공격이 이어졌으나, 오히려 대부분 탐색전에 가까운 것들이었다. 그러던 중 이듬해 390년이 가을이 되자, 진가모가 대군을 이끌고 재차 도압성都押城을 공격해 들어왔는데, 이때 고구려에 타격을 가해 많은 포로들을 잡아갔다. 사실상 고구려 침공의 첫 승리에 진사왕이 크게 기뻐했다.

“달솔 진가모를 병관좌평으로 삼을 것이다. 아울러 이번 도압승리를 자축하는 의미에서 사냥대회를 열 것이니 많이들 참여하기 바란다!"

진사왕이 이때 구원狗原(경기김포)에서 7일간이나 사냥대회를 열었다. 그런데 진사왕의 처남인 가모嘉謨는 용맹하긴 했으나 고구려와의 설욕에 집착한 나머지 무모하게 군사를 동원했고, 왕까지도 두려워하지 않았다고 한다. 구원에서의 오랜 사냥대회도 진사왕의 뜻이라기보다는, 승리감에 도취한 가모가 주도했을 가능성이 높았다. 나라의 군주가 그렇게 오랜 기간 조정을 비우기도 쉽지 않은 일이기 때문이었다.

이듬해 신묘년辛卯年인 391년, 진사왕이 정초부터 궁실을 중수하라는 명과 함께 거대한 정원을 꾸미기 시작했는데, 작은 못池을 파고 산을 만들더니 나라 밖에서 진귀한 새들과 화초(진금이초珍禽異草)를 들여와 기르기 시작했다. 사람들이 태후인 아이후阿尒后의 뜻이 많이 반영된 것이라고 했다. 아마도 이 무렵에 부여백제는 기장왕후의 아들 여휘왕이 장성해 친정을 펼친 것으로 보였는데, 아직 스무 살에 불과하다 보니 진사왕이 그를 가벼이 여기고 사치에 빠진 듯했다. 백제 왕실이 그렇게 사치를 즐기는 사이 고구려에서는 백제에 대한 보복을 준비하고 있었다.

놀랍게도 이때 〈고구려〉 조정에서 모처럼 〈신라〉에 사신을 보내면서 내물마립간에게 3인의 미녀와 양마良馬 7쌍을 선물했다. 자타가 공인하는 북방의 맹주 고구려가 반도의 소국 신라에게 화친의 손길을 내민 것은 아주 이례적인 일이 아닐 수 없었다. 내물마립간은 고구려의 미녀들을 왕실 인사들의 첩으로 내주고, 말들은 병관에 소속시켜 기르게 했다.

그렇게 백제의 뒤쪽에 미리 손을 써놓은 고구려가 4월이 되자 본격적인 공세에 나섰다. 좌장군 해성解猩이 고작 2천여 말갈병을 이끌고 내려왔음에도, 백제군은 적현赤峴, 사도沙道 2개의 城을 고구려에 힘없이 내주고 말았다.

바로 그럴 무렵 거발성의 〈부여백제〉가 동쪽으로 水軍을 출정시켜 〈가야〉와 〈신라〉의 변경을 침공했다는데, 대략 20년 만의 일이었다. 필시 여구왕 시절에 정복했던 대마도 내의 임나소국들이 그사이 신라의 영향으로 부여백제에 조공을 바치는 일을 소홀히 하자, 이를 응징함과 동시에 신라에 대해 경고를 보내려 한 것이 틀림없었다. 마침 혈기왕성한 나이의 여휘왕이 이런저런 이유로 광폭의 실력 행사에 나선 것이었는데, 그 역시 선왕先王을 닮았던지 그 정치적 행보가 결코 만만치 않았던 것이다.

그런 와중에 북쪽 한성백제의 진사왕이 정사에 매진하지 않고 사치를 누리다가 고구려에 성을 내주었다는 소식이 거발성으로 날아들었다. 분노한 여휘왕이 기각숙이紀角宿禰를 불러 엄하게 일렀다.

"한산의 진사가 허튼 짓을 한다는 보고다. 그대가 정병을 이끌고 직접 한산으로 가서 연유를 알아보고 그 책임을 묻되, 여차하면 진사를 제거해도 좋다!"

그 결과 기각이 부여백제의 정병을 이끌고 급히 한산으로 출정했는데, 이때도 배를 타고 황해의 바닷길을 이용한 것으로 보였다. 숙이宿禰(스쿠네)란, 부여백제의 관직명으로, 한성백제의 좌평에 해당하는 직위로 보였다. 얼마 후 기각(키노쓰노노)이 수하 장수들을 이끌고 한산의 한성백제 조정에 나타나 진사왕의 무도함을 강하게 질책했다. 진사왕이 이를 수긍하려 들지 않았으나, 내심으로는 젊은 여휘왕이 벌써부터 책임을 추궁하는 데 대해, 자신의 입지가 흔들릴 것을 우려해 크게 불안해했다.

그런데 바로 그 무렵을 전후해서 부여백제의 섭정을 해 오던 기장왕후가 세상을 떠났다는 소식이 한성백제에 도착한 것으로 보였다.

"무엇이라, 기장왕후께서 붕어하셨다고? 허어, 이런 낭패가 있나……"

진사왕이 크게 낙담한 것으로 보아 그가 침류왕을 제거하고 왕위에 오르기까지, 여구왕 사후 섭정을 맡았던 기장왕후의 후원을 받은 것이 틀림없었다. 한마디로 그간 믿던 구석이 사라진 셈이었으니, 비로소 여휘왕의 질책이 커다란 두려움으로 느껴지기 시작했던 것이다.

진사왕이 보인 뻔뻔한 행위에 화가 난 기각숙이가 자신의 진영으로 돌아간 사이, 잔뜩 겁을 먹은 진사왕은 슬그머니 꽁무니를 뺀 채 서쪽의 큰 섬(강화 추정)으로 달아나 버렸다. 그런데 하필이면 그곳에는 황해바다를 통해 들어온 부여백제군이 이미 주둔해 있었기에 보고를 받은 진사왕이 화들짝 놀랐다.

"아뿔싸, 왜병이 벌써 예까지 와있단 말이더냐? 큰일이로다. 즉시 여기서 물러나야 한다. 서둘러라!"

진사왕이 발길을 돌려 환궁하던 와중에도, 부여백제(대왜)군을 피해 이리저리 쫓기는 자신의 모습을 백성들이 눈치챌까 전전긍긍했다. 진사왕이 궁리 끝에 사슴사냥을 나간다는 핑계를 대라고 일러놓고는, 곧바로 횡악橫岳(북한산)으로 들어가 한동안을 나오지 않았다. 기각숙이가 물러나길 기다린 것이었다.

그런데 그해 5월경, 고구려에서는 고국양제가 토산吐山을 동궁비로 삼고는 천강天罡황후와 함께 온탕을 들렀다. 이어 그곳에서 술을 마시던 중에 태왕이 갑작스레 숨을 거두는 황망한 사태가 벌어지고 말았다. 서쪽에서 군병을 훈련하던 동궁이 소식을 듣고 급히 현장에 도착했으나, 태왕은 이미 말을 하지 못하는 상태였고, 이에 황후가 동궁에게 옥새를 전하자마자 눈을 감았다. 18세의 동궁인 담덕談德태자가 울부짖는 가운데서도 온궁溫宮의 빈전에서 어쩔 수 없이 즉위에 임했으니, 그가 바로 20대 영락대제永樂大帝 즉, 광개토대왕이었다.

해解태후의 아들인 고국양제는 어질고 사리에 밝아 두루 덕행을 베풀 것을 기대했으나, 고작 8년의 재위 기간만을 남긴 채 춘추 49세에 세상을 떠나고 말았다. 커다란 정사는 해극解克에게, 작은 일은 연도淵韜에게 주로 맡겼고, 동궁을 시켜 두루 감독하게 했다. 고국양제의 치세는 중원의 최강 〈전진〉의 몰락과 함께 모용수의 〈후연〉과 강족 요장의 〈후진〉, 탁발씨의 〈북위〉가 일어나던 대전환기였다. 게다가 반도에서도 〈백제〉의 도전이 재개된 데다, 여구왕의 사망을 위시해 한성백제에서도 여러 왕들이 교체되니 이 또한 신경 쓰지 않을 수 없는 긴장상황의 연속이었다.

고국양제는 이러한 사태에 조금도 물러서지 않았고 오히려 더욱 적극적인 공세로 맞섰으니, 짧다고는 해도 재위 후반부에는 내내 전쟁이 이어질 수밖에 없었다. 이러한 고국양제의 강경한 태도는 막대한 전쟁 물자를 대야 했던 고구려 호족들의 실망과 불만을 고조시켰을 것이다. 그러한 상황에서 아직은 한창의 나이인 태왕이 온탕에서 술을 마시다 붕했다니, 형인 소수림제의 죽음만큼이나 의심스럽기 짝이 없는 것이었다. 이처럼 고국원제의 아들 두 형제가 연달아 석연치 않은 죽음을 맞이했으니, 그에 대한 원망과 분노는 젊디젊은 태왕의 마음속에 씻을 수 없는 한恨으로 더없이 응어리졌을 것이다.

그해 6월 조정에서는 태왕을 고국양故國壤 땅에 모시고 장사 지냈는데, 순장을 금하고 보물을 부장하지 말라는 평소의 유지대로 공덕을 기록한 비석만을 세웠다. 7월이 되자 소식을 들은 〈신라〉의 내물(내밀奈密, 나물奈勿)마립간이 조문사절과 함께 두 딸을 바쳐 오면서 시첩으로 삼기를 청했다.

새로이 태왕에 오른 영락대제는 어려서부터 웅위한 모습에 무인의 기풍을 지닌 데다, 특별히 병서를 두루 읽는 등 군사軍事에 관심이 많았다. 모친인 연淵씨를 천강天罡 황태후로 모시고, 토산吐山을 황후로 삼았다. 이때 삼보三輔 등의 주요 대신을 교체했는데, 선제 때부터 최고의 권력을 행사해 온 외숙 연도淵韜를 책성柵城으로 내보내는 과감한 행보를 보였다. 새로운 태왕이 주위에 말했다.

"지금 사해四海의 모든 나라들이 연호를 세우지 않은 곳이 없는데, 유독 우리나라만이 이를 세운 지가 오래되었소. 3代 시절의 예를 따라 새로운 연호를 세워 보도록 하시오!"

이에 춘春태자가 〈영락永樂〉을 연호年號로, 평안平安을 휘호徽號로 삼자고 간했다. 당시 급변하는 주변 정세 속에서 평화를 염원하는 조정 신하들의 바람이 연호에 그대로 반영된 것으로 보였는데, 혈기 넘치는 젊은 태왕이 이를 순순히 받아들이는 대신, 다소 복잡한 안건을 새로이 제의했다.

"백제伯帝(소수림제)의 딸 평양平陽공주가 이미 나의 두 딸을 낳았고, 동생 평강平岡을 설득해 제위를 양보하게 한 공이 있소. 그러니 평양을 황후로 삼으려 하오."

평양공주는 소수림제의 원비元妃 연燕씨 소생으로, 제위를 양보한 평강과는 쌍둥이 남매 사이였다. 태왕이 그런 평양공주의 공을 내세워 정궁왕후인 토산후에 이어 추가로 그녀를 황후로 삼고 싶다는 말이었는데, 아무도 이의를 달지 못했다. 평양공주는 당시 이미 33세의 나이였음에도, 태왕의 이복누이였기에 태왕이 큰일을 상의할 정도로 기대는 바가 컸다. 태왕이 이때 평양후를 새 궁전으로 맞이하게 한 것은 물론, 그 지위를 토산후와 같게 했으니 매우 이례적인 경우였다. 새로운 연호는 그 의미를 따지기보다는 종척들과의 거래를 위한 수단이었던 것이다.

신묘년辛卯年 391년의 일이었다.

이듬해인 392년 봄, 토산후가 아들을 낳자 영락제가 황실 여인들과 함께 온탕에 가서 선제先帝를 기리는 등 휴식을 취하고 돌아왔다. 그러나 7월이 되자마자 패기 넘치는 젊은 태왕이 곧바로 백제 원정을 명했으니, 봄날의 휴식이라기보다는 주변 원정을 겨냥해 원대한 구상을 한 것이 틀림없었다. 영락제가 이때 무려 4만의 정병을 동원했는데, 멀고도 위험하기 짝이 없는 원정길을 마다하지 않고 친히 출정해 병력을 이끄니 군대의 사기가 충천했다.

얼마 후 반도의 대방 지역으로 들어온 고구려군이 제일의 목표로 삼은 곳은 한성백제군의 최전방부대가 주둔해 있던 임진강 일대의 석현성石峴城(황해개풍)이었다. 고구려군은 석현성 인근에 진鎭을 꾸리고, 곧장 진가모가 지휘하는 백제군을 향해 내달렸다. 결국 태왕이 이끄는 고구려 대군의 말발굽 아래 그토록 의기양양하던 진가모의 목이 허망하게 하늘을 날았다.

태왕이 이때 조기祖奇, 우옥于屋, 해방解放 등의 장수들로 하여금 4로군으로 나누어 백제를 공격하게 하니, 석현石峴과 인물仁物 등 12개에 이르는 〈한성백제〉의 성과 성채가 한꺼번에 고구려의 수중에 떨어지고 말았다. 백제의 진사왕이 손쓸 겨를도 없이 그야말로 전광석화 같은 작전이었다.

아울러 태왕이 이때 평나(반도평양)의 민호民戶들을 새로이 확보한 남쪽 성들로 이주시켜 살게 했다. 대방 원정이 일단락되자, 영락제가 주변에 명했다.

"기고만장하던 백제의 괴수를 단칼로 베어 버리고 12개나 되는 성을 빼앗았으니, 당분간 백제왕이 설치진 못할 것이다. 그러나 이것은 시작에 불과하다. 이제부턴 급히 방향을 반대로 돌려 서쪽으로 갈 것이다. 장거리 원정길이라 속도를 높여야 할 것이니, 장수들은 각별히 긴장을 늦추지 말라!"

고구려군이 7월에 백제 출정에 나섰는데, 이미 9월에는 백제원정길에서 돌아와 서쪽으로 진격해 〈거란契丹〉을 공격했다.

소수림제 8년인 378년 5월경, 가뭄이 심하여 곡식이 여물지도 않았는데, 그때 북쪽 거란이 기습을 해 와 양맥곡의 8부락을 털어 간 적이 있었다. 거란족들도 먹을 것을 노략질하기 위해 목숨을 걸고 시도한 기습이었는데, 이렇다 할 방비가 없었던 탓에 고구려가 일방적으로 당했고, 이때 무려 1만에 가까운 백성들이 포로로 끌려가는 대참사를 당했다.

거란 침공의 후유증으로 양맥 지역에서는 기아에 굶주린 백성들이 서로를 잡아먹을 정도로 처참한 지경에 빠졌지만, 그 후에도 소수림제는 거란을 응징하지 못했다. 다만 고국양제에 이르러 〈서부여〉 출신 부여암이 계성과 영지를 차지한 데 자극받아 서쪽으로 거란을 때리고 후연으로부터 용성을 되찾았으나, 이내 모용농에게 패하면서 그 땅 대부분을 다시 내주고 말았었다. 즉위 2년째인 영락제가 이때 7년 만에 거란에 대한 보복의 칼을 빼든 것이었다. 영락제가 장수들을 향해 일갈했다.

"13년 전, 부제父帝 때 거란에 당한 수모를 잊은 사람은 없을 것이다. 그때 아국의 1만여 백성들이 끌려갔는데도, 여태껏 그들을 데려오지 못했다. 당시 피랍된 함몰민구陷沒民口들을 생각하면, 태왕으로서 잠이 오질 않는다. 일전에 거란이 그랬던 것처럼 이번에는 반대로 우리가 전광석화처럼 쳐들어가 백성들을 구해오고, 거란을 철저하게 응징해야 할 것이다!"

복수심에 불타 작심하고 대드는 고구려군의 강공에 거란 진영은 그야말로 풍비박산이 나고 말았다. 고구려군은 거란 원정에서 남녀 3,500여 명을 생포했고, 거란에 포로로 잡혀갔던 고구려의 유민들 만여 명을 데리고 당당하게 개선했다.

승전과 함께 고구려군이 잡혀갔던 백성들을 되찾아 온다는 소식에 도성의 백성들이 열렬하게 환호했는데, 백성들을 아끼는 젊은 태왕의 속 깊은 마음에 감동했던 것이다. 그러더니 나라에서 시킨 것도 아닌데 모두가 머리에 수유꽃을 꽂고 나와 개선하는 태왕의 병사들을 열렬히 맞이했다. 이때부터 고구려에서는 해마다 9월 9일이면 〈구구절九九節〉이 열렸는데, 점차 나라의 풍속으로 자리 잡게 되었다.

이러한 영락제의 행보로 보아 자신의 즉위를 전후해 태왕이 구상했던 목표는 명백한 것이었다. 태왕이 제일로 삼은 것은 먼저 조부祖父인 고국원제를 죽음으로 몰고 갔던 〈백제〉에 대해 확실하게 응징하는 것이었다. 이를 위해 대방의 〈백제〉를 때려 적장 진가모의 목을 베고 12개 성을 빼앗았다. 그다음은 거란에 끌려갔던 고구려 백성들을 되찾아오는 것이었다. 이에 곧바로 군대를 반대쪽으로 돌린 채 거란으로 내달려, 포로로 납치된 1만 백성들을 되찾아오는 데 성공했던 것이다. 영락제가 그간 벼르던 목적을 단 서너 달 만에 달성해 버린 셈이었는데, 문제는 영락제의 원정이 그것으로 끝난 것이 아니라는 점이었다.

태왕이 그 뒤로 한 달도 지나지 않은 10월에 다시금 동쪽 반도로의 출정 명령을 내린 것이었다. 특히 이번에는 진격로를 일곱 길로 나누고 水軍까지 동원했는데, 주요 타격목표는 한강 하류에 위치한 〈백제〉의 관미성關彌城이었다. 황해바다와 한강이 만나는 합수머리에 자리한 관미성은 사면이 몹시 가파르고 온통 바닷물과 강물로 둘러싸인 난공불락의 요충지였다.

고구려군이 석 달 만에 재차 관미성을 공격해 왔다는 소식에 백제의 진사왕은 소스라치게 놀라고 말았다. 진사왕은 고구려의 젊은 태왕이 용병에 능하다는 소문을 듣고는, 직접 상대하려 들지 않았다. 대신 관미성이 쉽사리 함락될 리가 없다 여기고, 첩인 가리佳利와 함께 구원에서 사냥을 하는 등 허세를 부리면서 열흘이 넘도록 고구려군이 물러나길 기다렸다. 실제로 고구려군이 수륙水陸 양군을 동원해 관미성에 총공세를 퍼부었지만, 좀처럼 떨어지지 않았다.

그러나 주야로 20일 동안을 쉼 없이 공격해 대니, 천혜의 요새로 알려진 관미성도 끝내 무너지고 말았다. 고구려의 관미성 점령으로 백제는 강물을 따라 내륙으로 진입할 수 있는 길목을 내주면서 한강 방어망이 크게 뚫리고 말았다. 나아가 386년 청목령에서 시작해 팔곤성과 서해안 끝까지 구축했던 〈관방關防〉의 방어체계 또한 무력화되는 치명타를 입게 되었다. 구원의 행궁에 머물다 관미성이 함락되었다는 소식을 들은 진사왕이 크게 놀란 나머지 그 자리에서 자빠지고 말았다.

"무어라, 관미성을 빼앗겼다고? 아니 이게 무슨……. 어, 어, 커억!"

관미성 함락의 충격으로 〈한성백제〉의 진사왕이 쓰러졌다는 소식에 〈부여백제〉의 여휘왕이 기각숙이紀角宿禰 등을 다시 보내 사태를 신속히 수습하게 했다. 일설에는 그해 11월에 여휘왕이 끝내 진사왕을 제거하고 침류왕의 아들인 아신阿莘을 새로이 왕으로 세웠다고도 했는데, 오히려 이것이 훨씬 가능성이 높은 얘기였다. 진사왕은 부여백제의 지원 아래 침류왕을 대신해 즉위했으나, 그 또한 결국에는 부여백제에 등을 돌린 셈이 되어버렸다. 그렇다면 더욱더 정사에 매진하고 나라와 백성을 생각해야 했으나, 오히려 사치를 일삼다 고작 8년의 재위 끝에 스스로 몰락하고 말았던 것이다.

그런데 관미성이 고구려 수중에 떨어지기 전이던 그해 9월, 신라 금성의 내물마립간에게 고구려의 사신 일행이 도착했다는 급보가 들어왔다.

"아뢰오, 고구려 태왕이 보낸 사신 루부婁夫 일행이 궐 안에 당도했습니다!"

루부가 이때 내물마립간에게 고구려 태왕이 백제와 전쟁을 벌이는 동안 어찌해서 백제를 치지 않았느냐며, 내물왕을 크게 책망했다. 그 후 한 달이 지나자 이번에는 고구려가 백제의 관미성을 공격하고 있다는 소식이 들어왔다.

"무어라, 구려가 한 달 만에 또다시 부여를 치고 있다고? 에잇, 참 난감한 일이로고……"

신라 조정이 재차 들썩였는데 누군가 마립간에게 고했다.

"구려왕 담덕이 젊지만 듣던 대로 대단한 용병술을 지닌 인물이 틀림없습니다. 지난 9월에 석현성 등을 거두고 썰물처럼 돌아가니, 다들 당분간은 고구려군이 다시 오리라 생각지 않았습니다. 담덕은 그런 허점을 내다보고 재차 관미성을 치고 들어온 것이고, 그사이에 서쪽의 거란을 깨뜨리고 온 것이라니 이 모두가 사전에 철저하게 계획된 것임을 알 수 있습니다. 지금이라도 서둘러 출정해 부여를 공략하는 시늉이라도 해야 할 듯합니다."

"그것 참……"

내물마립간이 그 말에 공감한다는 듯 고개를 주억거렸다. 결국 신라 조정에서는 미사품未斯品 등에게 명을 내려, 일단 서쪽 변경으로 출정하게 했다. 그러나 미사품이 이끄는 신라군은 백제의 변경까지 와서도 북을 치고 함성을 지르는 등 요란스레 치는 시늉만을 할 뿐, 정작 공격에 나서지는 않았다.

"둥둥둥, 와아, 와아!"

신라군이 그렇게 상황만을 보다가 관미성이 고구려 수중에 떨어졌다는 소식을 듣고는 이내 철군해 버렸다. 백제와의 관계도 그렇고, 남의 나라 전쟁에 개입하고 싶지 않았던 것이다.

한편, 신라군이 철수한 후에도, 내물마립간은 마음이 편치 않았던지 고국양제 때 보내왔던 고구려 미녀 3인을 다시 불러들여, 모두 궁인宮人으로 삼게 했다. 그뿐이 아니었다. 내물마립간이 즉시 도령道寧 등의 사신단을 꾸려 고구려 영락제에게 보내 토산물을 바치게 했으니, 이때부터 영락제가 이미 주변국들에게 두려움의 대상으로 떠오르기 시작했던 것이다.

실제로 영락제는 東을 치는 듯하다가 西를 치고, 또 西를 치는가 하면 다시 돌아서서 東을 치는, 그야말로 현란하기 그지없는 용병술을 선보였다. 가까운 거란보다 훨씬 멀리 떨어진 동쪽의 한반도 대방을 먼저 택한 것도, 사람들의 예상을 뛰어넘는 전략을 택한 것이었다. 왕복 거리만 해도 수천 리에 해당하는 장거리 원정이 가능했던 것은 태왕의 직속부대를 소수의 발 빠른 기병 위주로 구성했다는 의미이고, 그만큼 속도전에 자신이 있기 때문이었을 것이다.

따라서 그해 3번에 걸친 전쟁 모두를 영락제가 친히 진두지휘했을 가능성이 매우 컸다. 태왕이 사전에 이런 계획을 철저하게 짜둔 다음, 즉위 초기에 태풍처럼 몰아붙인 것으로 미루어, 전쟁에 미온적이던 조정 대신들에게 태왕을 제어할 틈을 주지 않으려 했던 것이 틀림없었다. 두 번째 거란 원정의 성과로 열화와 같은 국민적 지지를 받고부터는, 원정을 반대하던 조정 대신들로부터도 훨씬 자유로웠을 것으로 보였다.

그 무렵에 신라의 사신 도령을 마주하던 영락제가 돌연 심상치 않은 발언을 했다.

"너희들 임금이 각별하게 총애하는 신하가 있다고 들었다. 내 그를 한번 보고자 한다!"

"옛? 황송하오나 무슨 말씀이온지……"

도령이 크게 놀라 할 말을 잃었는데, 이는 곧 내물마립간의 최측근 신하를 고구려에 인질로 보내라는 의미였던 것이다. 향후 신라의 태도를 떠보기 위해 고도로 계산된 정치적 발언일 수도 있었다. 도령이 큰 짐을 지고 귀국해 마립간에게 자초지종을 보고하니 왕이 크게 염려했다. 그런데 사실 내물마립간은 영락대제가 즉위하던 원년에 조문사절을 보내 두 딸을 고구려 태왕에 바쳤는데, 이는 그 1년 전 고국양제가 신라에 미녀들을 보내 준 데 따른 사은의 표시였다.

이듬해 392년 정월, 태왕이 전년에 신라에서 보내온 두 공주 운모雲帽와 하모霞帽를 좌우 소비小妃로 삼겠다고 발표했다. 이는 신라의 왕족으로 이제 막 도성에 도착한 보금宝金이란 인물의 행적에 맞춘 것이었다. 보금은 키도 크고 유식했는데 내물마립간의 조카라고 했으니, 사실상 마립간이 고구려에 보낸 볼모인 셈이었다. 태왕이 보금을 접견하고 나자, 이내 비빈들이 거처하는 궁의 대부로 삼겠노라고 발표했다.

신라에선 보금을 대서지의 아들이자 부군副君인 마아馬兒라고 기록했으나, 마아는 생물학적으로 그때까지 생존 가능한 나이가 아니었으므로 보금 또한 수수께끼의 인물이었다. 다만 고구려에서는 오로지 그를 보금이라 불렀으니, 아마도 그는 대서지의 후손으로서 내물마립간에 의해 그의 조카로 둔갑했으나, 실상은 원 내물왕의 조카로 신라 金씨를 대표하던 인물임이 틀림없었다.

보금이 마지못해 고구려로 들어왔으나 이내 비궁대부妃宮大夫라는 직책을 맡게 된 데다, 새삼 고구려를 떠나지 못하는 볼모의 신세가 되고 말았다는 생각에 크게 실망했다.

'낭패로다……. 꼼짝없이 인질이 된 것도 억울한데 하필이면 비궁대부라니, 마립간도 이런 사실을 미리 알고 있었을까……'

보금이 그렇게 전전긍긍하는 것을 알았는지, 태왕이 그를 위해 천성天星공주를 처로 삼도록 내주었다. 공주는 태상후太上后 해解씨 소생으로 당시 홀로 남은 과부의 처지에 있었다.

해가 바뀌어 393년 7월이 되자, 고구려가 또다시 거란을 공격해 천서川西 지역을 빼앗았다. 그 무렵 영락제가 두 황후에게 특별한 지시를 내렸다.

"이제부터 두 분 황후께서 친히 나라 안의 건장한 여인들을 가려내서 병사로 삼게 하고, 승마乘馬와 활쏘기를 연습시켜 보도록 하시오."

이는 곧 여성 전사들을 무장시켜 내궁內宮의 호위를 담당하는 친위대로 삼으려는 뜻이었다. 조부인 고국원제 때 주周태후를 비롯한 황실의 여인들이 대거 〈연燕〉으로 끌려가 수모를 겪은 것을 교훈 삼아, 유사시에 대비하기 위한 태왕의 또 다른 구상인 셈이었다. 아마도 즉위 초기부터 태왕의 원정이 잦다 보니, 궁궐 안팎으로 항상 준전시 상태의 비상체제가 유지되게 하려는 의도일 수도 있었다. 그 와중에 어느 날 평양후가 말했다.

"소첩이 부처가 동자를 내려 주는 꿈을 꾸었습니다……"

그 말에 태왕이 (창려)평양平壤과 東, 西, 북北都 3곳의 도성에 절을 짓도록 명을 내리니 비로소 불도佛道가 널리 퍼지게 되었고, 후일 이것이 고구려 9大 사찰의 유래가 되었다.

한편, 〈한성백제〉에서는 진사왕의 뒤를 이어 침류왕과 가리后의 아들인 아신왕阿莘王이 즉위했는데, 그는 매사냥과 승마를 즐길 만큼 호방한 기운의 소유자였다. 그런데 아신왕이 즉위하기까지 결정적 영향력을 행사했던 〈부여백제〉 조정에서는, 아신왕이 즉위하자마자 〈고구려〉에 맞서 강력한 보복을 전개할 것을 강요하기 시작했다.

아신왕 2년인 393년, 아신왕이 동명묘에 배알하여 조상들께 즉위를 알린 다음, 전사한 진가모를 대신해 진무眞武를 좌장左將으로 삼고 병마兵馬 업무 일체를 총괄하게 했다. 아신왕의 또 다른 외숙인 진무는 침착하고 과감한 성격에 지략을 지녀, 많은 사람들로부터 신망을 얻고 있었다. 그해 여름이 되자 때마침 고구려가 서쪽의 거란 정벌에 나섰다는 기별이 들어왔다. 아신왕이 이때다 싶어 서둘러 진무에게 명을 내렸다.

"우리 북변의 관미성이 천혜의 요지인데, 지금 구려군의 손아귀에 있으니 안타깝기 그지없는 일이오. 구려군 진영이 거란원정으로 크게 비어 있을 공산이 크니, 이번에 경이 나서서 구려군에 설욕을 가하고 반드시 성을 되찾도록 하시오!"

그리하여 그해 8월, 진무가 이끄는 한성백제의 1만여 군이 북진을 시작했는데, 석현성과 관미성 등 5개의 성을 탈환하고, 크게는 구려의 평나(반도평양)까지 장악하겠다는 야심찬 계획을 목표로 삼았다. 백제군이 먼저 관미성에 도착했는데, 공격에 앞서 진무가 병사들 앞에 나아가 비장한 각오를 밝혔다.

"지난번, 적들의 공격에 우리가 열두 개 성을 한꺼번에 내주고 말았으니 치욕 그 자체였다. 이번 전투는 그야말로 우리의 자존심을 건 설욕전이니, 내 자신이 죽기를 각오하고 앞장설 것이다. 병사들은 두려워 말고 용감하게 나를 따르라! 공격하라, 진군의 북을 쳐라!"

"둥둥둥, 와아, 와아!"

백제군이 일제히 함성을 지르며 내달려 관미성을 둘러싸고 맹공격을 퍼부었는데, 과연 맹장 진무는 날아오는 화살과 돌덩이 세례를 무릅쓴 채 몸소 병사들에 앞장서서 공격을 진두지휘했다. 그러나 성안의 고구려군도 맹렬하게 화살을 날리며 수성에 나섰고, 그 결과 백제군이 관미성을 함락시키는 데 실패하고 말았다. 진무가 이때 병력을 돌려 석현성을 돌파하려 했으나, 그 역시 성공하지 못해 퇴각하고 말았는데, 군사들이 먹을 식량 조달이 원활하게 이루어지지 못한 것이 실패의 커다란 원인이었다.

〈한성백제〉가 고구려 역내 성을 빼앗으려 안간힘을 쓰고 있을 무렵, 아래쪽에서는 놀랍게도 부여백제(대왜)군이 동쪽으로 출정해 〈신라〉를 공격하기 시작했다. 금성의 초병이 헐레벌떡 달려와 내물마립간에게 이 사실을 보고했다.

"아뢰오, 지금 왜병의 무리가 갑작스레 들이닥쳐 금성을 포위하고 있습니다!"

부여백제의 군사들이 이때 금성을 포위했는데, 닷새가 지나도록 마립간이 대응하지 않았다. 그러자 오히려 신라의 군병들이 안달이나 성 밖으로 나가 싸우게 해 달라고 마립간을 재촉할 지경이었다. 마립간이 병사들을 타일렀다.

"지금 적들이 타고 온 배를 바다 위에 띄워둔 채로, 육지 깊숙이 들어와 죽기로 달려드니 그 날카로운 기세를 당하기가 쉽지 않다. 그러니 당분간은 성문을 굳게 지키고 일체 싸움에 응하지 말고 때를 기다리도록 하라!"

그렇게 신라군이 버티다 보니, 과연 백제군이 별다른 성과도 없이 물러나고 말았다. 그때서야 마립간이 날랜 기병을 내보내 백제군의 퇴로를 막게 했다. 곧이어 보병을 내보내 백제군을 추격케 하니 독산獨山까지 이르게 되었다. 신라군이 이때 양쪽에서 백제군을 협공해 크게 무찌르니, 백제군이 사실상 궤멸되고 말았다.

내물마립간의 침착한 지연전술과 뛰어난 용병술이 또다시 빛을 발한 셈이었고, 신라에서는 이 승리를 기념해 〈독산참왜獨山斬倭〉라 불렀다. 그해 여휘왕은 야심차게 한성백제를 통해 북쪽의 관미성을 때리는 동시에 부여백제의 수군을 동원해 신라의 금성을 공격한 것이었다. 1년 전 〈관미성전투〉 때 고구려 지원에 나섰던 신라를 묶어 두기 위한 방편으로 보였으나, 끝내는 양쪽 다 실패하면서 야심찬 계획이 모두 수포로 돌아가고 말았다.

8. 왜왕이 된 여휘

새로이 아신왕이 다스리는 〈한성백제〉의 진무眞武가 관미성 공략에 실패해 돌아갔던 그해, 고구려 조정에 특별한 손님이 찾아와 사람들의 호기심을 자극했다.

"탐라왕 월손이 찾아와 태왕폐하를 뵙기를 청하고 있습니다."

〈탐라耽羅〉는 지금의 제주도로 당시 월손月孫이라는 인물이 다스리고 있었는데, 이 무렵에 그 정확한 지명과 함께 정식으로 역사의 무대에 등장했다. 무슨 계산이었는지는 몰라도 월손이 이때 머나먼 고구려 도성까지 행차해 영락제에게 무릎을 꿇고 토산물을 바쳤다는 것이었다.

이듬해 영락 4년인 394년 2월이 되니, 평양후가 아들 거련巨連을 낳았는데 생김새가 듬직한 데다, 태어나자마자 곧바로 눈을 뜨고 앉는 모습에 사람들을 놀라게 했다고 한다. 태왕이 거련을 보면서 평양후에게 말했다.

"흐음, 이 아이가 태조를 닮았나 보오. 그대가 선仙을 좋아하더니 이리 훌륭한 아들을 낳은 걸 보면, 분명 선仙이 불佛보다 못한 건 아닌가 보오, 하하하!"

그리고는 이내 선원仙院들을 수리하라는 명을 내리기에 이르렀다. 그해 여름이 되자, 백제의 진무가 수곡성 방면으로 또다시 쳐들어왔다는 보고가 들어왔다. 이때도 태왕이 친히 정예기병 5천을 이끌고 나가더니, 수곡성 아래에서 진무의 백제군과 일전을 벌였다. 그러나 철갑으로 무장한 강력한 고구려의 기병대에 백제군은 상대가 되지 못했다. 결국 백제군이 크게 패했고, 무수한 희생자를 낳은 채 야밤을 이용해 달아나기 바빴다. 다음 달인 8월, 영락제는 남쪽 변방의 일곱 개 성을 수리하라 명하는 등 방어를 더욱 단단히 했다.

이듬해인 395년에도 영락제는 변함없이 원거리 출정을 나갔다. 그런데 이번에는 서쪽으로 방향을 돌려 비리卑離(패려稗麗)를 거쳐 내몽골을 돌아오는 만만치 않은 원정길로, 선비와 거란이 일어난 지역과도 겹쳐 있었다. 당시 비리 세력이 고구려에 조공을 바쳐오지 않았다는 이유를 들어 원정에 나섰는데, 아마도 〈서부여〉의 잔존세력으로 보였다. 태왕이 이 원정에서 파산叵山, 부산富山, 부산負山 등을 정벌하고, 현 요하遼河(랴오허)의 서북쪽 최상류지역인 내몽골의 시라무룬강(서요하) 염수鹽水에까지 이르렀다는데, 이곳은 대초원지대로 사람들이 유목생활을 하는 지역이었다. 이 원정에서 고구려군은 무려 7백여 부락을 쳐서 소, 말, 양, 돼지 등 셀 수 없이 많은 가축을 노획했는데 가축별로 만萬 단위로 셀 정도였다고 한다.

그런데 이때의 원정은 그 양상이 종전과는 사뭇 다른 모습이었다. 우선 태왕이 이때 평양后를 동행시키려 했다. 그때 임신 중인 토산后가 따라나서겠다고 고집을 부리는 바람에, 태왕이 이를 말리려 했다.

"아이를 가진 몸인데, 기마를 해야 하는 험한 원정길을 어찌 감당하려고 그러시오?"

"아닙니다. 기마는 어려서부터 일상이었으니 복중 태아에 전혀 영향이 없도록 할 것입니다. 괘념치 마옵소서!"

즉위 초기부터 토산후가 평양후를 상당히 의식한 듯했고, 결국 태왕이 이때 두 황후 모두와 함께 기마騎馬를 한 채로 원정길 내내 동행했다. 토산후는 과연 돌아오자마자 삼산三山공주를 낳았는데, 원정 경로의 3산을 이름으로 삼은 듯했다. 원정이라지만 그만큼 안전하다고 여겨진 토벌인 셈이었다.

또 하나, 3년 전의 1차 〈거란 원정〉 때 1만여 함몰민구들을 되찾아 오는 것이 목표였다면, 이번 원정은 염정을 확보하고, 수많은 가축을 빼앗아 돌아온 것으로 미루어, 국부를 늘리기 위한 경제적 이익을 목표로 삼은 것이 틀림없었다. 당시만 해도 북방 유목민족과 인접해 있던 고구려로서는 종종 이런 식의 약탈을 통해 일시에 나라의 재정을 확충하곤 했던 것이다. 고구려는 이 원정으로 다수의 군마軍馬 등을 확보할 수 있었으니, 이는 분명 다음의 원정을 노린 포석임이 틀림없었다.

장거리 토벌을 무사히 마치고 돌아오는 길에는 양평도襄平道(계현)를 지나 역성力城과 북풍北豊 등을 거치면서 요동 지역의 영토를 시찰했고, 안전한 영내로 들어서서는 중간에 수렵을 겸한 군사훈련까지 실시하는 등 매우 다채롭고 여유로운 모습을 연출했다. 처음부터 철저한 사전계획에 의해 그 경로와 일정을 잘 짜 두었던 것이다.

그러던 그해 여름이 되자, 반도의 대방 지역으로부터 급보가 날아들었다.

"아뢰오, 백제의 진무가 원정의 틈을 노려 또다시 대방을 침공해 왔는데, 곧바로 수곡성으로 향했다고 합니다!"

"흐음, 알았다. 그런데 최근 후연과 북위의 동정은 어떠하더냐?"

정보전을 누구보다 중요시했던 영락제가, 먼저 서쪽 중원의 상황을 꼼꼼히 확인했던 것이다.

391년 말, 代 땅에서 탁발규가 일으킨 〈북위〉는 그 후 흉노 유위진을 멸망시키고 세력을 더욱 키워나갔다. 그보다 앞선 385년, 〈전진〉의 부견이 〈비수전투〉 패배로 위기에 처한 틈을 타, 모용수도 〈후연〉을 세웠다. 같은 조상을 둔 선비의 나라 북위의 빠른 성장을 마뜩잖게 바라보던 모용수는 394년에 7만의 병력으로 북위와 우호관계에 있던 〈서연〉을 멸망시켜 버렸다. 아울러 강족 요흥의 〈후진〉과 연합해 북위를 견제함으로써, 이제 북위와 후연의 충돌은 일촉즉발의 상황이었다.

결국 이듬해인 395년 5월, 탁발규가 먼저 〈후연〉의 국경을 침범하면서 도발을 했고, 이에 이미 70의 고령인 모용수가 나라에 총동원령을 내렸다. 그해 11월, 하북의 패권을 놓고 〈북위〉와 〈후연〉이 각각 10만 명씩, 총 20만에 이르는 대군을 동원해 산서 참합피에서 사생결단의 대전을 벌였고, 그 결과 〈후연〉이 대패하고 말았다. 한겨울의 북풍 설한이 닥친 데다 기병 위주로 기동력에서 앞선 북위군이 훨씬 유리했던 것이다.

〈참합피전투〉의 대승으로 북위는 승승장구하게 되었고, 후연은 급격하게 위축되기 시작했다. 서쪽의 중원이 이런 상황에 놓여 있었으므로, 그 무렵 고구려는 모용씨의 〈후연〉을 신경 쓸 이유가 없었다. 영락제는 그 즉시 말에 올라 7천의 정예기병을 거느리고, 쏜살같이 대방으로 내달렸다. 얼마 후 한반도로 진입해 전황을 파악한 영락제가 곧바로 명령을 내렸다.

"지금 곧 패수浿水(예성강) 강변에 진을 치도록 하라. 그곳에서 진무가 이끄는 백제군을 맞이할 것이다."

그 무렵에 진무의 백제군이 나타나 양측에서 치열한 공방전을 펼쳤는데, 기병 위주의 고구려군이 백제군을 참패시키고 8천 명의 목을 베는 대승을 거두었다. 너른 개활지에서 장창을 들고 말의 옆구리까지 철갑을 두른 고구려 철기병의 전투력이, 보병 위주의 백제군에 비할 수 없을 정도로 압도적이었던 것이다. 패수 강변을 전장으로 택한 영락제의 계산이 읽혀지는 대목이었다. 〈패수전투〉에서 백제군이 병력에서는 우위에 있었으나, 기병의 수에서 열세라 결국 참패한 것으로 보였다.

한산에서는 백제의 아신왕이 진무의 참패 소식에 크게 분개했다.

"에잇, 또다시 담덕에게 패하다니……. 아무래도 내가 친히 나서야겠다. 남은 병력을 모두 출정시키도록 하라!"

아신왕 또한 기개에 있어서 영락제 못지않은 모양이었다. 상황이 그쯤 되면 두려움에 대신들의 뒤로 숨어들 만도 했지만, 그는 고구려에 대한 설욕을 위해 결연하게 앞장서서 전장으로 향했다. 문제는 아신왕이 이때 고작 7천의 병력만을 동원시킬 수 있었으니, 필시 주변 대신들의 만류를 뿌리치고 출정한 것이 틀림없었다. 일국의 군주로서 그만큼 복수심에 불타올랐고, 죽음을 각오할 정도로 절박한 심정이었던 것이다. 아신왕이 군사들을 이끌고 임진강을 넘어 청목령에 도착했는데, 하필이면 큰 눈이 내리는 바람에 얼어 죽는 병사들이 속출했다. 수하의 장수들이 철수를 권했다.

"어라하, 지독한 엄동설한이라 적들을 공격하기에는 무리이니, 이번엔 철병을 하시고 다음 기회를 노리셔야 합니다!"

최악의 상황을 맞이한 아신왕이 싸움도 못 해 보고, 무수하게 병사만을 잃은 채 철수를 명해야 했다. 당장의 복수심에 불타 눈앞에 닥친 계절의 변화를 내다보지도 못했고, 소수의 병력만으로 강까지 건너 강력한 철기병이 기다리는 적진을 향해 무모하게 나아갔으니 당연한 귀결이었다. 아신왕은 전투에 임해 상황과 정보를 파악하는 능력 면에서, 영락제에 비교할 바가 아니었던 것이다. 차라리 큰 눈이 나머지 백제 병사들의 목숨을 구한 셈일지도 모를 일이었다.

395년 겨울, 북위와 후연이 산서에서 벌였던 〈참합피전투〉와 고구려와 백제가 한반도에서 치른 〈패수전투〉의 양상이 규모의 차이만 있을 뿐, 우연히도 비슷한 결과를 낳고 말았다. 아신왕이 한산으로 돌아와 병사들을 위로했으나, 한성백제의 군사력은 더욱 고갈되었고 거듭된 패전 소식에 백성들의 사기 또한 크게 떨어졌을 것이다. 더구나 아신왕의 수모는 이제 겨우 시작에 불과한 것이었다.

사실 아신왕은 20여 년 전, 백제와의 전투에서 조부를 잃은 영락제의 분노가 얼마나 뼈에 사무치고 큰 것이었는지 감도 잡지 못했을 것이다. 정작 진정한 영락제의 복수는 이듬해부터 본격적으로 전개되기 시작했는데, 이는 한반도 전역을 뒤흔들 정도로 역사적 분기점이 되는 일대 사건이었다.

영락 6년째 되던 이듬해 396년 병신丙申년 3월, 영락제가 주변 모두가 깜짝 놀랄 만한 이야기를 꺼냈다.

"지난 연말 패수전투에서 백제의 아신을 크게 패퇴시켰으나, 다들 알다시피 그의 배후에는 백제를 대방의 전선으로 내모는 강력한 남쪽의 비리가 있다. 비리의 왜왕을 눌러놓지 않는 한, 그들의 강압에 못 이긴 북쪽의 백제는 제아무리 패배를 반복해도 끊임없이 우리의 국경을 괴롭

힐 것이다.”

그러자 조정 중신 한 명이 나서서 이를 말리려 들었다.

“하오나 폐하, 이미 한산의 백제는 세 번의 전투에서 모두 폐하께 참패해 한동안 일어서지 못할 것입니다. 게다가 폐하께서 즉위하신 이래 이미 6번이나 출정하셨습니다. 매번 연전연승하셨지만, 희생된 병사들이 늘고 있고 전쟁 수행을 위한 군비 지출도 비할 수 없이 커졌습니다. 서쪽 선비들의 상황도 알 수 없는 만큼, 당분간은 충분히 휴식을 취하고 다음을 도모하심이 옳을 줄 압니다. 통촉하소서!”

그러자 영락제가 고개를 좌우로 흔들며 작심한 듯 말했다.

“그대의 말도 다 옳은 말이오. 그러나 우리가 힘을 비축하려 든다면 적들도 마찬가지로 재기할 기회를 얻게 될 것이오. 차라리 위쪽의 백제가 휘청거릴 때, 전격적으로 남쪽의 비리를 치는 것이 더욱 효과적일 것이오. 더구나 비리는 지난 연말에 전투가 끝난 것으로 간주해, 우리가 자신들을 직접 타격하리라고는 꿈도 꾸지 못할 것이오. 빠른 침투가 관건인 만큼, 이번에는 바닷길을 타고 水軍을 동원하려 하오!”

느닷없이 수군을 동원해 부여백제 원정에 나서겠다는 말에 조정 대신들이 모두 놀라 수군거리자, 영락제는 더욱 단호한 말로 이야기를 마무리했다.

“무엇보다 백제와 비리의 토벌이야말로 궁극적으로 서쪽의 선비를 겨냥한 전제조건임을 모두들 잊지 말기 바라오!”

젊고 패기만만한 영락제의 의지가 워낙 굳은 것이었고, 매번 승리를 가져온 데다, 모두가 탄복할 만한 전술을 구가하니 아무도 태왕의 뜻을 꺾지 못했다.

그리하여 그해 봄, 영락제는 수군으로 편성된 대규모 선단을 꾸리고 황해의 뱃길을 이용해, 친히 한반도 비리(부여백제, 大倭) 원정에 나섰다. 당시 병력의 규모가 자세히 알려지진 않았으나, 함선을 이용한 만큼 첫 원정길에 동원했던 4만 병력의 절반 수준에도 미치지 못했을 것이다.

고구려가 일찍이 시조 추모대제 시절부터 수군을 자주 이용한 데다, (창려)평양으로 천도한 이래로 발해만을 끼고 있던 만큼 강력한 수군을 보유한 것이 틀림없었다. 다만, 함선이라고는 해도 대규모 해상전투를 치를 만한 수준이라기보다는, 이제는 해안선 멀리서도 병력을 실어 나를 수 있는 운항 능력이 크게 개선된 정도로 보였다. 어쨌든 영락제와 고구려 군사를 실은 백 수십여 척의 대규모 선단이 과감히 황해바다를 건넜고, 얼마 후 한반도 중부 서해안의 해안에 당도했다.

그야말로 그때까지 고대 한반도 내에서 역대 최대 규모의 선박과 병력이 동원된 셈이었고, 그렇게 황해바다를 가득 메운 선박들이 일대 장관을 이루면서 처음 보는 기상천외의 해상작전이 전개되기에 이르렀다. 이후 영락제와 고구려군의 행적으로 미루어, 당시 1차 기착지는 금강錦江 하구의 포구가 있는 충남서천 쪽이 유력해 보였다. 그곳에서 금강의 뱃길을 이용하면 곧장 내륙의 강경이나 임천(부여군)은 물론, 〈부여백제〉의 도성이 있는 거발성(공주)으로 진입하기가 수월하기 때문이었다. 실제로 영락제의 선발 특공대는 임천林川을 거쳐 곧장 거발성으로 진격한 것이 틀림없었다.

같은 시간, 〈부여백제〉의 거발성(공주) 조정에서는 대규모 고구려 수군이 서해안에 상륙해 도성을 향해 진군해 오고 있다는 급보에 군신 모두가 사색이 되고 말았다. 여휘왕이 잔뜩 긴장한 표정으로 대신들에게 대응 방안을 물었다.

"기가 막힐 일이오. 담덕이 수군을 꾸려 직접 우리를 치러 온다니, 과연 현란한 용병술이 소문 그대로구려……. 이번에 우리를 토멸하기로 작심을 한 것이 틀림없으니, 어찌 대응하면 좋겠소?"

그러나 대신들 모두 겁에 질려 버렸는지, 적당한 대안을 내놓지 못한 채 설왕설래했다. 일부는 고구려군이 원정군인 만큼 곧바로 돌아갈 테니, 임시로 투항을 선언하고 향후 기회를 엿보자고 했다. 그러나 고구려군이 점령군으로 주둔할 가능성도 있어, 일단 적을 맞이해 싸워 보기로 뜻을 모으고, 서둘러 북의 〈한성백제〉 아신왕에게도 사태의 심각성을 알림과 동시에 지원을 요청하는 파발을 보냈다.

얼마 후 부여백제군이 성을 나가 고구려군의 선봉에 맞서 싸웠으나, 이내 패퇴하여 철수해 오고 말았다. 크게 실망한 여휘왕이 고구려군들이 도강을 해 오고 있다는 보고에 전전긍긍하는 사이, 영락제가 보낸 고구려군의 사자가 도착했다. 그가 여휘왕에게 태왕의 뜻을 전달했다.

"고구려의 태왕폐하께서는 구태여 살상이 수반되는 전쟁을 원하지 않으십니다. 만일 부여왕께서 항복을 하신다면, 성을 불사르지 않을 것과 대왕의 군신들을 해치지 않을 것을 약속하겠노라 말씀하셨습니다. 부디 고구려 태왕폐하의 호의를 수용해 평화를 택해 주실 것을 청하옵니다!"

"흐음……. 진지하게 고려해 볼 것이니, 잠시 시간을 주시오!"

이후로 부여백제 조정에서 투항 여부를 놓고 한바탕 격렬한 논의가 벌어졌다. 그러나 워낙 벼락같은 고구려군의 해상 기습작전이라, 목숨을 내걸고 싸우다 죽는 것 외에는 속수무책일 뿐이었다. 무엇보다 여휘왕을 비롯한 중신들이 이미 전의를 상실한 뒤라, 일단 투항을 통해 고구려 태왕을 달래고 모두가 살아남는 방법을 택하기로 했다.

그리하여 마침내 영락제가 이끄는 고구려군이 거발성에 사실상 무혈입성하게 되었다. 여휘왕과 부여백제의 군신들이 모두 나가 보무도 당당하게 들어오는 영락제를 맞이했고, 끝내 영락제 앞에서 모두가 무릎을 꿇고 말았다.

"지금부터는 영원히 폐하의 노객奴客이 될 것입니다. 부디 어리석은 소왕小王의 지난 허물을 용서하소서!"

"흐음……"

영락제가 이때 도성인 거발성을 포함해 전략적 가치가 높은 부여백제의 10여 성을 고구려에 바칠 것을 요구했고, 여휘왕이 이를 전격 수용함으로써 투항이 성사되기에 이르렀다. 영락제가 이때 약속대로 여휘왕과 그 신하들을 욕보이지 않았는데, 가능한 왕을 죽이지 않는다는 관행을 지키려 한 셈이었다. 여휘왕은 그 외에도 지역 특산물인 세포細布(고급삼베) 1천 필과 함께 남녀 포로 1천 명을 바쳤다. 영락제는 여휘왕의 아우를 포함한 대신 열 명을 인질로 삼고, 마침내 항복 및 전후의 협상을 마무리했다.

〈부여백제〉의 여휘왕으로서는 사실상 나라의 절반 이상을 내준 것이나 다름없었고, 주요 대신들을 인질로 내주어야 했으니 목숨을 구걸해 살아남은 것 외에는 더 이상의 굴욕이 있을 수 없었다. 큰 전투를 치르지 않고도 여휘왕을 완전하게 굴복시키는 데 성공한 영락제는, 여휘왕의 환송을 뒤로한 채 거발성을 나와 다음 목표를 향해 병사들을 재촉했는데, 곧바로 북의 한성백제를 겨냥한 것이 아니었다.

이때 영락제가 거친 城들은 웅진(공주)과 임천을 포함해 와산蛙山(충북보은), 괴구槐口(괴산), 복사매伏斯買(영동), 우술산雨述山(대전보문산), 진을례進乙禮(금산, 진안), 노사지奴斯只(대전유성) 등이었다고 한다. 일설에는 특히 와산을 지나면서 영락제가 일부러 속리산에 들러 이른 아침에 천제天祭를 올렸다고도 했다. 다만, 이 성들은 대부분 충청도 일원에 분포해 있었으므로, 고구려군은 속리산을 돌아 다시 대전과 웅진을 경유해 뱃길을 타고 금강 하구로 나온 듯했다. 강경 포구의 깊은 강물이라면 당시 수많은 선박들을 정박시키는 것이 가능했을 것이다.

이어 서해안을 따라 관미성으로 들어간 다음, 거대한 아리수阿利水(한강)를 따라 뱃길을 이용해 이번에는 아신왕이 있는 〈한성백제〉의 도읍 한산을 압박한 것으로 보였다. 당시 이렇다 할 전투기록이 보이지 않는 것으로 보아, 백제의 아신왕 또한 별 저항 없이 영락제에게 바로 무릎을 꿇고 투항한 것이 틀림없었다. 상국이나 다름없는 거발성 〈부여백제〉의 여휘왕이 항복을 한 마당에, 가뜩이나 전투력이 고갈된 〈한성백제〉 또한 더 이상 고구려에 저항할 수는 없었을 것이다.

결과적으로 고구려는 이 한반도 백제 원정으로 금강 이북과 한강 일대의 사이에서 무려 58개에 이르는 성과 7백여 부락을 수중에 넣을 수 있었으니, 누구도 예상치 못한 〈해상상륙작전〉이 보여 준 놀라운 성과였고, 완벽한 승리였다. 다만, 그중 18개 城은 관미성을 포함해 영락제 즉위 초기인 392년에 확보했던 한강 일원과 경기 지역의 성들이었고, 나머지 40여 성은 이번 원정을 포함해 이후에 추가로 점령한 성이었을 것이다.

어쨌든 영락제 재위 기간 24년 전체를 통틀어서도 사실상 가장 빛나는 전과戰果였고, 그 때문에 그의 사후에도 태왕을 기리는 비문碑文(광개토대왕비)에 이때 취득한 성들의 이름을 상세하게 나열했다. 다만 오늘날 그 모든 성들의 위치를 정확하게 비정할 수 없다는 것이 안타까울 뿐이었다.

한편, 고구려에 사실상 완전하게 무릎을 꿇고 주요 城들을 내준 〈부여백제〉 조정은, 패배의 충격과 좌절감에서 좀처럼 헤어나질 못했다.

침통한 분위기가 거발성 전체를 무겁게 감싸고 있었다. 320년경 고구려 미천제의 대대적인 요동 정벌로 인해, 서부여 아래쪽 대방의 비류 세력이 한반도로 이주해 온 지 어언 80년의 세월이 흘렀다.

그사이 용케 거발성에 터 잡은 후, 3백 년 전통의 북쪽 〈한성백제〉를 누르고 황해 일대까지 진출해 대방기지를 건설하는 데 성공했다. 아울러 동남쪽 대마도의 임나 소국들과 반도 남서쪽의 古마한 지역에 이르기까지, 한반도 중서부 전역을 장악한 셈이었으니, 짧은 이주 기간을 감안할 때 실로 눈부신 성과였다. 그렇게 한반도 내에서 〈부여〉(비리, 대왜)의 부흥을 착착 이행하던 중에, 또다시 대륙의 고구려에 허망하게 패하고 말았으니 자존심이 상할 대로 상한 여휘왕은 조상들을 대할 면목이 없다며 정사를 거부할 지경이었다. 중신들이 나서서 여휘왕을 위로하며 재기를 노릴 것을 종용했다.

"비록 담덕에게 무릎을 꿇긴 했으나, 크게 상한 사람이 적고 피해가 없습니다. 또 여러 성을 내주었다고는 해도 대부분 철수해 버려서 점령이랄 것도 없습니다. 크게 잃은 것이 없으니, 자존심이 상할 일도 아닌 것입니다. 저들이 우리 쪽보다는 광활한 서쪽 중원의 일에 더더욱 신경을 쓰고 있으니, 그 틈을 노려볼 만합니다. 하늘이 도운 셈치고 다시 떨치고 일어나셔서 나라를 더욱 튼튼히 하셔야만 합니다!"

"……."

그해 5월, 영락제가 귀국한 지 얼마 되지 않았음에도 여휘왕이 서둘러 고구려에 사신을 보내왔는데, 토산물과 함께 아름다운 미녀 5인을 바쳐 왔다. 대신에 선도仙道의 서적을 수집해 보관한 〈선록仙錄〉 1궤를 내달라는 요청을 해 왔다. 〈부여백제〉 쪽에서 이제 上國이 된 고구려에 대해 적극적으로 성의를 다하는 모습을 내비침으로써, 자신들에 대한 의구심을 줄이기 위한 조처였다. 그 한 달 전인 4월, 〈후연〉을 건국했던 모용수가 〈참합피전투〉 참패의 충격에서 벗어나지 못한 채 사망했고, 그의 아들 모용보가 뒤를 이었다는 소식이 들려왔다.

그런데 사실 그즈음 부여백제의 거발성에서는 상상도 못 할 일이 은밀하게 논의되고 있었다. 영락제와 고구려의 기습에 커다란 충격을 받은 여휘왕이 반도 내에서 왕국을 경영하는 것에 대해 한계를 느낀 나머지, 제3의 길을 찾기로 작심한 것이었다. 여휘왕이 측근들에게 자신의 심정을 토로했다.

"담덕이 있는 한 이곳을 다스리는 데 한계가 있소. 설령 우리가 아래쪽으로 옮겨 간다 한들, 담덕의 손아귀에서 벗어나기 어렵기는 매한가지요. 비록 고구려가 반대쪽인 서쪽 선비 나라들에 신경을 쓴다고 하지만, 이제껏 그가 보인 행태로 보아 그는 이곳을 절대 포기하려 들지 않을 것이오. 이 작은 땅덩이 하나도 제 맘대로 못 하면서 굴욕적으로 살 바엔, 차라리 이 땅을 떠나 더 큰 곳에서 새롭게 시작하는 것이 어떨까 싶소……"

"……."

여휘왕의 말에 고개를 숙인 채로 듣고 있던 대신들이 소스라치게 놀라 갑자기 서로의 눈치를 살피느라 바빴다.

'대체 이 땅을 떠나자니 무슨 청천벽력 같은 소리란 말인가?'

다들 이렇게 묻는 듯한 표정이면서도 동시에 그곳이 어디를 말하는지 알고 있다는 듯, 이내 서로의 눈짓으로 이를 확인하려는 듯했다. 여휘왕이 넘겨짚듯 말을 이었다.

"그렇소, 바다 건너 열도를 말하는 것이오. 비록 섬인 데다 문명이 크게 낙후되어 있다지만, 그 섬들을 합치면 이 땅의 몇 배나 큰 땅인 데다 사람도 늘고 있소. 무엇보다 날씨가 따뜻해 사람들이 살기에 좋고, 쌀농사에도 그만이라지 않소. 적당한 곳을 물색해, 그곳에서 새로운 나라를 건설해 보자는 생각이 머리에서 떠나질 않소……"

사실 바다 멀리 열도에 대한 이야기는 결코 새삼스러운 것도 아니었다. 〈부여백제〉는 백 년 전 대륙의 대방을 떠날 때부터 반도와 열도를 놓고 저울질을 했을 정도로 열도에 대한 관심이 많았다. 게다가 작금에 부왕인 여구왕이 대마의 임나 소국들을 정복한 이래로는, 기회가 닿으면 멀리 열도의 땅까지 정복하자는 이야기까지 심심찮게 나오던 중이었다. 누군가 눈치 빠른 대신이 여휘왕의 말에 얼른 호응하고 나섰다.

"과연 탁견이십니다. 열도가 여러 큰 섬으로 이루어진 탓에 크고 작은 나라들이 곳곳에 흩어져 있고, 아직은 그 땅 전체를 다스리는 통일왕국이 탄생하질 않은 상태입니다. 비록 쉽지는 않겠지만 장차 대왕께서 그 대업을 이루시지 말란 법도 없을 것입니다. 게다가 이 땅을 떠난다 해도 한성의 백제왕에게 나라 전체의 통치를 위임하는 방식을 택한다면, 양쪽을 모두 경영하실 수도 있을 것입니다."

그러자 여휘왕을 포함한 여러 대신들이 고개를 끄덕이며, 일리가 있다는 표정들을 내비쳤다.

"그렇소, 사실 방법을 찾아내기로 한다면 여러 가지가 있을 것이오. 그러니 모두들 더욱 구체적으로 실행 가능한 방법들을 모색해 보도록 하시오. 다만, 이 얘기가 밖으로 새 나가지 않도록 절대 은밀하게 진행해야 할 것이오."

이때부터 여휘왕의 부여 조정에 생기가 돌기 시작했다. 여휘왕이 재빠르게 고구려에 사신을 보내 토산물과 미녀를 바친 이유도 바로 여기에 있었던 것이다. 영락제 앞에서 영원한 노객奴客의 맹세를 했던 여휘왕이 고구려로부터 의심을 사지 않는 동시에, 뒤로는 새로운 탈출구를 모색하고자 안간힘을 쏟고 있었던 것이다.

일단 마음이 기울기 시작하자 여휘왕의 倭(일본) 열도에 대한 기대감은 걷잡을 수 없이 커져, 끝내 계획을 실행하는 단계로까지 급속도로 진행되기에 이르렀다. 그 역시 영락제와 비슷한 나이의 피 끓는 젊은 군주로서 누구에게도 지기 싫어하는 성격에다, 모험을 두려워하지 않았던 것이다. 급기야 우선 왕족들과 최측근 대신들, 일단의 소수 호위무사단만을 거느린 채 반도를 떠나 일본열도로 향하는 역사적 이주를 결행하게 되었다.

사실 이러한 내용들이 소상히 기록으로 전해진 것은 아니었다. 〈부여백제〉의 정통왕조가 반도를 떠남과 동시에 그 역사 자체도 그들과 함께 떠나 버렸기 때문이었다. 〈부여백제〉의 역사는 이제 바다 건너 일본열도에서 그들이 세운 전혀 새로운 나라의 역사로 이어지게 되었고, 철저하게 왜국(일본)의 역사로 윤색되기 시작했던 것이다. 그나마 그 기록들의 일부가 전해져 흐릿하나마 여휘왕과 그 일행의 흔적을 찾을 수 있는 것만으로도 다행한 일이었다.

이제 망명객 신세가 되어 백성들과 그 땅을 버리고 총총히 거발성을 출발한 여휘왕 일행은 서해의 한 포구(미상)에서 커다란 선단을 꾸린 다음, 차례로 배에 올라 대망의 신천지를 향해 항해를 시작했다. 얼마 후 큰 바다로 나오니, 먼발치로 해안선을 따라 반도 남단의 푸르른 산과 섬들이 한눈에 들어왔다. 계절이 한창 뜨거운 여름을 향해 내달리고 있었으나, 선상에 오르니 시원한 바닷바람이 이마의 땀을 닦아 주는 느낌이었다.

'아아, 이제 언제 이 땅을 다시 밟을 수 있으려나……'

하고 생각하는 순간, 여휘왕은 가슴에 커다란 통증을 느끼는 동시에 멀어지기만 하는 반도의 땅에서 눈을 떼지 못했다.

그 후 여휘왕 일행이 홀연히 나타난 곳은 지금의 일본 북큐슈 일대였는데, 그해 396년 8월경이었다. 당초 서해를 출발한 이들은 중간에 대마도에 기착해, 백제의 수중에 있던 임나 소국에서 원기를 보충한 다음 재차 항해를 지속해 열도에 도착한 것으로 보였다. 열도 자체가 거대한 섬이라 했지만, 막상 이들이 도착해 보니 대륙만큼이나 광활한 땅이라 반도의 풍경과 별반 다를 게 없어 보였다. 여휘왕이 주변 상황을 신속하게 파악해 보니, 그 땅에 있던 여러 읍군邑郡의 촌장(소왕)들이 서로 다투며 수시로 전쟁을 일삼는 지경이었다. 여휘왕을 모시던 신하가 간했다.

"아무래도 지금의 우리들 병력만으로 저들을 한꺼번에 제압하기는 무리입니다. 하오니 일단은 이곳을 떠나 다른 곳을 물색하는 편이 나을 듯합니다."

"허어, 처음부터 참 난감하기 짝이 없구려……"

여휘왕 일행이 낙담 속에서도 새로운 정착지를 물색하는 중에, 어떤 노인으로부터 희망 섞인 말을 들을 수 있었다.

"여기서 동쪽으로 더 나아가면 청산사주青山四周라는 땅이 나오는데 경치가 훌륭한 곳이오. 예전에 요속일饒速日이라는 무리가 그곳으로 갔다는 얘기를 들은 적이 있소마는……"

논의 끝에 여휘왕 일행이 북큐슈 지방을 떠나, 요속일 집단이 떠났다는 곳을 향해 동쪽으로 이동해 보기로 했다. 이들이 탄 선박들은 큐슈九州와 혼슈本州 사이의 좁은 바닷길 시모노세키下關 해협을 빠져나와, 세토瀨戶 내해內海로 접어든 다음 북쪽의 해안선을 따라 동쪽으로 움직였다. 이어 히로시마廣島와 오카야마岡山 등을 거쳐 세토내해가 끝나는 오사카만大坂灣에 접어들었다. 그러나 요도가와淀川의 빠른 물살에 휘말려 1차로 해안에 상륙하는 데 실패하고 말았다.

별수 없이 남쪽 해안선을 따라 우회하다가 어느 한 곳에 닻을 내렸으나, 이번에는 토착세력인 장수언長髓彦 집단으로부터의 강한 저항에 부딪혀 크게 고전해야 했다. 다시 배를 띄워 해안을 따라 돌면서 정착지를 물색한 끝에, 겨우겨우 〈아스카飛鳥〉란 지역에 안착할 수 있었다. 여휘왕은 이주민들로 하여금 빠르게 촌락과 도읍을 건설하게 하는 한편, 무내숙이武內(타케노우치)宿禰를 시켜 즉시 대규모 연못을 만드는 토목사업에 착수하라고 명했다.

"과연 이곳이 낙후된 곳이라 왜인들이 농사를 짓는 방법을 모르는 듯하다. 즉시 치수를 위한 대규모 저수지를 조성하도록 하라!"

그리하여 벼농사는 물론 물을 관리하는 데 효과적인 대규모 저수지가 탄생하게 되었는데, 오늘날 나라현의 한인지韓人池, 백제지百濟池 등이 바로 당시 이주 백제인들이 처음 조성한 것이라고 한다.

반도에서 백제인들이 들어오자마자 대규모 토목공사 등을 통해 저수지를 만들었으니, 토착 왜인들에게 선진 치수사업을 소개하는 한편 처음 목도하는 거대 공사를 통해 대륙 백제인들의 기개와 생각의 크기를 맘껏 홍보한 셈이었다. 그러니 당시 놀라운 눈으로 이를 바라보던 왜인들은 이내 백제인들에게 커다란 호감과 경외심을 품었을 법했다. 여휘왕은 그렇게 발 빠르게 움직이는 동시에 기존 선주 세력인 일신명日神命, 대래목大來目 등의 도움을 받아 우선 나라를 세우는 데 주력했다.

그 결과 397년 정월, 마침내 오늘날 나라현奈良縣 무방산 가시하라의 신궁神宮에서 소위 〈대왜大倭〉라는 新왕조를 선포하고, 다시금 왕위에 즉위하는 의식을 거행했다. 〈대왜〉는 후일 야마토(대화大和)라고도 불렀는데, 이때 왕호를 새롭게 변경했으니 응신応神(오진)이라고 했다. 북큐슈를 떠나온 지 대략 반년 만의 일이었고, 여휘왕이 거발성에서 〈부여백제〉의 왕위에 오른 지 8년째였다. 일설에는 이때 여휘왕이 그곳의 토착 〈야마토왕조〉 호무다(예전譽田)왕의 딸 나카츠히메中日賣와 혼인해 왕의 데릴사위가 되었다가, 후일 야마토왕조를 이어받아 왕위에 오르면서 〈가와치河內〉 왕조의 시조가 되었다고도 했다.

어찌 됐든 여휘왕이 일본열도로 들어가 빠른 시일 내에 새로운 왕조를 열었다니, 신세계에서의 정착에 성공한 셈이었다. 영락제에 패해 쫓겨나다시피 한반도를 떠날 때의 긴박한 상황에 견주어 보면, 그야말로 놀랍기 그지없는 부활이요 극적인 대반전이었다. 이로써 여휘왕과 〈부여백제〉(비리)를 연 그 조상들의 역사는 후대의 사가들에 의해 일본日本열도의 역사로 새롭게 바뀌게 되었고, 위대한 건국시조의 신화로 장식되기 시작했다.

여휘왕과 그의 모후인 기장氣長왕후는 후대에 〈응신천왕応神天王〉과 〈신공神功(진구)왕후〉로 신격화되었다. 또 역사를 2갑자甲子(120년)나 앞당긴 데다, 그들의 역사 자체가 처음부터 일본열도 내에서 자생하여 시작된 것으로 설정하다 보니, 여휘왕 자신도 일본 축자筑紫(후쿠오카福岡) 태생으로 바뀌고 말았다.

370년경 여구왕의 장수 목라근자의 〈대마(임나) 원정〉은 경진庚辰년(AD 200년)에 임신한 섭정왕후 신공神功의 삼한三韓 원정으로 미화되었고, 신공왕후가 그곳에 〈미마나(임나)일본부〉를 두어 다스린 것으로 둔갑되었다. 기타 왕조를 만드는 과정에서 그를 돕는 여러 신神들의 등장과 함께, 응신왕이 태어날 때 화살통(호무다) 모양의 굳은살이 그의 팔뚝 위에 붙어 있었다는 등의 신화적 요소도 가미되었다.

이러한 건국신화는 창업자를 신성불가침의 권능을 지닌 인물로 신격화하고, 이로써 건국 세력의 통치기반을 공고히 하려는 의도에서 흔히 가공되기 마련이었다. 따라서 실제 역사에서는 그 신화적 요소를 제거하고 원래대로의 역사를 반영하면 될 일이었다.

다만 후대에 응신왕이 열도 출신으로 열도에서 자생한 왕조를 계승한 것으로 하려다 보니, 필연적으로 역사 개작이 이루어져야 했다. 문제는 그 조작의 범위가 터무니없이 광범해진 데다, 그 과정에서 한반도 〈부여백제〉의 역사와 함께 여구왕과 여휘왕 부자의 일부 역사까지 통째로 증발해 버렸다는 점이었다. 끝내는 이런 역사 조작이 오늘날까지도 한반도와 일본열도의 고대사를 조명하는 데 커다란 걸림돌이 되고 말았으니, 세계사에서도 보기 드문 일이었을 것이다.

여휘왕은 이제 새로운 왕조의 응신천왕이 되어 도읍을 나라奈良 일대의 이하레磐余(いはれ)로 삼았는데, 그 발음이 '이하르 즉 거발居發 또는 위례慰禮'와도 비슷한 데다 한자표기도 부여扶餘와 상통하는 부분이 있었으니, 이래저래 〈부여백제〉의 흔적이 곳곳에 남게 되었다. 응신왕이 이때 기내畿內(기나이) 지역으로 이주할 때 선주先住세력의 도움을 크게 받았는데, 주요 가문에는 특별히 성씨姓氏를 하사해 자신의 측근 세력으로 삼았다. 요속일에게는 물부物部(모노노베)씨를 주고, 일신명에게는 대반大伴(오오토모)씨를 내려 주었는데, 이들 두 호족 가문이 후일 야마토大和의 중추세력으로 성장하게 되었다.

그해 397년 정월 〈고구려〉에서는 영락제가 두눌원에서 대규모로 군대를 사열하는 등 다시금 군기를 점검했는데, 이때 날쌘 말을 잘 타는 용맹한 전사들을 크게 우대했다. 마침 평양후가 태왕의 아들 두련斗連을 낳아 다들 좋아하던 중에, 연말이 되니 반대로 천원공天原公 림琳이 산궁山宮에서 사망했다는 소식이 들려왔다. 태왕이 상황上皇의 예로 장사 지내 주었다. 그해 〈신라〉에서는 가뭄과 함께 메뚜기 떼가 들이닥쳐 많은 백성들이 굶주림에 시달렸다.

그런 와중에 〈한성백제〉 조정에서는 아래쪽 〈부여백제〉에서 연속적으로 벌어진 기상천외의 소식에 군신들 모두가 크게 흥분해 있었다.

"거발성의 여휘왕이 일족들과 함께 큰 바다를 건너 왜로 향했다니, 실로 가만히 있을 일이 아닙니다!"

"그렇다면 장차 남쪽은 어찌 되는 것이냐, 누가 남아서 나라를 다스린다는 말이냐? 속히 정황을 알아보고 오너라!"

당연히 아신왕의 머릿속에는 이때야말로 자주적 통치 권한을 되찾는 것은 물론, 이참에 서둘러 아래쪽 〈부여백제〉까지 통치영역을 확대해야 한다는 생각으로 가득했을 것이다. 전년도에 영락제가 수군을 끌고 와 폭풍처럼 남북으로 백제 전역을 훑고 나서도, 〈후연〉을 의식해 이내 썰물처럼 빠져나간 터였다. 그런 상황에서 上國의 여휘왕마저 도성을 비운 채 뜬금없이 일본열도로 달아났다니, 이제 전혀 새로운 상황이 눈앞에 펼쳐진 셈이었던 것이다.

물론 이때도 〈한성백제〉의 도성 한산에는 여휘왕이 보낸 감군監君이 남아 아신왕을 견제하고 한성백제의 정사에 깊이 간여하고 있었다. 그러나 그 무렵부터 아신왕이 감군을 대놓고 무시하기 시작하더니, 그에게 논의도 없이 아래쪽으로 수시로 군사를 내보내는 등 심상찮은 움직임을 보이기 시작했다. 부여백제의 강역에 있던 영토들을 한성백제의 수중에 넣는 작업이 착착 진행되기 시작했던 것이다.

그해 397년 3월, 〈한성백제〉의 감군이 보낸 사자가 응신천왕을 찾아 아신왕의 수상한 움직임에 대해 보고했다.

"지금 한산의 아신왕이 천왕폐하에 대해 무례를 범하고 있어, 그에 상응하는 강경한 조치가 필요한 상황입니다!"

"흐음, 과연 아신이 제대로 속마음을 드러내고 말았구나. 내가 떠났다니 세상천지를 온통 자기 것으로 만들어 보겠다는 심산이겠지만, 그렇게 호락호락하게 제 뜻대로만 되지는 않을 것이다."

결국, 응신왕이 이때 신속하게 손을 써서 서남쪽의 古마한 지역과, 현남峴南(전북), 지침支侵(충남예산), 곡나谷那(충북충주)와 동한東韓(가야)의 땅을 장악하게 했다. 이로 미루어 당시 한성백제의 아신왕이 재빨리 군사를 내보내 남쪽 〈부여백제〉 강역의 상당 부분을 선점했던 것으로 보였다. 이에 대해 응신왕이 반도에 남아 있던 잔류세력과 그 지도자를 통해 군사행동을 전개한 것이 틀림없었는데, 그렇다고 양측이 충돌해 전투를 치렀다기보다는, 서로가 군사를 내보내 강역을 나누어 점령하기 바빴던 것이다.

한산의 아신왕은 모두 떠나 버린 줄 알았던 부여백제의 잔류세력이 충남과 전라남북 일대를 강경하게 지키며 대치하고 있다는 보고에, 일단은 모든 군사행동을 중단시킨 채 상황을 예의주시하고 있었다. 마침 그러한 때 일본열도의 〈야마토〉에서 응신왕이 보낸 사신이 아신왕을 찾아왔다.

"大야마토국 천왕께서는 대왕의 수상한 행적에 대해 크게 나무라셨습니다. 지금 천왕께서 먼 야마토 땅을 다스린다고는 하나, 마음만 먹으면 하시라도 군사를 보내올 수 있음은 대왕께서도 잘 알고 계실 것입니다. 그러나 천왕께서는 작금의 비상한 시국을 감안해, 대왕께서 양국이 그간 유지해 왔던 변함없는 맹약의 관계를 다시 한번 확인해 주실 것을 요구하셨습니다."

그러자 아신왕의 대신이 나서서 변명을 했다.

"아무래도 오해가 있는 듯하오. 천왕께서 떠나신 이래로 그 사실이 널리 퍼졌으니, 행여 신라나 다른 소국들이 행동에 나설 수 있어 급하게 임시 조치를 취한 것일 뿐, 어찌 다른 생각이 있겠소이까?"

이에 응신왕의 사신이 답변을 이어 나갔다.

"실로 그러하길 바랄 뿐입니다. 다만, 한 가지가 더 있습니다. 천왕께서는 양국 간 화친의 맹약을 확인하는 증거로 백제의 태자를 천왕폐하의 곁으로 보내 주실 것을 청하셨습니다. 장차 천왕폐하의 공주와 혼례를 맺어 폐하의 사위로 삼게 하고, 이로써 태자께서 선왕先王들께서 보이셨던 우호의 뜻을 기리고 그 길을 따르게 하려는 뜻이니, 삼가 령令을 받들어 주시기를 바라옵니다!"

"흐음, 혼인동맹이라……"

결국 논의 끝에 아신왕은 일단 응신천왕의 뜻에 따르기로 하고, 야마토와 새로운 화친의 조약을 체결했다. 아울러 태자인 전지腆支를 수행원들을 딸려 〈야마토〉로 보냈다. 사실상 아들을 머나먼 열도까지 인질로 보내는 것이고, 언제 다시 상봉할지 모른다는 생각에 아신왕의 마음이 무겁기만 했다.

그러나 아직은 자신의 백제가 〈고구려〉나 〈야마토〉(대왜)를 상대하기가 버겁다고 판단했기에, 아신왕은 당분간 시간을 벌고 힘을 기르는 데 주력하기로 했다. 전지태자가 야마토로 떠난 그해 397년 7월, 아신왕이 한수漢水(한강) 남쪽에서 대규모 사열을 거행했다. 흐트러진 나라의 기강을 다잡고 군기를 점검하기 위한 것이었으나, 한편으론 야마토의 응신왕을 향해 보내는 무력시위였을 것이다. 그런데 얼마 후, 야마토로부터 새로운 소식이 전해졌다.

"아뢰오, 전지태자께서 응신왕의 딸과 혼인을 맺고, 응신왕의 사위가 되었다고 합니다."

〈야마토〉의 응신천왕이 아신왕과 서로 간에 볼모를 주고받으면서, 간접적이나마 백제에 대한 통치권을 놓지 않으려 애를 쓰고 있었던 것이다. 그러나 응신왕 역시 새로운 나라를 다스림에 있어 수많은 어려움과 장애를 극복해야 했다. 이듬해인 398년 4월, 응신왕이 측근인 무내숙이武內宿禰를 축자筑紫(후쿠오카)로 보내 백성들의 동태를 감시하게 했다. 그러나 그의 아우인 감미내숙이甘美內宿禰가 응신왕에게 형을 무고하는 일이 발생했고, 형제간의 권력다툼에 무내(다케우치노스쿠네)가 허망하게 처형당하고 말았다.

그해 2월, 백제의 아신왕은 사두沙豆를 좌장군으로 삼은 다음, 쌍현성雙峴城을 쌓게 했다. 이어 8월이 되자 급기야 백제군이 고구려 변경을 넘어가 한바탕 노략질을 해댔다. 아신왕이 한산의 북책北柵에 이르렀을 때 느닷없이 별이 백제 군영으로 떨어지는 바람에 큰 소동이 있었다. 불길하게 느낀 아신왕이 이때 병력을 철수시켜 돌아왔지만, 영락제가 다녀간 뒤 2년 만에 다시금 고구려를 도발하기 시작한 셈이었다. 9월이 되자 아신왕이 도성 안의 백성들을 모아 서대西臺에서 활쏘기를 훈련케 하는 등 전투력 강화에 부쩍 주력하는 모습을 보였다.

같은 달, 고구려에서는 태왕의 서형인 춘春태자가《유기留記》70권을 새롭게 고치고 찬수하여 영락제에게 바쳤다. 당시 춘태자가 解태후를 모시면서도 천을비天乙妃와 함께 무려 10년 동안이나 책상에 파묻혀《유기》와《대경代鏡》을 개수하는 작업에 몰두한 결과물이었다. 영락제가 감동하여 이를 높이 찬양했다.

"나라의 악습을 없애고, 여러 조상님들께서 남겨주신 훌륭한 말씀과 빛나는 업적을 드높이는 일이야말로 가히 정경政鏡(정사의 모범)이라 할 것이오."

영락제가 춘태자 부부에게 황금 일백 근을 하사하며 노고를 위로했다.《유기》는 역대 왕들의 업적을 기록한 역사책이고,《대경》은《삼대경》을 포함해 위대한 태왕들의 모범적 행적을 따로 모아 전범(거울)으로 삼게 한 것으로 보였다. 고구려는 당시 동아시아 전체를 통틀어 4백 년 이상의 장구한 역사를 지닌 유일무이한 나라였으니, 고구려의 정체성 그 자체인 역사를 다듬고 지키는 일이야말로 역대 태왕들이 수행해야 할 제일의 업무 중 하나였던 것이다.

그해 12월에 〈북위〉의 탁발규가 칭제하기 시작했는데, 원조遠祖인 모毛씨 이하 27인의 조상을 추존해 모두 황제로 부르게 했다. 3세 탁발예괴는 열烈황제, 십익건은 소성昭成황제라 부르는 식이었다. 선비의 강국이 된 〈북위〉 또한 자신들의 정체성을 수립하고 역사를 만드는 작업에 열을 올리기 시작했던 것이니, 틀림없이 고구려가 《유기》를 편찬했다는 소식이 영향을 주었을 것이다.

여휘왕이 떠난 반도의 거발성에서는 백성들 사이에서 뒤늦게 자신들의 임금이 倭열도로 떠났다는 사실이 알려지면서, 그 소문이 나라 밖에까지 삽시간에 퍼져 나갔다. 물론 여휘왕이 먼저 거발성을 나올 때, 뒷수습을 위해 측근으로 하여금 小王으로 삼고 자신을 대신해 당분간 〈부여백제〉를 다스리게 했으나, 이내 여휘왕의 행적이 알려지고 말았던 것이다.

문제는 여휘왕에게 충성했던 부여백제의 관료들과 백성들이 자신들의 앞날을 불안하게 느낀 나머지, 크게 동요하기 시작했다는 점이었다. 그 와중에 시간이 지날수록 열도로부터 이런저런 소식들이 부여백제에 전해지기 시작하자, 발 빠른 사람들이 짐을 싸서 대왕을 찾아 거발성을 떠나기 시작했다.

"대왕께서 바다 건너 열도로 가서 새로운 나라의 천왕이 되셨다고 하네. 사람들이 대왕을 따라간다고 하니, 우리도 여기서 불안에 떨게 아니라 이참에 열도로 가야 되질 않겠는가?"

그렇게 소문이 삽시간에 퍼져 나가더니 급기야 수많은 부여백제의 백성들이 자신들의 왕을 따라 열도로 향하기 시작했는데, 어느덧 그 행렬이 꼬리에 꼬리를 물고 끝도 없이 이어지고 말았다. 이들 피난민들이 1차 목표로 삼은 곳은 가야의 남서쪽과 경계를 이루고 있던 중부 남해안 일대의 포구들로, 주로 전남 여수 또는 광양만 쪽이 최적지였을 것이다. 이곳에서 선박으로 갈아탄 다음 가까운 대마(임나)를 경유해, 열도로 가는 것이 가장 짧은 항로거리였던 것이다.

급기야 중부 남해안의 포구 여기저기로 부여백제의 난민들이 대거 몰려들기 시작했는데, 시간이 지날수록 그 규모가 점점 불어나 가늠할 수 없을 지경이었다. 그러나 가족들을 데리고 먼 길을 걸어 어렵게 포구에 도착한들, 워낙 많은 난민들이 계속해서 몰려들다 보니 한정된 선박의 수에다 척당 많아야 1~2백 명 안팎의 인원만을 태울 수밖에 없었기에, 한꺼번에 이들 모두를 실어 나르는 것이 애당초 불가능한 일이었다. 결국 이 선박들이 우선은 가까운 대마(임나)로 난민들을 실어 나른 다음, 서둘러 빈 배로 돌아와 다시금 난민들을 태워 대마를 드나들기를 수없이 반복해야만 했다.

그러다 보니 하염없이 배를 기다리는 난민들로 해안가가 어느덧 포화상태가 되었고, 여기저기 수천에 달하는 거대 난민촌이 남해안의 포구 곳곳에 형성되는 진풍경이 연출되기에 이르렀다. 이러한 모습은 어느덧 대마도로 옮겨가 섬 안의 포구 곳곳에서도 재현되기 시작했는데, 대마에서 열도의 본토로 오가는 배를 타는 것은 천 리나 먼 항해 거리라 다음 단계로 순위가 밀릴 수밖에 없기 때문에 더욱 더디게 진행되었던 것이다. 그야말로 한반도 역사에서 이제껏 보지 못한 대규모의 반도 탈출, 거대한 이주exodus가 시작된 것이었다.

바로 그럴 즈음, 〈신라〉 금성의 궐 안에서도 수만 명에 달하는 부여의 난민들이 섬진강 하구 일대와 임나의 포구로 대거 몰려들고 있다는 보고에 조정이 초비상이 되었다. 크게 놀란 내물마립간이 대신들을 모아 대책을 숙의했다.

"저들이 난민이라고는 하지만 워낙 많은 사람들이 끝도 없이 몰려오다 보니 예삿일이 아닙니다. 가야의 군사들로는 통제가 불가능한 수준인 데다, 무엇보다 난민들이 가야의 경계를 허물고 공격까지 해 온다니 참으로 큰일입니다. 특히 대마(임나)의 경우에는 그 수가 급격히 늘어 자칫 대마 전체가 저들의 수중에 떨어질지도 모르는 긴급한 사태라니, 당장 수군의 지원이 절실합니다."

"허나 우리의 수군이 저들을 상대할 정도가 되지 못하니, 이참에 고구려에 사신을 보내 구원을 요청하는 것이 최선일 것입니다."

결국 논의 끝에 내물마립간이 〈고구려〉 도성으로 지원을 요청하는 사신을 급파하기에 이르렀다. 고구려에서는 〈대왜〉(부여백제)가 가야와 신라의 변경(임나)을 침범했다는 소식에, 내물의 딸 하모비霞帽妃가 영락제에게 군사를 내어 도와줄 것을 간절히 청했다. 태왕이 서구胥狗에게 5천 기병을 내주고 신라로 출병케 했는데, 도중에 내물마립간이 사자를 다시 보내서 왜병이 퇴각했음을 알려와 이내 회군하는 소동까지 벌어졌다. 신라군의 출병에 백제의 난민들이 흩어져 달아나면서, 어느 정도 사태를 통제할 수 있게 된 모양이었다.

마침 그해 7월경, 〈신라〉에 황충이 일어났다는 소식에 영락제가 명을 내렸다.

"지금 곧 백제로 사람을 보내 신라로 곡식을 날라다 주라는 명을 전하도록 하라!"

영락제의 명에도 불구하고 한성백제의 아신왕은 겉으로 이를 따르는 척만 했을 뿐, 병마를 대거 징발하고 군사훈련을 강요하는 등 백성들을 힘들게 했다. 그러자 아예 식량을 들고 신라로 귀부하는 사람들이 늘어만 갔는데, 호구가 줄어들 정도의 규모였다. 〈신라〉에서는 백제(부여)로부터 투항해 오는 백성들을 남로南路에 분산 배치케 하고, 전문 기술자들은 별도로 뽑아 각 전典에 배치해 그 재주를 활용케 했다.

한편, 거발성 쪽에서는 한성백제와 달리 성심으로 공물을 바쳐왔다. 영락제가 이리저리 모은 곡식을 신라의 국경까지 날라주고 백성들을 구휼케 하니, 내물마립간이 크게 고마워했다. 그해 연말이 되자, 영락제가 또 다른 내물의 딸 운모비雲帽妃를 자신의 아우인 용덕勇德태자에게 내주었다. 고구려와 신라가 부쩍 가까워진 모습이었다.

그 무렵 〈후연〉은 2년 전 2대 황제 모용보寶가 죽어 장남인 모용성盛이 뒤를 이었다. 모용수의 서庶장자였던 모용보는 395년 〈북위〉와의 〈참합피전투〉를 패배로 이끈 장본인으로, 이듬해 부친이자 건국자인 모용수垂가 고령에 화병으로 사망하는 바람에 황제에 올랐다. 모용보는 스스로 황제의 칭호를 버리고 天王으로 부르게 하는 등 자숙하는 모습을 연출했으나, 실상은 이미 나라가 제국으로서의 면모를 상실했다는 의미였다.

그런 그가 병력을 보충하려는 욕심에 호구조사를 강화하는 등 무리하게 개혁에 박차를 가했으나, 오히려 백성들에게 원망만 듣고 말았다. 1년 뒤인 397년, 북위와의 〈호타하전투〉에서 또다시 패하자 中山에서 나와 북쪽 용성龍城으로 들어가려 했다. 그 무렵에 용성은 후연의 난한蘭汗이 장악하고 있었는데, 그가 반란을 일으키는 바람에 후연왕 모용보가 오히려 피살당하고 말았다.

모용보의 아들 모용성盛이 이때 외조부이자 장인인 난한에게 거짓으로 투항해 살아났으나, 이후 난씨들을 이간질해 내분을 일으킨 다음, 398년 기회를 틈타 외가를 제압하고 용케 왕위에 올랐다. 그러나 즉위 초기부터 어수선한 분위기를 강압으로 누르려다가 수많은 옥사를 일으켰고, 폭정을 일삼다 보니 민심이 크게 이반되고 말았다.

당시 〈후연〉의 서쪽으로는 강력한 〈북위〉의 위협이 가중되고 있었고, 남쪽 산동에는 모용덕의 〈남연〉이, 동쪽으로는 전통의 강호 〈고구려〉가 건재했다. 그런 상황 속에서 모용성이 즉위 3년째에 느닷없이 동쪽의 고구려를 도발하고 나섰다.

영락 10년째인 400년 2월, 갑작스레 〈후연〉의 모용성이 대군을 이끌고 고구려 국경을 넘어왔다는 속보가 날아들었다.

"아뢰오, 연왕 모용성이 3만 병력을 둘로 나누어 신성新城과 남소南蘇 방면으로 침공해 들어왔습니다. 선봉은 표기대장군 모용희熙인데 그는 남소를 맡았다고 합니다."

영락제가 두 눈을 부릅뜬 채로 물었다.

"아니, 정초에 우리가 먼저 燕에 사신까지 보냈건만, 침공이라니 대체 무슨 연유라더냐?"

"황송하오나, 우리의 빙례가 거만한 것이었음을 내걸었다 하옵니다."

"무엇이라, 거만하다고? 전쟁을 하려 들자니 별 트집을 다 잡는 놈들이로구나. 모용놈들이 우리를 제일로 만만히 보았다는 얘기로다. 하하하!"

영락제가 어이없다는 듯 실소를 했다. 연초에 영락제가 용성으로 토산물까지 보냈다는데, 아마도 어수선한 연燕의 정세를 알아보기 위한 탐색전의 일환이었을 것이다. 당시 모용성은 영락제와 같은 연배로 서른 안쪽의 혈기 왕성한 나이였고, 선봉장 모용희는 성盛의 나이 어린 삼촌으로 16살에 불과했다. 영락제는 그때까지 즉위 후 10년이 지나도록 어수선한 〈후연〉에 대해 공세를 펼치지 않은 채, 신중한 자세를 견지하고 있었다. 이런 고구려가 자신들을 두려워하는 것으로 여기던 모용성이, 전년도에 한반도에서 大倭가 신라를 침공했다는 소식을 듣고는 국면전환을 위해 고구려를 도발한 셈이었는데, 어쩌면 백제 측의 사주가 있었을 수도 있었다.

그러나 영락제는 마치 모용성의 도발을 기다렸다는 듯이 박차고 일어섰다. 영락제가 다시금 8천의 정예기병을 거느리고 친히 남소南蘇 방면으로 출정함과 동시에 붕련朋連과 용신龍臣에게 또 다른 명을 내렸다.

"지금 즉시 출병해 북쪽의 신성新城을 반드시 지켜 내도록 하라!"

이윽고 태왕의 친위대가 곡림谷林 부근에서 후연의 선봉장인 모용희의 부대를 상대로 일전을 벌였다. 그 결과 나이 어린 모용희가 이끄는 燕軍은 태왕이 지휘하는 고구려의 철기군을 당하지 못해 참패를 당했고, 모용희는 달아나기 바빴다. 붕련과 용신의 부대 또한 신성에서 연군을 맞이해 큰 싸움을 벌였는데, 끝내 연군을 밀어내고 하상河上까지 추격했다.

고구려군이 이때 〈곡림전투〉와 〈신성전투〉 양쪽 모두에서 승리하면서 수많은 燕軍의 목을 베고, 포로들을 생포했다. 그러나 영락제는 이것으로 만족하지 않았다. 영락제가 내친김에 장무章武의 서쪽 방면으로 말을 몰아 강하게 타격을 가하자, 고구려의 기습을 예상치 못한 연군은 속수무책이 되어 고구려군에게 한꺼번에 7백여 리의 땅을 내주고 말았다. 영락제가 한동안을 새로운 점령지에 머물며 5천여 호에 이르는 백성들을 그곳으로 이주시켜 살게 한 다음, 비로소 개선했으니 영구 통치를 염두에 둔 것이었다.

〈고구려〉가 즉위 10년 만에 〈후연〉과 제대로 맞붙은 첫 전투에서 비로소 대승을 거둠으로써 燕에 대해 확고한 힘의 우위를 입증한 반면, 패주가 된 모용성은 지도력에 치명적인 타격을 입게 되었다. 결국 모용성은 1년 뒤 용성에서 태후인 단段씨 일가가 일으킨 역모 사건으로 401년 8월 끝내 피살되고 말았다. 그사이 3년 동안 난한을 포함해 3명의 황제가 내란으로 살해당하는 등 후연의 몰락이 더욱 가속화되고 있었던 것이다.

〈후연〉의 황제 모용성은 비록 같은 나이라고는 해도, 치밀한 데다 철저하게 전략적 사고를 지닌 담덕談德의 상대가 애당초 되지 못했다. 그럼에도 어찌 된 영문인지 후대에 기록된 중국의 사서史書와 이를 그대로 베낀 듯한 한국韓國의 일부 사서에서는 영락제의 이 빛나는 승리를 반대로 후연의 승리라고 바꿔 놓기까지 했다. 고금의 유명한 역사서라 해도 수시로 거짓을 기록해 놓았다는 사실을 반드시 기억해야 하는 이유이고, 그래서 시대를 불문하고 전제군주 시대에 편찬된 사서에 대해서 끝없는 검증과 다양한 시각에서의 재조명이 필요한 법이다.

그 무렵인 경자년 400년, 나라의 야마토 궁궐에서는 〈부여백제〉의 지도자(소왕)로 남아 있던 궁월군弓月君(유츠키노키미)이 바다를 건너와 응신천왕을 알현하고는 다급한 상황을 보고했다.

"천왕폐하, 신이 우리나라 120縣에 이르는 백성들을 데려오려 했으나, 신라인들의 방해로 수많은 난민들이 모두들 가라加羅에 발이 묶여 있습니다. 지금도 폐하의 백성들이 열도로 오겠다며 그곳으로 속속 모여들고 있을 것입니다. 허나 이들을 실어 나를 배가 워낙 부족하다 보니, 해안가에 막을 치고 살면서 배를 기다리는 난민의 수가 하도 많아 헤아릴 수조차 없을 지경입니다. 머지않아 신라의 군병이나 행여 고구려군이라도 들이닥치는 날이면 엄청난 살육이 자행될 터이니, 폐하의 백성들을 이대로 놔둘 수는 없는 일입니다."

그 소식에 크게 감동한 천왕이 장탄식을 했다.

"허어, 내 백성들의 충성이 그토록 깊은 줄을 내 어찌 알았겠느냐? 천왕으로서 백성들이 고통을 당하는 것을 두고 볼 수만은 없는 일이다. 즉시 이들을 구원할 방도를 찾아내도록 하라!"

결국 응신왕이 갈성습진언葛城襲津彦을 임나(대마)로 급파함과 동시에 대규모 선단을 보내 백제의 난민들이 열도로 들어오는 것을 적극 지원하도록 했다.

얼마 후 영락제가 〈후연〉과의 전쟁에서 대승을 거두고 한숨을 돌릴 사이도 없이, 이번에는 반도 〈신라〉의 내물마립간이 사자를 보내와 재차 〈대왜〉(야마토)의 침공을 알리며 다급히 지원을 요청해 왔다.

"태왕폐하, 倭人들이 국경 지역으로 물밀듯이 몰려와서 城과 못池을 파괴하고 있습니다. 신라의 마립간께서는 폐하의 노객奴客으로서 태왕폐하께서 내려 주실 구원의 명령만을 기다리겠노라 말씀하셨습니다. 부디 통촉하소서!"

고구려는 전년에도 태왕의 숙부인 서구胥狗가 출정을 했다가 大倭(부여백제)가 스스로 물러났다 해서 돌아온 적이 있었다. 그러나 대왜의 대규모 수군이 등장하면서 갑작스레 백제로부터의 난민들이 급격히 불어났고, 난민을 실어 나르는 속도도 빨라지기 시작했던 것이다. 문제는 승선을 기다리다 장기체류가 불가피해진 이들 무리가 점점 먹을 것 등이 궁해지자, 우려한 대로 인근 가야와 신라의 성들을 공격하기 시작했다는 점이었다. 게다가 난민들의 이주를 돕기 위해 바다를 건너온 왜국의 수많은 병사들이 이를 주도하면서, 해상과 뭍을 가릴 것 없이 곳곳에서 전투가 벌어지기 시작했는데, 금관가야는 물론 배후의 신라가 감당하기 어려운 수준이었던 것이다.

새로이 지원요청을 받게 된 영락제는 사태의 규모가 전년과는 비교도 되지 않을 정도로 심각한 것임을 직감했다. 물론 이때의 상황이 자세히 기록되어 있질 않아 구체적인 내용은 알 수 없었다. 그러나 대체로 중부 남해안 일대와 특히 대마(임나)에 소재한 신라 및 가야의 성들이 백제 난민들의 공격에 아수라장이 된 채 위기에 처한 것이 틀림없었다.

결국 영락제가 이번에도 발 벗고 구원에 나서기로 했다.

"지난해에 이어 왜가 맹약을 어기고 다시금 신라를 도발했으니, 이번에야말로 그 근원이 되는 곳을 타격해 다시는 일어서지 못하게 하라!"

영락제가 이때 서구와 해성解猩 등을 내보내 무려 5만의 병력으로 〈신라〉를 지원하게 하는 한편, 신라의 사신에게도 따로 밀계密計를 주어 돌려보냈다. 일설에는 영락제가 이때도 예의 발 빠른 속도전을 펴기 위해 또다시 해상작전을 펼쳤는데, 이번에는 반대편인 동해안東海岸을 이용했다는 말도 있었으니 충분히 가능한 일이었다. 필시 고구려 지원군을 육로와 수로의 2軍으로 나눈 다음, 육로군은 신라의 역내를 경유해 남해안의 포구로 향하고, 수군은 곧장 대마(임나)로 진격해 들어간 것으로 보였다. 태왕 스스로도 가만히 있질 않고, 뒤늦게 이들의 뒤를 따라 후방인 평나(반도평양)까지 나가 머물며, 전반적인 전황을 지휘하기로 했다.

그리하여 먼저 서구胥狗가 이끄는 고구려 水軍이 신속하게 대마로 들어가 신라 영역의 해안에 당도해 보니, 과연 남거성男居城에서 신라성新羅城에 이르기까지 셀 수 없이 많은 부여백제의 난민들과 왜병倭兵(야마토)들, 소위 백잔百殘들이 해안가를 가득 덮은 채 뒤엉켜 있었다. 필시 궁월군弓月君의 지휘를 받는 부여백제의 수많은 난민들과 잔병들, 그리고 이들을 지원하기 위해 야마토에서 선단을 이끌고 온 갈성습진언葛城襲津彦의 왜병들이었을 것이다.

한편, 중무장한 고구려군을 가득 태운 군선軍船들이 신라군과 연합해 대마의 해안가에 출현하자, 그 위용만으로도 난민촌 전체가 즉시 동요하기 시작했다.

"앗, 구려군의 깃발이다! 구려의 배들이 나타났다. 어서 도망쳐라!"

이윽고 공포에 사로잡힌 부여백제의 난민 무리들이 한꺼번에 달아나기 시작했는데, 누구도 이들을 통제할 수 없었다. 고구려와 신라의 연합군이 이들을 따라가 생포하거나 더러는 목을 베면서 추격을 지속하다 보니, 어느덧 〈임나가야〉의 도성都城에까지 이르렀는데, 과연 백잔의 무리들이 성을 장악하고 있었다. 고구려군들이 곧장 공격을 가하자, 城안에서 백잔들이 저항에 나섰으나 그리 오래가지 못한 채 투항해 옴으로써, 어렵지 않게 城을 수복할 수 있었다. 고구려 연합군이 이어서 신라성과 염성鹽城 등을 차례대로 함락시키니, 비로소 대마도 내에 있던 백잔의 무리들이 궤멸되기에 이르렀다.

그 시간에 고구려의 육로군도 신라군 및 금관의 군병들과 연합해 남해안의 포구에 당도했고, 유사한 방식으로 백제의 난민들과 대왜의 군사들을 상대로 차례로 진압에 나섰다. 나중에는 임나로 진출했던 수군들까지 귀국 길에 남해의 뭍으로 돌아와, 육로군과 합류해 작전을 전개했을 가능성도 커 보였다. 이로써 중부 남해안의 포구에서도 신라와 고구려 등의 연합군이 무난하게 난민사태를 진압하는 데 성공할 수 있었다.

다행히 당시 고구려군의 출정이 백제의 난민 토벌보다는 속국이나 다름없는 동맹국 신라를 지원하기 위한 것이라, 대규모 살상으로 연결되지는 않은 듯했다. 따라서 수많은 난민 대부분이 단순 포로로 잡힌 상태였다. 당시 이들 난민포로들을 대상으로 향후 망명 등의 의향을 물어보니, 열에 아홉 사람이 대왜(야마토)로 향할 것을 거부했다고 한다. 만일 고구려나 신라의 연합군이 이들 난민을 가혹하게 대했다면 있을 수 없는 반응이었을 것이다. 게다가 난민들로서도 막상 포로 신세가 되고 나니 험난한 바닷길에 미지의 신세계로 나아간다는 것 자체가 두려운 일이었기에, 구태여 목숨을 걸고 모험을 감행하겠다는 사람들이 크게 줄어든 것으로 보였다.

특이한 것은 고구려군이 이때 중부 남해안 일대와 대마도 내 임나가야의 성들을 장악한 후로는, 그곳에 〈안라安羅가야〉 출신 병사들로 하여금 성에 주둔해 지키도록 했다고 한다. 안라인들은 일찍이 고구려에서 이주해 온 후예들이라는 말도 있었는데, 남해 일원의 함안과 대마 일원에 이어 큐슈九州 중서부의 쿠마모토熊本까지 진출한 것으로도 알려졌다. 이런 이유로 영락제가 당시 임나 등의 점령지를 지킬 술병戍兵으로 같은 고구려계 안라인들을 삼게 했으니, 내물마립간에게 보낸 밀계의 내용이 바로 이것일 가능성이 커 보였다.

일설에는 고구려가 이때 임나에 이어 본토인 큐슈를 정복했고 도성이 있는 오오사카大阪까지 진격했다고도 했으나, 〈후연〉과의 대치 국면이나 장거리 원정임을 감안할 때 그 성과가 다분히 부풀려진 이야기인 듯했다. 어쨌든 수천 리 밖 요동의 고구려가 이때의 원정에서 전격적으로 대마로 들어가 임나가야 전체를 장악했다는 것 자체가 실로 놀라운 일이 아닐 수 없었고, 영락제의 과감하고 탁월한 전략을 또다시 확인시켜 주는 사건이었다. 영락제가 이렇듯 반도의 남해안 중부와 대마(임나가야)에서 백제 난민들에 의해 야기된 대규모 이주 사태를 진정시키고 나자, 〈임나任那〉(대마), 〈가락加洛〉(금관), 〈안라安羅〉 등의 가야국들이 사신을 보내 입조하기 바빴다.

영락제는 이때도 고구려군의 일부만을 대마 및 신라의 금성에 남겨 둔 채, 대군을 곧장 철수시키라는 영을 내렸다. 서쪽 〈후연〉과의 결판이 아직 끝나지 않았기 때문이었을 것이다. 부여백제의 난민들 또한 이때 크게 궤멸되었다고는 해도 용케 달아났거나 추가로 난민이 된 사람들은, 〈신라〉의 눈을 피해 현해탄을 건너 대왜(야마토)로 떠나는 일이 한동안 지속되었을 것이다.

당시 습진언(소쓰비코)의 경우 응신왕의 명을 이행하느라 2년이 넘도록 귀국하지 못했다고 하니, 그는 왜병의 무리를 이끌고 해안가 도처에 숨어 지내던 난민들을 찾아다니며 끊임없이 자국 백성들의 탈출을 도운 것이 틀림없었다. 아울러 이때 무려 120여 개에 달하는 〈백제〉의 현민縣民들이 한반도를 떠나 일본열도로의 이주를 시도했다니, 그 규모가 수만에서 십만 명에 달하는 수준이었을 것으로 추정되었다.

그 결과 일본의 경우 이들 한반도 도래인에 의해 이 시기에 인구가 폭발적으로 증가하면서, 비로소 열도 전체가 고대국가로 나아가는 기반을 마련하게 되었다. AD 400년을 전후해 수많은 백제인들이 한반도를 떠나 일본열도로 대거 이주해 간 미증유의 이 사건이야말로 일본 고대사는 물론, 아시아 역사의 획을 긋는 중차대한 사건이었다. 일본으로서는 본격적으로 대륙의 선진문명을 받아들이고 고대국가로 발전하는 결정적 전기를 맞이하게 되었으니, 틀림없는 축복이었던 셈이다.

그리고 널리 알려지지는 않았지만, 그 배경에 북방민족의 종주국인 〈고구려〉의 영락제 담덕談德과 대륙 출신 〈부여백제〉왕 여휘餘暉, 곧 응신應神이라는 두 영웅의 숙명적 대결이 가려져 있었다. 이 양대 세력의 충돌이 바로 대륙(고구려)과 한반도(백제), 일본열도(야마토)를 연결하는 결정적 고리가 되었던 것이다. 일찍이 북방의 기마민족 훈薰(흉노)족은 광활한 초원을 떠나 서쪽으로 진출해 동서양, 즉 유라시아 대륙을 연결해 냈다. 마찬가지로 이 시기에 韓민족(서부여)은 반대로 대륙의 동쪽으로 진출해 한반도와 일본열도를 연결했으니, 이들의 역할 또한 고대아시아 북방문화의 또 다른 전달자였던 셈이다.

날씨가 좋은 날이면 부산에서도 바라보이는 대마도는 남북으로 2개의 큰 섬으로 이루어져 있다 해서 '두 섬, 곧 쓰시마'로 불렸다. 그밖에 2마리 말이 서로 마주 보고 있는 형상에서 대마도對馬島란 명칭이 붙여졌다고 했다. 섬 전체가 대부분 가파른 산림으로 이루어져 있어 농사지을 땅이 절대적으로 부족한 데다 평지나 포구로 삼을 만한 곳도 드물고, 토착민들은 주로 어업을 생업으로 삼았는데 초창기에는 한반도의 가야인들이 주를 이루었다.

그러나 열도로 가는 길목에 위치한 높은 전략적 가치로 인해, 가야를 포함한 열도의 소국들은 물론, 신라 및 부여백제(대왜)가 이 땅을 놓고 다투었고, 이 시기에는 안라가야로 보이는 친고구려 세력까지 들어온 것으로 보였다. 그 결과 대체로 북쪽 섬의 서북 지역을 중심으로 금관 또는 신라의 영역인 〈좌호佐護가라〉가, 또 남북섬이 만나는 그 중간 부분에는 친고구려 세력인 〈인위仁位가라〉가, 그 아래 남쪽 섬에 백제 또는 야마토 세력인 〈계지鷄之가라〉가 있었다고 했다. 그 후로 야마토 정권이 점차 안정되면서 주로 금관 및 신라와 주도권 다툼을 벌였고, 끝내 야마토가 섬 대부분을 장악한 뒤에도 〈임나가야〉라 불렸던 것이다.

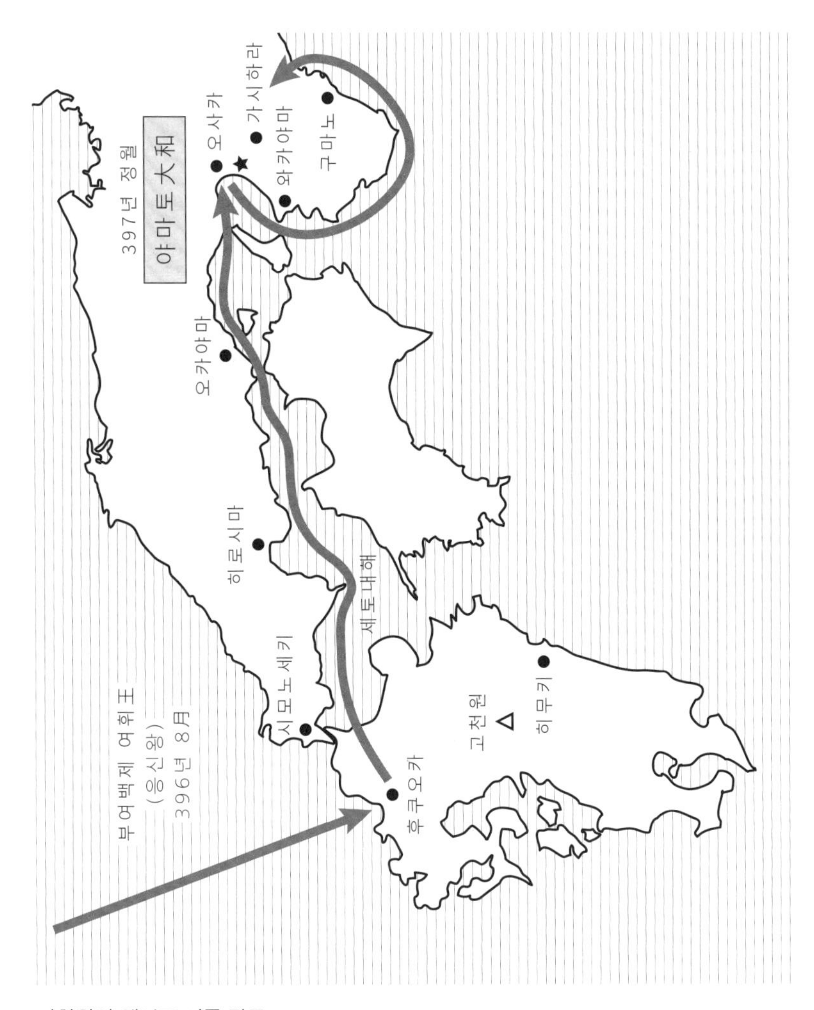

여휘왕의 왜열도 이주 경로

9. 광개토대왕

396년 정월, 〈신라〉의 내물마립간은 서불한徐弗邯 보말宝末을 〈고구려〉로 보내 미녀를 바치게 하고, 4년 전부터 볼모로 와있던 보금寶金을 송환해 줄 것을 정중하게 요청했다. 그러나 고구려의 영락제는 자신의 누이인 두杜씨 천성天星공주를 보금에게 처로 내주고는 결코 신라로 돌려보내려 들지 않았다. 이후 세월이 무심하게 흘러 보금이 고구려의 인질로 들어간 지 어느덧 10년이 지나고 말았다.

영락제가 5만 수군을 보내 야마토로 가려던 백잔 무리를 제압했던 이듬해 401년경이 되니, 봄부터 큰 가뭄이 이어지는 가운데 내물마립간의 몸이 편치 않았다. 말년의 마립간이 기력을 잃고 크게 쇠잔해진 탓에, 열도로 몰려가려던 백잔들조차 통제하지 못할 정도였고, 그로 인해 고구려군의 지원이 필요했던 것이다. 마립간이 생각하는 바가 있었는지 주변에 고민거리를 말했다.

"아무래도 고구려에 가 있는 보금을 서둘러 데려와야겠다. 다시 한번 고구려로 사신을 보내 보금을 보내 달라고 단단히 청을 넣어야겠다."

그해 4월, 내물의 명을 받은 일동一同과 구리내仇里迺 등이 고구려로 들어가 영락제에게 비단과 진주 등 귀한 선물을 바치고 보금을 귀국시켜 달라는 마립간의 간절한 뜻을 전했다. 끝내는 보금의 아내인 천성까지 나서서 태왕의 설득에 나섰다.

"보금은 여기 우리 땅에서는 쓸모도 없는 구우일모九牛一毛라, 자기 나라 신라로 돌아가 왕 노릇을 하는 것만 못할 것입니다. 내 아들 연중兗中이 신라의 왕이 될 수도 있을 것이니, 그리된다면 태왕의 골육이 남방에서 왕 노릇을 하는 것 또한 좋은 일이 아니겠습니까?"

이 말을 들은 영락제가 누이의 말에 일리가 있다 여기고는 고개를 끄덕였다. 얼마 후 태왕이 명을 내렸다.

"보금을 천성공주와 그 가족들을 딸려 함께 신라로 송환해 주고, 이들이 무사히 귀국할 수 있도록 정예기병 3백 명을 같이 보내 엄하게 호송토록 하라."

그리하여 보금이 고구려에서의 10년 가까운 인질 생활을 끝내고 꿈에도 그리던 고국 〈신라〉로 귀국할 수 있게 되었다. 영락제가 마립간의 선물에 대한 답례로 일곱 수레에 가득히 보화를 실어 보내 주었으니, 머지않아 병든 내물마립간을 대신해 신라의 미래를 좌우할 한 수를 생각해 둔 것이 틀림없었다.

6월, 귀국길에 오른 보금 일행이 혼문령渾門嶺에 이르렀는데, 천성天星이 산기가 있어 급한 대로 수레 안에서 딸을 낳았다. 아이의 해산을 위해 일행 모두가 부득이 혼문에서 한 동안을 머물러야 했는데, 그 땅의 지명을 따서 아이의 이름을 혼씨渾氏라 부르기로 했다. 그런 우여곡절 끝에 7월이 되어 마침내 보금 일행이 금성으로 입경할 수 있었다. 보금이 내물마립간과 만나니 서로 부둥켜 잡은 채 한동안을 울었다. 마립간이 말했다.

"너를 보니 이제야 병이 없어지겠구나……"

"이렇게 다시 뵈올 날만을 기다렸습니다. 흑흑!"

내물마립간이 보반后(미상)에게 명을 내려, 두을豆乙에서 길례吉禮를 행하게 한 다음, 비로소 보금을 정식으로 부군副君으로 삼게 했다. 그런데 원래 보반후는 광명신후와 미추왕의 딸이자 김씨 내물왕의 왕후였으니, 생물학적 나이가 맞지 않았다. 따라서 내물마립간의 왕후였던 이때의 보반후는 후대의 기록에서 대체된 제3의 인물로, 실제 보반후의 피붙이일 가능성이 높았다. 때마침 큰 비가 내려 백성들이 뒤늦게나마 씨앗을 뿌릴 수 있게 되었고, 이에 부군이 가져온 상서로운 비라 하여 부군우副君雨라 불렀는데, 고구려 측에서는 오히려 여주인(천성)이 내린 비라 해서 낭주우娘主雨라 불렀다고 한다.

내물마립간이 그때부터 조카인 부군副君에게 명을 내려 대궁大宮에서 본격적으로 나랏일을 보게 했다는데, 실제 혈연관계는 아니었을 것이다. 이후 마립간은 오히려 병환이 더욱 깊어졌고, 이에 성산聖山에 나가 머무는 것을 더 좋아했다. 부군의 고구려 아내인 두杜씨(천성)가 세 아들을 데리고 성산을 찾아 마립간을 알현하니, 마립간이 두씨에게 골품을 내리고, 자의紫衣를 하사했다. 이제 상국이나 다름없는 고구려의 뒷배를 지닌 보금의 정치력이 마립간을 능가할 정도로 한껏 오르고 있었던 것이다.

그 무렵 바다 건너 야마토의 응신왕은 고구려의 〈대마 원정〉으로 수많은 백제인들의 열도이주가 크게 타격을 입었다는 보고에 전전긍긍했다. 401년 8월, 응신왕이 평군목토平郡木菟와 적호전的戶田 2인의 숙니宿禰를 불러 명했다.

"부여의 백성들이 대거 포로로 잡혀 있다니, 지금 임나에서 벌어지는 일들을 이대로 놔둘 수만은 없는 일이다. 습진언이 여태껏 돌아오지 못하는 것도, 필시 신라가 그를 방해하기 때문일 것이다. 그대들이 병사들을 이끌고 신라를 쳐서 포로가 된 백성들이 들어올 수 있도록 서둘러 길을 내도록 하라!"

그리하여 평군목토 등이 야마토의 병사들을 대거 싣고 임나로 향했다. 얼마 후, 과연 금성의 신라 조정으로 급한 보고가 들어왔다.

"아뢰오, 지금 야인野人들이 대거 임나로 몰려오고 있습니다!"

"무엇이라? 바다 건너 왜왕이 보낸 병사들이라는 게냐?"

내물마립간이 크게 놀라 대신들을 모아 대책을 숙의케 했으나, 고구려 지원군의 철수가 완료된 터에 또다시 지원을 요청하기도 군색한 형편이라 모두들 전전긍긍할 뿐이었다. 그때 누군가 간했다.

"왜국의 왕 응신이 곧 야왕野王 여휘라니, 지나친 두려움은 금물입니다. 다만, 여휘 또한 담덕만큼이나 결단력이 빠르고 사나운 군병을 거느린 만큼, 지금 그들을 상대로 싸우기에는 무리입니다. 다행히 한성의 부여와는 여전히 화친의 관계이니, 비록 바다 건너에 있기는 해도 그 상국인 왜와도 대화할 수 있을 것입니다. 그러니 우선 야인들을 직접 만나 국경을 넘보는 이유를 들어보고 외교적 담판을 시도해야 합니다."

"옳은 말씀입니다. 필시 우리가 포로로 데리고 있는 야인 난민들을 돌려 달라 요구할 것이 뻔합니다. 포로들의 무리가 워낙 커서 어차피 그들을 관리하기도 힘든 상황이니, 적절한 조건으로 포로들을 상호 교환하는 방법을 적극 활용할 수 있을 것입니다."

그리하여 신라 측에서도 서둘러 임나로 사람을 보내 야마토의 장수들을 만나 상황을 알아보니, 과연 대왜(부여백제)의 난민포로들을 하루속히 돌려줄 것을 강력하게 요구하는 것이었다. 결국 양쪽에서 문제 해결을 위한 협상을 추진한 결과 신라에서 이들 포로들을 대거 송환하기로 하되, 왜군 또한 탈 없이 철군하기로 타협을 보았다. 나아가 양측의 충돌을 미연에 방지하기 위해 조만간 양국이 우호 관계를 맺기로 합의했다. 전쟁을 피하고자 신라 측에서 야마토 측의 요구를 대거 수용한 것으로 보였는데, 당시 신라의 국력이 그 정도로 떨어져 있었던 것이다.

이로써 그해 평군목토가 임나의 신라 진영에 포로로 잡혀 있던 수많은 백제인들을 데리고 야마토로 들어감으로써, 열도를 향한 2차 이주가 본격적으로 재개되었다. 응신왕의 명령을 충실하게 수행해 오던 습진언襲津彦 또한 난민 지원활동을 마치고, 궁월군의 병사 및 인부들과 함께 2년 만에 야마토로 입경할 수 있었다.

이듬해인 402년 정월이 되자, 보반후가 부군과 함께 조례를 받음으로써 명실공히 보금이 〈신라〉 조정의 정치적 실세임이 세상에 드러났다. 필시 내물마립간이 병환 중이라 야마토와의 문제를 해결함에 있어 부군이 나서서 크게 활약한 것으로 보였다. 그 와중에 2월이 되어서도 마립간의 병이 나아질 조짐이 없자, 부군이 神山으로 사람을 보내 약을 구하게 했다. 내물마립간이 힘없이 말했다.

"천명이 따로 있는 법이거늘 약이 무슨 소용이 있겠느냐?"

그리고는 이내 편안한 모습으로 붕어하고 말았다. 내물마립간은 관인호덕寬仁好德한 성품에 무술에도 뛰어나 남이 업신여기는 것을 능히 제압할 수 있었다. 또 자신의 뜻을 내세우기보다는 대신들의 말에 귀 기울이려 했고, 말년에는 신선도를 좋아해 정사를 내궁에 일임하는 편이었다. 백성들이 그런 마립간의 덕에 감동해 애통해하는 사람이 많았다.

그날 당일에 부군 보금이 보반궁에서 상서로운 의식을 행함과 동시에 보위에 오르니 실성왕實聖王이었다. 내물마립간의 자식들이 아직 어리다는 이유를 든 것이었다. 대신에 마립간에 오른 실성왕은 내물마립간의 왕후였던 보반을 정식으로 왕후로 삼았는데, 그녀가 내물마립간과의 사이에서 둔 세 아들의 신분을 보장해 주는 조건으로 서로 타협한 듯했다.

실성왕은 그래도 자신을 아껴 주던 내물마립간에 대해서는 부제父帝로 올리고 〈나물대성신제奈勿大聖神帝〉라 추존했다. 내물제는 金씨 미추이사금의 손자라고 했으나, 실제로는 342년경 燕王 모용황의 〈환도 원정〉 때 흉노선비의 이탈 세력을 이끌고 한반도로 이주해 온 망명객의 수장 모루한慕樓寒으로 추정되는 인물이었다. 강성한 선비전사鮮卑戰士 출신의 이들 무장세력들이 금성에 들이닥쳐 기존 신라 김씨 내물왕 세력을 제압하고 정권을 장악했던 것인데, 모루한 자신은 나이로 보아 그 수장의 2세일 가능성이 높았다.

당시 신라는 무려 4백여 년의 역사를 이어 왔지만, 오래도록 이렇다 할 전쟁 없이 풍요로움에 젖다 보니 왕후인 자황雌皇을 중심으로 왕족들 간에 돌아가면서 권력을 나누는 독특한 정치체제를 유지했었다. 그사이 국방을 소홀히 한 끝에 한 무리 선비 무장세력의 침공에 허망하게 정권을 내주는 험악한 꼴을 당하고 말았던 것이다. 이후 이들 선비 망명객 무리와 기존 신라왕족 간에 상당 기간의 적응기 내지는 과도기를 거친 다음, 마침내 선비족의 수장인 루한이 왕위에 오른 것으로 보였다.

노련하고 영리한 그는 새로운 나라를 건국하기보다는 기존 신라왕국을 계승하는 쪽을 택했고, 이를 위해 이사금이란 명칭 대신 북방식의 마립간이라는 호칭을 사용하면서 신라 최초로 황제임을 자처했다. 또 신라국의 군주로서 종전 내물왕의 성씨였던 신라 金씨로 성을 바꾸고 알지閼智를 자신들의 조상으로 받들었으니, 마치 별일 없었다는 듯이 조용한 정권교체regime change를 완성시킨 셈이었다.

그는 또 신라 왕족과의 결합을 위해 보반을 왕후로 삼았으니, 그녀 또한 신라왕족을 대표하던 성골여인의 하나였을 것이다. 이처럼 어지럽게 같은 이름의 인물이 중첩되고 왕의 재위 기간이 늘어나게 된 것은, 아마도 후대의 사가들이 역사를 기록하면서 모慕씨 내물마립간을 기존 金씨 내물왕과 동일인으로 꾸몄기 때문이었을 것이다. 실성왕인 보금과 보반 후 역시 비슷한 방식을 택한 것이 틀림없었다. 어쨌든 이런 과정을 통해 내물마립간의 선비 이주 세력들은 전환기의 낡은 신라왕국에 대륙의 신선한 피를 공급하게 되었고, 이후로는 내내 金씨 왕통이 이어짐으로써 진골眞骨 중흥의 조상이 될 수 있었던 것이다.

그럼에도 불구하고 내물제의 죽음은 신라의 권력이 반세기 만에 신흥망명객 흉노선비 출신 왕족의 손에서 종전 순수 김씨 신라왕족의 품으로 되돌아갔음을 의미하는 것이었다. 실성왕 보금이 10년 동안이나 〈고구려〉에 인질로 가 있었던 덕에 오히려 친고구려 세력을 대표하는 인물로 성장했고, 배후에서 上國인 고구려의 강력한 뒷배가 작용했던 것이다. 영락제로서도 원수나 다름없는 모용선비 출신이 번국의 왕을 잇게 할 하등의 이유가 없었을 것이다. 따라서 처남매부 지간인 보금을 왕으로 미는 것이 당연한 일이었을 테고, 이로써 당초 흉노선비계가 전혀 예상치 못한 일이 벌어지고 말았던 것이다.

실제로 그해 2월 고구려의 영락제는 춘태자를 金城에 조문사절로 보내 내물제를 문상하게 했다. 동시에 보금을 신라의 임금에, 천성을 신라의 비로 책봉했는데 보금의 나이 44세였다. 보금으로서는 그야말로 전화위복이 되어 10년 동안의 고생을 더없이 훌륭하게 보상받은 셈이었다. 그 밖에도 천성의 장녀 효진曉辰을 내물마립간의 장남 눌지訥祇의 처로 삼게 했는데, 눌지의 나이는 고작 11살에 불과했다.

그렇게 순수 신라 金씨 혈통의 보금이 새로이 신라의 왕위에 오르자, 신라조정에 적지 않은 변화와 새로운 갈등이 시작되었다. 사실 실성왕은 고구려에 인질로 있을 당시, 내물제에게 숱하게 볼모를 바꿔 줄 것을 요청했었다. 그러나 내물제가 이를 제때 들어주지 않았고, 이에 대해 보금(실성왕)은 속으로 커다란 불만과 원망을 품고 돌아왔다. 결국 권좌에 오른 실성왕이 비로소 오래도록 품어 왔던 생각들을 실행에 옮기기 시작했는데, 우선 모慕씨 내물제의 흔적을 지워버리는 일부터 착수했다. 이를 위해 마립간이라는 선비식鮮卑式 제왕의 호칭을 종전 이사금으로 되돌려 버렸다.

이어 그해 3월에는 전년도에 약속한 대로 야마토국과의 우호관계를 새롭게 체결함으로써, 대왜(야마토)와의 갈등을 크게 완화시켰다. 그런데 하필이면 그때 야마토 측에서 곤란한 요구를 추가해 왔다.

"황송하오나, 大야마토국의 천왕께서는 상호 간에 성실한 약속 이행을 담보하기 위해 서로 귀한 분을 상대국에 보내 줄 것을 요청하셨습니다."

사실 실성왕은 내물제와 보반 사이의 세 아들을 눈엣가시처럼 여기던 터였기에 선뜻 이 기회를 이용하기로 했다.

"나라의 형편이 반석 위에 오른 것처럼 탄탄해질 때까지 부득이 외세의 요구를 수용할 수밖에 없다. 선제先帝의 아들인 미사흔을 야마토국으로 보낼 것이니, 왕실의 의무를 다하기 바란다."

그리하여 우선 내물제의 셋째아들 미사흔未斯欣(미해美海)을 응신왕에게 볼모로 보내 버렸다. 응신왕은 이에 대한 답변으로 미해를 사위로 삼았는데, 불과 10살의 나이였다. 실성왕은 보반保反을 상궁上宮, 내류內留를 하궁下宮에, 천성을 난궁暖宮으로 삼아 三宮을 두게 했는데, 이때 보반后를 위로하는 의미에서 后의 장남 눌지를 태자로 삼았다. 영락제의 누이이자 고구려 출신 천성의 뜻대로 되지 않은 것으로 미루어, 내물제의 선비 세력들이 보반후를 강력하게 지지한 것이 틀림없었다.

5월 어느 날, 실성왕이 보반후를 찾아 말했다.

"고구려가 부강한 것은 정치가 남자에게 있기 때문이오. 우리나라는 골모骨母를 지나치게 귀하게 여겨 정사政事가 부인의 손에서 많이 좌우되니 도통 강해지기가 어렵소. 이제부터 우리는 한 몸이니 나로 하여금 정사를 맡게 하여 고구려처럼 강성하게 만들 수 있도록 기회를 주시오!"

이미 아들인 미사흔을 야마토의 볼모로 보내야 했던 보반후는 나머지 자식들의 안위를 위해 기꺼이 실성왕을 따를 것을 약속했다. 왕이 이때부터 구舊제도를 개편하는 작업에 들어가 새로운 관제를 많이 설치했는데, 주로 고구려의 제도를 많이 도입한 듯했다. 그때 종신宗臣들이 이를 매우 불편하게 여겼다고 하니, 기득권자와의 싸움일 수밖에 없는 개혁이란 이처럼 늘 어려운 법이었다. 실성왕은 또 고구려인 토오세土五稅에게 명하여 우마牛馬를 기르는 목축기술을 백성들에게 가르치게 했다.

이듬해인 403년에는 미품美品을 서불감舒弗邯으로 삼아 군국君國(국방)의 정사를 맡게 했다. 그 역시 과거 실성왕을 따라 고구려에 인질로 있었기에 그곳의 제도와 예절에 익숙한 친고구려 인사였고, 왕의 최측근이었던 것이다. 실성왕은 미품에게 병권을 맡기기 전에 미리 영락제에게 보내 입조케 함으로써, 상국의 반응을 세심하게 점검하기까지 했다. 그해 7월, 실성왕에게 급보가 날아들었다.

"아뢰옵니다. 한산의 부여군이 일모성一牟城을 공격해 들어왔습니다!"

당시 고구려 조정으로도 보고가 들어갔으나, 영락제는 서둘지 않았다.

"일부러 군대를 보낼 것까지는 없는 듯하니, 일단은 지켜보도록 하라!"

이에 따라 고구려군이 일체 움직이지 않았는데, 새로이 신라의 왕이 된 실성왕의 능력을 알아보려 한 듯했다. 다행히 얼마 후 일모성(충북 청주)의 성주인 서금西今이 백제군을 훌륭하게 격퇴했다는 보고가 들어왔다. 내물마립간 사후 〈신라〉 조정이 친고구려 세력 일색이 된 데 대해, 한산의 백제 아신왕 측에서도 시위를 벌이고 반응을 떠본 것으로 보였다.

그 무렵 열도의 야마토에서는 궁월군의 120현민 외에도, 아지사주阿

知使主와 도가사주都加使主 부자父子가 자신들이 거느리던 12개 현민縣民의 백성들을 이끌고 열도로 들어왔다. 특이하게도 이들은 황해도 대방 지역 출신들로 백제와 고구려 사이에서 갈등을 겪던 중에, 응신왕의 부름이 있자 대왜로 향했다고 한다. 이들 가운데는 漢人 출신의 7개 가문도 섞여 있었다는데, 단段씨, 이李씨, 급곽皀郭씨, 주朱씨, 다多씨, 급皀씨, 고高씨 등이었다. 이로 미루어 실상 이들은 과거 요동의 서부여 또는 대방에 조상을 두었던 韓人들이었고, 일부가 이들과 뒤섞여 살던 漢族 출신들로 보였다.

이들의 조상이 요동의 대방에서 난리를 피해 비류왕의 백가제해 세력에 앞서 한반도 대방으로 이주해 온 세력들이었을 것이다. 후대의 수당隋唐 시대에 야마토가 중원대륙과 직접 교류하면서 중원의 문화를 우대하다 보니, 그 후손들이 구태여 자신들을 요동의 漢人 출신이라 부른 것으로 보였다. 어쨌든 서부여 출신의 이들이 백 년이 지난 뒤에도 大倭왕 응신을 따라 다시 열도로 이주해 갔다니, 질기도록 뿌리 깊은 인연이 경이로울 뿐이었다.

이처럼 당시의 한반도 도래인들은 그 규모도 엄청났지만, 여러 가지 선진문물을 갖고 이주함으로써 일본열도에 전혀 새로운 바람을 일으켰다. 궁월군弓月君 집단은 오사카大阪와 교토京都 일원에 자리 잡고 천황으로부터 하타秦라는 성姓을 하사받았는데, 주로 토목과 양잠기술을 일본에 전해 주었다고 했다.

그러나 궁월군은 곧바로 엄청난 정치적 격변의 주인공이 되었다. 그 무렵 나라현 고시高市 일대에 정착한 아지사주 집단 또한 후에 아야漢라는 성씨를 갖게 되었는데, 이들은 야마토大和에 주로 문자와 학문을 전파해 주었다. 그 마을에는 백제인百濟人들이 넘쳐나 다른 씨족은 열에 한, 둘뿐이었다고 했다.

한편, 보금을 신라로 보내 새로운 왕위에 오르게 했던 402년 4월, 영락제는 2년 만에 또다시 〈거란〉 정벌에 나섰다. 당시 거란의 상국인 〈후연後燕〉은 401년 모용성이 29세의 나이에 피살되자, 그의 어린 숙부 모용희가 태후 정丁씨의 후원에 힘입어 왕위를 이어받았다. 아직은 어린 18살의 모용희가 나름대로 내란을 진압하고 정권을 안정시키는 듯했으나, 그해 〈북위北魏〉가 쳐들어와 요서 지역에 있던 옛 진한辰韓시대의 古영지令支를 빼앗았다. 모용희가 이듬해인 402년 반격에 나서 다시 고古영지를 탈환하는 데 성공했으니, 북위와의 전쟁에 정신이 팔릴 수밖에 없었다.

바로 그럴 즈음에 영락제가 붕련朋連과 용신龍臣, 서구胥狗 등에게 명하여 후연의 속국인 거란契丹을 치게 했던 것이다. 고구려군은 이 원정에서 거란 임금 오귀烏貴를 사로잡는 한편, 구리성句麗城과 북경 아래 대극성大棘城(대성大城) 등을 탈취했다. 고구려군을 이끄는 붕련이 말했다.

"잘들 들어라. 내친김에 요수를 건너 후연으로 쳐들어갈 것이다. 모두 긴장을 풀지 말고, 후연의 숙군성을 향해 진격하라!"

영락제가 여러 용장들을 대거 출정시킨 이유가 바로 여기에 있었으니, 직접 후연을 공략하려는 것이었다. 이에 고구려군이 요수(영정하)를 건너 후연의 수도 용성龍城(容城)에서 서북쪽으로 그리 멀지 않은 숙군宿軍(숙거宿車)성을 공격하니, 성주인 단개귀段開歸가 선봉을 내보내 저항했다. 그러나 고구려군의 날카로운 공격에 이내 선봉의 목이 날아갔고, 단개귀는 성을 버린 채 서쪽으로 달아나 버렸다.

얼마 후 고구려의 공격에 燕군이 줄줄이 참패를 당했다는 소식에 평주平州자사 모용귀歸도 성을 버리고 달아나 버렸다. 보고를 받은 후연왕 모용희가 두려움에 치를 떨었다.

"무어라? 숙군성주도, 평주자사도 모두 성을 버리고 달아났단 말이냐? 큰일이로다……. 우리가 과연 구려군을 상대할 수는 있겠느냐?"

결국 모용희 또한 잔뜩 겁을 먹고는 도성인 용성을 나와 요수遼隧로 달아나 버렸다. 이로써 영락제는 요동遼東의 대부분과 요서遼西 일부를 평정하는 또 한 번의 쾌거를 이루었다. 이때 붕련의 고구려군이 철군하는 길에, 그 50년쯤 전에 조성된 모용황의 사당을 찾아 파괴하는 등 단단히 보복을 하고 돌아온 것으로 보였다. 그야말로 사필귀정이었으니, 미천제의 능묘를 파헤쳤던 모용황은 사실상 그때 스스로의 무덤을 판 것이나 다름없었던 것이다.

영락제가 요동을 정벌하고 돌아온 개선장수들을 위해 조모祖母인 解태후를 모시고 서도西都인 난궁鸞宮에서 3일간 큰 연회를 열게 했다. 그때 모용준과 모용위의 딸 등에게 술을 따르게 했는데, 해태후가 모용황에게 당한 시절이 생각났는지 옛이야기를 꺼냈다.

"노첩老妾이 여태 살아 폐하의 영웅적 승리까지 목도하게 되었으니, 이제 죽어도 여한이 없습니다……"

이어서 한바탕 황皝을 비롯한 모용씨들의 흉을 보더니, 이윽고 태왕에게 여러 가지 주의와 함께 선정을 당부한다는 말을 주저리주저리 늘어놓았다. 그러자 태왕이 호기롭게 답했다.

"나라의 땅을 넓게 여는 것이 동명성제의 뜻이었음에도, 대무, 태조, 미천제께서도 이를 미처 다 이루지 못하셨습니다. 허나 이제 소손小孫이 그 뜻을 완성했으니 너무 과한 염려는 마옵소서!"

해태후가 태왕의 말에 흡족한 얼굴로 연실 고개를 끄덕이며 맞장구를 쳤으나, 다음 순간 태왕이 두 后를 향해 하는 말을 듣고는 그녀의 표정이 하얗게 굳어 버리고 말았다.

"부녀자들에게는 삼종三從의 도道가 있음인데, 물과 불이 끓는 가마솥으로 뛰어들지언정 어찌 적들에게 욕을 당한단 말이오? 나는 주周태후께서 황皝의 비위를 맞추다 자식까지 낳은 것이 못내 부끄러웠소. 그대들은 만일 그런 꼴을 당하게 되거든 자진해 버리시오!"

그리고는 즉석에서 두 后에게 보검을 건네주는 것이었다. 잔칫상에 찬물을 끼얹는 듯한 분위기에 주변 사람들 모두가 놀라 숙연해졌고, 두 后 또한 좌불안석이 되어 해태후의 눈치를 살피기 바빴다. 해태후는 무안함에 아무런 말도 못 한 채 벌벌 떨다가는 스스로를 책망하는 듯한 소리를 중얼거릴 뿐이었다. 아마도 당시 오래도록 인질로 있던 주태후로 인해 〈전연〉에 온갖 수모를 겪다 보니, 고구려 황족들 중에는 周태후를 탓하는 이들도 적지 않았을 것이다.

게다가 영락제의 속마음에는 3대 선제先帝 모두가 그런 모용씨를 제대로 응징하지 못한 데 대한 분노까지 더해져 있었기에, 해태후뿐만 아니라 주변 원로대신 모두에 대한 원망을 표출하고 만 것이었다. 영락제의 발언이 의도된 것이든 아니든, 주변의 시선에 아랑곳하지 않고 친할머니의 면전에서 분풀이를 해댄 셈이었으니, 영락제의 강고하고도 냉정한 성격을 그대로 드러낸 셈이었다. 그럴 정도로 당시 모용씨 〈전연〉에 당했던 국치國恥는 고구려 황실에 두고두고 씻을 수 없는 큰 상처trauma로 남았던 것이다.

그해 5월, 영락제가 모후인 천강天罡태후를 모시고 온탕의 도장道場에서 고국양왕의 환갑제인 주기제周紀祭를 올리고, 6월에는 고국원故國原에 올라 국원릉에 〈燕〉을 멸망시켰음을 고했다. 9월에는 〈동명대제東明大祭〉를 행했는데, 이때 〈왜〉, 〈신라〉, 〈(후)진秦〉, 〈(후)연燕〉, 〈(동)진晉〉, 〈맥貊〉, 〈(백)제濟〉, 〈가야加耶〉의 여덟 나라 여인들이 춤을 추고 노래를 불러 바쳤으니, 고구려 건국 이래 가장 성대한 의식이었다고 했다. 그때 영락제가 특별히 〈왜〉(야마토)의 사자에게 일러 말했다.

"너희 왕에게 전하거라. 앞으로 후궁에 딸을 바치고, 아들을 보내 학문을 공부하게 할 것이며, 영원히 신민臣民이 되어 널리 나의 교화가 미치게 하라!"

이어 신라에 관한 일에 대해서도 말을 덧붙였다.

"보금(실성)은 나의 고굉지신股肱之臣이다. 너희 왕이 아신과 더불어 혼인을 하고, 보금을 도모하려 했으나 결코 불가한 일이다. 앞으로는 보금과 화친하되, 서로 혼인을 해도 좋을 것이다!"

이에 〈倭國〉(야마토)이 내물제의 아들인 미해를 사위로 삼고 신라와 화친하기로 했던 것이다.

이듬해 영락 13년인 403년 3월이 되니, 〈왜국〉의 임금이 고구려로 아들 맥수麥穗를 보내오고 과연 두 딸을 후궁으로 바쳐왔다. 그런데 놀랍게도 그때쯤에는 왜왕의 이름이 응신應神이 아닌 인덕仁德(닌토쿠)이라는 제3의 인물로 바뀌어 있었다. 왜국에 무슨 일이 있었는지는 알 수 없어도, 그 무렵 여휘 응신왕이 사망한 것이 틀림없었다. 당시 응신왕에게는 토도菟道태자가 있었음에도 토도가 아닌 인덕이 응신왕의 뒤를 이은 것으로 보아, 인덕이 권력을 장악하고 새로이 천황의 자리에 오른 것이었다.

더더욱 놀라운 것은 여휘왕이 한반도를 떠날 당시, 한반도에 잔류해 부여백제 유민들을 지휘했던 궁월군弓月君이 바로 인덕이라는 사실이었다. 응신왕(여휘왕)의 아들 토도태자가 궁월군의 반란으로 권좌에서 쫓겨났고, 결국 자결을 했다는 설도 있었다. 후대에 권력 찬탈이라는 불미스러운 역사를 가리고자 토도가 왕위를 양보한 것으로 하고, 인덕을 응신왕의 아들이라고 하려다 보니 응신이 110세에 사망한 것으로 꾸미기까지 했다.

이것이 사실이라면 응신왕은 왜국을 그리 오래 다스리지 못했고, 자신의 핏줄로 왕위를 물려주는 데도 실패한 셈이었다. 창업의 성공이 그토록 어려운 법이었던 것이다. 그러나 응신왕은 대륙 〈서부여〉의 왕통을 이어받은 한반도 〈부여백제〉의 왕으로서, 반도를 떠나 일본열도의 〈왜국〉(야마토)으로까지 그 세력을 크게 확장시킨 인물이었다. 당초 그는 부친 여구왕의 뒤를 이어 한반도 중부 아래 전역을 장악하고, 강력한 〈부여백제〉를 건설하려는 야심을 지닌 왕이었다.

그러나 그의 이런 야심은 그보다 더욱 거침이 없는 고구려의 영락제에게 산산조각이 나고 말았다. 그때 비슷한 연배의 영락제 앞에 무릎을 꿇는 치욕을 당하면서도 목숨을 부지한 채 용케 인내했다. 다행히 영락제가 수군을 몰고 썰물처럼 빠져나갔기에, 고구려의 신민으로서 그럭저럭 제왕의 권력을 누릴 수 있었을 것이다. 그러나 여휘왕은 안일함을 떨쳐 버린 채 새로운 기회를 찾아 과감하게 반도를 떠나 일본열도로 향하는 결기를 드러냈다. 그리고는 곧바로 〈야마토〉를 계승하고 그 시조나 다름없는 응신천왕에 올랐으니 화려한 재기에 성공한 셈이었다.

그의 이런 담대한 용기는 결정적으로 원시 고대국가 수준에 머물러 있던 일본열도에 대륙의 신선한 피와 선진문명을 제공한 셈이었고, 이로써 일본열도 전체가 새로운 고대국가로 발돋움하게 하는 시발점이 되게 했던 것이다. 따라서 여휘 응신천황은 영락제에 버금가는 시대의 영웅임이 틀림없었고, 어쩌면 이것은 응신應神이라는 그의 왕호대로 하늘의 뜻이었는지도 모를 일이었다. 야마토 왕조의 실질적 시조가 되어 치열하게 살았던 천왕의 삶의 흔적은, 오사카 남부의 하비키노시市에 〈응신천황릉〉이라는 거대 봉분으로 남아 오늘날까지 온전하게 전해졌다.

전방후원분前方後圓墳이라는 독특한 양식의 그의 무덤은 그때까지 일본열도 어디에서도 보지 못했던 거대무덤으로 최대 길이만 무려 418m나 되었으니, 진시황릉이나 고대 이집트의 피라미드와 견줄 만큼 어마어마한 위용을 자랑하는 것이었다. 열도 정착의 초창기에 처음으로 맞이한 천왕의 장례인 데다 쿠데타에 의한 사망이었기에, 대륙으로부터의 이주 정권이 토착민들에게 자신들의 막강한 권력을 더없이 과장하려 든 것으로 보였다. 두말할 것도 없이 이는 전형적인 고대 아시아 북방민족의 무덤양식으로, 그들의 조상이 대륙의 부여족, 즉 韓민족 출신이었음을 분명하게 웅변해 주는 증거였다.

그해 봄이 되자 〈백제〉의 아신왕이 옷 짓는 전문기술자로 진모진眞毛津이라는 봉의공녀縫衣工女를 〈야마토〉 조정에 보내왔는데, 그녀는 오늘날 내목의봉來目衣縫의 시조가 되었다. 틀림없이 이때쯤에는 한성백제에서도 인덕천왕의 즉위를 알고, 축하사절과 함께 진모진을 보내 주었을 것이다. 그해 연말에는 반대로 야마토에서 한산의 백제로 답례의 사신을 보내왔는데, 아신왕이 이들을 극진하게 대접했다. 이듬해인 404년 가을 8월에도 아신왕이 또다시 아직기阿直伎(아지길사阿知吉師)를 야마토로 보내, 양마良馬 2필을 바쳤다. 천왕이 아직기에게 산기슭 언저리에서 말을 사육하게 했는데, 그곳을 구판廐坂이라 불렀다. 아직기는 경전經典에도 밝은 인물로 곧바로 왜국 태자의 스승이 되었다. 어느 날 천왕이 그에게 물었다.

"혹시 그대보다 더 뛰어난 박사가 있더냐?"

"왕인이라는 분이 훌륭하십니다."

천왕이 이에 황전별荒田別과 무병巫別을 백제로 보내 왕인王仁을 모셔오게 했다. 그리하여 405년 2월, 박사 왕인이 야마토로 들어왔는데, 《논어論語》 10권과 《천자문千字文》 1권을 지니고 왔다. 왕인 또한 태자의 스승이 되어 여러 경전을 가르치게 하니, 비로소 태자가 통달하지 않음이 없게 되었다. 전남 영암 출신의 왕인은 이후 전통문필 가문인 서수書首 등의 시조가 되었다.

그해 연말 인덕천왕에게 〈백제〉로부터 아신왕이 9월에 돌아갔다는 부고가 당도했다. 천왕이 즉시 볼모로 있던 태자 전지腆支(직시直支)를 불러 말했다.

"그대는 어서 본국으로 돌아가 왕위를 잇도록 하라!"

인덕천왕이 이때 전지에게 동한東韓의 땅을 주어 보냈다는데, 전라도와 충청 일원의 감라성甘羅城과, 고난성高難城, 이림성爾林城 등으로 옛 부여백제에 속한 땅으로 보였다. 야마토를 대신해 반도 백제를 잘 다스려달라는 기대와 염원을 담아 작은 성의를 표한 듯한 모양새였다.

침류왕의 아들이었던 아신왕은 재위 초기부터 고구려에 잃었던 땅을 수복하려 했으나, 번번이 강력한 영락제의 군대에 막혀 뜻을 이룰 수가 없었다. 뿐만 아니라 396년 거발성 여휘왕의 도발로 촉발된 영락제의 기습 해상작전으로 그 앞에 무릎을 꿇는 수모를 겪어야 했다. 이후 여휘왕이 열도로 탈출하는 바람에 백제 전역을 장악할 절호의 기회를 맞이했음에도, 잦은 전쟁으로 국력이 바닥이 난 상태라 이를 살리지 못했다.

오히려 새로이 야마토의 천왕에게 태자를 볼모로 내주어야 했고, 그의 불길한 예감대로 끝내 자식의 얼굴을 보지 못한 채 삶을 마감해야 했다. 그는 〈한성백제〉의 부흥을 위해 부지런히 움직였음에도, 당대의 두 영웅 담덕과 여휘를 만나 뜻을 제대로 펴지 못했으니 시대를 잘못 태어난 불운을 어찌할 수 없었던 것이다.

영락 14년째 되던 404년 정월, 북도北都에 머물던 해解태후가 춘추 82세로 세상을 뜨자 국원릉에 장사 지냈다. 시어머니인 주周태후와 함께 모용황에게 끌려가는 수모를 당했지만, 1년 만에 귀국할 수 있었다. 그 후 남편인 고국원제가 전사하는 아픔 속에서도, 소수림제와 고국양제 두 분의 아들 모두가 태왕에 올라 4백 년 고구려의 사직을 잇게 했으니, 고구려 역사에 기여한 바가 사뭇 큰 여인이었다. 다만, 고국원제 사후로는 그녀의 부친인 해현을 비롯해 해씨 일가가 득세하면서 조정이 전쟁을 멀리하는 온건파 일색이었고, 그사이에 태왕이었던 두 아들 모두가 석연치 않은 죽음을 맞이했으니 그것이 영락제와 해후 사이에 있었던 불화의 원인이었을 것이다.

그해 5월, 후연의 모용희가 불현듯 용성龍城에 나타나 고구려군에 기습을 가해 왔는데, 변방에서 다시금 세력을 키워 일어나려 했던 것이다. 연왕 모용희는 2년 전 용성을 고구려에 내준 뒤로, 왕후 부苻씨와 함께 북쪽의 백록산白鹿山까지 달아났다. 이후 고구려군의 눈을 피해 여기저기 떠돌며 세력을 규합하고 다녔는데, 동쪽으로 청령青嶺을 거쳐 창해滄海까지 갔다가 돌아온 것으로 보였다. 도중에 산짐승이나 동상 피해를 당하는 외에 고구려군의 공격 등으로 5천여 군사를 잃었으나, 용케 다시 군사들을 규합해 용성 탈환을 시도한 것이었다. 영락제가 명을 내렸다.

"모용희가 돌아왔다니 제법 명이 긴 모양이오. 붕련 숙부께서 나가 상대하고 오시오!"

붕련이 군대를 이끌고 용성으로 가 보니, 이미 모용희가 성을 장악한 뒤였다. 붕련의 고구려군이 용성에 공격을 가했으나, 이번에는 모용희가 죽기 살기로 성을 사수하는 바람에 탈환하지 못하고 돌아와야 했다. 그런데 그 무렵에 이번에는 반대쪽 왜倭가 반도의 대방을 치고 들어왔다는 보고가 들어왔다. 영락제가 이때 다시금 붕련을 시켜 왜를 토벌케 했는데, 고구려군이 이때 왜선倭船을 공격해 수많은 왜구倭寇들을 참살하거나 포로로 잡았다.

따라서 붕련이 水軍을 이끌고 또다시 해상작전을 펼친 것이 틀림없었고, 아마도 이때 황해바다 위에서 〈해상전투〉가 벌어졌을 가능성이 매우 컸다. 그런데 이때 왜구의 무리는 인덕(궁월군)이 알지 못하는 사람들로 야마토가 아닌 일본열도 내 다른 지역의 해적들이었다. 그런데도 소식을 들은 인덕천왕이 사자를 보내와 사죄하였기에, 영락제가 또 다른 숙부인 서구胥狗를 왜倭로 보내 진상을 알아보게 했다.

405년에도 정초부터, 모용희가 부후와 함께 장무성章武城을 공격해 왔으나, 이내 대패하여 물러났다. 연왕 모용희는 사나운 성격에 미인에 빠져 폭정을 일삼다 보니, 부하들이 복종하지 않았다. 그 무렵에 〈북위〉의 탁발규가 고구려에 사신을 보내 낙타를 바쳐오면서 화친의 뜻을 밝혔다.

"원래 우리는 을두지乙豆智의 외예外裔(외가 후손)입니다. 그러니 동명東明께서 가지셨던 뜻을 함께 이룰 수 있길 바랍니다."

고구려 입장에서는 모용씨나 탁발씨나 모두가 고구려에서 떨어져 나간 선비의 후예들이니 딱히 어느 쪽을 편들 일도 아니었다. 그러나 모용씨와는 돌이킬 수 없는 불구대천의 원수지간인 데다, 북위의 상승세가 눈에 띄다 보니 충분히 반길 만한 일이었을 것이다.

〈신라〉에서는 그 무렵인 404년경, 보반후가 왕의 아들인 청연靑淵을 낳았다. 그해 7월에는 실성왕이 3궁宮 모두를 동반한 채 날기捺已(영주)에 행차해 동굴 안에서 신선神仙을 찾았다고 했는데, 이 또한 고구려에서 행해지던 황실의 풍속을 들여온 듯한 모습이었다. 이듬해인 405년 4월, 갑작스레 야적野賊(왜구)들이 난입해 명활성明活城을 공격해 왔다.

실성왕이 친히 기병을 이끌고 출정해 독산獨山(부산)의 남쪽에서 야적들을 요격해 3백여 명의 목을 베었다. 일본 열도에 큰 섬이 많고 워낙 서로 다른 무리들이 여기저기 흩어져 있던 때라, 인덕왕의 교화가 두루 미치지 못했다고 했다. 7월경에도 감문甘文의 수중須仲이 난을 일으켜, 대물大物이 나가 평정했다. 그 무렵 고구려에서는 서구가 야마토에서 돌아와 야마토의 풍습과 산천, 물길 등에 대해 영락제에게 소상히 보고했다.

바로 그해 9월이 되자 〈한성백제〉의 아신왕이 재위 14년 만에 세상을 뜨고 말았는데, 백제 조정에서는 일체의 사실을 숨긴 채 발상을 하지 않았다. 〈야마토〉에 볼모로 있던 태자 전지腆支가 돌아오기를 기다려야 했던 것이다. 아신왕의 부고를 접한 인덕왕이 서둘러 명을 내렸다.

"한성으로 일백여 명의 호위무사를 딸려 보내 전지의 귀국을 돕게 하라!"

그렇게 태자 전지가 귀국하는 사이에 한산의 백제 조정에서는 복잡한 일들이 전개되고 있었다. 당시 아신왕의 둘째 아우인 훈해訓解가 정사를 돌보며 전지의 귀국을 기다리던 중에, 막내인 첩례碟禮가 내란을 일으켜 형인 훈해를 살해하고, 스스로 백제의 왕을 자처했던 것이다. 전지 일행이 이를 모르고 국경에 이르렀을 때, 한성의 왕족으로 보이는 해충解忠이라는 신하가 나타나 조정의 긴박한 상황을 알려 주었다.

"상황이 이러하니 태자께서는 경솔하게 왕궁으로 들어가시면 아니 될 것입니다. 신이 태자께서 입궁하실 기회를 만들어 보겠습니다."

6년 만의 인질 생활을 마치고 귀국했으나 선왕의 상을 치르기는커녕 궁에도 들어가지 못하는 난감한 신세가 되자, 전지태자가 크게 낙담했다. 그러나 이대로 왕궁으로 들어갔다가는 무슨 일을 당할지 모르니 일단 큰 섬으로 들어가 돌아가는 형국을 지켜보기로 했다. 이에 전지 일행이 강화도로 들어가 초조한 마음으로 대기했는데, 얼마 후 과연 해충解忠이 백성들을 규합해 첩례를 제거하는 데 성공했다. 결국 백제의 대신들이 강화도에 있던 전지를 맞아들여 왕위에 오르게 했으니, 제왕의 길이 이처럼 순탄치 않았던 것이다.

전지왕의 왕후는 〈야마토〉 인덕왕의 딸 팔수八須부인이었는데, 서구胥狗의 첩과는 동모 형제였다. 서구가 왜국에 사신으로 머물 때 인덕왕이 또 다른 딸을 서구태자에게 내주었는데, 새로운 인덕천왕이 고구려 영락제에 대해 각별히 신경을 썼던 것이다. 그 자신도 혁명정권이라 아직은 기반이 나약한 데다, 자신의 사위이자 야마토(대왜)가 미는 전지왕이 백제를 다스리게 된 만큼, 북쪽 고구려의 신경을 거스르지 않는 것이 유리했기 때문이었다.

이듬해 406년 12월, 속국인 거란이 말을 듣지 않자 〈후연〉의 모용희熙가 친히 거란을 치러 형북陘北까지 갔으나, 거란의 무리가 많아 차마 치지 못하고 망설였다. 모용희가 고심 끝에 수레를 끄는 치중병輜重兵을 버린 채, 몸이 가벼운 경병輕兵만을 거느리고 은밀하게 군병을 돌려 고구려의 목저성木底城을 공격했다. 그러나 이번에도 끝내 성을 함락시키지 못하고 돌아갔는데, 그렇게 고구려와 다툰 지 벌써 2년째였다. 당시 모용희가 이동한 거리만 3천 리가 넘었다는데, 그 과정에서 피로와 추위 등으로 죽어 나간 병사들이 즐비했다고 한다.

그해에 산동 〈남연南燕〉의 도성 광고廣固(청주)에서는 황제 모용덕德이 60세로 사망했다. 그는 그간의 전쟁으로 자식들을 모두 잃고 말았는데, 〈후진後秦〉에 잡혀 있던 형인 모용납의 아들 모용초超가 우여곡절 끝에 찾아와 그를 후사로 삼을 수 있었다. 북해왕 모용납納은 모용황의 아들로 주周태후가 용성에 인질로 끌려가 낳은 아들 식式의 아비로 알려진 인물이었다. 모용초는 이후 폭정을 일삼은 데다, 〈후진〉이 인질로 삼고 있던 자신의 모친과 처자를 내주지 않자, 후진을 상대로 전쟁을 일으켰다. 그러나 이후 국력이 고갈된 나머지 410년경, 장강 아래 〈동진東晉〉

의 유유에 의해 끝내 멸망당하고 말았다.

영락 17년 되던 407년, 영락제가 마침내 붕련과 해성에게 5만 정병을 내주고 〈후연〉의 모용희熙를 치게 했다. 얼마 후 고구려 조정에 승전보가 들어왔다.

"아뢰오, 붕련태자께서 장무의 서쪽에서 후연의 군대와 맞붙어 모용희를 참패시켰다는 낭보입니다!"

"호오, 과연 숙부께서는 용장임에 틀림없도다. 하하하!"

고구려군이 이때 개갑鎧甲(미늘철갑) 일만여 벌을 포함해 수많은 무기류를 노획하는 외에, 사구沙溝, 루성 등 6개 城을 공취할 수 있었다.

연왕 모용희는 이후 왕후인 부苻씨를 위해 용성에 승화전을 짓는 등 토목공사에 열을 올리고 사치했으나 정작 부씨가 사망하고 말았는데, 끝내 이 일이 커다란 사변으로 이어지게 되었다. 부씨의 장례를 위해 모두가 성을 비운 틈을 타 놀랍게도 중위장군 풍발馮跋이 몰래 용성으로 들어와, 모용운雲을 天王으로 추대해 버렸던 것이다. 모용희가 미복 차림으로 달아났으나, 이내 잡혀 와 모용운에게 처형당하고 말았다. 이로써 모용수가 〈후연後燕〉을 건국한 지 23년 만에 고작 한 세대도 지나지 않아, 사실상 마지막 모용선비의 나라 후연마저 멸망하고 말았다.

모용운은 원래 고운高云이라는 이름의 고구려인이었으나, 모용황의 침공 때 포로가 되어 끌려간 뒤로 용케도 〈전연〉의 신하가 된 인물이었다. 397년 모용보가 〈북위〉와의 〈호타하전투〉에서 패해 아들 모용회會가 지키는 계성으로 달아났는데, 이때 보寶가 계성의 군대를 숙부인 모용농과 아우 모용륭에게 나누어 주었다. 이에 앙심을 품은 모용회가 난을 일으켜 모용륭을 살해하고, 부왕父王인 모용보에게조차 기습을 가했다. 모용보가 겨우 용성으로 달아날 수 있었는데, 이때 시어랑 고운이 1

백 명의 결사대를 꾸려 모용회의 군영에 잠입하는 데 성공했고, 끝내 회會를 반역죄로 처형해 버렸다.

이런 공으로 모용보가 고운을 양자로 맞아들였는데, 그는 침착한 데다 말이 없는 편이라고 했다. 漢족 출신 풍발이 그의 능력을 알아보고 고운에게 다가가 서로 친해졌는데, 이때 모용희熙를 제거하고 고운을 〈북연北燕〉의 황제로 받든 것이었다. 고운은 고루高婁의 후손으로, 훌륭한 외모를 지녀 모용보와 부왕후로터 총애를 받았다고 한다. 황제에 오른 모용운은 즉시 모용씨를 버리고 고운高云이라는 옛 이름을 다시 사용하기 시작했다.

그러나 이미 모용씨가 여러 代를 거치며 다스려 왔던 燕나라 지역은 漢族이 다수를 이루는 中原의 나라로, 고구려 출신 고운이 황제를 맡는다는 것 자체가 다소 부자연스러운 일이었다. 이런 이유로 漢人 풍발이 고운을 천왕으로 추대했을 때도 고운은 이를 사양하고, 오히려 풍발이 제위에 오를 것을 권유했다고 했다. 그러나 풍발에게는 이미 다른 속셈이 있었으니, 그것은 燕의 가장 강력한 상대인 〈고구려〉의 영락제를 계산에 넣고 있었던 것이다. 같은 고구려 출신 고운이 제위에 오르게 되면, 일단 고구려와의 충돌은 외교로 해결될 수 있다고 기대한 것이었다. 이를 위해 모용희를 처단하고 난 후 이들이 가장 먼저 한 일 역시 고구려의 영락제와 관계를 개선하는 것이었다. 고운이 영락제에게 시어사侍御史 이발李拔을 보내 상황을 소상히 설명하게 했다.

"일이 이렇게 되었으므로, 장차 새로운 연왕燕王(고운)께서는 고구려의 신하국이 되어 조공을 바칠 터인즉 널리 헤아려 주시길 바랍니다!"

"흐음……"

영락제는 고운이 같은 민족으로 동명성제의 서류庶流임을 잘 알고 있었기에, 기쁜 마음으로 그 뜻을 수용하고 사신 일행을 환대해 주었다.

그렇게 친고구려 세력인 〈북연〉의 새로운 등장으로, 오래도록 고구려의 골머리를 앓게 했던 서쪽 중원의 문제가 이전과는 전혀 다른 양상으로 흘러가기 시작했다.

그 무렵인 407년 2월, 반도의 〈백제〉에서는 전지왕이 여신餘信이라는 인물을 내신內臣좌평으로 삼았다. 동시에 해수解須를 내법內法좌평에, 해구解丘를 병관兵官좌평으로 삼았으니, 왕이 온조계 친척인 해解씨들을 대거 등용한 셈이었다. 그런데 이듬해 408년 정월이 되자, 전지왕이 또 다른 명령을 추가했다.

"내신좌평 여신을 새로운 관직인 상좌평上佐平으로 올려 주고, 군국軍國의 정사를 맡기려 한다."

백제에 상좌평이란 직이 이때 처음 생겼는데, 한마디로 조정의 업무를 총괄하는 재상에 해당하는 직이었다. 일설에는 여신이 전지왕의 서제라고 했으나, 왕 자신이 온조계 解씨였으므로 사실과 다른 이야기였다. 여신은 바로 〈부여백제〉의 왕족 출신으로 야마토의 인덕왕이 보낸 인물이었으며, 전지왕을 견제할 수 있는 백제의 실질적 권력자였던 것이다. 그 무렵에 〈한성백제〉는 〈야마토〉를 대신해 종전 〈부여백제〉의 신민臣民을 다스릴 권한을 인수받게 되었고, 비로소 온전한 〈백제百濟〉로 거듭나던 중이었다.

동쪽으로 〈신라〉 및 〈가야〉의 강역을 제외하고, 임진강 아래 반도의 서쪽 땅 전체를 다스리게 된 셈이니 분명 백제로서는 커다란 행운이 아닐 수 없었다. 그 대신에 인덕왕의 신하인 여신餘信이 국정을 총괄하는 자리를 차지함으로써, 〈야마토〉는 종전과는 다른 방식으로 〈백제〉를 통제하려 했던 것이다. 이듬해에 야마토의 사신이 백제 조정으로 들어와 어둠 속에서도 빛을 내는 야명주夜明珠를 보내오자, 전지왕이 명을 내렸다.

"야마토 천왕의 사신을 上國의 신하로서 극진하게 예우토록 하라!"

비록 야마토와 백제가 바다 멀리 떨어져 있긴 했으나, 이 무렵에 서로 사신을 활발하게 교환하면서 종전 반도에서처럼 상호 의존적인 관계를 안정적으로 유지했던 것이다.

이와 달리 동쪽 〈신라〉에서는 실성왕 7년째 되던 408년 2월경, 야인(왜인)들이 대마도(임나)에 군영을 설치하고 무기와 식량 등을 비축하고 있다는 보고가 들어왔다. 당연히 〈야마토〉가 조만간 〈신라〉를 공격해 올 것이라는 소문이 나돌고 민심이 흉흉해지자, 실성왕이 선수를 치고자 했다. 그러자 병권을 책임지고 있던 서불감舒弗邯 미품이 간했다.

"신臣이 듣기로 병兵은 흉기凶器요, 전쟁은 위험하기 그지없는 일이라 했습니다. 하물며 대해大海를 건너 남의 나라를 치려다 손해를 보게 된다면 후회한들 무슨 소용이 있겠습니까? 차라리 험한 곳에 관關(요새)을 설치해 적을 막고, 상황이 유리할 때 나아가 적을 사로잡으면 그것이 제일 상책일 것입니다."

그러자 실성왕이 고개를 끄덕이며 미품의 말에 수긍했다. 미품의 생각에는 비록 야마토가 바다 건너 멀리 떨어져 있다고 해도, 여전히 반도의 백제와 연합을 이루고 있는 데다 아직은 신라의 힘이 충분치 못하다고 본 듯했다. 무엇보다 신라의 장수들 중에는 대륙 선비의 후예들이 잔뜩 있다 보니, 여전히 배를 타는 일이나 수전水戰을 기피하는 경향에서 벗어나지 못했던 것이다. 내물마립간 시절 임나(대마) 토벌을 위해 고구려에 지원을 요청했던 것도, 비슷한 상황에서 벌어진 일이었다. 그렇더라도 때로는 선제공격이 필요할 때도 있건만, 당시 신라 조정에는 그런 용맹한 장수가 보이질 않았다.

그 무렵 야마토 정권은 반도의 동남쪽 앞바다 〈신라〉의 코앞에 있는 임나에 대해 반도를 겨냥하기 위한 중간기착지로 설정하고, 장차 임나 전체를 장악하려 한 것으로 보였다. 비록 바다 멀리 떨어져 있어도 야마토의 관심은 언제나 대륙의 끝인 반도를 향하고 있었던 것이다. 그해 8월, 〈신라〉에서는 실성왕의 명으로 〈천주사天柱寺〉를 크게 중수했는데, 고구려의 영향으로 필시 그 무렵에는 신라에도 불교가 들어와 있었음이 틀림없었다.

그해 9월, 실성왕이 8년 전부터 야마토에 볼모로 가 있던 눌지의 아우 미해(미사흔)를 아찬의 지위로 올려 주면서 말했다.

"선제의 아들 미해가 이제 성인이 다 되어 그에 맞는 대우를 한 것이다."

뿐만 아니라 내신內臣들 중에서 사람沙覽이라는 인물을 야마토로 보내, 미해를 보좌토록 했다. 그런데 야왕野王이 그를 접견하고는 그를 아름답다 여겨 높은 집(대臺)을 지어 내주고, 그곳에 머물게 했다. 야왕이 곧 인덕왕으로 보였는데, 아마도 그가 남색을 즐긴 모양이었다. 대신 미해에게는 다른 여인을 붙여 시중을 들게 했다.

공교롭게 그 무렵에 실성왕이 이번에는 내물제의 세 아들 중 차남인 보해寶海(복호卜好)를 반대쪽인 고구려의 영락제에게 보내 입조케 했다. 그즈음 실성왕이 자신의 혈육으로 하여금 왕위를 잇게 할 욕심으로, 내물제의 아들들을 모두 밖으로 내보내려 한 듯했다. 영락제가 보해에게 마련馬連을 처로 내주었는데, 이듬해가 되니 실성왕이 다시 사자를 보내 보해를 돌려보내 주기를 청했다. 3형제 모두를 바깥으로 내보내게 된 보반후가 실성제를 움직인 것이 틀림없어 보였다. 영락제가 보해에게 마련을 딸려 신라로 귀국하게 해 주었는데, 金城으로 간 마련이 아들을 낳았다.

그해에 실성왕이 의미 있는 명을 내렸다.

"골문의 여인들이 예법을 뛰어넘어 다른 남자와 함부로 사통하다 동반으로 도주해 버리는 사분私奔을 금하게 하라!"

실성왕이 다소 문란해 보이던 골문의 질서를 조금씩 잡아가면서, 남성들의 권위를 찾아가는 모습이었다. 그해 10월 실성왕의 충복이었던 미품美品이 사망했는데, 공손하고 검소한 데다 덕德을 좋아해 10년 만에 나라의 안정을 되찾는 데 크게 기여했다. 다만 병권兵權을 총괄하는 서불감舒弗邯의 자리에 있었으면서도 어이없게도 군사軍事업무를 그다지 좋아하지 않았다니, 필시 영락제의 입김이 작용한 것으로 보였다.

이듬해인 412년 2월, 실성왕이 다시금 보해를 〈고구려〉로 보내 인질로 삼게 했다. 마련이 타국에서의 외로움이 심했던지, 영락제에게 글을 올려 귀국을 청했기 때문이었다. 실성왕이 이때 내신 중에 무알武謁을 보해의 보좌로 삼게 하고 함께 고구려로 떠나보냈다. 영락제는 이번에도 보해의 가족을 천성天星이 살던 옛 궁에서 살게 해 주었다. 이제 보반后가 낳은 내물제의 자식들 중 태자인 눌지만이 금성에 남아 그녀의 곁을 지킬 뿐이었다.

한편, 영락 19년 되던 409년, 〈고구려〉에서는 영락제가 장남인 거련巨連을 동궁태자로 삼고 후사를 정했다. 7월에는 나라의 동쪽에 독산禿山 등 총 6개의 성을 쌓게 하고, 반도평양의 민호들을 그곳으로 이주시켜 둔屯을 치고 살게 했는데, 백제와의 남동쪽 국경지대로 보였다. 8월에 영락제가 친히 이곳을 둘러 순시하고, 백성들의 삶을 살폈다.

이에 앞선 400년경, 농서 이서以西 지역으로 하서주랑을 따라 난립했던 소국들, 즉 〈서진〉에 이어 〈서량〉, 〈북량〉, 〈남량〉이 요홍의 후진에 통일되고 말았다. 후진의 전성기였다. 결국 402년경에 황하 이북으로는 요홍의 〈후진〉과 탁발규의 〈북위〉 양대 세력이 사실상 경합하게 되었다. 이처럼 양쪽의 대결이 본격화되었으나, 〈시벽전투〉의 대승으로 끝내는 〈북위〉의 우위가 확실해졌다. 〈후진〉은 이후 패배의 후유증으로 갈수록 나약해진 데다 내분에 시달린 끝에, 417년 급기야 장강 아래 〈동진東晉〉이 파견한 유유劉裕의 공격에 멸망당하고 말았다. 후진의 도성 장안은 후일 철불흉노 혁련발발赫連勃勃이 세운 〈하夏〉(407~431년)로 넘어갔다가, 마지막으로 〈북위〉의 수중으로 들어갔다.

〈참합피전투〉로 〈후연〉을 무너뜨린 데 이어, 〈시벽전투〉에서 〈후진〉에 대승을 거둔 탁발규는 이제 중원 최고의 영웅으로 부상하기에 이르렀다. 그러나 탁발규는 이후 제위를 자신의 친아들에게 넘겨주려는 욕심에서 주변 사람에 대한 의심이 부쩍 커지게 되었고, 그로 인해 많은 사람들을 죽이는 등 강포한 정치를 일삼기 시작했다. 당시 탁발규가 이모인 하란賀蘭씨를 좋아한 나머지 이모부를 죽이고, 하란씨를 거두어 얻은 아들이 탁발소紹였다. 그런데 그해 10월 장성한 탁발소가 느닷없이 친부親父인 탁발규珪를 살해하고 스스로 제위에 오르는 끔찍한 일이 벌어졌다. 그러나 소紹 또한 곧바로 이복형이자 규珪의 장남인 탁발사嗣에게 토벌당해 피살되고 말았다.

탁발십익건에 이어 손자인 탁발규마저 첩의 자식에게 살해당하는 모습에, 선비의 최강자로 떠오르던 〈북위〉 조정이 부자지간의 근친 살해라는 오명으로 얼룩지게 되었다. 부견이나 모용수에 버금간다는 영웅호걸의 칭호를 듣던 탁발규의 시대도 그렇게 허망하게 막을 내리고 말았던 것이다. 그런데 놀라운 소식은 그것으로 끝나지 않았다. 같은 달, 〈북연〉에서도 풍발이 천왕 고운高雲을 시해하고, 보위를 차지했다는 보고가 들어왔다. 영락제가 동궁에게 타일렀다.

"고운은 그 잘생긴 외모 덕에 귀해졌으나, 또한 그 미모를 사랑하던 풍발에게 죽은 것이다. 백성들의 임금이 된 자는 필히 남색男色과 미모의 여인을 경계해야 하는 것이다. 미모는 남편을 죽이는 무기이고, 남색은 자손을 끊게 하는 적과 같은 것이다."

사실 풍발은 처음부터 천왕인 고운의 권세를 능가하고 있었고, 모반의 주역도 풍발 자신이었다. 비록 풍발의 사주로 고운이 모용희를 살해하긴 했지만, 그는 병약하고 덕이 없다는 핑계로 왕위를 사양했었다. 그러다가 고구려를 의식한 풍발의 집요한 간청으로 고운이 왕위에 올랐으나, 풍발의 아우를 비롯하여 漢족인 풍馮씨들이 조정의 주요관직을 차지하며 권력을 장악해 나갔던 것이다. 풍발의 의도대로 과연 그 후 고구려가 〈북연〉(409~436년)을 같은 종족의 나라로 대우하면서 경계심을 풀자, 마침내 풍발이 2년 4개월 만에 고운을 왕위에서 끌어내린 것이었으니, 그는 원래 자신의 자리를 되찾은 것이라고 당연하게 여겼을 것이다.

영락 20년 되던 410년 정월, 고구려 조정에서 고운을 살해한 풍발의 〈북연〉을 정벌하는 문제를 논의하던 중에, 옛 동부여 지역에서 반란이 일어났다는 보고가 들어왔다. 고구려는 일찍이 AD 32년경 〈동부여〉 원정에 나선 대무신제가 〈책성전투〉에서 대불왕을 전사시킨 적이 있었다. 그 후 20년 뒤인 51년경에 왕문의 죽음을 계기로 고구려가 동부여의 47개 소국들을 병합하면서, 동부여 병합이 마무리되었다. 병합 이후로는 오래도록 이렇다 할 소요사태 없이 고구려에 충성해 왔는데, 세월이 흐르면서 점차 동쪽으로 세력을 확장해 나간 듯했다. 그러더니 이 시기에 와서 조공을 바치지 않고 반기를 든 것이었다. 영락제가 주위에 말했다.

"아무래도 동부여의 내란을 먼저 평정하는 것이 순서다. 북연은 어디까지나 역외의 다른 나라이니만큼, 동부여를 손본 다음에 논하기로 하자!"

그리하여 영락제가 친히 군사를 이끌고 동부여 평정에 나섰다. 결국 고구려 토벌군이 옛 책성의 동쪽으로 보이는 여성餘城에 입성하자, 동부여 백성들이 크게 놀라 동요했다. 영락제가 여성의 반란군을 토벌하고 그 왕 은보처恩普處를 사로잡았는데, 저항이 그리 완강했던 것은 아닌 듯했다. 영락제가 이때 동부여 소속의 64개 城과 그에 딸린 1,400여 村의 우두머리 모두를 다른 인물로 갈아치우는 강수를 두었다.

아울러 왕인 은보처는 물론, 다섯 명의 압노鴨盧들을 도성으로 데려왔는데, 미구루味仇婁, 비사마卑斯麻, 서사루社婁, 숙사사肅斯舍가 그들이었다. 압노(얄루)는 이들 지역을 다스리던 수장들의 명칭으로 백제왕의 칭호인 어라하와 유사해 보였다. 고구려는 이처럼 동부여 평정에 매달리느라, 〈북연〉을 공격하는 일을 포기할 수밖에 없었다.

동부여 토벌을 마치고 돌아온 영락제가 동궁에게 천룡과 삼산을 두 妃로 내려 주었다. 이때 동궁에게 두 비를 아껴 주고, 다른 여인을 탐하거나 호색하지 말라고 일렀다. 그러자 천강태후가 나서서 간섭하는 말을 했다.

"조종이 있음에도 처를 둘만 둔 주상을 여태 본 적이 없습니다."

그러자 갑자기 태왕이 모후 앞에서 국그릇을 집어 던지며 진노해 말했다.

"예쁜 것들은 사내를 죽이는 흉기란 말입니다!"

그 말에 놀란 태후가 급히 당상에서 내려가 사과하고, 동궁과 두 妃가 울면서 애원하는 바람에 겨우 영락제의 화가 가라앉았으나, 이후로 자주 대노하는 모습을 보였다. 예민한 성격에 오래도록 잦은 전쟁 따위로 심신을 혹사시킨 탓에 건강을 해친 것으로 보였는데, 이것이 지병이 되었을 수도 있었다.

이듬해 411년 정월, 〈북연〉의 풍발이 자신의 즉위 사실을 고하고자 사신을 보내왔다.

"아국의 新王께서 선왕先王(고운)의 뜻에 따라 보위를 잇고, 그 딸을 처로 삼았습니다. 연왕燕王께서는 앞으로도 세세토록 신하의 나라가 되겠다는 뜻을 분명히 하셨습니다."

그 말에 영락제가 대노해 소릴 질렀다.

"풍발 따위가 운을 죽여 놓고는 감히 나를 능멸하려 드는구나. 당장 저자를 끌고 나가 목을 베어 버려라!"

"태왕폐하, 이웃 나라의 사신을 죽여서는 아니 되옵니다. 고정하소서!"

영락제가 사신의 목을 베려 들자, 태왕의 외숙인 연도淵韜 등이 나서서 겨우 말려야 했다.

영락제 24년 되던 414년 6월, 영락제가 국양릉國襄陵을 찾아본 다음 비류沸流의 온탕궁에 머물렀는데 갑작스레 병이 크게 악화되었다. 자신의 몸 상태가 심상치 않다고 느낀 영락제가 주위에 명을 내렸다.

"촌각을 다투는 시급한 일이니 지금 당장 두 황후와 동궁, 두 동궁비를 불러들이고, 전위를 준비하도록 하라!"

이에 동궁 거련이 급히 달려왔으나, 전위절차를 밟으라는 황당한 명령에 어쩔 줄을 몰라 했다. 황망한 상황 속에서 동궁이 극구 고사했음에도 태왕의 명이 지엄해 끝내 주류궁朱留宮에서 태왕에 올랐으니, 20代 장수대제長壽大帝였다. 그렇게 졸지에 차기 태왕에게 선위를 마친 영락제가 한 달 뒤인 7월, 안타깝게도 41세 한창의 나이에 주류궁에서 붕하고 말았다. 갑작스러운 그의 죽음 또한 결코 예사롭지 않은 것이었다. 평양후平陽后가 이때 남편의 평소 지론대로 태왕을 따라 죽었고, 두 분을 북경 북쪽의 〈황산黃山〉에 장사 지냈다.

영락대제는 미천제 이래로 점점 문약해져만 가던 고구려를 굳건하게 일으켜 세운 중흥군주였다. 그의 시대는 〈5호 16국〉 시대라는 역사적 대전환기를 맞아 불길처럼 일어나던 북방민족들이 그 절정을 향해 치닫던 격동기였다. 이 시기에 중원의 새로운 3강强이라 할 수 있는 〈후연〉과 〈북위〉, 〈후진〉이 우뚝 서게 되었고, 그중 모용씨의 후연과는 요동을 놓고 재위 내내 다투는 지경이 되었다.

한반도의 상황도 만만치 않아, 서부여 대방세력인 〈부여백제〉와 기존 〈한성백제〉 연합의 도전이 결코 만만치 않았다. 사실 영락제는 조부인 고국원제가 371년 〈북한성전투〉에서 백제의 화살에 맞아 전사한 〈패하참사〉에 대해 절치부심하고 있었다. 그가 태왕에 오르기까지 부친 소수림제와 숙부인 고국양제가 있었으나, 두 분 선제의 죽음이 모두 석연치 않았던 데다, 20년이 넘도록 조부의 한을 풀지 못한 데 대해 태자 시절부터 이를 바로잡고자 단단히 별러 왔던 것이다.

그는 동북의 험준한 산세에 기대 중원과는 거리를 둔 채로, 그저 안온하게 살기를 바랐던 조정의 분위기를 혁파하려 했다. 18살 어린 영락제는 즉위하자마자 조정을 장악하고 있던 태보 해극과 중외대부 연도를 내치는 등 과감한 인사혁신부터 단행했다. 이들은 조모 해解태후와 모후 천강天罡태후의 외척들로 주류 온건파를 이끌던 인물들이었다.

영락제는 재위 내내 조모와 모후에 대해 냉정하리만큼 거리를 유지하며, 일체의 틈을 주지 않으려 했다. 이어 조정의 기풍을 바꾸기 위해 새로운 연호와 휘호를 두게 한 다음, 원로들이 말릴 새도 없이 곧장 말에 올라 친위부대를 이끌고 폭풍처럼 한반도의 대방을 향해 내달렸던 것이다.

영락제의 사무친 한은 결국 대륙 출신인 거발성의 백가제해 세력에 대한 토벌로 이어졌고, 전광석화와 같은 해상작전으로 끝내 비슷한 연배인 여휘왕의 무릎을 꿇게 했다. 강력한 영락제의 등장에 좌절한 여휘왕은 고심 끝에 반도를 떠나 일본열도로 향했고, 결국 이것이 전화위복이 되어 그로 하여금 왜국인 〈야마토〉 정권을 건설하고 시조인 응신천황이 되게 했다. 영락제는 또 흉노선비 모용씨의 패잔병 세력에게 장악된 〈신라〉 조정을 뒤흔들어, 원래의 신라 金씨 실성왕에게 되돌아가게 했을 뿐 아니라, 上國으로서의 위상을 분명히 했다.

이처럼 영락제가 중원을 비롯한 주변 나라들에 미친 영향은 실로 지대한 것이었다. 조부 고국원제의 전사를 계기로 고구려로 하여금 한반도 역사 안으로 깊숙이 들어오게 한 것은 물론, 여휘왕을 압박해 열도로 진출하게 함으로써 일본열도가 빠르게 고대국가로 진입하는 결정적 기회를 제공한 셈이었다. 모용수 사후의 〈후연〉을 굴복시킴으로써 끝내 숙적 모용선비를 몰락케 했고, 신흥 선비국 〈북위〉와 〈북연〉 등에 대해서도 400년 전통의 북방 종주국으로서 우위에 있음을 분명히 했다.

이를 위해 영락제는 24년이란 재위 기간 중에 공식적으로만 총 18회의 전쟁을 치렀으니, 거의 매년 전쟁을 치른 셈이었다. 치밀한 계산에 병법에도 밝은 데다 용맹하여 직접 병사들과 함께 출정하기를 밥 먹듯 했고, 결국 이기지 않은 전쟁이 없었으니, 흡사 동명성제 주몽을 보는 듯한 착각을 일으킬 정도였다. 영락제가 한반도와 中原의 東西 수천 리를 오가며 수행한 전쟁에서 모두 승리할 수 있었던 비결로 전투방식의 혁신을 들지 않을 수 없었다.

영락제는 우선 빠른 속도를 낼 수 있는 1만 안팎 규모의 친위 특수기마부대를 가동시킴과 동시에, 병사들은 물론 말의 온몸까지 미세한 강철미늘 갑옷으로 무장시킨 철기부대를 운영함으로써, 고구려군의 전투력을 획기적으로 끌어올렸다. 말에 올라 장창을 옆구리에 낀 채로 내달리며 폭풍처럼 몰아치는 철기부대의 위력은, 특히 평지에서는 현대판

장갑차나 탱크처럼 가공할 파괴력을 지닌 것이었다. 뿐만 아니라 너른 바다를 이용해 장거리 이동을 신속하게 해 줄 수단으로 수군水軍을 양성했고, 이를 적극적으로 활용함으로써 한반도는 물론 수천 리나 떨어진 〈대마 원정〉까지 가능하게 했다.

그렇다고 영락제가 오직 전쟁만을 일삼은 것은 결코 아니었다. 그는 선대와 달리 상대국의 첩보 수집에도 주력했고, 이를 바탕으로 현란한 외교활동을 펼쳤다. 재위 10년 동안 〈후연〉이 먼저 도발하기 전까지 전쟁을 치르지 않았던 사실은, 한편으로 그가 얼마나 신중하고 전략적 인내심을 지닌 인물이었는지를 알게 해 준다. 그러나 승리를 확신했을 때는 태풍처럼 몰아붙여 상대에게 생각할 기회조차 주지 않는 속전속결의 전략을 자주 사용했다.

그의 작전은 언제나 상대의 허를 찌르는 신출귀몰한 것이었으며, 때로는 전비 조달을 위한 약탈도 마다하지 않았다. 이처럼 섬세한 그의 전략이 고구려軍을 늘 승리로 이끌었고, 특히 소수림제와 고국양제의 아우들로 부친인 고국원제를 포함, 두 형의 복수를 꿈꾸던 강경파 붕련과 서구, 두 숙부를 앞세워 전쟁에 반대하는 조정의 목소리를 잠재우고, 그토록 많은 전투를 치러낼 수 있었다.

영락제는 〈5호 16국〉 시대의 한복판을 지나면서 비로소 4백 년 전통의 〈고구려〉야말로, 주변 어디에서도 찾을 수 없는 당대 최고最古의 천조국天朝國임을 각인시켜 준 인물임이 틀림없었다. 조국에 대한 그런 남다른 자부심이 춘태자로 하여금 《유기》 70권이라는 역사서를 저술하게 했던 것이다. 영락제 특유의 불굴의 정신과 탁월한 지도력도 이처럼 투철한 역사 인식에서 비롯되었을 것이다. 이로써 영락제는 천하의 영웅들이 명멸하던 격동기에 〈고구려〉를 감히 누구도 넘볼 수 없는 아시아 최강의 반열에 올려놓았고, 그의 치세를 전후해 나라의 위상을 가장 높은 경지에 이르게 했던 것이다.

북경 밀운密云 북쪽의 백하白河 상류는 추모대제의 노래 〈오처가〉의 주인공 계루부인이 좋아했던 황화로 유명한 지역이었다. 그곳에 노란 국화라는 꽃 이름 그대로의 강물인 황화하黃花河가 흘러내리고, 그 아래로 황화진黃花鎭이 있었다. 그해 장수대제가 그 인근으로 추정되는 〈황산黃山〉에 영락제를 모셨는데, 거대한 산릉의 형태로 조성하고 춘태자로 하여금 비석을 세우게 했다. 춘태자는 높이가 무려 6.39m에 이르는 거대 응회암 덩어리인 자연석을 찾아, 위대한 영락제의 공적 등을 비석의 사면에 빼곡히 적어 넣었다.

역사가인 춘태자는 비석 위에 고구려를 열었던 시조 추모왕의 시절부터 장대하게 시작했다. 추모왕이 〈北부여〉 출신임과 동시에 엄리대수를 지나 비류곡의 홀본忽本 서산 위에 성을 쌓고 도읍을 세운 일과, 〈이도여치以道與治〉를 국시國是로 삼았음을 분명하게 밝혔다. 아울러 대주류왕大朱留王(대무신제)의 17세손인 영락제에게 그의 빛나는 치적에 어울리게끔 〈국강상광개토평안호태왕國岡上廣開土平安好太王〉, 즉 나라의 강역을 크게 넓힌 왕이라는 웅장한 별칭을 부여했음을 드러냈다. 이어 호태왕의 영웅적 성과들을 당당하면서도 고풍스런 고구려 특유의 예서체 1,800여 자에 일일이 담아, 영원히 기리도록 했다.

영락제 이전에는 선황들의 능묘에 석비를 세우지 않는 것이 오랜 관행이었으나, 특별히 이때 묘위에 비碑를 세우고 묘를 지키는 수묘인守墓人까지 지정했다. 특히 영락제가 원정을 펼쳤던 韓과 예穢 지역의 220가구를 포함해 총 330가구를 수묘인으로 두었으니, 어마어마한 규모였을 것이다. 장수제를 비롯한 고구려인들의 염원 때문이었는지 이 거대비석이 오늘날까지 용케 전해졌으나, 무슨 일인지 황산黃山에 세웠다는 이 비석이 오늘날엔 동쪽으로 3천 리나 멀리 떨어진 압록강변의 길림성 집안集安에 서 있다.

장수제가 호태왕비를 황산에 세운 이후로 이 지역에 본인의 능은 물론, 문자명제와 여러 황후 등의 능이 함께 조성되었다. 그런 이유로 역대 고구려 태왕들이 황산을 고구려의 호국성지로 여겼고, 전쟁과 무관하게 수시로 부대를 사열하는 등 유서 깊은 장소로 삼았다. 그러나 그런 黃山 또한 후대에 그 지명 자체가 아예 사라져 버렸는데, 그 후로 천년이 지난 1409년경 〈명明〉나라 영락제(1402~1424년)의 명령으로 황(토)산을 〈천수산天壽山〉이라는 명칭으로 바꿔 버렸던 것이다. 明의 영락제가 이 일대를 천하의 길지吉地이자 명당으로 보고, 자신의 릉인 장릉長陵을 조성한 이후로, 明나라(1368~1644년) 역대 황제들의 능원으로 이용했던 것이다. 명나라 16명의 황제 중 13명의 능이 이곳에 있어 오늘날 〈명십삼능明十三陵〉이라 불리는데, 유네스코 〈세계문화유산〉으로 지정되었다.

明의 영락제는 〈조선朝鮮〉의 태종(1400~1418년)시대를 전후해 유별나게 한반도의 고대사에 깊이 개입한 인물로 알려져 있다. 실제로 태종(이방원)은 무슨 이유 때문인지 당시 〈충주사고忠州史庫〉의 고서古書들을 가져오게 해, 단군시대의 비서祕書 《신지비사神誌祕詞》를 불사르고 일반백성들이 가정에서 고기古記 등을 보관하는 것까지 법으로 금지시켰다. 공교롭게도 명나라 영락제의 시호는 광개토대왕의 시호와 같고, 그의 능이라는 장릉長陵 또한 장수제의 능원과 이름이 같아 온갖 억측을 자아내게 한다.

〈明〉나라는 영락제 이후로 2백 년간 천수산(황산) 일원을 자신들의 성지로 여기고 일반 백성들의 출입을 철저히 금지시켰다. 이후 여진족의 청조清朝를 거치면서도 능원이 온전히 보전되어, 13능 전체가 훼손되지 않았다. 이에 반해 7백 년 동안 30명에 달하던 역대 고구려 태왕의 무덤은 지금껏 단 한 군데도 찾아내지 못했다. 오늘날 북한의 압록강 아래로 韓민족이 밀려나다 보니, 주로 요동(난하 일원)에 집중되었을 역대 고구려 태왕들의 능을 찾을 길이 요원해졌기 때문이다. 세계사에서도 드문 7백 년 왕조의 왕릉 하나 찾지 못했다는 사실이야말로, 유례가 없는 역사 미스터리mystery 그 자체라 할 것이다.

이런 역사적 배경에서 오늘날 중국 정부는 현재도 만주 길림의 집안集安을 환도성丸都城이라 하고, 인근 북쪽의 통화通和 등 압록강 중상류 지역을 고구려가 일어난 유적지로 간주해 왔다. 고대의 요수遼水(영정하)는 오늘날 만주 요녕遼寧의 중앙을 관통해 흘러내리는 요하遼河(랴오허)로 바뀌었고, 북한의 평양을 고구려의 수도 평양이라 함은 물론, 고조선의 아사달로 인식해 왔다. 난하에 해당하던 〈압록〉은 현 요하를 거쳐 북한의 압록강으로 굳어졌고, 북한의 평양 일대를 낙랑, 그 아래 황해 지역을 대방이라 부르게 되었다.

그 이유는 10세기경 고구려를 이은 〈대진국大震國〉(발해)이 멸망하면서, 韓민족이 대륙의 강역을 상실하고 북방 종주국의 지위에서 밀려나게 된 데 기인했을 것이다. 강대해진 중원의 역대 통일제국들은 자신들의 나라보다 창대했던 고구려의 역사를 앞다투어 불태워 버렸고, 그 흔적을 지우기에 바빴다. 이에 앞서 고구려의 멸망과 함께 《삼대경》은 물론, 7백 년 고구려의 역사서인 《유기》 외에 온갖 고서古書들마저 깡그리 사라져 버렸다. 이후로 중원의 통일왕조들은 천 년이 넘도록 아시아의 고대사를 자신들의 역사에 유리하게 왜곡, 날조하는 소위 〈역사공정歷

史工程〉을 집요하게 전개해 왔고, 고대 韓민족의 역사에 간섭했다.

끝내는 이런 외압에 굴복한 나머지 〈고려〉 왕조에 이르러서는 스스로 조상의 역사를 포기하고 훼손하는 일까지 자행되기 시작했다. 대륙을 상실한 자체가 고토를 회복해야 한다는 정치적 부담으로 작용하기도 했고, 실제로 쿠데타의 명분이 되기도 했던 것이다. 심지어 역성혁명으로 일어선 마지막 〈이씨조선朝鮮〉 왕조는 일반 백성들이 고기古記(고대 역사서)를 보지도, 소지하지도 못하게 법으로 강력하게 규제했다. 그렇게 천년이 넘는 세월이 흐르다 보니, 오늘날에는 제대로 된 고대사 규명이 불가능에 가까운 일이 되고 말았다.

특히, 20세기 전후의 근세에 이르러서는 中國을 대신한 일제(일본제국주의)가 〈조선〉을 병합하면서, 일본판 역사공정인 〈황국皇國(식민)사관〉을 통해 韓민족의 고대 강역을 오늘날 압록강 아래로 축소하는 한편, 반도의 역사가 4C 이후에나 시작된 것처럼 날조해 버렸다. 일제가 조선왕실의 사고史庫인 〈규장각奎章閣〉에서 수십만 권에 이르는 사서를 불사르거나 강탈해 간 사실을 오늘날까지 비밀로 하고 있음은, 두말할 나위 없는 야만적 폭거이자 문화적 침탈이다.

무엇보다 일제는 〈임나일본부설〉을 꾸미는 과정에서 〈광개토대왕비〉와 〈칠지도〉를 그 대표적 상징으로 내세우는 악수를 두고 말았다. 이를 위해 일제가 비문의 일부를 훼손시켰다는 등, 1,600여 년이 지난 오늘날까지 그 해석을 놓고 논란이 분분하다. 이처럼 안팎으로 저질러진 역사 훼손을 막아 내지 못한 탓에, 오늘날 빛나는 호태왕의 공적과 그의 동시대인들이 피땀으로 개척했던 땅의 이름조차 제대로 해석하지 못하는 한심한 지경에 처하고 말았다.

안타깝게도 그의 후손들은 '역사를 잃은 나라가 곧 나라를 잃게 되는 것'이라는 불변의 사실조차 여전히 실감하지 못하는 듯하다. 진정한 고구려의 영웅 〈광개토대왕비〉는 당초 자신의 무덤과 전혀 무관한 데다, 이제는 타국의 땅이 된 곳에 우뚝 선 채로 오늘도 못난 후손들을 향해 준엄하게 꾸짖고 있을 것이다.

3부

선비, 신라를 차지하다

10. 신라 마립간시대

모慕씨 선비 출신 내물마립간이 살아 있을 때, 그는 신라 김金씨 대서지의 후손으로 외모가 준수했던 실성(보금)을 총애하여 조카로 삼았다. 이어 보반后의 여동생 내류內留를 처로 삼게 하여 골통骨統을 잇게 해 주기로 약속하고, 실성을 부군副君으로 삼았었다. 그 와중에 강성한 영락제의 등장으로 부군인 실성이 부득이 고구려에 인질로 보내졌는데, 무려 10년의 세월을 보내는 바람에 내물마립간에 대한 원망이 커지고 말았다.

그 후 실성이 귀국하여 402년 내물마립간의 뒤를 잇고, 보반保反을 왕후로 맞아들였으나 내심 그 자식들을 멀리했다. 마침 〈왜국〉(야마토)의 침공이 있어 내물의 3남 미해美海(미사흔)를 왜국에 인질로 보냈는데, 2년 뒤인 404년 2월에는 보반후가 실성왕의 아들 청연靑淵을 낳았다. 이듬해 405년, 실성왕은 자신의 차녀 아로阿老를 내물의 장남 눌지에게 주어 태자비로 삼게 했다.

미해가 왜국의 인질로 떠난 후 10년 뒤인 412년에는 내물의 차남 보해宝海(복호)마저 고구려에 인질로 보냈다. 그즈음에 실성왕이 보반后에게 말했다.

"청연은 우리 아들이지만, 눌지는 내 소생이 아니다. 마땅히 청연에게 왕위를 물려줄 것이다."

그러자 태자비인 아로와 그 모후인 내류후가 실성왕에게 단호하게 간했다.

"눌지는 내물제의 정골正骨입니다. 그를 폐한다면 반드시 신벌神罰이 있을 것입니다."

그해 9월, 실성왕이 경도(금성)에서 크게 사열을 하고, 군기를 점검했다. 내물의 왕자들이 속속 인질로 나가면서 조정의 분위기가 어수선해지자, 실성왕이 분위기를 다잡으려 한 듯했다. 그러던 와중에 이듬해 413년 3월이 되자, 숙단叔丹이라는 인물이 왕에게 죄를 지어 그를 아슬라阿瑟羅(강원강릉)의 신산神山으로 유배를 보냈다. 그런데 11월이 되자, 숙단이 오히려 아슬라를 거점으로 반기를 드는 뜻밖의 사태가 벌어졌다. 이에 왕이 명을 내렸다.

"숙단이 반란을 일으켰다. 비열성주比列城主 호물好勿에게 병사들을 이끌고 나가 숙단을 토벌하라고 명을 전하거라!"

그런데 호물은 사실 선제인 내물마립간의 동모제弟였다. 그래서인지 호물이 실성왕의 명을 따르지 않고 성에 웅거한 채 전혀 움직이질 않았다. 그렇게 한 해가 가 버리고 실성왕 13년째 되던 414년이 되었다. 3월이 되자 눌지태자비 아로가 아들 소미小美를 낳았는데, 이 아이가 후일의 자비성왕慈悲聖王이었다.

실성왕이 이번에는 방기房期에게 명을 내려 숙단을 치게 했는데, 그는 숙단을 이기지 못했다. 실성왕의 명이 좀처럼 먹혀들지 않자 왕이 더욱 초조해했다. 그해 5월 낭산狼山에 선대仙臺가 완성되었음에도 왕이 명을 내려 그 바깥쪽에도 작은 성을 쌓게 했다. 그렇게 도성의 방어를 단단히 한 다음 7월이 되자 실성왕이 사사沙沙를 데리고 해로를 따라 아슬라로 향했는데, 도중에 심한 풍랑을 만나 되돌아오고 말았다. 왕이 친히 水軍을 거느리고 토벌에 나서려 했던 것이었다.

415년 2월, 마침내 실성왕이 태자인 눌지에게 명을 내렸다.

"아슬라가 1년이 넘도록 진압되지 못했다. 태자가 나가서 북로를 시찰하고 돌아오도록 하라!"

그런데 이때 실성왕이 은밀하게 고구려 장수 패세沛世에게 밀지를 내려 눌지태자를 없애 줄 것을 주문했다. 아무래도 눌지가 반란 세력과 선이 닿아 있다고 의심한 것이었다.

그 무렵에 금성의 조정에서는 실성왕의 이부제異父弟인 하기河期가 정사를 좌우하게 되면서, 그의 문중에서 많은 관리들이 나오는 등 위세를 떨치고 있었다. 신사紳士인 이동二同이 왕에게 결단을 내릴 것을 간하였다.

"하기의 권세가 나날이 커 가면서 사람들이 그의 주변에 모여들고 있으니, 수상쩍기 그지없습니다. 서둘러 그를 내치셔야 합니다."

그러나 실성왕이 망설이다가 차마 실행에 옮기지 못했다. 오히려 숙단을 제압하지 못한 채, 아무런 공적도 없는 방기에게 소환 명령을 내렸다. 그러자 실성왕에게 추궁당할 것을 우려한 방기가 고심 끝에 아예 숙단에게 투항해 버리고 말았다. 이토록 왕의 명이 제대로 서질 않으니, 왕의 권위가 추락하는 정도가 갈수록 점입가경이었다.

그런 와중에 8월에는 야인들이 풍도風島를 노략질해 왔다는 보고까지 들어왔다. 다행히 급찬級湌 진사進思가 출정해 야인들을 격파하는 데 성공했다. 그 무렵에 실성왕이 세언世彦을 보해의 보좌로 내보내는 대신, 무알武謁에게 귀국하라는 소환령을 내렸다.

그해 10월경, 눌지는 일정에 맞춰 고구려 군중에 들어와 있었다. 실성왕의 밀명을 받은 패세가 태자를 없앨 의향으로 눌지를 찾아갔는데, 태자의 용모가 단아하고 군자의 기품이 있어 생각을 접고 말았다. 패세는 오히려 눌지에게 자초지종을 토설하기까지 했다.

"그대의 임금이 그대를 해치라 했지만, 지금 그대를 보니 차마 그럴 수가 없었소. 그러니 태자께선 어서 돌아가시오."

이에 눌지가 패세에게 정중하게 머리를 숙여 예를 표하고는 신속히 군영을 빠져나왔다. 10월경 눌지가 모산母山에서 고구려 장수 패하沛夏

를 만나 사태를 논의했는데 패하는 패세의 형이었다.

이듬해 실성 15년 되던 416년 정월, 실성왕이 전국의 주간州干(州의 수장)들을 경도(금성)로 모이게 했다. 조정이 어수선한 상황에서 지방 수장들을 불러 자신의 건재함을 드러내고 충성을 다짐받으려 했던 것이다. 그해 5월이 되니 토함산吐含山이 무너져 내리고, 대서지의 능묘에서 물이 터져 나왔는데 그 높이가 세 장丈이나 될 정도였다. 실성왕이 불길하게 여겨 영묘靈廟와 성사聖祠에 나가 제를 올렸다.

그 무렵에 고구려 군영을 떠나온 눌지태자가 패하의 딸 패沛씨와 함께 비열성(안변)으로 들어갔다. 그러자 고구려가 눌지태자를 밀고 있다고 판단한 성주 호물好勿이 마침내 눌지를 받들어 신국대왕神國大王으로 모시고, 다시금 마립간이라 칭했다. 그 후 두 달쯤 지나자 아슬라의 여러 州들이 호물의 편에 서면서 북로군 전체가 예외 없이 반군 편에 서게 되었다. 눌지가 북로 세력을 등에 업고 마립간으로 추대되었다는 보고에 실성왕이 대노했다. 왕이 신속하게 굴호를 이벌찬으로 삼고 주위에 물었다.

"대체 호물을 토벌할 수 있는 자가 누구인가?"

그때 하기가 구음垢音이라는 인물을 추천했다. 그럴 즈음 비열성에서는 고구려 장수 패하가 아우 패세에게 군사 1천을 내주고, 호물의 남진을 지원하게 했다. 그렇게 반란군이 도성인 금성을 향해 진격해 내려가니, 실성왕의 정부군과 한판 승부를 가리게 되었다. 그런데 9월이 되자 구음이 마음을 바꿔 호물에게 항복을 해 왔고, 이때 西路에서도 많은 사람들이 반란세력인 호물 편에 서게 되었다. 소식을 들은 실성왕이 노하여 명을 내렸다.

"이벌찬 굴호屈戶를 정의군주正義軍主로 삼을 것이니, 서둘러 출정해 반란의 괴수 호물을 반드시 토벌토록 하라!"

이어 이동二同을 이벌찬으로 삼는 동시에, 옹기雍期, 하기河期 등 27인을 북천北川에 가두게 했다. 12월이 되어 굴호의 군사들이 마침내 토벌에 나섰으나, 이미 한겨울이라 병사들이 동상에 걸려 진격이 불가능할 정도였다.

이듬해 417년, 정초부터 경도가 혼란스러운 가운데, 여기저기 뜬소문을 퍼뜨리고 달아나는 자들이 많았다. 하기를 풀어주고 경사군주京師軍主로 삼는 한편, 새로이 무알을 이벌찬으로 올려 주었다. 3월이 되어 마침내 굴호가 출정해 반란군과 일전을 벌였는데 얼마 후 금성으로 어두운 소식이 들어왔다.

"아뢰오, 정의군주가 이끄는 정부군이 반군과의 전투에서 패해, 군주께서 그만 전사하고 말았습니다……"

이 말을 들은 실성왕이 크게 두려워하더니, 호물에게 사자를 보내 화해를 청했다. 그러나 호물은 이를 냉정하게 거절했다. 한 달쯤 뒤, 구음과 숙단 등이 이끄는 반란군이 진격을 개시해 경사를 포위했다. 실성왕이 급히 하기에게 명해 반란군의 진격을 저지하게 했다. 이때 서로군주西路軍主 일동一同이 반란군과의 전투에 패해 전사했고, 실성왕은 거듭된 패전 소식에 크게 낙담했다.

그렇게 5월이 되자, 이번에는 보반후가 나서서 이찬伊飡 나기奈己를 남몰래 불러 밀명을 내렸다.

"이제 곧 태자가 성안으로 들어올 것이오. 그대가 하기河期, 진사進思 등과 더불어 성문을 열어 반드시 태자를 맞아들이도록 해 주시오!"

얼마 후 과연 눌지태자가 입성했다는 소식에 실성왕은 완전히 전의를 잃고 말았다. 그는 이제 천명이 자신을 떠났다 여기고, 사사沙沙, 총화龍花 등을 데리고 궁궐을 나가 낭산으로 숨어들었다. 왕이 비로소 궁을 비우고 달아났다는 소식에 눌지태자가 당당하게 대궁大宮으로 들어갔고, 백성들을 안심시키기 위해 서둘러 방榜을 내걸게 했다.

"살생은 조종祖宗(시조)의 유법遺法(전해진 법)이 아니다. 지금의 임금이 선제先帝의 은덕을 배반하고 성모에게 복종하지 않음은 물론, 나를 내쫓고 내 동생들을 인질로 내보내니 하늘이 이를 싫어할 뿐이다. 이제 처음 그대로 되돌아갈 것이니, 모든 신민臣民들은 더 이상 놀라거나 동요하지 말고 편안히 생업에 종사하라!"

백성들과 조정의 신하들이 이를 크게 반겼다.

얼마 지나지 않아 눌지의 반군이 낭산을 포위하자, 실성왕이 향숙을 사자로 내보내 눌지에게 화해를 청했다.

"남로를 얻을 수 있다면 천수를 누릴 수 있을 것이다!"

이는 곧 南路를 내주면, 자신은 그것으로 만족하고 살겠다는 내용이었으나, 눌지가 이를 일언지하에 거부해 버렸다.

"신기神器(왕위)는 사사로이 정할 수 없는 것이니, 천명을 받은 자만이 그를 지킬 수 있을 것이다."

눌지태자의 강력한 결의를 읽어 낸 실성왕이 더 이상의 저항을 포기한 채, 포위를 뚫고 달아나려 했다. 그러나 시첩들이 이미 대부분 성을 넘어 달아나는 형국이라 좌우에 왕을 도울 자가 없었고, 얼마 지나지 않아 양식마저 모두 바닥이 났다. 실성왕이 말했다.

"그대들은 아직 젊은 나이이니, 신주新主(새 군주)를 섬기면 될 것이다. 나는 마땅히 자처自處(자결)하여 속죄할 것이다!"

그리고는 이내 문루로 올라가 의연하게 아래로 뛰어내리니, 좌우의 사람들이 목 놓아 울었다. 처연한 죽음이었다. 호원好原 등이 실성왕의 죽음을 확인하고는 이내 성안으로 들어가 왕의 보물 등을 찾아냈고, 사사沙沙 등을 사로잡아 태자에게 바쳤다. 그때 하늘에서 큰비가 내리고 폭풍이 불어오자 군신들이 말하길 선제가 실성왕을 꾸짖는 것(수祟)이라고 했다. 태자비 아로阿老와 성명聖明으로 하여금 두을궁豆乙宮에서 선제先帝에게 제를 올리게 했는데, 눌지태자가 궁을 비운 사이 실성왕이 강제로 이들을 첩으로 삼았기 때문이었다.

눌지태자가 호원에게 명을 내려 낭산에서 실성왕의 시신을 수습한 다음, 장사 지내게 했다. 구미久昧를 비롯해 실성왕에게 충성했던 15인은 아슬라의 신산神山으로 유배를 보냈고, 하기河期를 총행잡판摠行匝判(판관)으로 삼아 나라 안에 大사면령을 내렸다.

이로써 실성왕 보금이 재위 16년 만에 비참하게 생을 마감하고 말았다. 신라 김씨로 고구려에서 10년간 볼모 생활을 해야 했으나, 친고구려 세력의 대표가 되어 화려하게 내물마립간의 뒤를 이어 왕위에 오를 수 있었다. 사실 그의 시대는 모용선비의 패잔병들이 느닷없이 〈신라〉로 숨어들어와 평온하던 신라조정을 뒤엎고, 권력을 찬탈한 혼돈의 시기 그 자체였다.

450년을 이어 오던 신라 역사에서 외부의 이민족 세력에 의해 조정의 권력을 빼앗긴 일이 처음이었으니, 그 충격이 신라사회 전체에 미친 영향은 상상을 초월하는 수준이었을 것이다. 노련한 내물마립간은 신라의 통치를 위해 국호를 유지함은 물론, 자신들의 모용씨를 버리고 신라 김씨로 성을 세탁함과 동시에, 혼인 등을 통해 기존 왕족들을 포용하는 놀라운 정치력을 발휘했다.

그러나 이 시기에 대륙 중원에서는 전통의 漢족 왕조가 크게 쇠락하고, 선비를 중심으로 하는 북방민족이 무섭게 굴기崛起하던 大전환기였다. 사실 이 시기 중원에서 벌어졌던 수많은 전쟁과 혼란은 위魏, 촉蜀, 오吳 〈三國시대〉의 그것에 비할 바가 아니어서 대륙 전체의 판도를 통째로 바꿔 버린 것은 물론, 바다 건너 한반도와 일본열도까지 균열이 가게 할 정도였던 것이다.

그 와중에 서부여 〈백가제해〉 세력이 밀려 들어와 〈신라〉를 제외한 반도 중남부 전체를 단숨에 제압해 버렸는데, 이것 자체도 시작에 불과한 것이었다. 곧이어 모용선비 세력이 신라를 장악한 데 이어, 대륙의 절대강자 〈고구려〉가 백가제해 세력을 제압하기 위해 반도로 따라 들어오면서 신라의 운명이 전혀 새로운 국면에 놓이게 됐던 것이다. 비록 내물마립간이 신라정권을 찬탈하는 데는 성공했으나, 곧바로 강력한 영락제에게 무릎을 꿇고, 그 속국의 신세로 전락하고 말았기 때문이었다.

그 와중에 고구려의 후원에 힘입은 실성왕이 내물마립간의 뒤를 잇게 되면서 나라를 원래 신라 김씨 왕조의 것으로 되돌리는 듯했으나, 임금으로서 나라를 경영하는 데는 실패하고 말았다. 우선 선비 金(모慕)씨들의 흔적을 지우는 데 집착한 나머지, 그 피붙이들을 과도하게 탄압했고, 근신近臣들까지 의심하면서 갈등을 증폭시키고 말았다. 게다가 고구려에 지나치게 의존한 것은 물론, 심지어 백가제해 세력이 일본열도로 진출해서 세운 〈야마토〉에까지 머리를 숙이다 보니, 나라와 백성을 보위할 군주로서의 지도력에 커다란 타격을 입고 말았다.

뿐만 아니라 왕후를 5궁宮으로 늘리고 태자비인 아로阿老를 가로채는 등 호색한 모습마저 드러내다 보니, 아우들까지 등을 돌리는 참담한 상황을 맞이하고 말았다. 당시 선비 세력이 적극적으로 기존 골문들과 뒤섞이면서 신라와의 동조화가 상당한 수준으로 진전되어, 무턱대고 신라 출신만을 편드는 분위기가 아니었던 것이다. 결국 실성왕 대에서 알지를 시조로 하던 신라 金씨의 시대는 끝이 나고 말았고, 신라의 운명은 다시 내물마립간의 아들이자 선비 金씨의 핏줄인 눌지의 손에 좌우되게 되었다.

한편, 시대의 영웅 영락제의 뒤를 이은 〈고구려〉의 장수제는 평양후의 아들로 21세의 나이였으며, 경사經史에 통달해 예절에 밝고 사람들을 부리는 용인술도 뛰어났다. 천강을 上태후로 천룡과 삼산을 좌우后로 삼고, 태보 붕련을 연왕燕王으로 내보내 남소를 치게 하는 대신, 연도로 대체하는 등 대대적인 인사를 단행했다. 상태후의 오라버니로 대표적 비둘기파인 연도淵韜가 화려하게 권력의 핵심에 복귀하는 대신, 백전노장 붕련朋連이 변방으로 나감으로써 영락제 시절과는 전혀 다른 정치가 펼쳐질 것임을 예고하는 것이었다. 조모인 천강 상태후의 입김이 작용한 듯했는데, 생전의 영락제가 모후인 그녀의 앞에서 국그릇을 던질 만한 이유가 있었던 것이다. 태왕이 이때 거처를 란궁鸞宮이 있는 서도西都로 바꾸면서 분위기를 일신하고자 했다.

장수제 즉위 2년째인 415년 정월, 〈신라〉의 실성왕과 〈백제〉의 전지왕, 〈북연〉의 풍발 등이 사신을 통해 공물을 바쳐왔는데, 태왕이 진남루鎭南樓에서 이들을 접견하고는 고구려의 달력인 〈동명력東明曆〉을 나누어 주게 했다. 아울러 우보가 된 춘태자를 불러 명을 내렸다.

"백성들이 농사를 짓도록 권농勸農조서를 내리고, 적잠사籍蠶司를 만들어 농부들에게 시범을 보이도록 하세요!"

고구려에서도 고급 비단생산이 일반화된 만큼 누에 치는 농가를 기록해 체계적으로 관리하고, 양잠기술을 보급할 전문가를 두게 한 것이었다. 2월에는 나라 안은 물론, 〈맥貊〉, 〈부여〉, 〈신라〉, 〈백제〉, 〈왜〉(야마토), 〈가야〉 등의 나라에까지 두루 사면령을 내리게 했다. 3월에는 〈북위〉의 황제 탁발사拓跋嗣까지도 사신을 보내 입조해 왔다. 그 무렵

〈신라〉와 〈왜〉가 풍도에서 전투를 벌여 신라가 이겼다는 보고가 들어왔다.

7월에 태왕이 주류궁(북도)의 도장道場에 가서 춘태자와 당면한 정사를 논하면서 말했다.

"모慕(후연), 초超(남연), 량凉(후량), 단檀(남량) 모두가 음란하고 방종하다 망했다 들었습니다."

그러자 춘태자가 아뢰었다.

"그렇습니다. 음란하면 방종하고, 방종하면 틈을 보이게 되고, 빈틈을 드러내면 적의 기습을 초래하는 법이지요."

장수제 4년 되던 417년 5월, 〈신라〉에서 반란이 일어나 눌지가 실성왕을 대신해 왕위에 올랐다. 정월에 실성왕이 고구려 변방의 장수로 하여금 눌지를 해치우라 했으나, 그가 고구려 조정을 의식해 차마 실행에 옮기지 못했었다. 그러나 태왕이 평부評部와 빈부賓部에 명을 내려 그의 죄를 다스리라 했으니, 고구려 조정에서 눌지가 왕위를 빼앗은 것을 결코 탐탁지 않게 여긴 것이었다.

당초 실성왕의 총희가 아들을 낳았다기에 태왕이 눌지를 손보려 했는데, 춘태자가 이를 말렸다고 한다. 놀랍게도 눌지가 이때 영락제의 누이 천성天星의 딸 셋을 처로 두었으면서도 장모인 천성과 사통했다고 한다. 당시 고구려 조정에서는 이후 눌지가 천성과 공모해 실성왕에게 짐독을 써서 살해한 것으로 여기고 있었다. 눌지가 고구려 출신 천성공주에게 접근해 자신을 보호하려 했을 수 있었고, 실성왕의 독살 사실을 은폐하고자 낭산에서 왕이 투신한 것으로 꾸몄을 가능성도 있었다. 어찌됐든 눌지의 야심이 결코 만만치 않았던 셈이다.

이듬해 장수제가 고구려의 관등을 대대적으로 손보았는데, 삼보三輔

는 2품으로 하되 금화관金花冠을 쓰게 하는 등 관모에 변화를 주게 했다. 생전의 영락제가 황후는 둘이면 족할 것이라며 호색함을 경계하라고 늘 일렀었다. 그러나 이때 태왕의 후사를 튼튼히 해야 한다는 대신들의 건의에 따라, 논의 끝에 공식적으로 〈5后 7妃〉를 둘 것을 제도로 정했다.

장수제 7년인 420년 4월에도 태왕이 주목할 만한 명을 새로이 내렸다.

"5部에 저마다 4학學을 세우게 해 젊은이들에게 좀 더 체계적으로 학문을 가르칠 수 있도록 하라!"

4학 중에 〈교학教學〉에서는 선仙, 불佛, 유교儒教를, 〈군학軍學〉은 기사騎射와 용병을, 〈예학禮學〉은 역歷, 성星, 수數, 의술醫術을, 〈정학政學〉에서는 사史, 변辯, 농農, 공工을 가르치게 하는 것이었다. 그 외에도 〈기원技院〉이라는 기구를 두고 모든 백성들이 저마다 한 가지쯤의 기술을 익혀 가내家內에서 대물림을 하도록 권장했다. 이처럼 백성들을 가르치는 교육체계가 점차 발전된 모습을 보였는데, 이는 곧 나라가 안정되고 백성들의 수가 더욱 늘고 있다는 증거였다. 그해 5월 〈북연〉왕 풍발이 인삼과 호피, 면포綿布 등을 바쳐 오자, 태왕이 목화씨가 더 필요하니 이를 구해 오라고 명을 내렸다.

그 무렵에 〈북위〉에서 사자가 와서 토산물을 바쳤는데, 함께 〈북연〉을 쳐서 그 땅을 나누자고 제안해 왔다. 그러자 장수제가 못마땅하다는 듯 답했다.

"연燕과 위魏는 모두가 선비에서 나왔으니, 마땅히 서로 화목해야 할 것이다. 어찌 서로를 토벌하려만 드는가?"

사실 장수제 즉위 후 7년이 지나도록 고구려는 일체의 정복활동을 접고 내치에 주력한 지 오래였다. 영락제 시절 수많은 전쟁을 치러야 했으니, 많은 사람들이 평온한 분위기를 선호했던 것이다. 그 무렵 〈동진

東晉〉에서는 유유劉裕가 환현桓玄을 멸하고 안제安帝(사마덕종司馬德宗)를 복위시켰으나, 그가 지적장애를 지닌 황제였으므로 사실상 유유가 나라를 다스리는 형국이었다. 그런 내용의 보고가 들어오자, 춘태자가 태왕에게 아뢰었다.

"자고로 여불위, 이원李園, 동현董賢, 왕망 따위는 모두 음흉한 인간들이라 치사한 방식으로 공적을 상주해 하늘을 가리고 화禍를 입지 않았습니다. 바로 간사한 놈들이 살아가는 방식이 그러하니, 인군仁君 된 자는 마땅히 이를 조심해야 할 것입니다."

"그렇지요, 우리나라 조정에서도 그런 예가 있었지요……"

장수제가 고개를 끄덕이며 숙부인 춘태자의 말에 동조했다.

이런 와중에 반도의 〈백제〉에서는 전지왕腆支王이 동북 지방의 15세 이상 남자들을 징발해 사구성沙口城을 쌓게 했는데, 병관좌평 해구解丘가 성을 축조하는 일을 총괄했다. 그런데 백제에서는 그 직전 년에 〈동진〉으로부터 사신이 들어와 안제가 전지왕에게 내려 주는 관작을 전해 주었다. 〈사지절도독백제제군사진동장군백제왕使持節都督百濟諸軍事鎭東將軍百濟王〉이라는 긴 책명冊命으로, 〈한성백제〉의 왕이 중원의 나라로부터 정식으로 받은 최초의 관작이었다.

〈부여백제〉의 여휘왕이 일본열도로 진출함에 따라 이제 전지왕이 대외적으로 백제를 대표하는 군주임을 인정받은 셈이었다. 또한 새로이 〈백제제군사〉라는 직위가 추가됨으로써 전지왕이 백제의 군권을 총괄하는 왕임을 분명히 밝히고 있었다. 여신이 상좌평이 되어 백제의 정치를 총괄하면서 일구어 낸 외교적 성과로 보였다. 전지왕이 그 이듬해인 418년에 사신을 〈야마토〉(대왜)에 보내면서 백면白綿 10필을 바쳤는데, 〈동진〉 황제로부터 관작을 받은 사실 등을 보고하고, 설명하는 자리였을 것이다.

그런데 그 후 2년이 지난 420년 3월, 갑작스레 전지왕이 재위 16년 만에 세상을 떠나고 말았다. 전지왕이 죽자 왕의 장남인 구이신久尒辛이 왕위를 이었는데, 그는 야마토 인덕왕仁德王의 딸인 팔수八須부인이 전지왕과의 사이에서 낳은 아들이었다. 그러나 구이신왕이 당시 15세 전후의 어린 나이라 모후인 팔수부인이 한동안 섭정이 되어 국정을 돌보았다. 마침 그때 팔수부인이 목만치木滿致라는 인물과 서로 정情을 통하는 바람에 그 후 목만치가 정사에 간여하는 등 무도한 행동을 일삼았다.

놀랍게도 목만치는 바로 〈대마〉(임나) 등의 원정에 결정적으로 공을 세웠던 여구왕의 신하 목라근자木羅斤資의 아들이었다. 그는 근자가 대마 원정길에 얻은 여인에게서 낳은 아들이었는데, 장성해서는 아버지의 후광에 힘입어 임나의 정사를 주무르다가 이 시기 한성백제 조정에 들어와 있었던 것이다. 목만치가 팔수부인의 권세를 등에 업고 갈수록 국정에 간여하면서 그 세력을 키우게 되자, 여신이 이를 걱정했다.

'흐음, 목만치를 더 이상 그냥 둬서는 아니 되겠다. 이렇게 백제 왕실 중심으로 흐르다 보면 언젠가는 야마토의 권위가 크게 흔들리고 말 것이다……'

그렇게 수년의 세월이 흐르는 동안 구이신왕이 장성해 스물을 넘기게 되었음에도, 팔수부인과 목만치가 여전히 백제의 정사를 주무른 것으로 보였다. 그러나 달도 차면 기운다고, 어느 시기인가 목만치가 급기야 야마토의 천왕으로부터 즉시 왜국으로 들어오라는 소환 명령을 받고 말았다. 여신이 천왕에게 사람을 보내 팔수부인과 목만치의 통정 사실을 알리고, 백제왕실에 변화를 줄 필요가 있다고 건의한 것이 틀림없었다.

그런데 사태가 그것으로 마무리된 것이 아니라, 전혀 엉뚱한 방향으로 나아가고 있었다. 목만치가 소환되고 난 이후에도 구이신왕은 여전히 명목상의 왕이었을 뿐, 백제의 모든 정사는 상좌평 여신이 좌우했다. 그런 분위기 속에서 천왕이 이참에 아예 기존 온조의 혈통이 아닌, 자신들의 부여씨 혈통으로 백제의 신왕조를 교체시키려 들었다. 결국 구이신왕이 재위 8년 만인 427년 12월, 목만치에 이어 야마토로 소환을 당하고 말았다. 이렇게 하여 대륙에서 일어났던 온조의 해解씨 왕통이 대략 450년 만에 기어코 끊어지고 말았다. 다만 〈백제〉라는 국호는 그대로 유지한 채, 새로이 서부여, 부여백제(비리), 야마토(대왜)로 이어지는 부여夫餘씨 혈통이 백제의 왕에 오르게 되었다.

그해 구이신왕을 대신해서 여비餘毗라는 이름을 가진 비유왕毗有王이 백제의 새로운 임금에 올랐다. 위구태의 후손인 부여씨 왕조가 틀림없었으나, 정확히 누구의 자손인지는 알려지지 않았다. 전지왕의 서자라는 등 여러 설들이 분분했으나, 비유왕은 분명 서부여 계열인 부여씨의 혈통이었다. 뛰어난 용모와 언변을 지닌 데다 타인을 존중해 사람들이 그를 잘 따랐다고 한다. 이로써 종전 남북으로 나뉘어 여餘씨와 해解씨 두 왕조에 의해 다스려졌던 백제가, 명실공히 한성을 중심으로 하는 餘씨 단일정권으로 통일된 셈이었다.

그러나 당시 〈백제〉의 왕실에는 기존 전지왕과 팔수부인을 중심으로 하는 왕실 세력과, 전지왕의 즉위를 도왔던 解씨 귀족들이 건재했다. 상좌평 여신이 정치력을 발휘해 구이신왕을 죽이지 않는 대신 야마토로 보내 근신케 하고, 해씨 가문의 딸을 새로운 비유왕의 왕비로 들이게 함으로써 양쪽의 불만을 무마시키는 데 성공한 것으로 보였다.

이듬해인 428년 2월이 되자 비유왕이 4部를 돌아보면서 백성들의 생활상을 직접 확인하겠다며 주위에 또 다른 명을 내렸다.

"이왕 순시를 나가는 김에 가난한 백성들을 찾아 차등을 두고 곡식을 나누어 주도록 할 것이니, 준비를 소홀히 하지 마라!"

비유왕이 어려운 백성들을 챙기며 민심을 얻고자 애쓰는 모습을 보인 것이었다. 그런데 사실 이때 비유왕의 순시는 단순히 민생을 챙기기 위한 것만은 아니었다. 〈왜국〉에서 비유왕의 즉위를 축하하기 위해 사절단을 보내옴과 동시에, 야왕野王의 딸을 비유왕에게 주어 혼인을 하기로 약속이 되어 있었던 것이다.

그해 3월 〈야마토〉에서 50여 명이나 되는 대규모 축하사절단이 도착했는데, 놀랍게도 그 장소가 한산漢山이 아니라 옛 마한 지역인 월나月奈(전남영암)였다. 이들이 비유왕의 신부가 될 야왕의 딸인 위이랑韋二娘을 모시고 왔는데, 야왕은 야마토의 대호족 갈성위전葛城葦田이었다. 그는 바로 궁월군(인덕왕)을 도와 〈부여백제〉 120현민의 반도 탈출을 이끌었던 갈성습진언의 아들로, 위이랑은 갈성위전의 둘째 딸이었다. 같은 부여씨 왕조인 〈백제〉와 〈야마토〉 간의 결속을 위해 새로이 혼인동맹이 맺어진 셈이었다. 혼인을 치르는 날 비유왕이 이들 왜국의 사절단을 맞이하면서 말했다.

"대해를 건너 여기까지 먼 길을 오시느라 고생들 하셨소이다. 오늘 우리의 혼인으로 양국이 하나가 되었으니 이보다 기쁜 일이 어디 있겠소이까? 오늘은 모든 시름을 내려놓고 모두들 마음껏 즐기시길 바라오!"

비유왕이 축하사절단을 위해 큰 연회를 베풀었던 것이다. 그런데 이 〈월나〉라는 지역은 이들 구태의 후예들에게는 또 다른 의미를 지닌 곳이었다.

일찍이 〈동부여〉 금와왕의 서자 중에 백토白兎라는 왕자가 있었는데, 그는 유화부인의 아들이었으니 주몽의 동모제同母弟인 셈이었다. 또 다른 일설에는 그가 비류와 온조의 생부生父인 우태于台와 이복형제 사이라고도 했다. 그런 백토가 어느 시기인가 동부여를 떠나 한반도의 서남해안으로 이주해 와서 〈월나국〉을 세우고 그 시조가 되었다는 것이다. 그렇다면 대륙 古부여의 일파가 이곳 반도 서남단에까지 그 뿌리를 내렸다는 이야기였다.

후일 월나국이 한창 번성해 이 지역을 두루 아우르게 되었기에, 〈가야〉로 찾아 들어가던 수로首露가 이들을 피해 반도의 동남부인 김해 지역까지 멀리 돌아가야 했던 것이다. 어쨌든 〈서부여〉 위구태의 후손인 비유왕이 같은 부여씨로 上國이나 다름없던 〈야마토〉(倭)와의 혼인동맹을 월나에서 치르기로 한 것은 여러 가지로 깊은 의미를 지닌 것임이 틀림없었다. 한편 갈성葛城(가쓰라기)씨 또한 인덕왕에 이어 4代에 걸쳐 야마토 왕조의 황후를 배출하는 호족 가문으로 성장했다. 천자문과 《논어論語》 등을 들고 가서 〈왜국〉에 문자를 널리 전파했던 박사 왕인王仁이 바로 이곳 월나 출신이었던 것도 결코 예사롭지만은 않은 일이었던 것이다.

그 무렵 417년 5월경, 〈신라〉에서는 실성왕이 내물마립간의 자식들을 핍박하는 등 실정을 거듭해 오던 끝에, 오히려 눌지에게 죽임을 당하고 말았다. 이찬 나기奈己 등이 그날로 대궁大宮에서 눌지訥祇태자를 새로운 임금으로 받들어 모셨다. 태자비인 아로궁阿老宮이 신보神寶를 바쳐 올리자 골문의 신하들 모두가 부복하여 만세를 외쳤다.

"만세, 만세, 눌지마립간 만세!"

이로써 선비 출신 내물마립간의 아들 눌지태자가 알지계 신라 김씨 실성왕을 제거함으로써, 다시금 신라의 권력이 선비 金(모慕)씨의 손으로 돌아가게 된 것이었다. 눌지마립간이 보위에 오르면서 주변에 말했다.

"우리 조종은 나라가 생긴 이래로 오직 선양만을 해 왔을 뿐, 서로를 공격한 적이 없었다. 비록 불의를 내친 것이라고는 해도 하필이면 내 대에 이르러 이런 일이 처음 일어났으니, 모두가 나의 허물일 것이다."

새로이 왕위에 즉위하면서도 이토록 조심스럽고 겸손한 모습을 견지해야 했던 것은, 어찌 됐든 쿠데타를 통해 선왕先王을 죽게 함으로써 그 추종 세력의 일부가 저항했기 때문이었다. 나아가 다시금 선비 혈통의 손으로 권력이 되돌아가는 것에 대한 조정 안팎의 반감 또한 의식하지 않을 수 없었을 것이다.

눌지왕은 태자비로서 여러 허물이 있었던 아로阿老를 왕후로 삼고, 그 자식들을 그대로 대우해 주는 한편, 자신의 반대편에 섰던 사람들을 두루 용서하면서 포용하고자 했다. 실성왕에 대해서도 죽은 영혼을 달래는 제를 올려 주는 등, 민심을 수습하고자 애썼다. 자신에게 가장 크게 호응해 준 하기河期를 잡판으로 삼아 국정을 총괄토록 했는데, 그는 실성왕의 포제로 호성장군의 지위에 있었다. 그러나 이후 두 형제가 서로 상대방의 여자를 넘보는 무도한 짓을 일삼다가, 하기가 끝내 반기를 들고 호물의 편에 섰던 것이다.

눌지마립간은 호물을 각간으로 삼고 금성에 대저택을 내려 주는 등 자신의 쿠데타를 도운 공신들에게 두루 포상과 좋은 직위를 내려 주었다. 그해 3월에는 〈부여〉(백제)에 사신을 보내 즉위 사실을 알림과 동시에 화친의 관계를 맺게 했고, 줄기茁己를 〈고구려〉로 보내 〈작원대복회雀院大福會〉에 참석하도록 하는 등 주변국들과의 외교관계 복원에도 주력했다. 가을에는 대사大思와 호연好淵을 사신으로 삼아 금관金官(가야)과, (大)가야로 내보냈다.

그러던 어느 날 모후인 보반태후가 왕을 찾아 속마음을 털어놓았다.

“지금 야국과 구려에 볼모로 가 있는 미해와 보해가 얼마나 고통이 크겠소? 부디 임금께서 나라를 위해 밖에 있는 아우들을 생각해 주었으면 하오……”

“알겠습니다, 태후마마! 소자의 생각이 짧았습니다.”

얼마 후 눌지왕이 지혜롭고 말을 잘하기로 소문난 인물을 찾는다는 소식에, 수주촌간水酒村干이던 벌보말伐寶靺 등 3명의 촌장들이 도성으로 들어와 왕을 알현했다. 눌지왕이 이들에게 타국에 볼모로 나가 있는 아우들을 무사히 귀국시킬 방도가 없겠느냐 물었다. 그러자 이들이 하나같이 답했다.

“삽량주간歃良州干 박제상이 강용剛勇하고 지모智謀가 뛰어나기로 이름났으니, 대왕의 근심을 풀어 줄 수 있을 것입니다.”

이에 마립간이 박제상朴堤上을 불러 만나 보고는 믿음직한 언행에 이내 그를 신뢰하게 되었다. 눌지왕이 서둘러 명을 내려 제상을 〈고구려〉로 보내고, 또 다른 강구리康仇利라는 인물을 〈왜국〉(야마토)으로 보내, 각각 보해와 미해의 귀국을 요청하게 했다.

그해 8월, 신사紳士 이동二同과 가류可留 등이 모반을 꾀해, 보반의 조카이자 왕의 이종형들인 곽이霍伊와 장외長畏 형제를 세우려 했다. 다행히 장외의 처 당기唐期가 이를 두려워해 포형인 하기河期에게 사실을 고변한 덕에 난이 미수에 그쳤다. 눌지왕이 이동과 가류를 아슬라로 좌천시키고, 이종형제들은 병관兵官에 머물게 하는 등 관대하게 조처했다.

사실은 실성왕과 내류內留의 장녀인 사류舍留가 영묘靈廟의 제주祭主로 있었는데, 사류가 자신의 여동생인 가류와 그녀의 정부인 이동二同을 포섭해 왕을 시해하려 들었던 것이다. 즉위 초기에 있을 법한 사건이라 눌지왕이 내류를 배려해 사류를 낭산주主로 삼고 실성릉을 지키게 했다.

11월에 골문의 화합을 위해 왕이 남도에서 골녀와 종신들에게 크게 향연을 베풀었는데, 농사도 대풍이고 고기잡이도 풍어라 나라 안에 춤추고 노래하는 소리가 끊이질 않았다. 왕이 제상의 아내 치술鵄述과 강구리의 아내 색이色伊에게 별도로 저택을 하사하고 위로했다. 그즈음 각간 호물好勿이 죽어, 나기柰己로 대신하게 했다. 6월에는 활쏘기에 능한 100인과 검극劍戟(칼과 창)에 달통한 무사 50인을 시험을 통해 선발했다.

한편, 그 무렵에 〈고구려〉에 도착한 제상이 장수제를 알현하면서 미녀와 보화寶貨를 바쳤다. 장수제가 제상과 보해에게 말했다.

"장차 평양 쪽으로 도읍을 옮길 생각이 있다. 그러니 너희 신라에서 부여를 침탈해 사전에 우리와 호흡을 맞추었으면 한다."

여기서 말하는 평양은 반도의 그것이 아니라, 험독의 (한성韓城)평양을 의미하는 것으로 중원 쪽에 더 공을 들여야 하니, 신라가 반고구려 세력인 백제를 견제해 달라는 의미가 틀림없었다. 제상이 얼른 나서서 답했다.

"소국은 동쪽에 야인野人이 있고, 서쪽으로 부여와 접했습니다. 원컨대 성심을 다해 上國을 섬겨 인민을 보전하고자 합니다."

그 말에 장수제가 기분이 좋아져 크게 웃으며 답했다.

"내가 장차 부여를 토벌해 너희 나라의 원한을 갚아줄 것이다. 하하하!"

그러자 제상이 눈짓으로 보해에게 속내를 청하게 했다.

"태왕폐하, 신은 상국의 종녀宗女를 처로 맞아 이미 자식을 셋이나 낳았으므로 다른 마음이 있을 수 없습니다. 바라건대 지금 돌아가서 형왕兄王을 설득해 당장이라도 부여로 쳐들어가 남쪽 땅을 차지하고, 이를 상국에 바치도록 하겠습니다."

장수제가 분위기에 휩싸였는지, 크게 기뻐하며 즉석에서 그리할 것을 허락해 주었다. 제상과 보해가 큰절을 하고 궁을 나오자마자, 급히 변복을 하고 서둘러 고구려로 향했다. 얼마 후 고구려 대신들이 인질인 보해를 놓아준 데 대해 장수제에게 참언을 하자, 태왕이 후회하며 그들을 다시 데려오라 일렀다.

제상과 보해 일행이 고구려 도성을 나와 마침내 변경인 달이홀達已忽(강원고성高城)의 수구水口에 이르렀을 때, 어느새 추격자들이 따라붙어 이들을 체포하려 했다.

"게 섯거라, 멈춰라!"

급박한 상황에서 제상이 기지를 부려 추격자에게 금붙이를 바치고, 겨우 체포를 모면할 수 있었다. 추격자는 계속해서 따라오는 척하다가, 국경에 이르러서는 촉을 뺀 빈 화살만 날리고는 이들을 놓친 것으로 했다. 마침내 박제상 일행이 무사히 〈신라〉 땅 아슬라로 들어왔고, 거기서부터는 바다에 배를 띄워 곧장 金城으로 돌아올 수 있었다. 미리 소식을 전해 들은 눌지왕이 교외까지 나와 보해 일행을 맞이했다. 이어 보반태후와 감격 어린 상봉이 끝나고 나자, 크게 잔치를 베풀었고 제상의 공로를 포상해 주었다. 그해 7월의 일이었다.

〈고구려〉에 인질로 갔던 눌지왕의 아우 보해(복호)는 제상의 공으로 그렇게 귀국했지만, 바다 건너 〈倭〉 쪽에서는 강구리가 막내아우 미해(미사흔)의 귀환에 실패했는지 아무런 소식이 없었다. 보반태후와 눌지왕의 근심이 다시금 이어졌다. 9월 어느 날, 눌지왕이 다시금 박제상을 불러 말했다.

"내게 두 아우는 좌우 양팔과 같은데, 지금 단지 한 팔만을 얻었으니 어찌하면 좋겠는가?"

그러자 제상이 망설이지 않고 답했다.

"신이 비록 아둔한 사람이지만 이미 나라에 몸을 바쳤으니, 대왕의 명을 욕되게 하지는 않을 것입니다."

그리고는 거짓으로 꾀를 쓸 필요가 있다며, 자신이 〈왜국〉으로 떠나면 자신에게 나라를 배반한 죄를 씌우고, 왜인들이 이를 알 수 있도록 소문을 퍼뜨릴 것을 요청했다. 얼마 후 제상이 왕제 미해를 데려오겠다며, 자신의 처인 치술을 만나 보지도 않은 채로 곧장 야국(왜)으로 향했다. 사실 치술이 그 무렵 눌지왕의 딸 황아皇我를 낳았기에, 남편인 제상이 귀국했음에도 미안한 마음에 제상을 만나지 못한 채 기회만을 엿보고 있었다. 그때 치술에게 생각지도 못한 소식이 들려왔다.

"제상공公이 미해왕자를 귀국시키기 위해 야국으로 떠난다고 합니다."

깜짝 놀란 치술이 다른 생각을 할 겨를도 없이 달려 나가 장사長沙(율포栗浦)에 이르러 남편인 제상을 애타게 불러대자, 이미 배 위에 오른 제상이 뱃전에서 소릴 질렀다.

"내가 왕의 명으로 적국으로 들어가니, 나를 다시 볼 것이라는 기대를 하지 마오!"

뜬금없이 다시는 못 볼 것이라는 말에 치술의 마음이 덜컥 내려앉았으나, 그래도 손을 흔들며 이별의 인사말을 해야 했다.

"부디 몸 성히 잘 다녀오시오, 흑흑흑!"

치술이 제상을 향해 울면서 겨우 배웅을 하는 가운데, 제상이 탄 배는 야속하게도 점점 멀어져만 갔다. 치술은 남편이 도성을 비운 사이 자신이 왕의 아이를 낳은 것을 제상이 알았고, 내심 이를 서운해했을 것이라고 짐작했다. 제대로 변명도 못 한 상태에서 남편 제상이 자칫 죽을지도 모르는 사지로 향해 떠나 버렸다는 생각에, 치술은 서러운 마음이 북받쳐 올라 그 자리에 주저앉아 서글피 울어야 했다.

치술의 모친 윤황은閏凰은 기림왕의 딸이었는데, 영묘의 정주淨主 신분이라 남성을 가까이할 수 없었다. 그러나 실성과 몰래 잠통해 딸을 낳았고 다시 둘째 딸인 치술을 낳자, 이목이 두려운 나머지 박제상의 모친인 지황志皇에게 맡겨 기르게 했다. 그렇게 치술이 제상과 어려서부터 한집에서 자라다 보니 서로 좋아해, 장차 두 남편을 두지 않을 것을 약속했고 이후 청아靑我, 자아紫我, 녹아綠我 세 딸을 연거푸 낳았다.

그 무렵 제상이 사신 자격으로 고구려로 떠난 후에, 치술이 왕으로부터 저택을 하사받았다. 어느 날 왕이 주관하는 연회에 참석하라는 연락을 받고 치술도 참석했는데, 연회가 밤까지 이어지고 말았다. 그때 내류후內留后가 만취해 치술이 남편이 없음을 위로한다며 노래를 불렀고, 역시 대취한 눌지왕이 분위기에 휩싸였는지 그만 치술을 품고 말았다. 왕의 요청을 거부할 수 없었던 치술이 이후 황아를 낳았고, 왕의 총애가 깊어지자 치술 또한 눌지왕을 남편처럼 섬기게 되면서 점차 제상의 존재를 신경 쓰지 않게 되었던 것이다.

금성을 떠나 왜국에 도착한 박제상은 왜왕을 찾아 거짓으로 아뢰었다.

"최근 계림(신라)의 왕이 고구려와 더불어 폐하의 나라를 침공하려 공모했습니다. 평소 전쟁을 싫어하던 소신의 아버지가 이를 반대하자, 계림왕이 무고한 아버지와 형을 무참히 죽였고, 소신은 겨우 이곳으로 도망쳐 왔습니다. 혹시라도 천왕께서 계림을 정벌하시는 날엔 소신이 신명을 다해 도울 것이니, 부디 소신을 거두어 주옵소서!"

"흐음……"

왜왕이 선뜻 제상의 말을 믿지 못하고 그를 의심하던 터에, 어느 날 신라 변경을 순회하던 왜병들이 갑작스레 나타난 고구려군의 공격으로 모두 죽었다는 보고가 들어왔다. 게다가 계림왕이 볼모로 와있는 미해

왕자 및 제상의 가족 모두를 체포해 옥에 가두었다는 정보까지 들어왔다. 그제야 왜왕이 제상의 말을 믿고 그를 신뢰하기 시작했는데, 집까지 내주고 살게 해 주었다.

그리고는 얼마 후 과연 왜왕이 한발 앞서 〈신라〉를 응징하겠다며 갈성습진언에게 군사를 주고 출정케 했다. 이때 왜왕이 미해와 제상을 장수로 임명하는 한편, 향도로 삼게 했다. 왜국의 신라 원정군이 倭열도를 떠나 바다로 나온 다음, 중간 기착지인 큰 섬(목도, 대마도)에 이르러 한동안을 머물며 병력을 점검했다. 그때 왜의 장수들끼리 장차 금성에 도착하는 대로 미해와 제상의 처자를 잡아 올 것이라고 밀담하는 것을 제상이 듣게 되었다. 제상이 미해를 불러 배를 타고 가까이서 고기잡이에 열중하는 시늉을 하니, 왜병들이 신경을 쓰지 않았다. 제상이 이때 미해(미사흔)에게 자초지종을 얘기했다.

"왕제께서는 이제부터 늦도록 여기서 고기를 잡는 척하다가, 새벽녘에 경계가 소홀한 때에 틈을 보아 배를 타고 섬을 탈출하셔야 합니다. 신은 여기 남아 저들의 관심을 돌리고 뒷수습을 할 작정입니다."

"내가 어찌 혼자서 돌아갈 수 있겠소? 탈출을 하더라도 같이 떠나야 하오!"

"아닙니다. 자칫 여럿이 움직이다 발각될 염려가 있고 마침 강구리가 이곳에 있으니, 그자가 왕제를 수행해 모실 것입니다."

그리고는 밤늦게까지 잔뜩 고기를 잡아 돌아오니 왜병들이 웃으며 반겨주었다. 그사이 제상이 강구리를 찾아 미해를 모시고 새벽에 탈출을 시도하기로 약속했다. 그리고 그날 새벽을 기다려 아침 안개가 자욱해지자, 남몰래 미해와 강구리를 배에 태우고 작별 인사를 나누었다.

"이제 떠나실 만합니다. 부디 무사히 돌아가셔서 옥체를 보전하소서!"

미해가 제상의 목을 껴안고 소리 없이 흐느끼다가, 이내 돌아서서 신라로 향했다. 미해 일행을 전송하고 돌아온 제상은 그 길로 미해왕자의 숙소로 들어가 날이 밝기를 기다렸다.

얼마 후 아침 해가 중천에 있도록 미해왕자가 나타나지 않자, 왜병들이 미해를 찾았다. 그때 제상이 나와 이들을 말렸다.

"왕자께서 어젯밤 늦게까지 고기를 잡느라 무리를 하셨는지 병이 생겼소. 아직 일어날 형편이 아니니, 잠시 휴식을 취하게 그냥 두는 게 좋겠소이다."

그러나 한나절이 다 지나고 날이 어두워지도록 미해가 기척을 보이질 않자 수하들이 이를 이상하게 여겨 제상을 다그쳤다. 그때서야 제상이 태연하게 답했다.

"미해왕자는 떠난 지 이미 오래되었소……"

"무어라? 아니, 이 미친놈이, 이자를 잡아라!"

왜병들이 미해의 방문을 열어 아무도 없음을 확인하고는 이내, 제상에게 욕을 하며 우르르 달려들어 제상을 포박했고, 습진언(소츠히코)에게 보고했다. 습진언이 놀라서 한순간 아무 말도 못 하더니 이윽고 명을 내렸다.

"이것들이 감히 나를 속였겠다……. 급히 배를 띄워 미해 일행을 추격하고 반드시 사로잡아 오너라!"

그러나 그날따라 앞이 보이지 않을 정도로 해무가 심해, 얼마 후 추격병들이 빈손으로 돌아오고 말았다. 습진언이 분노했으나, 이미 신라 토벌 작전이 잘못된 것임을 알고는 군사를 물려 철군 명령을 내렸다. 미해를 탈출시킨 죄를 물어 제상은 포승줄에 단단히 묶인 채로 습진언을 따라 왜국의 도성으로 압송되었다.

〈신라〉 조정에서는 이듬해인 419년, 눌지왕이 실성왕의 아들 청연靑

淵을 급찬으로 삼았다. 실성왕이 내물제의 아들들을 핍박하다가 당한 화禍를 생각해, 눌지왕은 실성왕의 자식들을 배척하지 않았던 것이다. 그런데 5월이 되자, 왕제인 미해가 용케 〈야국〉을 탈출해 뗏목을 타고 〈신라〉로 돌아왔다. 미해가 먼저 강구리를 도성으로 보내 도착 사실을 알리게 하니, 눌지왕이 놀라고 기쁜 나머지 백관들에게 먼저 굴헐역屈歇驛에서 미해를 맞이하도록 했다. 이어 왕 자신도 보해를 불러 함께 남쪽 교외로 나가 미해와 상봉을 하니, 3형제가 서로를 부둥켜안은 채 기쁨의 눈물을 흘렸다.

그 후 궁으로 돌아온 눌지왕은 모후를 알현한 다음, 형제들과 한자리에 모여 술자리를 마련하고 오랜만의 정을 나누며 회포를 풀었다. 그날 흥에 겨운 눌지왕이 자리에서 일어나 춤을 추며 즉석에서 노래를 지어 불렀는데, 이를 〈우식곡憂息曲〉이라 했다. 당시 유행하던 〈향악鄕樂〉의 하나였으나 그 내용이 전해지지는 않았다. 필시 자신만 왕 노릇을 하며 호사를 누리기는 했지만, 속으로는 아우들 걱정에 편할 날이 없었다며 형제간의 우애를 노래하는 내용이었을 것이다.

얼마 후 치술이 여섯 딸들을 데리고 태태궁(보반)에서 미해를 알현했는데, 그중 자아와 녹아를 미해에게 처로 내주었다. 그사이 제상의 소식은 오리무중이 되어 2년이 지나도록 아무런 연락이 없었다. 그해 신라에는 또다시 대풍이 들었다. 이듬해 눌지왕은 관성管城의 곡식을 사벌(경북상주)로 옮기고, 금관金官의 곡식을 경도로 옮기게 했다. 인질로 있던 아우들을 빼돌린 탓에 혹시 있을지도 모를 〈고구려〉와 〈왜국〉의 침공에 대비하려는 움직임이었다.

421년 5월이 되자, 〈금관〉을 다스리던 좌지坐知가 사망했다며, 그의 처 복수福壽가 좌지의 아우 졸지卒知를 계부繼夫로 삼을 것을 청해 왔다.

그 무렵에 눌지왕이 행정조직을 개편해 처음으로 〈오관五官〉을 두었는데, 병관兵官, 대관大官, 신관神官, 골관骨官, 성관城官이 그것이었다. 아우들인 보해를 병관이찬에, 미해를 대관이찬으로 삼는 등 오관의 인사가 이어졌다.

눌지 6년째 되던 422년, 왕이 대궁에서 종신들에게 연회를 베풀며 말했다.

"내가 고구려의 제도를 따르는 것에 대해 많은 비난을 했다. 내가 어찌 우리 조법祖法의 신성함을 무시하고 헛되게 실성의 어리석은 정치를 본받겠는가? 강해지지 않으면 욕을 당할 것이고, 강해지고자 하는 욕심이 있어야 취할 수 있을 것이다. 그러니 내 어찌 조법과 골정骨政을 어지럽힐 수 있겠는가? 대소공경들은 마땅히 이런 내 마음을 헤아려, 쓸데없는 기우들일랑은 하지 마시길 바란다!"

그 전에 대마도(임나)에서 철군해 도성으로 돌아온 습진언으로부터 사태의 전말을 보고받은 왜왕은 자신을 기만한 제상의 죄를 물어 그를 단죄하려 들었다. 그러나 제상의 충성심과 인품, 재주 등을 아낀 왜왕이 마음을 바꿔, 자신의 신하로 만들고자 제상을 회유하고 나섰다. 그때부터 제상은 본심을 드러낸 채 왜왕의 요청을 완강하게 거부했다. 왜왕이 미인을 보내 주거나 금은보화를 내주면서 제상의 의지를 꺾어보려 했으나, 제상은 요지부동이었다. 왜왕이 노해 이번에는 갖은 협박을 가해도 제상의 마음을 돌리기는커녕 더욱 거칠게 저항할 뿐이었다. 참다못한 왜왕이 제상을 찾아 나무라며 가혹한 형벌로 다스리려 했다.

"괘씸하도다! 내가 그토록 아량을 베풀어 나의 신하가 되었건만, 이제 와서 계림의 신하라고 말하다니, 네가 진정 나를 모독하는구나……. 이제부터 너를 오형五刑에 처할 것이다. 다만 그래도 아직 늦지 않았으니 네가 나의 신하라는 말만 한다면 목숨을 살려 주고 후한 녹을 내릴 것이다. 어찌하겠느냐?"

그러자 제상이 조금의 망설임도 없이 답했다.

"내가 계림의 개, 돼지가 될지언정, 왜왕에게 충성하지는 않을 것이다! 그러니 더 이상 부질없는 짓을 멈추고, 어서 나를 죽여라!"

인내심이 폭발한 왜왕이 제상의 발바닥을 도려내게 한 다음, 갈대를 베어다 그 위를 걷게 했다. 그리고는 다시 물었다.

"너는 어느 나라의 신하냐?"

"계림의 신하다!"

왜왕이 이번에는 불에 달군 뜨거운 철판을 가져오게 해서 그 위에 제상을 세우고 물었다.

"너는 누구의 신하더냐?"

제상이 웃으며 답했다.

"나는 계림왕의 신하다! 하하하!"

"정말 지독한 놈이로다. 에잇! 여봐라, 저놈을 목도로 보내 가두어 두도록 해라!"

도저히 제상의 고집을 꺾을 수 없다고 판단한 왜왕이 그제야 머리를 흔들며 물러났는데, 인덕천왕으로 보였다. 그러고서도 미련이 남았던지 왜왕이 한동안을 박제상을 가두어 둔 채, 부하들을 시켜 회유를 지속했으나 제상은 묵묵부답이었다. 결국 왜왕이 최후의 통첩을 내렸다.

"제상은 보기 드문 충신이다. 그러니 더더욱 그를 살려 계림으로 보낼 순 없는 일이다. 여봐라, 제상을 불에 태워 죽이고 그의 뼈와 잔해들을 모두 바닷물에 던져 버려, 그의 흔적을 영원히 없애도록 하라!"

결국 이미 대마도에 구금되어 있던 박제상이 그곳에서 화형에 처해져 장렬한 죽음을 맞고 말았다. 왜병들이 그의 잔해를 수습해 바닷물에

던졌는데, 묘하게도 그것들이 신라 쪽 바다를 향해 흘러가면서 시야에서 사라졌다.

그 일이 있은 후 한참 세월이 지난 다음 어느 날, 〈금관金官〉의 사자가 〈신라〉로 와서 토산물을 바치면서, 박제상이 목도木島(대마도)에서 불에 타 죽었다는 말을 전해 주었다. 눌지왕을 포함해 뒤늦게 제상의 사망 소식을 전해 들은 조정 대신들 모두가 크게 놀랐고, 그의 안타까운 죽음에 눈물을 흘리지 않는 이가 없었다. 눌지왕이 제상의 죽은 영혼을 위로하고, 그의 충성스러운 행위를 기리고자 주위에 명을 내렸다.

"제상은 천하에 둘도 없는 충신이었다. 제상의 발상發喪을 서두르고, 바다 위에서 초혼제招魂祭를 열어 그의 영혼을 달래도록 하라!"

뿐만 아니라 제상의 작위를 최고관직인 대아찬大阿飡으로 올려 주고, 제상을 영원히 기리는 사당을 짓게 했다. 아울러 눌지왕 스스로가 제상의 딸 자아紫我와 함께 스스로 제주祭主가 될 것을 자처했다.

그 후 눌지왕이 여느 때처럼 장사택長沙宅을 찾아 머물며, 치술鵄述을 위로했다. 치술은 평소처럼 태연하게 말하거나 웃으며, 슬프거나 우울해하는 기색을 전혀 내보이지 않았다. 그러던 4월 어느 날, 치술궁宮이 자신의 딸들인 청아와, 자아, 녹아 세 딸을 데리고 해발령海發嶺(치술령)에 올라가서는 남쪽의 대마도(쓰시마)를 향해 통곡하기 시작했다. 그리고는 끝내 기운이 다한 치술이 현장에서 숨을 거두고 말았다.

사실 제상은 첫 번째 출사出使에서 무사히 보해를 귀국시켰기에, 또다시 〈왜국〉으로 갈 이유는 없었다. 그러나 귀국 후에 벌어진 아내의 변심에 크게 실망했고, 치술이 없는 세상을 살고 싶지 않았기에 스스로 죽음으로 가는 길을 택한 듯했다. 뒤늦게 제상이 자신을 죽을 만큼 사랑했다는 사실을 깨닫게 된 치술이 제상에 대한 미안함과 그리움에 견딜 수가 없었던 것이다.

치술궁의 죽음을 전해 들은 눌지왕 또한 애통하고 크게 상심하기는 마찬가지였다. 치술의 자색이 아름답고 정이 깊어 왕 또한 그녀를 총애했던 것이다. 눌지왕이 치술궁을 상궁上宮의 예로 장사 지내게 하고, 봉우리 위에 사당을 세워 〈치술신모사鵄述神母祠〉라 이름 지었다.

제상의 이름은 모말, 못머리(堤=모, 上=머리)였으니, 〈왜국〉에선 모마리질지毛麻利叱智(질지=경칭)라 불렀다. 시조 혁거세의 후손으로 파사이사금의 5세손이었고, 조부는 아도阿道갈문왕이었다. 부친은 파진찬 물품勿品으로 전통 깊은 〈소문국〉의 후손이었으며, 일찍이 〈이서국의 난〉을 평정할 때 공을 세웠다. 처음 朴씨 성이었으나, 일설에는 후일 내물계의 金씨 성을 갖게 되었다고도 했다. 당대 거문고의 달인이라는 백결百結선생이 바로 박제상의 아들인 박문량朴文良이었다. 박제상은 이후 〈신라〉 천 년의 역사에서 제일가는 충절의 표상으로 칭송되었지만, 그의 이야기 속에는 이처럼 복잡한 인간의 심리와 애절한 사랑의 이야기가 숨어 있었다.

11. 장수제와 북연의 멸망

421년, 고구려 조정에 멀리서 〈금관가야〉의 사신이 도착했는데, 좌지왕이 죽어 취희吹希가 새로이 왕위에 즉위했음을 알려 왔다. 4월이 되자 〈북위〉의 황제 탁발사嗣가 하란賀蘭태후의 딸을 바쳐왔다. 고구려가 북방민족의 종주국으로서 중원의 신생국들로부터 두루 예우를 받고 있었던 것이다. 얼마 후 서구胥狗가 3만 병력을 이끌고 남하해 천서川西에서 크게 사열을 했다. 서구는 곧바로 〈거란〉의 12부락과 〈해奚〉의 5부락에 사람을 보내 우마牛馬와 군정軍丁(장정)들을 징발했다. 장수제가 종조부인 그의 공을 치하했다.

"서구를 양왕梁王 겸 진북鎭北대장군으로, 화덕華德을 호위扈衛장군에 봉하노라!"

그해 8월, 장수제가 화덕과 함께 개마를 거쳐 구리句麗를 순행하고 돌아와, 춘태자에게 한 가지 사실을 일렀다. 일설에는 그때 장수제가 주변의 만류를 뿌리치고, 〈위魏〉의 태후 하란을 해막海漠의 월해月海에서 만나고 왔다고 했다. 하란태후는 죽은 탁발규의 생모로 위기에 처한 어린 아들 규珪를 도와 친정인 하란部에 의지해, 장차 〈대위大魏〉(북위)를 일으키게 한 여걸이었다. 그러나 당시 그녀의 나이가 지나치게 고령이었으므로 믿기 어려운 얘기였으니, 북위에서 하란태후의 딸이나 그에 버금가는 여인을 보낸 것으로 보였다. 태왕이 귀경해서는 춘태자에게 문제의 북위 여인(하란)을 상대한 이유를 변명하듯 말했다.

"탁발사가 병이 있다니 오래 살지는 못할 듯하오. 하란과 뜻을 맞추다 보면 위魏를 칠 수 있는 날이 올지도 모르겠소."

그러자 춘태자가 작심을 한 듯 아뢰었다.

"그렇지 않을 것입니다. 사嗣의 병이 호전되지 않는다 해도 그 아들 초梢가 치욕을 씻으려 들 것입니다. 색두索頭는 종족을 끔찍이도 아껴 멸망시키기 어렵습니다. 또 설령 빼앗았다 해도 바깥의 적이 워낙 많아 지키기도 어렵습니다. 게다가 신라와 백제, 풍발(북연)도 면전에서는 따르는 척하지만 속은 다르니, 언제 무슨 일이 일어날지 알 수 없습니다."

"……."

춘태자의 뼈있는 말에 장수제가 놀라 물끄러미 태자를 쳐다보았으나, 태자는 말을 멈추지 않았다.

"밖에서 우환거리를 만들어서도 안 되고, 안에서 그런 틈을 보여서도 아니 될 것입니다. 정경政經도 말하지 않았습니까? 멀리 있는 자들과 어울리고, 가까이 있는 자들을 쳐내며, 붙어 있는 이들과는 거리를 두고, 떨어져 있는 자들과는 가까이 지내며, 잘 지켜 낸 다음 공격하고, 잘 다독여서 지키라 했습니다. 그런 이유로 동명東明께서 정벌하시고, 광명光明께서 그를 지켜 내신 것입니다. 폐하께서 선제先帝의 땅을 지켜 내시고 남방南方을 처리한 연후에는, 서진西進도 가할 줄 아옵니다."

"숙부의 말씀이 옳습니다……"

장수제가 고개를 끄덕이며 수긍했다. 온건파였던 춘태자의 이런 조언이야말로 당시는 물론 역대 고구려 조정대신들이 鮮卑와 中原을 대하는 시각이었을 것이다. 말은 복잡하고 거창해도 핵심은 행여라도 사나운 선비(색두)를 포함, 주변국들과 함부로 싸우려 들지 말라는 것으로, 태왕을 향해 언제나 공격보다는 수성에 치중하라고 요구하는 것이었다. 영락제 때 이런 안온한 분위기가 크게 흔들렸으나, 그가 사라지고 나니 고구려는 재빨리 종전의 분위기로 회귀해 버린 것이었다. 대외정책에 대한 고구려 조정의 이런 자세가 적절한 것이었는지 누구도 단언할 수는 없겠지만, 적어도 그 답은 후일의 역사가 말해 주었을 것이다.

그해 9월, 장수제가 〈원전元殿〉에 나가 국화꽃을 감상하고, 퉁소와 거문고 연주하는 소리를 들었다. 그즈음에 불교에 이어 〈충忠, 효孝, 정貞, 신信〉을 가르침으로 한다는 〈유도儒道〉가 들어와 유행했는데, 이들 유자儒者들은 높은 모자를 쓰고 넓은 허리띠를 하는 등 외관에서부터 남다른 위엄을 드러냈다. 장수제가 이때 중원 출신의 이름난 유사儒士들인 왕문王文, 주희朱羲, 정몽鄭蒙 등에게 대부大夫의 작위를 내리고, 매년 먹을 곡식과 함께 채단綵段을 하사하며 우대했다.

이로 보아 장수제 때부터 조정의 지원 아래 유교가 본격적으로 유입되기 시작한 것으로 보였다. 이로써 기존의 선도仙道 외에 불도 및 유도가 들어와 서로 경합하면서, 고구려인들의 정신세계와 사상을 발전시키는 데 크게 기여하게 되었다. 무엇보다 현실정치와 밀접한 유교에 대해 호의적인 분위기가 조성되면서, 충효만이 아니라 중원의 대표적 정치이념인 〈부국강병책〉에 대해서도 체계적인 연구와 논의들이 활발히 진행된 듯했다.

이처럼 불교와 유교는 생긴 지 거의 천년이 지나고 나서야, 뒤늦게 韓민족 사회에 유입되기 시작했다. 이는 기존 토속 내지는 민족 신앙에 가까운 仙道의 영향이 그만큼 지대했기 때문이었을 것이다. 연말에는 태왕이 춘태자를 제왕齊王에 봉했다.

422년 2월, 장수제가 나이 든 농부 50인을 모아 연회를 베풀어주고, 학문과 배움의 장인 〈사학四學〉을 두루 순시했다. 이어 평양성平壤城(험독한성韓城)을 고쳐 쌓고 궁실도 수리하게 했다. 그해 4월, 〈북위〉가 경鯨태자를 천사天師(천문스승)로 삼고 도장道場을 열었는데, 고구려로 사신을 보내와 자신들의 선대先代에 대해 물어 왔다. 450년이라는 왕통을 이어 온 고구려의 위상을 새삼 확인시켜 주는 사건이었다.

〈북위〉 조정에서도 탁발십익건과 규珪의 시절에는 대략 그 가보家譜를 만든 것이 있었으나, 난리 통에 또다시 그마저 지키지 못하고 잃어버렸다는 것이었다. 애당초 동명성제 시절에 선비왕 섭신涉臣이 딸 고두皐頭를 을두지乙豆智에게 처로 내주었다. 그 후 고두의 딸 을증乙蒸이 섭득

涉得을 낳았고, 섭득이 사만射滿을 낳았던 것이다. 그렇게 代를 이어 가며 나중에는 울률, 건, 식, 규까지 이어졌는데, 그사이에 적인狄仁은 신명제의 딸 적狄공주의 아들이었고, 태조의 딸 비裶공주도 수진樹眞을 낳았었다. 그렇게 〈선비〉와 〈고구려〉 황실은 혈연으로 깊이 연결되어 있었던 것이다.

특히 섭신이 〈고구려〉로 귀화한 이후부터 고구려의 은혜를 많이 누렸는데, 주변국 모두가 한자리에 모일 때면 〈선비〉의 서열이 〈백제〉의 다음이었고, 〈신라〉와는 동등한 수준이었다. 따라서 고구려와 선비는 세세토록 장인과 사위, 혹은 외숙과 조카의 사이를 이어 왔던 것이다. 아울러 섭득 代에 이르러서는 본격적으로 선사仙師를 받들어 왔는데, 그 무렵에는 선도仙道가 크게 번창하던 시절이었다.

그 2년 전인 420년경, 〈동진〉의 건강建康에서는 송왕宋王 유유劉裕가 마침내 공제恭帝 사마덕문司馬德文을 폐위시키고, 〈송宋〉나라를 건국해 스스로 황제(무제武帝)에 올랐다. 이로써 약 백 년을 이어 오던 사마씨의 〈東晉〉(317~420년)이 최종적으로 멸망하고 말았다. 그 이전 동진의 실권을 장악하고 있던 유유는 410년 북벌을 감행해 모용선비의 〈남연南燕〉을 멸망시켰고, 416년의 2차 북벌로 〈북위〉를 격파한 데 이어, 강羌족 요姚씨의 〈후진後秦〉마저 멸망시키면서 漢族의 희망으로 떠올랐다. 그는 북방민족에게 짓밟혔던 중원의 땅 일부를 되찾고 漢族의 구겨진 자존심을 되찾게 해 준 시대의 영웅이었다.

유유는 즉위하자마자 〈토단土斷정책〉을 실시해 호족들의 토지겸병을 억제하고, 유민들을 정착시키기 위해 세금을 경감시켜 주는 등 개혁에 박차를 가했다. 스스로도 근검을 실천하고 비빈의 수를 줄이는 등 솔선했으나, 그해 5월, 개혁을 완성하지도 못한 채 나이 예순에 세상을 떠나고 말았다. 그가 3년이라는 짧은 재위 기간만을 남긴 채 사라지자, 남쪽 사람들이 혼란을 피해 멀리 고구려까지 망명해 오는 사례가 날로 늘어만 갔다. 이에 장수제가 유민들을 적극 받아들이라는 명을 내렸다.

"장강 아래 남쪽 나라에서 오는 유민들에게 집을 주고 편안히 정착할 수 있도록 도와주도록 하라!"

그 무렵 〈북위〉의 탁발사가 비로소 아들인 탁발도燾로 하여금 정사를 살피게 했으니, 장수제의 말대로 과연 건강에 문제가 있었다. 이듬해에는 나라 안팎에서 유학을 공부하는 자들을 초대해 《효경孝經》과 《천문天文》을 강설하게 했다.

424년, 태왕이 온천엘 들렀는데 그 시절 물이 좋기로 이름 난 9곳의 온천이 있었다. 북도北都에는 동, 서 온천이, 중천엔 수림獸林온천, 동도에는 온천과 냉천이 있었고, 한남과 구다에도 각각 2곳의 온천이 유명했다. 〈신라〉의 눌지왕이 사신과 함께 미녀를 보내와 7일간 연회를 베풀었다. 그해에 패엽전貝葉錢을 주조해 시중에 유통시켰다. 전쟁이 없다 보니 인구가 늘고 물산이 풍부해지면서 경제가 호전되었다는 증거였다.

장수제 14년째 되던 427년 2월, 장수제가 이미 천명한 대로 새로 손을 본 평양성의 신궁으로 이거했다. 이 평양은 난하 동쪽의 창려가 아니라, 양장하 상류인 패수 아래의 한성韓城(하북당산)으로 옛 〈中마한〉의 도성이자, 위만과 기자조선의 험독이며, 단군조선의 아사달이었던 유서 깊은 고성이었다. 고구려 건국 이래 난하의 서쪽에 처음으로 도성을 둔 셈이었으니, 옛날부터 천혜의 요지로 이름 높은 곳이라 장수제의 서진西進 의지가 반영된 것으로 보였다.

평양성의 궁전과 관사의 규모가 개국 이래 가장 웅장하다 보니, 장수제가 부담을 느꼈는지 주변에 각성을 촉구했다.

"동명께서는 띠 풀 지붕 아래서도 대업을 이루셨소. 그래서인지 이렇게 금으로 지은 궁전에 머물기가 개운치가 않소. 백료들 각자 더욱 성심을 다해야 할 것이오."

429년 정월 장수제가 홀본으로 거동해 선대 다섯 영웅들의 시호를 개칭했다. 동명성황東明聖皇을 〈추모대제〉로, 유리명황琉璃明皇을 〈광명대제〉로, 주류신황朱留神皇을 〈대무신제〉로, 국조선황을 〈신명선제〉로, 태조상황上皇을 〈태조황제〉로 높여 부르게 했다.

그해 4월 〈북위〉가 최호崔浩를 보내 〈유연柔然〉을 치게 했다. 북위의 청하淸河 최씨는 효문제孝文帝가 소위 〈한화漢化정책〉을 추진할 때 선비 8성姓에 대응할 정도로 막강한 漢族 4姓 중 하나였다. 특히 최호는 그해 북위의 《국사國史》 편찬을 도맡은 인물이었다. 그러나 무리한 중원화를 주장하다가 태무제(탁발도, 423~452년) 말년에 선비족에게 처형당하고 말았다. 이때 청하 최씨를 비롯해 화북의 명문 漢族 출신 128명이 함께 숙청을 당했고, 그 일가친척들이 한꺼번에 선비귀족의 노예가 된 일이 있었다. 북방 선비족들이 정체성을 놓고 이 시기에 이미 크게 갈등을 겪고 있었던 것이다.

〈유연〉은 몽골고원에서 일어난 북방민족 흉노의 일파로 〈고조선〉의 후예인 동호東胡의 한 부족이었으며, 연연蠕蠕 등으로도 불렀다. 자기들 스스로는 대단大檀, 단단檀檀이라 했는데, 고조선어 아발(아=大, 발=밝=檀)의 한자어로 '큰 밝달족'이라는 뜻으로 해석된다. '단단은 또 밝달단(백달단白韃靼), 달단, 달달, 타타르Tartar 등'으로도 불렀다.

일찍이 BC 206년경, 초원제국 〈훈薰〉(흉노)의 대선우 묵돌(모돈)의 공략으로 〈동호〉(퉁구스)가 붕괴되면서, 그 잔존세력이 따로 자기들만의 부족을 일으켰는데, 그 시조를 목골려木骨閭라 했다. 그 왕족들은 욱구려씨郁久閭氏(욱구려)라 했으니, 발음에서 알 수 있듯이 이들은 사실상 고구려의 후예들이었다. 3세기경에 선비족에게 종속되었다가 모용씨가 중원의 화북으로 이동하자, 그때부터 다시금 세력을 키우기 시작했다.

이 무렵에 초대 가한可汗인 욱구려사륜社崙(402~410년)이 실크로드 서변의 〈고차高車〉를 제압하고 타림분지 일대를 지배하면서, 〈북위〉와도 대립하기 시작했던 것이다. 원元돌궐족에 해당하는 고차(고차정령丁零)는 원래 발해와 산동, 감숙 일대에 거주하던 단군조선의 후국侯國으로 정령, 철륵鐵勒이라고도 불렀다. 그들도 선조의 성씨가 아사나阿史那(아사달)였으니, 고차 또한 마찬가지로 古조선족의 일원임이 틀림없었다. 이들이 금산金山(알타이산) 남쪽에 거주하던 중에 〈유연〉의 지배 아래로 들어간 것이었다.

그즈음 429년경 유연의 대단大檀가한이 죽어 5代 오제吳提가한이 뒤를 이었으나, 실크로드의 맹주 〈후진〉이 멸망하면서 서쪽으로 강역을 확장하던 〈북위〉에게 밀리고 말았다. 유연은 후일 6세기 중반 〈돌궐突厥〉(Turks, 튀르키예)에게 멸망당했는데, 이들 중 일부는 천산산맥을 넘어 서진西進을 지속한 끝에 동유럽에 정착했다. 그렇게 중앙아시아를 거쳐 동유럽까지 진출한 〈타타르〉(유연)와 〈투르크〉(고차정령, 돌궐)는 또다시 그곳에서 충돌을 이어 갔다.

이들에 앞서 5세기 중엽, 북흉노의 일파로 보이는 훈족의 제왕 아틸라Attila는 〈東로마제국〉을 공격해 게르만족의 대이동을 촉발시키면서, 유럽대륙을 뒤흔들어 놓았다. 아틸라(~453년) 사후 백 년쯤 지나 발칸반도에서 헝가리평원에 이르는 동유럽의 광활한 지역을 〈유연〉(타타르)의 후예들이 들어와 지배하게 되었는데, 바로 이들이 〈아바르Avars 제국〉의 주역들이었던 것이다.

이처럼 북방기마민족의 일파 중 〈흉노〉와 〈선비〉, 〈타타르〉와 〈투르

크〉 등은 중앙아시아에서 동유럽에 이르기까지 수 세기에 걸쳐 서진을 지속한 끝에, 마침내 세계사의 주역으로 우뚝 설 수 있었다. 그뿐이 아니었다. 12세기경에는 대흥안령 북쪽으로 들어간 유연의 후예들 중 테무진이 등장해 〈몽골〉은 물론, 중원대륙 전체를 통일하고 〈원元〉을 세우기도 했으니, 그가 정복왕 징기스칸이었던 것이다. 테무진 자신은 〈발해渤海〉(대진大震)를 세운 대조영大祚榮의 아우 대야발大野勃의 후손이라는 일설도 있는데, 놀라운 것은 이들 모두의 지도부가 하나같이 〈고조선〉 또는 〈고구려〉에서 파생되었거나, 이들과 친연성이 매우 높은 민족들이라는 점으로 혈연적으로도 형제나 다름없었던 것이다. 다만, 후대에 이르러 중원대륙의 서쪽으로는 오래도록 아랍이나 유럽인들과 피가 뒤섞이면서, 오늘날 그 모습을 찾기가 어렵게 되었을 뿐이었다.

장수제 17년째인 430년 9월, 〈북연北燕〉의 풍발이 죽자, 그의 아들 풍익과 아우 풍홍이 왕위를 놓고 격돌했다. 그 결과 풍홍馮弘이 조카들을 제거하고 천왕에 즉위했다. 그 한 달 뒤에는 〈고구려〉의 연왕燕王 붕련태자가 여든의 나이로 죽었다. 고국원제와 해태후의 아들로 영락제의 정복 활동에 큰 공을 세운 영웅이었다. 장수제가 명하였다.

"붕련태자의 뒤를 이어 그 아들인 다련多連이 연왕을 세습하게 하고, 남소를 지키게 하라."

이듬해에는 박사 호견胡覓 등을 불러 《춘추》와 《사기》를 강설하게 했는데, 인기가 있었던지 이후 정례화되었다. 이로 미루어 이때쯤에는 고구려의 궁궐 안에서도 유교의 경전이라 할 수 있는 4서5경四書五經이 귀족들 사이에 널리 퍼진 듯했다.

그 전인 428년 3월, 백제에서는 비유왕이 웕나까지 내려와 〈왜국〉의 왕녀 위이랑과 혼인을 맺었다. 동쪽의 신라에서는 그해 10월 눌지왕의 모친인 태태궁太太宮 보반후가 춘추 69세로 서거했다. 내물마립간에 이어 실성왕을 모셨으나, 눌지왕이 내내 이를 탐탁지 않게 여겼다. 이듬해인 429년, 내류를 태태궁으로 모시게 한 눌지왕이 아우들을 시켜 병권을 장악하게 했다.

"복호卜好(보해)를 서불감으로, 미해를 병관이찬으로 삼을 것이니, 국정을 다잡고 나라의 기강을 더욱 튼튼히 하길 바라노라!"

같은 해 한산의 〈백제〉에서도 부여씨 왕통을 일으키는 데 결정적 역할을 했던 상좌평 여신餘信이 사망했다. 그런데 비유왕이 이번에는 자신과 같은 부여씨가 아니라, 기존 온조 계열의 해수解須로 하여금 그 뒤를 잇게 했으니 매우 특이한 행보가 아닐 수 없었다.

그 무렵에 〈신라〉 남쪽의 〈금관가야〉가 어지러웠다. 425년경 좌지왕坐知王이 죽은 이래로 그 처인 복수福壽가 계부繼夫를 수시로 바꾸면서 시작된 혼란은 이웃한 아라와 월나 및 야국(임나)에까지 불똥이 튀면서 이후로 5년 넘게 지속되었다. 끝내는 신라의 개입으로 마무리되었으나, 그때까지도 고대 한반도 중남부에 강력한 통일국가가 출현하지 않았기에, 작은 갈등만으로도 여러 소국들끼리 이합집산하는 모습이 연출되곤 했던 것이다. 확실히 가야와 같은 여러 토착 소국들은 〈백제〉나 〈신라〉에 비해 제도나 의식 수준에서 여전히 낙후되어 있었던 것이다.

431년 4월이 되니 이번에는 야인野人 무리가 침공해 왔다는 보고가 신라조정으로 날아들었다.

"속보요! 야인들이 3천의 병력으로 동쪽 변경을 습격해 총덕의 군대를 격파했습니다. 지금 명활성을 포위한 채로 우리의 부녀자들을 약탈하고 있습니다."

신라조정에서는 효직을 내보내 실직의 군사를 이끌고 나가 야인들의 배후를 끊게 했다. 그사이 호연과 다감이 남로군을 거느리고 나가 경로군과 합세했고, 야인을 대대적으로 공격했다. 결국 야인의 수장 만두량과 불차 등의 목을 베고, 천여 명을 생포했다. 이때 달아났던 수많은 야인 병사들도 결국은 대부분 바다에 빠져 죽었다.

당초에 만두량 등이 왜국왕의 미움을 사게 되자 신라를 정벌한다는 핑계로 침공해 온 것이었는데, 이때 신라의 부녀자들에게 몹쓸 짓을 많이 저질렀다. 6월 눌지왕이 야인 포로들을 축성의 노역에 동원하라 명하였다.

"투항한 야인들은 西路로 옮기되, 각각 나누어서 성을 쌓는 일에 매달리게 하라!"

9월이 되자 눌지왕이 남해안을 떠도는 야인들 정벌에 나서려 했으나, 그해 서리와 우박이 내려 농사를 망치는 바람에 뜻을 접어야 했다. 그 무렵에 대마도(임나)에 거점을 둔 야인(왜인)들이 남해안 일대를 헤집고 다니면서 도적질을 일삼았던 것이다. 마침 이찬 하기河期가 죽은데 이어, 이듬해인 432년에는 내류內留태태공이 71세의 나이로 졸하여 내물제와 실성왕 두 왕릉에 뼈를 나누어 장사 지냈다.

그해 10월 결국 눌지왕의 명으로 총덕이 출정해 남해의 야인들을 공격했으나, 이기지는 못했다. 왕이 호원好原을 내보내 총덕을 대신하게 했는데, 12월에 가서 호원이 매진도買珍島에서 야인 무리를 크게 격파했다는 승전보가 들어왔다. 이듬해 433년 4월, 눌지왕의 막내아우 미해공美海公이 41세의 나이로 세상을 떴다. 공이 어린 나이에 일찍부터 〈왜국〉(야마토)의 볼모로 갔다가 십수 년 만에 박제상의 도움으로 귀국했다. 나중에 왜국의 왕녀 보미宝美가 공을 사모해 〈신라〉로 도망쳐 왔는데, 공은 그녀를 왕에게 바쳤다.

무엇보다 미해(미사흔)는 〈왜국〉의 배(선박)와 노의 이점을 잘 간파해 신라의 함선을 개선케 함으로써, 왜선을 대적하는 데 크게 기여했다. 또 무수히 많은 야인들이 투항해 올 때마다 왕이 왜국을 잘 아는 공의 수하에 두게 했는데, 공이 이들을 잘 교화해 나라에 이롭게 함으로써 많은 공적을 쌓았다고 한다. 눌지왕과 백성들이 그의 죽음을 애석해하는 가운데 태공의 예로 장사 지냈다. 제상이 목숨을 바쳐 그를 구원할 만했던 것이다.

그해, 〈백제〉의 비유왕이 아우인 호가부好嘉夫를 〈신라〉에 사신으로 보내 7인의 미녀를 바쳐 왔는데, 그 속에는 비유왕의 누이인 소시매蘇時昧도 포함되어 있었다.

"선왕先王이 어린 탓에 그사이 상국을 받들지 못했습니다. 삼가 누이를 대왕께 바치고자 하니 9궁九宮을 채울 수 있다면 다행이겠습니다."

"흐음……"

눌지왕이 백제의 호의에 선뜻 답하지 못하고 내심 그 의향을 따지기에 바빴다. 눈치를 살피던 호가부가 말을 이었다.

"원컨대 백제와 신라 양국이 묵은 감정을 털어내고, 이제부터 서로가 돕고 보호하면서 북로北虜를 막는 것이 어떻겠습니까?"

그러자 눌지왕이 속뜻을 알겠다는 듯 고개를 끄덕이더니, 다른 제안을 내놓았다.

"좋은 생각이오. 그런데 우리에겐 북로 구려뿐 아니라, 아래쪽의 야국野國도 커다란 위협이오. 그러니 우리가 북로를 견제하는 것을 돕는 대신, 그대의 나라에서는 야인野人들을 막아 주어야 할 것이오."

결국 논의 끝에, 두 나라가 화친하여 위로는 〈고구려〉를 막아 내고, 아래로는 〈왜국〉(야마토)의 침공이 없도록 한다는 것에 합의했다.

그 후 이듬해 434년 2월이 되자, 〈백제〉의 비유왕이 재차 그 숙부인 이신伊辛을 〈신라〉 조정으로 보내 설화마雪花馬 2마리를 바치면서 새로운 요청을 했다.

"신의 대왕께서 신라국의 왕녀를 맞이해 정비로 삼고자 하시니, 부디 그 깊은 뜻을 헤아려 주시기 바랍니다."

그런데 당시 눌지왕의 여러 딸들이 하나같이 용모가 따르지 않아 왕이 이를 걱정했다. 마침 어린 딸 주씨周氏가 이제 13살의 나이에도 예쁜 용모를 지녔는데, 기특하게도 스스로 백제로 가겠노라고 나섰다. 눌지왕이 크게 기뻐하면서 공주를 곱게 꾸며서 〈백제〉로 보냈다.

그해 9월, 비유왕이 그에 대한 답례로 다시금 공가부孔嘉夫와 선명仙明을 〈신라〉로 보내 흰매 두 마리를 바쳤다. 마침 그 무렵에 궁인宮人의 신분으로 있던 소시매蘇時昧가 딸을 출산했기에, 이를 축하하고 그녀를 위로하기 위한 조치였다. 눌지왕은 공가부의 귀국길에 황금과 명주明珠를 답례로 비유왕에게 보내 주었다. 이로써 오랜 숙적의 관계로 있던 〈백제〉와 〈신라〉가 새로이 혼인동맹을 맺게 되었는데, 이것이 바로 그 유명한 〈나제羅濟동맹〉이었던 것이다.

그런데 〈백제〉의 비유왕에게 시집온 신라왕녀 주周씨는 나이가 너무 어린 탓에 비유왕이 잠자리를 멀리한 채로 두고 있었다. 그러던 주씨가 어느 사이에 비유왕이 아닌 백제의 어느 관리와 눈이 맞아나게 되었고, 이를 알게 된 비유왕은 마지못해 그녀를 〈신라〉로 되돌려 보냈다. 그러자 눌지왕이 이에 격분했다.

"부여왕이 내 딸을 어찌 이리 처우할 수 있단 말이더냐? 공주를 다시 부여로 보내고, 만일 이를 거절한다면 장차 부여와의 동맹을 깨버리겠다는 뜻을 분명히 전하거라!"

백제의 비유왕이 이 문제와 관련하여 다시금 두 차례나 신라로 사신을 파견하는 등 설왕설래했으나, 결국은 주씨가 백제로 돌아오게 되었다. 이처럼 〈나제동맹〉이 우여곡절 끝에 겨우겨우 성사되는 모습을 보이자, 그 무렵에 이 사실을 보고받은 장수제가 비꼬듯 말했다.

"부여와 신라의 간사한 무리들이 이랬다저랬다 하는 짓이 무성하더니, 결국 저희들끼리 병 주고 약 주고 했구나. 껄껄껄!"

그렇다고 장수제가 당장 백제를 치거나 하지는 않았다. 눌지왕 20년째 되던 436년, 〈신라〉에서는 골인骨人과 선도仙徒들이 백성들의 애처愛妻를 함부로 빼앗는 것을 금하게 하는 한편, 서로 좋아하는 사람과의 혼인을 허락했다. 모든 제도가 성숙하지 못했던 고대사회의 인권이라는 측면에서 매우 의미 있는 진전이었다.

그 후 세월이 흘러 442년, 〈백제〉에서는 주周씨가 마침내 비유왕의 아들을 낳았으니 바로 부여도扶餘都였다. 어찌됐든 이후 〈고구려〉는 비유왕 시기에 〈백제〉를 일체 공격하지 않았으므로, 분명 〈나제동맹〉이 일정 부분 효력을 발휘한 것이 틀림없었다. 예나 지금이나 외교란 이처럼 나라 간의 분쟁과 전쟁을 방지하는 최고의 수단이었던 것이다.

한편, 〈백제〉의 비유왕毗留王은 〈신라〉와의 화친에 앞서, 〈동진〉의 뒤를 이은 中原의 신흥강국 〈송宋〉나라와의 교류를 추진했었다. 비유왕 3년째 되던 429년, 왕이 〈宋〉에 사신을 보내자 이듬해인 430년에 송 문제文帝의 사신이 〈백제〉까지 와서, 선대先代 전지왕에게 주었던 백제왕의 관작을 그대로 계승함을 인정한다는 책명을 주고 갔다.

이 시기는 장강 아래 〈동진〉(317~420년)이 백 년 만에 멸망하면서, 소위 〈남북조南北朝시대〉(420~589년)가 새로이 열리던 또 다른 전환기였다. 이제 여餘씨 비유왕은 명실상부하게 한반도 전체를 통틀어 백제국의 유일한 왕위에 올라 있었다. 그러나 여전히 북쪽의 〈고구려〉와 적대관계에 있다 보니, 비유왕은 장강 아래 漢族 유일의 나라인 〈宋〉과의 외교관계 수립을 꾀했던 것이다.

그런데 그 시기인 425년경, 〈왜국〉(야마토)에서 찬왕讚王이라고도 알려진 인덕천왕이 죽어, 그의 장남인 리중履中(리츄)천왕 진珍이 왕위를 계승한 듯했다. 그나마도 인덕의 아우 주거중住去仲(스미노에나카)황자가 왕위를 노려 이를 진압하는 등 우여곡절 끝에 천왕에 오른 것이었다. 바로 그 무렵에 진왕珍王이 송宋에 정식으로 관작을 요청했는데, 왜국은 이미 그 이전인 421년에도 찬왕이 宋에 사신을 보낸 적이 있었다. 그런데 이해에 왜왕이 이례적으로 〈왜국〉은 물론 왜와 연관된 三韓의 5개 나라를 합쳐, 모두 6國에 대한 〈제군사諸軍事〉의 작위를 내려 줄 것을 요청했다.

여섯 나라는 '왜, 백제, 신라, 임나, 진한秦韓, 모한慕韓'으로, 진한은 가야를, 모한은 마한馬韓을 이르는 말이었다. 제군사는 군사를 동원할 권한 등을 지닌 軍통수권자를 지칭하는 것이니, 한 마디로 〈왜국〉이 반도의 5개국 모두를 속국으로 거느리고 있다고 과장하면서, 스스로 대국임을 슬그머니 인정받아 두려는 속셈이었던 것이다. 그러나 당시 백제와 임나만이 왜국을 상국이라 부를지언정, 신라를 비롯한 나머지 나라들과는 걸핏하면 전쟁을 일삼던 시기였다.

야마토왕조 역시 열도 안에서는 점차 안정을 찾게 된 반면, 백제에 대한 통제가 점점 어려워지는 마당에 비유왕이 송으로부터 따로 관작을 확보하려 한다는 소식이 왜왕을 초조하게 했을 것이다. 이러한 상황을 돌파하고자 왜왕은 중원의 漢族을 대표하는 유일한 나라 宋으로부터 백제보다 우위에 있는 관작을 받아둠으로써, 향후 자신들의 신민권臣民權을 주창하는 데 이용하려 했던 것이다.

宋나라 조정에서는 심사숙고 끝에 야마토의 요청을 모두 들어주지 않는 대신에 〈안동장군왜국왕安東將軍倭國王〉이라는 관작만을 내려 주는 것으로 가닥을 잡았다. 여기서 안동安東이란, 안평(북경) 동쪽 일원, 즉 요동의 옛 〈서부여〉 땅을 말하는 것으로 왜의 조상이 서부여의 주인이었음을 인정해 준 것으로 보였다. 실제로 후일 고구려가 멸망하자, 〈당唐〉에서는 이 지역에 〈안동도호부〉를 두기도 했던 것이다. 宋에서는 이어서 진珍왕의 신하들에게도 평서, 정로, 관군, 보국장군의 군호를 따로 내려 주었다. 비록 야마토에서 많은 공물을 보내왔겠지만, 宋의 입장에서도 당시 왜국이 고구려를 제외한 반도의 대다수 나라를 속국으로 지배하고 있다고 도무지 인정할 수 없었던 것이다.

이처럼 백제와 야마토 간에 신생 〈宋〉으로부터 관작을 받으려는 때아닌 외교경합이 마무리되자, 이 문제는 한동안 수면 아래로 잦아들고 말았다. 이후로 〈백제〉는 〈송〉에 수시로 공물을 바치는 등 중원과의 관계 관리를 소홀히 하지 않았는데, 이는 비단 백제뿐 아니라 바다 건너 〈야마토〉 또한 마찬가지였다. 심지어 〈고구려〉의 장수대제조차도 종종 宋에 사신을 보냈는데, 물물교환이나 정보수집 등의 목적 때문이었을 것이다.

그렇게 이십 년의 세월이 흐른 시점에서 그동안 내내 잠잠하던 〈송〉의 관작 문제가 다시금 불거지게 되었다. 야마토가 宋으로부터 추가로 관작을 받아 내려는 움직임이 있다는 정보가 입수된 것이었다. 450년경, 〈백제〉의 비유왕이 〈宋〉에 사신을 보내면서 은밀한 주문을 하나 했다.

"송과 야마토의 외교관계를 세세하게 확인하고, 왜왕의 진의를 파악해 적절히 대응하고 오라!"

이는 곧 비유왕이 당사국인 〈송〉을 움직여 왜왕이 추가로 받아내려는 관작에서 반드시 〈백제〉를 제외시키라는 밀명이었다. 비유왕이 장차 될 수 있는 한 〈왜〉의 간섭에서 벗어나려 했던 것이고, 이를 위해 전과 달리 각별하게 신경을 썼던 것이다.

과연 이듬해인 451년이 되자 소문대로, 宋태조 유의륭(424~453년)이 왜왕에게 새로이 관작을 부여했는데 두드러진 특징들이 들어 있었다. 우선 20년 전에 거부했던 〈제군사〉를 왜왕에게 부여하되, 당초 그 대상으로 요청했던 6국에서 〈백제〉를 빼는 대신 〈가라加羅〉(금관)를 넣는 절충안을 택했던 것이다. 즉 〈사지절도독왜신라임나가라진한모한6국倭新羅任那加羅秦韓慕韓6國제군사諸軍事안동장군왜국왕〉이라는 긴 관작을 왜왕에게 내려준 것으로, 한반도 중부 아래와 일본열도를 왜왕이 다스린다는 것을 인정하는 파격적인 내용이었다.

오직 〈백제〉만이 그 대상에서 제외될 수 있었으니, 〈왜국〉에 앞서 비유왕이 〈송〉을 상대로 벌인 외교 노력의 결과가 틀림없었다. 고구려와 백제를 제외한 삼한의 다른 나라들은 직접 중원의 나라들을 상대로 외교관계를 수립하지 못했기에 벌어진 일이기도 했다. 물론 〈신라〉는 훨씬 전인 380년경 내물마립간이 〈전진〉의 부견에 사신을 보낸 적이 있었다. 그러나 그 후로는 521년 법흥왕法興王 대에 남조南朝의 〈양梁〉나라에 사신을 보낼 때까지 중원을 상대로 한 외교활동이 멈춰 있었기에, 야마토가 이때를 십분 이용한 것이었다.

〈宋〉나라는 유씨의 성을 따 〈유송劉宋〉(420~479년)이라 불렸는데, 시조인 유유劉裕가 〈동진〉의 공제恭帝로부터 선양을 받았다고는 하지만, 신흥국으로서 그의 사후 이렇다 할 역사를 이루지는 못했다. 다만 3代인 태조 유의륭 때 그나마 정국이 안정되고 현명하게 나라를 다스린 덕에 〈원가지치元嘉之治〉라는 평가를 들으면서 漢族의 맥을 잇는 〈宋〉나라의 위상을 유지시킬 수 있었다. 특히 이 시기에 관작제도를 활용해 나라의 권위와 실속을 톡톡히 챙겼을 테니, 송태조는 나름 유능한 군주였던 셈이다.

바로 이런 상황에서 당시 〈야마토〉와 〈백제〉도 宋을 상대로 적극적인 외교전을 펼친 것이었다. 두 나라 모두가 이전부터 〈송〉의 전신인 〈동진〉과 교류해 온 데다, 장강 이북으로 막강한 〈북위〉가 이미 〈고구려〉와 화친의 관계를 맺고 있었기 때문이었다. 그사이 438년경, 〈송〉과 〈고구려〉는 풍홍馮弘을 놓고 한차례 교전을 벌였는데, 서부여 계통의 부여씨 왕조는 그런 북방의 맹주 〈고구려〉에 대해 줄기차게 대립각을 세우고 있었으니, 宋으로서도 백제와의 관계를 소홀히 할 수 없었을 것이다.

무엇보다 그 1년 전인 450년 초, 宋이 장강을 넘어 일부 하남河南 땅을 차지했다. 宋의 선제적 도발에 평성平城의 〈북위〉 세조가, 그해 4월 宋태조에게 국서를 보냈는데 그 내용이 무시무시한 협박 일변도였다.

"그대가 계속해서 유劉씨의 제사를 올리고자 한다면, 마땅히 장강의 이북을 포기하고 수비 병력을 거두어 강남으로 건너가야 할 것이오. 그리하면 강남 땅에 그대가 거처하는 것을 허락할 것이오. 그게 아니라면 사방의 자사刺史, 수재守宰들에게 칙서를 내려 병장기를 엄하게 정비케 하고, 올가을에라도 당장 양주揚州로 진격할 수도 있소. 이미 큰 세력을 이루고 있는 만큼, 그대의 뜻대로 되기는 어려울 것이오. 그대는 지난날, 북으로 유연柔然과 통하고, 서로는 하夏, 북량北涼, 토곡혼과 결탁했으며, 동으로 북연, 고구려와도 연결되었으나, 나는 대체로 이들 나라 모두를 제압했소. 허니 그대의 독립이 어찌 가당키나 한 일이겠소?"

호기로운 탁발도의 협박에도 송태조가 움직이지 않으니, 결국 그해 겨울 〈북위〉의 대군이 〈송〉을 향해 남진했고, 이듬해까지 치열한 전투가 벌어졌다. 451년, 〈송〉나라가 고군분투 끝에 〈북위〉의 남정南征을 겨우 막아 내고, 위기를 모면할 수 있었다. 그런 상황에서 〈송〉은 고구려와 대치하던 〈백제〉의 군사적 가치를 바다 멀리 떨어진 〈왜〉(야마토)보다 높게 평가했을 것이다. 따라서 왜왕의 관작을 기꺼이 倭가 원하는 대로 부여하되, 백제의 요청을 우선시해 그 대상에서 제외시켰던 것이다. 실제로 2년 뒤 유의륭 사후의 〈宋〉나라는 1년이 멀다 하고 반란과 암살이 반복되다가, 중원의 역사에서도 가장 부끄러운 왕조의 하나로 평가될 정도로 급격히 추락하고 말았다.

급기야 마지막 8代인 순제는 10살에 즉위했으나, 479년 〈남제南齊〉를 건국한 소도성蕭道成에게 피살되면서 〈유송劉宋〉 또한 고작 59년이라는 짧은 역사를 마감해야 했다. 사실 宋의 관작은 三韓의 나라들이 실제로 바다 건너 중원 宋에 좌우된 것도 아니었고, 대외적 명분을 위해 활용했던 외교 관행이었다. 흡사 오늘날 세계의 모든 나라들이 UN에 가입한 나라를 독립국가로 인정하는 것과 유사한 이치였던 것이다.

또 하나 주목되는 것은 이 시기 중국의 사서에서는 〈宋〉나라와 교류했던 다섯 왜국왕(왜 5왕)의 이름이 모두 외자로 기록되었다는 점이었다. 이는 당시의 야마토(왜국) 왕조가 〈부여扶餘씨〉의 후예임을 강력하게 시사해 주는 또 다른 증거였다.

장수제 20년 되던 433년 정월, 고구려에서는 태왕이 춘태자를 불러 새로운 명을 내렸다.

"아무래도 새로운 법령을 만들어야겠는데, (동)진晉의 율령을 참고하되 왕문이나 주희 등 漢族 출신의 유자儒者들과 함께 작업을 진행해 보시지요."

유학이 본격 유입되면서, 그에 어울리는 좀 더 선진화된 중국식 법령이 필요하다는 의견을 반영한 듯했다. 그러나 그해 7월 제왕齊王 춘春태자가 74살의 나이로 세상을 떠났다. 대표적인 온건파로 학문을 숭상하고 현자를 존경한 데다, 《유기》 등 역사 편찬에 크게 기여했다. 장수제가 숙부인 그를 최상급인 태왕의 예로 국내(위나암)에 장사 지내 주었는데, 선仙, 불佛, 유자儒者들이 멀리서도 찾아왔으며, 흰옷을 입은 자가 10만이나 되었다고 했다. 태자의 아들 춘록春鹿을 경총瓊叢대부로 삼고, 사위인 담윤談胤으로 하여금 제왕齊王의 지위를 잇게 했다.

그 무렵 사만의謝萬義가 간했다.

"태왕폐하께서 즉위하신 지 어언 20년째입니다. 그동안 나라의 위상도 크게 올라갔으니 이참에 분위기를 새로이 일신하는 의미에서 연호를 장수로 고쳤으면 합니다."

"그리하시오!"

그리하여 고구려는 그해를 〈장수長壽〉 원년元年으로 기록하기 시작했고, 이로써 장수대제의 시즌season 2가 시작된 셈이었다.

장수 2년인 434년, 양왕梁王 서구가 개마 땅으로 들어가겠다며 은퇴를 청했다. 태왕이 서구궁宮에까지 친히 가서 서구태자와 천룡 부부에게 연회를 베풀고 위로했는데, 이때 서구가 아뢰었다.

"(북)위魏가 변민들을 위한답시고 따비질(괭이질)을 해 오더니 그 진휼의 규모가 정도를 넘어섰고, 풍馮의 서쪽 땅을 잠식하고 있어 홍弘이 곧 망할 것입니다. 또 魏가 비유와 사통하고 멀리는 눌지에게까지 찾아갔다니 그 속을 헤아리기 쉽지 않습니다. 조정에 평화가 오래 지속되다 보니 文을 중시하는 듯한데, 그렇게 갈수록 武를 가벼이 여기다가는 낭패를 볼 것입니다."

종조부인 맹장 서구태자의 시의적절한 충언에 태왕이 수긍하여 답했다.

"예, 알고 있습니다. 조정 또한 경卿을 본보기로 삼도록 하겠습니다."

그리고는 선仙, 불佛, 유자儒者들 모두에게 무예를 익히게 하고, 기사(말타기, 활쏘기)를 하지 못하는 자가 없도록 조치하니, 그 후 공적이든 사적이든 이러한 풍토가 일상으로 자리 잡게 되었다. 4월에 태왕이 남소로 나가 무술 시연을 보는 등 군기를 점검했는데, 그 무렵 풍홍이 사자를 보내 칭신하면서 도움을 청해 왔다. 태왕이 말했다.

"위魏의 탁발도가 장차 (북)燕의 땅을 침범하지 않겠노라 해놓고는 이를 어기고 있다면, 그것이 쥐새끼나 고양이와 다를 바가 무엇이겠소? 요수遼隧의 서쪽은 내 알 바 아니나, 그것이 용성이라면 마땅히 토벌에 나설 것이오!"

이는 곧 〈북위〉가 〈북연〉의 도성을 치고 올라치면 결코 좌시하지 않겠다며 북연을 두둔하는 말이었으니, 당시 북연은 사실상 고구려를 上國으로 받들고 의존하는 모양새였던 것이다.

그해 7월이 되니, 멀리 서역 땅의 〈선선鄯善〉에서 사신이 내조來朝해 말과, 낙타, 공작 등을 바쳐왔다. 〈북위〉가 실크로드인 하서주랑 너머 타림분지의 소국들까지 넘보자, 위魏의 형님뻘이 되는 고구려까지 찾아와서 구원을 청하고자 했던 것이다. 태왕이 〈선선〉의 사자들을 후하게 대접하고 위로해 돌려보냈다. 그러자 다음 달 곧바로 〈위〉의 사신이 찾아와서 불로주를 바치며 말했다.

"서역의 포도즙을 천 년 동안이나 익혀서 만든 술이옵니다."

그뿐이 아니었다. 그해 〈북위〉와 〈북연〉은 물론, 서역의 〈선선〉과 〈북량北凉〉 등에서도 여인들을 보내오며 혼인동맹의 요청이 쇄도해, 태왕이 이를 사양하기 바빴다. 선비의 일파인 〈북량〉(397~439년)은 그 전년에 저거몽손이 죽고 3대 목건牧犍(애왕哀王)이 새로이 즉위해 인사 겸 화친을 청해 왔던 것인데, 5년 뒤에 멸망하고 말았다.

이제 5백 년 왕조를 향해 나아가는 〈고구려〉에 대해 북방기마민족의 신흥국들이 그 종주국으로서 가히 만형의 역할을 기대하는 분위기였던 것이다. 장수제가 그때까지 즉위 후 21년이 지나도록 이웃 나라를 탐하지 않았으니, 딱히 전쟁을 치를 일도 없었을 것이다. 영락제 시절 무려 18번의 원정을 감수하면서 나라의 변방을 굳건히 다져 놓은 덕을 후대인 장수제 때 톡톡히 누리는 모습이었다.

이듬해 435년 6월, 〈魏〉의 3대 황제 세조(탁발도)가 산기시랑 이오李敖를 보내, 탁발사(태종, 409~423년)의 딸 청평공주와의 혼인을 요청해 오니 곧 하란의 딸인 가란嘉蘭이었다. 이때 태왕이 당대 중원의 최강국으로 부상한 〈북위〉와의 혼인동맹을 거부할 명분이 없어 이를 수락했다.

"담윤을 영접대사로 삼을 것이니, 서하까지 나가 공주를 맞이하도록 하라!"

담윤談允은 고국양제의 아들로 당시 황실의 최고 어른 격이었다. 장수제가 그렇게 예를 다해 가란을 맞이해 창수궁으로 들인 다음, 근례를 행했다. 이오가 이때 부마대왕駙馬大王의 금인金印과 대선우의 옥새를 바치자, 태왕이 웃으며 말했다.

"그대의 나라는 벌써 여러 차례 불사약과 불로주를 보내 나의 장수를 축원해 주었소. 그런데 또다시 이렇게 청평공주를 보내 나를 섬기게 하니, 평생을 같이할 양국 간의 우의가 산이나 바다와 같다고 해야 할 것이오. 껄껄껄!"

이오가 답했다.

"소국이 폐하를 성심으로 모심에 흠결 하나 없도록 노력해 왔으나, 근자에 풍적馮敵이 上國과 밀통하고 사신을 보내 염탐을 한다는 소문에 심히 놀랐습니다."

그러자 장수제가 이를 일축해 버렸다.

“필시 그것은 우리를 이간시키려는 말이오. 풍홍이 여러 번 사람을 보내 구원을 청했으나, 내가 허락하지 않았으니 맘을 놓으시구려.”

이오 일행이 머리를 조아리고 물러갔다. 고구려를 상대로 〈북위〉와 〈북연〉이 치열한 외교전을 펼친 셈이었는데, 그만큼 고구려가 어느 쪽을 편들 것인가에 따라 전쟁의 명분과 성패가 좌우될 정도로 고구려의 힘이 막강했던 것이다. 그러나 얼마 후, 이번에는 풍홍이 구려인의 후예인 상서尙書 양이陽伊를 보내와 〈북위〉와의 관계를 염탐하고, 만일의 사태에 대비해 구원을 요청했는데 심히 간절한 것이었다.

그러더니 이듬해인 436년 4월, 마침내 〈북위〉가 〈북연〉의 백랑성白狼城을 공격해 빼앗고 말았다. 그러자 연燕의 도성인 용성 전체가 큰 혼란에 빠졌고, 짐을 꾸려 동쪽(고구려)으로 향하는 인파가 수십 리 길을 연이었다. 결국 양이가 다시금 찾아와 구원을 애걸하면서 풍홍의 망명을 요청했다. 장수제가 고심 끝에 뜻밖의 명을 내렸다.

“갈로葛盧와 맹광孟光은 속히 2만 병을 이끌고 출정해, 용성을 장악하고 그곳에 머물도록 하라!”

한 마디로 용성을 선제적으로 점령해 버리라는 말이었다. 갈로 등이 이끄는 고구려군은 지원군의 입장이라 용성에 입성하는데, 별 무리가 없었기에 손쉽게 용성을 장악할 수 있었다. 고구려군은 즉시 낡은 털옷을 벗어 버리고 용성의 무기고를 열어 좋은 병장기들을 나누어 갖는 등 성안을 대대적으로 털어 버렸다. 지원군이 아니라 점령군이나 다름없는 행동이었다. 풍홍이 뒤늦게 상황을 파악했으나 이미 늦고 말았다.

결국 5월이 되어 위군魏軍의 공세가 더욱 거세지자, 급기야 풍홍이 용성의 궁전에 불을 지르게 했는데 무려 열흘이 지나도록 꺼질 줄 몰랐다.

결국 고구려군이 풍홍의 잔류병들과 함께 풍홍의 모후와 처 등을 이끌어 요동성(하북계현)으로 유도했는데, 이후로 이들 모두는 사실상 망명객 신세였다. 풍홍이 이때 망국의 황제임을 잊은 채 자신의 체면을 앞세우고는 주위에 단단히 영을 내렸다.

"부인들은 갑옷을 입은 채로 가운데 서게 하고, 양이는 정병을 거느린 채로 그 밖에서 철저히 호위토록 하라!"

갈로는 고구려의 기병들을 후방에 넓게 펼쳐 북연軍을 에워싸는 모습으로 뒤따르게 했는데, 그 앞뒤의 길이가 팔십 리에 달할 정도로 장관을 이루었다. 409년 고운이 모용씨의 〈후연〉을 무너뜨리고 세운 〈북연〉이 漢族 풍씨 2代를 넘지 못하고, 고작 27년 만에 멸망하고 만 것이었다.

나라를 잃은 풍홍은 고구려에 들어와서도 과거의 위세를 버리지 못하고 교만하게 굴었다. 처음 풍홍이 요동에 도착했을 때 장수제가 사신을 보내 燕王을 위로했다.

"용성왕龍城王 풍군馮君이 이곳에서 야숙을 하다니, 군사와 말들까지 모두가 몹시 피곤하겠소."

그러나 풍홍은 망명을 부끄러워하면서도 용성에서 저지른 고구려군의 행태에 분노한 나머지, 법도를 들먹이면서 오히려 태왕을 비난했다. 얼마 후 장수제가 풍홍 일행을 다시금 평곽으로 옮겨 머물게 했는데, 그 무렵에 〈북위〉의 사자 산기시랑 봉발封撥이 찾아와 풍홍을 내달라 청했으나 장수제가 그를 타일렀다.

"홍弘이 비록 위魏에 죄를 지었다 해도, 나의 신민이 되어 있으니 그를 죽게 할 수는 없는 일이다."

〈북위〉의 세조 탁발도는 장수제가 풍홍을 끼고 도는 데 대해 급기야 불만을 터트렸다. 북위가 화친을 깨고서라도 농서의 기병을 일으켜 고구려를 침공하려 했으나, 낙평왕樂平王 비丕와 유혈 등이 나서서 세조를 말렸다. 유혈劉絜이 말했다.

"농隴 땅의 백성들은 대부분 새로운 땅을 찾아 들어온 이들인데, 이들을 졸지에 싸움터로 내몰 수 없는 일이옵니다."

비丕 또한 간하였다.

"고구려는 조상의 나라입니다. 설령 속마음이 다르다 할지언정 힘들여 싸우는 것은 불가한 일입니다."

결국 〈魏〉의 세조가 우선 농隴 땅에 농경과 잠사를 진작시키고, 백성을 편안하게 해 풍요로워진 연후에 다시 도모하기로 했다. 장수제는 이 틈을 타 풍홍을 북풍北豊으로 옮기게 했는데, 이때 그의 모후와 처를 빼앗고 태자인 풍왕인馮王仁을 볼모로 삼았다. 풍홍은 분개해 이를 갈았지만 별 도리가 없었다.

장수 5년인 이듬해 437년, 정초부터 〈魏〉의 봉발이 찾아왔다. 5월에도 구려인 출신인 을송乙松을 보내왔는데, 마침 가란비가 하賀공주를 낳았기 때문이었다. 魏가 풍홍을 감싸 주는 고구려와의 관계 유지를 위해 지속적으로 신경을 썼던 것이다. 그해 7월 장수제가 삼산후와 서하西河의 온탕으로 가다가 밭에서 오이를 심는 농부를 만났다. 태왕이 그 외를 맛보고는 그를 과사瓜師로 삼아 오이 농사를 널리 퍼뜨리게 했는데, 그가 바로 진과모眞瓜母였다.

그 무렵 宋태조 유의륭이 교역을 청해 왔는데, 宋나라의 비단과 채단을 고구려의 말과 바꾸자는 것이었다. 태왕이 말을 내주지 말고 평곽 앞바다에서 잡히는 물개 500필로 대신하라고 명했다. 당시 해수면이 높아 평곽 앞에까지 바닷물이 들어올 정도였고, 근처에 수많은 물개들이 살았던 것으로 추정되었다.

그러던 중에 이듬해인 438년경, 북풍에 머물던 풍홍이 장수제를 원망하던 중, 같은 漢族의 나라인 〈유송〉의 유의릉에게 은밀하게 사신을 보내 서신을 올리고, 자신을 구원해 줄 것을 요청했다. 급기야 유의릉이 장수 왕백구王白駒 등으로 하여금 〈宋〉나라 병사들을 선박에 태워 〈고구려〉로 보냈다. 얼마 후 백구가 평곽 앞바다에 나타나 풍홍을 넘겨줄 것을 요구하고 있다는 보고가 들어오자, 장수제가 명했다.

"홍弘이 자신을 제어하지 못하고 스스로 제 무덤을 판 것이니, 더 이상 어쩔 수가 없게 되었다. 고구高仇와 손수孫漱는 즉시 북풍으로 가서 弘과 그 식솔들을 제거토록 하라!"

이에 장수 고구 등이 즉시 출병하여 燕王 풍홍馮弘과 그의 자손 10여 명의 목을 베어 버렸다. 이 소식을 들은 宋의 왕백구가 자신이 거느리고 온 7천여 수군을 이끌고 고구려군 진영을 엄습했다. 갑작스러운 왕백구의 기습에 고구려군이 패하여 고구는 그 자리에서 전사했고, 손수는 사로잡혀 宋의 포로가 되었다.

고구려군의 패전 소식을 들은 장수제가 분노해 즉각 수군을 출정시켰다.

"반드시 송군을 격살하고, 송장 왕백구를 사로잡도록 하라!"

이에 장수 용구의龍具義 등이 고구려 水軍을 거느리고 출정해, 평곽 앞바다에서 일대 해상전이 펼쳐졌다. 이 해상전투에서 고구려군이 宋의 수병들을 격파하고 적장인 왕백구를 사로잡는 한편, 宋나라 전선 78척을 빼앗는 쾌거를 올렸다.

그러나 그것으로 끝난 것이 아니었다. 5월이 되니, 화가 덜 풀린 장수제가 〈魏〉와 함께 직접 〈유송〉 토벌에 나서겠다며, 원정 준비를 촉구했다. 그러자 양왕梁王 서구가 장수제를 극구 말리고 나섰다.

"폐하, 고구려가 멀리 장강 아래 나라와 전쟁을 한 적이 없었습니다. 설령 우리가 수군을 이용해 宋을 토벌한다 치더라도 그사이에 있는 魏만 유리해질 뿐입니다. 그리되면 장차 오히려 魏가 이 기회를 이용하려 들지도 모르는 일임을 헤아리셔야 합니다!"

결국 장수제가 〈유송〉 원정을 포기해야 했다. 그런데 장수제가 이때 오히려 포로로 잡혀 있던 왕백구를 죽이지 않고, 宋나라로 압송해 주는 대범한 행보를 보여 유의룡을 놀라게 했다. 말썽의 주역인 풍홍이 이미 제거된 마당에 원거리에 있는 나라들끼리 다툴 이유가 없다는 신호를 보낸 셈이었다.

고구려의 위력과 장수제의 위엄에 두려움을 느낀 宋태조(유의룡)는 한동안 왕백구를 감옥에 가두어 놓았다가 나중에 풀어주었다. 宋으로서도 과연 북방의 강호 〈고구려〉와 〈위〉가 함께 협공을 해오는 날엔 위태롭기 그지없는 일이었으므로, 장수제의 속 깊은 뜻에 기꺼이 화답한 것이었다. 이런 상황에서 이듬해에는 〈송〉나라에서 도연陶埏과 손개만孫介万이 고구려로 투항해 오는 사태가 벌어지기도 했다.

〈북연〉의 풍홍이 제거된 후 2년 뒤인 440년이 되자, 송태조 유의룡이 사신을 장수제에게 보내 약재와 의원을 바치며 슬그머니 화의를 청해 왔다. 〈북위〉의 배후에 있는 〈고구려〉와 손을 잡는 것이 전략적으로 이득이기 때문이었을 것이다. 그러나 宋은 뒤로는 이미 〈백제〉에 관작을 내려 주는 등 사신을 주고받는 사이였고, 고구려로서는 그것을 모두 알고 있었기에 宋의 제안을 탐탁지 않게 여긴 듯했다. 〈宋〉은 송대로 고구려와 적대적 관계에 있는 백제와의 관계를 유지하면서, 모종의 시도를 노리고 있었던 것이다.

장강 아래 유일한 漢族의 나라 〈유송劉宋〉은 그후 15년 뒤인 453년 유의륭이 후계문제로 자식에게 피살당한 뒤로, 내란이 거듭되다가 479년에 끝내 망하고 말았다. 풍홍이 처형되고 나서 3년 후인 441년, 양왕梁王 서구胥狗 또한 73세로 죽어, 그 아들 화덕華德이 왕위를 물려받았다. 그는 고국원제와 해태후의 아들 4형제 중 막내로 소수림제와 고국양제, 붕련태자의 아우였다. 위의 두 형들은 태왕의 지위를 누렸음에도 일찍 서거한 반면, 나머지 두 아우들은 영락제와 장수제의 대들보가 되어 고령의 나이까지 싸움터를 누비며 나라를 지킨 전쟁영웅의 삶을 살았다. 이들 형제들이 하나같이 강성했던 것은 평나에서 전사한 부친 고국원제를 평생 가슴에 묻고 살아야 했기 때문이었을 것이다.

12. 부여씨 비유왕

447년경, 〈백제〉 도성의 궁궐 남쪽 연못에서 불길이 일어났는데, 마치 수레바퀴 모양을 한 불꽃이 밤새도록 타다가 꺼졌다. 사람들이 매우 불길하게 여겼는데, 아마도 별똥별이 떨어진 듯했다. 7월에는 가뭄이 들어 곡식이 영글지 않아 굶주린 백성들 중에는 〈신라〉로 들어간 사람들도 많았다. 3년이 지나 비유 24년째 되던 450년, 비유왕이 바다 건너 宋태조에게 사신을 보내 방물을 바치면서 글을 올렸다.

"바라건대 대사 풍야부馮野夫를 서하西河태수로 임명해 주십시오."

이와 동시에 표문表文으로 역림易林과 식점式占, 요노腰弩를 보내 줄 것을 요청했다. 즉, 백제가 송나라의 역술책과 점치는 도구 외에 강력한 무기인 격발식 쇠뇌를 요구한 것이었는데, 공물이 과했던지 宋의 유의륭이 이를 모두 들어주었다. 주목되는 것은 당시 서하가 하북의 요서遼西 지역으로, 옛 〈백제군〉의 관내였고, 최근까지 일부는 〈고구려〉 강역이기도 했으나 주로 풍홍이 다스리던 〈북연〉의 땅이라는 점이었다.

현지인 출신인 풍야부란 인물은 그 성씨로 보아 몰락한 풍씨 일족이 틀림없었다. 15년 전 〈북연〉이 멸망한 후 이 지역을 놓고 〈고구려〉와 〈북위〉가 서로의 눈치를 보면서 어정쩡한 태도를 보이는 사이, 느닷없이 반도의 〈백제〉가 나타나 두 나라와는 원수지간인 풍씨를 내세워 옛 고토를 차지하려는 속내를 드러낸 것이었다. 송태조로서는 438년 풍홍과 밀통해 그를 구원하려고 왕백구를 출정시켰다가, 고구려에 대패해 크게 수모를 당한 적이 있던 터였다.

게다가 그 무렵 〈송〉이 장강 너머 하남 땅 일부를 차지했기에, 〈북위〉의 사자가 와서 장강 이북의 땅을 내놓으라 협박을 일삼던 때였다. 따라서 宋으로서는 내심으로 제3국인 〈백제〉가 북방의 두 강대국인 고구려와 북위의 사이를 파고들어 요서로 진출하고 싶다는 의도를 크게 반긴 나머지, 뒤에서 이를 부추기고 지원하려 한 듯했다. 백제의 요구사항이 표문으로 올라와 있다는 사실이 이를 뒷받침하는 것이었고, 전혀 연관성이 없어 보이던 옛 〈북연〉과 〈유송〉, 반도의 〈백제〉가 서로 연결되면서 놀라운 반전이 시작된 것이었다.

그러던 비유 29년째인 455년 9월경, 한산에서 자주 사냥을 즐겼던 비유왕이 어느 날 한강에서 사냥을 하던 도중에 돌연 짙은 운무가 끼면서 사방이 캄캄해졌다. 그때 어디선가 나타난 한 무리의 괴한들에게 비유왕이 피습을 당했다.

"웬 놈들이냐? 이놈들이, 커억……"

갑작스러운 기습에 비유왕이 현장에서 무참히 살해되고 말았는데, 그 시신이 들판에 가매장된 채로 제대로 된 장례식조차 없이 버려지고 말았다. 어이없게도 비유왕이 복잡한 후계문제를 마무리 짓지 못하고 지내던 중 끝내 희생된 것이었다.

원래 부여扶餘씨인 비유왕은 기존 한성백제의 해씨 왕통을 끝장내고 새로이 왕위에 오르는 과정에서, 선왕先王인 전지왕을 옹립했던 解씨 가문과 모종의 타협을 해야 했다. 이를 위해 상좌평으로 해수解須를 등용함과 동시에 그의 여동생 수마須馬를 정궁왕후로 들였던 것이다. 그러나 그는 즉위 전부터 이미 여러 여인들로부터 3명의 자식을 골고루 두고 있었고, 즉위 후로도 혼인동맹 차원에서 3명의 왕비를 더 두었다.

그 결과 먼저 상국인 야마토倭에서 위이랑을 맞이해 여곤餘昆(곤지昆支)이라는 아들을 두었고, 신라로부터는 〈나제동맹〉을 위해 어린 주周씨를 받아들인 끝에 아들 여문餘文(문주文周)을 두었다. 기타 신라 출신으로 보이는 선명仙明도 여폐餘肺를 낳았는데, 정작 정궁왕후인 수마后는 아이를 낳지 못했다. 그런 상황에서 수마后는 이국 출신 왕비들의 자식들보다는, 비유왕이 오라버니인 해수의 처에게서 낳은 여경餘慶(경사慶司)을 총애했다. 결국 수마왕후는 친정 조카인 여경을 자신의 양자로 입적시키고, 장차 후사를 맡기려 했다.

비유왕은 이처럼 제각각 뒷배가 막강한 왕비들로부터 모두 7명의 왕자를 두게 되었고, 이들이 비유왕의 뒤를 이을 태자의 자리를 놓고 치열하게 경쟁했다. 세월이 흘러 비유왕 말년이 되자, 각기 출신이 다른 이들 가문끼리의 후계자 다툼이 노골화되기 시작했는데, 왕비족인 해씨 가문이 여경을 적극적으로 밀게 되었다. 그러나 정작 비유왕 여비餘毗는 기존 한성백제 계열보다는 같은 서부여 계통이자 상국인 야마토 계열의 여곤을 염두에 둔 것으로 보였다.

비록 멀리 바다 건너에 떨어져 있다손 치더라도 야마토 왕실과는 숙명적인 혈연의 관계였으니 당연한 생각이었을 것이다. 게다가 한반도는 물론 대륙의 옛 고토 서부여 땅과 관련해서도 가장 크게 공감해 줄 가능성이 있었고, 미래의 성장이나 확장성에 있어 야마토를 능가할 세력이 없어 보였다. 그런저런 이유로 비유왕에게는 야마토와의 관계를 지속하는 것이 가장 현실적인 선택일 수밖에 없었던 것이다. 무엇보다 비유왕 스스로가 야마토의 지원으로 왕위에 오른 데다, 아직은 야마토가 백제에 대해 상국의 지위에 있었으므로 후계 구도와 관련해 우선적으로 야마토계를 의식했을 것이다.

이에 반해 한성백제 계열의 解씨 일족은 전혀 다른 꿈을 꾸고 있었다.

"대왕의 후계자는 무슨 일이 있어도 반드시 해씨 혈통으로 삼아야 합니다. 그래야 장차 야마토로부터의 간섭을 배제하고, 부여씨에게 빼앗긴 왕통을 되찾는 발판을 마련할 수 있을 것입니다."

이렇게 양측이 첨예하게 대립하는 상황에서 비유왕이 결단을 내리지 못한 채 결정적 시기를 놓치고 만 것이 화근이었다. 결국 수마왕후와 해씨 가문 측이 다급한 마음에 먼저 선수를 쳐서 비유왕을 시해하고 말았던 것이니, 백제 왕실 내부에서 재차 쿠데타가 발생한 셈이었다. 이후 해씨 일족들은 비유왕의 시신을 강변에 그대로 방치하는 파격적인 행위를 서슴지 않았다. 마치 그동안 한 세기 이상 서부여 부여씨에게 당한 설움과 원한을 비유왕에게 모두 앙갚음하는 모습이었고, 서둘러 여餘씨 계열 왕통에 대한 흔적 지우기에 나서기까지 했다.

그리하여 그해 455년 〈백제〉의 새로운 왕위에 여경(경사)이 오르니, 바로 개로왕蓋鹵王이었다. 개로왕에게는 〈근根개루〉라는 또 다른 시호가 있었으니, 이는 근초고, 근구수처럼 온조계열의 왕통임을 드러낸 것과 같은 맥락에서 붙여진 시호였던 것이다. 개로왕의 즉위를 성공적으로 마친 수마왕후는 이후 태후의 자격으로 약 10여 년을 양아들인 개로왕을 대신해 섭정을 한 것으로 보였다. 결코 만만치 않은 여걸이었던 셈이다.

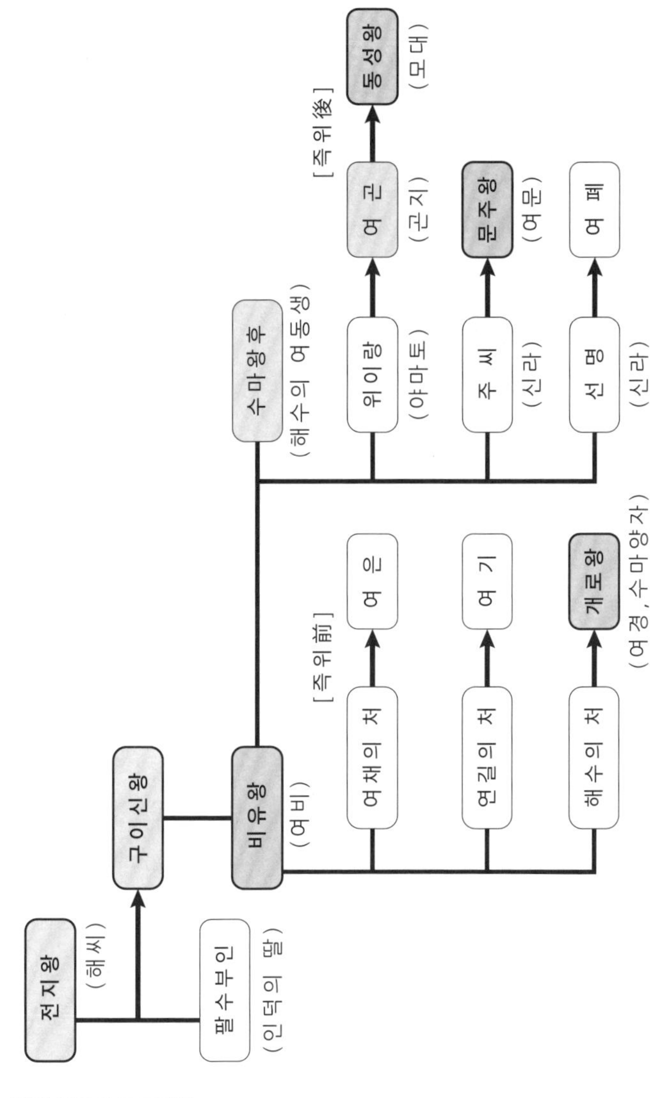

백제 비유왕의 가계도

〈서부여〉 대방계열의 비유왕은 통일 백제 왕조를 처음 열었기에 어찌 됐든 여餘씨왕조의 시조나 다름없었다. 마침 즉위 후 2년 만에 그를 왕위에 올리는 데 일등공신이었던 여신餘信이 세상을 뜨고 말았다. 비유왕이 이때 자신과 같은 부여씨가 아니라 온조계인 해수를 상좌평으로 올리고 수마왕후를 정궁왕비로 맞이함으로써, 기존 백제계열의 불만을 잠재우고 조정의 안정을 꾀하려 했다. 동시에 월나月奈까지 내려가 야마토의 왕녀 위이랑과도 혼인함으로써, 상국인 倭와의 관계 또한 공고히 했다. 마침 북방의 난적 고구려에서도 상대적으로 온화한 장수제가 다스리던 시절이라, 비유왕 역시 그런 분위기에 편승해 전쟁보다는 주로 외교에 주력할 수 있었다.

그 결과 앙숙이던 신라에 먼저 다가가 〈나제동맹〉을 성사시켰고, 신라를 통해 고구려의 남진정책을 막아 내는 효과를 거둘 수 있었다. 다만, 신라를 적대시하던 야마토는 이를 반겼을 리가 없었고, 이로 인해 비유왕을 의심하고 견제했을 가능성이 컸다. 실제로 비유왕이 중원의 〈유송〉과 교류해 백제왕이라는 관작을 얻어 내고 야마토와도 외교경합을 벌인 것으로 미루어, 그는 야마토와의 대등한 관계를 통해 장차 백제를 온전하게 자신의 나라로 삼으려 한 것이 틀림없었다.

이 과정에서 비유왕은 특히 나라 안팎으로 혼인정책을 적극적으로 활용해 동맹관계를 확장하는 한편, 멀리 대륙으로도 장수제가 다스리는 고구려와 유송을 상대로 외교활동을 전개하는 등 만만치 않은 노련함을 보였다. 무엇보다도 풍야부를 서하西河태수로 삼는 등, 사라진 〈북연〉의 땅 즉 〈서부여〉 대방의 옛 고토를 노리고 있었으니, 왕은 일찌감치 원대한 포부를 지닌 채 멀리 앞을 내다보고 있었던 셈이다. 이는 온조대왕 이래로 그때까지 백제의 역대 임금 중에서도 가장 탁월한 외교적 역량을 발휘한 것이었으니, 그만큼 유연한 사고로 부지런히 나라를 다스린 군주임이 틀림없었다.

그러나 이처럼 주변의 이해관계가 복잡하게 얽히다 보니 늦게까지 후계 문제를 확정 짓지 못했고, 이런 상황을 조급하게 생각해 오던 해씨 일족으로 하여금 과격한 행동을 선택하게 했던 것이다. 비록 비유왕이 기존 온조계 백제인들에게 비명횡사를 당하긴 했으나, 그의 원대한 꿈이 아예 사라져 버린 것은 아니었다. 백제의 진정한 자립과 〈요서진출〉에 대한 비유왕의 꿈은 후대 왕들에게 그대로 전해졌고, 마침내 손자인 동성대왕 조에 놀라운 결실을 맺게 되기 때문이었다.

눌지 19년째 되던 435년 정월, 신라 도성에 거대한 강풍이 불어왔는데, 궐 안의 나무가 뽑혀 나갈 지경이었다. 이때의 강풍으로 선대 왕릉 곳곳이 훼손되었다는 보고를 받은 눌지마립간이 고심 끝에 중요한 명을 내렸다.

"곳곳에 모셔 둔 선대 왕릉이 훼손되었으니, 기왕에 보수를 하는 김에 왕릉을 다시 꾸며 왕실의 권위를 한껏 드높이도록 할 것이다!"

그리하여 대대적인 왕릉 보수 작업에 들어갔는데 그 공사 규모가 예사롭지 않아, 적석積石을 쌓고 봉토를 산처럼 꾸며 능의 규모 자체를 엄청나게 확장시키는 것이었다. 이처럼 지배자의 무덤을 거대하게 쌓아 죽은 자의 절대적 권위를 사방에 과시하는 것은 전형적인 북방식의 묘제였다.

선비 출신 내물마립간의 시대를 맞이한 이후 신라가 종전의 부족, 씨족 중심의 정치체제에서 강력한 王을 중심으로 하는 중앙집권체제를 향해 빠르게 나아가고 있다는 확실한 증거였다. 4월이 되어 왕릉 보수작업이 마무리되자 눌지왕이 시조묘에 제사를 지냈는데, 보통 정월에 행해지는 것임을 감안할 때 매우 이례적인 일이었다. 선대의 왕릉 일부를 거대하게 꾸민 다음, 이를 사방에 드러내 자신과 왕실의 권위를 더욱 강조하려 했던 것인데, 이미 미추왕릉이 그렇게 조성되기도 했다. 그러나 본격적으로 경주 시내에 거대 봉분이 즐비하게 조성된 것은 필시 이때부터 시작된 것으로 보였다.

그 후 10년쯤 지난 444년 4월경, 倭軍이 도성까지 쳐들어와 금성을 포위했다는 보고가 들어왔다. 사실 왜군의 침입은 눌지왕 때 처음 있던 일도 아니었다. 431년에는 야마토 본국의 의사와 무관하게 열도 내에 있던 또 다른 소국이 침입하여 명활성을 포위한 적이 있었고, 4년 전인 440년에도 남쪽과 동쪽 변경으로 2차례나 들어와 포로들을 납치해 간 적이 있었다. 그러나 이번의 침공은 워낙 대규모 병력을 동원한 것이라 열흘이 지나도록 포위를 풀지 않았다. 눌지왕과 조정 대신들이 초조해하던 터에 보고가 들어왔다.

"속보입니다. 마침내 야적들이 지금 포위를 풀고, 철군을 서두르는 모습입니다. 군량이 떨어진 것이 틀림없어 보입니다!"

눌지왕이 반색을 했다.

"무엇이라? 적들이 퇴각을 시작했다고? 그렇다면 즉시 출병해 달아나는 적의 후미를 때려야 할 것이다."

그러자 좌우의 대신들이 이를 만류하려 들었다.

"병가에서 이르길 궁한 도적은 구태여 쫓지 말라 했으니, 대왕께서는 명을 거두어 주시지요."

그러나 마음이 급한 눌지왕은 이를 무시한 채 친히 수천의 기병들을 이끌고 왜적의 후미를 추격했다. 그 결과 독산獨山의 동쪽에서 마침내 왜군의 후미를 따라잡았고, 일대 전투가 벌어졌다. 그러나 왜군의 수가 압도적인 탓이었는지 시간이 갈수록 오히려 싸움에 밀리기 시작했고,

결국 전투에 패해 순식간에 절반의 군사를 잃고 말았다.

"아차, 큰일이로다……"

크게 당황한 눌지왕이 다급하게 말을 버리고 산으로 달아났으나, 어느새 적들이 쫓아와 두어 겹으로 산을 에워쌌다. 왕이 절체절명의 위기에 봉착한 것이었다. 그런데 그때 홀연히 날이 어두워지면서 안개가 끼기 시작하더니, 순식간에 앞을 분간하기도 어려울 지경이 되었다. 이를 본 적장이 탄식하며 말했다.

"허어, 하늘이 신라왕을 돕는가 보다……"

왜군이 이내 스스로 포위를 풀고 퇴각하는 바람에 눌지왕이 겨우 살아 돌아올 수 있었으나, 그 체면이 크게 떨어졌을 것이다. 신라의 군사력이 일본열도 변두리 세력의 기습에도 쩔쩔매는 수준이었던 것이다.

눌지 34년 되던 450년 7월경, 고구려 변방의 장수가 신라의 강역인 실직(삼척)의 들에까지 내려와 사냥을 했다. 보고를 받은 아슬라(강릉) 성주 삼직三直이 군사를 내어 이를 저지하려 들었다.

"여기는 신라 땅이거늘 아무리 상국의 장수라 해도 허락도 없이 들어와 함부로 나라의 사슴을 죽일 수는 없는 일이다. 어서 사냥을 멈추고 그대들의 나라로 돌아가라!"

"무어라? 그깟 사슴 몇 마리를 사냥했다고, 고구려의 장수를 대놓고 힐난할 수 있는 것이냐? 그리하지 못하겠다면 대체 어쩌겠다는 것이냐?"

그렇게 양쪽에서 시비가 붙어 결국 싸움으로 번졌고, 이때 수적으로 불리했던 고구려의 장수가 피살되고 말았다. 보고를 받은 눌지왕이 삼직을 체포해 함거로 실어 고구려로 보내면서, 상국에 대해 불충을 저질렀으니 응당 주살감이라며 그 책임을 물으라고 장수제에게 글을 올려왔다. 장수제가 너그럽게 타일렀다.

"한집안 사람들끼리 벌인 일을 갖고 어찌 주살 운운하겠느냐? 삼직은 제 임금을 위하여 충실하게 경계를 지킨 것이니 오히려 옷과 술을 내릴 일이다."

그리고는 삼직을 신라로 돌려보냈다.

그런데 4년 뒤인 452년 7월, 이번에는 아슬라의 수졸들이 고구려의 경계를 침범했다. 그 무렵엔 영락제의 누이로 실성왕(보금)의 처인 천성과 그 딸인 효진曉辰마저 모두 죽고 없어, 신라 조정에 친고구려 세력이 크게 약화된 때였다. 오히려 눌지왕이 20년 전부터 백제 비유왕과의 통혼通婚을 통해 〈나제동맹〉을 맺고 서로 결속을 다지고 있어, 신라를 대하는 고구려의 시선이 날이 갈수록 곱지 않았다. 장수제의 대신들이 간했다.

"눌지가 불측한 마음을 키우더니 기어코 그 시커먼 속을 드러낸 것입니다."

마침내 그해 8월이 되자, 고구려의 관노灌奴 소형小兄 주건朱虔이 신라의 변경을 넘어 장령으로 치고 들어가 3개의 목책을 빼앗았다. 화들짝 놀란 눌지왕이 즉시 사자를 보내 오해를 풀기를 청했다. 장수제가 주건에게 명해 더 이상의 공격을 멈추게 했는데, 그해 신라에서는 서리와 우박에 황충까지 일어 백성들의 생활이 몹시 곤궁해졌다.

그러던 와중에 3년이 지나자 백제의 비유왕이 한산에서 사냥 도중 피살당해 죽고, 아들 개로왕이 즉위했다는 소식이 전해졌다. 이때 고구려의 장수제가 개로왕을 떠볼 생각으로 슬쩍 병력을 보내 백제의 변방을 공격하게 했다. 고구려의 기습이 워낙 오랜만의 일이라 놀란 개로왕이, 다급하게 신라에 지원을 요청하는 등 부산을 떨었다.

"고구려의 공격이라니 큰일이 아닌가? 어서 신라에 사자를 보내 고구려를 막아 달라 요청하도록 하라!"

놀랍게도 이때 신라의 눌지왕이 백제까지 군사를 파견해 〈나제동맹〉을 성실하게 이행하는 모습을 보였다. 그러나 이 일로 마침내 〈신라〉는 〈고구려〉에 속내를 드러낸 셈이 되었고, 이후 양국의 사이가 빠르게 적대관계로 돌아서고 말았다. 다시 3년이 지난 458년, 2월에 지진이 크게 일어 금성의 남문이 무너져 내렸는데, 얼마 후 눌지왕이 붕하고 말았다.

눌지마립간은 모용선비 계열 내물제의 아들로, 신라 김씨 계통의 실성왕을 쿠데타를 통해 제거하고 어렵게 왕위에 오른 인물이었다. 그의 등장은 신라 조정 내에 친고구려 세력의 쇠퇴를 의미했다. 왕은 고구려와 왜국에 볼모로 있던 아우들을 동시에 탈출시킴으로써 인질 외교를 끝내고, 야마토와도 적대관계로 돌아서고 말았다. 모용선비의 후예이다 보니 어쩌면 이들과 철천지원수나 다름없는 〈고구려〉는 물론, 서부여 계통의 〈야마토〉와도 숙명적으로 친해질 수가 없었던 것이다.

이처럼 안팎으로 만만치 않은 도전에 직면했음에도, 눌지왕은 백제 비유왕이 제안해 온 혼인동맹에 적극 호응해 〈나제동맹〉을 성사시켰다. 동시에 고구려의 장수제에 대해서도 부지런히 외교사절을 보내는 등 유연하게 대처함으로써, 충돌을 방지하는 실리를 챙겼다. 무엇보다 42년이란 오랜 통치기간을 통해 선비 내물계의 마립간 시대를 확실하게 다지고, 장자長子상속을 도입하는 등 남성 위주의 강력한 왕권을 확립하고자 애썼다.

이로써 나약해져만 가던 신라조정의 분위기를 일신하여 '강성 신라'로 가는 기틀을 마련하는 데 크게 기여했다. 눌지마립간의 이런 노력으로 그의 재위 기간 중에 커다란 전란을 피할 수 있었고, 백제와의 〈나제동맹〉은 그의 후대에 더욱 빛을 발하게 되었다.

〈고구려〉에서는 장수 10년인 442년, 〈북위〉로 장가간 경鯨태자의 딸 탁발씨가 들어와서 장수제가 그녀를 제5황후로 맞아들였다. 경태자는 영락제와 토산후의 아들로 사실상 영락제의 장남이었다. 그러나 평양후의 아들인 장수제 거련에게 태왕의 자리를 내준 비운의 인물로, 당시는 볼모의 신분이 되어 위魏에 머물고 있었다. 그 무렵 장수제가 영을 하나 내렸다.

"이제부터 종실의 처들이 부리는 고남을 일체 금하도록 하라!"

고남袴男이란, 귀족의 부인들이 옷을 갈아입거나 할 때 부리던 예쁜 사내아이를 말함인데, 종종 이들과 간통을 하는 사례가 있어서 이를 아예 법으로 금지시킨 것이었다. 남녀유별과 부부의 정절을 강조하는 유학의 풍토가 서서히 고구려 왕실에 스며드는 모양새였다.

이듬해 443년 정초부터 경태자가 은밀하게 사람을 보내왔다.

"위주魏主가 신臣을 王으로 내세우고 장차 고구려를 침공하려는 생각을 하는 듯하니 국경을 튼튼히 하셔서 박거위(좌원坐原)를 잃지 않도록 유념하시고, 아울러 가란에게도 잘 대해 주소서. 탁발后가 거배渠輩를 시켜 고구려를 선처해 달라 당부했더니, 위주가 그러겠다고 답하였답니다."

이에 장수제가 웃으며 호기롭게 말했다.

"허허, 형님은 참으로 내 우직한 신선神仙이시다. 탁발도가 어찌 우리를 도모할 수 있겠느냐? 그가 허황된 수고를 하다가 스스로 당하지나 않으면 다행일 것이다."

이처럼 당시 북위와 고구려는 서로 황실 간에 혼인으로 복잡하게 얽혀 있으면서도, 물밑에서는 끊임없이 서로를 견제하고 치열한 정보전을 펼치고 있었던 것이다. 어느새 북위가 끝없이 세력을 확장해 북방의 종주국인 고구려를 넘보고 오히려 능가하는 수준에 도달해 있다 보니, 양국 간에 주도권을 놓고 점점 더 긴장이 고조되는 분위기였다.

동북에 치우쳐 있는 고구려는 뒤쪽인 동쪽이라야 첩첩산중과 허허벌판이라 생산력도 떨어지고 인구도 희박한 반면, 북위는 아래쪽으로 황하를 끼고도는 풍요로운 땅 중원을 수중에 넣었으니, 성장세에서 비교가 되질 않았을 것이다. 선비의 나라들이 東北을 외면한 채, 하나같이 중원을 향해 내달린 것도 바로 이런 이유 때문이었던 것이다.

특히 3代 세조(태무제, 423~452년) 탁발도는 30년 가까이 오래도록 재위하면서 하북의 대부분을 평정한 것은 물론, 서역으로 강역을 크게 넓히고 정국을 안정시킴으로써 〈북위〉의 발전에 결정적 기여를 했다. 잔인한 정복군주였던 그는 턱짓 하나로 백만 명의 목숨을 단번에 날려버렸다고 할 정도로 용무엄혹勇武嚴酷(용감하고 잔혹함)하기로 유명했으니, 주변국에서 모두 그를 두려워했던 것이다.

3월이 되자 마침 탁발后가 장수제의 아들인 발跋태자를 낳았고, 이것이 양국의 긴장완화에 도움이 되니 태왕이 탁발후를 위무하며 말했다.

"그대가 낳은 아들이 실로 나라의 보배니 보궁宝宮태자라 불러야겠소. 껄껄껄!"

그런데 그해 7월, 북위의 사신이 와서 탁발后에게 적복翟服을 전해주고, 태왕에게는 불로주와 낙타, 소금 등을 보내오면서 엉뚱한 이야기를 덧붙였다.

"아국의 황제폐하께서는 장차 가란과 탁발 두 분 황후와 함께 태왕께서 아국을 방문해 주실 것을 청하셨습니다."

한마디로 장수제를 보고 魏 출신의 두 황후를 거느리고 자신의 조정에 입조하라고 압박을 가한 셈이었다. 장수제가 가란후가 임신 중이라는 핑계를 대면서 정중하게 사절했으나, 그즈음 고구려 조정이 북위와의 충돌을 두려워할 정도로 상황이 이미 역전된 느낌이었다.

그해 9월이 되자 장수제는 북경 바로 위쪽의 황산으로 가서 국화를 즐기고, 도연명陶淵明이 그렸다는 〈삼소도三笑圖〉를 감상했다. 그해 경태자의 아우인 해蟹태자 및 장수제의 아들 황晃태자, 왕문王文 등이 또다시 《유기》 70권을 수찬修撰했다. 장수제가 이들의 노고를 칭송하면서도 아쉬움을 토로했다.

"우리 역사 모든 것이 이처럼 하나같은 보경寶鏡이거늘, 어찌해서 다들 《춘추》와 《사기》를 먼저 찾으려 드는 것이오?"

이미 5백 년에 육박하는 고구려의 역사 전체가 《춘추》나 《사기》와 같은 기원전의 역사가 아닌 기원후의 역사이므로, 생동감이나 현실성에 있어서 중국의 오래된 사서들을 능가했음이 틀림없었을 것이다. 그러나 당시에도 이미 거대 중원의 나라에 압도된 식자들이 사대주의에 빠져들어, 중국의 사서를 먼저 익히려는 풍조가 만연했던 것이다.

이듬해 장수제가 여러 후비들과 왕자들을 대동하고 홀본 서쪽의 성산城山으로 가서 〈동명〉께 큰 제를 올렸다. 그 무렵 영락제의 아우 용덕勇德을 월왕越王에 봉하고, 동명의 신상神像을 〈북위〉와 〈신라〉, 〈백제〉에 나누어 보냈다. 그즈음 신라의 눌지왕이 〈독산전투〉에서 왜군에 패해 곤욕을 치렀다는 이야기가 전해지자 용덕이 이렇게 평했다.

"눌지는 용감하긴 하나 장인을 죽였으니 바탕이 어지럽습니다. 그래도 조심성이 있어 큰 나라를 섬기거나 교린 함에 있어 민첩하니, 제 목숨을 지키기엔 간교할 만큼 능란합니다."

마침 가란后가 아들 조다助多를 낳자, 장수제가 이번에도 后의 몸이 완쾌되지 않음을 들어 〈魏〉로 가지 않았다. 이듬해 445년이 되자 바다 멀리 〈왜국〉의 사신이 찾아와서 진주와 어피, 산호 등을 바치면서 청혼했으나 의리가 없다는 이유로 냉정하게 거절했다. 서역의 〈선선鄯善〉도

다시 찾아와 조공을 바쳤으나, 그해 〈북위〉가 마침내 선선을 무참하게 병합해 버리고 말았다.

그 무렵에 왕문王文이 크게 신임을 받아 림총琳叢대부, 부마도위駙馬都尉 겸 태학사太學師까지 겸하게 되었다. 장수제가 문文을 장려하는 쪽으로 크게 기울어 왕문 외에 여러 유자儒者들을 중용했으니, 충효를 내세우는 유교통치이론이 태왕의 마음을 사로잡은 것이 틀림없었다.

이듬해 446년, 영락제의 모친인 천강天罡태후가 드물게 장수한 끝에 춘추 92세의 고령으로 졸했는데, 소수림제와 고국양제를 모신 분이었다. 이듬해 정월, 장수제가 두눌원으로 나가 거위 목에 줄을 둘러매고 잉어를 잡았다. 2월에는 친히 적전籍田을 일구고, 유학의 태두인 공자에게 제를 올리기까지 했다. 전통신앙인 선도仙道가 국교에 가까울 정도로 일반화된 고대 韓민족 사회에서 처음 있는 일로, 고구려 사회에 커다란 변혁의 바람이 불고 있음을 입증하는 사건이었다. 장수제가 4월에는 황산으로 나가 천강태후께 제를 올리고, 서도로 환궁했다.

그러던 450년 宋태조 유의륭이 〈북위〉를 쳐서 일부 하남 땅을 차지했다는 소식에 태왕이 웃으며 말했다.

"허허, (탁발)도가 반드시 되갚으려 할 것이다."

그 무렵 북위 조정에서는 사실 피비린내 나는 숙청이 벌어지고 있었다. 바로 직전까지 최호崔浩를 비롯한 漢族 출신들이 유학을 앞세우고 불교를 배척하면서, 과도하게 한화정책을 밀어붙였다. 그러나 이는 주류세력인 선비족들의 정체성을 뒤흔드는 문제로 비화되어 커다란 반발을 초래하고 말았다. 6월이 되자 탁발도가 漢族의 4大 성씨들를 도륙해 버리면서, 말썽이 된 한화漢化 논쟁에 화끈하게 종지부를 찍고 말았다.

겨울이 되자 분위기 쇄신이 필요했던 태무제가 그간 미루었던 〈유송〉에 대한 남정南征을 명했다.

"하남의 우리 땅을 漢族들이 깔고 앉은 지 오래다. 즉시 출정해 땅을 되찾고 나약한 무리들에게 대위大魏의 위엄을 가르쳐 주도록 하라!"

성난 북위군이 하루에 1백, 2백 리를 주파할 정도로 빠른 속도로 남하한 끝에, 이윽고 낙양 동쪽의 활대滑臺에 당도해 宋軍과 마주했다. 당시 활대성은 북벌을 주창했던 왕현모王玄謨가 지휘하고 있었으나, 북위군이 펼친 단 한 번의 거친 공세에 처참하게 무너졌으니 그야말로 일패도지一敗塗地 자체였다. 이후 위군魏軍이 지나는 곳마다 초토화되고 사방에 온통 시신이 널리게 되었다.

그러나 魏軍이 너무 깊숙이 남진한 탓에 보급선이 길어지고 군수軍需에 차질이 생기면서, 더 이상의 진격이 불가하게 되었다. 위군의 장수가 명을 내렸다.

"오늘 밤 전군이 장강 일대에 모여 상상도 할 수 없을 만큼의 대규모 횃불 시위를 벌일 것이다. 적들로 하여금 모골이 송연해질 정도로 두려움에 빠지게 해야 한다!"

그날 밤, 어둠으로 가득한 장강 일대에 하나, 둘씩 붉은 횃불이 올라가기 시작하더니 순식간에 강변 전체를 가득 메운 채 장강을 환하게 비추었다. 대장의 구호에 맞춰 위군들이 거대한 함성과 구호를 외칠 때마다, 수많은 횃불이 파도처럼 위아래로 흔들리는 장관을 연출했다. 강 너머 宋나라에 대해 보내는 엄중한 경고의 의식이었다.

그러나 〈유송〉과의 전투가 그렇게 일방적으로 끝난 것은 결코 아니었다. 이듬해인 451년, 위군은 宋나라 장수 장질臧質이 농성전으로 버티는 우이성盱眙城에서 또 한 번의 결전을 치러야 했다. 魏군의 거센 공격에도 宋군이 악착같이 버텨 낸 끝에, 뜻밖에도 북위는 원정군의 절반을 이 전투에서 잃고 말았다. 사실상 북위의 남정이 실패로 끝난 셈이었고,

양쪽 모두 엄청난 규모의 피해를 입고 말았다.

이 일로 〈북위〉 탁발도의 위세가 한풀 꺾인 반면, 유의륭은 커다란 손실에도 불구하고 漢族의 자존심을 지켜낼 수 있었다. 바로 그럴 무렵에, 〈백제〉와 〈왜국〉이 〈유송〉을 찾아와 공물을 바치며 관작을 요청하니, 상호 간에 작호爵號를 수수하기가 한결 수월했을 것이다. 그러나 유의륭 또한 3년 뒤 후계문제로 자식에게 피살당하는 운명을 맞이하고 말았다.

장수 20년인 452년경, 〈북위〉의 탁발도가 남정의 후유증으로 내홍을 겪던 끝에, 환관 출신 중상시 종애宗愛에게 난데없이 피살당하는 사건이 발생했다. 북위의 남정 때 황태자인 탁발황晃이 감국의 신분이 되어 측근인 도성道盛을 내세웠다. 그러자 황제가 총애하던 태감太監 종애가 도성과 대립했는데, 끝내 태자의 관속들을 모함하면서 태자의 측근들이 큰 변고를 당해야 했다. 아울러 태자 황晃마저 24살 한창의 나이에 병사하고 말았으니, 알 수 없는 일이었다.

태무제가 이런 정황을 알면서도 선뜻 나서서 바로잡지 못했는데, 후환을 두려워한 종애가 영안궁에 잠입해 술에 취해 잠이 든 황제마저 시해해 버렸던 것이다. 당시 태무제의 나이가 절정인 45세였는데, 수많은 전투에서 희생된 사람이 워낙 많다 보니 정복왕이 아니라 난폭한 폭군으로 기록되었고, 끝내 비명횡사하는 운명을 맞고 말았다. 용맹한 대신 자애롭지 못한 것이 화근이었던 셈이다. 〈종애의 난〉으로 한순간에 대혼란에 빠진 북위 조정은 1년 사이에 2명의 황제가 희생되는 내홍을 더 겪어야 했다.

결국 유니劉尼 등의 대신들이 어렵게 종애를 제거하는 데 성공하면서, 황晃의 아들이자 탁발도의 손자인 13세 어린 탁발준濬이 보위에 오르게 되었다. 당시 이런 정황이 고구려 조정에도 속보로 보고되었을 테지만, 장수제를 비롯한 고구려의 대신들은 탁발씨의 무도함만을 탓했을 뿐, 이 기회를 이용해 선비 〈북위〉 정권을 전복시키거나, 그 땅의 일부를 챙길 생각은 누구도 하지 못한 듯했다.

451년 7월경, 〈신라〉의 눌지왕이 태산군太山郡의 볍씨를 고구려로 보내왔다. 당시 벼는 〈오吳〉나라에서 〈가야〉와 〈신라〉로 전해졌다는데, 그때까지 고구려로 들어오지 못한 것은 토질이 맞지 않은 탓이라고 했다. 고구려가 경사면이 많은 산악지대가 많아 밭(田)농사 위주인 데다, 물을 대기 좋은 평지가 부족한 탓이었을 것이다. 그러나 원래 밥이 찰진 단립벼는 한반도가 원산지로 입증된 만큼, 실제로는 중국 대륙으로부터 보다 선진화된 벼 농법이 반도로 역수입된 것으로 보였다.

그 무렵 〈금관가야〉(가락駕洛)에서는 취희吹希왕(421~451년)의 뒤를 이어 새로 즉위한 질지銍知왕(451~492년)이 〈왕후사王后寺〉와 〈파사탑婆娑塔〉을 세웠다는데, 후에 호계사虎溪寺로 고쳐 불렀다고 했다. 가야伽倻에도 이미 불교가 퍼져 불사佛舍(절)가 생겨나기 시작했던 것이다.

453년이 되니 이번에는 남쪽 장강 아래 〈유송〉에서 사달이 나 의륭의 아들 소劭가 아비를 시해하고 제위를 찬탈했다. 선비족 모용, 탁발씨에 이어 유교를 숭상하는 漢族들의 나라에서도 예외 없이 권력을 놓고 부모 자식과 형제간에 살상을 저지르는 무도한 일이 잇따라 벌어졌던 것이다. 그해 7월 신라에 큰 가뭄이 닥쳤는데, 이리떼가 시림始林까지 내려와 가축들과 사람들이 해를 입었다는 소식이 들려왔다.

어느 날 장수제가 태자 황晃에게 말했다.

"권세란 사람들 모두가 바라는 것이지만, 그것 때문에 서로를 죽인다면야 차라리 갖지 않음만 못할 것이다. 동명께서는 나라를 물려주시면서 백성들을 어질게 대하라 가르치셨다. 이에 광명께서 온조를 끌어안아 달래셨고, 부자와 형제간에 서로를 꺼리지 않았다. 오직 수성遂成(차대제)과 상부相夫(봉상제)만이 쫓겨났을 뿐이다. 너는 마땅히 송宋, 위魏, 연燕 등을 거울삼아 종척들을 가르쳐야 할 것이다."

그러면서 앞으로 궁실과 거마를 수리하지 말고, 골품이 없는 후궁의 잡녀들을 내보내, 기꺼이 친정으로 보내 주라고 했다. 그 후 세월이 흘러 천룡天龍후에 이어 삼산三山후도 가고, 월왕越王 용덕勇德도 세상을 떠났다. 장수제를 유학의 길로 안내했던 태사 왕문王文 또한 태왕의 곁을 떠났다. 〈백제〉에서도 비유왕이 그 처에게 시해당했고, 〈신라〉에서도 눌지마립간이 세상을 뜨고 말았다.

장수 26년 되던 458년, 이제 60대 중반의 노인이 된 장수제는 그럼에도 변함없이 나라를 다스리는 일에 열중했다. 그해 3월에는 황산에서 친히 대규모 사열을 실시하고 군기를 점검했다. 환도丸都대가 청언靑彦에게도 새로운 명을 내렸다.

"그대가 선기를 모아 찬수하는 일을 맡아 보시오!"

이에 청언이 선도仙道의 역사를 집대성한 《선기仙記》 120권을 수찬해 바쳤다. 4월에는 새로운 율령을 내려 백성들을 주거별 특성에 따라 호족과 토족土族(토박이 평민), 우족寓族(임시거처족)과 천족賤族의 4등급으로 분류하여 다스리게 했다. 천족의 자식도 재질이 있으면 〈국학國學〉에 입학할 수 있게 했고, 재능이 인정되어 출사出仕하게 되면 천족의 신분을 면해 주고 토족이 될 수 있는 기회를 부여했다.

또 종실 외척이 귀족신분의 호족과 혼인할 경우에는 반드시 경부瓊府와 임부林府의 허락을 얻은 후에 호족으로 내려가서 호적에 들게 했다. 7월에는 〈장하도장長夏道場〉을 세워, 논의할 대상을 모아 매월 이를 평가하는 규범을 만들도록 조치했다. 모두 엄격한 유도의 냄새가 물씬 풍기는 행정개혁들이었다.

458년, 〈신라〉에서는 눌지마립간이 두을궁豆乙宮에서 서거해 그의 아들 자비慈悲마립간이 보위를 이었는데, 모후는 실성왕의 딸 아로阿老였다. 태자가 된 이래로 이미 28년째라 한창 원숙한 45세 장년의 나이였다. 섭황攝凰을 상궁上宮으로, 원비元妃 파호巴胡를 하궁下宮, 미량美梁을 난궁暖宮으로 삼고, 이찬 청연靑淵을 서불감에, 실상實相을 태공太公으로 임명했다. 이듬해 왕이 시조묘를 들러 알현했는데, 한 달도 지나지 않아 급보가 날아들었다.

"동쪽 바닷가에 倭의 병선 일백여 척이 나타났습니다!"

얼마 후 왜병이 뭍으로 상륙해 동쪽 변경을 치고 들어오는데 파죽지세로 공격을 퍼부으니, 신라군이 속수무책으로 밀려나 순식간에 月城이 포위되고 말았다. 왜군의 공세가 거센 가운데 자비왕이 단단히 명을 내렸다.

"습보習宝, 오함烏含은 병사들을 거느리고 관방關防을 단단히 수비하되, 절대 성 밖으로 나가지 말고 활을 쏘며 응전하도록 하라!"

당장 병력의 수에서 월성 안의 신라군이 열세였으므로, 도성 바깥의 군사들이 당도하기까지 참을성을 갖고 버텨 내라는 명이었다. 그렇게 농성전이 펼쳐지는 가운데 4월이 되자 과연 비태比太가 사벌군沙伐軍을 이끌고 입성해 성을 포위하고 있던 왜군에 대해 매서운 공격을 가했다. 이를 본 성안에서 환호성이 터져 나왔다.

"와아, 사벌군이다. 지원병이 나타났다. 와아!"

습보 등이 이틈을 타 성 안팎으로 호응해 왜군에 협공을 가하니, 결국 수세에 몰린 왜군이 무너지기 시작했다. 크게 당황한 왜군들이 전의를 잃고 그날 밤 야음을 이용해 꽁무니를 뺀 채 달아나기 바빴다. 이제 전세가 완전히 역전되어 반대로 신라군이 왜군을 추격하기 시작했다.

이때 신라의 추격병들이 북쪽 해구海口에 당도해서도 돌아가기는커녕, 바닷가에 정박해 둔 병선에 올라타 해상 추격에 나섰다. 자비왕이 사전에 철저한 보복을 주문했던 것이다. 마침 수로장군 백흔白欣 또한 병선을 이끌고 와서 합세했고, 세가 크게 불어난 신라군이 해상에서 왜선을 따라붙어 맹공을 퍼부었다. 이 해상전투에서 왜군은 과반수 이상이 익사할 정도로 참패했다.

전투가 끝나자 신라군은 왜선과 무수한 병장기 등을 탈취했고, 생포된 반적叛敵 소두蘇豆는 물론 왜장倭將 안체安彘를 가차 없이 참해 그 목을 하늘 높이 내걸었다. 자비왕이 백성들과 함께 크게 기뻐하며 개선하는 장병들을 열렬하게 맞이했다. 비태 등 10인의 용장勇將에게 상을 내리는 한편, 처음 싸움에 밀려났던 5명의 패장들에겐 엄하게 책임을 물어 벌했다. 그런데 자신의 외숙인 백흔에게는 그 대우가 사뭇 달랐다.

"수로장군은 공과가 양쪽에 다 있다. 전투를 승리로 이끈 공도 크지만, 늦게 합류한 죄도 결코 작지 않다. 따라서 일단 포상에서는 제외할 것이다."

백흔은 왕의 모후인 아로후와는 남매지간으로 내류후가 실성왕과의 사이에서 낳은 자식들이었다. 자비마립간이 여전히 실성왕의 신라계통을 철저하게 견제했던 것이다.

자비왕 초기에 있었던 倭의 침공은 사실 일본 열도의 〈야마토〉 본국에 의한 것이 아니라, 부산 인근 대마에 위치했던 〈임나〉 소왕의 도발이었다. 16년 전인 442년경, 눌지마립간이 임나를 공격했는데, 그때 임나의 왕후 소상의蘇相儀라는 여인을 사로잡아 신라로 데려왔다. 그녀가 어지간히 미인이었는지 왕이 신하들의 만류에도 불구하고 그녀를 총애했고, 이듬해 딸 추씨秋氏를 낳았다.

소씨는 천왕을 능가하는 야마토 제일의 호족가문 소아蘇我(소가)씨의 일족으로 보이는데, 당시 의부가라국(임나)의 왕족이었다. 소두蘇豆 역시 소상의의 혈족으로, 그녀에 대한 납치 또는 눌지왕의 침공 자체에 대해 깊은 원한을 가진 것이 틀림없었다. 소두를 반적이라 부른 것은 당시 신라에서 임나를 속국으로 여겼기 때문이었다. 눌지왕에 대한 보복을 벼르고 있던 소두가, 눌지왕이 죽자 왕위 교체기를 노리고, 야인(왜)들로 이루어진 해적무리의 우두머리 안체安凱를 포섭해 〈신라〉에 대한 침공을 개시했다.

그러나 노련한 자비왕이 임나를 포함한 주변에 군주인 자신의 위상을 분명히 하고자, 소두를 끝까지 추격해 응징했다. 자비왕은 즉위 초기에 그렇게 임나의 반란을 성공적으로 제압하고, 실성왕 계열을 철저히 견제함으로써 자신의 왕권을 튼튼히 하는 한편 스스로 위엄을 높이고자 했던 것이다. 그러나 이후 임나 왜인의 침공은 결코 이것으로 끝난 것이 아니었다.

자비왕 4년 되던 461년, 자비왕이 后妃들의 지위를 바꾸었다. 미해美海의 딸로 하궁下宮이던 파호巴胡를 상궁上宮으로 올리는 외에, 그녀의 아들 비처毗處를 태자로 삼았다. 그 무렵 〈고구려〉 혈통으로 사망한 효진曉辰의 딸을 자비왕이 며느리로 삼고자 했으나, 선왕인 눌지왕이 고구려에 반기를 들었다는 죄를 물어 고구려에서 이를 허락하지 않은 듯했다. 그런저런 이유로 자비왕이 자신의 조카들이자 미해(미사흔)의 두 딸을 우대한 것이었는데, 고구려 조정에서는 이 일로 신라가 고구려에 더욱 등을 돌리게 되었다고 했다.

자비왕 10년 되던 467년, 왕이 능문陵門에 대제를 올리고 난 후, 해간

海干에게 명을 내렸다.

"이제부터 전함 3백 척을 모두 수리하도록 하라!"

그사이 야인들의 공격이 있었기에, 다분히 왜국을 겨냥한 대비책이었다. 12월에는 거문고의 명인 백결百結선생에게 곡식을 내려 주라 명했다. 충신 박제상의 아들로 문량文良이 본명이었는데, 금성의 낭산狼山 아래 살면서 늘 누더기 옷을 입는 청빈한 생활 속에서도 도道를 지켰다. 선생의 처가 이웃집에서 나는 방아 찧는 소리에 장탄식을 하자, 거문고로 방아 소리를 내어 자기 처를 달래 주었다고 했다. 왕이 그 소문을 듣고 선생에게 곡식을 보낸 것이었으나, 선대 시절부터 선생의 부친인 박제상에게 진 빚이 컸기 때문이었을 것이다.

이듬해 468년 2월, 북쪽에서 다급한 보고가 들어왔다.

"아뢰오, 구려의 거련巨連이 말갈병 1만을 보내 우리 실직성을 침공해 들어왔습니다. 아군의 병력이 모자라 지금 고전을 면치 못하고 있다 합니다!"

"무엇이라? 구려가 쳐들어왔다고?"

신라조정이 발칵 뒤집히고, 대책을 마련하느라 부산해졌다. 그러나 실직(삼척)성주는 이때 고구려군을 막지 못해, 성을 나와 부리나케 해상으로 달아났다. 그사이 말갈병들이 성안으로 들이닥쳐 부녀자들을 건드리고 재화를 약탈하기 바빴다. 실직성이 떨어졌다는 보고에 자비왕이 자책하여 반찬을 줄이고, 만일에 대비하라는 명을 내렸다.

"태자는 즉시 액궁掖宮으로 이어하고, 동궁東宮을 크게 수리하도록 하라!"

그러는 사이 5월이 되니 도성 바깥의 州에서 병사들이 속속 실직으로 향했다. 먼저 병관 기보期宝가 구미군狗眉軍을 이끌고 나타나 말갈병을 공격했고, 마침내 습보習宝가 대군을 인솔해 실직성을 놓고 일전이 벌어졌다. 신라군이 맹렬한 공격을 펼쳐 성 바깥 아래에서 벌어진 전투에서 말갈장수 호동胡同의 목을 베는 데 성공했다. 사기가 오른 신라군이 승승장구하여 결국 城을 탈환했는데, 이때 놀랍게도 장수제의 아들 혁중奕中이 유시流矢에 맞아 전사했다. 결국 고구려군이 퇴각하니, 모처럼 고구려와 신라 사이에 벌어진 〈실직전투〉가 신라군의 승리로 마무리되었다.

그해 7월, 자비왕이 남도에서 큰 잔치를 열고, 병관이찬 기보期宝를 포함해 실직전투에서 공을 세운 17인에게 포상했다. 9월에는 하슬라(강릉) 백성으로서 15세 이상 된 사람들을 징발해, 니하泥河(강릉 오십천)에 성을 쌓게 했다. 또한 벌지伐智를 불러 명을 내렸다.

"실직군주로 새로이 벌지를 삼을 것이다. 전쟁으로 흐트러진 민심을 수습하고 부서진 실직성을 수리해 방어를 튼튼히 하라!"

이어 11월에도 주간州干(주의 수장) 5인을 불러 술을 내려 주며 그들의 정사政事에 대해 포상하는 등 부지런히 정무를 챙겼다. 모두가 고구려의 추가 공격에 대비해 도성 밖의 방어를 튼튼히 하려는 것이었다. 다행히 그해 고구려는 별다른 움직임을 보이지 않았기에, 자비왕이 군신들과 함께 북토지궁北吐只宮을 들러 향을 피우고 제를 올려 나라의 안녕을 기원했다.

그런데 그해 〈아라阿羅가야〉에서도 크고 작은 소요가 있었다. 당시 아라는 여군(여왕) 팔의八衣가 다스리고 있었는데, 소뇨인小裊人이라는 자가 대중을 다루는 재주가 있는 데다 아첨에도 능해 팔의의 총애를 받았다. 팔의의 남편인 초해草海가 노해 난을 일으키자, 소뇨인이 팔의와 함께 성루로 올라가 병사들을 독려하고 전투를 지휘했다. 결국 난에 실패한 초해가 월나로 달아나 버렸고, 그러자 팔의가 소뇨인을 이끌며 무리에게 말했다.

"소뇨인이 나를 지켰으니 이제부터 이 사람이 나의 쇠기둥이요 남편이다. 나라의 상하 모두가 나를 섬기듯 해야 할 것이다!"

얼마 후 아라의 소뇨인이 〈신라〉를 받들고 칭신하겠노라며 조공을 바쳐 왔다. 조정에서 일부 반대하는 목소리가 나오자 자비왕이 이를 일축하며 말했다.

"붙고자 하는 자를 가까이하는 것이 옳은 일이다."

결국 소뇨인이 아라의 지아비와 함께 군주君主가 되는 것을 허락했다.

이듬해 469년이 되자, 정초부터 자비왕이 또 하나 의미 있는 명을 내렸다.

"경도의 부락을 방坊과 리里로 구분하고 각각의 이름을 정하도록 하라!"

이는 도성인 경도(금성)의 행정구역을 전면적으로 개편하려는 것이었다. 종전 6部의 부족 위주로 자치권을 부여해 오던 것을 해체해, 중앙의 행정구역인 방리坊里로 개편함으로써 王을 중심으로 중앙집권의 형태를 강화하려는 조치였다. 필시 경도가 외부의 적, 특히 왜군의 침입에 쉽사리 뚫리고 방어가 허술한 것을 개선하려는 의도였다. 그럼에도 방리坊里는 여전히 6部 아래의 조직으로 두었는데, 그 정도로 기존 6부의 전통이 강했던 것이다. 후일 전성기 경주 도성에는 모두 360방坊 55리里가 있었다고 했다.

그뿐이 아니었다. 이 시기를 전후하여 자비왕은 특히 축성작업에 부쩍 공을 들였다. 470년에 삼년산성(충북보은), 471년 모로성芼老城(군위)을 각각 쌓게 했고, 473년에도 명활성의 지붕을 다시 잇게 했다. 이듬해 자비왕 17년 되던 474년, 왕이 일선주를 순행하고 돌아오더니, 일모 등 무려 6개의 城을 한꺼번에 쌓을 것을 명했다.

"아무래도 여러 가지 첩보를 종합해 볼 때 구려의 거련이 부여왕 경사를 칠 공산이 매우 커졌다. 이번에 거련이 남침을 하는 날이면, 우리가 부여를 모른 척할 수도 없는 일이고, 그리된다면 부여와의 화친을 이유로 거련이 우리 쪽까지도 치려 들 것이다."

고구려와 백제의 일전이 임박했다는 왕의 말에 대신들이 걱정스러운 얼굴이 되어 고개를 수억거리기도 하고, 서로의 눈빛을 확인하는 등 크게 동요하는 눈치였다. 자비왕이 말을 이었다.

"그러니 언제 치고 달려들지 모르는 구려의 난적들을 막고, 장차 대규모로 밀려올지도 모르는 부여의 유민들을 효과적으로 차단할 방도가 절실하다. 서북쪽 소백산 능선을 따라 이중 삼중의 성을 쌓아 둔다면 나라의 안녕을 도모하는 데 큰 효과를 볼 수 있을 것이다."

반도 내 대규모 전쟁을 예견한 자비왕이 오래도록 준비해 오던 축성 전략을 마침내 본격적으로 실행에 옮기기로 한 것이었다. 필시 주변의 반대도 만만치 않았겠으나, 왕이 조만간 위기가 닥칠 것이라는 이유를 내세워 이를 일축하고 사업을 밀어붙였을 것이다. 그 결과 그해 한 해에만 일모一牟(청원), 사시沙尸(옥천), 광석廣石(영동), 답달沓達(상주), 구례仇禮(의성), 좌라坐羅(영동) 등 주로 충북과 경북 일원에 6개 이상의 성을 동시에 쌓았다. 이는 장차 고구려와 백제 등의 공격에 대비해 경도에서 좀 더 멀리 떨어진 충북 일원에 1차 저지선을, 그 안쪽의 경북 일원에 2차 저지선을 형성하는 모양새였다.

역대 한반도의 수많은 군주들 중에 자비왕처럼 이토록 축성에 열을 올리고, 정교한 방어망을 구축한 왕은 극히 드물었다. 〈고구려〉에서조차도 태조 시절에 〈요동 10城〉을 쌓았을 정도였다. 사실 성을 쌓는 일은 백성들을 힘든 노역에 동원해야 하고, 축성비용 또한 전쟁 이상으로 어마어마하게 드는 국책사업이었다. 진시황조차도 長城을 쌓다가 망했을 정도였으니, 그야말로 강력한 왕권을 지닌 군주가 아니고서는 도통 해내기 어려운 난제였던 것이다.

또 하나 이웃 나라가 城을 쌓는 일에 열을 올린다는 것은 그 나라가 전쟁을 준비하고 있다는 의미이므로, 주변국들의 의심과 경계를 사는 일이라 매우 조심스러운 일이기도 했다. 〈삼년산성〉의 경우만 해도, 높은 산 정상에 돌을 깎아 성을 쌓는 일이라 무려 3년이 꼬박 걸렸다 해서 붙여진 이름이었다. 다만, 〈신라〉의 성들은 중국의 장성처럼 성곽을 끝없이 잇는 것이 아니라, 주로 수비하기에 유리한 산 정상 주변을 둥그렇게 에워싸는 산성山城을 쌓는 방식이었고, 이는 고구려나 백제 등 고대 三韓의 나라들 모두가 마찬가지였다.

이들 나라들이 주로 평지가 적은 산악지대에 위치하다 보니, 접근하기 어려운 산정상이나 배산背山과 같은 자연 방벽을 선호했기 때문이었다. 중원에 비해 항상 인구와 병력의 수가 부족했던 만큼, 유사시에는 백성들 모두가 산성으로 들어가 장기 농성에 들어가는 전략이었고, 주요 거점별 城과 城이 서로 호응해 이웃한 성을 지원하는 효율적인 방식을 취한 것이었다. 이런 이유에서 三韓(고구려, 백제, 신라) 사람들은 북경의 드넓은 벌판을 두고도, 산이 없어 방어에 불리하다 하여 거들떠보지도 않았던 것이다.

실제로 그해 2월, 고구려의 장수제가 황산黃山에서 대규모로 사열을 실시하고 군기를 점검했다. 이어 양왕梁王 화덕을 정남征南대장군으로 삼았으니, 이제 고구려의 남정이 기정사실화된 것이나 다름없었다. 자비왕이 예견한 대로 과연 한반도 전체를 향해 북쪽으로부터 전쟁을 예고하는 차가운 북풍이 매섭게 몰아치고 있었던 것이다.

13. 아차산의 비극

〈고구려〉에서는 장수 30년 되던 462년경, 〈북위〉의 사신이 와서 낙타를 바치며, 슬픈 소식을 전했다.

"태왕폐하, 황송하오나 경鯨태자께서 선선鄯善 땅에서 서거하셨다는 비보이옵니다……"

"무엇이라? 형님께서 가셨다고? 어허……"

장수제가 놀라 할 말을 잃은 표정이더니, 서둘러 조정을 폐하고 크게 슬퍼했다. (선仙)도道를 연마하고자 멀리 외딴곳까지 나가 생활하다가 죽음에 이른 모양이었는데, 평생 고기반찬을 입에 대지 않았고 비단옷도 입지 않았다. 무엇보다 경태자는 영락제의 장남이었음에도 2살 아래 장수제에게 나라를 양보했기에 태왕이 늘 미안해하던 터였다. 태왕이 장례를 치를 비용과 물자를 넉넉하게 하여 멀리까지 보내게 하고, 숭덕선제崇德仙帝로 추존했다.

그 무렵에 북위 출신 가란의 아들 조다助多태자의 비가 아들인 라운羅雲을 낳았다. 9월에 태왕이 용산으로 거동해 시조 東明께 큰 제사를 지냈다. 이어 장남인 황晃태자에게 명을 내려 나라의 최대 축제인 〈동맹東盟〉을 주관하게 했는데, 이때 참가자에게 쌀 닷 말斗씩을 바치게 했더니 사람들이 〈오두미교五斗米教〉 또는 〈미도米道〉라 불렀다. 오두미교는 후한 말에 〈태평도〉보다도 다소 늦게 시작된 도교道教의 일파로 천사도天師道라고도 했다. 아마도 황태자가 별자리에 밝은 천사天師 출신이다 보니, 고구려에 오두미교를 들어오게 하는데 일조한 것으로 보였다. 이듬해에는 〈송〉나라가 사신을 보내 옥기玉器와 각종 약재 70여 가지를 바쳐왔다.

이듬해 464년, 장수제가 나라에서 두루 유통되는 화폐에 대해 언급했다.

"유엽전柳葉錢을 주조해 널리 사용하되, 앞으로 패전貝錢과 같은 잡은雜銀은 사용하지 못하게 하라!"

그 시절에 이미 화폐의 유통량이 물가에 영향을 주는 것을 알고, 이를 통제하려 들었던 것이다. 다만, 고구려는 전통적으로 5부 중심의 분권주의가 강한 나라였기에, 중원의 나라들만큼 화폐의 유통이 활성화되지 않은 것이 틀림없었다.

고대에는 화폐를 주조하고 유통하는 권한이 군주에게 집중된 만큼, 주로 국가 차원의 전쟁이나 대규모 역사를 수행하기 위한 비용조달 수단으로 활용되곤 했다. 일찍이 진시황이나 한무제가 오수전을 활용한 것은 널리 알려진 사례였다. 반면 화폐의 유통은 군주의 권력을 크게 강화시키는 효과가 있어서, 어느 왕조에서나 권신 호족들은 이를 반대하는 경향을 보이기 마련이었다. 특히 10세기를 전후로 군신 간에 힘의 균형을 강조하던 유학자들이 득세하던 〈남송〉이나 〈고려〉와 같은 나라들에서는, 화폐유통이 부국강병을 위한 개혁의 대상으로 떠올라 군신 간의 노선투쟁이나 심각한 내홍의 원인이 되기도 했다.

그해 5월경, 장수제가 7년 전에 세상을 떠난 용덕勇德의 사당을 찾았는데, 아무 말도 없이 한동안을 처연하게 있더니만 주위에 명했다.

"용덕의 무덤을 고치도록 하라. 그리고 호경胡景을 월왕越王으로 삼을 것이다."

흥미롭게도 장수제는 나이가 들어 늙어 갈수록 용모와 목소리가 점점 더 용덕을 닮아 갔다고 하는데, 너그럽고 부지런한 성품도 그렇고 식성까지 같았다고 했다. 여기에는 장수제의 출생과 관련한 놀라운 비밀이 숨어 있었다.

일찍이 영락 3년 되던 393년 5월경, 생전의 용덕이 비를 피한답시고 종종 형수이자 영락제의 황후인 평양후平陽后의 궁으로 뛰어들었다고 한다. 그러다가 그곳에서 낮잠을 자기도 했는데, 어느 순간 평양후와 눈이 맞아 그녀가 덜컥 아이를 갖게 되었다. 그해는 영락제가 출정하지 않아 오래도록 궁을 비운 것도 아니어서, 용덕이 형수를 범했는지도 모를 일이었다.

영락제의 노여움을 두려워한 평양후가 이 사실을 숨긴 채 이듬해 낳은 아들이 거련巨連이었고, 영락제는 어린아이의 듬직한 생김새와 우렁찬 울음소리에 태조를 닮은 모양이라며 마냥 좋아했었다. 영락제에게는 이미 토산后에게서 얻은 장남 경鯨태자가 있었는데, 거련보다 2살 위였다. 그러나 영락제가 평양후를 더 총애한 나머지 그녀의 아들 거련을 죽기 5년 전에 동궁으로 삼았고, 후일 거련이 태왕에 올랐으니 바로 장수제였던 것이다.

평양후가 고국양제와의 사이에서 얻은 아들로 거련보다 3살 위인 호련胡連 같은 이들은 나중에 이 사실을 들어 알고 있었다고 한다. 장수제가 늘 이것이 진실인지 의심해 오다가 이때 이르러, 비로소 자신이 용덕태자의 아들임을 자각하고 죽은 용덕을 존숭해 주기로 한 것이었다. 장수제가 황晃태자를 불러 용덕에게 제를 올리라 했더니, 황태자가 이때 태왕을 말리는 바람에 그만두어야 했다.

"아니 되옵니다, 폐하! 이미 숨겨진 일이었거늘 이제 와서 구태여 이를 드러낼 필요가 어디 있겠습니까? 부디 통촉하소서……"

평양후는 영락제가 평생 가장 아낀 황후였음에도 불구하고 시동생과 남몰래 밀통했으니, 고금동서를 통틀어 남녀 간의 애사愛事는 그야말로 누구도 모르는 일이었던 것이다. 평양후가 영락제를 따라 죽기까지는 평생 자신을 아껴 주던 남편을 속인 데 대한 미안함 때문이었을지도 모를 일이었다.

이듬해인 465년이 되자, 〈북위〉와 〈유송〉 양 대국에서 연달아 황제가 교체되었다는 소식이 들려왔다. 특히 宋의 경우는 세조 유준劉駿이 시해당한 지 1년 만에, 또 다른 신하인 유욱劉彧이 새로운 황제를 죽이고 보위를 찬탈한 것이라 민심이 흉흉하기 그지없었다. 비록 경쟁하던 이웃 나라의 황제들이라지만, 자꾸만 자식 또는 형제, 신하들에게 군주들이 시해를 당했다는 소식이 들려올 때마다 장수제의 마음이 편치 않았다. 하루는 신하들에게 말했다.

"그릇은 큰 것과 작은 것이 있어서 합쳐지는 것이고, 하늘이 높고 나서야 땅을 덮을 수 있는 것이니, 세상 만물이 다 그런 것이오. 하물며 신하들이나 백성들이 저마다 모두 임금이 되려 한다면, 나라가 오래갈 리가 없을 것이오……"

한편 위魏의 새 황제인 헌문제 탁발홍은 이제 겨우 12세의 어린 나이라, 초기에는 승상인 을혼乙渾이 실권을 행사했다. 그러나 홍弘의 계모인 문명태후 풍馮씨가 가만히 있질 않았다. 그녀가 이내 을혼을 제거하고 섭정에 나서, 본격적으로 권력을 행사하기 시작했던 것이다. 이듬해 466년 정초부터 풍馮태후가 고구려에 사신을 보내 魏나라의 6궁宮이 채워지지 않았다며, 태왕의 딸을 보내 줄 것을 요청했다. 한마디로 혼인동맹을 요구해 온 것이었다.

그러나 장수제는 북위 황실과 자꾸만 혼인으로 엮이는 것을 원치 않았다. 이제 魏가 장강 위쪽의 중원 전체를 다스리고 있었기에 자칫 〈유송〉과의 전쟁에 휘말릴 수도 있고, 여러 가지로 득보다 실이 많다고 판단했던 것이다. 고심 끝에 장수제가 서신을 보내 양해를 구했다.

“이미 출가한 딸이 있긴 한데, 위나라의 정비正妃가 될 수 있을지 모르겠소이다.”

그러자 魏에서도 즉시 이미 혼인한 딸은 정실황후가 될 수 없다며 사양하겠노라고 알려 왔다. 그렇게 사건이 일단락된 줄 알았더니, 7월이 되자 풍태후가 사신 정준程駿을 다시 보내 종실宗室의 딸이라도 보내 달라 청했다. 이에 장수제가 어쩔 수 없이 고련皐連의 딸 원元씨를 북위로 보냈다.

이듬해 467년 위의 정준이 다시 찾아와 채단 일백 필을 바쳤는데, 고련의 처 보인宝仁이 받게 했다. 7월이 되자 원元씨가 탁발홍의 아이를 가져, 고련 내외가 魏로 갔는데, 딸 마보馬宝를 낳았다. 그런데 마침 그해 9월에 탁발홍의 황후 이李씨가 아들 굉宏을 낳자, 풍태후가 굉에 마음을 쏟기 시작했다. 그 무렵 魏나라 천궁사天宮寺에서 불상을 조성했는데, 높이가 43척에 구리銅 십만 근과 金 육백 근이 들어갔다고 했다. 〈북위〉의 국력과 황실의 위세가 어떠한 수준이었는지 가히 짐작할 만한 일이었다.

그런데 魏황실의 고구려에 대한 청혼이 그것으로 끝난 것이 아니었다. 이듬해 468년 4월, 북위에서 사자가 다시 들어와 또 다른 딸을 달라 청했다. 장수제가 웃으며 농담을 했다.

“풍녀馮女가 내게 시집을 오겠다면 내 응당 맞이할 텐데, 껄껄껄!”

“와아, 하하하!”

장수제의 나이가 이미 칠십 중반의 고령임에 비해 풍태후는 아직도 이십 대 후반의 나이였으니, 조정대신들 모두가 한바탕 웃었던 것이다. 그러나 이후 고구려에서 반응이 없자, 그해 10월 魏의 사신이 또다시 찾아왔다. 고구려에서도 이번에는 딸이 너무 어리다며 사양했다. 그런데 풍태후가 이때 고구려와의 혼인동맹에 무서우리만치 집요함을 드러냈다.

다시 이듬해 469년 2월이 되자, 魏에서 안락왕安樂王 진眞과, 상서 이돈李敦 등 더욱 비중 있는 인사들을 고구려 조정으로 보내 폐백을 바쳐 오면서 재차 청혼을 했다. 특히 이때는 전과 달리 고구려의 핑곗거리를 사전에 차단할 요량으로, 나이가 어리면 사양하겠다며 미리 조건을 제시하기까지 했다. 그때 한 대신이 태왕에게 간하였다.

"폐하, 전에 魏가 燕과 혼인을 해놓고도, 얼마 되지 않아 연을 친 적이 있습니다. 위의 사신들이 연을 오가며 지리나 정세 등을 상세히 파악해 두었기 때문입니다. 지난 일을 교훈 삼아 적당히 거절하셔야 할 것입니다."

이에 태왕이 다시 서신을 보내 아우의 딸이 죽었다고 통보했으나, 위에서는 당연히 이를 거짓이라고 의심했다. 이듬해인 470년 2월, 풍태후가 또다시 정준程駿을 보내 황금 천 냥과 백마 50필을 바쳐 오면서, 진정성을 더욱 강조했는데, 정준이 이번에는 고구려의 소극적인 태도에 대해 엄중히 따지기까지 했다.

"만약 딸이 정말로 죽은 것이라면, 다른 종실의 여인을 선택해도 좋을 것입니다."

이번에는 장수제가 정색을 하며 답했다.

"내가 魏의 천자에게 잘못을 저지른 것이 있어 이러는 것이라면, 삼가 그 지시대로 따를 것이오……"

한 마디로 혼인문제를 더 이상 거론하지 말자는 얘기였다. 다행히 이듬해 탁발홍이 제위에서 물러나게 되면서 이 일이 흐지부지되고 말았다. 이처럼 〈북위〉 조정은 466년부터 470년까지 무려 5년 동안 고구려에 혼인을 빙자한 동맹을 집요하게 요구해 왔다. 그사이 풍태후가 보낸 혼인 사절이 모두 6회나 반복해서 다녀갔으니, 그녀의 자존심과 고집이 그 정도로 대단했던 것이다.

풍태후는 〈5호 16국〉 시대를 통틀어 가장 큰 권력욕과 야심을 지닌 여걸이었다. 그녀의 대담한 행보로 미루어 필시 그녀는 〈북위〉로 하여금 진한秦漢시대처럼 중원대륙 전체를 통일시키려는 원대한 꿈을 지녔을 가능성이 매우 컸다. 이를 위해 유일하게 5백 년 전통을 지닌 〈고구려〉와 우선 손을 잡고, 장강 아래 〈유송〉을 꺾은 다음, 재차 고구려를 내치려 했을 수도 있었다. 장수제는 그런 풍태후를 경계해 조공과 외교로 달래 가며, 북위와의 혼인동맹을 노련하게 피해갔던 것이다.

헌문제 탁발홍은 469년부터 친정을 시작해 〈3등等 9품제品制〉를 실시하는 등 행정개혁을 단행하기도 했다. 그해 풍태후는 홍의 어린 아들 굉宏을 황태자로 봉했는데, 놀랍게도 이때 굉의 생모인 황후 이李씨에게 자결을 강요했다. 소위 외척의 전횡을 차단하고자 황태자의 생모를 미리 제거한다는 '자귀모사子貴母死'를 이유로 든 것이었다. 아내를 지켜 내지 못한 황제 탁발홍의 마음이 좋을 리가 없었다. 결국 계모였던 풍태후와 갈등을 겪던 끝에 그녀의 눈 밖에 벗어나, 471년 보위를 장남인 탁발굉에게 양위해야 했다.

당시 새로운 황제 효문제孝文帝 굉의 나이는 고작 5살에 불과했는데, 홍은 이후 태상太上황제로 물러나 있었다. 그런데 그마저도 여의치 않아, 5년 후인 476년 풍태후에게 마침내 짐살(짐독 살해)을 당했는데, 당시 한창인 23세의 나이였다. 35살 풍태후의 권세가 하늘을 찌르던 때였고, 이후 그녀의 행보는 더욱 거침이 없게 되었다.

반도의 〈백제〉에서는 455년 비유왕이 수마왕후와 그 친정인 解씨 일가의 쿠데타로 피살되고, 왕후의 양아들인 개로왕이 즉위했다. 그러나 즉위 한 달 만에 고구려가 침공해 오는 바람에 개로왕은 물론 조정대신들 모두가 크게 놀랐고, 이후 고구려의 침공에 대한 대비책을 마련하기 바빴다. 그런데 왕위에 오른 개로왕의 행보가 예사롭지 않았다. 그는 즉위 3년째 되던 457년에 중원의 〈유송〉에 사신을 보내 관작을 청했고, 〈진동陳東대장군〉이라는 작호를 수수했다.

이어서 해가 바뀌기 무섭게 이번에는 자신의 신하 11명에게도 추가로 관작을 내려 줄 것을 청했다. 놀랍게도 당시 宋세조 유준劉駿이 이들 모두에게 관작을 부여했는데 매우 이례적인 일로, 무언가 宋이 만족할 만한 거래가 있어 가능했을 것이다. 눈길을 끄는 것은 이때 8명의 신하가 부여扶餘씨의 왕족들이었고, 3명만이 다른 성씨라는 점이었다.

오히려 왕의 외가이자 정통 한성백제 계열인 해解씨나 진眞씨는 전혀 보이질 않았다. 그사이에 여餘씨 왕족들이 비유왕을 시해한 解씨 일가에 대해 보복 조치에 들어갔고, 양측에서 치열한 권력투쟁이 전개된 것이 틀림없었다. 그 결과 개로왕을 왕위로 올린 온조 계열의 귀족들이 제압당하면서, 종전 여餘씨 계열 위주로 권력구조가 빠르게 재편되었던 것이다. 당시 고구려와의 충돌이 예상되던 시기에 반고구려 세력인 여씨 세력의 정권 장악은, 향후 백제의 고구려에 대한 대응방향을 시사하기에 충분한 것이었다.

특히 〈宋〉으로부터 장군직을 제수받은 8인 중에는 정로征路장군좌현왕 여곤餘昆과 보국保國장군 여흥餘興이 있었다. 야마토 출신 위이랑의 아들인 여곤은 좌현왕으로 사실상 태자의 지위에 있었던 곤지昆支였다. 여흥은 신라공주 주周씨의 아들이었다. 이로 미루어 개로왕은 즉위 초기부터 이미 여餘씨 왕족들을 전면에 내세웠던 셈인데, 그 배후에는 부여씨의 종주 격인 열도 야마토 天王의 입김이 크게 작용한 것으로 보였다. 실제로 개로왕은 몇 년 뒤에 이들 왕자들을 야마토에 인질로 보냄으로써, 倭왕조와의 결속을 더욱 단단히 했다.

개로왕은 이렇게 〈고구려〉의 침공에 대비해 착실하게 국방을 다지는 한편, 〈야마토〉와 〈유송〉은 물론 20년 전부터 〈나제동맹〉으로 연결된 이웃 〈신라〉에 대해서도 외교를 더욱 강화하면서 결속을 다지고 있었다. 고구려의 장수제도 그런 백제의 움직임을 면밀히 파악하기 위해 464년경부터 승려 도림道琳을 백제로 잠입시켜 백제의 허와 실을 부지런히 염탐해 오고 있었다.

그런 터에 그 2년 뒤인 466년 정월이 되자, 재증걸루再曾傑婁라는 백제 장수가 고구려로 투항해 오더니, 이듬해에도 고이만년古爾萬年이라는 또 다른 장수가 항복해 왔다. 이들은 변방을 지키던 백제장수들로 비슷한 죄를 짓고 고구려로 넘어왔는데, 실은 개로왕이 그들의 처자를 넘본 데 대해 앙심을 품고 망명해 온 것이었다.

그러던 개로 15년째인 469년 8월, 마침내 백제의 개로왕이 장수를 내보내 먼저 고구려의 대방을 치게 했다. 그러나 이 전투는 사활을 걸고 치른 전투라기보다는 고구려의 방어 능력을 시험해 보기 위한 성격이 짙어 이내 철군하고 말았다. 그해 10월에 백제는 쌍현성(황해장단)을 수리하고, 청목령(개성 송악산)에 대책大柵을 설치하는 한편, 한성의 북한산성에 주둔해 있던 병사들을 나누어 지키게 했다. 장차 고구려와의 일전에 철저하게 대비하는 모습이었다.

그런데 일설에는 당시 개로왕이 바둑을 좋아하는 것을 알고, 장수제가 바둑의 달인인 승려 도림을 보내 의도적으로 개로왕에게 접근시켰다고 했다. 얼마 후 도림이 거짓 죄를 지어 고구려를 탈출한 것처럼 꾸미고, 백제로 들어간 뒤 궐문에 나타나 고했다.

"신臣이 어려서부터 바둑을 배워 제법 심오한 경지에 이르렀으니 대왕께 알려 드리고자 합니다."

개로왕이 소문을 듣고 도림을 불러 바둑을 두고 보니 과연 국수國手

의 실력이라, 그를 상객으로 예우하고 가까이 두었다. 기회를 엿보던 도림이 어느 날 개로왕에게 아뢰길, 외국인인 자신의 눈에 도성인 한성의 여러 문제점이 보인다며 조심스레 이를 고했다.

"대왕의 나라는 사방이 산악과 하해河海라 하늘이 베푼 험요險要(험준한 요새) 그대로입니다. 그러니 주변 나라들이 감히 엿볼 생각을 품지 못하고 오직 받들어 섬기려 드는 것이지요."

여기까지는 그저 듣기 좋은 소리라 왕이 고개를 끄덕이기만 했다.

"따라서 대왕께서는 마땅히 드높은 위엄과 부유함으로 백성들의 이목을 놀라게 해야 하거늘, 성곽이나 궁실은 수리되지 않은 채 방치되어 있고, 선왕의 해골은 여전히 빈 들판에 가매장되어 있습니다. 백성들의 가옥 또한 큰 강물이 범람해 자주 무너지다 보니 백성들의 생활이 어렵습니다."

"……."

도림의 뼈아픈 지적에 정신이 번쩍 든 개로왕이 한참 후에 도림의 말에 수긍했다.

"옳은 말이오. 내 그대의 뜻을 따를 것이오……"

그로부터 개로왕이 대신들을 향해 지엄한 명을 내리더니, 백성들을 징발해서 각종 역사役事에 본격적으로 매달리기 시작했다. 우선 궁궐 주위에 거대한 토성土城을 쌓되 흙을 쪄서 쌓는 판축기법을 동원하게 했고, 한성漢城에 궁실과 누각, 돈대 위에 정자를 올린 대사臺榭 등을 지어 올리게 했는데 모두가 장중하고 화려했다. 또 욱리하郁里河(위례하, 한강)에서 큰 돌을 캐다가 곽槨(널)을 만들고, 그때까지 강변에 방치되었던 부왕(비유왕)의 뼈를 수습해 장중하게 장례의 의식을 치렀다. 아울러 백성들을 위한 명을 추가했다.

"사성蛇城(서울풍납) 동쪽에서부터 숭산崇山(하남검단산) 북쪽에 이르는 강변에 튼튼하게 제방을 쌓아 물난리에 대비토록 하라!"

이처럼 갑작스러운 대규모 토목공사에 나라의 재정이 빠르게 고갈되고, 노역에 시달리던 백성들 또한 생활이 더욱 궁핍하게 되자 여기저기 불만의 소리가 높아져만 갔다. 이 모든 것이 백제의 재정을 고갈시키려는 도림의 의도였다고 하지만, 사실 필요하고도 시급한 일들이기도 했다. 눈치를 살피던 도림이 어느 순간 백제를 빠져나와 장수제에게 이 사실을 고하니, 태왕이 크게 기뻐했다.

고구려의 장수제는 개로왕의 이런 움직임에 대해 즉각 대응하지 않는 대신, 동정을 잘 살펴 두라고 주문했다. 470년경, 고구려 조정은 유신儒臣들과 선신仙臣들 사이에 군학郡學(지방학원)을 세우는 문제와, 사대부들의 혼례 제도를 새로운 율령으로 반포하는 문제를 놓고 첨예하게 논쟁 중이었다. 황晃태자가 유신을 편들었으나, 이견을 좁히지 못해 결론을 내지 못했다.

고구려 사회 또한 기존 전통의 선도仙道 질서와 개혁적인 신흥 유도 사이에 충돌이 빚어지면서 정체성에 혼란이 가중되던 시기였던 것이다. 황晃태자 자신은 이미 유학에 크게 기울어, 학문하길 좋아하는 데다 공손하며 부지런했고, 청렴 검소하게 사람들을 대하니 많은 사람들이 태자를 찾았다고 한다.

그러던 이듬해 471년이 되자, 장수제가 오랜만에 원정을 명하였다.

"장군 연길淵吉과 호해胡海는 들으라. 그대들은 즉시 3만 병졸을 거느리고 출정하여 실위實韋를 치도록 하라. 또한 가는 길에 숙신肅愼의 3천 병졸을 합류시키도록 하라!"

신라의 실직성을 빼앗고자 말갈병 1만을 출정시킨 이래, 3년 만의 원정에서 고구려군은 북쪽의 〈실위〉를 일방적으로 깨뜨리고, 북해北海까지 이르렀다. 이 원정에서 고구려는 2천여 리의 땅을 넓혔고, 12개의 금인상金人像을 노획했다고 한다. 실제로는 과거 영락제가 종종 쓰던 전략처럼, 장차 예견되는 전쟁에 대비하기 위해 내몽골 북쪽의 유목민들을 상대로 무수히 약탈을 감행하고 돌아온 것으로 보였다.

이듬해 장수 40년이던 472년, 북쪽의 〈유연柔然〉에서 사람을 보내 토산물을 바쳐 왔는데, 얼마 후에는 〈유송劉宋〉의 명제 유욱劉彧이 폐신에게 살해당했다는 소식이 들어왔다. 그런데 그때 〈북위〉에서도 사신이 찾아와 약재를 바쳐 오면서, 〈백제〉 개로왕이 자신의 나라로 사신을 보내와 고구려를 무고했다는 소식을 전해 왔다. 장수제가 자세한 전말을 듣고는 크게 분노했다.

실제로 그해에 개로왕이 〈북위〉의 효문제에게 사신을 보내, 청병請兵을 한 것은 사실이었다. 그해 개로왕이 관군冠軍장군 여례餘禮와 용양龍驤장군 장무張茂를 사신으로 삼아, 황해의 바닷길을 이용해 위魏 황제에게 왕의 조서를 바치게 했다. 왕족인 여례는 개로왕의 사위로 지방관인 불사(전북전주)후弗斯侯이자 장사長史의 지위에 있었고, 장무 또한 대방태수이자 사마司馬의 지위를 가진 고위직 인사들이었다.

조서詔書의 내용은 고구려가 수시로 백제의 변경을 침공하던 중에 쇠釗(고국원제)가 전사한 이래로, 그 핍박이 30년이나 이어져 백제가 크게 쇠약해졌다는 것이었다. 따라서 魏황제의 도움이 간절한 형편이니 속히 장수를 보내 백제를 구해달라는 노골적인 청원과 함께, 원정을 촉구하는 원대한 구상까지 덧붙였다.

"남으로 유씨(宋)와도 통하고 또는 북으로 유연柔然(연연)과의 맹약으로 고구려를 공략할 수도 있을 것입니다."

이는 곧 반도의 백제가 북진함과 동시에 북위를 포함한 주변국들이 연합해서 고구려를 동서로 협공할 수 있다는 제안이었으니, 고구려 입장에서는 꽤나 발칙하고 섬뜩한 제안이었을 것이다. 개로왕이 이어서 말했다.

"조그마한 물줄기조차도 마땅히 서둘러 막아야 되는 법이니, 만일 지금 정복하지 않으면 장차 후회를 남기게 될 것입니다."

이와 함께 경진년庚辰年(441년)에 백제 서변의 소석산小石山 바닷물 속에서 魏의 사신들로 보이는 10여 구의 시신 흔적들로부터 구했다는 몇몇 의기衣器와 안륵鞍勒(안장, 굴레)을 보내왔다. 그동안 고구려가 백제로 가는 북위 사신들의 길을 막아왔다면서, 이것이 바로 고구려가 북위의 사신들을 바다에 침몰시킨 증거물이라는 주장이었다.

〈북위〉의 조정에서는 〈백제〉의 사신들이 먼 길을 무릅쓰고 조공해온 것이라며, 개로왕의 사신들을 매우 극진하게 예우했다. 아울러 소안邵安을 사신으로 삼아 효문제의 답신을 개로왕에게 전할 것을 명했다.

"소안은 백제의 사신들을 안내해 함께 고구려를 거쳐 귀국길을 돕도록 하고, 아울러 황제폐하의 조서를 백제왕에게 전달하도록 하라!"

그리하여 〈魏〉나라 사신 소안이 백제의 사신단을 이끌고 〈고구려〉로 들어갔다. 얼마 후 소안이 고구려 조정에 효문제의 조서를 전달하면서 사신단 일행에 대한 호송을 당부했다. 그러나 고구려 조정에서는 이를 단호하게 거절했다.

"여경餘慶(개로왕)과는 이미 원수를 진 사이라 동쪽으로의 통과는 절대 불가하오!"

소안 일행은 뜻하지 않은 고구려의 반발에 어쩌지 못하고, 별수 없이 魏의 도성으로 되돌아가야 했다.

〈魏〉의 조정에서는 황제의 당부를 뿌리친 고구려의 냉담한 행위에 대해 거칠게 항의하는 조서를 보내 책망했다. 그러나 고구려가 무대응으로 일관하자 별수 없이 소안으로 하여금, 산동의 동래東萊(등주)로 나가 백제의 사신단과 함께 배를 타고 가게 했다. 그렇게까지 했음에도 이번에는 안타깝게도 거친 풍랑이 이들의 앞길을 가로막았다. 소안과 백제 사신 일행이 반도의 해변에 가까이 닿았음에도 워낙 거칠게 부는 바람에 배를 대지 못해, 끝내 魏나라로 되돌아가야만 했다.

개로왕은 이후에도 〈북위〉에 여러 차례나 사신을 보내 고구려가 변경을 침범했다며 군대를 보내 주길 청했으나, 효문제는 끝내 이를 들어주지 않았다. 당초 개로왕이 애타게 기다리던 魏황제의 답신 내용도 개로왕을 실망시키기에 충분한 내용뿐이었다. 무엇보다도 고구려를 때릴 명분이 부족하다며 다음과 같은 이유를 들었다.

"고구려가 우리 선조때부터 칭번稱藩을 해 온 데다 조공을 바쳐온 지가 오래되었고, 특별히 황제의 영令을 범한 잘못이 없어 고구려를 징계할 이유가 충분치 못하다."

이와 더불어 보내온 안장도 조사해 보니 魏나라 것이 아닌 것으로 판명되었다며, 자칫 〈백제〉가 고구려를 무고하는 과오를 저지를 뻔했다고 넌지시 타이르고, 소소한 조사 결과마저 별지로 첨부해 보내오기까지 했다.

또 자신들은 중하中夏(중원)를 이미 평정하고 통일하였기에 국내에 관심이 없으나, 장차 원방遠方의 백성들에게까지 황제의 은혜가 미치게 할 작정이고, 마침 고구려의 행태로 보아 그 일을 도모할 수도 있다고 했다. 따라서 大軍을 출동시킬 날이 멀지 않은 듯하니, 때를 기다리자고 달래기까지 했다. 그러나 이는 자신들의 성공과 위엄을 과장해서 뽐내려 드는 것일 뿐, 오히려 장중한 문구를 들먹이며 개로왕을 가르치려 들고 우롱하는 처사에 불과했다.

개로왕이 魏를 크게 원망하고는, 마침내 〈북위〉에 보내던 조공을 끊어버렸으나, 이러한 대응은 어렵게 쌓아온 정보원原 하나를 스스로 차단시키는 결과만을 낳았을 뿐이었다. 이에 반해 〈고구려〉에서는 이후에도 변함없다는 듯이 〈북위〉와 〈유송〉에 대해 사신들을 보내고 조공을 주고받았다. 이렇게 〈백제〉 개로왕이 魏황제와 주고받은 조서 사건이 아무 일도 없었던 것처럼 조용히 끝난 줄 알았으나, 실상은 결코 그런 것이 아니었다. 끝내는 한반도에 돌이킬 수 없이 처절한 전쟁의 피바람을 몰아치게 했기 때문이었다.

이듬해 474년경, 고구려에서는 황晃태자비 호태瑚太공주가 어느덧 환갑을 맞이해 장수제와 五后들에게 향연을 베풀어 바쳤다. 이에 장수제가 태자를 새로이 오왕吳王에 봉하고, 태자비에게 적복翟服을 내려 주었다. 이제 팔십이 다 된 장수제로서도 자신의 재위 기간이 길어 마냥 기다려야만 하는 태자 부부에게 다분히 안쓰러운 마음이 들었을 것이다.

그 무렵 〈신라〉의 자비왕慈悲王이 벌지伐智와 덕지德智를 左右 장군으로 삼고 여러 성을 쌓는 한편, 명활성을 고쳐 천도하려 한다는 소문이 들려왔다. 그런데 이 둘은 일찍이 고구려의 서도西都로 들어와 공부했던 자들로, 漢人들로부터 장차 〈백제〉가 망할 것 같다는 말을 많이 들었다고 했다. 이들을 통해 그런 소문을 접한 자비왕이 백제와의 동맹관계를 감안해, 스스로를 지키고자 선제적으로 전쟁에 대비하려 했던 것이다.

그 와중에 이듬해인 475년 2월, 장수제가 황산에서 대규모 사열을 하고 돌아오더니, 마침내 별러 오던 백제 토벌을 지휘할 인사를 단행했다.

"양왕梁王 화덕을 정남征南대장군으로 삼을 것이다. 걸桀과 만萬을 향도로 하고 선봉에 내세우도록 하라!"

화덕은 이미 팔십 중반의 나이인 고령의 노장이었는데도 여전히 건장해 능히 부대를 지휘하는 데 무리가 없었다. 장수제가 백전노장을 앞세움으로써 젊은 장수들의 각성과 분투를 촉구하려 한 듯했다. 걸과 만은 백제에서 망명해 온 재증걸루와 고이만년을 이르는 말로, 개로왕에게 원한을 지닌 데다 백제의 지리에 훤한 자들이라 선봉으로 삼은 것이었다. 전장을 지휘할 장수들의 인선을 마친 장수제가 7월에 다시금 黃山에 가서 영락제永樂祭를 크게 지내고 돌아오더니, 종실宗室과 3보輔들을 향해 비장하게 말했다.

"선제先帝께서 국강國罡(고국원제)의 치욕을 씻고자 하셨으나 하늘이 그 수명을 내주지 않았소. 내가 병력을 양성해 기회를 기다린 지 오래였는데, 이제 때가 무르익었소. 아이들이 노래하길 백제의 해골들이 물을 건너 남쪽으로 도망갈 때, 자비慈悲는 경계만을 지키려 할 것이라고 한다질 않소. 필시 경노慶奴(개로왕)가 망할 때가 된 것이오."

"그러하옵니다, 폐하!"

이에 대신들이 이구동성으로 찬성했다. 태왕이 비로소 화덕에게 3만 병력을 이끌고 먼저 출정할 것을 명했다. 이어 장사長史 어진於眞을 〈宋〉으로, 을장乙莊을 〈魏〉로 각각 보내 고구려의 〈백제 원정〉에 대한 두 나라의 반응을 살피게 했다.

〈백제〉의 개로왕은 고구려 승려 도림이 달아났다는 소식에 사태가 예사롭지 않음을 깨닫고 크게 낙담했다. 〈고구려〉의 침공을 확신한 개로왕이 이복동생이자 상좌평인 왕자 문주文周를 불러 말했다.

"내가 어리석어 간인奸人의 말만 듣고 이 지경에 이르고 말았다. 백성들은 쇠잔해졌고 군대는 약하니, 위기가 닥친다 한들 누가 나를 위해 싸우려 들겠느냐? 나는 마땅히 사직을 위해 죽겠지만, 너까지 함께 죽는 것은 무익한 일이다. 너는 난을 피해 나라의 계통을 이어야 할 것이다!"

그리고는 문주로 하여금 서둘러 군사동맹을 맺은 〈신라〉의 금성으로 들어가 자비왕에게 구원을 요청할 것을 명했다. 문주왕자는 주후周后의 아들이었으니, 자비왕이 곧 그의 외숙이었던 것이다. 개로왕의 명으로 문주왕자가 목협만치木劦滿致, 조미걸취祖彌桀取 등의 측근과 함께 서둘러 金城을 향해 말을 몰았다. 조정을 총괄하는 상좌평이 자리를 비워야 할 정도로 비상한 상황이었던 것이다.

과연 그해 8월이 되니, 노장 화덕華德이 이끄는 3만의 〈고구려〉 원정군이 4갈래 길로 나누어 백제의 국경을 거침없이 넘어왔다. 먼저 고구려군의 대로對盧 제우가齊于가 재증걸루, 고이만년 등의 선봉군을 이끌고 나타나, 북성北城(풍납토성)을 공격하기 시작했다.

개로왕이 고구려군의 위세에 눌려 성문을 굳게 닫은 채, 능히 나가 싸울 생각을 하지 못했다. 고구려군이 7일 낮과 밤을 연일 공격해 댔으나 성이 굳건해 쉽게 함락되지 않았다. 개로왕의 대신들 중에는 두려움을 견디다 못해 투항하자는 신하들까지 나올 지경이었다. 그 와중에 고구려군이 바람을 이용해 화공을 펼친 탓에 성문에 불이 붙었고, 끝내 견고하던 북성이 함락되었다. 개로왕이 탄식하며 말했다.

"수마須馬태후의 말을 듣지 않은 것이 한스럽구나……"

이제 와서 자신을 왕위에 올려 주었던 解씨들을 내친 것을 후회하는 소리였으나, 그 또한 알 수 없는 일이긴 마찬가지였을 것이다. 황망한 중에 개로왕이 수십 명의 기병만을 거느린 채 근신近臣들과 야밤을 이용해 북문을 나가 서쪽으로 달아났다. 고구려군이 곧바로 남성南城(몽촌토성)을 공격해 대니 성안의 민심이 크게 동요했다.

그즈음 장수제에게 낭보가 들어왔다.

"아뢰오! 정남장군이 연전연승해 백제 도성을 포위했다고 합니다. 경노(개로왕)가 오래 버틸 수 없음을 알고 우리 군의 포위망을 뚫어 처자들을 남쪽으로 달아나게 했는데, 풍옥風玉태자가 이들을 좇아 잡아 왔다고 합니다!"

이때 개로왕의 왕후 아오지阿吾知를 비롯해 문주의 처 등 왕실 최상위 여인들이 모두 고구려군의 포로가 되고 말았다니, 과연 당시 백제의 정보력과 방어 능력이 어떠한 수준이었는지 심히 의문이 가지 않을 수 없었다. 장수제가 그 무렵 아단성阿旦城(아차산)으로 들어가 포로들을 접수했다.

그 시간, 〈신라〉의 금성에 도착한 문주가 자비왕에게 구원을 간청하며 말했다.

"신라는 분명 백제와는 순망치한脣亡齒寒의 관계입니다. 원컨대 대왕께서는 부디 이 사실을 깊이 통찰해 주소서!"

자비왕이 신하들과 구원의 출병을 논하게 하자 〈실직전투〉의 영웅인 병관이찬 기보期宝가 말했다.

"거련(장수제)의 이리 같은 속을 누가 막을 수 있겠습니까?"

이에 자비마립간이 지원을 결심하고 명을 내렸다.

"지금 즉시 신관이찬神官伊湌 비태比太는 서북로군 1만 병력을 이끌고 출병해 반드시 부여를 구하도록 하라!"

그때 자비왕이 문주를 신관잡판神官迊判 보신宝信의 집에 머물게 했는데, 그사이에 그의 딸 보류宝留가 문주왕자에게 반해 처가 되기를 청했고, 이에 왕이 둘의 혼인을 허락했다. 눈치 빠른 보신이 장차 백제의 왕이 될지도 모를 문주에게 딸을 바친 것이나 다름없었다.

한편, 비태가 이끄는 신라군이 〈백제〉의 한성漢城을 향해 나아갔으나, 도중에 일모로一牟路(충북청원)가 봉쇄되어 더 이상 진격이 불가능하게 되었다. 소식을 들은 문주왕자가 보류를 데리고 급히 일모로 현장으로 달려왔다. 그리고는 백제의 모든 州郡에 명을 내려 비태가 이끄는 신라군에 합류할 것을 촉구했다. 마침 병관 이종伊宗이 문주왕자를 호위하겠다고 나서서 이를 허락했다. 아울러 왕자 문주는 대두성주大豆城主 해구解仇를 병관좌평으로 삼고, 백제 측의 군사를 지휘하게 했다. 그사이 고구려군이 北城을 7일 동안 공격해 성이 함락된 데 이어, 南城을 공격한다는 소식이 들려왔다.

그런데 바로 그즈음에 재증걸루가 달아나던 개로왕을 추격하던 끝에 결국 왕을 사로잡는 데 성공했다. 개로왕을 무섭게 노려보던 걸루가 이윽고 말에서 내려, 왕에게 자신을 향해 절을 하게 시키고는 개로왕의 얼굴에 3번이나 침을 뱉으며 말했다.

"네 죄를 알겠느냐?"

개로왕이 고개를 끄덕이며 힘없이 답했다.

"알고 있다……"

그러자 걸루가 조목조목 왕의 죄목을 헤아려 가며 모질게 질타했다.

"너는 간신의 말만 듣고 백성을 돌보지 않은 데다, 내 처를 빼앗아 네 색욕을 채웠으니 첫 번째 죄다. (고이)만년의 처를 빼앗은 것이 두 번째 죄다. 도림에게 속아 토목을 일으키고 낭비한 것이 세 번째다. 고구려를 섬기지 않고 스스로 魏와 통하려 했으니 네 번째다. 계림과 공모해 변방의 성을 침략했으니 다섯째 죄다."

"……."

개로왕이 아무 대답을 하지 못하자, 걸루가 그를 포박해 장수제가 기다리는 아단성으로 끌고 갔다. 얼마 후 선봉을 맡았던 재증걸루가 개로왕을 함거에 싣고 성안으로 들어왔다. 장수제 또한 왕은 왕을 죽이지 않는다는 법도를 알고 있었기에 개로왕을 살려 주자 했더니 군신들이 나서서 청했다.

"폐하, 마땅히 경노(개로왕)의 목을 베어 머리를 국강릉에 바쳐야 할 것입니다!"

"……."

측은한 눈으로 개로왕을 쳐다보던 장수제가 신하들의 말을 따르겠다는 뜻으로 말없이 고개를 끄덕였다. 두 눈을 부릅뜬 채로 장수제의 명을 기다리던 재증걸루가 개로왕을 우악스럽게 끌고 내려가, 아단성(아차산성) 아래서 왕의 목을 가차 없이 베어 버렸다. 그렇게 아내에 대한 복수를 한 셈이었다.

부여씨 개로왕蓋鹵王의 죽음과 함께 한성漢城이 7일 동안이나 불에 타더니, 끝내 잿더미가 되고 말았다. 이로써 일찍이 다루왕多婁王이 대륙의 백제伯濟를 떠나 위례(오리골)에서 터 잡으며 시작되었던 4백 년 〈한성백제漢城百濟〉 시대가 마침내 종말을 맞고 말았다. 백제의 왕실이 풍비박산이 난 것은 물론, 수많은 백성들이 포로로 끌려갔다. 장수제가 이때 사로잡은 백제의 포로 8천 명을 5部에 나누어 노비로 삼게 하고, 개로왕의 처첩들과 궁인들은 공경들과 전쟁에 공을 세운 여러 장수들에게 비첩으로 하사했다. 소식을 들은 문주왕자가 대성통곡을 했으나 덧없는 일이었다.

개로왕의 시신은 아무 데나 버려진 채 누구도 감히 수습을 하지 못했으니, 후일 그 무덤도 알 수 없게 되었다. 개로왕 재위 21년째의 일이었고, 韓민족의 역사에서 가장 비참한 王의 죽음이었다. 동북아 북방민족의 종주국 〈고구려〉는 中原의 어떤 나라도 함부로 대하지 못했고, 5백년 빛나는 전통에 누구든 예외 없이 머리를 조아렸건만, 개로왕은 그런 고구려의 힘을 과소평가한 탓에 끝내 스스로 〈아차산의 비극〉을 자초하고 말았다.

똑같은 대륙 출신으로 고구려에 대해 크게 반감을 갖고 있던 〈신라〉의 자비왕은 백제 왕실과의 혼인을 통해 〈나제동맹〉으로 묶여 있었으면서도, 속내를 감춘 채 끊임없이 고구려에 조공외교를 구사했다. 그뿐 아니라 자비왕은 부지런한 첩보활동으로 고구려의 남침을 예견했고, 이에 대비하기 위해 미리 6城을 축조하고 1, 2차 방어선을 마련하는 등 전쟁에 철저하게 대비했다.

자비왕이 적을 알고 나를 알아야 한다는 손자孫子의 가르침을 철저하게 실행에 옮기는 사이, 개로왕은 신하들의 처자를 건드려 원한을 쌓고 과도한 토목공사로 백성들의 원성이 더욱 커지게 만들었다. 동시대를 살아간 두 군주의 통치행위와 결과가 어쩌면 이리도 한눈에 대비되는지, 준엄한 역사의 가르침이 아닐 수 없었다.

제7권 끝

제7권 후기

사로국에서는 광명후가 미추에 이어 유례와 기림, 흘해왕까지 4명의 왕을 모시며 여인천하의 전성기를 누렸다. 310년 흘해가 부군에 올라 국호를 〈신라〉로 바꾸었으나, 이내 김씨 내물왕계로 왕위가 돌아가고 말았다. 337년 모용황이 〈전연〉을 세우고 연왕을, 〈후조〉의 석호는 천왕을, 대동의 탁발씨는 〈代〉왕을 칭했다. 중원 진출을 노리던 모용황이 배후의 고구려를 침공했는데, 342년 2차 침공에서 환도성을 불태우고, 주태후를 포함한 황실 가족과 5만의 양민들을 포로로 끌고 갔다.

350년, 전연의 모용준이 하북의 맹주였던 갈족의 나라 〈후조〉를 사라지게 했다. 장안에서는 부견이 저족의 나라 〈전진〉의 천왕에 올랐고, 이로써 대륙은 서쪽의 〈전진〉과 동쪽으로 하북의 〈전연〉, 장강 아래 사마씨의 〈동진〉이 3강의 구도를 이루었다. 356년 주태후가 온갖 굴욕 속에서도 13년의 인질생활을 마치고 귀국했으나, 그간 고구려는 전연의 속국 신세로 전락해 있었다.

346년 전연이 〈서부여〉를 무너뜨리고, 현왕을 포함한 5만여 백성들을 용성으로 끌고 갔다. 2세기 초 위구태가 세웠던 서부여가 2백 년 만에 사라졌으나, 이들의 역사는 반도로 들어온 대방의 백가제해 세력에 의해 지속되었다. 비류왕이 이끌던 이들은 거발성(웅진)에 터를 잡은 뒤로 북진해, 3백 년을 이어온 온조계 한성백제를 단번에 제압했다. 347년경 남쪽 거발성의 부여백제를 다스리던 여구왕이 한성백제계 근초고왕을 내세워 위성정권을 수립하면서, 반도 전체가 요동치기 시작했다.

370년 〈전진〉의 침공으로 모용씨의 〈전연〉이 70년 만에 맥없이 무너지고 말았는데, 이때 업성의 문을 열어젖힌 인물은 서부여 왕자 여울이었다. 하북의 맹주로 올라선 전진왕 부견은 383년 중원을 통일하고자 백만 대군을 동원했다. 동진의 재상 사안이 1/10 수준의 병력으로 맞섰고, 〈비수대전〉에서 기적 같은 대승을 거두었다. 힘을 잃은 부견은 부하였던 강족에게 피살되었고, 10년 뒤 〈전진〉도 망하고 말았다. 전연에 이은 전진의 몰락은 요장의 〈후진〉에 이어 모용수의 〈후연〉과 탁발규의 〈북위〉 등 하북 新3강의 등장과 함께, 중원대륙을 또 다른 군웅들의 전쟁터로 돌려놓았다.

그러던 395년 후연이 동족이나 다름없던 북위에 참패를 당한 이래로 명맥을 유지하다가 20여 년 만에 멸망했다. 〈동진〉 조정도 환현이 사마씨의 정권을 탈취했으나, 북부군 출신 장수 유유가 404년 실권을 장악했다. 420년 유유가 강족의 〈후진〉에 이어 〈동진〉마저 멸망시키고, 스스로 〈송〉을 건국, 황제를 칭하니 새로운 〈남조〉시대의 시작이었다.

369년경 여구왕이 동남쪽 대마원정에 나서 임나 7국을 정복한 데 이어, 전라 일원 옛 마한계열의 소국들마저 제압했다. 2년 뒤 백제연합이 고구려 대방의 북한성을 공격하자, 고국원제가 친위군을 이끌고 방어전에 나섰다가 전사하는 〈패하참사〉를 당하고 말았다. 소수림제가 태왕에 올랐으나, 온건파 해씨 외척들이 득세하면서 고구려는 수성에만 치중했다. 신라에서는 흉노계 선비인 모씨 세력이 들어와 조정을 장악했는데, 390년을 전후해 내물왕을 내쫓고 신라를 계승, 김씨로 성을 바꾸면서 마립간시대를 열었다.

그 무렵 고구려에 영락제가 등장하면서 동아시아 역사의 흐름이 극적으로 변하기 시작했다. 패하참사에 대한 보복을 꿈꾸던 영락제는 반도의 백제와 신라, 가야를 일거에 제압한 데 이어, 거란과 후연, 동부여를 평정했다. 396년 영락제에게 무릎을 꿇었던 부여백제의 여휘왕은 일본열도로의 이주를 감행했고, 후일 토착 왜국(야마토)을 계승해 왕위에 올랐으니, 응신천왕이 틀림없었다. 대규모 백제이주민과 대륙 선진문화의 유입은, 5세기의 열도 전체를 발전시키는 결정적 계기였으니, 영락제가 지닌 정치적 의미가 바로 이것이었다.

407년경 영락제에게 타격을 입은 <후연>이 멸망하자, 고구려 출신 고운이 <북연>을 세웠으나, 2년 뒤 한족 풍발이 고운을 시해하고 보위에 올랐다. 414년 장수제가 병사한 영락제를 북경 위 황산(천수산)에 장사 지내고 호태왕비를 세웠다. 427년 백제의 상좌평 여신이 마침내 부여계 비유왕을 왕위에 올림으로써 온조계 해씨 왕통 또한 450년 만에 끊어지고 말았다.

고구려의 장수제는 온건책을 택해 서쪽의 북연, 북위와는 화친으로 일관하면서도, 중원을 겨냥해 427년 난하 서쪽 험독의 (한성)평양으로 천도를 단행했다. 436년엔 용성을 공격해 풍씨의 <북연>을 멸망시켰다. 반고구려 세력인 신라의 눌지왕과 백제의 비유왕은 434년 <나제동맹>을 맺고 고구려에 맞섰다. 중원에서는 북위와 송이 남북으로 대치했고, 열도의 야마토는 백제를 통제하는 한편 신라에 빼앗긴 임나(대마)의 부활을 위해 양쪽에 압력을 가했으나, 대체로 평화로운 시대가 이어졌다.

목차

3권

1부 漢무제와의 싸움

2부 북부여 시대

3부 고구려 일어서다

4권

1부 고구려의 분열

2부 후한과의 대격돌

3부 한반도로 들어오다

5권

1부 반도 사로국의 탄생

2부 고구려의 굴기

3부 백제의 한풀이

6권

1부 요동을 잃다

2부 고구려의 요동 수복

3부 반도의 부여백제

古國 7

초판 1쇄 발행 2024년 11월 20일

지은이 김이오
펴낸이 이기봉
편집 좋은땅 편집팀
펴낸곳 도서출판 좋은땅
주소 서울특별시 마포구 양화로12길 26 지월드빌딩 (서교동 395-7)
전화 02)374-8616~7
팩스 02)374-8614
이메일 gworldbook@naver.com
홈페이지 www.g-world.co.kr

ISBN 979-11-388-3764-4 (03810)